L'ARBRE AUX SECRETS

Santa Montefiore

L'ARBRE AUX SECRETS

FRANCE LOISIRS

Titre original : *Meet me under the Ombu Tree*
Publié par Hodder and Stoughton, a division of Hodder Headline, Londres.
Traduit de l'anglais par Christine Barbaste et Roxane Azimi

Tous les personnages de ce livre sont fictifs, et toute ressemblance avec des personnes réelles, vivantes ou mortes, serait pure coïncidence.

Édition du club France Loisirs
Avec l'autorisation des Éditions Belfond

France Loisirs
123, boulevard de Grenelle, Paris
www.franceloisirs.com

ISBN version reliée : 2-7441-4400-2
ISBN version brochée : 2-7441-4165-8

À mon bien-aimé Sebag

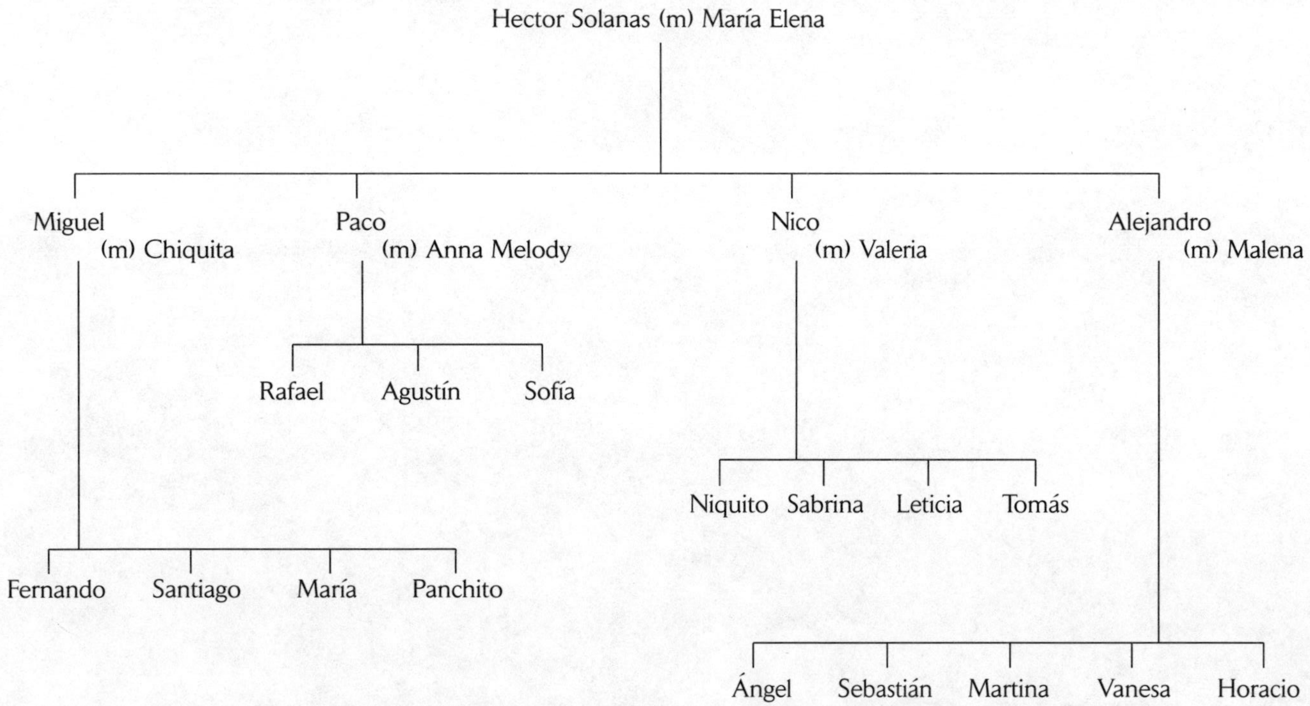
Hector Solanas (m) María Elena
Miguel
(m) Chiquita
Paco
(m) Anna Melody
Nico
(m) Valeria
Alejandro
(m) Malena
Rafael
Agustín
Sofía
Niquito
Sabrina
Leticia
Tomás
Fernando
Santiago
María
Panchito
Ángel
Sebastián
Martina
Vanesa
Horacio

1

Quand je ferme les yeux, je revois les plaines fécondes de la pampa argentine. Elles ne ressemblent à nul autre endroit sur terre. L'horizon y est immense, déployé à l'infini. Nous grimpions jusqu'à la cime de l'ombú et, de là, nous regardions le soleil disparaître dans le lointain en inondant les plaines d'un flot de lumière couleur de miel. Je n'étais alors qu'une enfant inconsciente du chaos politique qui régnait autour de moi. C'était l'époque de l'exil du général Perón. Ces années, mouvementées, de 1955 à 1973 furent marquées par un chassé-croisé entre les militaires et le pouvoir politique. C'étaient les années sombres de la guérilla et du terrorisme, mais, loin des émeutes et de l'oppression qui sévissaient dans la capitale, Santa Catalina, notre ranch, était une petite oasis de paix. Des hautes branches de notre arbre magique, nous contemplions, insouciants et heureux, un monde de valeurs anciennes et de traditions que ponctuaient les promenades à cheval, les matches de polo et les longs repas au barbecue dans la lumière éblouissante et la langueur des journées d'été.

Mon grand-père, Dermot O'Dwyer, s'obstinait à nier le pouvoir magique de l'ombú. Il était pourtant superstitieux : chaque nuit, il cachait sa bouteille de whisky dans un endroit différent pour tromper les farfadets. Mais admettre qu'un arbre puisse détenir un pouvoir lui était tout bonnement impossible. « Un arbre est un arbre, un point c'est tout », répétait-il obstinément avec son accent irlandais. Mon grand-père n'était pas né sur le sol d'Argentine, et jusqu'à la fin, sa fille – ma mère – et lui demeurèrent des étrangers dans ce pays. Jamais ils ne s'y adaptèrent vraiment. Grand-père ne voulait pas non plus être inhumé dans notre caveau familial. « Je viens de la terre, et à la terre je retournerai », aimait-il à dire. Il fut donc enterré dans la plaine avec sa bouteille de whisky – je suppose qu'il tenait à montrer aux farfadets qu'il était plus malin qu'eux.

Chaque fois que je pense à l'Argentine, c'est l'image de l'ombú, cet arbre noueux, sage et omniscient à l'égal d'un oracle, qui affleure ma mémoire. Je sais qu'il est impossible de ressusciter le passé, mais, dans ses rameaux, ce vieil arbre recèle les souvenirs d'hier et les espoirs de demain. Comme une pierre au milieu d'une rivière, l'ombú est resté tel qu'en lui-même tandis qu'autour de lui tout a changé.

J'ai quitté l'Argentine à la fin de l'été 1974, et en dépit de tout ce qui s'est passé depuis, aussi longtemps que je vivrai, les battements de mon cœur résonneront dans ses plaines fertiles. Santa Catalina, le ranch familial où j'ai grandi – le *campo* [1], comme on dit en espagnol –, était situé dans cette vaste région de l'Est du pays qu'on appelle la pampa, tellement plate que, dans quelque direction qu'il se tourne, le regard se perd à l'infini. À mon époque, les interminables routes impeccablement rectilignes qui fendent le paysage, aride l'été mais verdoyant l'hiver, n'étaient guère plus que des pistes. L'entrée de notre ranch, avec sa grande enseigne qui se balançait dans le vent d'automne et annonçait en grosses lettres noires « Santa Catalina », évoquait celle d'une ville de western spaghetti. Des érables plantés par mon arrière-grand-père paternel, Hector, bordaient de part et d'autre la longue allée poussiéreuse. À la fin du dix-neuvième siècle, Hector avait construit dans ce domaine une maison, celle dans laquelle j'ai grandi. Typique de l'architecture coloniale, elle était bâtie autour d'une cour, peinte en blanc, couverte d'un toit plat et flanquée, à chaque angle de sa façade, d'une tour. L'une abritait la chambre de mes parents, l'autre celle de mon frère Rafael – premier-né des enfants, il avait droit à la plus belle chambre. Mon grand-père paternel – lui aussi prénommé Hector, pour le plaisir de compliquer les choses – avait quatre fils : Miguel, Nico, Paco – mon père – et Alejandro. Une fois marié, chacun avait construit sa propre maison. Chaque fils avait quatre ou cinq enfants, mais c'était dans la maison de Miguel et de sa femme Chiquita que je passais le plus de temps, avec deux de leurs enfants, María et Santiago. De tous mes oncles, tantes et cousins, c'étaient eux mes préférés. Comme la maison de Miguel et de Chiquita, celles de

1. Domaine.

Nico et Valeria, d'Alejandro et Malena étaient toujours ouvertes, et nous étions en permanence les uns chez les autres. Seuls des rideaux de grands arbres – pins, eucalyptus, peupliers et *paraísos*[1] –, plantés à égale distance les uns des autres pour copier l'ordonnancement des parcs européens, séparaient les maisons. En façade, chacune comportait une terrasse dallée, d'où nous contemplions les champs infinis autour de nous. Lors de mon arrivée en Angleterre, je me souviens combien j'ai adoré les maisons dans la campagne, avec leurs jardins et leurs haies si nets et si bien entretenus. Ma tante Chiquita vouait une admiration sans bornes aux jardins anglais et cherchait à les imiter, mais, à Santa Catalina, c'était presque impossible : perdus dans l'immensité du paysage, les massifs de fleurs semblaient bien peu à leur place. Ma mère, elle, avait planté des bougainvillées et des hortensias, et accrochait un peu partout des géraniums en pots.

L'hacienda était entourée de champs où paissaient les troupeaux de poneys que mon oncle Alejandro élevait et vendait partout dans le monde. Une grande piscine, ceinte de buissons et d'arbres, avait été creusée dans une colline artificielle, non loin du court de tennis. José dirigeait les gauchos qui s'occupaient des poneys et vivaient dans les *ranchos*, des maisons construites pour eux, à l'écart, sur la propriété. Leurs femmes et leurs filles travaillaient chez nous, comme bonnes, cuisinières, lingères ou nurses. J'attendais toujours avec impatience les longues vacances d'été qui, de la mi-décembre à la mi-mars, nous ramenaient tous à Santa Catalina. C'est de cette époque que datent mes plus chers souvenirs.

Sur cette terre de piété catholique ô combien fervente ! qu'est l'Argentine, personne n'embrassait cette religion avec plus d'ardeur que ma mère, Anna Melody O'Dwyer. Grand-père O'Dwyer lui aussi était pieux, mais avec bon sens, à la différence de ma mère dont toute la vie fut guidée par une idée obsessionnelle : sauver les apparences. Elle interprétait la religion à sa convenance. Lorsque nous étions enfants, nous pouvions nous délecter des heures durant de leurs disputes à propos de la

1. Lilas des Indes ou arbre à chapelets (en latin : melia azedarach).

volonté divine. Maman avait la ferme conviction que tout en découlait : si elle était déprimée, Dieu la punissait pour quelque offense commise, si elle était heureuse, alors il la récompensait ; si je lui causais des tracasseries – ce qui était souvent le cas –, Dieu la punissait là aussi d'avoir échoué à m'éduquer correctement. Grand-père O'Dwyer lui disait qu'elle ne faisait qu'esquiver ses responsabilités : « Ne mets pas en cause le bon Dieu simplement parce que tu t'es levée du pied gauche. C'est la façon dont tu regardes le monde, Anna Melody, qui te donne envie de le changer. » Grand-père disait toujours que si la santé était un don de Dieu, le bonheur, en revanche, était à notre charge. Pour lui, tout découlait du regard que chacun portait sur les choses : un verre de vin pouvait être à moitié vide, ou à moitié plein. Il suffisait de se montrer positif. Maman taxait ces raisonnements de blasphèmes et rougissait chaque fois que son père abordait ce sujet – ce qu'il faisait fréquemment car il adorait la provoquer.

« Frappe-moi avec un hareng si ça te chante, ma fille, lui disait-il, mais moins tu mettras de phrases dans la bouche de Dieu et plus tu accepteras la responsabilité de ta bonne ou mauvaise humeur, plus tu seras heureuse.

– Puisse Dieu te pardonner, père », ripostait ma mère en secouant nerveusement sa chevelure.

Maman avait des cheveux magnifiques. Ses longues boucles rousses ressemblaient à celles de la Vénus de Botticelli, mais il n'y avait rien en Anna Melody qui évoquât la sérénité de Vénus, ou la poésie, tant elle se montrait soucieuse, contrariée. Elle ne l'avait pourtant pas toujours été. Grand-père m'avait raconté que, enfant, elle galopait autour de Glengariff, pieds nus, avec une ardeur d'animal sauvage et des éclairs dans les yeux. Des yeux, se souvenait-il, qui étaient parfois bleus, parfois aussi gris qu'un ciel couvert d'Irlande, quand le soleil ne parvient pas à se faufiler entre les nuages. Ces évocations semblaient très poétiques à la petite fille que j'étais.

Dans un village de la taille de Glengariff, m'avait un jour raconté grand-père, il était impossible d'égarer quoi que ce soit, y compris quelqu'un d'aussi vif qu'Anna Melody. Un jour pourtant, elle avait disparu, des heures durant. On avait fouillé les collines en criant son nom. Quand on l'avait enfin retrouvée, elle était sous un arbre, près d'un ruisseau, occupée à jouer avec une demi-douzaine de renardeaux qu'elle avait trouvés là. Elle savait bien qu'on la cherchait mais n'avait pu se résoudre à abandonner ces petits qui avaient perdu leur mère. Elle était en larmes. Quand je lui avais demandé pourquoi ma mère avait à ce point changé, grand-père m'avait répondu que la vie l'avait déçue. « L'orage est toujours là, mais je ne vois plus le soleil qui essaie de percer à travers les nuages. » J'étais restée pensive, à me demander quelles déceptions la vie avait bien pu infliger à ma mère.

Mon père, en revanche, était un personnage romantique. Il avait les yeux de la couleur des bleuets, et même lorsqu'il ne souriait pas, un petit pli creusé au coin des lèvres lui donnait un air affable. À Santa Catalina, il était le *señor* Paco, et tout le monde au domaine le respectait. C'était un homme mince et poilu – moins poilu cependant que son frère Miguel, qui, lui, avec sa peau incroyablement mate et sa toison brune qui évoquait celle d'un ours, était surnommé *El Indio,* l'Indien. Papa était blond, comme sa mère, et si beau que Soledad, notre bonne, rougissait souvent lorsqu'elle nous servait à table. Elle m'avoua une fois qu'elle était incapable de regarder son maître droit dans les yeux, ce que papa interprétait comme une marque d'humilité. Je me gardais bien de le détromper et de lui expliquer qu'il plaisait à Soledad, car jamais elle ne m'aurait pardonné. Soledad, de toute façon, n'avait guère de contacts avec mon père, car la domesticité était du ressort de maman.

Pour comprendre l'Argentine à travers le regard d'un étranger, je dois me reporter en pensée au temps de mon enfance, quand je me promenais dans le *carro,* une carriole tirée par des chevaux, avec grand-père O'Dwyer qui débitait ses commentaires sur des choses banales ou insignifiantes à mes yeux. En tout premier lieu, la nature des gens. L'Argentine a été conquise au seizième siècle par les Espagnols, et gouvernée par les vice-rois qui représentaient la couronne d'Espagne. Le pays gagna son indépendance en deux jours, le 25 mai et le 9 juillet 1816. Grand-père disait que le fait de célébrer deux dates anniversaires de l'Indépendance était typique des Argentins, « qui devaient toujours faire mieux et plus que les autres ». Sans doute avait-il raison. L'Avenida 9-de-Julio à

Buenos Aires n'est-elle pas la plus large du monde ? Enfants, cela nous emplissait de fierté. À la fin du dix-neuvième siècle, consécutivement à la révolution agraire, des milliers d'Européens – originaires pour la plupart d'Italie du Nord et d'Espagne – émigrèrent en Argentine pour exploiter les richesses de la pampa. C'est à cette époque que mes ancêtres arrivèrent eux aussi. Hector Solanas était le chef de la famille, et aussi un homme bien inspiré, car sans lui peut-être n'aurions-nous jamais connu ni l'ombú ni les immenses étendues de la pampa.

Sitôt que je repense aux plaines odorantes de la pampa, la première image qui surgit dans ma mémoire et m'arrache un soupir du plus profond de l'âme, c'est celle des visages burinés des gauchos. À l'origine, les gauchos étaient des *mestizos*, des métis de sang indien et espagnol, des proscrits qui vivaient en exploitant les grands troupeaux de vaches et de chevaux qui peuplaient la pampa. Les gauchos capturaient les chevaux et les montaient pour rassembler les troupeaux de vaches. En ces temps-là, où la viande n'était pas encore une denrée exportable, ils faisaient un commerce lucratif des peaux et du suif, qu'ils échangeaient contre du maté et du tabac.

Le maté est cette herbe que l'on fait infuser dans une calebasse et que l'on boit en aspirant à travers une paille en argent ciselé, la *bombilla*. Le maté a la réputation de créer une certaine accoutumance et, selon les dires de nos bonnes, celle d'aider à maigrir. La vie d'un gaucho se passait essentiellement en selle. À Santa Catalina, avec leurs vêtements aussi voyants que pratiques, ils ajoutaient au pittoresque du paysage : ils portaient des *bombachas*, pantalons amples boutonnés aux chevilles et rentrés dans les bottes, une *faja*, écharpe de laine qu'ils enroulaient autour de la taille et retenaient avec la *rastra*, une épaisse ceinture de cuir décorée de pièces d'argent. La *rastra* avait aussi pour rôle de soutenir les reins tout au long de ces journées passées en selle. Enfin, jamais ils ne se séparaient du *facón*, un couteau qu'ils utilisaient aussi bien pour castrer les bêtes que pour les dépecer, pour se défendre que pour manger. Un jour où grand-père O'Dwyer avait dit en plaisantant que José, notre gaucho en chef, aurait dû travailler au cirque, une expression de fureur s'était peinte sur le visage de mon père, mêlée de soulagement à l'idée que grand-père ne parlât pas un traître mot d'espagnol. Car les gauchos sont aussi fiers qu'ils sont valeureux. Ils contribuent à la couleur locale de mon pays, et lorsque de temps à autre mes parents recevaient des visiteurs étrangers au domaine, les gauchos se lançaient pour eux dans de fantastiques démonstrations : rodéo, dressage de chevaux, épreuves d'adresse à une vitesse endiablée, leurs lassos tournoyant dans les airs comme des serpents démoniaques. C'est José, le chef des gauchos, qui m'avait appris à jouer au polo, alors réservé aux hommes. Et les garçons me haïssaient parce que j'étais meilleure que certains d'entre eux – meilleure en tout cas qu'il était convenable de l'être pour une fille.

Mon père tirait une immense fierté de ce que les Argentins sont indiscutablement les meilleurs joueurs de polo au monde, même si le jeu, originaire de l'Inde, a été importé en Argentine par les Anglais. En octobre et novembre, à Buenos Aires, toute ma famille allait assister aux championnats de polo, sur le terrain de Palermo. Mais à Santa Catalina, nous jouions toute l'année. Les *petiseros*, les garçons d'écurie, entraînaient les poneys et en prenaient soin et il nous suffisait d'appeler au *puesto*[1] pour les prévenir quand nous allions jouer : ils harnachaient alors les poneys, qui nous attendaient en s'ébrouant à l'ombre des eucalyptus.

Dans les années soixante, l'Argentine était comme un fruit pourri, rongé de l'intérieur par le chômage et l'inflation, la criminalité, l'agitation sociale et la répression. Mais il n'en avait pas toujours été ainsi. Dans les premières décennies du vingtième siècle, l'Argentine avait connu une période de grande prospérité, grâce à ses exportations de viande et de blé. C'était sur ce commerce que ma famille avait bâti sa fortune. Le pays, alors le plus riche d'Amérique latine, avait vécu en ces années-là son âge d'or d'abondance et d'élégance. Mon grand-père paternel, Hector Solanas, rendait l'impitoyable dictature du président Perón responsable du déclin du pays.

Exilé en 1955 après l'intervention militaire, Perón était, dans mon enfance, un sujet de conversation brûlant. Il inspirait des

1. Écurie.

sentiments extrêmes, de haine ou de vénération, mais jamais d'indifférence. Porté au pouvoir par les militaires, Perón avait été élu président en 1946. Il était beau, intelligent, charismatique. Avec sa femme Evita – la splendide mais ambitieuse et impitoyable Eva Duarte –, ils formaient une équipe surprenante et puissante. À eux deux, ils faisaient un pied de nez à la théorie selon laquelle nul ne devenait quelqu'un à Buenos Aires s'il n'était pas issu d'une vieille famille. Perón était originaire d'une petite ville de province. Quant à Eva, elle était une enfant illégitime et pauvre, venue d'un milieu rural, une sorte de Cendrillon des temps modernes. Grand-père Hector soutenait que Perón avait assis son pouvoir sur la loyauté des classes laborieuses qu'il avait si bien su ensorceler. Les Perón, se plaignait-il, encourageaient les travailleurs à compter sur des aides de l'État plutôt que sur leur travail. Les Perón prenaient au riche pour donner au pauvre, épuisant par là même la richesse du pays. Dans un geste demeuré célèbre, Evita avait un jour commandé des milliers de paires d'*alpargatas* – espadrilles très populaires dans les milieux ouvriers et paysans – pour les distribuer aux nécessiteux, et avait ensuite refusé de payer la facture, en remerciant l'infortuné directeur de l'usine pour sa générosité à l'égard du peuple. Les pauvres idolâtraient Evita mais, en dépit de son pouvoir et de son prestige, elle demeurait un objet de mépris aux yeux des riches, qui la considéraient comme une moins que rien, une créature de petite vertu qui avait vendu ses charmes pour devenir la femme la plus riche et la plus célèbre du monde. Mais les détracteurs d'Evita constituaient une infime minorité. À sa mort en 1952 – elle avait alors trente-trois ans –, son corps fut embaumé pour l'éternité, deux millions de personnes vinrent assister à ses funérailles et les classes populaires pour lesquelles elle avait tant fait envoyèrent une pétition au pape pour le supplier de canoniser leur idole.

Après l'exil de Perón, coups d'État et gouvernements se succédèrent. Quand un gouvernement ne donnait plus satisfaction, les militaires s'empressaient d'y mettre bon ordre. Mon père se plaignait qu'ils renvoyaient les politiques avant même de leur laisser une chance d'agir. En fait, la seule fois où j'entendis mon père approuver l'intervention des militaires, ce fut en 1976, quand le général Videla expulsa l'incompétente Isabelita Perón, la troisième femme du dictateur. Perón avait fait un bref retour en 1973, et, après sa mort, Isabelita avait pris sa place. « Pourquoi les militaires ont-ils un tel pouvoir dans notre pays ? » avais-je demandé à mon père. En partie, m'avait-il expliqué, parce que c'était l'armée espagnole qui, au seizième siècle, avait conquis l'Amérique latine. « Les militaires, dis-toi qu'ils sont comme le censeur d'un lycée, mais un censeur qui aurait une arme. » Je n'étais qu'une enfant, et la comparaison faisait sens pour moi. Qui a plus de pouvoir qu'un censeur ? J'ignore comment mon père et mes oncles se débrouillèrent avec les changements de pouvoir successifs, mais le fait est que ma famille fut toujours assez maligne pour rester du bon côté, quel que fût le gouvernement en place.

La sécurité était pour nos parents une obsession, et les gardes du corps, des présences familières dans notre quotidien. À l'école ou en ville, il était normal que les enfants soient accompagnés par leurs gardes du corps. Pendant la récréation, j'allais souvent flirter avec eux. Ils rôdaient autour des portails de l'école, sans paraître se soucier de la chaleur, et passaient leur temps à se raconter en riant des histoires de filles et d'armes. S'il y avait eu une tentative de kidnapping, ces paresseux auraient été les derniers à s'en apercevoir. Ils adoraient discuter avec moi. Ma cousine María, la sœur de Santi, toujours sage et prudente, me suppliait de retourner dans la cour de récréation. Plus elle rougissait, plus ma conduite devenait outrancière. Un jour où notre chauffeur était malade, ma mère était elle-même venue me chercher à l'école, et lorsque, en franchissant le portail à mes côtés, elle avait entendu tous les gardes du corps me saluer par mon nom, elle avait manqué s'évanouir. Quand Carlito Blanco m'adressa un clin d'œil, je crus qu'elle allait exploser de fureur, tant son visage était écarlate. Après cet incident, la récréation n'avait plus été drôle du tout. Maman avait parlé à miss Sarah, et il me fut formellement interdit de m'approcher du portail. Maman disait que les gardes du corps étaient des gens « ordinaires » et que je ne devais pas parler à des personnes qui n'appartenaient pas à mon milieu. Quand j'ai été assez grande pour comprendre, grand-père O'Dwyer me raconta des histoires qui m'aidèrent à réaliser combien cette réaction était, venant d'elle, ridicule.

À la mort de Perón, les militaires procédèrent à l'élimination de tous ceux qui s'opposaient à leur pouvoir ; j'étais trop jeune pour comprendre la terreur qu'inspirait à tous cette « guerre sale ». Je n'en pris conscience que bien plus tard, lorsque je retournai en Argentine. Je n'avais pas connu cette période où mes compatriotes avaient vu leur vie brisée et leurs maisons saccagées par les forces de répression.

Que la vie est étrange ! Et que de surprises elle réserve ! Quand je me penche sur mon passé, je revois comme dans un film les diverses aventures qui m'ont emportée loin de ma terre natale où j'avais rêvé de vivre jusqu'à mon dernier soupir. Les paysages vallonnés de la campagne anglaise ont aujourd'hui remplacé, autour de moi, les immensités plates de la pampa, et en dépit de la beauté de cet environnement, je ne peux m'empêcher d'attendre que ces collines s'ouvrent et qu'émerge des champs la vaste plaine ensoleillée d'Argentine.

2

Santa Catalina
Janvier 1972

« Sofía ! Sofía ! *¡Por Dios!*[1] Où est-elle encore passée ? »

Anna Melody Solanas de O'Dwyer arpentait impatiemment la terrasse, en proie à une nervosité croissante. Vêtue d'une longue robe bain de soleil blanche, sa chevelure flamboyante retenue en une queue de cheval lâche, sa silhouette élégante se découpait sur les feux du couchant. Elle scrutait la vaste plaine aride avec une irritation mêlée de lassitude. Dieu que ces vacances d'été, qui s'étiraient de décembre à mars, étaient longues ! Elles épuisaient ses réserves de patience. Sofía se montrait aussi indomptable qu'un animal sauvage. Elle disparaissait des heures entières et se rebellait contre l'autorité maternelle avec une impertinence face à laquelle Anna se trouvait entièrement démunie. Elle se sentait vidée. Il lui tardait que l'automne arrive et que l'école reprenne. Au moins, à Buenos Aires, il y aurait les gardes du corps pour veiller à la sécurité des enfants et – que Dieu bénisse l'école ! – la discipline serait déléguée aux professeurs.

« Jésus, Marie, Joseph, ma fille, lâche donc un peu la bride à cette petite ! » marmonna grand-père O'Dwyer en arrivant sur la terrasse d'un pas traînant, un sécateur à la main. « Si tu es trop sévère avec elle, tu verras qu'un jour elle sautera sur la première occasion pour prendre le large.

– Qu'as-tu l'intention de faire avec ce sécateur, papa ? » s'enquit Anna Melody, suspicieuse, en observant son père qui titubait sur la pelouse.

1. Bon Dieu, bon sang !

« Je ne m'en vais pas te couper le cou, ma fille, si c'est de ça que tu as peur. »

Il partit d'un grand rire et actionna le sécateur dans sa direction.

« Papa ! Tu as recommencé à boire...

– Bah ! Un peu de gnole n'a jamais fait de mal à personne.

– C'est Antonio qui s'occupe du jardin, et il n'y a rien que tu puisses y faire, lança-t-elle en secouant la tête, exaspérée.

– Ta chère mère adorait le jardinage, tu te souviens ? "Ces delphiniums supplient qu'on leur mette des tuteurs", disait-elle. Ah ! personne n'aimait les delphiniums comme ta pauvre mère. »

Dermot O'Dwyer était né et avait grandi à Glengariff, en Irlande du Sud. C'était un homme qui avait toujours su ce qu'il voulait et rien ni personne n'aurait pu le dissuader d'agir comme il l'entendait. Il avait épousé son amour de toujours, Emer Melody, alors qu'il était à peine en âge de gagner sa vie. Il l'avait courtisée dans une abbaye en ruine au pied des collines de Glengariff, et, dans cette même abbaye, ils avaient été unis devant Dieu. La bâtisse avait perdu la plus grande partie de son toit, et dans les interstices et les trous grimpait un lierre vorace et bien déterminé à prendre possession de ce qu'il n'avait pas encore détruit. Il pleuvait tellement le jour de leurs noces que, pour atteindre l'autel, la mariée avait dû chausser des bottes en caoutchouc et retrousser sa robe en mousseline blanche jusqu'aux genoux. Sa sœur, la grosse Dorothy Melody, la suivait, une main crispée sur le manche d'un parapluie blanc. Emer et Dorothy avaient huit frères et sœurs, et si les jumeaux n'étaient pas morts avant leur premier anniversaire, ils auraient été douze en tout. Ce fut donc devant une grande assemblée de parents et d'amis que le père O'Reilly, abrité sous un large parapluie noir, déclara que la pluie était un gage de bonheur : Dieu bénissait cette union des eaux sacrées du Paradis.

Il avait raison. Les deux époux s'aimèrent jusqu'au jour où la mort d'Emer les sépara. Dermot se refusa toujours à penser à sa défunte aimée telle qu'il l'avait trouvée sur le sol de la cuisine, pâle et roidie, plus froide que la glace, par une lugubre matinée de février 1958. Il préférait chérir l'image de la mariée, trente-deux ans plus tôt, si belle avec ses longs cheveux roux parsemés de fleurs de chèvrefeuille, sa bouche espiègle, et ses yeux rieurs qui ne brillaient que pour lui.

Emer disparue, tout à Glengariff évoquait à Dermot son souvenir. Aussi, un beau jour, emballa-t-il ses quelques possessions – un album de photographies, le panier à couture d'Emer, la Bible de son père et un paquet de vieilles lettres – et investit-il jusqu'à son dernier penny dans un aller simple à destination de l'Argentine.

Les premiers temps de son séjour, Anna ne doutait pas de la sincérité de son père quand il prétendait ne rester que quelques semaines en Argentine. Mais lorsque les semaines se transformèrent en mois, Anna dut se rendre à l'évidence : Dermot O'Dwyer était venu pour rester.

Anna Melody avait hérité de sa mère son prénom composé. Dermot adorait le nom musical de son épouse et aurait voulu appeler leur fille tout simplement Melody. Emer s'y opposa – Melody lui évoquait un nom de chatte –, aussi y accola-t-elle le prénom de sa propre mère, Anna.

Après la naissance de cette petite fille, Emer pensa que Dieu avait décidé qu'ils n'avaient nul besoin d'un autre enfant. Anna Melody était si belle, disait-elle, que le Seigneur ne voulait pas lui accorder un second enfant qui serait obligé de vivre dans l'ombre de sa sœur aînée. L'envie d'enfanter une nouvelle fois la tenaillait pourtant, surtout lorsqu'elle voyait ses frères et ses sœurs mettre au monde assez de rejetons pour peupler une ville entière. Mais Emer avait appris de sa mère à remercier Dieu pour tout ce qu'Il avait jugé bon de lui donner. N'avait-elle pas la chance d'avoir au moins un enfant à chérir ? Résignée, elle nourrit sa famille de deux personnes des réserves d'amour qu'elle portait en elle, qui auraient parfaitement convenu pour sustenter une famille de douze. Mais chaque fois qu'elle emmenait Anna Melody voir ses cousins, elle devait faire taire l'envie insidieuse qui lui serrait le cœur.

Anna Melody eut une enfance insouciante. Gâtée par ses parents, elle n'eut jamais à partager ses jouets, ni à patienter pour attendre son tour. Lorsqu'elle jouait avec ses cousins, si d'aventure les choses ne se passaient pas à sa convenance, il lui suffisait de pleurnicher pour que sa mère accoure et s'emploie à lui rendre le sourire. Ce comportement d'enfant gâté valut à Anna Melody de la suspicion de la part de ses cousins. Ils se plaignirent qu'elle gâchait leurs jeux par ses caprices et supplièrent leurs parents de ne plus l'inviter. À chacune de ses visites, ils se mirent à l'ignorer, à lui dire de retourner chez elle. Toutes les occasions étaient bonnes pour lui faire sentir combien elle était indésirable. Anna Melody se retrouva exclue de leurs jeux, mais elle s'en moquait : ses cousins, elle ne les aimait pas non plus.

C'était une enfant étrange, qui trouvait plus de bonheur à galoper seule dans les collines qu'à écumer les rues du village en compagnie d'une bande de gamins en sueur lâchés comme une horde de chats sauvages. Là-haut sur les collines, elle pouvait laisser libre cours à sa fantaisie. Elle s'inventait une autre vie, rêvait à celle des stars d'Hollywood qu'elle voyait au cinéma, Katharine Hepburn, Lauren Bacall, Deborah Kerr. Elle devenait alors une de ces femmes resplendissantes et rayonnantes, vêtues de robes magnifiques, aux yeux ourlés de longs cils. Contemplant la ville à ses pieds, elle se jurait qu'un jour sa vie serait mille fois plus intéressante que celle de tous ces gens. Elle s'en irait loin de ses horribles cousins et jamais plus elle ne reviendrait.

Quand elle épousa Paco et quitta Glengariff pour toujours, à peine Anna eut-elle une pensée pour les parents qu'elle laissait derrière elle, seuls, avec pour unique réconfort le souvenir de leur fille adorée. Leur maison devint froide et sombre sans leur Anna Melody pour la réchauffer de son rire et de son amour. Après le départ de sa fille, Emer ne fut jamais plus la même. Elle passa les dix dernières années de sa vie rongée par un sentiment de vide intérieur. Dans les lettres qu'Anna Melody leur écrivait régulièrement, il y avait toujours des promesses de visite. Ces lettres entretinrent l'espoir dans le cœur de ses parents jusqu'à ce qu'ils comprennent que ces promesses n'avaient guère plus de consistance que le vent, et qu'Anna n'avait aucune intention de les tenir.

Quand Emer mourut, en 1958, et qu'il quitta l'Irlande avec la ferme intention de n'y plus jamais revenir lui non plus, Dermot se demanda pourquoi diable il avait attendu si longtemps. Le cœur d'Emer, il le savait, s'était lentement flétri et desséché avant de finir par se rompre. Si seulement il avait eu le courage de prendre plus tôt la décision de partir, alors sa femme bien-aimée serait peut-être encore en vie.

D'un œil critique et acerbe, Anna surveillait son père qui s'agitait autour du massif de fleurs. À son immense contrariété, il était très différent de l'autre grand-père des enfants. Hector, le père de Paco, avait toujours soigné sa mise et son allure, même lors des week-ends en famille à Santa Catalina. Toujours rasé de près, il ne portait que des pulls en cachemire et des chemises taillées sur mesure à Savile Row, à Londres. Tel le roi George d'Angleterre, il en imposait par sa dignité. Aux yeux d'Anna, Hector incarnait ce qui se rapprochait le plus de la royauté, et jamais il n'était tombé de son piédestal. Même mort, elle sentait sa présence se dresser au-dessus d'elle et, souvent, elle se surprenait à quêter encore son approbation. Après tant d'années en Argentine, elle attendait toujours d'éprouver un sentiment d'appartenance qui, malgré tous ses efforts, demeurait inexistant. Parfois, elle avait l'impression d'observer le monde à travers une vitre invisible – et derrière cette vitre personne ne semblait pouvoir l'atteindre.

« *Señora* Anna, il y a la *señora* Chiquita au téléphone. »

En entendant la voix de Soledad, Anna fut brutalement ramenée au présent et à son père qui, tel un botaniste fou, élaguait tout ce qui se trouvait à portée de sa main.

« *Gracias,* Soledad. Nous n'attendrons pas la *señorita* Sofía. Nous dînerons à neuf heures, comme d'habitude, ajouta-t-elle avant de disparaître dans la maison pour aller répondre à sa belle-sœur.

– *Como quiera*[1], *señora Anna.* »

Soledad regagna la cuisine en songeant que, malheureusement, Sofía allait encore se faire gronder. Des trois enfants de la *señora* Anna, c'était Sofía sa préférée. Soledad était entrée au service du *señor* Paco à l'âge de dix-sept ans, juste après son mariage, sur la recommandation de sa tante Encarnación, la bonne de la *señora* Chiquita. Elle avait appris à faire la cuisine et à entretenir une maison, tandis qu'Antonio, son mari, était embauché comme intendant du domaine. Antonio et elle n'avaient jamais eu d'enfant. Ce n'était pourtant pas faute d'avoir essayé... Soledad se souvenait encore de ces jours lointains où Antonio l'assaillait n'importe quand, n'importe où, contre le fourneau, derrière un buisson ou un arbre. Chaque fois qu'une opportunité se présentait, Antonio veillait à ne pas la laisser passer. Quels amants ils

1. Comme vous voulez.

avaient été ! songea-t-elle avec fierté. Quand, à leur grand désarroi, il devint évident qu'aucun enfant ne naîtrait de ces étreintes, Soledad s'était consolée en reportant sur Sofía ses instincts maternels.

La *señora* Anna n'en avait que pour ses fils et leur consacrait tout son temps. Soledad avait donc pris l'habitude de promener partout avec elle la petite Sofía. Elle l'entortillait dans son tablier et la gardait des journées entières lovée contre sa poitrine. Le soir venu, elle la glissait dans son lit. Enveloppée de l'odeur de sa bonne, protégée par ses chairs moelleuses, Sofía semblait dormir d'un sommeil plus paisible. Inquiète à l'idée que la fillette puisse ne pas recevoir assez d'amour de sa mère, Soledad s'était peu à peu imposée dans la nursery. La *señora* Anna n'avait rien tenté pour l'en empêcher. Elle parut même témoigner à Soledad une vague reconnaissance. Après tout, elle n'avait jamais manifesté beaucoup d'intérêt pour sa fille...

Mais ce n'était pas à Soledad de rendre la justice. Cela ne la regardait pas. Les tensions qui existaient entre le *señor* Paco et son épouse ne la concernaient en rien, et si, parfois, elle les évoquait avec les autres domestiques, c'était simplement pour se justifier de tout ce temps qu'elle consacrait à sa petite Sofía. Les cancans, ce n'était pas son genre. Elle s'occupait de l'enfant avec une dévotion farouche, qui n'aurait pas été plus grande si elle avait été sa fille.

Soledad regarda sa montre et soupira. L'heure tournait, et Sofía allait à coup sûr se faire attraper. Comme d'habitude. Mais cela semblait lui réussir, à cette pauvre petite chatte, s'apitoya Soledad tout en remuant la sauce au thon et en enfournant le veau. La petite était affamée d'attention, n'importe qui aurait pu s'en apercevoir.

Anna, exaspérée, traversa le salon et empoigna le combiné.

« *Hola* [1], Chiquita », fit-elle d'un ton sec.

Elle s'adossa au lourd buffet de chêne.

« Anna, je suis désolée ! s'exclama Chiquita. Sofía est encore

1. Salut.

partie en vadrouille avec Santiago et María. Mais ils devraient rentrer d'une minute à l'autre, maintenant...

— Encore ! » explosa Anna. Elle prit un magazine sur la table pour s'éventer. « Santiago devrait se montrer plus responsable. Il va avoir dix-huit ans au mois de mars. C'est un homme. Quel intérêt trouve-t-il à s'encombrer de la compagnie d'une gamine de quinze ans, je te le demande ? Et ce n'est pas la première fois que ça se produit, tu le sais pertinemment. Tu ne l'as donc pas réprimandé, la dernière fois ?

— Si, si, bien sûr », répliqua Chiquita d'une voix patiente. Elle détestait que sa belle-sœur sorte ainsi de ses gonds.

« *Por Dios,* Chiquita ! Tu ne réalises donc pas qu'il y a des kidnappeurs dehors qui n'attendent que la première occasion pour se jeter sur des enfants comme les nôtres !

— Anna, s'il te plaît, calme-toi. Nous ne sommes pas en danger, ici. Et tu sais très bien qu'ils ne sont pas allés bien loin... »

Elle devina qu'elle parlait en pure perte et qu'Anna ne l'écoutait pas.

« Santiago a une mauvaise influence sur Sofía, repartit Anna. Elle est jeune et se laisse facilement impressionner. Elle est béate d'admiration devant lui. Quant à María, c'est une fille sensée, elle devrait mieux se conduire.

— Je sais, je vais leur parler, je te promets...

— J'y compte bien. »

Il y eut un silence inconfortable, que Chiquita tenta de dissiper en changeant de sujet :

« À propos, pour l'*asado* [1] de demain, avant le match, est-ce que je peux t'aider ?

— Non, je te remercie, je me débrouillerai, reprit Anna d'une voix légèrement adoucie. Oh, Chiquita ! Je suis désolée de m'emporter, mais parfois je ne sais plus comment m'y prendre avec Sofía. Elle est tellement butée ! Et c'est une tête de linotte. Elle ne pense jamais à rien. Les garçons, eux, ne me donnent aucun souci. Je me demande de qui lui vient ce caractère.

— Je me le demande aussi », rétorqua sèchement Chiquita, peu désireuse d'entrer dans les détails.

1. Le rôti (quartier de viande rôtie à la broche ou sur le gril, en plein air). L'*asado* est un grand barbecue où sont grillés différents quartiers de viande, des abats et des saucisses.

« Ce soir, c'est vraiment la plus belle nuit de l'été », soupira Sofía.

L'adolescente était perchée en haut de l'ombú, planté tel un repaire de magicien du Moyen Âge au milieu de l'immensité plate et aride.

Aucun arbre au monde ne ressemble à l'ombú. Gigantesque, doté de branches basses horizontales, la circonférence de son tronc peut excéder dix mètres. Ses racines, longs tentacules noueux, se propagent dans le sol avant de refaire surface. On pourrait croire que l'arbre a commencé à fondre et se répandre, telle de la cire, sur la terre. L'ombú possède une autre particularité : il est le seul arbre indigène de la pampa, le seul authentiquement issu de son sol. Les Indiens voyaient leurs dieux dans l'ombú, et aucun gaucho n'aurait accepté de dormir sous son ombrage, même du temps de Sofía. Pour tous les enfants qui avaient grandi à Santa Catalina, l'ombú était doté de pouvoirs magiques. Il exauçait les vœux quand il le jugeait bon, et sa taille hors du commun en faisait une formidable tour de guet pour scruter le paysage à des kilomètres à la ronde. Mais, par-dessus tout, l'ombú se distinguait par son inexplicable séduction – séduction qui avait poussé des générations et des générations d'enfants à inventer dans le lacis de ses branches des aventures fabuleuses.

Sofía se pencha vers le sol.

« Hé ! J'aperçois José et Pablo ! Allez, dépêchez-vous !

– J'arrive, j'arrive ! cria Santi en achevant d'attacher les poneys.

– Santi ? Tu me fais la courte échelle, s'il te plaît ? » demanda María de sa voix douce et mélodieuse, les yeux rivés sur son intrépide cousine qui se hissait toujours plus haut dans l'entrelacs des branches.

María vouait une grande admiration à Sofía. Elle était courageuse, téméraire, sûre d'elle. Les deux filles étaient depuis leur plus tendre enfance d'inséparables compagnes. Ensemble, elles avaient comploté, conspiré, partagé des jeux et des secrets. Lorsqu'elles étaient enfants, la mère de María, Chiquita, les avait surnommées *las Dos Sombras,* les deux ombres, parce que l'une ne manquait jamais d'apparaître dans les pas de l'autre. Leurs autres cousines étaient plus grandes ou plus jeunes qu'elles ; il était donc naturel que Sofía et María, qui avaient le même âge, soient alliées dans une famille dominée par les garçons. Ni l'une ni l'autre n'ayant de sœur, elles avaient décidé, des années auparavant, de devenir sœurs de sang. Un jour, elles avaient solennellement piqué leurs doigts avec une épingle et les avaient pressés l'un contre l'autre pour mêler leur sang. Depuis lors, elles partageaient avec fierté le secret de ce lien clandestin.

Du sommet de l'ombú, Sofía contemplait la totalité du monde – ou, du moins, de son monde à elle. Il s'offrait à son regard sous un ciel d'une impressionnante beauté. Là-bas, le long de la ligne d'horizon enflammée par le soleil couchant, les cieux paraissaient ruisseler de coulées roses et dorées. L'air était chaud et moite, et les moustiques rôdaient, escadrons sifflants et menaçants, autour des feuilles.

« Oh non ! Je me suis encore fait piquer ! grimaça María en se grattant la jambe.

– Viens là », dit Santi.

Il s'accroupit et plaça le pied de sa petite sœur entre ses mains nouées. D'un mouvement souple, il la souleva et l'aida à se mettre à plat ventre sur la première branche. De là, elle se débrouillerait toute seule. Puis il escalada à son tour les branches avec une agilité qui ne cessait jamais d'impressionner ceux qui le connaissaient bien. Très jeune, Santi avait été victime d'un accident de polo qui lui avait laissé pour séquelle une légère claudication, susceptible de s'aggraver lors de la croissance. Ses parents, désespérés à l'idée de savoir leur fils handicapé à vie, l'avaient emmené aux États-Unis consulter une armée de spécialistes, parmi les plus réputés. Cependant, leur inquiétude s'était révélée inutile, car Santi avait démenti les pronostics médicaux. Enfant, il était, de tous ses cousins, même les plus grands, celui qui courait le plus vite, même s'il avait sa façon bien à lui de le faire, les pieds rentrés en dedans. Adolescent, il s'était imposé comme le meilleur joueur de polo du ranch. « Il ne fait aucun doute, disait avec fierté son père, que le petit Santiago a un courage tel qu'on n'en voit guère de nos jours. Il ira loin. Et chaque pas qu'il aura fait, il ne le devra qu'à lui. »

« Est-ce que ce n'est pas fantastique ? » soupira Sofía avec un sourire radieux lorsque son cousin la rejoignit. « Tu as ton canif ? Je veux faire un vœu.

— Encore ! Que vas-tu souhaiter, cette fois ? De toute façon, il ne se réalisera pas, alors je ne sais pas pourquoi tu t'obstines », répliqua Santi en s'asseyant à côté d'elle, les jambes dans le vide.

Sans se laisser décourager par le dédain manifeste de son cousin, Sofía entreprit d'ausculter l'écorce du bout des doigts, en quête des traces de leur passé.

« Oh ! que si, il se réalisera. Peut-être pas cette année, mais un jour, quand il deviendra vraiment important. Cet arbre sait quels vœux exaucer et quels vœux ignorer. »

Elle caressa l'écorce avec tendresse.

« Parce que tu veux me faire croire que cet arbre idiot pense et sent ! » ricana Santi.

D'une main moite, il repoussa son épaisse chevelure blonde.

« Tu n'es qu'un imbécile et un ignorant, Santi ! riposta Sofía avec véhémence. Attends un peu. Un jour, tu t'apercevras à quel point tu t'es trompé, et ce jour-là, où tu voudras de toutes tes forces qu'un vœu se réalise, tu viendras ici en catimini et toi aussi tu graveras ta marque dans ce tronc. »

Elle éclata d'un rire espiègle.

« Je crois plutôt que j'irai voir la *vieja bruja* en ville. Cette vieille sorcière a davantage de chances de prédire mon avenir que cet arbre stupide.

— Va donc la voir, si ça te chante, et si tu es capable de retenir ta respiration assez longtemps pour ne pas sentir sa puanteur. Oh ! En voilà une ! »

Elle suivit du doigt la cicatrice nette et blanchie d'un ancien vœu.

Lorsque María les rejoignit, elle avait le visage en feu et le front ruisselant. Sa chevelure mordorée retombait sur ses épaules en boucles souples qui collaient à ses joues moites et rondes.

« Regardez comme c'est beau », soupira-t-elle en embrassant l'horizon du regard.

Mais sa cousine avait perdu tout intérêt pour le panorama, affairée qu'elle était à inspecter l'écorce à la recherche d'autres traces.

« Je pense que celle-ci est de moi. » Elle se hissa sur une branche au-dessus de Santi pour examiner la marque de plus près. « Oui, elle est bien de moi, c'est mon symbole, vous le voyez ?

— C'était peut-être un symbole il y a six mois, mais maintenant, c'est juste une tache informe, railla Santi en allant s'asseoir sur une autre branche.

— C'était une étoile. Je les dessine assez bien, en général, rétorqua Sofía avec hauteur. Hé, María ! Où sont tes marques ? »

María progressait le long de la branche à pas précautionneux. Après s'être réorientée, elle enjamba Santi et s'installa sur une branche en contrebas, près du tronc. Elle trouva la marque qu'elle cherchait, et la caressa du doigt.

« Mon symbole, c'était un oiseau, dit-elle en esquissant un sourire nostalgique.

— Et c'était quoi, le vœu ? » voulut savoir Sofía.

D'un bond assuré, elle descendit à sa rencontre.

« Si je vous le dis, vous allez vous moquer de moi, dit María avec timidité.

— Pas du tout, l'assura Santi. Est-ce qu'il s'est réalisé ?

— Bien sûr que non. Il ne se réalisera jamais. Mais ça vaut encore la peine d'essayer.

— Bon alors, tu nous dis ce que c'était ? s'impatienta Sofía, intriguée par la réticence de sa cousine.

— D'accord, abdiqua María en baissant les yeux. J'ai souhaité avoir une belle voix pour accompagner maman quand elle joue de la guitare. »

Quand elle releva les yeux, elle vit son frère et sa cousine qui pouffaient.

« Donc l'oiseau symbolise le chant, conclut Santi avec un large sourire.

— Euh, oui, je suppose... Mais quand je l'ai dessiné, je ne le savais pas.

— Alors pourquoi tu l'as dessiné, triple buse ?

— Parce que j'aime les oiseaux et qu'il y en avait un dans l'arbre quand j'ai fait le vœu. Il était tout près de moi. Un oiseau adorable. Papa dit toujours que le symbole qu'on choisit n'a pas forcément de rapport avec le vœu. Ce qui compte, c'est qu'il devient ta marque. Et puis de toute façon, mon oiseau n'est pas si ridicule que ça. C'était il y a un an et j'avais quatorze ans. Au lieu de vous moquer de mon vœu, pourquoi ne dites-vous pas quel était le vôtre ? Sofía ?

— J'ai demandé que papa me laisse jouer dans la *Copa Santa Catalina* », répondit-elle avec morgue.

Elle guetta la réaction de Santi. Comme elle s'y attendait, il explosa d'un rire exagéré.

« La Coupe Santa Catalina ! Rien que ça ! Tu plaisantes, j'espère ? »

Pour bien souligner son incrédulité, il écarquilla ses yeux vert clair et grimaça.

« Pas du tout. Je suis on ne peut plus sérieuse, insista Sofía, une étincelle de défi dans le regard.

— C'était pour quoi, l'étoile, alors ? demanda María en époussetant son épaule, où une traînée de mousse avait sali son chemisier.

— Parce que je veux devenir une étoile du polo, rétorqua Sofía, suffisante.

— *¡Mentirosa!*[1] Chofi[2], c'est seulement parce que c'est la seule chose que tu sois capable de dessiner. Il n'y a qu'une artiste dans la famille, et c'est María. » Il se balança d'avant en arrière sur la branche en gloussant. « La *Copa Santa Catalina.* Quelle gamine tu fais !

— Comment ça, une gamine ? Non mais, pour qui tu te prends, riposta-t-elle en affectant d'être vexée. J'aurai seize ans en avril. C'est dans trois mois seulement, et après ça, je serai une femme.

— Chofi, tu ne seras jamais une femme... parce que tu n'as jamais été une fille, lui rétorqua-t-il en faisant allusion à sa nature de garçon manqué. María est une fille, mais alors toi, Chofi, vraiment pas. »

Sofía regarda son cousin glisser avec souplesse sur une branche inférieure. Son jean déformé, râpé, descendait bas sur ses hanches, et lorsque son tee-shirt se retroussa sur sa poitrine, Sofía aperçut un ventre plat et bronzé, flanqué de hanches qui faisaient saillie. Personne, pourtant, ne mangeait autant que Santi. Il engloutissait la nourriture avec la voracité d'un affamé. Sofía brûlait de tendre la main pour caresser cette peau, chatouiller ce corps. N'importe quel prétexte était bon, pourvu qu'elle le touche. La plupart du temps, Santi et elle s'assaillaient l'un l'autre,

1. Menteuse.
2. Déformation de Sofia.

et ce contact physique lui plaisait terriblement. Elle ne l'avait pas touché depuis au moins une heure et elle en avait tellement envie que ça lui faisait mal.

« Et toi, Santi, où sont tes marques ? lui demanda-t-elle pour réclamer de nouveau son attention.

— J'en sais rien et je m'en fiche. De toute façon, tout ça, c'est des âneries.

— C'est pas vrai ! s'indignèrent les deux filles à l'unisson.

— Tu te souviens, quand on était petits, mon père nous faisait graver un vœu chaque été ? dit Sofía d'une voix nostalgique.

— C'est ce qu'ils faisaient quand ils étaient petits, eux aussi, et je suis sûre que si on les cherche, leurs marques sont encore là, ajouta María avec enthousiasme.

— Non, María, rétorqua Santi, très docte. Il y a longtemps qu'elles ont disparu. Elles s'effacent après un an ou deux. En tout cas, Sofía va avoir besoin d'un sacré coup de main de la magie pour que Paco la laisse participer à la *Copa Santa Catalina.* »

Et, pour bien souligner à quel point les prétentions de sa cousine étaient grotesques, il éclata de rire à nouveau, en se tenant les côtes. En deux temps trois mouvements, Sofía sauta avec une souplesse féline sur la branche à côté de son cousin et commença à le chatouiller. Santi gloussa, protesta, hurla, demanda grâce, en vain. Dix doigts vengeurs s'acharnaient avec frénésie sur son ventre, jusqu'à lui arracher des cris de plaisir et de douleur.

« Cho... fi ! haleta-t-il entre deux éclats de rire, pas ici ! pas ici ! On va tomber. On va se tuer ! »

Mais Sofía ne voulait rien entendre, et il sentit les doigts intrépides de sa cousine s'aventurer au-delà de la ligne de démarcation entre la peau hâlée et celle, blanche, secrète, qui se cachait du soleil sous son caleçon. Il lui agrippa le poignet et lui imprima une torsion si énergique que Sofía abandonna brusquement toute lutte en laissant échapper un cri. Santi avait dix-sept ans, soit deux ans de plus que sa sœur et sa cousine. Lorsqu'il utilisait sa force pour la dominer, Sofía ressentait un surcroît d'excitation, mais prétendre ne pas le supporter faisait partie du jeu.

« Je ne vois pas pourquoi il y a si peu de chances que ça marche, riposta-t-elle en appuyant son poignet meurtri contre sa poitrine.

— Très peu de chances, Chofi. Très, très peu, insista Santi avec un sourire sardonique.

– Pourquoi ?

– Parce que les filles ne sont pas admises dans les matches.

– Eh bien, il faut toujours une première fois, affirma-t-elle en le défiant. Je pense que papa finira par me laisser jouer.

– Pas pour la *Copa Santa Catalina*. C'est une question de prestige, et, de toute façon, c'est Agustín le quatrième.

– Peut-être... Mais tu sais que je peux jouer aussi bien qu'Agustín.

– Non, je ne sais pas. Et, quoi qu'il en soit, si par miracle tu finissais par jouer, ça n'aurait rien à voir avec de la magie. La triche et la manipulation, les intrigues, ça, c'est plus ton rayon, Chofi. Pauvre Paco qui se laisse embobiner sans même s'en apercevoir !

– Tout le monde se laisse embobiner par Sofía, Santi, renchérit María avec un rire qui témoignait plus d'admiration que de jalousie.

– Sauf maman, corrigea Sofía.

– Tu perds la main, Chofi.

– Avec Anna, Sofía n'a jamais eu la main ! »

Tous les ans, la Coupe Santa Catalina opposait le clan Solanas à celui de La Paz, l'*estancia*[1] voisine. Les deux domaines s'affrontaient depuis des années, des générations même, et l'année précédente, Santa Catalina avait perdu, d'un point seulement. Les nombreux cousins Solanas consacraient leurs mois d'été à s'entraîner, sous la houlette de Paco et de Miguel, son frère aîné. Les deux pères tyrannisaient sans relâche les garçons pour améliorer leur jeu. À l'âge de dix-sept ans, Santi jouait déjà avec un handicap de six – fait remarquable puisque le handicap maximal était de dix –, ce qui était la marque d'un joueur accompli. Très fier de son fils, Miguel ne faisait aucun effort pour dissimuler son favoritisme. Or Fernando, le frère aîné de Santi, ne jouait qu'avec un handicap de quatre. La supériorité de son petit frère le mettait hors de lui, l'humiliait. Non seulement Santi était un meilleur athlète que lui, mais, qui plus est, il boitait. Fernando, qui avait eu maintes preuves de la préférence de leurs parents pour Santi, souhaitait tellement voir son frère échouer qu'il en grinçait des

1. La ferme (*estanciero* : fermier).

dents des nuits entières. Mais Santi demeurait invincible. Et lorsqu'un dentiste avait obligé l'infortuné Fernando à porter, la nuit, un hideux moulage pour épargner ses dents, Santi avait naturellement trouvé un autre sujet de moquerie contre son frère.

Rafael et Agustín, les deux frères de Sofía, complétaient l'équipe. Mais alors que Rafael jouait lui aussi avec un handicap de quatre, Agustín devait se contenter d'un handicap de deux.

Quant à Sofía, à son immense rage, à son grand désespoir, elle était exclue de l'équipe. C'était, à ses yeux, la marque d'une injustice criante. Elle avait toujours détesté les jeux de filles et avait grandi dans un univers de garçons, avide de participer à leurs activités. Seul Santi avait, de tout temps, accepté qu'elle se joigne à eux. Il prenait le temps de corriger son jeu pour l'aider à progresser. C'est lui encore qui avait insisté pour qu'elle participe à leurs entraînements, même quand il lui avait fallu, pour obtenir gain de cause, tenir tête à l'opposition farouche de son frère et de ses cousins. Fernando, Agustín et Rafael détestaient l'idée de jouer au polo avec une fille, et cela d'autant plus que cette fille se débrouillait mieux que certains d'entre eux. Santi avait toujours prétendu imposer Sofía aux entraînements pour avoir la paix. « Tu te montres tellement insistante quand tu veux quelque chose, lui avait-il dit une fois, que c'est plus simple et moins fatiguant de te l'accorder. » Sofía lui en avait été immensément reconnaissante. Santi était sans conteste son cousin préféré. Il la défendait et se montrait, en maintes occasions, bien meilleur frère que Rafael ou l'infortuné Agustín ne le seraient jamais.

Santi lança son canif à Sofía.

« Allez, vas-y, fais tes vœux », dit-il tout en sortant un paquet de cigarettes de la poche de sa chemise. « T'en veux une, Chofi ?

— Bien sûr. »

Il alluma sa cigarette, en aspira une longue bouffée et la passa à sa cousine. Sofía grimpa sur une branche plus haute avec l'agilité et l'assurance d'un singe et s'assit en tailleur, révélant à travers le tissu élimé et déchiré de son jean des genoux dorés par le soleil.

« Bon, qu'est-ce que je vais demander, cette fois ? s'interrogea-t-elle à voix haute en ouvrant le canif.

— Assure-toi que ce soit quelque chose d'irréalisable », lui conseilla Santi.

Il tourna les yeux vers sa sœur, installée quelques branches plus bas. Elle couvait Sofía d'un regard ouvertement admiratif. Sofía tira sur la cigarette et recracha la fumée avec une grimace de dégoût.

« Hé ! Si tu es incapable de fumer correctement, rends-moi ma clope, ce n'est pas la peine de la gaspiller, râla Santi. Tu ne peux t'imaginer le mal que j'ai à me les procurer.

– Menteur ! C'est Encarnación qui te les achète », protesta Sofía en commençant à graver l'écorce.

Une fois la première entaille faite, le bois tendre se laissa creuser facilement et se détacha en petits copeaux semblables à du chocolat.

« Qui t'a raconté ça ? demanda Santi d'un ton inquisiteur.

– María.

– Je ne voulais pas..., commença María avec un air coupable.

– Écoute, Santi, quelle importance ? Tout le monde s'en fiche. Et de toute façon, on ne te trahira pas », lança distraitement Sofía, plus captivée désormais par son vœu que par la dispute qui, par sa faute, menaçait d'éclater entre le frère et la sœur.

Santi, la cigarette coincée entre l'index et le pouce, aspira une longue bouffée de tabac tout en observant Sofía. Ils avaient grandi ensemble et Santi la considérait depuis toujours comme une autre sœur. Le visage de Sofía reflétait une concentration intense. Elle avait une peau souple, douce et brune comme la mousse au chocolat au lait d'Encarnación. Son profil trahissait une certaine arrogance, mais peut-être était-ce dû à son nez retroussé. À moins que ce ne fût à la force de son menton volontaire ? Santi aimait la personnalité de sa petite cousine, sa crânerie, son caractère exigeant. L'espace d'un seul battement de paupières, ses yeux marron en amande pouvaient passer de la douceur à l'orage. Sous l'effet de la colère, de noisette leur couleur virait au bronze, une nuance que Santi n'avait jamais vue dans les yeux de quelqu'un d'autre. Certes, Sofía savait aussi se montrer insupportable et ombrageuse. Mais pour cela également il l'admirait, tout comme il admirait cette force en elle qui attirait irrésistiblement les gens vers elle, même si parfois ils se brûlaient en voulant approcher trop près. Du haut de son statut unique de cousin préféré, Santi adorait regarder les imprudents se consumer. Et quand les amitiés de Sofía tournaient mal, il était toujours prêt à venir à son secours.

Après un moment, Sofía se recula pour contempler son œuvre.

« Alors, c'est quoi cette fois ? demanda María en se plaquant contre le tronc pour mieux voir.

— Tu ne le vois donc pas ? s'offusqua Sofía.

— Excuse-moi, mais non ! répliqua María en riant.

— C'est un cœur. »

Elle surprit le regard interrogateur de sa cousine, qui plissa le front avant de s'exclamer : « Oh ! »

« Ça fait un peu cliché, non ? intervint Santi en s'étirant paresseusement. Et qui est l'heureux élu ?

— Je ne peux pas le dire puisque c'est un vœu », fit Sofía avec un sourire de sainte nitouche.

Il n'était vraiment pas dans ses habitudes de rougir, mais depuis quelques mois elle était en proie à des réactions bizarres en présence de son cousin. Quand Santi la fixait dans les yeux, de ce regard intense qui n'appartenait qu'à lui, elle sentait immanquablement son visage s'empourprer, et, sans aucune raison apparente, son cœur se mettait à battre la chamade. Certes, elle admirait Santi. Elle le vénérait, même. Mais pourquoi son visage virait-il ainsi à l'écarlate lorsqu'elle parlait aux garçons ? Une fois, elle s'en était plainte à Soledad, qui avait éclaté de rire avant de lui répondre qu'elle était en train de grandir. Sofía avait alors espéré grandir vite.

Tandis qu'elle réfléchissait à ces nouveaux sentiments avec une curiosité mêlée d'euphorie, elle observa que Santi, qui, tel un Peau-Rouge, exhalait distraitement de petits nuages de fumée, semblait à mille lieues de ses préoccupations.

María vint lui réclamer le canif et entreprit de graver un petit soleil.

« Puissé-je avoir une vie longue et heureuse, dit-elle d'une voix empreinte de gravité.

— En voilà un drôle de vœu ! ricana Sofía en fronçant le nez.

— On ne doit jamais rien considérer comme acquis, répliqua María.

— Oh, mon Dieu ! Toi, tu as trop écouté ma folle furieuse de mère ! s'exclama Sofía. Est-ce que tu vas aussi te mettre à embrasser ton crucifix ? »

Elle prit une expression de piété inspirée et singea un signe de croix, ce qui fit éclater de rire María.

« Et toi, Santi, reprit-elle, tu ne vas rien demander ? Allez ! Fais-le ! C'est la tradition.

— Pff ! Des trucs de fille, tout ça. »

Sofía s'esclaffa, puis s'adossa au tronc en prenant une profonde inspiration.

« Vous sentez le parfum de l'eucalyptus ? Vous savez quoi ? De toutes les odeurs du *campo*, c'est celle que je préfère, et si j'étais perdue au milieu des mers et que je sentais ce parfum, je pleurerais pour rentrer à la maison. »

Elle ponctua sa déclaration d'un soupir mélodramatique.

Santi tira énergiquement sur sa cigarette.

« C'est vrai, c'est un parfum qui me rappelle toujours l'été.

— Moi, je ne peux pas sentir les eucalyptus, se plaignit María, la seule odeur qui vient dans ma direction, c'est celle de la Marlboro de Santi. »

Avec une grimace de dégoût, elle chassa l'air autour d'elle.

« *Bueno*, ne reste pas assise sous le vent, alors.

— Non, Santi, intervint Sofía. C'est à toi de ne pas rester assis au vent.

— *¡Mujeres!*[1] soupira-t-il d'un ton las.

Avec une langueur féline, il s'allongea sur la branche, fouillant des yeux le crépuscule voilé de poussière, à la recherche des premières étoiles. En silence, les deux filles l'imitèrent.

À l'ombre de l'ombú, les poneys s'impatientaient. Ils s'ébrouaient, piétinaient, balançant le poids de leur corps d'un côté et de l'autre pour soulager leurs pieds, et secouaient la tête pour disperser les nuées de mouches et de moustiques agglutinés autour d'eux. Finalement, María suggéra qu'il était temps de regagner le ranch.

« Il va bientôt faire complètement nuit, remarqua-t-elle avec une pointe d'anxiété dans la voix au moment où elle se mettait en selle.

— Maman va me tuer ! gloussa Sofía en imaginant le visage écarlate de colère d'Anna.

— Et je suppose que la faute va encore me retomber dessus, grommela Santi.

— Bien sûr, Santiago. C'est toi l'adulte, ici. C'est toi qui es censé veiller sur nous.

— Avec ta mère sur le sentier de la guerre, Chofi, franchement, je ne tiens pas à endosser une telle responsabilité. »

1. Ah ! Les filles !

Cette seule pensée lui arracha un soupir. Le caractère d'Anna était célèbre dans la famille.

Sofía sauta en selle et, d'une poigne expérimentée, guida sa monture dans les ténèbres naissantes.

Appuyé contre le portail de l'enclos, José sirotait son maté. Il attendait le retour des enfants avec la patience d'un homme pour qui le temps ne signifie pas grand-chose. Lorsqu'ils mirent pied à terre devant lui, le vieux *gaucho* secoua sa tête grise avec un air de désapprobation.

« *Señorita* Sofía, votre mère n'a pas arrêté d'appeler, gronda-t-il. Vous jouez avec le feu, *niña*[1], vous devriez faire plus attention.

— José ! Tu sais bien que je m'en sors toujours ! » lança Sofía avec un rire désinvolte, avant de galoper après Santi et María qui, déjà, se dirigeaient vers les maisons.

Anna, en effet, fulminait. Sitôt qu'elle vit Sofía entrer, elle jaillit de son fauteuil tel un diable de sa boîte, en agitant les bras convulsivement comme si elle avait perdu tout moyen de les contrôler.

« Où étais-tu passée ? » hurla-t-elle.

Sofía remarqua combien la rougeur de son visage détonnait horriblement avec ses cheveux roux.

« On est partis faire une balade à poney, et on a oublié l'heure. Je m'excuse », répondit-elle platement.

Du fond du sofa sur lequel étaient vautrés Agustín et Rafael fusèrent des ricanements ironiques.

« Pourquoi riez-vous, vous deux ? rugit Sofía. Agustín, arrête de m'espionner. C'est pas tes oignons...

— Sofía, tu n'es qu'un vilain crapaud menteur !

— Rafael ! Agustín ! Cela n'a rien d'une plaisanterie ! cria Anna, exaspérée.

— Consignée dans sa chambre, la *señorita* Sofía », marmonna Agustín en imitant la voix de sa mère.

Anna n'était nullement d'humeur à supporter les facéties de son fils. Elle se tourna vers son mari, en quête de soutien, mais Paco se détourna ostensiblement vers ses fils, pour poursuivre leur conversation au sujet de la *Copa Santa Catalina*. Anna jeta ensuite

1. Petite (petite fille).

un coup d'œil acerbe à son père, qui ronflait bruyamment dans son fauteuil, dans un coin de la pièce. De toute façon, songea-t-elle avec amertume, il ne lui aurait été d'aucun secours. Comme d'habitude, c'était à elle qu'incombait le rôle de la méchante. Avec un soupir de martyre qu'elle avait eu maintes fois l'occasion de perfectionner, elle se tourna vers sa fille et, d'une voix cinglante, l'expédia dans sa chambre sans souper.

Sofía s'éclipsa du salon sans broncher, pour gagner directement la cuisine. Ainsi qu'elle l'escomptait, Soledad l'y attendait avec des *empanadas* [1] et un bol fumant de *zapallo* [2].

« Paco, pourquoi ne me soutiens-tu pas ? geignit Anna sitôt que sa fille eut disparu. Pourquoi prends-tu toujours son parti ? Je ne peux pas y arriver toute seule !

– Tu es fatiguée, *Amor*. Pourquoi n'irais-tu pas te coucher de bonne heure ? » répondit-il en levant les yeux vers sa femme.

Il remarqua immédiatement combien son visage était crispé. Où était-elle donc passée, la jeune fille aimante et enjouée qu'il avait épousée ? Qu'est-ce qui la retenait de laisser transparaître ses véritables sentiments et de se montrer telle qu'elle était ? Anna s'était repliée derrière une ligne invisible, et Paco se demandait si elle la franchirait de nouveau un jour.

Le dîner se déroula dans une ambiance pesante. Anna gardait le silence et arborait un air pincé. Rafael et Agustín l'ignoraient, tout à leur conversation avec leur père à propos du match de polo du lendemain. L'absence de Sofía à table – un fait qui devenait de plus en plus fréquent – les laissait parfaitement indifférents.

« C'est de Roberto et Francisco Lobito qu'il faut se méfier », dit Rafael, la bouche pleine.

Anna darda sur son fils un regard courroucé, mais s'abstint de toute remarque. À vingt et un ans, Rafael avait passé l'âge de s'entendre dire par sa mère ce qu'il devait faire ou ne pas faire.

« C'est sûr qu'ils vont marquer Santi avec insistance, pronostiqua Paco. C'est le meilleur joueur de notre équipe. Ce qui signifie que vous, les garçons, vous aurez encore plus de responsabilités.

1. Chausson à la viande ou au fromage.
2. Courge, potiron.

Je dis ça pour toi, Agustín. Il va falloir que tu te concentres. Que tu te concentres *vraiment*.

— Ne t'inquiète pas, papa », répliqua l'intéressé en regardant successivement son père et son frère pour les assurer de sa sincérité. « Je ne vous laisserai pas tomber.

— Tu as intérêt, mon fils, sinon, c'est ta sœur qui va jouer à ta place. »

Anna remarqua qu'Agustín rougissait et manquait de s'étrangler en avalant un morceau de veau. Elle soupira avec ostentation, mais son mari l'ignora. Elle poursuivit son dîner en silence. Que Sofía joue au polo avec ses cousins, elle avait bien été obligée de l'accepter. Mais c'était une affaire de famille et qui ne devait en aucun cas sortir de ce cercle privé. Pour disputer un match sous les yeux de la famille Lobito de La Paz, Sofía devrait passer sur son cadavre, songea-t-elle dans une flambée de colère.

Indifférente à la colère et à l'accueil sévère de sa mère, Sofía se prélassait dans un bain rempli de milliers de petites bulles blanches scintillantes. La nuque calée contre le rebord de la baignoire, elle laissa son esprit divaguer vers Santi. Elle n'ignorait pas que c'était mal de penser à lui de cette façon. S'il avait connu les pensées lascives que lui inspirait son cousin, le père Julio lui aurait ordonné de réciter vingt Ave. Sa mère entrerait, elle, dans une rage folle et lui dirait qu'un attachement de cette sorte était contre nature. Mais pour Sofía, c'était la chose la plus naturelle du monde. Elle s'imaginait en train de l'embrasser et se demandait comment ce serait. Elle n'avait jamais embrassé personne. Enfin, elle avait embrassé Nacho Estrada dans la cour de récréation parce qu'elle avait perdu un pari, mais ce n'était pas vraiment un baiser. Pas un baiser d'amoureux. Elle ferma les yeux et se représenta le visage de Santi à quelques centimètres du sien, sa peau dorée comme le miel, ses lèvres charnues et souriantes, imperceptiblement ouvertes... avant de venir se poser sur les siennes. Elle imagina ses yeux, deux éclats de péridot, plonger dans les siens. Ensuite... ensuite, l'imagination lui faisait défaut, car elle ne savait pas précisément ce qui arrivait après. Elle rembobina donc le film pour reprendre toute la scène depuis le début, jusqu'à ce que l'eau du bain ait complètement refroidi et que la pulpe de ses doigts soit aussi ridée que la peau d'un vieil iguane.

3

Lorsque Sofía s'éveilla, les premières lueurs de l'aube dessinaient un rai de lumière entre les deux pans du rideau. Elle resta étendue, les yeux grands ouverts, à écouter les bruits du matin. Les chants des *gorriones* [1] et des *tordos* [2], qui sautillaient de branche en branche dans les hauts sycomores et dans les peupliers, étaient un joyeux prélude à la journée. Sans avoir besoin de regarder son réveil, Sofía savait qu'il était six heures. L'été, elle se réveillait toujours à cette heure-là. C'était le moment de la journée qu'elle préférait : tout le monde dans la maison dormait encore. Elle enfila un jean et un tee-shirt, noua un ruban rouge à l'extrémité de sa longue tresse brune et chaussa ses *alpargatas*.

Dehors, le soleil n'était encore qu'une tache de lumière diffuse qui émergeait lentement des brumes de l'aurore. D'un pas léger et joyeux, Sofía fila à travers les arbres en direction du *puesto* et du terrain de polo, où José, tout aussi matinal qu'elle, l'attendait, vêtu de ses amples *bombachas*, avec ses bottes en cuir fauve et sa lourde *rastra* décorée de grosses pièces d'argent. Sous la direction expérimentée du vieux gaucho, et avec Pablo, son fils, tous les matins pendant les deux heures qui précédaient le petit déjeuner, Sofía s'exerçait à frapper la balle, à la réceptionner, à la renvoyer. Ce moment lui procurait un bonheur pur. À l'insu de sa famille encore endormie, elle cavalait sur le terrain avec enthousiasme et ardeur, emplie d'un sentiment de liberté qui n'avait pas d'équivalent dans sa vie.

Quand huit heures sonnèrent, elle abandonna son poney à José et regagna la maison d'une humeur sereine. Au passage, elle lança

1. Moineaux.
2. Étourneaux.

un regard vers la maison de Santi, en partie dissimulée par le feuillage d'un chêne. Rosa et Encarnación, vêtues de leurs uniformes blanc immaculé et bleu pastel, dressaient tranquillement le couvert du petit déjeuner. Sofía savait bien qu'il était vain d'espérer apercevoir Santi à une heure aussi matinale. Il adorait dormir et émergeait rarement avant onze heures.

La maison de Chiquita ne ressemblait pas à celle d'Anna : toute en brique rouge, recouverte d'un toit de tuiles poussiéreuses et blanchies par le soleil, elle était bâtie de plain-pied. Sofía préférait la maison de ses parents, ses murs blancs étincelants ponctués de volets sombres et les vasques en terre dans lesquelles sa mère avait planté des géraniums et des pivoines.

Paco et Anna buvaient leur café sur la terrasse à l'ombre d'un large parasol. Grand-père O'Dwyer faisait la démonstration d'un tour de cartes à l'un des chiens que l'espoir de voir quelques miettes tomber de table rendait inhabituellement complaisant. Vêtu d'un jean et d'un polo rose, Paco lisait les journaux, une paire de lunettes chaussées sur l'extrémité de son nez aquilin. Lorsque Sofía approcha, il posa son journal pour se resservir de café.

« Papa...

– Non, Sofía.

– Quoi ? Je ne t'ai encore rien demandé ! » s'exclama-t-elle en riant.

Elle se pencha pour l'embrasser.

« Je sais très bien ce que tu vas me demander, et la réponse est non. »

Sofía s'assit et prit une pomme dans la corbeille. En observant à la dérobée le visage de son père, elle remarqua que les coins de sa bouche s'étaient imperceptiblement relevés. Elle lui lança un regard espiègle et sourit à son tour, de ce sourire qu'elle réservait à son père, ou à son grand-père, une expression teintée de malice enfantine, redoutablement charmeuse.

« Papa, on ne me laisse jamais l'occasion de jouer. C'est tellement injuste ! Après tout, *papito* [1], c'est toi qui m'as appris à jouer.

– Sofía ! rugit soudain Anna. Assez, c'est assez ! » La réaction

1. Mon petit papa.

de Paco l'exaspérait. Pourquoi se laissait-il embobiner à chaque fois ? « Papa a dit non, alors maintenant, tu le laisses tranquille, et tu manges ta pomme correctement. Avec un couteau. »

Sofía, avec une insistance rageuse, lardait la chair du fruit de coups de lame. Anna faisait mine de l'ignorer. Tout en feuilletant un magazine, elle observait pourtant sa fille du coin de l'œil, et la réaction de Sofía ne fit que la conforter davantage dans sa résolution.

« Pourquoi ne veux-tu pas me laisser jouer au polo, maman ? demanda Sofía en anglais.

— Ce n'est pas un sport convenable pour une jeune fille. Car tu es une jeune fille, et non un garçon manqué, ajouta-t-elle tranquillement.

— Tout ça, c'est parce que tu n'aimes pas les chevaux ! argumenta Sofía avec dépit.

— Ça n'a rien à voir, Sofía.

— Si. Tu veux que je sois comme toi. Mais je ne te ressemble pas. Je ressemble à papa. *¿No es verdad, papá?*[1]

— De quoi parlez-vous ? » demanda Paco.

Il avait tendance à se désintéresser des échanges entre sa femme et sa fille dès lors qu'elles commençaient à parler en anglais. À ce moment-là, Rafael et Agustín apparurent sur la terrasse. Ils se traînaient d'un pas hésitant, en plissant les yeux sous l'assaut de la lumière crue, tel un couple de vampires. Ils avaient passé la plus grande partie de la nuit dans le petit night-club de la ville. Anna posa son magazine et leva vers ses fils un regard empreint de tendresse maternelle.

« Cette lumière est vraiment trop vive, grogna Agustín. Ma tête me fait souffrir le martyre.

— À quelle heure êtes-vous rentrés ? s'enquit Anna avec sollicitude.

— Vers cinq heures, maman. J'aurais pu dormir jusqu'à midi ! répondit en se penchant pour l'embrasser un Rafael très peu sûr de son équilibre. Qu'est-ce qui se passe, Sofía ?

— Rien ! aboya-t-elle en plissant les yeux. Je vais me baigner. »

1. N'est-ce pas vrai, papa ?

Lorsqu'elle eut disparu, Anna reprit son magazine et adressa à ses fils un de ces sourires las auxquels ils étaient accoutumés.

« La journée s'annonce mal, soupira-t-elle. Sofía est très contrariée parce qu'elle n'est pas autorisée à participer au match.

– *Por Dios,* papa ! se récria Rafael. Il n'en est pas question !

– Papa, tu ne peux pas prendre ça au sérieux, n'est-ce pas ? » renchérit Agustín, un trémolo d'inquiétude dans la voix.

Anna était aux anges. Pour une fois, sa fille capricieuse avait échoué à manipuler Paco. Elle sourit avec gratitude à son mari, et, d'un geste furtif, posa sa main sur la sienne.

« Pour l'instant, annonça Paco avec un agacement manifeste, ma seule préoccupation est de savoir si je vais beurrer ma *media luna*[1], si je vais prendre un toast avec du *membrillo*[2], ou seulement du café. Voilà les seules décisions que j'ai envie de prendre ce matin. »

Sur quoi, il releva son journal.

« De quoi parlez-vous, Anna Melody ? » demanda alors grand-père O'Dwyer, qui ne comprenait pas un traître mot d'espagnol.

Dermot O'Dwyer appartenait à une génération qui croyait à la suprématie du Grand Empire britannique et attendait de tout un chacun qu'il s'exprime en anglais. Quatorze années passées en Argentine n'avaient en rien émoussé ses convictions. Il n'avait jamais fait le moindre effort pour apprendre la langue de son nouveau pays, pas même un minimum de mots usuels pour communiquer avec les domestiques. Ces derniers devaient par conséquent interpréter ses gestes et décoder les très rares mots d'espagnol qu'il se résolvait à ânonner. Quand ses interlocuteurs, en désespoir de cause, écartaient les mains en signe d'impuissance, ou haussaient les épaules, grand-père O'Dwyer, irrité, grommelait un : « Depuis le temps, j'aurais pu espérer que vous auriez pigé ! » rageur, et s'éloignait de son pas traînant en quête d'une âme charitable susceptible de faire office de traducteur.

« Sofía veut jouer dans le match de polo, se força à répondre Anna d'un ton sec.

– Satanée bonne idée ! Qu'elle montre donc une ou deux choses à ces garçons ! »

1. Demi-lune (croissant).
2. Pâte de coing.

Sofía fendit la surface de l'eau et savoura la fraîcheur qui enveloppait sa peau. Elle fit plusieurs longueurs d'un crawl énergique pour libérer sa rage, puis s'arrêta brusquement, se sentant observée. Elle s'ébroua et avisa María, debout sur le bord du bassin.

« *Hola,* lâcha-t-elle d'une voix essoufflée.

– Qu'est-ce qui t'arrive ?

– Ne m'en parle pas, je suis *loca*[1] de colère.

– À cause du match ? Ton père ne veut pas que tu joues ? demanda María en ôtant son short de coton blanc pour s'allonger sur un matelas.

– Comment as-tu deviné ?

– Disons que c'est mon intuition. Tu es facile à deviner, Sofía.

– Tu sais, parfois, j'étranglerais volontiers ma mère.

– N'en est-on pas tous là ! s'exclama María en déballant tout un assortiment de produits solaires de sa trousse à fleurs.

– Oh non ! Tu n'as pas idée. Ta mère est une sainte – une déesse descendue du Paradis. Chiquita est la personne la plus gentille du monde. J'aimerais tellement qu'elle soit ma mère !

– Je sais, j'ai beaucoup de chance, concéda María, qui était la première à apprécier la relation privilégiée qu'elle entretenait avec sa mère.

– Si seulement maman pouvait un peu me ficher la paix ! Elle est toujours après moi parce que je suis la dernière et qu'en plus je suis sa seule fille, se plaignit Sofía en se hissant sur l'échelle pour aller s'allonger sur un matelas à côté de sa cousine.

– Je suppose que c'est une chance d'avoir Panchito, il absorbe presque toute l'attention de maman.

– Si seulement j'avais un petit frère à la place de ces deux malotrus ! Agustín est un vrai cauchemar. Il passe son temps à me taper sur les nerfs. Cette façon qu'il a de me regarder, avec son air de supériorité !

– Mais Rafa est gentil avec toi.

– Oui, Rafa, ça va. C'est Agustín qui ne va pas. Si seulement il pouvait partir étudier à l'étranger ! Je te jure que ce serait le plus beau jour de ma vie !

– Qui sait ? Ton vœu sera peut-être exaucé...

1. Folle.

– Si tu fais allusion à l'arbre, j'ai des vœux autrement plus importants à lui demander», rétorqua Sofía en souriant intérieurement.

Elle n'allait certainement pas en gâcher un pour Agustín.

« Alors, que vas-tu faire pour le match ? s'enquit María en enduisant d'huile ses voluptueuses cuisses. *Quemada* [1], non ?

– Oui, tu es noire ! Tu ressembles à une Indienne. Hé, donne-m'en un peu. Dieu merci, je n'ai pas hérité des cheveux roux et de la peau blanche de maman. Tu as vu ce pauvre Rafa ? Dix minutes au soleil et il devient aussi rouge qu'un derrière de singe !

– Allez, dis-moi ! Qu'est-ce que tu vas faire ? »

Sofía soupira profondément.

« Je capitule », déclara-t-elle d'un ton exagérément dramatique. Dans un geste d'impuissance, elle leva les bras au ciel.

« Sofía ! Ça ne te ressemble pas !

– Disons que je n'ai pas de plan pour l'instant, et, de toute façon, je ne sais pas si je veux vraiment m'en préoccuper. Quoique ça vaudrait le coup, rien que pour voir la tête que feraient maman et Agu... »

Elle n'eut pas le temps d'achever sa phrase car deux bras vigoureux la soulevèrent de son matelas et, avant qu'elle ait pu comprendre ce qui passait, elle se retrouva dans l'eau, ses lunettes de soleil en équilibre précaire sur son nez, se débattant pour se libérer de l'étreinte de son agresseur.

« Santi ! haleta-t-elle avec joie en revenant à la surface. *¡Boludo!* [2] »

À son tour, elle se jeta sur lui et appuya ses mains de toutes ses forces sur sa tête pour l'enfoncer sous l'eau. Santi s'agrippa à elle, ses bras fermement passés autour des hanches, et il l'attira avec lui sous l'eau. Ils luttèrent corps à corps jusqu'à ce qu'à bout de souffle, ils soient contraints de refaire surface. Sofía aurait aimé poursuivre la lutte, mais son cousin regagna le bord du bassin. Elle le suivit à contrecœur.

« Merci beaucoup, lança-t-elle d'un ton bravache. Je commençais justement à rôtir.

– Tu me semblais beaucoup trop cuite, je t'ai fait une faveur,

1. Bronzée (brûlée).
2. Idiot.

répliqua Santi. Alors, tu ne vas pas jouer cet après-midi, non ? Tu ne pensais pas sérieusement que Paco allait te laisser jouer ?

— Si tu veux vraiment savoir, eh bien si, je pensais obtenir gain de cause. »

Santi eut une moue amusée, qui creusa de fines rides autour de ses lèvres d'une façon qui n'appartenait qu'à lui. Il est si beau quand il sourit, songea Sofía avec un serrement de cœur.

« Si quelqu'un peut emberlificoter Paco, c'est bien toi. Alors, que s'est-il passé ?

— Tu veux savoir le nom du problème ? Maman. »

Santi hocha la tête.

« Ah... je vois. C'est sans espoir, alors ?

— Aucun. »

Santi se hissa sur le bord du bassin et s'assit sur les pierres brûlantes. Ses bras et sa poitrine étaient déjà couverts de cette toison douce, couleur de sable, qui intriguait Sofía.

« Chofi, reprit Santi, il faut que tu prouves à ton père que tu peux jouer aussi bien qu'Agustín. »

Il écarta de ses yeux quelques mèches blondes ruisselantes.

« Santi, tu sais pertinemment que je peux jouer aussi bien qu'Agustín. José aussi le sait, demande-lui.

— Peu importe ce que moi je pense, ou ce que José pense. La seule personne que tu dois impressionner, c'est ton père. Ou le mien, à la rigueur. »

Sofía plissa les yeux, perdue dans ses pensées.

« Qu'est-ce que tu complotes ? demanda Santi, amusé par son expression.

— Rien... Rien.

— Pas à moi, Chofi, je te connais...

— Hé ! Regardez ! On est envahis ! s'exclama María tandis que Chiquita et le petit Panchito, âgé de trois ans, arrivaient près de la piscine, suivis de cinq ou six autres cousins.

« Viens Santi, partons d'ici », décréta Sofía en se dirigeant vers l'escalier. Puis, comme après coup, elle se tourna vers sa cousine : « María ? Tu viens ? »

Mais María secoua la tête en faisant signe à sa mère de la rejoindre.

À midi, les effluves de grillades embaumaient dans tout le ranch. Des hordes de chiens faméliques, appâtés par l'odeur de viande rôtie, rôdaient près du barbecue. José s'affairait autour des braises depuis dix heures du matin, veillant à ce que la viande fût cuite à point à l'heure du déjeuner. Soledad, Rosa, Encarnación, aidées des bonnes des autres maisons, installaient et dressaient les tables en plein air pour le traditionnel rassemblement familial du samedi autour de l'*asado*. Sur les nappes blanches amidonnées, les verres en cristal étincelaient au soleil. De temps à autre, Anna, en longue robe blanche et chapeau de paille, interrompait la lecture de son magazine pour aller inspecter les tables. Aux yeux des bonnes, la *señora* Anna était une curiosité, une figure exotique, avec ses cheveux rouge flamboyant et sa peau pâle – un peu comme l'austère Vierge Marie de Nuestra Señora de la Asunción, la petite église de la ville. Elle était réputée pour son ton autoritaire et direct, et son peu de patience lorsque les choses n'étaient pas à sa convenance. Sa maîtrise de la langue espagnole était étonnamment approximative pour quelqu'un qui avait passé de si longues années en Argentine, et, dans les quartiers des domestiques, Anna faisait l'objet d'imitations impitoyables.

En revanche, tout le monde au ranch adorait le *señor* Paco. Hector Francisco Solanas, son père, avait été un homme habité d'une puissante volonté, un homme respectable, qui pensait que la famille avait priorité sur les affaires et la politique. Rien n'avait plus d'importance à ses yeux que son foyer. Sa femme, María Elena, était la mère de ses enfants, et pour cela il l'avait toujours tenue en haute estime. Il la respectait, l'admirait, et, à sa façon, l'aimait. Mais jamais ils n'avaient été amoureux. Ils avaient été choisis l'un pour l'autre par leurs parents, qui étaient amis et croyaient cette alliance profitable aux deux parties. Par certains côtés, elle l'était. María Elena était très belle et avait reçu une éducation accomplie, quand Hector, de son côté, était un jeune homme fringant doté d'un remarquable sens des affaires. À eux deux, ils formaient un couple très en vue à Buenos Aires. Ils appartenaient à la meilleure société. Leur compagnie était appréciée et recherchée. Lorsqu'ils recevaient, c'était toujours sur un grand pied. Tout le monde les aimait. Mais cette chimie secrète qui lie les amants entre eux leur restait étrangère. Parfois, aux heures les plus sombres de la nuit, ils faisaient l'amour avec une folle passion, comme dans un oubli momentané de soi-même ou de l'autre. Mais l'intimité de la nuit se dissipait avec les brumes de l'aube, et ils retrouvaient au réveil le ton formel et distant qui leur était coutumier.

María Elena avait accepté qu'Hector eût une maîtresse en ville. La liaison était de notoriété publique. Et puis, n'était-il pas banal qu'un mari eût des liaisons ? María Elena n'en avait jamais parlé à personne. Pour combler le vide dans sa vie, elle s'était entièrement consacrée à ses enfants, jusqu'à l'arrivée d'Alexeï Shahovskoï.

Alexeï Shahovskoï avait fui la Russie après la révolution de 1905. Personnage brillant et romanesque, il était entré dans la vie de María Elena au titre de professeur de piano. Il lui avait aussi appris à apprécier non seulement l'opéra et l'art, mais encore la passion d'un homme pour lequel l'amour était un sentiment qui s'accordait avec la musique qu'il enseignait. Si María Elena répondit jamais à ce sentiment qui s'exprimait dans chaque note qu'il touchait, et se révélait dans les longs regards dont il la couvait de ses yeux limpides, elle n'en laissa rien paraître. Tout en goûtant la compagnie et l'enseignement d'Alexeï, elle repoussa ses avances avec la dignité d'une femme respectable qui a fait ses choix. Il n'avait donc peut-être pas satisfait à ce besoin d'amour qu'elle portait en elle, mais il lui avait transmis sa passion de la musique. Dans chaque portée de chaque partition, il y avait un pays pour lequel soupirer, un coucher de soleil devant lequel pleurer, un horizon vers lequel s'envoler. La musique avait offert à María Elena les moyens de vivre d'autres vies en imagination, et lui avait apporté non seulement une échappatoire aux contraintes parfois étouffantes de son monde, mais aussi d'immenses bonheurs. Le souvenir le plus vivace que Paco conservait de sa mère était son amour de la musique et l'image de ses mains blanches, de ses doigts fuselés en train de danser sur les touches de son piano.

À une heure, le gong retentit depuis la tour, invitant la famille à gagner la table. Des quatre coins de l'*estancia,* chacun fit route jusqu'à la maison de Paco et d'Anna, où les accueillirent les bonnes odeurs de *lomo*[1] et de *chorizo*[2]. Les Solanas étaient une

1. Filet de bœuf.

2. En Argentine : le chorizo est une saucisse que l'on mange grillée. Le *bife de chorizo* désigne l'entrecôte.

grande famille. Miguel et Paco avaient deux frères, Nico et Alejandro. Nico et Valeria avaient quatre enfants, Niquito, Sabrina, Leticia et Tomás ; Alejandro et Malena cinq, Angel, Sebastián, Martina, Vanesa et Horacio. Le déjeuner du samedi était généralement très animé, et la nourriture y était aussi abondante et succulente que dans un banquet. Une personne cependant manquait à l'appel, et lorsque tout le monde se fut servi et eut regagné sa place, celle demeurée libre devint le point de mire de la famille tout entière.

« Où est donc encore passée Sofía ? murmura Anna, accablée de lassitude, lorsque Soledad passa à sa hauteur, un grand saladier dans les mains.

– *No sé, señora Anna, no la ví*[1]. » Puis, tournant brusquement ses yeux en direction du terrain de polo, elle s'exclama : « *¡Que horror! ¡Ahí está!*[2] »

À ce cri, tous les convives se retournèrent. Un silence choqué s'abattit sur l'assistance. Sûre d'elle, sans la moindre gêne, Sofía galopait vers eux, fouettant l'air de son maillet et poussant la balle devant elle avec dextérité. Une grimace de détermination figeait son visage. Anna se leva d'un bond, cramoisie de rage et de désespoir.

« Sofía ! Comment oses-tu ? cria-t-elle, horrifiée, en jetant sa serviette à terre d'un geste violent. Puisse le bon Dieu te pardonner un jour ! » ajouta-t-elle à mi-voix et en anglais.

Tandis que toute la famille contemplait la scène avec ébahissement, Santi se tassa sur sa chaise, l'air coupable. Seuls Paco et grand-père O'Dwyer – qui, lors des grandes réunions familiales, était toujours consigné à une extrémité de la table où il se concentrait sur le contenu de son assiette parce que personne ne prenait la peine de lui faire la conversation – dissimulèrent leur sourire à la vue de cette gamine qui galopait vers eux avec panache.

« Je vais vous montrer que je peux jouer mieux qu'Agustín, murmura calmement Sofía entre ses dents. Regarde-moi, papa, tu devrais être fier de moi, c'est toi qui m'as appris tout ça. »

Lancée à vive allure à travers la pelouse, elle maniait son maillet

1. Je ne sais pas, madame Anna, je ne l'ai pas vue.
2. Oh ! Mon Dieu ! La voici.

avec assurance, se tenait en selle fermement et avec compétence, et contrôlait tout à la fois la balle et le poney sans se départir d'un sourire dépourvu de la moindre trace d'embarras. Elle sentit vingt paires d'yeux pointés sur elle et se délecta de cette attention.

Une seconde avant le moment fatidique où elle se serait écrasée contre la table, elle tira sur les rênes et obligea son poney hennissant à s'arrêter en soulevant un nuage de poussière sous ses sabots, pile devant son père, par défi.

« Tu vois, papa ! » annonça-t-elle d'un ton triomphant.

Tous les convives reportèrent leur regard sur Paco, curieux de voir sa réaction. À l'immense surprise de tous, il se rencogna tranquillement contre le dossier de sa chaise, prit son verre de vin et le leva.

« *Bien,* Sofía, *muy bien,* fit-il d'une voix placide. Maintenant, viens donc vite te joindre à nous, tu rates un véritable festin. »

Un sourire indéchiffrable passa sur son visage buriné. Ravie, Sofía mit pied à terre et tira son poney sur toute la longueur de la table.

« Désolée d'être en retard, maman, lança-t-elle en passant à la hauteur d'Anna, qui avait dû se rasseoir, tant ses jambes menaçaient de ne plus la porter.

– Jamais, jamais de ma vie entière, je n'ai vu quelqu'un se faire remarquer d'une manière aussi déplacée », siffla-t-elle en anglais.

Elle tremblait tellement qu'elle arrivait à peine à articuler. Sofía alla attacher son poney à un arbre, puis épousseta son jean et sautilla vers le buffet.

« Sofía, tu vas te laver les mains et te changer avant de passer à table », reprit Anna en jetant des coups d'œil furtifs et honteux aux membres de sa belle-famille.

Sofía soupira avec ostentation avant de battre en retraite dans la maison pour obéir à sa mère.

Une fois Sofía partie, le déjeuner reprit là où il avait été interrompu, mais l'unique sujet de conversation était à présent *la sin vergüenza* [1] Sofía. Silencieuse, les lèvres crispées, Anna dissimulait misérablement sa honte sous le bord de son chapeau. Pourquoi

1. Sans vergogne, l'insouciante.

Sofía lui infligeait-elle toujours pareille humiliation devant toute la famille réunie ? Dieu merci, son beau-père Hector n'était plus de ce monde pour être témoin de la conduite éhontée de sa petite-fille. Il aurait été outré par ce manque de retenue. Anna leva les yeux vers son père. Indifférent à ce qui se passait autour de lui, il bavardait avec un attroupement de chiens qui, pleins d'espoir, salivaient patiemment à ses pieds. Anna savait pertinemment que plus Sofía se conduisait mal, plus Dermot l'admirait. Elle aperçut aussi María qui gloussait, le visage caché derrière ses mains. En amie dévouée, l'adolescente enregistrait les réactions des uns et des autres, afin de régaler Sofía d'un compte rendu détaillé lorsqu'elles se retrouveraient toutes les deux.

Agustín se tourna vers Rafael et Fernando.

« Elle n'est rien d'autre qu'une fichue exhibitionniste ! se plaignit-il à voix basse pour ne pas être entendu de son père. C'est la faute de papa. Il lui passe tout.

– T'inquiète pas, dit Fernando avec suffisance, elle ne jouera pas pour le match. Mon père ne le permettra jamais.

– Elle aime tellement qu'on la remarque, glissa Sabrina dans l'oreille de sa cousine Martina – elles avaient toutes les deux quelques années de plus que Sofía. Jamais je ne ferais une telle chose devant tout le monde.

– Le problème de Sofía, c'est qu'elle ne sait pas s'arrêter. Toutes ces histoires autour du polo ! C'est ridicule. Elle ferait mieux d'admettre une fois pour toutes qu'elle est une fille et cesser de faire des caprices de mioche.

– Regarde Anna, chuchota Chiquita à sa belle-sœur Malena, elle est tellement gênée, j'en suis malade pour elle.

– Eh bien, pas moi, rétorqua Malena avec brusquerie. Tout ça, c'est de sa faute. Depuis toujours, elle n'en a que pour ses fils. Elle aurait dû s'occuper davantage de Sofía, se montrer plus responsable, au lieu de laisser la petite Soledad s'occuper d'elle. Franchement, Soledad n'était elle-même qu'une gamine quand Sofía est née.

– Je sais bien, mais je t'assure qu'elle essaie, insista Chiquita. Simplement, Sofía n'est pas une enfant facile. »

Elle lança un regard de sympathie à Anna, qui, de l'autre côté de la table, tentait d'adopter un comportement normal et bavardait avec Miguel et Alejandro. Ses traits crispés trahissaient cependant son malaise, et il n'échappa pas à Chiquita qu'elle faisait des efforts surhumains pour ravaler ses larmes.

Sofía rejoignit la table du déjeuner vêtue d'un jean propre et effrangé, et d'un tee-shirt blanc immaculé. Elle alla se servir au buffet, puis se glissa sur la chaise qui l'attendait, entre Santi et Sebastián.

« C'était quoi, tout ce cirque ? lui murmura Santi dans l'oreille.

— C'est toi qui m'en as donné l'idée, gloussa-t-elle.

— Vraiment ?

— Tu m'as dit qu'il fallait que j'impressionne mon père ou le tien. Le plus simple, c'était de les impressionner tous les deux, conclut-elle, une note de triomphe dans la voix.

— Je ne pense pas que tu aies impressionné mon père », répliqua Santi.

Il tourna la tête en direction de Miguel, absorbé dans une discussion avec Anna et Alejandro. Miguel croisa le regard de son fils et secoua discrètement la tête. Santi comprit le message et haussa les épaules comme pour dire « je n'y suis pour rien ».

« Alors comme ça, Chofi, tu crois que, grâce à cette démonstration, tu vas jouer dans le match cet après-midi ? »

Sofía, qui dévorait le contenu de son assiette pour essayer de rattraper les autres, releva la tête.

« Bien sûr.

— Si tu y arrives, je serai le premier surpris.

— Pas moi. Je l'aurai mérité. »

Sitôt le déjeuner achevé, María et Sofía disparurent derrière la maison et laissèrent enfin fuser les rires qu'elles avaient retenus tout au long du repas. À peine l'une ou l'autre essayait-elle de parler qu'aussitôt leurs rires repartaient de plus belle. Elles en avaient mal au ventre et tentaient en vain de se concentrer sur leur respiration.

« Tu crois que ça a marché ? » demanda Sofía entre deux hoquets.

Mais elle savait déjà que la réponse était oui.

« Oh ! oui, opina énergiquement María. Oncle Paco était vraiment impressionné.

— Et maman ?

— Furieuse.

— *¡Dios!*[1]

— Ne fais pas semblant d'être embêtée.

— Embêtée ? Tu plaisantes ! Je suis enchantée. Hé ! Chuuuut. Il faut faire moins de bruit, sinon elle va me trouver.

— D'accord, chuchota María, obéissante.

— Alors comme ça, papa était impressionné ? souffla Sofía, les yeux brillants. Tu es sûre ?

— Il doit te laisser jouer. C'est injuste, sinon ! Tout ça parce que tu es une fille. »

Sofía, une main sur la bouche, partit d'un ricanement diabolique.

« Et si nous empoisonnions Agustín ?

— Avec quoi ?

— Soledad pourrait nous procurer une potion de cette sorcière en ville. Ou alors, nous pourrions la fabriquer nous-mêmes.

— On n'a pas besoin de poison. Une malédiction suffira.

— Tu as raison. C'est la seule solution. Allons à l'ombú, décida Sofía.

— À l'ombú ! » répéta María en se mettant au garde-à-vous.

Les deux filles sautèrent en selle et partirent au galop à travers champs, faisant résonner la plaine de leurs voix entrecoupées de rires tandis qu'elles fomentaient leur coup.

Anna était mortifiée. Sitôt le déjeuner terminé, elle avait prétexté une migraine et couru se réfugier dans sa chambre, où elle s'était laissée tomber sur le lit. Un livre dans la main, elle s'éventait à grands mouvements furieux. Elle sortit l'austère crucifix du tiroir de sa table de chevet et, en le pressant contre ses lèvres, elle murmura une brève prière. Si seulement Dieu pouvait la conseiller !

« Mais qu'ai-je donc fait pour mériter une enfant aussi difficile ? » se lamenta-t-elle à voix haute. Pourquoi laissait-elle Sofía l'affecter ainsi, quand il était évident que tout, dans le comportement de sa fille, avait pour but de la contrarier ? Comment son père et Paco pouvaient-ils demeurer aveugles devant ses caprices ? N'avaient-ils donc pas des yeux pour voir, eux aussi ? Était-

1. Oh ! là, là !

elle la seule à deviner le monstre qu'elle pouvait devenir ? En ces moments-là, elle était bien près de penser que ce qu'elle endurait était son châtiment pour avoir refusé d'épouser Sean O'Mara. Mais depuis tant d'années, n'avait-elle pas assez payé ? Assez souffert ? Jamais, cependant, elle n'implora le Seigneur de lui venir en aide avec autant de ferveur que ce jour-là. Il ne fallait à aucun prix que Sofía participe à ce maudit match. Quels que soient les péchés qu'elle ait pu commettre, elle ne méritait pas une si cruelle punition.

Chose rare en Argentine, la *Copa Santa Catalina* débuta à l'heure dite. À cinq heures précises, sous la chaleur encore forte de l'après-midi, les deux équipes commencèrent à sillonner le terrain de galops frénétiques, indice d'une compétitivité fiévreuse. Les garçons portaient tous des jeans blancs et des bottes en cuir fauve. Seules les chemisettes distinguaient les concurrents ; celles des quatre gaillards de La Paz étaient noires, celles de l'équipe de Santa Catalina, roses. Roberto et Francisco étaient les deux joueurs les plus chevronnés de l'équipe de La Paz. Marco et Davico Lobito, leurs cousins, étaient, eux, du même niveau que Rafael et Agustín. Roberto avait beau être le meilleur ami de Fernando, lors d'un match de cette importance, l'amitié passait au second plan : de toute la durée de la rencontre, ils se transformaient en ennemis acharnés.

Fernando, Santi, Rafael et Agustín jouaient ensemble depuis leur plus tendre enfance. Ce jour-là, tous étaient en grande forme, à l'exception d'Agustín qui souffrait toujours de sa gueule de bois. Santi, lui, se surpassait. Il faisait montre d'un jeu flamboyant, et, se soulevant de sa selle, enchaînait de belles démonstrations de passes.

Cependant, la célèbre coordination de l'équipe de Santa Catalina se vit ébranlée par le quatrième joueur, Agustín : ses réflexes, d'ordinaire aussi rapides que son esprit sitôt qu'une balle était en jeu, se révélèrent, dès la première minute, quelque peu émoussés. Le match se jouait sur six périodes de sept minutes.

« Il te reste cinq périodes pour te ressaisir, Agustín, lui lança Paco d'un ton brusque pendant la pause à la fin de la première période. Si tu n'avais pas rêvassé au milieu du terrain, Roberto Lobito n'aurait jamais marqué deux fois. »

L'emphase avec laquelle il appuya sur le mot *deux* laissait entendre sans ambiguïté que toute la faute incombait à Agustín.

Pendant que les joueurs échangeaient leurs poneys écumants contre des bêtes reposées, Agustín lança un regard inquiet de l'autre côté du terrain, là où se tenait Sofía.

« Tu fais bien de te faire du souci, fils, car si tu n'améliores pas ton jeu, c'est ta sœur qui va prendre ta place », lâcha Paco avant de s'éloigner à grandes enjambées. La menace fit son effet. Agustín se qualifia dans la deuxième période. Mais l'équipe n'en avait pas moins deux buts de retard.

Toute la population de Santa Catalina et de La Paz était venue assister au match. En général, pour des rencontres amicales, les spectateurs s'asseyaient tous ensemble. Mais ce jour-là était différent : compte tenu de l'importance du match, chaque groupe de supporters faisait bande à part et toisait l'autre. Les jeunes garçons de l'un et l'autre clan évoquaient des meutes de loups. Ils crânaient, un œil rivé sur le terrain, l'autre sur les filles. Arborant des jupes courtes et des turbans à la dernière mode, les filles de La Paz, rassemblées sur les capots des jeeps, papotaient de garçons et chiffons. Abritées derrière l'écran fumé de leurs lunettes de soleil, elles épiaient les garçons de Santa Catalina, tandis que les filles de Santa Catalina – Sabrina, Martina, Leticia et Vanesa – couvaient des yeux le beau Roberto Lobito. Tel un fringant chevalier sur son destrier, il sillonnait le terrain avec ardeur et, chaque fois qu'il se baissait pour frapper une balle, ses cheveux blonds dégringolaient sur son visage aux traits réguliers. Sofía et María, elles, gardaient leurs distances, préférant rester assises sur la barrière avec Chiquita et le petit Panchito, qui jouait avec un mini-maillet et une balle. De ce poste-là, rien ne pouvait distraire leur attention de leurs frères et cousins.

« Ils ne peuvent pas perdre ! s'enflamma Sofía, les joues rougies d'indignation, lorsque Agustín loupa la balle que venait de lui passer Santi. *Choto* [1], Agustín ! » hurla-t-elle.

1. Pauvre con !

María se mordit la lèvre avec nervosité.

« Sofía ! la réprimanda gentiment Chiquita, qui ne quittait pas son fils des yeux une seule seconde. Ne dis pas ça. C'est très vulgaire.

– Je ne peux plus supporter de regarder mon idiot de frère ! Tu parles d'une plaie !

– Ne t'inquiète pas, Sofía, je sens que le vent tourne, intervint María en interceptant le regard de sa cousine.

– J'espère que tu dis vrai. Car si Agustín continue à jouer comme ça, c'est certain qu'on va perdre. »

La quatrième période allait s'achever et, en dépit de deux buts marqués – l'un par Santi, l'autre par Fernando –, Santa Catalina était encore à la traîne de deux buts. Ceux de La Paz, sûrs de la victoire, se détendirent sur leur selle, satisfaits. Soudain, Agustín, comme surgi de nulle part, récupéra la balle et fonça en direction du but sans défense. Sous les encouragements passionnés des siens, il marqua le point.

« Il a marqué ! Agustín a marqué ! » hurla Sofía, rassérénée.

Les supporters de Santa Catalina lui firent une ovation, dégringolant presque des capots dans leur frénésie. Malheureusement, le poney d'Agustín ne s'en tint pas là. Enivré lui aussi par le but et les applaudissements, il poursuivit son galop victorieux et expédia dans les airs son infortuné cavalier. Agustín s'écrasa au sol en gémissant et resta inerte sur l'herbe. Miguel, Paco et quelques autres se ruèrent à son secours. Les secondes qui suivirent parurent une éternité à Anna, puis Paco annonça qu'Agustín ne souffrait de rien d'autre que d'un mal de tête, dû à une gueule de bois carabinée.

C'est là qu'à la stupeur générale il cria en direction de Sofía :

« Tu entres ! »

Sofía regarda son père, interdite, puis sa mère. Mais Anna, entièrement absorbée par l'état de son fils, sembla ne pas réagir.

« *¿Cómo?* demanda Sofía.

– Tu entres ! s'impatienta Paco. Allez, dépêche-toi. Et tu as intérêt à gagner, ajouta-t-il sans une once d'indulgence dans la voix.

– María, María ! explosa Sofía. Ça a marché ! »

Encore incrédule, María secoua doucement la tête. L'ombú était tout compte fait un arbre vraiment magique.

Sous le choc de la surprise, Sofía enfila à la hâte une chemisette rose. Quand elle enfourcha son poney, elle entendit les ricanements sceptiques des garçons de La Paz. Roberto Lobito cria quelques mots à son frère, qu'elle ne comprit pas, et tous les deux éclatèrent d'un rire méprisant. Ah, c'est comme ça ! pensa Sofía. Eh bien, elle allait leur montrer de quoi elle était capable. Elle n'eut pas le temps de se concerter ni avec Santi ni avec les autres car déjà le jeu reprenait. Elle vit la balle arriver vers elle, puis lui échapper, détournée par Marco Lobito, venu coller son poney contre le sien pour la mettre hors jeu. Sans qu'elle pût rien faire pour la toucher, la balle fila entre les pattes de son poney.

Cela décupla sa rage de vaincre. Mais Rafael et Fernando se montraient réticents à lui passer la balle. Seul Santi le faisait quand il le pouvait, mais, marqué en permanence par un Roberto Lobito arrogant et suffisant, il n'avait guère de marge de manœuvre. De fait, il n'échappait à aucun spectateur que Santi et Roberto semblaient disputer un combat singulier, comme s'ils étaient seuls sur le terrain. À intervalles réguliers, ils se fonçaient dessus et ferraillaient des maillets en hurlant des obscénités.

« Fernando ! À ta gauche ! » cria Sofía dès que l'opportunité se présenta.

Fernando regarda sa cousine, hésita, puis passa la balle à Rafael, qui se retrouva aussitôt pris en sandwich entre deux adversaires.

« La prochaine fois, passe-la-moi, j'avais la voie dégagée pour marquer un but ! s'indigna Sofía.

— Mais oui, c'est ça », riposta Fernando avec un rictus méchant avant de s'éloigner au trot.

Sofía remarqua à ce moment-là que Roberto Lobito avait rompu la loi tacite des ennemis et adressait à Fernando un signe de commisération.

Lorsqu'elles virent Sofía autorisée à entrer dans le jeu, Sabrina et Martina ne cachèrent pas leur indignation.

« Mais elle va tout gâcher ! s'irrita Sabrina.

— Bon sang, cette gamine n'a que quinze ans ! renchérit Martina. On ne devrait pas lui permettre de jouer avec les grands.

— Tout ça, c'est la faute de Santi, se lamenta Leticia. C'est lui qui l'encourage.

— Tu l'as dit. Il a un faible pour elle. Dieu seul sait pourquoi.

Cette môme est pourrie gâtée. Non, mais regardez-la ! Elle tourne sur le terrain sans rien faire. Personne ne veut lui passer la balle. Elle ferait aussi bien de remballer », conclut méchamment Sabrina en regardant sa jeune cousine qui piétinait misérablement au milieu du terrain.

À la fin de la cinquième période, Santa Catalina avait encore un but de retard.

« Mais jouez donc avec Sofía, pour l'amour de Dieu ! explosa Santi en mettant pied à terre. Nous formons une équipe, oui ou non ? Seul un vrai jeu d'équipe peut nous permettre de gagner.

– C'est ça ! railla Fernando. Si on joue avec elle, on perd. »

Il ôta sa casquette pour secouer ses cheveux humides de transpiration.

« Allez, Fercho [1], c'est pas le moment de râler, intervint Rafael. Elle est là et tu n'y peux rien, ni moi non plus. En face, ils ne s'attendent pas à ce qu'on joue avec elle, alors tirons-en le meilleur parti.

– De toute façon, ce n'est pas en faisant équipe à trois qu'on va gagner, lança Santi, exaspéré. Donc, on joue tous avec elle. »

Fernando se renfrogna, jeta un regard mauvais à son frère et un autre chargé de mépris en direction de Sofía, qui leur rétorqua :

« Je vais vous montrer, bande de machos, que je peux jouer mieux que cet idiot d'Agustín. Ravalez votre orgueil et jouez avec moi. Pas contre moi. L'ennemi, c'est La Paz. Vous l'avez oublié ? »

Elle fit pivoter sa monture et repartit d'un petit galop confiant vers le centre du terrain, laissant un Fernando blême de rage, et un Rafael dépassé par les événements. Seul Santi ne put retenir un gloussement admiratif.

Lorsque tous les joueurs entrèrent sur le terrain pour la dernière période, la tension était presque palpable. Sitôt que le jeu commença, un silence saisissant se fit parmi les spectateurs. Chaque équipe essayait désespérément de remporter la victoire, et le jeu, d'un côté comme de l'autre, était devenu une démonstration agressive de l'art de surpasser l'adversaire. Santi – incontestablement le meilleur joueur de Santa Catalina – était lourdement marqué, à l'inverse de Sofía : tous étaient persuadés qu'elle ne ferait rien. Les minutes filaient. En dépit de la dispute qui avait

1. Diminutif de Fernando.

éclaté juste avant la reprise du jeu, Sofía touchait à peine une balle et passait son temps à couvrir rageusement ses coéquipiers. Enfin, Santi parvint à égaliser.

Il ne restait plus que quelques minutes de jeu, et la rivalité entre les deux équipes était plus intense que jamais. Tous les spectateurs étaient à présent debout, conscients que si aucune des deux équipes ne marquait un but supplémentaire, la *Copa* se terminerait sur une « mort subite ». Le terrain résonnait de cris furieux et d'ordres impatients. Roberto tentait de contrôler son équipe. Santi essayait de persuader son frère d'inclure Sofía dans le jeu. Sur le bord du terrain, María sautait d'un pied sur l'autre, trop excitée pour rester en place, trop désireuse de voir Sofía marquer un point. Miguel et Paco, eux, arpentaient avec une évidente anxiété la ligne, sans quitter le match des yeux. Paco regarda sa montre. Une minute de jeu encore. Peut-être avait-il eu tort de laisser jouer Sofía, songea-t-il sombrement.

Brusquement, Rafael s'empara de la balle, la passa à Fernando, qui la renvoya. Santi, d'un galop sinueux, dépassa Roberto et Marco, qui se lancèrent à sa poursuite. Il y eut une explosion de cris fébriles, mais Rafael réussit à passer la balle à Santi, qui fonça, sans être marqué, en bas du terrain. Seuls Sofía et son opposant, Francisco, se tenaient entre lui et le but. Santi avait le choix : tenter de passer devant Francisco et de marquer lui-même. Ou prendre le risque d'envoyer la balle à Sofía. Certain que Santi ne choisirait pas cette dernière solution, Francisco s'écarta de Sofía pour foncer sur la balle. Santi leva les yeux vers sa cousine, qui comprit immédiatement et se positionna. Juste avant que Francisco n'arrive à sa hauteur, Santi, d'un geste décidé, expédia la balle à Sofía.

« Vas-y, Chofi, marque ! » hurla-t-il.

Sofía n'était pas du genre à laisser passer une occasion pareille. Les mâchoires crispées de résolution, elle galopa après la balle, la toucha une fois, deux fois, puis, balançant le maillet en l'air d'un bras bien entraîné, elle pensa à José, à son père, à Santi, et frappa.

La balle fila entre les poteaux. Deux secondes plus tard, le coup de sifflet retentit. Santa Catalina avait gagné.

« Je n'y crois pas ! s'étrangla Sabrina.

— Mon Dieu, elle l'a fait. Sofía a marqué ! cria Martina en bondissant et en frappant des mains. Bravo, Sofía ! hurla-t-elle. Bravo, *ídola!*[1]

— Eh bien, juste à temps ! dit Miguel en tapant sur le dos de son frère. Heureusement pour toi, sinon, tu risquais de finir sur le gril avec le *lomo*[2].

— Elle a bien joué. Elle a été lâchée par sa propre équipe. Mais son adresse ne fait aucun doute », répliqua Paco avec fierté.

Rafael trotta jusqu'à la hauteur de Sofía et lui tapota amicalement le dos. « *¡Bien hecho, gorda!*[3] Tu es une vraie star. »

Fernando lui adressa un hochement de tête. Il était certes heureux de leur victoire, mais de là à se résoudre à congratuler sa cousine... Santi, lui, manqua carrément de précipiter Sofía en bas de sa monture en l'agrippant par la nuque pour l'attirer vers lui et planter un baiser sonore sur sa joue poussiéreuse.

« Je savais que tu pouvais y arriver, Chofi. Tu ne m'as pas laissé tomber. »

Il éclata d'un rire heureux et ôta sa casquette pour ébouriffer ses cheveux trempés de sueur.

Sofía mettait pied à terre lorsqu'elle vit Roberto Lobito s'avancer vers elle.

« Tu joues pas mal, pour une fille, la complimenta-t-il avec un sourire condescendant.

— Tu joues pas mal, pour un garçon », rétorqua-t-elle avec arrogance.

Roberto éclata de rire.

« Cela signifie-t-il que je te verrai plus souvent sur le terrain ? s'enquit-il en détaillant effrontément Sofía de ses yeux bruns perçants.

— Qui sait...

— Alors, à très bientôt, j'espère. J'ai hâte », ajouta-t-il avec un clin d'œil.

Sofía fronça dédaigneusement le nez, avant de le congédier d'un rire rauque pour courir rejoindre son équipe.

1. Championne.
2. Filet (de bœuf, de porc).
3. Bien joué, ma grande !

Plus tard ce soir-là, au moment où les premières étoiles éclaboussaient le crépuscule d'argent, Santi et Sofía étaient assis contre les branches noueuses de l'ombú, le regard perdu vers l'horizon.

« Tu as bien joué, Chofi.

— Merci d'avoir cru en moi. J'ai eu le dernier mot, hein ? »

Elle gloussa en revoyant Agustín tomber de son poney.

« Mes affreux jojos de frères...

— Ne t'occupe pas d'eux. Ils ne t'ont fait marcher que parce que tu as réussi.

— Je ne peux pas m'en empêcher. Ils sont tellement gâtés. Surtout Agustín.

— Toutes les mères sont comme ça avec leurs fils. Tu verras !

— Dans longtemps, j'espère.

— Peut-être pas. On ne sait pas ce que la vie nous réserve.

— Moi si. Enfin, en tout cas, merci de m'avoir fait confiance et soutenue aujourd'hui. Je leur en ai vraiment remontré, non ? » ajouta-t-elle en se rengorgeant.

Santi regarda le visage sincère de sa cousine et posa la main sur sa nuque dans un geste d'affection.

« Je savais que tu pouvais y arriver. Personne n'a plus de détermination que toi. Personne. »

Il se tut, perdu dans ses pensées.

« Santi, à quoi tu penses ?

— Tu n'es pas comme les autres filles, Chofi.

— Vraiment ? demanda-t-elle, ravie.

— Non, tu es plus... drôle, plus... comment dire ? Tu es un *personaje.*

— Eh bien, si moi je suis un phénomène, à mes yeux, Santi, tu es une idole. Tu le sais, non ?

— Ne me mets pas sur un piédestal, je pourrais me casser la figure ! plaisanta-t-il.

— J'ai de la chance d'avoir un ami comme toi, répliqua-t-elle avec timidité en sentant son cœur qui s'emballait. Tu es décidément mon cousin préféré.

— Oui, soupira-t-il avec une pointe de tristesse. Toi aussi, tu es ma cousine préférée. »

4

« Les filles jouent aussi bien que les garçons, déclara Sofía qui feuilletait distraitement un des magazines de Chiquita.

– N'importe quoi ! protesta Agustín, interrompant sa conversation avec Fernando et Rafael pour mordre à l'hameçon telle une truite affamée.

– Agustín ! le tança Fernando. *Callate*[1], Sofía. Pourquoi ne vas-tu pas retrouver María et ne nous laisses-tu pas tranquilles ? »

Sofía avait quatre ans et demi de moins que lui, et il n'était guère enclin à la patience envers les gosses.

« Je m'ennuie », se plaignit-elle en tortillant ses orteils, les jambes allongées sur le canapé.

De grosses gouttes de pluie d'été cognaient contre les fenêtres. La pluie n'avait pas cessé de la journée, violente, continue. Santi était parti en ville avec Sebastián, Ángel et Niquito. María était chez Anna avec Chiquita, Panchito, leur tante Valeria et son petit Horacio. Sofía, ne partageant pas le goût de María pour les jeux avec les tout-petits, avait renoncé à la suivre. Du coup, elle se retrouvait désœuvrée et sans personne avec qui bavarder. Elle balaya la pièce du regard et soupira. Les garçons étaient absorbés dans leur conversation, mais qu'à cela ne tienne, elle allait s'y immiscer.

« Je joue aussi bien au polo qu'Agustín, insista-t-elle pour provoquer une réponse de la part de son frère. Après tout, papa m'a laissée jouer dans la *Copa Santa Catalina.*

– La ferme, Sofía ! lança Fernando.

– Sofía, tu deviens vraiment très pénible, renchérit Rafael.

– Mais je ne fais que dire la vérité ! se récria-t-elle en affectant un ton outré. Vous êtes tous là à parler de sport comme si seuls

1. Tais-toi.

les hommes pouvaient le pratiquer. Les filles seraient aussi bonnes que les garçons si on leur laissait la chance. J'ai eu cette chance. Je suis une preuve vivante.

– Je ne vais pas relever, Sofía, répondit Agustín, mais laisse-moi te dire que j'ai plus de force que tu n'en auras jamais. Alors évite de nous comparer, s'il te plaît.

– Je ne parle pas de force. Je parle d'esprit et d'adresse. Je sais bien que les hommes ont plus de force que les femmes, ce n'est pas le problème. C'est bien de toi, Agustín, de toujours passer à côté du sens des choses, ajouta-t-elle avec un rire dédaigneux, ravie d'avoir provoqué une réaction.

– Sofía, si tu ne la fermes pas maintenant, je vais en personne t'expédier sous la pluie, et là on verra bien qui va piailler comme une fille ! » cria Fernando, exaspéré.

À ce moment-là, Santi, trempé de la tête aux pieds, fit irruption dans la pièce, suivi par Sebastián, Ángel et Niquito. Les quatre cousins se plaignirent avec amertume du temps en essuyant leurs visages ruisselants.

« C'est à peine si on a retrouvé la piste au retour, dit Santi, essoufflé. Il y a tellement de boue que c'en est incroyable.

– Un miracle qu'on ne se soit pas embourbés, renchérit Sebastián en secouant ses cheveux qui gouttaient sur le carrelage.

– Qu'est-ce que ton grand-père fait dehors par ce temps ? demanda Santi en se tournant vers Sofía.

– Je ne sais pas. Où est-il ?

– Il se balade exactement comme s'il faisait soleil.

– C'est grand-père tout craché, gloussa Sofía. Hé, Santi ? C'est pas vrai que les filles sont aussi bonnes que les garçons en sport ?

– Elle a été insupportable toute la matinée, Santi, se lamenta Rafael. Sois sympa, débarrasse-nous-en !

– Je ne prendrai pas parti, Chofi, si c'est ça que tu cherches.

– Je ne parle pas de la force, ni de rien de tout ça. Mais de la compétence, de l'astuce...

– C'est vrai que, question astuce, tu es mieux lotie que la plupart des garçons », remarqua Santi en riant.

Il poussa sans ménagement les jambes de sa cousine pour se faire une place sur le canapé.

« Tout ce que je dis, s'entêta Sofía, c'est que je suis aussi capable qu'Agustín. »

À sa grande jubilation, elle vit Agustín se raidir, excédé. Il murmura quelque chose dans sa barbe à l'intention de Fernando et de Rafael.

« Prouve-le, au lieu de faire des discours, la défia Santi.

– D'accord. Agustín ? Veux-tu que je te mette une dérouillée au backgammon ?

– Joue avec Santi, moi, je ne suis pas d'humeur, se renfrogna-t-il.

– Je ne veux pas jouer avec Santi.

– Parce que tu sais que tu vas perdre, remarqua ce dernier.

– Non, ce n'est pas le problème. Je ne prétends pas être meilleure que Santi, ou Rafa, ou Fercho. Je dis que je suis meilleure qu'Agustín. »

Brusquement, Agustín se leva et la fixa d'un regard intense.

« O.K., Sofía, tu veux que je te batte ? Va chercher le jeu et on verra qui est le meilleur.

– Laisse tomber, Agustín », conseilla Rafael, fatigué par les perpétuelles chamailleries entre son frère et sa sœur.

Fernando approuva son cousin d'un mouvement de tête. Quand Sofía s'ennuyait, elle était vraiment insupportable.

« Non, non, je vais jouer, s'entêta Agustín. Mais à une condition.

– Laquelle ? demanda Sofía en prenant le jeu.

– Si je gagne, tu admettras une bonne fois pour toutes que je suis meilleur que toi en tout.

– D'accord.

– Installe les jetons, je vais me chercher à boire, ajouta-t-il en quittant la pièce.

– Tu es vraiment prête à reconnaître ça ? demanda Santi en observant Sofía.

– Je ne vais pas perdre.

– Ne sois pas trop sûre de toi. La chance compte aussi pour beaucoup dans tout ça. Tu pourrais en manquer.

– Chance ou pas, je vais gagner », répliqua-t-elle pompeusement.

Lorsque Agustín et Sofía firent rouler les dés pour déterminer qui allait commencer, les autres se groupèrent autour d'eux comme des corbeaux, à l'exception de Fernando, qui s'assit à la table de jeu de son père et alluma une cigarette avant de se mettre à assembler les pièces d'un puzzle laissé inachevé.

« Santi, tu n'aides pas Sofía, prévint Rafael d'un ton sérieux. Elle doit se débrouiller toute seule. »

Santi esquissa un sourire quand Sofía lança un double six.

« Quelle veine ! C'est incroyable ! Quelle vache de veinarde ! » cracha Agustín, déjà pris par le jeu.

Dépité, il regarda Sofía empiler des jetons, bloquant deux de ses pions.

Sofía était tout aussi possédée par l'envie de gagner que son frère, mais elle s'efforçait de n'en laisser rien paraître. Elle jeta les dés avec une indifférence feinte et appliquée, fit quelques commentaires ridicules et plaqua un rictus arrogant sur son visage. Ce qui, elle le savait, allait irriter son frère.

Elle gagna.

Mais ce n'était pas assez. Qu'il s'agisse de tennis ou de bataille navale : il était entendu qu'il fallait faire trois parties pour déterminer le gagnant.

« Vous voyez ! Pauvre Agustín ! Alors ? Ça fait quoi de se faire battre par une fille ? fanfaronna-t-elle. Et en plus je suis plus jeune que toi.

– En trois parties, j'ai tout mon temps pour gagner », riposta Agustín avec un calme forcé.

Sofía, surprenant le regard de Santi, lui adressa un clin d'œil. Mais lui, en signe de désapprobation, secoua lentement la tête. Nul besoin d'être grand sorcier pour prédire que toutes ces fanfaronnades n'allaient que rendre plus dure la chute de l'imprudente Sofía.

Au début de la seconde partie, les commentaires de Sofía se tarirent, car elle ne sortait plus que des petits nombres alors qu'Agustín additionnait les cinq et les six. Son sourire s'effaça et laissa la place à une vilaine grimace de contrariété. Santi ne pouvait cacher entièrement son amusement. À une ou deux reprises, il vit Sofía faire un mouvement défavorable pour elle et il essaya d'intercepter son regard. Mais Sofía, qui sentait que le jeu lui échappait, gardait les yeux rivés sur la table. Ses joues virèrent au cramoisi lorsque Agustín captura un de ses pions et enchaîna aussitôt avec un nouveau mouvement, parce que Sofía ne pouvait bouger aucun pion. Le sourire d'autosatisfaction qu'arborait son frère la mettait au supplice.

« Allez, dépêche-toi ! lui ordonna-t-elle avec véhémence. Tu ralentis juste pour m'ennuyer.

– Tiens, tiens ! ricana Agustín. On ne rigole plus, hein ? Bien, plus qu'une et c'est fini, annonça-t-il, triomphant. Prête pour la dernière estocade, Sofía ? »

Fernando n'écoutait pas. Ou plutôt, il faisait un immense effort pour ne pas écouter. Le puzzle avait retenu son attention pendant quelques minutes, et il avait apprécié sa cigarette. Il en alluma une autre. Mais lorsqu'il entendit Sofía pleurnicher à l'autre bout de la pièce, il se dit que les choses devenaient plus intéressantes. Il lança son allumette dans l'âtre éteint et alla rejoindre les autres, avide de contempler la défaite de sa cousine.

« Alors, Sofía se fait battre par un garçon ? » se moqua-t-il en jetant un coup d'œil sur le jeu.

Ignorant la pique, Sofía baissa la tête. L'ombre de Fernando planait au-dessus du jeu comme celle d'une chauve-souris. Chaque fois que Sofía lançait les dés, Sebastían, Niquito et Ángel faisaient des blagues auxquelles Agustín, rasséréné par sa victoire certaine, riait et enchérissait de bon cœur. Rafael, qui avait au début espéré que son frère gagnerait, avait maintenant changé de camp et soutenait Sofía. Typique, songea Fernando avec irritation. Rafa faiblissait systématiquement dès que Sofía était contrariée.

Santi, en grand frère protecteur, supportait ouvertement Sofía. Il voyait maintenant à quel point elle était malheureuse à l'idée de sa défaite, et combien elle regrettait de s'être montrée aussi sûre d'elle. Quand enfin il réussit à croiser son regard, elle lui adressa un sourire piteux. Pauvre Sofía ! Elle n'avait fait tout ça que pour attirer son attention. Et aussi parce qu'il pleuvait, qu'elle s'ennuyait et qu'elle n'avait rien de mieux à faire qu'enquiquiner les autres. Il la connaissait bien. Il la connaissait mieux que n'importe qui d'autre au monde.

« J'ai gagné, proclama Agustín d'une voix gonflée de fierté, en plaçant ses derniers jetons dans le gobelet en cuir à côté de lui.

– Tu as triché », s'insurgea Sofía.

Santi éclata de rire.

« La ferme ! riposta Agustín. J'ai gagné en bonne et due forme et j'ai cinq témoins.

— Ça n'empêche rien. Tu as encore triché, grogna Sofía.

— Chofi, sois bonne joueuse, et admets ta défaite, lança Santi avant de quitter la pièce.

— Non ! tempêta Sofía. Pas en face d'Agustín. Jamais en face de lui ! ajouta-t-elle en s'élançant à la poursuite de Santi.

— Bien joué, Agustín ! applaudit Fernando en ponctuant ses paroles d'une chaleureuse bourrade dans le dos. Voilà qui lui a cloué le bec. Maintenant, on va pouvoir profiter de l'après-midi en paix.

— *Tu* vas pouvoir profiter d'un après-midi de paix. Nous, on va passer une soirée abominable. Et après ça, elle va bouder pendant des jours et des jours.

— C'est vrai que pour ce qui est de bouder, Sofía est imbattable. Mais ça valait le coup, non ? Quelqu'un veut jouer avec moi ? »

Sofía rattrapa Santi dans le couloir.

« Où vas-tu ? demanda-t-elle en se plaquant contre le mur, les mains derrière le dos.

— Tu devrais perdre de meilleure grâce, Chofi.

— Je m'en fiche.

— Non, je t'assure. Les mauvais joueurs ne sont jamais attirants, ajouta-t-il, certain de titiller sa vanité.

— Je ne suis pas vraiment une mauvaise joueuse. Tout ça, c'est à cause d'Agustín. Tu sais bien comment il me provoque.

— Je suis prêt à parier que c'est toi qui l'as provoqué en premier. »

À ce moment-là, la porte d'entrée s'ouvrit en grand et Chiquita, María et Panchito entrèrent en trombe, serrés sous un grand parapluie noir.

« Il fait un vrai temps de chien ! haleta Chiquita. Santiago, mon chéri, pourrais-tu aider Panchito à se déshabiller ? Il est trempé jusqu'aux os. Encarnación ! Mon Dieu ! Avec cette pluie qui n'a pas arrêté de la journée, on ne se croirait vraiment pas en été.

— Sofía ? Qu'est-ce que Dermot fait dehors par un temps pareil ? » demanda María en essorant ses cheveux d'une main.

Sofía sauta sur l'occasion pour s'éclipser.

« Je vais voir grand-père, annonça-t-elle. À plus tard. »

Elle courut s'abriter sous les arbres en appelant son grand-père à tue-tête. Qu'est-ce qui lui avait pris de rester dans le jardin par ce temps ? Puis, lorsqu'elle le vit sur la pelouse en train de jouer au croquet devant une assistance composée de quelques malheureux chiens trempés, dont la queue dégoulinante pendait entre les pattes, elle éclata de rire.

« Grand-père ! hoqueta-t-elle en courant le rejoindre. Mais qu'est-ce que tu fabriques ?

– Le soleil va finir par sortir, Sofía Melody. Ah ! Bien joué, Dermot ! Je vous l'avais bien dit que j'y arriverais, ajouta-t-il à l'adresse des chiens lorsque la balle fila docilement sous l'arceau.

– Grand-père, tu es trempé comme une soupe !

– Toi aussi, mon petit. Mais je serai bientôt sec, le soleil arrive, je le sens déjà dans mon dos. »

Sofía, elle, ne sentait que les gouttes froides qui ruisselaient le long du sien. Elle réprima un long frisson et leva les yeux en direction du ciel, persuadée de n'y trouver qu'un brouillard gris. À son immense surprise, elle aperçut un rayon de soleil, tout près de transpercer les nuages. Elle plissa les yeux pour empêcher la pluie de lui couler entre les paupières et se concentra sur l'onde de chaleur qu'elle devinait déjà sur son visage.

« Tu as raison, grand-père ! Il fait soleil.

– Évidemment que j'ai raison, mon petit. Tiens, prends donc un maillet. Voyons si tu peux envoyer la balle jaune dans cet arceau, là-bas.

– Je ne suis pas tellement d'humeur à jouer. Agustín vient de me battre au backgammon.

– Ah... Et je parie que tu n'as pas été une très bonne perdante. Je me trompe ?

– Bah, ce n'était pas si terrible.

– Telle que je te connais, Sofía Melody, tu as dû réagir avec la patience d'une princesse trop gâtée.

– Disons que je n'étais pas très heureuse de perdre, concéda-t-elle dans un accès d'honnêteté, en chassant du doigt une goutte sur l'extrémité de son nez.

– Le charme ne te conduira jamais qu'à mi-chemin de ta destination, Sofía Melody, l'avisa sagement Dermot avant de trottiner en direction de la maison.

– Grand-père ? Où vas-tu ? Il fait soleil !

— C'est l'heure de boire un petit verre.
— Mais, grand-père, il est quatre heures...
— C'est bien ce que je dis..., rétorqua-t-il, avant d'ajouter avec un clin d'œil : ne dis rien à ta mère. Suis-moi. »

Main dans la main, ils entrèrent dans la maison par la cuisine, pour éviter de tomber sur Anna. Ils se faufilèrent comme des voleurs le long du corridor, en laissant dans leur sillage deux traces parallèles et luisantes d'humidité. Dermot s'immobilisa devant l'armoire à linge, puis, après s'être assuré qu'il n'y avait personne en vue, il ouvrit la porte.

« Voilà donc où tu la caches ! siffla Sofía en voyant la main de son grand-père disparaître entre les torchons pour ressortir avec une bouteille de whisky. Tu n'as pas peur que Soledad la trouve ?

— Soledad est ma complice. Une femme formidable pour garder un secret, Soledad, ajouta-t-il en se léchant les lèvres. Accompagne-moi, si tu veux aussi être ma complice. »

Sofía, ravie, ne se fit pas prier. Elle lui emboîta le pas tandis qu'il rebroussait chemin. Ils ressortirent comme ils étaient entrés, par la porte de la cuisine, et traversèrent la cour en direction des arbres.

« Où allons-nous ? voulut savoir Sofía.
— Dans mon repaire secret.
— Ton repaire secret ? jubila Sofía qui adorait les mystères. Moi aussi, j'ai un repaire secret. »

Mais Dermot ne l'écoutait pas. Il tenait la bouteille contre sa poitrine, avec le soin d'une jeune mère qui porte son bébé.

« C'est l'ombú.
— Je n'en doute pas », grommela distraitement Dermot, qui la précédait.

L'impatience semblait soudain lui donner des ailes. Finalement, ils arrivèrent devant un petit abri en bois. Sofía avait dû passer devant des centaines de fois, sans le remarquer.

Dermot ouvrit la porte de la cabane et s'effaça pour la laisser entrer. L'intérieur était sombre et imprégné d'humidité. Une petite fenêtre empêchait certes la pluie de pénétrer, mais elle était couverte de mousse, si bien que très peu de lumière filtrait dans la cabane. Le toit, en revanche, était une passoire géante, et de grosses gouttes tombaient sur le sol et les meubles. Non que les meubles en question eussent mérité un soin particulier ! La table était à l'évidence pourrie, et les étagères, en voie d'effondrement, pendaient de guingois.

« C'était la cabane d'Antonio, expliqua Dermot en s'installant sur le banc. Ne reste pas debout comme une dame en visite. Sofía, assieds-toi donc. »

Sofía s'exécuta avec un frisson.

« Et ça, c'est la médecine du Dr Dermot contre les rhumes, annonça-t-il en lui tendant la bouteille, après en avoir pris une généreuse rasade. Ah, je la sens qui fait déjà effet. »

Voyant Sofía renifler avec méfiance le goulot, il ajouta :

« Ne le renifle pas, ma fille, bois-le.

– C'est fort, ce machin », dit-elle avant de renverser la bouteille et de boire une bonne goulée.

Aussitôt, une boule de feu glissa le long de sa gorge, avant de se répandre dans son corps qui se convulsa. La bouche grande ouverte, elle souffla comme un dragon, puis se mit à tousser.

« C'est bien, petite », approuva Dermot avec un hochement de tête en lui tapotant doucement le dos. Pendant quelques instants, Sofía eut le souffle coupé. Puis elle sentit le feu passer dans ses veines, s'y propager et répandre une douce tiédeur dans son corps. Même si elle respirait encore avec difficulté, la douleur du premier instant se transformait en un plaisir exquis. Les joues brûlantes, elle se tourna vers son grand-père avec un vague sourire, et tendit la main vers la bouteille.

« Ça, c'est un vrai secret, grand-père, que tu détiens là. Un sacré secret. »

Elle étouffa un rire en plaquant une nouvelle fois le goulot de la bouteille sur ses lèvres. Après quelques gorgées supplémentaires, elle ne se sentait plus ni mouillée ni en colère contre Agustín. En fait, se disait-elle, elle les aimait tous, Agustín, Rafael, sa mère. Tous. Elle se sentait étourdie et heureuse, follement heureuse, comme si rien au monde n'importait et que tout était drôle. Elle se mit à rire sans raison. Dermot commença à raconter, sur un rythme décousu, des histoires « du temps de l'Irlande ». Sofía l'écoutait distraitement, le visage illuminé d'un sourire béat. Puis il décida qu'il allait apprendre à sa petite-fille quelques ballades de son pays natal.

« Je l'ai rencontrée dans le jardin où poussent les lis blancs », commença-t-il.

Il semblait à Sofía que son grand-père avait la plus belle voix qu'elle eût jamais entendue.

« Tu es un ange, grand-père, bafouilla-t-elle, un ange », répéta-t-elle en se demandant pourquoi sa vision s'était subitement brouillée.

Aucun des deux ne se souciait de savoir depuis combien de temps ils étaient dans la cabane, mais lorsque Dermot eut éclusé la dernière goutte de la bouteille, ils décidèrent de concert qu'il était l'heure de rentrer.

« Chut ! » fit Sofía en voulant poser un doigt contre ses lèvres et en ne rencontrant que son nez. Elle poussa un petit cri étranglé de surprise et retira son doigt en tremblant.

« Ne fais pas de bruit, dit à son tour Dermot de sa voix forte. Pas un bruit. »

Il éclata d'un rire sonore qui le secoua tout entier.

« Bon Dieu, ma fille, tu n'as bu que trois gouttes et regarde dans quel état tu es !

— Chut, répéta Sofía en s'agrippant à lui pour garder l'équilibre. Et toi, tu as bu toute la bouteille. Comment fais-tu pour tenir encore debout ? s'exclama-t-elle tandis qu'ils tentaient tant bien que mal de retrouver leur chemin dans le crépuscule.

— Je l'ai reeeeencontréééééée dans leeeeeee jardin où poussent les lis blaaaancs », recommença Dermot.

Sofía se mit à l'accompagner, d'une voix atone, avec toujours un mot de retard.

Ils allaient tourner d'un geste hésitant la poignée de la porte de la cuisine quand celle-ci s'ouvrit à la volée.

« Sésa... ame ! Ou... vre-toi ! articula péniblement Dermot en rejetant les bras en arrière.

— *Por Dios, señor* O'Dwyer ! s'exclama Soledad avec un mouvement de recul. *Señorita* Sofía ! » s'écria-t-elle en étouffant un cri à la vue de son teint cramoisi et de son sourire niais.

Elle s'empressa de les faire entrer et de diriger Sofía le long du corridor jusqu'à sa propre chambre tandis que Dermot partait d'un pas chancelant dans la direction opposée. Lorsqu'elle entendit la *señora* Anna pousser des cris horrifiés, Soledad conclut que le vieux monsieur était arrivé dans le salon.

Les cris furent suivis d'un grand bruit de verre brisé – sans doute était-ce la bouteille qui venait de s'écraser contre le carrelage. Soledad jugea qu'elle en avait assez entendu. Elle referma la porte de sa chambre derrière Sofía et elle.

« Ma toute belle ! Mais qu'est-ce que tu as fait ? » se lamenta-t-elle une fois qu'elles furent en sécurité.

Sofía lui renvoya un sourire de simple d'esprit.

« Je l'ai rencontrée dans le jardin où poussent les lis blancs », bégaya-t-elle.

Soledad l'aida à se dévêtir et lui fit couler un bain chaud. Puis elle l'obligea à boire un grand verre d'eau additionné d'une généreuse dose de sel. Le résultat de la potion ne se fit pas attendre. Sofía se pencha au-dessus des toilettes et s'employa à vomir ce feu qui lui avait procuré cette merveilleuse sensation de bien-être. Dans la cabane, ç'avait été une bénédiction. Mais maintenant elle se sentait nauséeuse, sale, pitoyable. Puis Soledad l'aida à gagner discrètement sa chambre, lui fit boire une tasse de lait chaud et la mit au lit.

« À quoi pensais-tu donc ? demanda-t-elle avec douceur, son front brun creusé d'un sillon soucieux.

– Je ne sais pas. C'est arrivé comme ça, gémit Sofía.

– Tu as de la chance d'être pompette avec juste quelques gorgées. Le pauvre *señor* O'Dwyer, lui, il va lui falloir toute la nuit pour dessoûler, dit Soledad avec compassion. Je vais aller dire à la *señora* Anna que tu n'es pas bien, et que tu te reposes, d'accord ?

– Tu penses qu'elle va le croire ?

– Pourquoi pas ? Tu ne sens plus du tout l'alcool. Tu as de la chance de t'en être aussi bien sortie. Imagine un peu ce qui se serait passé si elle t'avait vue dans cet état !

– Merci, Soledad, dit paisiblement Sofía lorsque la bonne se dirigea vers la porte.

– J'ai l'habitude de couvrir les frasques de ton grand-père, mais alors les tiennes, jamais je n'aurais imaginé que je devrais les couvrir un jour ! »

Sofía était sur le point de sombrer dans un sommeil profond lorsque sa mère entra.

« Sofía ? demanda-t-elle doucement. Qu'est-ce qui t'arrive ? »

Anna s'avança et posa la main sur le front de sa fille.

« Hum, tu as un peu de fièvre. Pauvre chat.

— J'irai mieux demain matin, fit Sofía d'une petite voix coupable en risquant un œil de sous les couvertures.

— Ce n'est pas comme ton grand-père. Lui, demain, il sera dans un état lamentable, répliqua Anna sèchement.

— Il est malade, lui aussi ?

— Malade ? Je suis sûre qu'il préférerait être malade. Non, soupira-t-elle. Il a encore bu.

— Oh...

— Je ne sais pas où il cache ces maudites bouteilles. J'en trouve une, et il en cache une autre. Ça le tuera, un jour.

— Où est-il ?

— Affalé dans son fauteuil, en train de ronfler comme un goret, et je vais l'y laisser. Tant pis pour lui.

— Maman !

— Eh bien quoi ? Que voudrais-tu que je fasse ?

— Je ne sais pas, dit Sofía, qui aurait aimé que sa mère prenne soin de son grand-père comme Soledad avait pris soin d'elle. Mets-le au lit avec une tasse de lait chaud », suggéra-t-elle d'une voix pleine d'espoir.

Sa mère éclata de rire.

« Certainement pas. Au fait, Sofía, reprit-elle d'un ton sévère, Agustín m'a dit que tu n'avais pas été très polie aujourd'hui.

— Polie ? On a joué au backgammon et il a gagné. Il devrait s'estimer content.

— Ça n'a rien à voir avec ça, et tu le sais bien, trancha Anna. Il n'y a rien de plus vilain qu'un mauvais perdant, Sofía. De plus, il m'a dit que tu ne les avais pas lâchés d'une semelle, et que tu t'étais ingéniée à répandre une mauvaise ambiance. Que je n'entende plus dire une chose pareille. Me suis-je bien fait comprendre ?

— Agustín a exagéré, protesta Sofía, plus faiblement qu'elle ne l'aurait souhaité. Et Rafael, il a dit quoi ?

— Je ne vais pas discuter, Sofía. Fais en sorte que cela ne se reproduise plus. Je ne veux pas entendre dire que je ne t'ai pas élevée correctement. C'est compris ?

— Oui », répondit Sofía par automatisme.

Agustín est un rapporteur et un tricheur, pensa-t-elle dans une flambée de colère. Mais elle était bien trop fatiguée pour discuter et soupira de soulagement quand sa mère quitta sa chambre. Elle ne s'était pas fait prendre. Puis elle pensa à son grand-père, inconfortablement endormi dans son fauteuil, tout mouillé et soûl. Elle aurait tant voulu pouvoir s'occuper de lui ! Mais elle se sentait beaucoup trop faible et mal en point pour se lever.

Quelques minutes plus tard, lorsque Soledad entra à pas de loup dans la chambre, Sofía était très loin, en train de chevaucher les nuages avec Santi.

5

Londres
1947

La matinée avait beau être froide et couverte, tout à Londres enchantait la jeune Anna Melody O'Dwyer. Elle ouvrit en grand la porte-fenêtre de sa chambre d'hôtel, dans le quartier de South Kensington. Quand elle sortit sur l'étroit balcon, elle sentit la morsure du froid et tira distraitement sur sa chemise de nuit, toute à l'histoire qu'elle imaginait : elle était une princesse anglaise, et l'hôtel était son château. Elle contempla avec émerveillement la rue embrumée et plantée de deux rangées d'arbres nus, tordus et estropiés. Si seulement elle pouvait quitter Glengariff ! Londres devait forcément regorger d'aventures romantiques. Sous l'éclairage jaune des réverbères, l'asphalte luisait comme de la réglisse. Quelques voitures passaient en ronflant, puis disparaissaient, tels des fantômes, s'enfonçant dans la brume. Il était encore très tôt, mais Anna était bien trop excitée pour pouvoir dormir. Elle rentra à pas de loup dans la chambre et referma sans bruit la croisée, pour ne pas réveiller sa mère, ni la grosse tante Dorothy, qui, dans la pièce voisine, s'agitait comme un morse échoué sur la grève.

Elle prit une pomme dans la coupe placée sur la table en marbre. Jamais de toute sa vie, Anna n'avait vu un tel déploiement de luxe, sinon dans ses rêves. L'hôtel où elles étaient descendues ressemblait à ceux où vivaient les vedettes d'Hollywood. Sa mère avait demandé une suite : un petit salon, une chambre et une salle de bains. La chambre ne pouvait accueillir que deux personnes, mais lorsqu'elles avaient dit au concierge que c'était un week-end très spécial, celui-ci avait obligeamment fait installer un lit de camp dans le petit salon. Pour s'excuser de causer tant de dérangement, Emer avait été sur le point de dire qu'elles ne pouvaient pas s'offrir une suite plus grande, que la famille tout entière s'était cotisée pour offrir à sa fille un somptueux week-end, mais Anna l'en avait empêchée. C'était le seul week-end de sa vie où elle allait pouvoir vivre comme une princesse : pas question de laisser le dédain d'un concierge lui gâcher son plaisir.

Anna Melody O'Dwyer allait se marier. Elle connaissait Sean O'Mara depuis toujours et cette alliance semblait naturelle. Ses parents étaient ravis. Mais Anna n'aimait pas Sean. Du moins, elle ne pensait pas l'aimer comme elle imaginait qu'on devait aimer son fiancé. Son cœur ne battait pas plus vite lorsqu'elle le voyait. Elle n'attendait pas avec impatience leur nuit de noces. Et, pour être tout à fait honnête, elle prévoyait que la grande affaire serait quelque chose comme un pétard mouillé. Cette seule pensée lui donnait des haut-le-cœur et elle l'avait écartée aussi longtemps qu'elle avait pu de son esprit. Mais pour complaire à ses parents, puisque c'était là leur volonté, elle ne s'était pas opposée au mariage, malgré son indifférence. Il n'y avait aucun autre candidat à Glengarrif qu'elle eût pu épouser. Alors Sean O'Mara ferait l'affaire. Anna et lui avaient été promis l'un à l'autre dès leur naissance. Il était convenu que le jeune couple vivrait avec les parents d'Anna et tante Dorothy en attendant que Sean eût gagné assez d'argent pour acheter une maison. Anna espérait secrètement que ce moment tarderait à venir. Emer avait fait de sa maison un cocon douillet qu'Anna n'avait nulle hâte de quitter. À la pensée de devoir cuisiner tous les soirs pour son mari, elle avait envie de pleurer. La vie n'était-elle donc pas autre chose ?

Mais pour l'instant, se dit-elle pour se remonter le moral, elle était à l'hôtel *De Vere*, dans un décor si beau et si élégant qu'elle ne pouvait s'empêcher de se demander à quoi ressemblerait sa vie si elle épousait un comte, ou un prince. Elle alla faire couler un bain, dans lequel elle versa la moitié d'un flacon d'huile Floris offert par l'hôtel. La salle de bains s'emplit d'un riche parfum de rose. Elle s'allongea dans l'eau très chaude et y demeura, immobile, jusqu'à ce que le miroir fût couvert de cette même brume qu'à l'extérieur, dans la rue. Jusqu'à ce que la vapeur la fasse suffoquer. Entourée de marbres et de dorures, de grands flacons de sels de bain et de parfum, Anna se laissa aller à ses fantasmes préférés.

Au sortir du bain, elle enduisit soigneusement son corps d'une crème assortie à l'huile de bain, puis brossa ses longs cheveux roux, et les rassembla en chignon sur sa nuque longue et blanche. Dans le miroir, elle contempla son reflet : celui d'une jeune fille belle et sophistiquée. Jamais de toute sa vie, elle ne s'était sentie à ce point agréable à regarder. Son cœur dansait littéralement dans sa poitrine. Lorsque sa mère et sa tante s'éveillèrent, Anna avait revêtu sa plus belle robe et peint ses ongles en rouge.

Emer n'aimait ni les ongles peints ni les visages fardés, et lorsqu'elle vit sa fille déguisée en vedette de cinéma, elle songea d'abord à lui dire de nettoyer tout ça. Mais c'était le week-end spécial d'Anna Melody, et elle ne voulait pas le gâcher. Elle s'abstint donc de commentaire. Quelques heures plus tard, pendant qu'Anna était dans la cabine d'essayage de Marshall et Snellgrove, le grand magasin d'Oxford Street, Emer assura tranquillement sa sœur que tout rentrerait dans l'ordre une fois qu'Anna Melody serait de retour à Glengariff. Ce week-end, insista-t-elle, était celui de la future mariée, et Anna pouvait faire ce que bon lui semblerait.

« Regardons les choses en face, Dorothy, dit-elle. La vie ne sera-t-elle pas assez difficile comme ça pour elle une fois mariée ? Tant que nous le pouvons, autant donner un peu de plaisir à cette enfant en lui permettant de combler tous ses désirs.

– Permets, permets donc, Emer Melody, soupira bruyamment tante Dorothy, effarée. Dermot et toi avez donné à ce mot un sens totalement nouveau. »

Emer et tante Dorothy s'étaient mises sur leur trente et un. Elles trottaient dans les rues détrempées, solides sur leurs talons, vêtues de costumes de drap épais et gantées de chevreau. Dorothy avait embelli sa tenue d'un renard mité, déniché dans un magasin d'occasion de Dublin. C'était une bête entière, avec pattes et tête, qui s'étalait sur ses larges épaules, les mâchoires posées sur la bosse de sa poitrine – qu'elle avait miraculeusement réussi à contenir derrière les boutons tendus de son costume. Sa sœur et elle avaient fixé, à grand renfort d'épingles, de petits chapeaux sur le sommet de leur tête et rabattu des voilettes impeccables devant leurs yeux.

« Nous ne pouvons pas laisser tomber Anna Melody. Nous devons être à la hauteur », avait décrété Emer lorsqu'elles s'étaient habillées le matin.

Tante Dorothy avait donc peint ses lèvres en rouge vif, en se demandant combien de fois elle avait entendu sa sœur prononcer cette phrase. Elle était pourtant d'accord sur le principe. C'était le week-end spécial d'Anna Melody, et le moment était mal choisi pour dire le fond de sa pensée. Mais un jour, elle le dirait. Oh, mon Dieu ! oui, un de ces jours, elle dirait tout ce qu'elle avait sur le cœur.

Épuisée par un après-midi passé dans les magasins, mais puisant une intarissable énergie dans la curiosité que lui inspirait la découverte de Londres, Anna attendait dans le hall de l'hôtel *Brown*. Sa mère et sa tante se repoudraient le nez dans les toilettes pour dames, avant d'aller prendre le thé dans le célèbre salon de thé de l'hôtel.

C'est ainsi qu'Anna rencontra Paco Solanas.

Elle était assise dans un fauteuil, les sacs d'emplettes éparpillés à ses pieds, lorsqu'il entra et qu'elle le vit. Il avait des cheveux blonds couleur sable, coupés très court, et des yeux d'un bleu si intense qu'Anna pensa qu'ils allaient la transpercer s'ils se posaient sur elle. Ce que, bien entendu, ils firent. Après avoir fouillé le hall, le regard de Paco se posa finalement sur cette jeune femme d'une étonnante beauté, qui lisait un magazine dans un coin.

Parfaitement consciente de ce regard appuyé, Anna, à son grand dépit, sentit ses joues s'empourprer. Elle savait qu'elle n'était pas à son avantage lorsqu'elle rougissait car son visage virait à l'écarlate et se marbrait. Paco la trouva néanmoins fort déconcertante. On aurait dit une petite fille qui jouait à être une femme. Son maquillage ne lui seyait pas, pas davantage la robe qu'elle portait. Cependant, assise dans son fauteuil, elle avait la prestance d'une aristocrate anglaise.

Il s'avança vers elle et, dans un mouvement d'une élégance désinvolte, se laissa tomber dans le fauteuil en cuir à côté du sien. Le sentir si près d'elle la troubla, la bouleversa. Ses mains se mirent à trembler. Il émanait de ce jeune homme une telle présence ! Elle respira l'odeur épicée de son eau de Cologne et cela lui fit tourner la tête.

Il remarqua le magazine qui tremblait entre ses mains, il regarda le visage aux yeux obstinément baissés, et il sentit qu'il était en train de tomber amoureux de cette jeune femme pâle qu'il voyait pour la première fois de sa vie.

Il prononça quelques mots dans une langue étrangère, d'une voix grave et autoritaire. Anna prit une profonde inspiration et abaissa son magazine. Était-ce à elle qu'il parlait ? Quand elle le regarda, Paco fut saisi par l'éclat de ses yeux bleu-gris, leur expression de sauvagerie, et il eut soudain envie de lutter avec elle et de l'apprivoiser comme il le faisait avec les poneys sauvages à Santa Catalina. Elle soutint son examen et cligna des yeux, plusieurs fois, avec appréhension.

« Vous êtes trop belle pour rester assise là, toute seule, fit-il en réponse à ce regard. Je suis censé retrouver quelqu'un, mais il est en retard. Ce qui me ravit. Pour tout dire, j'espère qu'il ne va pas venir du tout. Attendez-vous quelqu'un ? »

Elle examina son visage plein d'espoir et répondit qu'elle attendait que sa mère et sa tante descendent pour le thé. Il eut l'air soulagé.

« Ah ! Ce n'est donc pas votre mari que vous attendez », dit-il, et Anna remarqua la lueur malicieuse de son regard. Puis, baissant les yeux vers sa main gauche, il ajouta : « Non, vous n'êtes pas mariée. J'ai de la chance. »

Elle éclata de rire, et aussitôt baissa les yeux. Elle savait bien qu'elle ne devrait pas parler à un inconnu. Mais il émanait de ce jeune homme quelque chose d'honnête. Du moins à son sens. De toute façon, n'était-elle pas à Londres, la ville des aventures romantiques ?

Elle espéra de toute son âme que sa mère et sa tante allaient prendre leur temps et lui laisser quelques minutes de plus. Jamais elle n'avait vu un homme aussi beau.

« Vous vivez ici ? demanda-t-il.

– Non. Je ne suis ici que pour quelques jours. Pour faire des emplettes et... » Elle s'interrompit. À quoi les jeunes filles riches pouvaient-elles consacrer leur temps ? « Et pour visiter les musées et les églises », ajouta-t-elle.

Cela parut l'impressionner, et il la gratifia d'un sourire approbateur :

« D'où venez-vous ?

– D'Irlande. Je suis irlandaise.

– Moi aussi je suis loin de chez moi.

– D'où venez-vous ? s'enquit-elle.

– Je viens du pays des dieux, répliqua-t-il, le visage soudain illuminé. D'Argentine. Là où le soleil est une orange géante et où le ciel est si vaste qu'il est un reflet du paradis. »

Anna ne put réprimer un sourire, tant cette description était empreinte de poésie. Il plongea son regard dans le sien si profondément qu'elle se sentit défaillir. Aurait-elle voulu détourner les yeux qu'elle en aurait été incapable. Soudain, une bouffée d'angoisse l'étreignit : il allait se lever, partir, et elle ne le reverrait jamais plus.

« Que faites-vous à Londres ? » demanda-t-elle en luttant contre l'émotion qui lui nouait la gorge. S'il te plaît, Seigneur, pria-t-elle, laisse-nous encore un peu de temps.

« J'étudie. Je suis à Londres depuis deux ans, et de tout ce temps je ne suis pas retourné chez moi ; *¡Imaginate!*[1] Mais j'adore Londres. » Il chercha son regard, puis ajouta, impulsivement : « Je voudrais que vous voyiez mon pays. »

Elle éclata de rire et détourna la tête, mais quand elle posa de nouveau ses yeux sur lui, elle vit qu'il l'observait avec une attention soutenue.

Emer et Dorothy pénétrèrent dans le hall et cherchèrent Anna. Ce fut Dorothy qui l'aperçut en premier, assise dans un coin, en grande conversation avec un curieux jeune homme.

« Jésus, Marie, Joseph ! s'exclama-t-elle. Emer ! Qu'a-t-elle encore inventé ? Que dirait ce pauvre Sean O'Mara s'il la voyait parler de la sorte avec un inconnu ? Nous n'aurions jamais dû la laisser seule !

– Doux Jésus ! s'exclama à son tour Emer, avec une pointe de colère. Allons-y vite avant qu'elle ne se compromette. »

1. Imagine !

Anna vit sa tante traverser le hall dans sa direction tel un Panzer. Elle tourna aussitôt un regard désespéré vers son nouvel ami, qui lui prit la main et la serra dans la sienne.

« Retrouvez-moi ici ce soir à minuit », souffla-t-il.

Il y avait tant d'urgence dans sa voix qu'Anna sentit son estomac se contracter. Elle hocha vigoureusement la tête tandis qu'il se levait et adressait un signe courtois à tante Dorothy, avant de battre précipitamment en retraite.

« Pour l'amour de Dieu, Anna Melody O'Dwyer, à quoi pensestu donc à parler ainsi à un inconnu, si beau soit-il ? » s'exclama-t-elle en regardant le jeune homme disparaître par la porte à tambour.

Anna se sentait faible, fébrile, très excitée.

« Ne t'inquiète pas, tante Dorothy, c'est comme ça à Londres. Il n'y a aucune loi qui interdise de tenir compagnie à une fille assise toute seule », répliqua-t-elle avec assurance, mais, intérieurement, elle sentait ses nerfs grésiller comme des fils électriques.

Anna demeura rêveuse pendant tout le thé, promenant d'un air absent la petite cuiller en argent dans la tasse. Tante Dorothy entreprit de beurrer son troisième scone.

« Ces gâteaux sont très bons. Vraiment très bons. Anna Melody, es-tu obligée de faire ce bruit qui pénètre dans mes oreilles de la façon la plus détestable qui soit ? »

Anna laissa échapper un soupir en se reculant contre le dossier de la chaise.

« Que t'arrive-t-il donc ? Tu as trop fait les magasins ?

— Je suis fatiguée, c'est tout », répliqua-t-elle en laissant son regard se perdre au-delà des baies vitrées. Qu'espérait-elle ? Qu'il passe devant elles à ce moment-là ? Pourquoi pas... Elle se représenta son visage et tenta de retenir cette image, effrayée à l'idée que si elle la laissait flotter au fond de son esprit, elle pourrait s'y noyer et ne jamais reparaître.

« Nous allons rentrer directement à l'hôtel après le thé. Pourquoi ne goûtes-tu pas aux scones tant qu'ils sont chauds ? Ils sont vraiment très bons, insista gentiment sa mère.

— Je ne veux pas aller au théâtre ce soir, déclara soudain Anna avec pétulance, sans se départir d'une moue boudeuse. Je suis trop fatiguée.

— Tu ne veux pas voir *Oklahoma* ? Dieu tout-puissant, ma fille ! Es-tu consciente que la plupart des filles de ton âge ne vont pas à Londres ? Je ne te parle même pas d'aller au théâtre, aboya tante Dorothy, en rajustant la tête du renard qui, de ses mâchoires, semblait menacer sa poitrine. Ces billets ont coûté cher.

— Dorothy, si Anna Melody ne veut pas aller au théâtre, elle n'y est pas obligée. C'est *son* week-end, n'oublie pas », s'interposa Emer, en posant une main protectrice sur le bras de sa fille.

Tante Dorothy pinça les lèvres et renifla en dilatant les narines comme un taureau.

« Et je suppose que tu voudras lui tenir compagnie ? fit-elle avec colère.

— Dorothy, je ne peux pas la laisser toute seule dans cette ville inconnue. Ce serait injuste.

— Injuste ! Mais enfin, Emer ! Nous avons dépensé de l'argent pour ces billets. Et j'étais impatiente de voir *Oklahoma*.

— Bon, trancha Emer avec un sourire apaisant, rentrons à l'hôtel et reposons-nous un peu. Peut-être que tu te sentiras mieux après, ajouta-t-elle en hochant la tête en direction de sa fille.

— Je suis navrée, Emer, je peux supporter beaucoup de choses, mais quand il s'agit d'argent, je ne vais pas laisser Anna Melody le jeter par les fenêtres par pur caprice. Emer, Dermot et toi l'avez toujours laissée vous mener par le bout du nez. Ce n'est pas lui rendre service, je t'assure. »

Anna croisa les bras et détourna la tête une fois de plus en direction des fenêtres. Il lui tardait d'être à minuit. Elle ne voulait pas aller au théâtre. Elle ne voulait aller nulle part. Elle voulait rester assise dans le hall et l'attendre.

Elle alla pourtant au théâtre. Elle n'avait guère le choix. Tante Dorothy l'avait menacée de la renvoyer à Glengariff sans autre forme de procès. Après tout, la moitié de l'argent dépensé pour ce week-end était à elle. Anna était restée sourde aux airs entraînants que sa mère et sa tante chantonneraient joyeusement sur les trottoirs pendant les deux jours suivants. En silence, elle réfléchissait. Comment allait-elle pouvoir se rendre à l'hôtel *Brown* au beau milieu de la nuit depuis South Kensington quand elle n'avait pas un sou vaillant ? Manifestement, il avait cru qu'elle séjournait au *Brown.* Mais quelle que soit la difficulté de l'entreprise, elle ne laisserait pas tomber. Il fallait qu'elle soit au rendez-vous. Coûte que coûte.

De retour à l'hôtel, sa mère et sa tante se mirent au lit sans tarder et sombrèrent rapidement dans un profond sommeil. Anna écouta les ronflements sonores de tante Dorothy, qui dormait allongée sur le dos. Une ou deux fois, elle émit un ronflement tellement puissant qu'Anna craignit qu'elle ne s'éveillât. Emer, plus délicate en tout que sa sœur, dormait tranquillement, en chien de fusil. Sans un bruit, Anna se releva et se rhabilla. Puis elle glissa ses oreillers sous les draps pour donner l'impression qu'elle était là, enfouie sous les couvertures, au cas où sa mère ou sa tante se réveilleraient. Ensuite, avec d'infinies précautions, elle fourragea dans le sac de tante Dorothy et déroba un peu d'argent.

Le concierge se montra coopératif. Trop poli pour s'autoriser un simple haussement de sourcils, il fit ce qu'Anna lui demandait, il lui appela un taxi. Elle le remercia avec un parfait naturel, comme si cette sortie en plein milieu de la nuit n'avait rien d'extraordinaire. Telle une fugueuse, elle prit place à l'arrière du véhicule, le cœur battant, les yeux rivés sur les lumières de la ville qui défilaient derrière la vitre.

À minuit moins le quart, Anna était assise dans le même fauteuil qui l'avait accueillie l'après-midi, dans un angle du hall. Sous son manteau, elle portait la nouvelle robe que sa mère lui avait achetée chez *Harrod's,* et avait gardé le chignon bas sur sa nuque. Elle s'étonna qu'à une heure aussi tardive il régnât tant d'animation dans l'hôtel. Une bande de jeunes gens dans le vent entra en riant. Anna les regarda avec envie. Ils avaient l'air de bien s'amuser. Personne ne semblait remarquer sa présence. Elle posa la main sur le fauteuil à côté du sien, et effleura le cuir du bout des doigts en imaginant qu'il avait gardé la tiédeur de son corps, lorsqu'il s'était assis là. Il s'était montré tellement raffiné, un vrai gentleman. Il portait un parfum cher et venait d'un pays exotique. Il était cultivé, bien élevé, beau, et, à l'évidence, riche. Il était le prince dont elle avait toujours rêvé. N'avait-elle pas toujours su qu'il y avait une vie en dehors de Sean O'Mara et de ce trou perdu de Glengariff ?

Anna guettait les mouvements de la porte à tambour avec une nervosité croissante. Quelle contenance valait-il mieux adopter ? Se montrer impatiente ? Ou, au contraire, nonchalante ? Certainement pas, trancha-t-elle, elle aurait l'air ridicule à jouer les indifférentes, car, en ce cas, que ferait-elle là, seule dans ce hall d'hôtel, à minuit ? Mais s'il ne venait pas ? songea-t-elle alors avec une bouffée d'angoisse. Que ferait-elle ? Peut-être s'était-il moqué d'elle. Peut-être n'avait-il aucune intention de venir au rendez-vous. Il était sans doute sorti avec des amis, et, à l'heure qu'il était, riait d'elle avec eux.

À minuit pile, Paco Solanas s'engouffra dans la lourde porte à tambour de l'hôtel *Brown*. Il aperçut immédiatement Anna, et un large sourire illumina son visage. Il marcha vers elle avec empressement, élégant dans son manteau en cachemire bleu marine.

« Je suis heureux que vous soyez venue », dit-il en la fixant d'un regard intense.

Il lui prit la main et la serra avec force.

« Moi aussi, répliqua-t-elle en sentant sa main trembler dans la sienne.

— Venez. » Il marqua une hésitation. « *¡Por Dios!* Je ne sais pas votre nom !

— Anna Melody O'Dwyer. Anna. »

Elle lui sourit, d'un sourire si spontané et chaleureux qu'il se trouva totalement captivé.

« *Ana Melodia. ¡Qué lindo!* [1] C'est un nom magnifique. Aussi magnifique que vous.

— Merci. Et vous, comment vous appelez-vous ?

— Paco Solanas.

— Paco... Je suis enchantée de faire votre connaissance », répliqua-t-elle avec timidité, avant de se laisser entraîner dans la nuit.

Le temps s'était éclairci vers la fin de l'après-midi. Ils marchèrent dans les rues sous un ciel limpide semé d'étoiles. À en juger par les petits nuages que leur respiration projetait dans l'air glacial, il faisait très froid, mais ni l'un ni l'autre n'y prenait garde. Ils cheminèrent sans hâte par les petites rues tranquilles, autour de

1. Que c'est joli !

Soho, riant et bavardant comme de vieux amis, puis poussèrent jusqu'à Leicester Square, le long de trottoirs encore humides et luisants de bruine. Paco ne lâcha pas la main d'Anna une seule seconde, et, très vite, cela apparut à la jeune fille comme la chose la plus naturelle du monde. Plus naturelle même que si c'était la main de Sean O'Mara. Paco lui parlait de l'Argentine avec enthousiasme, et évoquait pour elle un tableau riche en couleurs avec un art consommé de conteur. Elle ne lui raconta, elle, que peu de chose sur l'Irlande. Elle pressentait que, s'il découvrait qu'elle n'était pas aussi riche que lui, il pourrait se désintéresser d'elle, et elle ne pourrait pas le supporter. Elle devait faire semblant d'être, elle aussi, issue d'un monde de privilégiés.

Mais elle se trompait. Paco aimait la façon dont elle différait de toutes les filles qu'il connaissait dans son pays, et de toutes les femmes sophistiquées qu'il avait rencontrées en voyageant dans les capitales européennes. Anna était sans apprêt et spontanée. Quand il l'embrassa, il le fit avec la ferme intention d'effacer son horrible rouge à lèvres.

Jamais personne ne l'avait embrassée comme cela auparavant. La tiédeur douce de ses lèvres humides offrait un saisissant contraste avec la peau glacée de son visage. Il la tint étroitement serrée contre lui et dévora sa bouche avec une passion qu'elle n'avait jamais vue qu'au cinéma. Quand il se détacha d'elle et baissa les yeux vers son visage, il nota avec satisfaction qu'il lui avait ôté son vilain maquillage, et qu'elle était bien plus belle ainsi.

Main dans la main, ils allèrent jusqu'à Trafalgar Square, où ils s'assirent sur le rebord de la fontaine. Là, de nouveau, il l'embrassa. Puis il retira les épingles de son chignon, passa les mains dans sa chevelure, avant de la laisser retomber sur ses épaules et le long de son dos, en une cascade de boucles souples et indisciplinées.

« Pourquoi attachez-vous vos cheveux ? » voulut-il savoir. Mais avant de laisser à Anna le temps de répondre, ses lèvres cherchèrent une nouvelle fois les siennes et sa langue explora sa bouche avec sensualité. Anna sentit chaque cellule de son corps tressaillir et elle étouffa un soupir.

« S'il vous plaît, soyez indulgente pour mon anglais, dit-il après un moment, en tenant le menton d'Anna dans le creux d'une main et faisant courir l'autre le long d'une mèche sur sa tempe. Je sais que si je pouvais dire tout cela en *castellano* [1] ce serait bien plus *poético*.

— Mais votre anglais est très bon, Paco, l'assura-t-elle, puis elle rougit en s'entendant prononcer son nom pour la première fois.

— Je ne vous connais pas, mais je sais que je vous aime. *Sí, te quiero ya* [2] », ajouta-t-il en suivant du doigt le méplat de sa joue.

Il scruta ses traits d'un regard incrédule, comme s'il tentait de découvrir la nature exacte du sortilège qui l'avait captivé.

« Quand retournez-vous en Irlande ? »

Anna frissonna. Elle ne voulait surtout pas penser à ça. Envisager de ne jamais plus le revoir était au-dessus de ses forces.

« Après-demain, répondit-elle d'une voix voilée de tristesse. Lundi. » Elle chercha la caresse de sa main contre son visage et se força à lui sourire, le cœur lourd de regrets.

« Déjà ! s'exclama-t-il, atterré. Vous reverrai-je ?

— Je ne sais pas..., dit-elle en espérant de toute son âme qu'il allait trouver une solution.

— Venez-vous souvent à Londres ? »

Elle secoua la tête.

« Non. »

Paco s'écarta d'elle et enfouit la tête dans ses mains. Anna blêmit. Maintenant, il allait lui dire que leur rencontre était sans lendemain. Le souffle court, elle vit son torse se gonfler sous l'étoffe du manteau puis l'entendit exhaler un profond soupir. Dans la lueur jaune des réverbères, son visage reflétait une telle expression de mélancolie et de souffrance qu'elle eut envie de l'entourer de ses bras et de le serrer contre elle. Mais elle avait trop peur qu'il ne la repousse. Aussi resta-t-elle où elle était, immobile, pétrifiée par un terrible sentiment d'angoisse.

« Alors épousez-moi, dit-il en relevant brusquement la tête. Je ne peux pas envisager la vie sans vous. »

L'aurait-il frappée que le choc n'aurait pas été plus violent.

« Vous épouser ? » bégaya-t-elle, abasourdie.

Ils avaient à peine passé quelques heures ensemble.

1. Espagnol, castillan.
2. Oui, je t'aime déjà.

— Oui, Anna, épousez-moi », répéta-t-il d'un ton infiniment sérieux et grave.

Il s'empara de sa main et la pressa avec ferveur contre son cœur.

« Mais... Vous ne savez rien de moi, protesta Anna.

— J'ai su que je voulais vous épouser dès le premier instant où je vous ai vue, à l'hôtel. Jamais personne ne m'a inspiré de tels sentiments. Je suis sorti avec des filles, beaucoup de filles. Vous ne ressemblez à aucune des femmes que j'ai pu connaître. Vous êtes différente. Je ne sais comment l'expliquer. Comment pourrais-je expliquer ce qui se passe dans mon cœur ? » Il se tut un instant. Ses yeux étincelaient, puis il reprit, avec une troublante sincérité : « *Ana,* je ne veux pas vous perdre.

— Vous entendez la musique ? » demanda brusquement Anna en se levant pour tenter de dissiper son trouble.

Elle voulait à tout prix chasser de ses pensées Sean O'Mara et le lien censé les unir l'un à l'autre. Tous deux écoutèrent la mélodie assourdie qui s'échappait d'un club, quelque part dans les environs.

« *Ti voglio bene...* [1], murmura Paco en reprenant les paroles de la chanson.

— Qu'est-ce que ça veut dire ? » demanda Anna.

Il l'enlaça et ils commencèrent à danser autour de la fontaine.

« Ça veut dire : je t'aime. Je vous aime, Anna Melody, et je veux vous épouser. »

Ils dansèrent en silence, écoutant seulement la musique lointaine qui les portait. Anna avait l'esprit sens dessus dessous. Rêvait-elle ? Lui avait-il vraiment demandé de l'épouser ? « Je vous emmènerai avec moi à Santa Catalina, chuchota-t-il d'une voix câline. Vous vivrez dans une belle maison aux volets verts et vous passerez vos journées sous le soleil à contempler la pampa. Tout le monde vous aimera autant que moi.

— Mais Paco..., hasarda-t-elle, nous nous connaissons si peu. Jamais mes parents ne le permettront. »

Elle imaginait déjà la réaction de tante Dorothy, et cela seul suffisait à lui nouer l'estomac.

« Je leur parlerai. Je leur dirai ce que je ressens », répliqua Paco

1. Je t'aime (littéralement : je te veux du bien), en italien.

d'une voix confiante. Puis il plongea son regard dans ses yeux craintifs et ajouta : « Ne ressentez-vous donc rien pour moi, pas même *un poquito*[1] ? »

Elle hésita. Non qu'elle ne l'aimât pas. Elle l'adorait. Il bouleversait son cœur et la plongeait dans un état d'excitation qui éveillait tous ses sens à la vie. Mais sa mère lui avait toujours dit que l'amour était quelque chose qui grandissait au fil des ans et que le coup de foudre qui attirait avec une invincible force deux personnes l'une vers l'autre était un sentiment d'une tout autre nature.

« Bien sûr que je vous aime », se défendit-elle, avec un tremblement dans la voix qui la surprit. Jamais encore, elle n'avait dit ces mots à quiconque, pas même à Sean O'Mara. « J'ai l'impression de vous connaître depuis toujours », ajouta-t-elle pour se justifier à ses propres yeux. Non, cet amour que Paco lui inspirait n'avait rien à voir avec celui, impérieux, qui attire aveuglément deux personnes l'une vers l'autre. C'était un sentiment authentique et profond.

« Mais alors, où est le problème ? Vous pouvez demeurer plus longtemps à Londres, et nous apprendrons à mieux nous connaître, si c'est cela que vous souhaitez.

– Ce n'est pas aussi simple, malheureusement...

– *Ana*, les choses ne sont compliquées que lorsqu'on veut bien qu'elles le soient. Je vais écrire dès demain à ma famille et leur dire que j'ai rencontré une merveilleuse et innocente jeune fille avec laquelle je veux passer le reste de ma vie.

– Et... ils comprendront ? souffla Anna avec appréhension.

– Quand ils vous rencontreront, sans aucun doute. » Sa voix résonnait d'une confiance rassurante. « *Ana Melodìa*, j'ai l'impression que vous ne comprenez pas : je vous aime. J'aime votre sourire, votre geste nerveux quand vous jouez avec vos cheveux, j'aime ce regard effarouché que vous avez quand je vous dis ce que je ressens pour vous. J'aime l'assurance et l'innocence avec lesquelles vous m'avez retrouvé ce soir à l'hôtel. Jamais auparavant je n'ai rencontré quelqu'un comme vous. Je ne vous connais pas, c'est vrai. Je ne sais rien de ce que vous aimez, j'ignore quels sont vos mets préférés, vos livres de chevet, votre couleur fétiche,

1. Un petit peu.

je ne sais rien de l'enfant que vous avez été, ni combien vous avez de frères et sœurs. Mais je vous avoue que cela m'importe peu. Tout ce que je sais, c'est qu'ici, dit-il en plaçant la main de la jeune fille sur sa poitrine, mon cœur bat, et que chaque battement n'est que pour vous. Vous le sentez ? »

Anna lâcha un petit rire nerveux et confus, et d'une main timide tenta de percevoir à travers l'étoffe du manteau les battements de son cœur. Mais elle ne parvint à sentir que l'affolement de son propre pouls à l'extrémité de son pouce.

« Je vais vous épouser, *Ana Melodía*. Je vous épouserai parce que si je faisais la folie de vous laisser partir, je le regretterais pour le restant de mes jours. »

Lorsqu'il l'embrassa une nouvelle fois, elle sut que, plus que tout au monde, elle voulait que cette histoire s'achève sur un « *happy end* », comme dans les films. Et lorsqu'il l'étreignit dans ses bras, si fort qu'elle manqua un instant de suffoquer, elle eut la certitude immédiate que cet homme serait capable de la protéger de tous les dangers que le monde et la vie pouvaient réserver. Si elle épousait Paco, elle pourrait quitter Glengariff pour toujours et vivre avec l'homme dont elle était amoureuse. Elle serait Mrs Paco Solanas. Ils auraient des enfants aussi beaux que Paco, et elle serait plus heureuse que dans ses rêves les plus forts. Le baiser de Paco lui rappela celui de Sean O'Mara – un contact mou et désagréablement humide – en même temps que les craintes qu'elle avait éprouvées à la seule idée de sa nuit de noces, ou encore du vide terrifiant de cet avenir qui s'étendait devant elle comme une longue route grise et monotone, qui ne menait nulle part sinon à la pauvreté, à la stagnation, un avenir sans véritable amour. Alors qu'avec Paco tout était différent. Elle ne désirait rien tant que de lui appartenir, de se donner à lui, de l'autoriser à réclamer la possession de son corps pour qu'il puisse l'aimer entièrement.

« Oui, Paco, je veux vous épouser », murmura-t-elle, ivre d'émotion.

Il la serra si fort contre lui qu'elle se surprit à rire dans le creux de son cou. Lui aussi se mit à rire, d'un rire joyeux et serein.

« Je suis si heureux, j'ai envie de chanter ! s'écria-t-il en la soulevant dans les airs.

– Paco ! Reposez-moi ! » gloussa-t-elle.

Loin de l'écouter, il se mit à danser autour de la fontaine, Anna tournoyant dans ses bras.

« Je vous rendrai tellement heureuse, *Ana Melodìa*, que jamais vous ne regretterez votre choix, dit-il en la reposant sur le bitume mouillé. Je veux rencontrer vos parents demain. Et demander votre main à votre père.

– J'ai peur qu'ils ne s'opposent à notre mariage, lâcha-t-elle d'une voix chargée d'appréhension.

– Laissez-moi faire, *amor*. Laissez-moi m'occuper de tout, répéta-t-il en caressant son beau visage inquiet. Donnons-nous rendez-vous au salon de thé *Gunther*.

– *Gunther* ? répéta Anna machinalement.

– C'est un salon de thé sur Park Lane. À cinq heures », ajouta-t-il en cherchant ses lèvres.

Ils demeurèrent ensemble jusqu'aux premières lueurs dorées de l'aube, évoquant leur avenir, brodant leurs rêves sur l'étoffe de leur destin. Lorsqu'ils se séparèrent, Anna redescendit brutalement sur terre. Comment allait-elle expliquer tout cela à sa mère et à tante Dorothy ?

« Jésus, Marie, Joseph ! s'exclama Dorothy. Serais-tu par hasard devenue folle, Anna Melody ? »

Emer prit une profonde inspiration, avant de soulever sa tasse de thé d'une main tremblante.

« Parle-nous donc de lui, ma chérie », dit-elle avec un sourire indulgent.

Anna leur raconta comment ils avaient passé la nuit à se promener dans les rues. Mais elle ne dit rien des baisers, devinant confusément que ce serait injuste d'évoquer ce détail devant tante Dorothy, qui n'avait jamais été mariée.

Dorothy fixait sa nièce avec un mélange d'incrédulité et d'épouvante dans les yeux.

« Tu as passé la nuit seule avec lui dans les rues ? bafouilla-t-elle. Dieu tout-puissant, ma fille, mais que vont penser les gens ? Pauvre Sean O'Mara ! Filer en catimini en pleine nuit, comme une vagabonde. Mon Dieu, Anna..., soupira-t-elle en épongeant son front moite d'un mouchoir en dentelle, tu ne connais cet homme que depuis quelques heures. Tu ne sais rien de lui. Comment peux-tu lui faire confiance ?

— Ta tante a raison, mon enfant, renchérit Emer d'une voix larmoyante. Tu ignores tout de lui. Je ne peux que lui être reconnaissante de ne pas t'avoir fait de mal. »

Tante Dorothy y alla d'un reniflement approbateur. Pour une fois, sa sœur faisait preuve d'une once de bon sens et s'accordait à ses vues.

« Me faire du mal ! lâcha Anna dans un sanglot d'exaspération. Mais c'est absurde ! Nous avons dansé autour de la fontaine. Nous nous tenions les mains. Il me disait que j'étais belle. Il m'a dit qu'il m'avait aimée dès le premier instant où il m'avait vue dans le hall de l'hôtel. Me faire du mal ! Il m'a pris mon cœur, voilà tout le mal qu'il m'a fait, conclut-elle avec un soupir vibrant.

— Et que va dire ton père ? fit alors Emer en secouant la tête. N'imagine pas qu'il va rester assis sans rien faire et te laisser t'enfuir dans un pays étranger. Ton père et moi voulons te garder près de nous, en Irlande. Tu es notre seule enfant, Anna Melody, et nous t'aimons.

— Mais enfin, maman, tu pourrais au moins accepter de le rencontrer, suggéra Anna d'une voix où perçait l'espoir.

— Le rencontrer ? Quand donc ?

— Aujourd'hui. Au salon de thé *Gunther*, sur Park Lane, répondit-elle d'un ton léger.

— Tu as donc déjà tout manigancé, n'est-ce pas ? siffla tante Dorothy en se resservant une tasse de café. Je me demande bien ce que ses parents vont penser.

— Il m'a dit qu'ils seront très heureux pour lui.

— Pff ! C'est ce qu'il croit, repartit Dorothy en rentrant ses bajoues dans son cou et en hochant la tête d'un air entendu. Pour ma part, je suis sûre qu'ils vont tomber des nues en apprenant que leur fils s'est entiché d'une Irlandaise sans le sou, qu'il n'a rencontrée qu'une seule fois par-dessus le marché.

— Deux fois, corrigea Anna, contrariée.

— Deux, si tu comptes vos brèves présentations à l'hôtel. Il devrait avoir honte, voilà ce que j'en dis. Que ne court-il pas après une jeune fille de son milieu et de son pays ?

— Peut-être pourrions-nous au moins le rencontrer, Dorothy, suggéra enfin Emer en adressant un sourire indulgent à sa fille qui, les lèvres pincées, fixait sa tante d'un regard venimeux.

— Ça, c'est bien de toi, maugréa Dorothy. Il suffit que cette petite renifle une seule fois pour que tu lui donnes ce qu'elle veut. Tu as toujours agi comme ça. Et toi, Anna, tu crois sans doute que ces gens vont t'accueillir dans leur famille les bras grands ouverts ? Détrompe-toi, ma fille, la vie n'est jamais aussi simple. Ses parents espèrent probablement qu'il épouse une fille de son pays, une fille qui a du chic et des relations. Ils te témoigneront de la méfiance parce qu'ils ne sauront rien de toi. Ils te traiteront d'aventurière. Oh ! Tu peux dire que je suis dure et injuste, mais je ne fais que t'enseigner ce que la vie plus tard t'enseignera. Penses-y, Anna Melody, et n'oublie jamais que l'herbe paraît toujours plus verte dans le champ du voisin. »

Murée dans un silence obstiné, Anna implora sa mère du regard, en ignorant avec ostentation tante Dorothy qui, droite comme un *i* sur sa chaise, sirotait son café sans y prendre le même plaisir que d'habitude.

Emer fixa sa tasse de thé, perplexe, se demandant que faire.

« Si tu pouvais rester à Londres, hasarda-t-elle après mûre réflexion, et trouver un travail, je ne sais pas... Il existe peut-être un moyen qui te donne la possibilité de faire vraiment sa connaissance. Ou bien peut-être pourrait-il venir en Irlande et rencontrer ton père ? suggéra Emer, à la recherche d'un moyen terme.

– Non ! se récria aussitôt Anna, épouvantée. Il ne peut pas aller à Glengariff. C'est impossible. Pourquoi papa ne viendrait-il pas plutôt ici pour le rencontrer ?

– De quoi as-tu peur, ma fille ? aboya tante Dorothy. Qu'il ne veuille plus entendre parler de toi une fois qu'il aura vu d'où tu viens ? S'il t'aime vraiment, il se moquera pas mal de tes origines.

– Mon Dieu, Anna Melody, mon Dieu... Je ne sais pas quoi faire, soupira Emer avec tristesse.

– S'il te plaît, maman, accepte de le rencontrer. Quand tu le verras, tu comprendras pourquoi je l'aime », supplia Anna en ignorant délibérément sa tante.

Emer connaissait sa fille. Si Anna avait une idée en tête, il était vain de tenter de la retenir. Elle avait hérité son entêtement de son père.

« Très bien, concéda-t-elle d'une voix lasse et anxieuse. Nous allons le rencontrer. »

Emer et tante Dorothy étaient assises avec raideur à une table dans un angle de la salle. Tante Dorothy avait décrété qu'il serait plus discret de choisir une table un peu à l'écart des autres clients. « On ne sait jamais qui peut écouter », avait-elle dit. Anna bouillait d'impatience. Elle jouait à déplacer les couverts sur la nappe, et, en l'espace de dix minutes, elle s'absenta deux fois pour aller aux toilettes. Lorsqu'elle en revint la seconde fois, elle annonça qu'elle allait attendre Paco dehors.

« C'est hors de question ! » rugit tante Dorothy.

Mais sa mère l'autorisa à sortir, puisqu'elle le désirait. Aussi Anna attendit-elle devant la porte du salon de thé, dans le froid, scrutant la rue avec anxiété pour tenter d'apercevoir Paco parmi les silhouettes qui venaient dans sa direction. Quand enfin elle le vit, grand et si beau avec son chapeau, elle songea : « Voilà l'homme que je vais épouser », et sourit d'orgueil. Il marchait avec une fière assurance et regardait les gens autour de lui comme s'ils n'étaient là que pour lui rendre la vie agréable. Il possédait cette insouciance languide d'un vice-roi espagnol convaincu que jamais sa suprématie ne serait ébranlée. L'argent avait mis le monde à ses pieds. La vie s'était montrée généreuse avec lui. Il n'en attendait pas moins.

Sitôt qu'il aperçut Anna, Paco pressa le pas, et, en souriant, lui prit la main avant de déposer un baiser sur sa joue. Il la gronda tendrement d'avoir attendu dehors par ce froid, puis ils entrèrent ensemble dans le salon de thé, chaud comme une étuve. Anna expliqua brièvement à Paco que son père n'était pas là, car ses affaires le retenaient en Irlande. Paco ne cacha pas sa déception, et dit combien il avait espéré pouvoir demander sa main sur-le-champ.

Emer et tante Dorothy observèrent Anna et Paco Solanas qui se frayaient un passage entre les petites tables rondes regroupées comme des nénuphars, qu'encombraient des théières en argent et des tasses en porcelaine, des pyramides de cakes et de scones, et autour desquelles des gens de la plus grande élégance discutaient à voix feutrée.

Ce qui frappa immédiatement Emer, ce fut l'irréprochable prestance de Paco et la noblesse de son regard. Il possédait un air distingué et ce charme qui, pour Emer, étaient la marque irréfutable du monde enchanté d'où il provenait. Puis, aussitôt, une angoisse l'assaillit : sa fille était allée nager en eau bien trop profonde, et elle aurait du mal à lutter contre les courants souterrains qu'elle ne manquerait pas de rencontrer dans sa nouvelle situation. Quant à tante Dorothy, elle songea tout simplement que c'était là le plus bel homme qu'elle eût jamais vu de sa vie, et elle sentit un pincement d'amertume à l'idée que sa nièce, en dépit de tous ses caprices, avait réussi à gagner le cœur d'un tel gentleman – quand le destin avait écarté pour elle toute possibilité, passée ou à venir.

Après les incontournables bavardages préliminaires où furent évoqués le temps qu'il faisait et le spectacle que ces dames avaient vu la veille, Paco prit l'initiative de parler un peu de sa famille.

« Je comprends tout à fait que cela vous semble un peu précipité, mais je vous assure que je ne suis pas un cow-boy qui agit sur un coup de tête. Je viens d'une famille respectable, et mes intentions sont, elles aussi, parfaitement honorables. »

Il leur raconta qu'il avait été élevé en Argentine, que ses deux parents étaient d'origine espagnole, quoique sa grand-mère maternelle fût, elle, autrichienne. Ce qui expliquait, précisa-t-il, qu'il eût hérité de cheveux blonds et d'yeux bleus, quand son père était si brun et mat de peau que jamais ces dames ne croiraient qu'ils avaient un lien de sang. Il rit, pour tenter de détendre l'atmosphère. Emer lui accorda un sourire d'encouragement, mais tante Dorothy, raide comme un piquet sur sa chaise, demeurait inflexible ; Anna buvait les paroles de son bien-aimé avec plus de déférence qu'elle n'aurait écouté le pape en personne. Elle contemplait ses manières altières, son aplomb, et voyait là l'assurance qu'il veillerait sur elle une fois qu'ils seraient mariés. Elle retrouvait en lui cette mâle autorité naturelle qu'elle avait toujours admirée chez Cary Grant. Paco leur dit qu'il avait été en pension, qu'il parlait anglais, français et parfaitement italien, en plus de sa langue maternelle. Sa famille était l'une des plus fortunées d'Argentine, et l'une des plus respectées aussi, précisa-t-il. Elle possédait une *estancia,* Santa Catalina, et aussi quasi tout un immeuble dans le centre de Buenos Aires. Son père avait en outre un petit avion. Anna et lui mariés, ils s'installeraient dans leur propre appartement dans ce même immeuble, et passeraient les week-ends dans le ranch familial.

« Je peux vous assurer, *señora,* que votre fille ne manquera jamais de rien et qu'elle sera très heureuse. J'aime *Ana Melodía.* Je ne peux décrire cet amour, car je suis moi-même encore sous le choc de la surprise. Mais je sais que je l'aime, et je crois qu'elle m'aime aussi. Parfois, on a la chance d'être frappé par une illumination. Certains, auxquels il faut plus de temps pour rencontrer l'amour, sont incapables de comprendre cette illumination. J'étais un de ceux-là, mais maintenant je sais de quoi parlent les poètes. J'ai été touché par cette grâce, et je suis le plus heureux des hommes. »

Emer concevait très bien pourquoi sa fille était tombée amoureuse de Paco. Le regard dont il couvait Anna lui rappelait très exactement celui de Dermot lorsqu'ils étaient jeunes mariés. Elle regrettait que son mari ne fût pas là, à ses côtés, mais, en même temps, elle redoutait sa réaction. Comment Dermot pourrait-il jamais se résoudre à abandonner sa fille adorée à un étranger ?

« La richesse n'a pas grande importance à mes yeux, Mr Solanas, et n'en a pas davantage aux yeux de mon mari », dit Emer avec douceur. Assise bien droite, elle fixait calmement le regard bleu et franc de Paco. « Nos seules préoccupations sont le bonheur et la santé de notre fille. Nous n'avons qu'elle, voyez-vous. Aussi l'idée de ce mariage qui va l'emporter de l'autre côté de l'océan est-elle terriblement douloureuse pour nous. Mais nous avons toujours accordé à Anna Melody une certaine liberté. Si vous épouser et vous suivre en Argentine est ce qu'elle désire vraiment, nous ne pouvons pas nous y opposer. Cependant, nous serions plus rassurés si vous pouviez passer un peu plus de temps ensemble avant de vous marier. Pour faire plus ample connaissance. C'est tout. Et naturellement, vous devrez rencontrer mon mari pour lui demander sa main.

– Mais maman... », protesta Anna.

Elle n'ignorait pas que ses parents ne pouvaient pas se permettre de la laisser vivre à l'hôtel, et ils ne connaissaient personne à Londres. Paco, en silence, comprit le dilemme.

« Puis-je vous proposer une solution ? Votre fille pourrait demeurer chez mon cousin Antoine La Rivière et sa femme Dominique. Ils sont jeunes mariés et viennent de s'installer à Londres. Si, dans six mois, Anna et moi souhaitons toujours nous marier, aurons-nous votre consentement ?

— Je dois d'abord consulter mon mari, répondit Emer avec prudence. Anna Melody repart demain en Irlande avec nous. » Anna lui adressa un regard horrifié. « Ma chérie, ne nous précipitons pas. Ton père va vouloir discuter avec toi de ton avenir, ajouta-t-elle en lui tapotant la main et en souriant à Paco avec bienveillance.

— Si je dois rentrer demain en Irlande, pouvons-nous au moins passer la soirée ensemble ? demanda Anna. N'as-tu pas dit que tu voulais qu'on fasse mieux connaissance ? »

Paco prit sa main, la porta à ses lèvres et y déposa un baiser, comme pour lui dire de le laisser régler ce genre de détail.

« Je serais très honoré si vous me permettiez de vous convier à dîner toutes les trois ce soir », annonça-t-il avec déférence.

Emer ignora le coup de pied énergique que sa sœur lui assena sous la table. Et Anna, affolée, ouvrit la bouche pour protester.

« Vous êtes trop aimable, Mr Solanas. Pourquoi n'emmenez-vous pas tout simplement Anna ? Si vous devez faire plus ample connaissance, autant commencer sans attendre. Vous pouvez venir la chercher à notre hôtel à sept heures trente.

— Et la reconduire avant minuit », ajouta d'un ton cinglant tante Dorothy.

Le thé achevé, Paco prit congé d'Anna pendant que sa mère et sa tante attendaient leurs manteaux.

« Doux Jésus, Emer, penses-tu que nous ayons bien agi ?

— Tout ce que je peux dire, Dorothy, c'est qu'Anna Melody sait ce qu'elle fait. Elle aura avec ce jeune homme une existence bien meilleure que celle qu'elle aurait avec Sean O'Mara. L'idée qu'elle puisse partir à l'autre bout du monde m'est parfaitement insupportable, mais comment lui refuser une chance pareille ? Dieu sait qu'elle aura là-bas une vie bien plus belle qu'à Glengariff.

— J'espère que Paco Solanas se rend compte à quel point Anna Melody est une jeune femme têtue et fantasque. Si elle est aussi rusée que je le pense, elle va jouer le jeu jusqu'à ce qu'elle ait la bague au doigt, répliqua sèchement Dorothy.

— Dorothy ! Parfois, tu peux être vraiment méchante.

— Pas méchante, Emer. Clairvoyante. On dirait que je suis la seule ici à voir les choses comme elles sont. »

6

Cette dernière nuit londonienne fut troublante. Emer et tante Dorothy attendirent, en chemise de nuit, minuit et le retour d'Anna pour enfin aller au lit. Anna, prisonnière de son mensonge, fut bel et bien forcée de prendre un autre taxi pour se rendre à l'hôtel *Brown,* où elle retrouva Paco, comme convenu. Il l'emmena dîner dans un petit restaurant sur les rives de la Tamise, et, ensuite, ils marchèrent le long du fleuve sous la nuit étoilée. Paco ne cacha pas son désappointement de voir Anna retourner en Irlande. La raison de cet aller-retour lui échappait. N'aurait-il pas été bien plus simple qu'elle restât à Londres ? Terrifié à l'idée que sa belle puisse se dissoudre dans les brumes celtes et ne jamais plus reparaître, il nota soigneusement son adresse et son numéro de téléphone et lui promit de l'appeler chaque jour en attendant son retour. Lorsqu'il voulut la reconduire jusqu'à l'hôtel *Brown,* Anna, prétextant le peu de romantisme du hall, insista pour qu'il lui trouve un taxi. « Je ne veux pas me souvenir de vous dans un hall d'hôtel sinistre, argua-t-elle. Je préfère vous dire au revoir à la lueur d'un réverbère. »

Paco ne vit là aucun subterfuge. Il l'embrassa longuement, avec passion. Lorsqu'elle arriva à l'hôtel *De Vere,* Anna sentit son cœur qui se consumait, et sa bouche frémissait encore du baiser qu'ils avaient échangé. Trop excitée pour pouvoir fermer l'œil, elle demeura allongée les yeux grands ouverts dans la pénombre, se repassant interminablement la scène du baiser jusqu'à ce que ses pensées se confondent avec ses rêves et qu'elle dérive dans un sommeil langoureux.

Anna allait et venait dans la suite en proie à une agitation frénétique. Pas une seule de ses pensées n'était destinée à Sean O'Mara. Non. Toutes allaient vers le séduisant Paco Solanas, et tante Dorothy avait beau insister sur la gravité de la situation dans laquelle elle s'était mise, Anna semblait ne même pas vouloir en entendre parler.

« Assieds-toi donc un instant, Anna Melody, siffla sa tante. Tu me donnes le vertige. »

Effectivement, elle avait l'air pâle.

« Mais je suis tellement heureuse que j'ai envie de danser ! se récria Anna en esquissant quelques pas de valse. Il est tellement romantique ! Il est comme une star d'Hollywood !

– Tu dois bien réfléchir, ma chérie, dit sa mère d'un ton circonspect. Un mariage, ce n'est pas seulement une passion. Ce jeune homme vit dans un pays lointain. Tu pourrais ne jamais plus revenir en Irlande.

– Mais que m'importe Glengariff, maman ? Le monde est en train de s'ouvrir à moi. Qu'y a-t-il pour moi à Glengariff ? » Emer fit de son mieux pour cacher la douleur que lui infligeaient ces paroles. Elle ravala discrètement un sanglot. Elle ne voulait pas que ses propres sentiments influencent le choix de sa fille ; pourtant, ce n'était qu'au prix d'efforts surhumains qu'elle se retenait de se jeter aux pieds d'Anna pour la supplier de rester. Comment allait-elle pouvoir vivre sans elle, quand cette seule idée, déjà, lui était insupportable ?

« Ta famille, voilà ce qu'il y a ici, intervint tante Dorothy, la voix chargée de colère. Une famille qui t'aime plus que tu ne seras jamais aimée. Ne minimise pas cela, ma petite. Il y a plus que la richesse, dans la vie. Tu l'apprendras un jour, et à tes dépens.

– Calme-toi, tante Dorothy ! s'insurgea Anna. Je l'aime. Peu m'importe qu'il soit riche. Même pauvre, je l'aimerais, lança-t-elle sur un ton de défi.

– L'amour est un sentiment qui grandit avec les ans, ma chérie. Ne te précipite pas, fit sa mère avec indulgence. Nous ne parlons pas ici de Londres ni même de Paris. Il s'agit d'un pays très lointain. À l'autre bout du monde. Où ils parlent une langue différente. Leur culture est différente. Tu auras parfois la nostalgie de ton pays, ajouta-t-elle avec un sanglot, en attirant sa fille contre elle.

– Je peux apprendre l'espagnol. Regarde, je sais déjà dire *te amo*, je t'aime. » Elle se mit à glousser et à répéter en chantonnant : « *Te amo, te amo.*

— Cela, ma chérie, c'est ta décision. Reste à convaincre ton père, lui rappela Emer avec lassitude.

— Merci, maman. Tante Dorothy n'est qu'une vieille cynique, ajouta-t-elle en riant.

— Vraiment ? s'indigna Dorothy. Et ce pauvre Sean ? N'as-tu donc pas une seule pensée pour lui ? Tu crois sans doute que tu pourras toujours le retrouver là où tu l'auras abandonné quand toute cette histoire aura mal tourné ?

— Non ! se récria Anna. Rien ne tournera mal, ajouta-t-elle d'une voix ferme.

— Ce jeune homme est trop bien pour toi, riposta tante Dorothy d'un ton venimeux.

— Voyons, Dorothy ! gronda Emer avec nervosité. Anna n'est pas idiote, elle sait ce qui est le mieux pour elle.

— Je n'en suis pas convaincue, Emer. Toi non plus tu n'as pas eu une seule pensée pour ce pauvre Sean qui a été si bon. Tu ne te soucies donc pas de ce qu'il va advenir de lui ? poursuivit-elle en se retournant vers sa nièce. Il attend de construire son avenir avec la jeune fille qu'il aime. Crois-tu qu'il acceptera de se faire jeter comme un malpropre ? Je vais te dire une chose, Emer : Dermot et toi, vous avez gâté cette enfant à tel point qu'elle est incapable de penser à qui que ce soit d'autre qu'elle-même.

— Dorothy, je t'en prie, si Anna est heureuse...

— Oui, elle est heureuse, et Sean O'Mara est un homme malheureux, la coupa sèchement sa sœur.

— Mais enfin, ce n'est pas ma faute si je suis tombée amoureuse de Paco ! Qu'attends-tu de moi, tante Dorothy ? Que je fasse taire mes sentiments et que je retourne auprès d'un homme que je n'aime plus ? lança Anna sur un ton de tragédienne en se laissant tomber sur une chaise.

— Allons, allons, Anna Melody, intervint sa mère. Tout va bien. Ta tante et moi ne voulons rien d'autre que ton bonheur. Mieux vaut rompre dès à présent avec Sean que d'avoir des regrets toute ta vie, c'est certain, car une fois qu'on est marié, c'est pour la vie. Mais tout cela est si soudain... »

Dorothy soupira avec ostentation. À quoi bon tenter d'intervenir ? De combien de scènes de ce genre avait-elle déjà été témoin ? Un nombre infini. À quoi bon s'évertuer à ramener le monde dans le droit chemin ? Le destin, elle en était convaincue, s'en chargerait pour elle.

« Ma chère nièce, dit-elle en s'efforçant d'adoucir sa voix, je suis simplement réaliste. Je suis plus vieille et plus avisée que toi. Comme dit très justement ton père, "si la connaissance s'apprend, la sagesse vient avec l'expérience". Laissons donc la vie t'enseigner ses leçons.

– Nous t'aimons, Anna Melody. Nous ne voulons pas que tu fasses une erreur. Ah ! Si seulement ton père était là. Que va-t-il dire ? » ajouta Emer à mi-voix, la gorge nouée par l'appréhension.

Le visage de Dermot O'Dwyer vira à l'écarlate, les yeux lui sortaient des orbites. Depuis que sa femme avait commencé à parler, il arpentait la pièce en proie à une indescriptible agitation, bien incapable de trouver une seule phrase à répondre à sa femme et à sa fille. Il était pourtant certain d'une chose : jamais, au grand jamais, il n'autoriserait sa fille unique à disparaître à l'autre bout du monde, dans Dieu seul sait quel pays, pour épouser un homme qu'elle avait, en tout et pour tout, vu vingt-quatre heures dans sa vie.

« Jésus, Marie, Joseph, ma fille ! tonna-t-il quand il retrouva l'usage de sa voix. Tu es tombée sur la tête ? La fièvre londonienne, voilà ce que c'est. Tu vas épouser le jeune Sean, c'est moi qui te le dis. Dussé-je te traîner par les cheveux jusqu'à l'autel.

– Même avec un pistolet sur la tempe, c'est non ! hurla Anna Melody, le visage cramoisi et ruisselant de larmes. Non, non, non ! »

Emer s'interposa.

« Je t'assure qu'il nous a fait une excellente impression, Dermot. C'est un jeune homme d'une grande beauté et d'une étonnante maturité. Toi-même aurais été impressionné, ajouta-t-elle en adressant un sourire complice à sa fille.

– Je m'en moque ! rugit Dermot. Même s'il était le roi de Buenos Aires, je m'en fiche et m'en contrefiche. Il est hors de question que je laisse ma fille épouser un étranger. Elle est née en Irlande, elle y a grandi et elle n'en bougera pas. »

D'une main tremblante, le cœur broyé dans un étau, il se servit une grande rasade de whisky qu'il avala cul sec.

« Si, je m'en irai ! hurla Anna Melody. J'irai en Argentine à la nage s'il le faut ! Je sais que cet homme est celui que j'attendais, papa, reprit-elle d'une voix radoucie. Je n'aime pas Sean. Je ne l'ai jamais aimé. Je n'avais accepté de l'épouser que pour vous faire plaisir. Et parce qu'il n'y avait ici personne d'autre que lui pour moi. Mais tout a changé. J'ai rencontré celui qui m'est vraiment destiné. Tu ne comprends donc pas que c'est Dieu qui a voulu que nous nous rencontrions ? Il ne pouvait pas en être autrement. C'est le Destin ! »

Elle implora son père des yeux.

« Qui a eu l'idée de t'emmener à Londres ? » demanda-t-il en jetant à sa femme un regard noir et lourd d'accusations.

Emer regarda alentour, l'air perdu. Sa sœur s'était retirée quelques instants plus tôt après avoir déclaré d'un ton digne : « J'ai dit le fond de ma pensée, je n'ai plus rien à ajouter. »

« Dermot, comment aurions-nous pu prévoir ce qui allait arriver ? D'ailleurs, Londres n'a rien à voir dans tout ça. La même chose aurait pu se produire à Dublin. »

Ses lèvres tremblaient, non parce qu'elle redoutait la colère de son mari, mais parce qu'elle le connaissait suffisamment pour savoir qu'il finirait par abdiquer.

Anna Melody obtenait toujours gain de cause.

« Ne mélange pas tout, Emer, riposta-t-il en avalant une autre rasade de whisky à même le goulot. Quant à toi, poursuivit-il en brandissant un doigt menaçant en direction d'Anna, il est hors de question que je te laisse filer en Argentine avec un homme que tu as vu cinq minutes. »

Anna devina que là où la colère et les cris avaient échoué, la diplomatie pourrait réussir.

« Papa, pourquoi je n'irais pas travailler à Londres ?

– Et chez qui habiterais-tu à Londres, tu peux me le dire ? Je ne connais personne là-bas qui puisse t'accueillir. Et il n'est pas envisageable que tu restes à l'hôtel.

– Paco a un cousin qui est marié et installé à Londres. Il a dit que je pourrais loger chez eux. Je peux trouver un travail, papa. Laisse-moi au moins essayer. Juste six mois. S'il te plaît, implora-t-elle, laisse-moi une chance de mieux faire connaissance avec Paco. Et si, au bout de ce temps-là, je suis toujours amoureuse de lui, permets-lui de te demander ma main. »

Dermot se laissa choir sur un fauteuil, l'air défait. Anna s'agenouilla près de lui et pressa ses lèvres et sa joue humide contre sa main.

« S'il te plaît, papa, laisse-moi une chance de découvrir si cet homme est celui que j'attendais. Si tu m'en empêches, je le regretterai jusqu'à mon dernier jour. Tu ne peux pas m'obliger à épouser quelqu'un que je n'aime pas. Je t'en supplie, ne m'impose pas ça ! » conclut-elle avec une légère emphase sur le dernier mot.

Confusément, elle devinait que son père renâclerait à contraindre sa fille unique à ne connaître de l'amour que le devoir conjugal.

« Va donc te promener, ma fille. Va voir tes cousins. Ta mère et moi avons à parler », fit Dermot d'un ton accablé.

Sitôt Anna disparue, Emer s'effondra en sanglots, soulagée de pouvoir donner libre cours à des larmes qu'elle retenait depuis trop longtemps.

« Chéri, crois-tu donc que je veuille qu'elle parte ? Mais ce jeune homme est fortuné, cultivé, intelligent, beau. La vie qu'il lui offrira sera sans commune mesure avec celle que ce pauvre Sean pourra jamais lui laisser espérer.

– Te souviens-tu, Emer, combien nous avons prié pour que Dieu nous donne cette enfant ? »

Elle dévisagea son mari à travers le voile de ses larmes. Les coins de sa bouche étaient abaissés et son corps tout entier semblait privé de force. Elle s'agenouilla près de lui et embrassa tendrement la main qui reposait inerte sur l'accoudoir.

« Elle nous a donné tant de joie, souffla-t-elle entre deux hoquets. Mais un jour, nous ne serons plus là, et elle aura encore sa vie devant elle. Nous ne pouvons pas la retenir ici. Ce serait égoïste.

– Cette maison ne sera plus la même, bégaya Dermot que le whisky commençait à calmer.

– Oui, je le sais. Mais pense à l'avenir. Et puis, au bout de six mois, elle peut très bien décider qu'après tout il n'est pas fait pour elle, et revenir.

– Oui, elle peut..., répéta Dermot.

– Dorothy dit que c'est la façon dont nous l'avons élevée qui l'a rendue si volontaire. Si elle dit vrai, alors tout ce qui arrive est notre faute. C'est nous qui lui avons donné ces espoirs. Maintenant, Glengariff n'est pas assez bien pour elle.

– Oui, peut-être, je ne sais pas... »

Ils se turent, accablés par le chagrin, n'osant ni l'un ni l'autre évoquer la terrifiante perspective de passer leurs vieux jours dans une maison où jamais ne retentiraient les cris et les rires de leurs petits-enfants.

« Je lui donne six mois, reprit Dermot d'une voix éraillée. Je ne le rencontrerai que passé ce terme. Et si elle l'épouse, eh bien... elle l'épousera et adieu. Qu'elle ne compte pas sur moi pour aller la voir là-bas. Qu'elle ne compte pas sur moi », répéta-t-il, les yeux baignés de larmes.

Anna longeait la crête de la colline. Des langues de brume s'enroulaient autour d'elle comme les fumées des cheminées célestes. Pourquoi serait-elle allée voir ses cousins ? Elle les haïssait. Ils lui avaient toujours fait sentir qu'elle était indésirable. Mais maintenant, elle allait partir, pour toujours peut-être. Elle aurait adoré voir leur réaction lorsqu'ils apprendraient l'avenir radieux qui l'attendait. Un frisson d'excitation la parcourut, elle serra son manteau et sourit. Paco allait l'emmener au soleil. « Anna Solanas, dit-elle à voix haute. Anna Solanas. » Elle le répéta à l'envi, puis se mit à le crier par-delà les collines. Un nouveau nom pour une nouvelle vie. Ses parents lui manqueraient, elle le savait. Elle regretterait l'intimité chaleureuse de leur maison et les caresses de sa mère. Mais Paco la rendrait heureuse. D'un seul baiser, elle le savait, il effacerait son mal du pays.

Lorsque Anna revint de sa promenade, elle trouva la porte du bureau de son père fermée. Mieux valait enfermer Dermot avec son chagrin, avait jugé Emer, plutôt que de risquer de faire de la peine à leur fille. Elle annonça à Anna qu'elle pouvait aller à Londres, mais qu'elle devrait les appeler dès son arrivée pour les rassurer et leur dire qu'elle était bien installée chez les cousins de Paco. Ivre de joie, éperdue de reconnaissance, Anna se jeta dans les bras de sa mère.

« Lorsque Paco appellera, tu peux lui annoncer que ton père est d'accord pour que tu restes six mois à Londres. Et que, si au bout de ces six mois vous êtes toujours amoureux, alors il ira à Londres pour le rencontrer. Tu es heureuse, ma chérie ? »

Emer caressa de sa main pâle la chevelure rousse de sa fille.

« Tu sais combien tu comptes pour nous, Anna Melody. Ne

crois pas que ce soit de gaieté de cœur que nous te laissons partir. Mais Dieu sera avec toi, et Lui sait ce qui est bon pour toi... » Sa voix se brisa. « Pardonne mon émotion. Tu sais que tu as été le soleil de notre vie... »

Anna étreignit sa mère, en proie elle aussi à une émotion violente, non pas à cause de son départ, mais parce que son bonheur signifiait le malheur pour ses parents.

Dermot resta enfermé à remâcher son chagrin jusqu'au crépuscule, dans la pénombre qui lentement avait pris possession de la pièce et dévoré jusqu'aux derniers rais de lumière. Il revoyait sa petite fille adorée danser autour de lui, vêtue de sa robe du dimanche. Elle était là à virevolter et tournoyer, quand soudain son enjouement laissa place aux larmes et la petite fille s'effondra en sanglots sur le sol. Dermot voulut se précipiter vers elle pour la consoler, mais lorsque, en titubant, il se mit debout, la bouteille de whisky vide tomba sur le sol et vola bruyamment en éclats. Effrayée, la petite fille aussitôt disparut.

Lorsque Emer vint chercher son mari pour monter dans la chambre, elle le trouva qui ronflait bruyamment dans son fauteuil.

Anna devait s'acquitter d'un dernier devoir avant de partir pour Londres : annoncer à Sean O'Mara qu'elle ne pouvait pas l'épouser. Lorsqu'elle se présenta devant la maison de sa mère, une petite femme boulotte et enjouée, celle-ci se rua dans la maison, criant à son fils que sa fiancée venait d'apparaître comme par un coup de baguette magique.

« Comment était ton voyage, ma belle ? Je parie que c'était quelque chose. Oui, ce devait être quelque chose, gloussa Mrs O'Mara en essuyant sur son tablier ses mains couvertes de farine.

– C'était un très beau voyage, Moira », répondit Anna avec un sourire embarrassé.

D'un coup d'œil lancé par-dessus l'épaule de la petite femme, elle vit Sean dévaler l'escalier pour se précipiter vers elle.

Il l'embrassa maladroitement sur la joue, avant de l'entraîner par la main dans la rue.

« Alors, comment c'était, Londres ?

– Très bien », fit Anna en adressant un signe de la main à Paddy Nyhan qui passait sur son vélo.

Mais après avoir gagné du temps en souriant et en saluant divers autres passants, Anna sentit qu'elle ne pourrait pas supporter le suspense une seule minute de plus.

« Sean, je dois te parler. Allons dans un endroit où nous serons seuls », le pressa-t-elle anxieusement.

Sean accueillit la proposition avec un rire intrigué et ils remontèrent la rue en direction des collines. Ils cheminèrent en silence. Sean s'efforçait de relancer la conversation en interrogeant Anna sur ce qu'elle avait vu à Londres, mais voyant qu'il n'obtenait pour toute réponse que des marmonnements hachés, il se résolut à abandonner. Enfin, loin des yeux curieux et des oreilles indiscrètes, ils s'assirent sur un banc mouillé qui surplombait la vallée.

« Eh bien, de quoi s'agit-il donc ? » s'enquit Sean, la voix vibrant d'impatience.

Anna leva les yeux vers lui. Il avait un visage anguleux et de grands yeux gris naïfs. Un moment, elle craignit d'être incapable de lui dire la vérité.

« Je ne peux pas t'épouser, Sean », lâcha-t-elle tout à trac.

Elle vit la stupeur se peindre sur son visage. Il la fixa d'un regard incrédule.

« Comment ça, tu ne peux pas m'épouser ? Que veux-tu dire ?

— Je ne peux pas, c'est tout. »

Elle détourna la tête, incapable de soutenir la vue de son visage qui avait viré au cramoisi, de ses yeux voilés de larmes contenues.

« Je... je ne comprends pas, bégaya-t-il. Qu'est-ce qui s'est passé ? Tu es nerveuse, c'est tout. C'est normal, moi aussi, je le suis. Ce n'est pas une raison pour rompre. Tout ira mieux une fois que nous serons mariés, l'assura-t-il avec ferveur.

— Non, Sean. Je ne peux pas t'épouser parce que je suis amoureuse de quelqu'un d'autre. »

L'aveu arracha à Anna un sanglot. Sean bondit, posa les mains sur ses hanches et renifla bruyamment.

« Qui est ce *quelqu'un d'autre* ? hurla-t-il. Qui est-ce, que j'aille le tuer ? »

Anna leva les yeux à contrecœur, et derrière la fureur qui déformait les traits de Sean, elle vit une intolérable douleur. Ses sanglots redoublèrent.

« Je suis navrée, Sean, hoqueta-t-elle entre deux reniflements. Je n'ai jamais eu l'intention de te blesser.

— Qui est-ce, Anna ? tempêta-t-il. J'ai le droit de le savoir ! »

Il se rassit et, d'un geste fébrile, prit Anna par les épaules pour l'obliger à lui faire face.

« Il s'appelle Paco Solanas, répondit-elle en se dégageant.

— Qu'est-ce que c'est que ce nom ? » lança Sean d'un ton plein de mépris. Il lâcha un petit rire sans joie.

« C'est un nom espagnol. Paco est argentin. Je l'ai rencontré à Londres.

— À Londres... Doux Jésus, Anna, un homme que tu n'as connu que pendant deux jours. C'est une plaisanterie !

— Non, pas du tout. Je pars pour Londres à la fin de la semaine, annonça-t-elle en s'essuyant le visage avec la manche de son manteau.

— Ça ne durera pas.

— Sean... Je suis tellement navrée. Je ne l'ai pas fait exprès, dit-elle en posant sa main sur la sienne.

— Je pensais que tu m'aimais », dit Sean en s'emparant de sa main.

Il scruta le regard fuyant d'Anna, à la recherche de celle qu'il aimait.

« Mais je t'aime, Sean... comme une sœur.

— Une sœur..., répéta-t-il, la bouche déformée d'une grimace d'amertume.

— Oui. Je ne t'aime pas comme doit aimer une épouse, expliqua-t-elle d'une voix qu'elle s'efforçait de teinter de douceur et de compassion.

— Alors c'est ça, fit-il d'une voix étranglée. Tu es venue me dire adieu ? »

Anna hocha la tête.

« Tu es prête à partir avec un homme que tu connais depuis deux jours, au lieu de m'épouser moi, que tu connais depuis toujours. Je ne te comprends vraiment pas, Anna.

— Je suis navrée...

— Arrête de dire que tu es navrée. Tu n'es pas navrée, sinon tu ne me repousserais pas. »

Il se releva d'un bond. Des spasmes nerveux faisaient tressaillir les muscles de ses joues. Anna crut qu'il allait éclater en sanglots. À son immense soulagement, il se contint et parvint à sauver la mise.

« Bien. Puisque ta décision est prise, adieu. J'espère que tu seras heureuse, même si tu as détruit ma vie », ajouta-t-il en plongeant ses yeux dans le regard bleu d'Anna voilé de larmes.

Sans plus attendre, il tourna les talons et redescendit précipitamment vers le village.

« Attends ! cria Anna. Ne pars pas comme ça ! »

Demeurée seule sur le banc, Anna donna libre cours à ses larmes. Le chagrin qu'elle venait d'infliger à Sean l'emplissait d'horreur, mais comment aurait-elle pu faire autrement ? Elle aimait Paco. C'était plus fort qu'elle. En guise de consolation, elle se dit que Sean, quand le temps aurait atténué sa douleur, trouverait quelqu'un d'autre. Tous les jours des cœurs se brisaient, et tous les jours il s'en réparait. Le chagrin de Sean ne serait pas éternel.

Elle passa les jours suivants enfermée dans la maison, sans oser sortir, à attendre les coups de téléphone de Paco. Elle redoutait de rencontrer ses cousins, ou les voisins qui, mis au courant de la nouvelle, ne se privaient pas de la blâmer d'avoir éconduit ce pauvre Sean O'Mara comme un chien galeux.

Lorsqu'elle quitta Glengariff, ce fut sans un regard en arrière, tant elle craignait d'emporter avec elle et pour toujours l'image du visage de Sean dévasté par la douleur.

À Londres, Anna vécut pendant six mois dans le spacieux appartement d'Antoine et Dominique La Rivière, à Kensington. Dominique était une romancière en herbe, et Antoine débutait une carrière prometteuse à la City. Effrayé à l'idée que sa fiancée travaille dans cette grande ville dont elle ignorait tout, Paco avait insisté pour qu'elle suive plutôt des cours, notamment pour apprendre l'espagnol. Anna savait combien la fierté de ses parents serait mise à rude épreuve si elle leur avouait que son fiancé subvenait entièrement à ses besoins, aussi inventa-t-elle un pieux mensonge : elle avait, leur raconta-t-elle, trouvé un petit emploi dans une bibliothèque.

De son côté, Paco écrivit à ses parents pour les informer de ses projets. Son père lui prouva l'intérêt qu'il portait à son avenir en lui envoyant une lettre étonnamment longue pour cet homme si peu disert. Si, lui conseillait-il, lorsque ses études s'achèveraient, ses sentiments à l'égard de cette jeune fille étaient toujours les mêmes, alors il pourrait l'amener en Argentine pour voir si elle était capable de s'intégrer. Il ne doutait pas, ajoutait-il, que Paco serait rapidement fixé. Quant à sa mère, María Elena, elle assura son fils qu'elle faisait confiance à son discernement. Anna saurait s'intégrer à la famille, lui écrivit-elle, et tout le monde l'aimerait autant que Paco l'aimait.

Le délai de six mois passé, Anna annonça à son père qu'elle et Paco étaient plus amoureux que jamais et fermement déterminés à se marier. Lorsque Dermot suggéra que Paco vienne en Irlande, Anna insista pour que ce soit au contraire Dermot qui se déplace. Dermot comprit alors que sa fille avait honte de leur maison et conçut de grandes inquiétudes. Que serait son avenir si le présent, déjà, était bâti sur des demi-mensonges ? Mais, bien entendu, il accepta de se plier aux désirs de sa fille et se rendit à Londres.

Dermot proposa à sa femme et à sa fille d'aller se promener dans Hyde Park pendant qu'il irait rencontrer son futur gendre à l'hôtel *Dorchester*. Emer remarqua immédiatement qu'en six mois de vie londonienne sa fille avait considérablement mûri. Sa nouvelle indépendance lui avait fait du bien. Anna rayonnait, et à la façon dont Paco et elle se tenaient la main et se souriaient, Emer pouvait affirmer avec certitude qu'ils étaient sincèrement amoureux.

Dermot posa à Paco les questions rituelles auxquelles un père attentionné soumet son futur gendre. Très vite, il reconnut que le jeune homme choisi par Anna était honnête et apte à prendre soin de sa fille. Par acquit de conscience, il s'obligea cependant à le mettre en garde.

« J'espère, jeune homme, que vous savez où vous mettez les pieds. Anna Melody est une jeune fille entêtée et gâtée. Si c'est un péché pour des parents de trop aimer leurs enfants, alors je reconnais que nous en sommes coupables. Elle n'a pas un caractère facile, mais, avec elle, la vie ne sera jamais terne. Je suis conscient que vous êtes en mesure de lui offrir une vie bien meilleure que celle à laquelle elle pouvait prétendre en Irlande. Mais je doute que ce ne soit aussi facile pour elle que ce qu'elle s'imagine. Tout ce que je vous demande, c'est de prendre soin d'elle. Elle est notre plus grand trésor. »

Paco fut sincèrement ému par ce discours et par les larmes qu'il vit poindre dans les yeux de son futur beau-père. Il lui serra la main avec chaleur et lui dit combien il espérait que sa femme et lui pussent s'assurer, le jour de leurs noces, que leur fille serait heureuse.

« Nous n'y serons pas », répondit Dermot d'un ton qui n'admettait pas de réplique.

Paco fut désarçonné.

« Comment ? Vous ne viendrez pas au mariage de votre fille ?

– Vous nous écrirez pour nous le raconter », s'entêta Dermot.

Comment aurait-il pu expliquer à un homme aussi sophistiqué que Paco Solanas à quel point l'idée d'un voyage aussi lointain le terrifiait ? À quel point l'épouvantait celle de se retrouver dans un pays inconnu entouré d'étrangers qui ne parlaient pas la même langue que lui ? C'était un aveu impossible à faire. Dermot était trop fier.

Lorsque Anna serra sa mère dans ses bras au moment des adieux, il lui sembla qu'elle était plus petite et plus maigre que la dernière fois qu'elle l'avait vue, six mois plus tôt à son départ d'Irlande. Emer s'efforçait bravement de sourire et d'ignorer l'effroyable tristesse qui broyait son cœur et son âme. Lorsqu'elle dit à sa fille qu'elle l'aimait, ce fut d'une voix que l'émotion rendait presque inaudible. Il lui semblait que les mots refusaient de franchir le seuil de sa gorge. Des flots de larmes jaillirent de ses yeux et ruisselèrent le long de ses joues poudrées. Elle aurait voulu demeurer calme et digne, mais à la seule idée de tenir sa fille dans ses bras pour la dernière fois peut-être avant très longtemps, elle ne put contenir davantage son émoi. Elle se tamponna le visage d'un mouchoir en dentelle, qui, dans sa main tremblante, ressemblait à une hirondelle blanche tentant de prendre son envol.

Dermot regarda sa femme s'abandonner à son chagrin avec envie. S'obliger à retenir ses larmes et à ravaler sa peine lui causait une douleur presque insoutenable. Il gratifia Paco d'une tape un peu trop ferme dans le dos et lui serra la main un peu trop énergiquement. Lorsqu'il étreignit Anna une toute dernière fois, il y mit tant de ferveur qu'elle poussa un petit cri de douleur. Il fut contraint de la relâcher, plus vite qu'il ne l'aurait souhaité.

Anna aussi pleurait, affectée au-delà de ce qu'elle aurait imaginé par le chagrin de ses parents. Elle aurait voulu pouvoir se partager en deux, et qu'une moitié d'elle reste auprès d'eux. Ils avaient l'air si vulnérables à côté de l'imposante stature de Paco ! Elle était triste de savoir qu'ils n'assisteraient pas à son mariage, mais en même temps soulagée de ne pas avoir à les présenter à sa belle-famille. Elle préférait que les parents de Paco ne sachent rien de ses origines, tant elle redoutait qu'ils ne la jugent pas digne de leur fils. Nourrir une pensée aussi égoïste au moment même où elle quittait ses parents lui inspira un bref sentiment de culpabilité. Ils auraient été tellement blessés !

D'un dernier geste d'adieu, Anna prit congé de son passé et se tourna pour embrasser les perspectives d'un avenir incertain avec l'innocente assurance d'une héroïne de conte de fées.

7

La première fois qu'Anna vit Santa Catalina, elle imagina immédiatement la vie qui l'attendait dans la vaste plaine et dans la belle demeure coloniale, et elle sut qu'elle allait être heureuse. Glengariff lui semblait à des années-lumière, et elle était bien trop excitée par tant de merveilles insoupçonnées pour s'ennuyer de ses parents ou songer au chagrin de Sean O'Mara.

Elle avait quitté Londres dans les lumières dorées de l'automne mais – parce qu'en Argentine les saisons sont inversées – arriva à Buenos Aires dans une ville où éclataient les couleurs printanières. En pénétrant dans l'aéroport, elle sentit d'abord l'odeur forte de l'humidité, à laquelle se mêlaient celle, musquée, de la transpiration et les effluves incongrus de muguet, dans le sillage d'une passagère qui était allée se rafraîchir aux toilettes.

Un homme corpulent s'avança pour accueillir Paco avec un demi-sourire. Anna fut frappée par ses yeux, deux petits boutons bruns, qui brillaient d'un vif éclat dans un visage au teint basané. L'homme s'occupa de récupérer leurs bagages, avant de les conduire, par une porte latérale, à l'extérieur de l'aérogare, où Anna, saisie par la force du soleil de novembre, manqua de suffoquer.

Elle se rendit compte que des dizaines de paires d'yeux bruns la scrutaient tandis qu'ils attendaient la voiture et serra plus fort la main de Paco.

« Estebán, dit alors Paco à l'homme qui les accompagnait, voici la *señorita* O'Dwyer, ma fiancée. »

Estebán chargeait les bagages dans le coffre. Anna sourit timidement au chauffeur et lui tendit la main. Celle de l'homme était brûlante et moite, vigoureuse. Il la dévisagea sans dissimuler sa curiosité. Lorsque Anna demanda ensuite à Paco pourquoi tout le monde la regardait avec autant d'insistance et pourquoi Estebán lui avait lancé un regard à ce point inquisiteur, son fiancé lui dit que c'était à cause de sa chevelure rousse. Il était rare en Argentine, lui expliqua-t-il, que les gens aient les cheveux roux et la peau aussi claire.

Aux yeux d'Anna, Buenos Aires possédait le charme languide des vieilles villes. À première vue, la ville ressemblait aux cités européennes que la jeune fille avait vues en photo dans les livres. Les immeubles en pierre de taille auraient pu être ceux de Madrid ou de Paris. Les squares étaient plantés d'alignements de sycomores et de palmiers, les parcs regorgeaient de fleurs et de buissons. Une atmosphère sensuelle et langoureuse baignait la ville entière. De nombreux petits cafés avaient installé des tables sur les trottoirs poussiéreux, où les citadins s'installaient pour boire une tasse de thé ou jouer aux cartes, indifférents, semblait-il, à l'air saturé d'humidité. Paco raconta à Anna que, lorsque leurs ancêtres avaient émigré en Argentine à la fin du dix-neuvième siècle, ils avaient recréé l'architecture et importé les coutumes de leur pays d'origine pour remédier à l'inexorable mal du pays qui parfois leur rongeait l'âme. Ainsi s'expliquait que le théâtre *Colon* ressemble à la Scala de Milan, que la gare du *Retiro* rappelle celle de Waterloo à Londres et que les longues promenades plantées de sycomores évoquent les cours du sud de la France.

« Nous autres Argentins sommes d'incurables nostalgiques, lui dit-il. Et d'incurables romantiques, aussi. »

Anna gloussa et se pencha pour embrasser son fiancé avec fougue.

Elle ne se lassait pas de respirer les effluves entêtants des eucalyptus et des jasmins qui montaient des places arborées, ni d'observer l'effervescence de la vie quotidienne prendre possession des trottoirs. Captivée, elle scrutait le ballet d'élégantes femmes au visage bronzé et aux longues chevelures luisantes qui allaient et venaient sous le regard effronté d'hommes fringants aux yeux bruns et à la démarche indolente. Elle ne perdait pas non plus une miette du spectacle qu'offraient quelques couples en train de flirter main dans la main, ou de s'embrasser sans la moindre gêne, assis à une table de café ou sur un banc, au soleil. Jamais Anna n'avait vu autant de gens s'embrasser, et aussi souvent.

Dans l'avenue Libertador, bordée de grands arbres, la voiture s'engouffra dans un garage souterrain. Une domestique à la peau couleur de chocolat au lait et aux yeux marron très vifs les y attendait, un sourire de bienvenue aux lèvres. Lorsque Paco descendit de la voiture, les yeux de la femme s'emplirent de larmes, et elle s'avança pour le serrer sur son cœur, alors même qu'elle dépassait à peine la poitrine de Paco. Paco éclata d'un rire joyeux et rendit son étreinte à la petite femme forte qui se répandait en joyeuses exclamations. Puis, avec un large sourire, la femme se tourna vers Anna, poussa de nouvelles exclamations tout aussi incompréhensibles aux oreilles d'Anna et lui tendit une main potelée. Quelque peu étourdie par ce flot de paroles dans lequel elle n'avait pas su distinguer un traître mot, Anna lui serra docilement la main.

« *Amor*, lui dit alors Paco, je te présente Encarnacíon, notre chère bonne. N'est-elle pas adorable ? » ajouta-t-il avec un sourire attendri.

Anna esquissa un sourire prudent et s'empressa de suivre Paco dans l'ascenseur.

« J'avais vingt-quatre ans lorsque je suis parti, et ça fait deux ans qu'elle ne m'a pas vu. On peut comprendre qu'elle soit émue.

– Ta famille nous attend là-haut ? s'enquit Anna d'une voix rauque d'appréhension.

– Mais non ! Nous sommes samedi, et nous ne restons jamais en ville le week-end, répondit-il comme si cela coulait de source. Nous allons prendre juste ce dont nous avons besoin pour la campagne et nous laisserons Encarnacíon s'occuper du reste. »

L'appartement, spacieux et lumineux, doté de belles fenêtres, ouvrait sur un parc boisé dans lequel Anna aperçut d'autres couples d'amoureux qui se dévoraient des yeux et s'embrassaient, indifférents au reste du monde. Les chants des oiseaux nichés dans les feuillages denses se mêlaient aux voix d'enfants qui passaient en bas dans la rue ombragée ; un chien aboya, pas très loin sans doute. Paco conduisit Anna dans une petite chambre entièrement décorée dans le style anglais et habillée d'un chintz fleuri et assorti aux fenêtres, qui recouvrait le lit et juponnait autour de la coiffeuse. En approchant de la fenêtre, Anna, par-delà les toits, distingua le ruban mordoré et soyeux d'un fleuve.

« C'est le *Río de La Plata*, dit Paco en l'enlaçant. Sur l'autre rive, en face, c'est l'Uruguay. Le *Río de La Plata* est le fleuve le plus large du monde. Et par là, ajouta-t-il en désignant un point au-delà des immeubles, c'est le quartier de *La Boca,* le vieux quartier portuaire où se sont installés les Italiens. Je t'y emmènerai, tu verras. Il y a des restaurants formidables, et je suis sûr que les maisons te plairont. Toutes les façades sont peintes de couleurs vives, c'est très gai. Et puis je t'emmènerai aussi à San Telmo, la vieille ville. Les rues y sont pavées et les maisons délabrées, c'est terriblement romantique. Et là..., poursuivit-il dans un chuchotement au creux de son oreille, je t'apprendrai à danser le tango. »

Anna sourit avec ravissement à toutes ces promesses de bonheur à venir. Elle embrassa du regard cette ville offerte. Ma nouvelle patrie, songea-t-elle. Elle frissonna d'excitation.

« Nous irons aussi nous promener au bord du fleuve, le long de la *Costanera,* reprit Paco. Nous nous tiendrons par la main et je t'embrasserai et...

– Et ? demanda Anna avec un rire coquin.

– Et je te ramènerai à la maison et je te ferai l'amour dans notre lit, lentement, et longuement. »

Anna lâcha un gloussement rauque. Elle se souvenait des baisers de Paco pendant les longues soirées, à Londres. Elle avait dû résister de toutes ses forces au désir qui menaçait de l'embraser lorsque les lèvres de Paco exploraient sa peau, lorsque ses mains caressaient sa poitrine sous son chemisier. Elle s'était toujours dégagée, le visage empourpré de désir et de honte, se souvenant des recommandations de sa mère. Une fille convenable n'autorise jamais un homme à la compromettre avant sa nuit de noces, lui avait-elle dit.

Ses craintes étaient cependant superflues. Paco était un gentleman élevé selon les préceptes de la vieille école. Même si la frustration lui infligeait une intolérable douleur, jamais il ne se serait permis d'outrepasser les règles de la décence. Il respectait sa future épouse. « Nous aurons tout le temps de nous découvrir lorsque nous serons mariés », avait-il dit à maintes reprises, sachant que, pour apaiser son impatience, il devrait une fois de plus se soumettre à un régime de marches rapides et de douches vigoureuses.

Anna sortit de sa valise ses vêtements d'été, et abandonna le reste aux bons soins d'Encarnacíon. Elle fit sa toilette dans l'élégante salle de bains en marbre et se glissa dans une longue robe à imprimé fleuri. Puis, comme Paco s'affairait encore dans sa chambre, elle profita de ces quelques minutes de liberté pour visiter l'appartement, qui comportait deux étages. Elle regarda les nombreuses photos disséminées çà et là, aux murs ou sur des guéridons, sur lesquelles, dans des cadres d'argent étincelants, figuraient, souriants, divers membres de la famille. Il y en avait une des parents de Paco, Hector et María Elena. D'une stature imposante, mat de peau, Hector avait de petits yeux noirs et des traits aquilins qui lui conféraient la grâce altière d'un faucon. María Elena était petite et blonde, avec un regard clair et mélancolique et une bouche charnue et expressive. Ils formaient un couple élégant et fier. Anna se surprit à prier avec ferveur pour qu'ils l'apprécient. Elle se souvint des avertissements de tante Dorothy : les parents de Paco avaient très certainement espéré qu'il épouse une fille de son milieu et de sa culture. À Londres, Anna s'était sentie sûre d'elle, mais à présent qu'elle était sur le point de pénétrer dans ce monde distingué dont elle ignorait tout, la peur la paralysait. Tante Dorothy avait eu raison : Anna n'était qu'une petite Irlandaise campagnarde atteinte de la folie des grandeurs.

Elle entendit Paco parler à Encarnacíon sur le palier de l'étage. L'instant d'après, il descendit, une valise à la main.

« C'est tout ce que tu prends ? » s'étonna-t-il en avisant la petite valise marron qu'Anna serrait contre elle.

Elle hocha la tête. Elle possédait peu de vêtements d'été.

« Bien, en ce cas, on y va », enchaîna Paco avec un haussement d'épaules.

Anna remercia d'un sourire Encarnacíon qui lui tendait un petit panier de provisions à apporter à Santa Catalina et elle réussit à articuler un « *adiós* » comme on le lui avait appris en cours, à Londres. Paco se retourna en haussant un sourcil étonné. Puis un large sourire éclaira son visage.

« On dirait que tu es née ici ! » s'exclama-t-il sur le ton de la plaisanterie en déposant les valises dans la cabine de l'ascenseur.

Paco possédait un coupé Mercedes décapotable bleu pâle, aux

chromes étincelants, importé d'Allemagne. Lorsqu'il mit le contact, le moteur ronronna, puis vrombit plus fort sitôt qu'ils furent sortis du parking. Tandis qu'ils traversaient Buenos Aires, Anna eut l'impression d'être dans un hors-bord qui fendait les flots de l'océan. Si seulement ses abominables cousins pouvaient la voir ! songea-t-elle. Ils en seraient malades de jalousie. Cette pensée la remplit de joie. Quant à ses parents, ils en rougiraient de fierté. Pour la première fois depuis son départ, l'image de leurs visages baignés de larmes refit surface dans son esprit, et son cœur se serra douloureusement. Mais, déjà, ils sortaient de la ville. La voiture prit de la vitesse. Cheveux au vent, le visage offert au soleil, Anna laissa l'image de ses parents s'envoler loin derrière dans le sillage de son carrosse.

Paco lui avait parlé de sa famille. Il avait trois frères, et lui était le troisième. L'aîné, Miguel, ressemblait à leur père : brun, une peau très mate et des yeux noirs. Il avait épousé Chiquita, et Paco avait assuré à Anna qu'elle s'entendrait bien avec elle. Le second frère, Nico, aussi brun que leur père mais qui avait hérité les yeux bleus de leur mère, était marié à Valeria, une jeune femme au caractère vif et moins douce que Chiquita. Mais il ne doutait pas qu'Anna et elle deviendraient amies lorsqu'elles auraient appris à se connaître. Le benjamin, Alejandro, était encore célibataire, mais, apparemment, il fréquentait très sérieusement une fille du nom de Malena, « une des plus belles filles de Buenos Aires », lui avait écrit Miguel.

« Ne sois pas inquiète, lui avait dit Paco. Sois naturelle, et je suis certain qu'ils vont tous t'adorer. »

Emerveillée par les paysages qui défilaient devant elle, si différents des vertes collines d'Irlande, Anna demeura muette de stupéfaction. Sous un ciel d'un bleu aussi pur qu'intense, la plaine, tel un océan de terre sèche et brune, s'étendait à l'infini, parsemée de troupeaux de vaches, ou parfois de chevaux. Dans ce paysage rude et néanmoins beau, tout au bout d'une longue piste poussiéreuse, Santa Catalina semblait une oasis de verdure luxuriante.

María Elena entendit le bruit familier de la voiture de Paco et quitta aussitôt la pénombre fraîche de la maison pour courir accueillir son fils. Elle portait un pantalon blanc plissé, boutonné aux chevilles – qui n'était autre qu'une copie, Anna n'allait pas tarder à l'apprendre, du pantalon traditionnel des gauchos, les *bombachas* –, et une chemise blanche à l'encolure ouverte et aux manches retroussées. Une large ceinture de cuir décorée de pièces d'argent miroitant au soleil enserrait sa taille. Ses cheveux blonds, enroulés en chignon sur sa nuque, encadraient un visage aux traits doux, qu'éclairait son regard d'un bleu très pâle.

María Elena embrassa son fils avec effusion. Elle prit son visage entre ses mains et le scruta, s'exclamant, riant, déversant un torrent d'espagnol qu'Anna ne pouvait comprendre mais dont elle savait qu'il exprimait la joie.

Puis María Elena se tourna vers Anna et alla vers elle, avec plus de mesure et de réserve. Elle embrassa la joue de la jeune fille et lui dit dans un anglais haché qu'elle était enchantée de la rencontrer. Cela fait, elle invita les arrivants à entrer dans la maison, où les attendait toute la famille réunie.

En pénétrant dans le grand salon baigné de fraîcheur et peuplé de gens inconnus, Anna fut prise de panique. Elle se sentit soudain très faible. Chaque regard l'étudiait, pour déterminer si cette étrangère était digne de Paco. Paco lui lâcha la main et, immédiatement, il fut englouti dans les bras des siens qu'il n'avait pas vus depuis deux ans. Pendant un moment, court mais qui lui sembla une éternité, Anna éprouva un effroyable sentiment d'abandon et de solitude, comme un petit bateau laissé à la dérive sur les flots de l'océan. Elle jeta des regards anxieux et humides autour d'elle, n'osant pas esquisser un mouvement, gauchement plantée à l'endroit où Paco l'avait laissée. Elle se sentait à la fois déplacée et désireuse de participer à la liesse familiale. Au moment où elle se crut sur le point de défaillir, Miguel, un sourire avenant aux lèvres, se détacha du groupe et marcha vers elle.

« Ce doit être un cauchemar pour vous, ces retrouvailles familiales, lui dit-il avec un fort accent qui ajoutait encore à son charme. Prenez votre inspiration et lancez-vous. Je vais vous présenter. »

Il posa une main large et rassurante sur son bras. Nico et Alejandro lui sourirent poliment, mais, lorsqu'elle se détourna, elle les entendit discuter à mi-voix et avec animation, sans être capable, dans ce flot d'espagnol, de discerner un seul mot, en dépit des cours qu'elle avait suivis. Elle sentait leur regard peser sur elle et elle savait qu'ils parlaient d'elle. La beauté hautaine de Valeria la fit ciller. Elle embrassa Anna sans un sourire et la dévisagea calmement, avec assurance. Ce fut un soulagement pour Anna lorsque Chiquita l'étreignit affectueusement et lui souhaita avec chaleur la bienvenue dans la famille.

« Paco nous a tellement parlé de vous, dans ses lettres. Je suis vraiment heureuse que vous soyez enfin ici », dit-elle, rougissante, dans un mauvais anglais.

Anna lui fut si reconnaissante de sa spontanéité qu'elle en aurait pleuré.

Puis ce fut au tour de la sévère figure d'Hector de s'avancer vers elle. Anna sentit des gouttes de transpiration lui glisser sur l'échine. Son estomac se noua. L'homme en imposait par son air autoritaire, mais aussi par l'indiscutable charisme qui émanait de lui. Anna chancela. Il se pencha pour l'embrasser et, lorsqu'il se fut éloigné, elle sentit les effluves épicés de son eau de Cologne flotter autour d'elle. La ressemblance entre Paco et son père était frappante : mêmes traits aquilins, même nez busqué. Mais Paco, qui avait hérité l'expression bienveillante de sa mère, offrait une physionomie plus douce que celle de son père.

« Soyez la bienvenue à Santa Catalina et en Argentine, dit Hector dans un anglais impeccable. Je crois que c'est votre première visite dans notre pays ? »

Piteusement, Anna hocha la tête, incapable de prononcer un seul mot.

« Je voudrais à présent m'entretenir avec mon fils seul à seul, reprit Hector. Vous ne verrez pas d'inconvénient à ce que nous vous laissions en compagnie de ma femme ? »

Anna secoua la tête.

« Non, naturellement... », bafouilla-t-elle d'une voix rauque.

Plus que tout au monde, en cet instant, elle aurait voulu que Paco la ramène à Buenos Aires, où ils pourraient être seuls. Mais Paco se retira avec son père, et Anna savait qu'il comptait sur elle pour sortir victorieuse de la situation, si difficile fût-elle. À elle de faire de son mieux.

« Venez, Anna, sortons », lui proposa gentiment María Elena, en regardant son mari et son fils disparaître, ses yeux assombris par l'appréhension.

Anna suivit donc la famille sur la terrasse, et cilla sous la lumière vive grâce à laquelle la famille Solanas allait pouvoir à loisir détailler l'étrangère.

« *Por Dios*, Paco ! s'exclama son père sans autre préambule. Elle est très belle, cela ne fait aucun doute, mais regarde-la ! Elle est comme un petit animal effrayé. Crois-tu que ce soit juste de l'avoir amenée ici ? »

Paco sentit son visage s'empourprer. Il s'attendait à cette confrontation. Il s'était douté, dès le début, que son père désapprouverait son choix. Il prit une profonde inspiration.

« Papa, en quoi cela est-il surprenant qu'elle soit terrifiée ? Elle ne parle pas espagnol, et chaque membre de la famille l'a examinée de la tête aux pieds pour voir si elle est assez bien pour moi ! Je sais ce qui est bien pour moi, et je ne permettrai à personne de décider à ma place, lança-t-il avec un air de défi.

— Mon fils, je sais que tu es amoureux, et c'est très bien, mais dans le mariage il n'est pas nécessairement question d'amour.

— Je t'interdis de parler de ma mère en ces termes ! rugit Paco. Je vais épouser Anna, ajouta-t-il calmement, avec détermination.

— Paco, c'est une petite provinciale qui n'a jamais mis les pieds hors d'Irlande. Crois-tu que ce soit une bonne chose de la parachuter au milieu de notre monde ? Comment imagines-tu qu'elle va s'en sortir ?

— Elle s'en sortira, parce que je l'y aiderai, répliqua Paco avec flamme. Et parce que tu vas dire à toute la famille qu'il est de leur devoir de l'accueillir avec bienveillance et de faire en sorte qu'elle se sente ici chez elle.

— Ce ne sera pas suffisant et tu le sais. Nous vivons dans une société régie par des codes stricts. Tout le monde va la juger. Avec toutes les belles jeunes filles que nous avons ici en Argentine ! Comment n'en as-tu pas trouvé une qui te plaise ? s'impatienta Hector en levant les bras au ciel. Tes frères ont été capables de trouver une épouse à leur convenance ici, pourquoi pas toi ?

— J'aime Anna parce qu'elle est différente des filles d'ici et de notre monde. C'est vrai qu'elle n'est pas sophistiquée, que c'est une provinciale, qu'elle n'est pas de notre milieu. Et alors ? Je l'aime telle qu'elle est, et tu l'aimeras aussi lorsque tu la connaîtras. Laisse-lui le temps de s'acclimater, de se détendre. Pour l'instant, elle est terrorisée. Mais lorsqu'elle aura dépassé toutes ses craintes, tu comprendras pourquoi je l'aime », conclut Paco en fixant son père sans ciller.

Le visage d'Hector demeura figé dans une expression de sévérité et d'entêtement. Il secoua la tête, lentement, inspira sans quitter des yeux le regard insolent de son fils.

« Très bien, concéda-t-il d'un ton sec. Je ne peux pas t'empêcher de l'épouser. Mais j'espère que tu sais ce que tu fais, parce qu'il est plus qu'évident que, *elle*, elle l'ignore.

– Accorde-lui un peu de temps, papa, supplia Paco, heureux que son père ait cédé, pour la première fois de sa vie.

– Tu es un homme à présent, Paco, et c'est à toi de décider de ta vie. Tu feras comme tu l'entends. J'espère seulement que l'avenir ne me donnera pas raison.

– Sois sans crainte. Je sais ce que je veux. »

Hector hocha la tête, puis étreignit son fils et déposa un baiser de paix sur sa joue, comme le voulait la coutume à la fin d'une dispute.

« Allons rejoindre les autres », dit-il en ouvrant la porte de son bureau.

Anna se prit immédiatement de sympathie pour Chiquita et Miguel, qui lui témoignaient une affection sans condition.

« Ne te laisse pas impressionner par Valeria, lui conseilla Chiquita lorsqu'elle emmena sa future belle-sœur faire le tour de *l'estancia*. Elle t'aimera lorsqu'elle te connaîtra. Tu comprends, tout le monde espérait plus ou moins que Paco épouserait une fille de chez nous. Alors, ç'a été un choc, bien sûr, lorsqu'il a annoncé qu'il t'avait rencontrée. Personne ne t'avait jamais vue. Mais une fois que tu seras installée dans ta nouvelle vie, je suis certaine que tu seras heureuse. »

Chiquita montra à Anna les *ranchos*, alignements serrés de petites maisons blanches et basses où vivaient les gauchos. Elle lui montra le terrain de polo, qui ne désemplissait pas les mois d'été quand les garçons passaient le plus clair de leur temps à jouer, et ce qu'il en restait à en parler interminablement. Elle lui montra le court de tennis, niché dans une clairière au milieu des palmiers et des sycomores, et la piscine, grand bassin aux eaux limpides creusé dans une colline artificielle d'où on dominait les immenses champs parsemés de vaches à la robe café au lait en train de paître.

Avec Chiquita, Anna fit dans les semaines qui suivirent des progrès fulgurants en espagnol. Chiquita lui expliqua les différences grammaticales entre le castillan, dont elle avait appris les rudiments à Londres, et l'espagnol parlé en Argentine. Avec patience, elle écouta Anna trébucher sur des mots et ânonner des phrases. Durant la semaine, Anna et Paco vivaient à Buenos Aires dans l'appartement d'Hector et de María Elena. Les premiers temps, l'ambiance aux repas était tendue, mais, en même temps que sa maîtrise de la langue progressait, Anna se découvrit à forger des liens de plus en plus profonds avec ses futurs beaux-parents. Jamais, durant toute la période de ses fiançailles, elle ne pipa mot des craintes et de l'anxiété qui la rongeaient. Elle savait que Paco voulait qu'elle les surmonte et fasse de son mieux pour s'adapter. Paco avait commencé à travailler dans l'entreprise de son père. Aussi Anna se retrouvait-elle seule, avec un programme quotidien fait de cours d'espagnol et d'histoire de l'art. Elle continuait à redouter les week-ends qui rassemblaient la famille au grand complet à Santa Catalina, en majeure partie à cause de l'hostilité ouverte que lui manifestait Valeria.

Valeria avait le don de la faire se sentir quantité négligeable dans le cercle familial. À la vue de cette élégante jeune femme toujours vêtue avec recherche de longues robes d'été immaculées, si belle avec sa chevelure d'ébène et ses traits aristocratiques, l'estomac d'Anna se contractait douloureusement. Elle se sentait tellement déplacée ! Valeria s'installait toujours à l'écart avec ses amies, au bord de la piscine, et Anna n'ignorait pas qu'elle était l'objet de leurs conciliabules. Tel un attroupement de belles panthères paresseuses au pelage luisant, elles passaient leur temps à l'observer, une cigarette entre les doigts, comme elles l'auraient fait d'une biche apeurée, n'attendant qu'un faux pas de sa part. Anna se souvenait avec amertume de l'attitude de ses cousins, en Irlande, et elle se demandait parfois qui d'eux ou de Valeria et ses amies étaient les pires. Au moins, à Glengariff, pouvait-elle s'échapper dans les collines. Ici, elle n'avait nulle part où aller se cacher. Confier son ressentiment à Paco était hors de question.

Elle devait lui donner l'impression de s'adapter avec aisance. Elle ne voulait pas non plus se plaindre devant Chiquita, qui était devenue une véritable amie et une alliée. Et puis, n'avait-elle pas depuis toujours appris à dissimuler ses sentiments ? Son père lui avait dit une fois qu'elle ne devait jamais oublier de cacher ses faiblesses devant des gens susceptibles d'en tirer avantage. Anna était certaine que le conseil de son père s'appliquait parfaitement à sa situation actuelle. Pour rien au monde, elle ne voulait donner à ceux qui ne l'aimaient pas la satisfaction de contempler sa chute.

« Elle ne vaut pas mieux qu'Eva Perón ! lança Valeria avec colère lorsque Nico lui demanda pourquoi elle s'obstinait à se montrer inamicale envers Anna. Une arriviste qui essaie de grimper dans l'échelle sociale en épousant un homme de ta famille. Tu ne t'en rends donc pas compte ?

— Mais elle aime Paco, ça crève les yeux ! répliqua Nico avec véhémence.

— Vous, les hommes, vous êtes des abrutis quand il s'agit de comprendre quelque chose aux femmes ! Mais je peux te garantir qu'Hector et María Elena, eux, voient la même chose que moi ! »

En ces années-là, Perón était au faîte de son pouvoir. Il contrôlait la presse, la radio, les universités. Soutenu par les militaires, il avait totalement assujetti la population à son joug et personne n'osait dévier de la ligne du parti. Même s'il devait sa popularité au fait d'avoir mis en place une démocratie, il dirigeait le pays avec une poigne militaire, exerçant un contrôle absolu. Certes, il n'existait pas de camp de concentration pour les dissidents. Certes, les journalistes étrangers avaient l'entière liberté de visiter le pays. Mais un courant souterrain de terreur minait le pays. Eva — que ses millions de supporters appelaient Evita — abusait de son statut et de son pouvoir, et se comportait comme un Robin des Bois des temps modernes. L'antichambre de son bureau était bondée de gens venus solliciter une faveur, une nouvelle maison, une pension, un travail, autant de requêtes qu'elle exauçait d'un coup de baguette magique. Elle considérait que c'était sa mission personnelle de soulager les souffrances des pauvres, dont elle avait une expérience de première main. Prendre aux riches pour donner aux *descamisados*[1] — aux sans-chemise, un nom forgé par

1. Démunis (littéralement : sans-chemise, sens explicité ici). Partisans de Perón.

Perón en personne – lui procurait un plaisir démesuré. Nombreux étaient ceux parmi les classes aisées qui craignaient que la dictature de Perón ne débouchât au final sur un régime communiste – et cette crainte poussa quelques-uns d'entre eux à quitter le pays.

« Oui, renchérit Valeria avec fougue, cette fille est exactement comme Eva Perón. Dévorée d'ambition sociale. Et toi et ta famille, vous allez lui donner sur un plateau l'opportunité d'arriver à ses fins. »

Nico se gratta la tête et décida qu'il valait mieux abandonner cette discussion ridicule qui ne menait nulle part.

« Écoute, Valeria, laisse une chance à cette fille. Mets-toi à sa place, et peut-être seras-tu un peu plus indulgente. »

Valeria se mordit la lèvre. Pourquoi les hommes étaient-ils si bêtes lorsqu'il fallait voir au-delà des apparences de la beauté féminine ? Aucun ne valait-il donc mieux que Juan Perón ?

Le moment décisif eut lieu un après-midi où la famille au grand complet se prélassait au soleil autour de la piscine, sur les dalles gorgées de chaleur, tandis que de la maison d'Hector des bonnes revêtues d'uniformes bleu pâle amidonnés apportaient des jus de fruits frais. Anna, assise dans un coin ombragé avec Chiquita et María Elena, attira l'œil d'un des amis de Miguel, Diego Braun. Subjugué par la beauté celtique de la fiancée de Paco, le jeune homme ne put résister à la tentation de flirter avec elle, sous les yeux de tout le monde.

« *¿Ana, por qué no te bañas?* » lui demanda-t-il depuis le bassin, en espérant l'encourager à sauter dans l'eau et le rejoindre.

Anna comprit parfaitement la question – pourquoi ne viens-tu pas te baigner ? –, mais l'idée que tout le monde guettait sa réponse la rendit si nerveuse qu'elle fit des nœuds dans sa grammaire et répondit en traduisant littéralement de l'anglais : « *Porque estoy caliente* », voulant dire par là qu'elle était trop bien au soleil pour aller dans l'eau froide.

À son immense surprise, tout le monde partit d'un rire inextinguible. Interloquée et confuse, Anna jeta un regard anxieux à Chiquita, elle aussi en proie à un colossal fou rire. Entre deux spasmes, son amie parvint toutefois à lui répondre :

« Ce que tu viens de dire, on pourrait le traduire par... Je suis excitée. »

Et Chiquita de repartir dans de nouveaux éclats de rire. Anna resta d'abord interdite, puis elle prit la mesure exacte de sa bévue. Le rire de Chiquita se fit contagieux et elle aussi laissa fuser le sien. Les autres recommencèrent à rire à gorge déployée. Pour la première fois depuis son arrivée, Anna eut le sentiment de faire partie du clan.

Elle se leva et dit avec son fort accent anglais, sans plus se soucier de savoir si ses tournures grammaticales étaient correctes ou non, qu'elle ferait mieux finalement d'aller se baigner pour se calmer. Cette petite mésaventure lui avait appris une chose : il fallait savoir rire de soi, et le sens de l'humour était le seul moyen de se faire accepter. De ce jour, les hommes cessèrent de l'admirer de loin et la taquinèrent gentiment sur l'indigence de son espagnol, et les femmes se mirent en devoir de l'aider, non seulement à améliorer sa pratique de la langue, mais aussi à se méfier des hommes. Elles lui apprirent que les mâles latins possédaient une assurance éhontée face à laquelle elle devrait en permanence se protéger, même une fois qu'elle serait mariée. Rien ne les arrêtait. Et parce qu'elle était européenne et belle, elle aurait à redoubler de prudence. Les femmes européennes, lui apprirent-elles, produisaient sur les hommes de leur pays le même effet qu'une cape rouge sur un taureau, car elles avaient la réputation d'être « faciles ».

Mais dire « non » n'avait jamais posé le moindre problème à Anna. À mesure qu'elle reprenait confiance en elle, sa force de caractère et son naturel capricieux revinrent au galop.

Lorsque la vraie Anna émergea du voile de brume qu'avaient tissé ses peurs et la méconnaissance du langage, la future épouse de Paco apparut à Valeria sous un tout autre jour : Anna n'était pas, comme elle l'avait d'abord cru, faible, ni désespérée. En fait, découvrit-elle bientôt, sa future belle-sœur avait une personnalité trempée dans l'acier, et une langue de vipère que même son espagnol déficient ne parvenait pas à décourager. Anna répondait aux gens avec aplomb, et exprimait parfois ouvertement son désaccord en face d'Hector. Un jour, autour de la table du déjeuner, elle tint tête à Hector devant toute la famille médusée et obtint gain de cause, sous le regard triomphant de Paco.

Lorsque arriva le jour du mariage, si Anna n'avait pas gagné l'affection de chaque membre de sa nouvelle famille, du moins avait-elle acquis leur respect.

La noce eut lieu sous un ciel bleu océan, dans les jardins d'été de Santa Catalina. Entourée de trois cents personnes qu'elle ne connaissait pas, Anna Melody O'Dwyer était resplendissante derrière un voile arachnéen décoré de petites fleurs et de paillettes. Lorsqu'elle remonta la nef au bras du très distingué Hector Solanas, elle eut le sentiment d'entrer dans les pages d'un de ces recueils de contes de fées qu'elle feuilletait dans son enfance. Grâce à sa détermination absolue et à la force de sa personnalité, elle avait gagné. L'assistance n'avait d'yeux que pour elle. Elle intercepta des hochements de tête approbateurs, des commentaires murmurés qui s'extasiaient sur la belle créature qu'elle était. Elle se sentait admirée, adorée. Elle s'était défaite de la peau de la fille effarouchée qui était arrivée en Argentine trois mois plus tôt, et avait libéré le splendide papillon qu'elle avait toujours su pouvoir devenir.

Au moment de l'échange des serments, elle ne douta pas une seconde que les contes comme le sien aient une fin heureuse. Au coucher du soleil, son prince charmant et elle allaient quitter l'église mari et femme et vivre heureux jusqu'à la nuit des temps.

Le matin du grand jour, elle avait reçu un télégramme de ses parents : « POUR NOTRE ANNA MELODY ADORÉE STOP TOUT NOTRE AMOUR ET NOS VŒUX DE BONHEUR STOP TES PARENTS QUI T'AIMENT ET TANTE DOROTHY STOP TU NOUS MANQUES À TOUS STOP. » Anna l'avait lu en vitesse pendant qu'Encarnación tressait des rameaux de jasmin dans sa chevelure et, tout de suite après, elle l'avait rangé avec les reliques de sa vie d'antan.

Leur nuit de noces fut aussi tendre et passionnée qu'elle l'avait espéré dans ses rêves les plus secrets. Enfin seuls et enveloppés d'obscurité, Anna offrit à son mari son corps à découvrir. Elle l'avait en tremblant laissé la déshabiller, et avait frémi en recevant sur chaque parcelle de peau qu'il venait de dénuder ses baisers passionnés. Paco était émerveillé par l'innocence de sa bien-aimée, et par la pâleur virginale de sa peau, qui, sous les éclaboussures du clair de lune se faufilant entre les interstices des rideaux, se couvrait d'un voile iridescent. Il fut émerveillé aussi par sa curiosité, par son abandon, par son plaisir lorsqu'elle l'autorisa enfin à explorer ce corps qu'elle lui avait tenu secret. À chaque caresse, chaque effleurement, Anna gagnait la certitude que leurs deux âmes étaient unies sur un plan spirituel et que ses sentiments pour Paco lui ouvraient les portes d'un autre monde, d'un monde au-delà de la chair. Elle se sentait bénie de Dieu.

Dans les premiers temps, ni ses parents ni son pays ne lui manquèrent le moins du monde. Comment aurait-il pu en être autrement ? Sa vie était soudainement devenue tellement excitante ! Parce qu'elle était la femme de Paco Solanas, elle pouvait avoir tout ce qu'elle désirait et jouissait du respect inspiré par le nom qu'elle portait. Son nouveau statut avait repoussé loin derrière elle les traces de son passé humble. Rien ne la comblait autant que de jouer les hôtesses dans son nouvel et superbe appartement de Buenos Aires : elle adorait entrer et sortir avec grâce des grandes pièces délicieusement décorées, et être au centre de l'attention des convives. Elle charmait tout le monde par sa simplicité et ses efforts désespérés pour s'exprimer en espagnol. Puisque les Solanas l'avaient acceptée dans leur famille, les autres grandes familles de la ville les avaient imités. En tant qu'étrangère, elle constituait une curiosité et pouvait se permettre presque n'importe quel impair. Paco était terriblement fier de sa femme, qui n'avait pas sa pareille dans cette ville régie par des codes sociaux rigides.

Au début de leur mariage, pourtant, Anna continua à accumuler les gaffes. N'étant pas accoutumée à diriger des servantes, elle avait tendance à les rudoyer, persuadée que c'était le ton qu'employaient les gens chics avec leur domesticité. Elle voulait donner à croire qu'elle avait, elle aussi, grandi avec un bataillon de bonnes à la maison.

Mais Anna se trompait du tout au tout. Son attitude envers les domestiques offensait sa nouvelle famille. Paco avait fait semblant de ne rien remarquer les premiers mois, espérant qu'elle apprendrait à calquer son attitude sur celle de ses belles-sœurs. Mais, finalement, il se trouva contraint de devoir lui demander, en aparté, de traiter les domestiques avec davantage de respect. Il ne lui dit pas – il ne le pouvait pas – qu'Ángelina, leur cuisinière, s'était présentée devant la porte de son bureau, désemparée, en se tordant les mains d'embarras, pour lui dire que jamais aucun Solanas ne s'était adressé à elle de la façon dont le faisait la *señora* Anna.

Anna encaissa le choc de la remarque, et, mortifiée, bouda pendant plusieurs jours. Paco fit alors tout ce qui était en son pouvoir pour dissiper sa mauvaise humeur. Celle-ci ne s'assortissait guère avec l'*Ana Melodía* dont il était tombé amoureux à Londres.

Anna découvrit tout d'un coup qu'elle avait plus d'argent que le comte de Monte-Cristo lui-même. Déterminée à montrer qu'elle n'était pas une petite provinciale du fin fond de l'Irlande du Sud, elle se mit un jour en quête d'une tenue spéciale pour le dîner d'anniversaire de son beau-père, qui avait lieu le soir même. En flânant dans l'Avenida Florida, elle trouva, dans une petite boutique qui faisait l'angle de l'Avenida Santa Fe, une tenue d'un glamour qui la fascina. La vendeuse se montra attentionnée et lui offrit un petit flacon de parfum. Anna repartit de la boutique enchantée de son acquisition, avec cette même allégresse intérieure qui l'avait habitée lorsqu'elle était arrivée pour la première fois à Buenos Aires.

Malheureusement, lorsque le soir venu elle se présenta dans le salon de ses beaux-parents vêtue de sa nouvelle robe, elle réalisa, confuse, qu'elle avait fait un mauvais choix. Tous les regards se tournèrent vers elle, et, derrière les sourires de la famille réunie, Anna lut ce que tous, par politesse, ne se permettaient pas d'exprimer. Elle avait choisi une robe beaucoup trop décolletée, beaucoup trop spectaculaire pour cette soirée discrètement élégante. Son désarroi s'accrut lorsque Hector s'avança vers elle, avec un air affable mais déterminé. Ses cheveux noir corbeau, qui grisonnaient légèrement sur les tempes, et sa haute stature lui donnaient une allure terrifiante. Il se planta devant elle, telle une menace, et lui offrit un châle en disant galamment :

« Je ne voudrais pas que vous attrapiez froid, très chère. María Elena n'aime pas chauffer l'appartement, ça lui donne des migraines. »

Anna remercia son beau-père d'une voix enrouée, en retenant un sanglot, et s'empressa d'avaler un verre de vin aussi vite que le lui permettait la décence.

Plus tard, lorsqu'ils furent seuls, Paco dit à Anna que, malgré sa tenue inappropriée, elle avait été la plus belle femme de la soirée.

Lorsque naquit Rafael Francisco Solanas, immédiatement rebaptisé Rafa, pendant l'hiver 1951, Anna eut la conviction que la greffe avait pris et qu'elle commençait à s'adapter. Elle sortait maintenant vêtue des plus élégantes tenues qui se pouvaient trouver, importées de Paris. Et tout le monde lui témoignait son admiration pour avoir mis au monde un fils.

Rafael était blond, avec une peau si pâle qu'il ressemblait à un petit singe albinos grassouillet. Mais aux yeux d'Anna, il était la plus belle et la plus précieuse des créatures. Lorsque Paco vint s'asseoir sur son lit, à la maternité, il lui dit d'une voix émue combien elle l'avait rendu heureux. Il prit sa main délicate dans la sienne, l'embrassa avec ferveur et, d'un geste infiniment tendre, il glissa à son doigt une bague où brillait, dans un cercle de rubis, un diamant.

« Tu m'as donné un fils, *Ana Melodía*. Je suis si fier de ma merveilleuse épouse ! »

Ce qu'il ne dit pas, c'était qu'il espérait que la maternité aiderait sa magnifique épouse à s'installer définitivement dans sa nouvelle vie, et à trouver une autre occupation pour remplir ses journées que le shopping.

María Elena offrit à Anna un médaillon en or serti d'émeraudes qui avait appartenu à sa mère. Quant à Hector, il jeta un seul regard à son petit-fils et déclara qu'il ressemblait à sa mère, indéniablement, mais qu'il pleurait déjà avec la puissance d'un authentique Solanas.

Anna appela sa mère en Irlande. Emer sanglota pendant presque toute la conversation. Son vœu le plus cher était d'être aux côtés de sa fille adorée en ce moment et c'était pour elle un déchirement que de savoir que peut-être elle ne verrait jamais son petit-fils. Emer pleurait tant et tant que Dorothy s'empara du récepteur et se fit l'interprète des bégaiements de sa sœur, en même temps qu'elle répétait à l'intention de Dermot et Emer les paroles d'Anna. Dermot demanda à sa fille si elle était heureuse, si on prenait bien soin d'elle. Il parla brièvement avec Paco, qui lui assura qu'Anna avait fait la conquête de toute sa famille.

Dermot raccrocha, satisfait. Seule tante Dorothy n'était pas convaincue. « Je ne retrouve pas l'Anna Melody que j'ai connue, si vous voulez mon avis, déclara-t-elle en reposant son tricot, l'air préoccupé.

– Que veux-tu dire ? demanda Emer, inquiète.

– Pour moi, elle m'a l'air assez heureuse, rétorqua Dermot d'un ton bourru.

– Oh oui, fit tante Dorothy, songeuse, elle a l'air assez heureuse... Elle a surtout l'air assagie. Oui, c'est ça, assagie. L'Argentine, à l'évidence, a fait le plus grand bien à notre Anna Melody. »

Anna avait tout ce qu'elle pouvait désirer dans la vie, mais une chose titillait sans relâche sa fierté. En dépit de ses efforts acharnés pour copier ceux qu'elle observait autour d'elle, elle échouait à se débarrasser du sentiment qu'elle était déplacée dans la bonne société à laquelle elle appartenait désormais.

Et dans les derniers jours du mois de septembre, quand le printemps couvrit la pampa de hautes herbes d'un vert intense et de fleurs sauvages, Anna découvrit un autre obstacle qui s'interposait entre elle et ce sentiment d'appartenance : les chevaux.

Anna n'avait jamais aimé les chevaux. En fait, elle y était même allergique. Non pas qu'elle n'aimât pas les animaux : elle adorait les malicieuses *vizcachas*, ces gros rongeurs qui ressemblaient à des lièvres et qui creusaient leurs terriers partout dans la plaine ; elle aimait aussi les *gatos montes*, ces chats sauvages qu'elle apercevait souvent en train de se faufiler avec souplesse dans les broussailles ; quant au tatou, il la fascinait. Hector conservait la carapace de l'un d'eux comme objet de décoration sur son bureau, ce qu'elle trouvait effrayant.

Très vite, Anna constata que la vie à Santa Catalina tournait autour du polo. Tout le monde montait à cheval. Dans une région où les routes qui reliaient les *estancias* entre elles étaient souvent à peine plus que d'étroites pistes mal entretenues – quand ce n'étaient pas de simples chemins à travers les broussailles –, les voitures étaient inappropriées. Or, la vie à Santa Catalina était rythmée par de nombreux événements mondains. Les familles se rendaient sans cesse visite pour prendre le thé, ou participer à des *asados*. Ainsi, quand tout le monde sautait simplement sur son cheval et arrivait en un rien de temps à destination, Anna, handicapée par son aversion pour les chevaux, devait faire de longs détours en voiture.

Le polo monopolisait les conversations : on discutait des matches contre les *estancias* voisines, on évoquait des questions de handicap, de poneys, d'équipement. Les hommes jouaient presque tous les soirs, c'était la distraction du ranch. Les femmes venaient s'asseoir sur l'herbe avec les enfants et regardaient leurs maris et leurs fils galoper sur le terrain. Mais à quoi bon ? se demandait Anna avec aigreur. Pour frapper une balle et l'expédier entre deux poteaux ? À quoi bon déployer tant d'efforts ?

Lorsqu'elle observait les petits enfants, parfois si petits qu'ils parlaient à peine, qui jouaient en bordure du terrain avec des mini-maillets en imitant les gestes des adultes, elle roulait les yeux au ciel avec désespoir. Le polo était une religion, et il n'y avait nul moyen d'y échapper.

Agustín Solanas vit le jour à l'automne 1954. À l'inverse de son frère, il avait la peau mate et le crâne recouvert d'un duvet noir. Paco déclara immédiatement qu'il ressemblait à son grand-père Solanas. Cette fois, il offrit à sa femme une bague sertie d'un diamant et de saphirs. Mais il y avait entre les époux un froid nouveau.

Anna s'absorba entièrement dans les jeunes vies de ses deux fils. Certes, il y avait Soledad, la jeune nièce d'Encarnación, pour prendre soin d'eux si elle le désirait, mais elle préférait tout faire par elle-même. Ses fils avaient besoin de leur mère, dépendaient entièrement d'elle, et lui vouaient un amour inconditionnel. Anna sombra dans une dévotion aveugle. Et plus elle les dorlotait, plus son mari s'estompait à l'arrière-plan du quotidien. Dans de brefs éclairs de lucidité, il n'échappait pas à Anna que Paco passait de plus en plus de temps loin d'elle. La plupart des soirs, il rentrait tard de son bureau, et il partait le matin avant qu'elle soit levée. Les week-ends, à Santa Catalina, leurs échanges étaient teintés d'une politesse froide, qui s'était insinuée entre eux avec la discrétion d'un puma des plaines. Anna se demandait parfois où s'étaient enfuis les rires et la joie. Qu'étaient donc devenus leurs jeux amoureux ? À présent, seuls les enfants paraissaient leur offrir un sujet de conversation.

Paco n'osait admettre devant quiconque qu'il s'était peut-être trompé. Que, peut-être, il avait trop exigé d'Anna en l'obligeant à s'adapter à une culture et un mode de vie étrangers. Le cœur lourd, il avait observé la métamorphose de l'*Ana Melodía* dont il était tombé amoureux. La jeune fille vive et spontanée s'était lentement effacée sous un vernis artificiel. Anna avait déployé beaucoup d'efforts pour essayer de devenir quelqu'un d'autre. Impuissant, Paco avait vu son impétueuse, fière et indépendante épouse se transformer en une femme morose, irascible, en permanence sur la défensive. Anna donnait l'impression de mener une lutte acharnée pour se trouver une identité, mais, à l'évidence, elle ne réussissait qu'à copier les autres. Elle avait sacrifié les qualités que Paco avait trouvées si attachantes pour une sophistication qui lui allait comme un vêtement mal ajusté.

Paco savait Anna capable de grande passion, mais quoi qu'il tentât pour dissiper sa réserve, baisers ou caresses, leurs rencontres nocturnes n'étaient rien d'autre que cela, des rencontres. Paco aurait aimé s'ouvrir de ses soucis à sa mère, mais il avait trop de fierté pour reconnaître qu'il aurait peut-être mieux fait de laisser Anna à Londres, sous la bruine, et leur épargner à tous les deux autant de souffrance.

Lorsque Sofía Emer Solanas poussa son premier cri en ce monde, à l'automne 1956, le froid entre Anna et Paco était devenu glacial. À peine se parlaient-ils encore.

María Elena, se demandant si ce n'était pas la rançon de la séparation d'Anna d'avec sa famille, suggéra à Paco de faire venir les parents d'Anna en cachette, pour faire une surprise à la jeune maman.

Au début, Paco refusa. Cela ne plairait peut-être pas à Anna qu'il agisse dans son dos. Mais María Elena se montra ferme et déterminée. « Si tu veux sauver ton mariage, pense moins et agis davantage », trancha-t-elle avec sévérité. Paco céda et appela Dermot pour lui faire part de son projet. Il prit soin de choisir ses mots pour ne pas heurter la fierté du vieil homme. Il n'avait pourtant aucune crainte à avoir. Dermot et Emer acceptèrent son cadeau avec gratitude.

Tante Dorothy fut mortifiée de n'avoir pas été incluse dans l'invitation. « Tu n'as pas intérêt à oublier un seul détail, Emer

Melody, sinon je ne t'adresse jamais plus la parole », dit-elle à sa sœur en muselant sa déception.

Dermot n'avait jamais été plus loin que Brighton, et Emer était malade de nervosité à l'idée de prendre l'avion. De toute façon, la seule pensée de revoir leur Anna Melody adorée et de faire la connaissance de leurs petits-enfants suffisait à anéantir toutes les craintes de la terre. Les billets d'avion annoncés arrivèrent, et ils entreprirent le long et épuisant voyage de quarante heures entre Londres et Buenos Aires, avec des escales à Genève, Dakar, Recife, Rio et Montevideo. Ils résistèrent à l'épreuve, après s'être toutefois perdus dans l'aéroport de Genève et avoir failli rater leur correspondance.

Lorsque Anna revint à Santa Catalina avec la petite Sofía âgée de quinze jours enveloppée dans un châle de dentelle ivoire, elle trouva ses parents, en larmes et exténués, qui l'attendaient sur la terrasse. Elle se débarrassa aussitôt du nouveau-né dans les bras de Soledad et se jeta dans les leurs. Paco et sa famille se retirèrent discrètement et laissèrent les parents et leur fille seuls pendant plusieurs heures, qu'ils consacrèrent à parler sans prendre le temps de respirer, à pleurer sans honte ni retenue et à rire comme seuls les Irlandais sont capables de rire.

Dermot fit des commentaires approbateurs sur la « belle vie » de sa fille, et Emer admira avec une sincérité réjouie la maison, et les placards qui regorgeaient de belles toilettes. « Si ta tante Dorothy pouvait voir ça, ma chérie, elle serait fière de toi. Tu es vraiment retombée sur tes pieds. » Emer fut touchée que sa fille lui demandât avec tendresse des nouvelles de Sean O'Mara. Elle ne manquerait pas de dire à Dorothy que la petite n'était ni aussi égoïste ni aussi insensible qu'elle le prétendait. Emer raconta que Sean, après s'être marié, était parti vivre à Dublin. Elle tenait des parents du garçon qu'il se débrouillait bien. Et qu'il avait eu une fille, à moins que ce ne soit un fils, elle ne se souvenait plus très bien, mais bon, il avait un enfant. Anna esquissa un sourire teinté de mélancolie, et assura qu'elle était heureuse pour lui. Puis Emer et Dermot bêtifièrent devant les enfants, qui les adoptèrent instantanément.

Cependant, sitôt éteinte la flambée d'excitation des retrouvailles, Anna commença à déplorer que ses parents soient aussi incurablement provinciaux. Tous deux endimanchés, ils formaient un couple gauche et timide dans ce paysage étranger. María Elena invita Emer et sa belle-fille à venir prendre le thé chez elle devant un feu de cheminée qui réchauffait l'atmosphère un peu fraîche du crépuscule, pendant qu'Hector emmenait Dermot faire le tour du domaine dans un *carro* tiré par deux poneys à la robe soyeuse. La famille au grand complet se réunit ensuite pour le dîner, et une fois que Dermot eut descendu cul sec quelques verres d'un bon whisky irlandais, il se lança dans le récit d'histoires démesurément exagérées sur la vie en Irlande, et raconta des anecdotes fort embarrassantes concernant l'enfance d'Anna. Ses cheveux, qu'il avait soigneusement peignés à son arrivée, frisottaient maintenant en boucles grises négligées sur sa nuque et ses joues empourprées luisaient d'excitation. Lorsque, après le dîner, il commença à chanter *Danny Boy* accompagné par María Elena au piano, Anna regretta amèrement qu'ils soient venus.

Quatre semaines plus tard, elle serra sa mère dans ses bras sans se douter une seule seconde que c'était la dernière fois. Emer, elle, le savait. Elle avait hérité une très forte intuition de sa grand-mère, et elle sentait ces choses-là. Anna était certes triste de les voir partir, mais loin d'être désolée. Les années et l'éloignement avaient distendu le lien qui l'attachait à eux. Elle avait le sentiment d'avoir progressé dans le monde, alors qu'eux n'avaient pas bougé d'un seul centimètre. Les revoir lui avait fait, bien sûr, un immense plaisir, mais leur départ la soulageait. Elle qui s'était échinée à faire croire à sa belle-famille qu'elle était une dame, de quoi avait-elle l'air ? Maintenant qu'ils avaient vu Dermot et Emer, tous les Solanas avaient compris qui elle était vraiment.

Cette pensée amère s'enracina au plus profond de l'esprit d'Anna. Cependant, elle se trompait. Paco et ses parents s'étaient pris d'une sincère affection pour la douce et souriante Emer, et tous avaient adoré l'excentrique Dermot.

Deux ans plus tard, lorsque Anna découvrit une note d'hôtel dans la poche de la veste de Paco, elle réalisa brutalement où il avait emporté son amour. Cette trahison lui parut être la cause de ses sentiments d'exclusion et de décalage. Pas une seconde elle ne se demanda qui avait conduit son mari sur cette voie.

8

Santa Catalina
Février 1972

« María, tu ne trouves pas que c'est tout simplement odieux qu'on t'ordonne d'aimer quelqu'un ? gémit Sofía en se débarrassant de ses tennis et en venant s'asseoir dans l'herbe à côté de sa cousine.

– Comment ça ?

– Eh bien, tu sais, cette fille, Eva. Maman a décrété que je devais m'occuper d'elle et me montrer gentille. Quelle barbe !

– Elle ne reste que dix jours...

– C'est déjà trop long !

– Il paraît qu'elle est très jolie.

– Possible », marmonna Sofía, que l'éventualité d'une rivalité ne laissait pas indifférente.

Au cours des derniers mois, Paco et Anna n'avaient eu de cesse de lui rebattre les oreilles avec la beauté d'Eva. Sans doute avaient-ils exagéré par amabilité ; du moins Sofía l'espérait-elle.

« Oui, mais bon, pourquoi diable maman lui a demandé de venir ?

– Parce que c'est la fille de leurs amis qui habitent au Chili. Ils viennent aussi ?

– Non, et c'est bien dommage. Il va falloir encore plus s'occuper d'elle. Ça fait une plus grande responsabilité.

– Je t'aiderai. Et puis, elle est peut-être très gentille. Peut-être qu'on pourra devenir amies. Ne sois pas si pessimiste, ajouta en riant María, qui ne voyait pas pourquoi Sofía faisait tant d'histoires. Quel âge elle a ?

– Notre âge, quinze ou seize ans. Je ne me souviens plus exactement.

– Et elle arrive quand ?

– Demain.

– On ira l'accueillir ensemble. Et il sera toujours temps de se faire du souci si on voit qu'elle est barbante. »

Sofía espérait de toute son âme qu'Eva serait barbante.

Barbante et quelconque. Peut-être pourrait-elle se décharger de sa mission et laisser María s'occuper d'Eva ? Peut-être s'entendraient-elles bien, toutes les deux. María était d'un caractère tellement accommodant, songea Sofía avec un regain d'entrain. Toujours disposée à faire plaisir. La semaine s'annonçait soudain moins morose. Elle laisserait María et Eva s'amuser ensemble, et elle pourrait continuer à vagabonder avec Santi.

Le lendemain matin, Sofía et ses cousins paressaient et bavardaient à l'ombre d'un grand sycomore, au son d'un disque de Neil Diamond qui leur parvenait par les fenêtres ouvertes du salon, lorsque la voiture de Paco apparut dans l'allée. Jacinto, le chauffeur, vint se garer devant la terrasse. Les adolescents se turent immédiatement, observant la scène.

Jacinto descendit du véhicule étincelant, en fit le tour et alla ouvrir la portière arrière, le visage cramoisi et fendu d'un large sourire, qui s'accentua quand sa passagère descendit. Dans le groupe d'adolescents, un ange passa : la jeune fille qui venait d'apparaître était d'une beauté à couper le souffle. Sofía sentit immédiatement une crampe nouer son estomac. À la dérobée, elle jeta un coup d'œil à ses cousins. Ils s'étaient dressés sur leur séant comme une horde de chiens de prairie.

« *¡Puta madre!*[1] s'exclama Agustín, avec un enthousiasme grivois.

– *Dios*, vise un peu ses cheveux ! siffla Fernando.

– Une pouliche avec de plus belles jambes, j'en ai jamais vu, marmonna Santi.

– Oh, ça va, les garçons ! Rentrez vos langues et toi, Agustín, essuie-toi la bouche, tu baves », aboya Sofía sans faire l'effort de dissimuler son irritation.

Puis, à contrecœur, elle se leva et s'avança à la rencontre d'Eva.

1. Putain de Dieu !

Anna attendait l'arrivée de son invitée en bavardant sur la terrasse avec Chiquita et Valeria.

« Eva ! Comment vas-tu ? » lança-t-elle joyeusement avant de se lever pour descendre accueillir la jeune fille, qui se tenait avec timidité à côté d'un Jacinto totalement hypnotisé.

À ce signal, Eva se mit à flotter en direction de son hôtesse. Elle ne marchait pas, elle ne courait pas : elle flottait. Sa longue chevelure blond cendré ondoyait librement autour d'un visage aux traits réguliers ; deux yeux bleu outremer papillotaient nerveusement sous une frange d'épais cils noirs. Sofía tenta désespérément de trouver un défaut à cette créature qui venait d'apparaître devant elle tel un démon déguisé, prêt à lui voler Santi, mais n'en trouva aucun. Eva était la perfection incarnée. Sofía était contrainte de reconnaître que jamais elle n'avait vu plus exquise personne. Anna étreignit chaleureusement l'adolescente et lui demanda des nouvelles de ses parents, puis ordonna à Jacinto de monter les bagages d'Eva dans l'une des chambres d'amis.

« Eva, voici Sofía », dit Anna en poussant sa fille devant elle.

La première chose que Sofía remarqua en embrassant l'invitée, ce fut l'odeur fraîche et citronnée de son eau de toilette. Puis, qu'Eva était plus grande qu'elle, et très mince. Elle paraissait bien plus que ses quinze ans. Eva esquissa un sourire timide, le rouge lui monta aux joues, puis se répandit en un voile discret et charmant sur l'ensemble de son visage. Au grand dépit de Sofía, Eva n'en devint que plus jolie. La rougeur semblait rehausser l'éclat de ses yeux. Incapable de trouver un seul mot de bienvenue à offrir, Sofía balbutia un faible « *hola* », et s'effaça devant Anna, qui déjà guidait Eva vers la maison. Elle leur emboîta le pas sans le moindre enthousiasme et lança un regard en direction des garçons. Tapis sous l'ombre du sycomore comme dans une tanière, ils avaient le regard rivé sur le petit cortège. Mais Sofía savait que ce n'était pas elle le centre de leur attention.

Cet examen minutieux n'échappa pas à l'intéressée. Eva n'avait fait qu'apercevoir les garçons, mais elle devina leurs regards appuyés qui accompagnaient chacun de ses pas jusqu'à la terrasse, où elle accepta avec reconnaissance le siège que lui offrit Anna. Lorsqu'elle croisa les jambes, la jeune fille sentit une moiteur au creux de ses genoux et sur ses cuisses.

Anna disputait à Chiquita et Valeria l'attention d'Eva. On aurait dit un groupe de collégiennes éperdues d'admiration. Sofía, toujours muette comme une carpe, à côté de sa mère, songea à s'éclipser discrètement, convaincue que personne ne le remarquerait. Personne ne la mêlait à la conversation ; jamais elle ne s'était sentie à ce point invisible. Soledad vint servir des limonades glacées. En tendant un verre à Sofía, elle l'interrogea d'un haussement de sourcils. L'adolescente se força à plaquer sur ses lèvres un mince sourire, que Soledad n'eut aucun mal à interpréter. Elle lui sourit à son tour, largement, comme pour lui dire : « Tu es trop gâtée, *señorita* Sofía. » Sofía avala une longue gorgée de limonade et commença à jouer avec un cube de glace entre ses dents. Elle croisa bien malgré elle le regard d'Eva, qui esquissa un sourire. Celui que lui rendit Sofía était résolument hypocrite. C'était décidé, elle ne l'aimerait pas, cette Eva.

Pour souligner son antipathie, elle détourna le regard en direction des garçons. Ils se tortillaient sous leur arbre, dans de pitoyables efforts pour apercevoir du mieux qu'ils pouvaient l'attraction du jour. Et puis, Santi se leva.

Sofía surprit un échange de gestes dans le groupe, comme pour sceller un pari, et l'instant d'après, Santi marchait d'un pas aussi décidé qu'assuré en direction de la terrasse.

« Eva, voici mon fils, Santiago », annonça Chiquita.

Elle regarda avec une fierté non déguisée son magnifique fils se pencher pour embrasser l'exquise invitée de sa belle-sœur. En voyant une étincelle s'allumer dans le regard océan de la jeune fille, puis ses yeux se détourner avec embarras, Chiquita ne put réprimer un sourire.

« Tu viens du Chili ? demanda Santi avec un sourire rayonnant.

– Oui, c'est ça, acquiesça Eva de son accent soyeux.

– Tu habites à Santiago ?

– Oui.

– Eh bien, bienvenue à Santa Catalina. Tu montes à cheval ?

– Oh oui ! J'adore les chevaux.

– Parfait. Alors je t'emmènerai faire le tour du domaine », proposa-t-il.

Sofía sombrait dans un désespoir sans fond, lorsque Santi tendit la main pour s'emparer du verre de limonade qu'elle tenait et le porter à sa bouche. Pourvu qu'Eva l'ait remarqué ! songea-t-elle. Qu'il ait partagé ce verre avec autant de naturel, se dit-elle, rassérénée, ne pouvait que montrer à la nouvelle venue que Santi était à elle.

Tout en faisant rouler distraitement le verre entre ses mains, Santi continua sa conversation avec Eva : les chevaux, la maison que les parents d'Eva possédaient sur la plage à Cachagua et les longues brumes d'été qui flottaient le long de la côte et ne se dissipaient parfois qu'après midi.

Sofía se pencha vers Santi pour récupérer son verre et effleura au passage la main de son cousin. Mais Santi, incapable de détacher ses yeux de l'éblouissante Eva, sembla à peine y prendre garde. Sofía avala d'un trait ce qu'il restait de limonade dans le verre et manqua de s'étouffer.

Galvanisés par l'aisance avec laquelle Santi avait rejoint les femmes sur la terrasse, les autres garçons approchèrent à leur tour. Lorsque Eva vit le groupe de prédateurs sortir de l'ombre, ses lèvres se mirent à trembler imperceptiblement. Santi lui offrit un sourire rassurant et protecteur, auquel elle répondit avec reconnaissance. María apparut à son tour, avec Panchito et le petit Horacio, tandis que de l'autre côté arrivaient Paco, Miguel, Nico et Alejandro, suivis par Valeria et Jasmina. En l'espace de quelques minutes, Eva fut présentée à toute la famille et à la plupart des domestiques. Même les chiens, comme attirés par son aura, restaient assis docilement à côté d'elle. Les garçons voulaient flirter avec elle, les filles voulaient qu'elle soit leur amie, et, tous en même temps, ils la bombardaient de questions, désireux de gagner son attention et son affection. Sofía réprima un bâillement. Elle allait s'éclipser sous prétexte d'aller aux toilettes, quand grand-père O'Dwyer vint rejoindre la compagnie, d'un pas rien moins qu'assuré.

« Qui est donc cette jolie personne que je vois apparaître parmi nous ? s'enquit-il.

— Je te présente Eva Alarcón, papa. Elle vient du Chili pour une semaine, expliqua Anna en anglais tout en essayant de déterminer d'un regard peu amène si son père avait bu ou non.

— Ah, très bien... Et vous parlez anglais, Eva ? demanda Dermot d'une voix bourrue en planant au-dessus d'elle comme une abeille attirée par une fleur splendide.

— Un peu, répliqua-t-elle avec un fort accent.

— Ne t'inquiète pas pour lui, s'empressa de dire Anna en espagnol. Il ne vit ici que depuis treize ans.

— Treize ans... Et toujours pas un mot d'espagnol, renchérit Agustín, avide d'attirer l'attention de la jeune fille. Le mieux, c'est de l'ignorer. C'est ce qu'on fait tous. »

Il partit d'un grand rire complaisant, fier du sourire poli que lui adressa Eva.

« Toi, c'est possible, intervint Sofía avec une moue ombrageuse, mais moi, je ne l'ignore jamais. »

Santi lui lança un froncement de sourcils interrogateur, mais elle détourna les yeux et sourit à son grand-père.

« Du Chili, hein ? » reprit Dermot en prenant la chaise que lui avançait Soledad, toujours secourable.

Il glissa sa chaise dans le cercle déjà formé, obligeant tout le monde à se déplacer à contrecœur pour lui faire de la place. Anna secoua la tête d'un air exaspéré. Sofía, que la scène qui s'annonçait commençait à amuser, retrouva instantanément le sourire.

« Et on y fait quoi, au Chili, s'enquit Dermot. Ah, merci, bonne fille... », ajouta-t-il à l'intention de Soledad qui lui tendait un verre de limonade. Il renifla son verre et ajouta : « Je suppose que je ne dois pas m'attendre à une bonne surprise là-dedans, n'est-ce pas ? »

Soledad ne comprenant pas l'anglais, elle se retira sans répondre.

« Eh bien, on y fait du cheval, répondit Eva d'une voix sincère.

— Ah... Du cheval, hein ? » Dermot eut un hochement de tête approbateur. « En Irlande aussi, on fait du cheval. Qu'est-ce que vous faites au Chili qu'on ne peut pas faire en Irlande ?

— Descendre les torrents ? suggéra-t-elle avec un fort accent.

— Descendre les taureaux ?

— Oui, nous avons le torrent le plus fort du monde, ajouta-t-elle avec fierté.

— Mon Dieu ! Ce doit être un taureau extraordinairement fort, si c'est le plus fort du monde.

— Pas seulement fort, mais dangereux aussi. Très dangereux.

— Dangereux comment ? Il rue ?

— Je vous demande pardon ? »

Eva jeta un regard désemparé à Sofía, qui décida qu'elle n'accourrait pas à sa rescousse comme le reste de sa flagorneuse famille. Pour toute réponse, elle haussa les épaules.

« Et personne n'a jamais songé à le descendre, celui-là ?

– Oh si, on le descend tout le temps.

– Et il court toujours ? Ah ça ! Ils ne doivent pas être très bons tireurs, dans ce pays. Ou alors, c'est que ce maudit taureau est plus rapide que la foudre. » Il éclata d'un rire sonore. « Un taureau qui court plus vite que la foudre ! Je veux bien être damné !

– Je vous demande pardon ?

– En Irlande, ma chère enfant, les taureaux sont gras et paresseux, ils passent leur temps à brouter et ils feraient des cibles faciles s'il prenait à quelqu'un l'idée de leur mettre un coup de tromblon. »

À ce stade-là, Sofía ne put retenir davantage son fou rire, qui se libéra d'un coup. Elle en avait les larmes aux yeux.

Elle expliqua à son grand-père le malentendu, et quand les autres comprirent le quiproquo, ils éclatèrent de rire à leur tour.

Eva gloussa, rosit, et rougit lorsqu'elle croisa le regard de Santi qui l'étudiait.

Après le déjeuner, Anna suggéra à Sofía et María d'emmener Eva à la piscine. Les deux cousines accompagnèrent d'abord l'invitée dans sa chambre pour qu'elle défasse ses bagages. La chambre plut immédiatement à Eva. Elle était spacieuse et claire, avec deux hautes fenêtres qui ouvraient sur les pommiers et les pruniers du verger. L'air chaud charriait les effluves entêtants du jasmin et du gardénia. Il y avait dans la chambre deux lits jumeaux, avec des couvre-lits fleuris blanc et bleu qui sentaient la lavande, et une jolie table de toilette en bois sur laquelle elle disposa ses brosses et son eau de toilette. Dans la salle de bains adjacente, elle découvrit une profonde baignoire émaillée, avec une robinetterie chromée étincelante, importée de Paris.

« Cette chambre est tellement belle ! soupira-t-elle, ravie, en ouvrant sa valise.

– J'adore ton accent, décréta María avec un enthousiasme sincère. J'adore l'accent chilien, c'est tellement doux ! Tu ne trouves pas, Sofía ? »

Sofía hocha la tête avec indifférence.

« Merci, María, dit Eva. Tu sais, c'est la première fois que je viens dans la pampa. Je suis allée plusieurs fois à Buenos Aires, mais jamais dans une *estancia*. C'est vraiment magnifique, ici.

– Comment tu as trouvé nos frères et nos cousins ? demanda Sofía en s'affalant sans façon sur un des lits.

– Ils sont tous charmants, répliqua Eva avec innocence.

– Lequel tu préfères ? Tu sais, ils sont tous fous de toi. Tu n'as qu'à faire ton choix.

– Sofía, tu es trop gentille. Je ne pense pas qu'ils soient fous de moi, je suis nouvelle, c'est tout. Quant à savoir celui que je préfère... Je les ai à peine regardés.

– Mm... Mais eux, ils t'ont bien regardée, répliqua Sofía en dévisageant froidement Eva.

– Sofía ! intervint María. Laisse-la tranquille, la pauvre, elle arrive à peine. Bon, maintenant, dépêchez-vous, qu'on aille se baigner, je meurs de chaud, ici. »

Les garçons avaient déjà investi la piscine. Allongés au soleil comme une bande de lions, ils attendaient l'apparition d'Eva en maillot de bain. Les yeux plissés, à demi aveuglés par la lumière, ils guettaient, le corps en feu et la respiration courte. Lorsqu'ils virent les filles approcher, ils lâchèrent à mi-voix quelques commentaires obscènes, puis, dès qu'elles furent à portée d'oreille, ils firent mine de se désintéresser d'elles et se mirent à discuter de polo. Visiblement mal à l'aise, Eva fit glisser son short et se tortilla pour ôter son tee-shirt, révélant un corps de femme avec une poitrine pleine, un ventre plat, des hanches bien dessinées et une peau souple et bronzée. Elle sentit les garçons la déshabiller du regard avec une telle insistance qu'elle rajusta son maillot d'une main tremblante, comme pour s'assurer qu'il était bien là. Sofía, elle, lança ses vêtements sur le sol et se dirigea vers les transats en sortant les fesses et rentrant le ventre. Elle s'allongea sur le transat voisin de celui de Santi. Celui-ci surveillait Eva du coin de l'œil avec l'arrogance d'un homme qui sait que la femme qu'il désire finira, quoi qu'il arrive, par venir vers lui. Sofía grimaça, incapable de dissimuler son ressentiment.

« Hé, Eva, tu n'aurais pas besoin qu'on te mette de l'huile solaire sur le dos ? cria Agustín depuis la piscine.

– Pas avec des mains froides et mouillées », rétorqua en riant l'intéressée. Depuis qu'elle s'était liée d'amitié avec les filles, elle se sentait plus sûre d'elle.

« Ne fais surtout pas confiance à Agustín ! intervint Fernando. Si tu as besoin de quelqu'un pour te passer de l'huile solaire dans le dos, je suis celui sur qui tu peux le mieux compter. »

Un éclat de rire général accueillit sa proposition.

« Je n'ai besoin de rien, merci.

– Tiens, Eva, prends donc ma chaise longue », proposa Santi.

Sofía remarqua que María avait pris le dernier transat libre.

« Non, vraiment, je ne veux pas..., protesta Eva.

– J'ai trop chaud, de toute façon. Et puis, je vais aller en chercher un autre dans le cabanon.

– Bon, si tu insistes. »

Eva étendit soigneusement sa serviette sur la toile de la chaise et s'allongea avec un mouvement gracieux. Santi s'assit par terre à côté d'elle. Après quelques minutes, ils bavardaient comme s'ils se connaissaient depuis des années. Sofía les observa à la dérobée, éberluée. Son cousin avait une façon de faire qui mettait les femmes immédiatement en confiance. La jalousie libéra soudain dans son estomac un flot de bile amère. Elle chaussa ses lunettes de soleil, s'allongea et tâcha de les ignorer.

Fernando observa son frère qui bavardait avec la nouvelle venue et se prit à espérer que Santi ne lui plairait pas, qu'elle avait remarqué qu'il boitait, et que ce défaut le mettrait hors jeu. S'il était une fille, un tel détail serait rédhibitoire, pensa-t-il avec aigreur. Il décida d'entrer dans l'eau et d'attendre : elle finirait fatalement par avoir trop chaud et aller nager. Le moment venu, il serait prêt.

Rafael avait perdu tout intérêt pour la compétition. Il s'était endormi, un magazine déployé sur le visage. Quant à Agustín, il avait fait démonstration de ses talents de plongeur et avait même exécuté quelques sauts périlleux. Eva lui avait souri, preuve qu'il avait réussi à l'impressionner, songea-t-il. Mais pour l'instant, l'attention de la jeune fille était entièrement monopolisée par Santi. Condamné à attendre que sonne son heure, il commença à nager tel un requin qui attend sa proie. Les autres cousins, Ángel, Niquito et Sebastián, avaient abandonné la course. Ils avaient vite réalisé qu'il serait vain d'entrer dans l'arène : ils étaient trop jeunes et n'avaient aucune chance. Ils avaient préféré aller disputer une partie de tennis.

La chaleur était devenue suffocante. Eva essaya de convaincre Sofía et María de venir nager avec elle. Les garçons, qui paressaient dans l'eau, l'intimidaient et elle n'avait pas le courage de les affronter seule. Lorsque Eva se leva, ce fut comme si un vent glacé était soudain venu réveiller qui de sa torpeur, qui de sa sieste. Brusquement, Agustín se remit à plonger, Fernando se lança dans un crawl frénétique, et, du court de tennis, les jeunes cousins accoururent pour se rafraîchir. Santi s'assit sur le bord du bassin, les pieds dans l'eau. Seul Rafael, indifférent au remue-ménage autour de lui, poursuivit paisiblement sa sieste, faisant voleter les pages du magazine sous la force de ses ronflements. Et tandis que María et Eva tentaient de faire quelques longueurs dans les clapotis de l'eau, Sofía se rencogna dans un angle du bassin, l'air boudeur.

Santi sauta à l'eau et nagea jusqu'à elle.

« Qu'est-ce qui t'arrive ?

— Rien, répliqua Sofía, sur la défensive.

— Tu me la feras pas. Je te connais. »

Il lui sourit.

« Non, tu ne me connais pas.

— Oh, je crois que si. Tu es jalouse parce qu'on ne fait pas attention à toi, dit-il, une lueur amusée dans les yeux. Je n'ai pas arrêté de t'observer de la journée.

— Ne sois pas idiot, je ne me sens pas très bien, c'est tout.

— Chofi, tu es une menteuse et une sale gosse, mais tu es toujours ma cousine préférée.

— Merci. »

Ce n'était pas grand-chose, mais elle se sentait mieux.

« Tu ne peux pas toujours être le centre de l'attention, reprit Santi. Laisse une chance aux autres.

— Bon, écoute, y a rien qui cloche, sauf que je ne me sens pas très bien. Ce doit être à cause de la chaleur. Je ferais bien d'aller m'allonger à l'ombre un petit moment, dit-elle, en espérant qu'il allait la suivre.

— Bonne idée », répliqua-t-il en se retournant pour observer Eva qui fendait l'eau d'une brasse gracieuse, tel un cygne au milieu d'une flopée de canards.

Ce soir-là, les trois filles décidèrent de dormir dans la même chambre. Soledad installa un lit pliant dans la chambre d'Eva et dit à Sofía que puisque c'était elle l'hôtesse, c'était à elle de dormir dans le lit de camp. Sofía songea à protester, avant de ravaler son ressentiment.

Elles bavardèrent longtemps, baignées du clair de lune qui entrait par la fenêtre grande ouverte, et Sofía, bien malgré elle, se surprit au bout d'un moment à apprécier Eva.

« Lorsque je suis retournée à la maison, Agustín a bondi de derrière un arbre et m'a poussée contre le tronc, gloussa Eva. C'était tellement embarrassant !

— Je n'arrive pas à le croire ! s'exclama Sofía, sincèrement surprise par l'impudence de son frère. Et qu'est-ce qu'il a fait ?

— Il me retenait prisonnière et il m'a dit qu'il était amoureux de moi.

— Ils le sont tous, dit María avec un éclat de rire. Sois prudente ! Très bientôt, il n'y aura plus un seul arbre de sûr dans tout le domaine.

— Est-ce qu'il t'a embrassée ? voulut savoir Sofía, tout en devinant qu'il y avait peu d'espoir que l'excentrique Agustín plaise à Eva.

— Il a essayé.

— Oh ! là, là, qu'est-ce que c'est gênant ! soupira Sofía.

— Et après, quand on a joué au tennis, il ne me tendait jamais une balle sans l'embrasser d'abord.

— Ma pauvre !

— Sofía, je ne devrais peut-être pas te raconter ça... Agustín est ton frère.

— Malheureusement. María a bien plus de chance que moi...

— Oui... Santi est vraiment mignon », approuva Eva, une étincelle dans le regard.

Sofía crut défaillir mais n'en montra rien.

« Santi ? Le grand blond qui boite ?

— Oui, celui qui boite, répéta placidement Eva. Il est beau, et gentil, et le fait qu'il boite ne le rend que plus attachant. »

Sofía eut envie de hurler : « Non ! Tu ne peux pas t'intéresser à *mon* Santi ! » Mais elle se calma et prit une décision. Il fallait qu'elle imagine un plan, qu'elle trouve un moyen d'empêcher la romance qui menaçait de se nouer.

Dommage, songea-t-elle avec dédain, je commençais à la trouver sympa.

9

Sofía consacra les trois jours suivants à tout mettre en œuvre pour devenir la confidente d'Eva. Sa mère, remarquant son attitude, la félicita. Les deux filles devinrent inséparables. Sofía n'avait plus besoin de jouer les espionnes lorsque Eva bavardait avec Santi, puisque sa nouvelle amie lui racontait tout sans se faire prier. Voyant la complicité entre les deux filles, les garçons se mirent soudain à faire grand cas de Sofía, pour entrer dans les bonnes grâces d'Eva. Sofía n'était pas dupe de leur manège, mais, flattée de n'être plus reléguée au second plan, elle buvait du petit-lait. Elle joua le jeu avec entrain.

Mais Eva demeurait désespérément attirée par Santi. Chacune de ses paroles, chacun de ses mouvements faisait l'objet d'un rapport détaillé lorsqu'elle se retrouvait seule avec Sofía. Santi l'avait emmenée faire du cheval dans la pampa – Sofía avait refusé de se joindre à eux, prétextant devoir aider son grand-père à arranger sa chambre. Santi lui avait demandé d'être sa partenaire pour un match de tennis. Eva avait avoué à Sofía qu'elle sentait ses jambes se dérober sous elle dès que Santi lui parlait, mais que, jusque-là, rien dans ses paroles ou dans ses gestes ne suggérait autre chose entre eux qu'une franche camaraderie.

« Ne t'inquiète pas, la rassura Sofía. Santi est mon cousin, et je suis plus proche de lui que n'importe qui d'autre ici. Il me dit tout, même des choses qu'il ne raconterait jamais à María. Je vais tâcher de mener l'enquête pour toi, subtilement bien sûr, et puis je te dirai. Mais il vaut mieux ne pas en parler à María, mentit-elle, elle est incapable de garder un secret.

– D'accord. Mais sois discrète, je ne veux pas passer pour une bécasse.

– Sois tranquille. »

Dans l'après-midi, Sofía manœuvra pour se trouver seule avec Santi. Il était en plein entraînement, sur la pelouse devant chez lui.

« Joli swing, Santi, fit-elle en approchant de lui tandis que la balle s'envolait en décrivant un arc.

— Merci, Chofi.

— Tu as été drôlement sympa d'emmener Eva faire du cheval et de lui montrer le domaine.

— Normal. Elle aussi est très sympa, répliqua-t-il en disposant une nouvelle balle sur l'herbe.

— Elle est plus que sympa, renchérit Sofía. Elle est adorable et belle. En fait, je pense que je n'ai jamais vu personne d'aussi beau qu'elle.

— Oui, c'est sûr qu'elle est belle, dit Santi d'un ton absent, plus concentré sur son swing que sur les bavardages de sa cousine.

— Et tu sais qui lui plaît ? dit Sofía en choisissant ses mots avec la précaution d'un serpent qui glisse vers sa proie.

— Qui ? demanda-t-il en posant son club et en dévisageant Sofía.

— Agustín.

— Agustín ! Non !

— Si.

— Tu te paies ma tête.

— Pourquoi ? C'est un joli garçon, on dirait un étalon noir.

— Sofía, je ne te crois pas, rétorqua Santi avec un rictus et un mouvement de tête impatient.

— Eh bien, écoute. L'autre soir, il l'a embrassée... Mais elle ne veut pas que les autres le sachent.

— Il l'a embrassée ! Ouais, c'est ça, et puis quoi encore ?

— J'ai promis de ne pas le répéter, alors tiens ta langue. Elle me tuerait. On est devenues tellement amies, je ne voudrais pas qu'on se fâche. Mais tu me connais, je suis incapable d'avoir des secrets pour toi.

— Merci, Chofi, tu es trop bonne, répliqua-t-il d'un ton plein de sarcasme en frappant la balle. *¡Mierda!*

— Santi ! Tu l'as raté ! Ça ne te ressemble pas. Ce n'est pas parce qu'elle te plaît, n'est-ce pas ? demanda-t-elle en essayant de dissimuler son sourire derrière une mèche de cheveux.

— Bien sûr que non. Bon, et maintenant, décampe. Tu me distrais.

– D'accord. À plus tard ! » lança-t-elle en s'éloignant de son arrogante démarche de canard, un sourire de pure délectation aux lèvres.

Santi était perplexe et furieux. Comment croire que la splendide Eva puisse être attirée par Agustín ? C'était ridicule ! Impossible. Il regarda au loin Sofía rejoindre Eva et María sur la pelouse. Assises en rond, elles ressemblaient à un trio de sorcières en plein complot. Qu'est-ce que Sofía avait encore inventé ? s'interrogea Santi, non sans inquiétude.

« Il ne veut rien dévoiler, expliquait Sofía. À ta place, j'attendrais tout simplement qu'il fasse le prochain pas. Je ne peux rien te conseiller de mieux. C'est certain qu'il n'apprécierait pas que ce soit la fille qui fasse le premier pas. Je connais les garçons.

– Bon, au moins, il ne t'a pas dit qu'il ne m'aimait pas, soupira Eva avec espoir.

– Non, il n'a pas dit qu'il ne t'aimait pas, concéda Sofía avec sincérité.

– Merci, Sofía, tu es une vraie amie », dit Eva en l'embrassant sur les deux joues.

Sofía éprouva un sentiment fugace de culpabilité et s'empressa de parler d'autre chose.

Les jours suivants, Sofía observa les allées et venues d'Eva, immanquablement escortée des cousins. Mais à son immense satisfaction, Santi n'était pas au nombre des admirateurs. Il semblait même avoir perdu tout intérêt pour la jeune fille et l'ignorait. De son côté, Eva avait cessé de parler de lui, comme si elle avait pressenti que la bataille était perdue d'avance. Sofía se délectait de sa victoire.

Plus les jours passaient, et moins Sofía voyait Eva, qui partait faire des promenades à cheval des heures durant, ou accompagnait Chiquita en ville. Elle avait pris ses repères et profitait de son autonomie. Sofía était ravie. Son plan avait fonctionné. Non seulement elle avait réussi à détourner Eva de Santi, mais, en plus, elle s'était débrouillée pour ne plus s'occuper d'elle. Certes, son bonheur aurait été plus complet si Santi avait été plus présent. Il avait décidé d'aller s'entraîner au polo avec des copains dans une *estancia* voisine et disparaissait toute la journée. Sofía se disait qu'il lui en voulait d'avoir cassé ses espoirs en lui racontant ce qui s'était prétendument passé avec Agustín, mais qu'il s'en remettrait très vite.

Eva consacra son dernier jour à Santa Catalina au tennis et à la baignade. Lorsqu'elle s'éclipsa dans sa chambre pour préparer ses bagages et se changer, Santi vint voir Sofía et lui glissa discrètement une enveloppe scellée.

« Chofi, s'il te plaît, donne ça à Eva juste avant qu'elle parte.

– C'est quoi ? demanda-t-elle, dévorée de curiosité.

– Une dernière tentative. Mais assure-toi qu'Agustín ne te voie pas. Il me tuerait. »

Sofía haussa les épaules.

« Bon... si tu veux. Mais ça ne t'avancera à rien, dit-elle avec un sourire de commisération.

– On ne sait jamais », fit-il, une note d'espoir dans la voix.

Sofía galopa jusqu'à la maison. Il lui restait juste assez de temps pour décoller l'enveloppe à la vapeur. Elle se rua dans la cuisine et mit la bouilloire à chauffer. Pauvre Santi, s'apitoya-t-elle. Il n'y a vu que du feu. Comment une fille aurait-elle pu préférer Agustín à Santi ? C'était inconcevable. « Et pourtant, j'ai réussi à le convaincre », songea-t-elle avec un sourire de satisfaction.

Délicatement, elle décolla le rabat de l'enveloppe et en sortit une petite feuille soigneusement pliée. Le message était bref : « La prochaine fois, Chofi, occupe-toi de tes affaires. »

Elle resta comme assommée. Le sang lui afflua au visage, ses tempes se mirent à battre violemment. Elle suffoquait de honte et de rage. Incrédule, elle relut le message. Une fois, deux fois, puis le déchira en petits morceaux qu'elle enfouit au fond de la poubelle. Elle commença à arpenter nerveusement la cuisine, les pensées en désordre. Qu'allait-elle bien pouvoir faire maintenant ? Elle n'avait pas la force d'affronter Santi, ni Eva.

Les premiers instants de confusion passés, elle en arriva à la conclusion qu'elle n'avait guère le choix. Elle devait sortir la tête haute et faire comme si de rien n'était.

Sur la terrasse, Eva faisait ses adieux à María. Celle-ci, en larmes, étreignait sa nouvelle amie en lui faisant promettre d'écrire. Sofía jeta un regard alentour et soupira de soulagement en ne voyant pas Santi. Elle plaqua un sourire de comédienne accomplie sur ses lèvres et s'approcha d'Eva. Elle l'embrassa et lui promit, l'été suivant, d'aller passer quelques jours de vacances à Cachagua.

Soudain, Santi émergea d'un bosquet, se dirigeant d'un pas décidé vers la terrasse. Il passa devant Sofía sans un regard, s'approcha d'Eva, l'attira dans ses bras et l'embrassa sur la bouche avec une ardeur telle que María et Sofía, rouges d'embarras, détournèrent la tête. Les deux tourtereaux restaient cramponnés l'un à l'autre, comme deux amants qui ne veulent pas se séparer. Ils s'embrassaient avec l'aisance de deux personnes accoutumées au corps de l'autre. Sofía se sentit devenir écarlate. Elle fut prise de vertige. Ils se séparèrent enfin, et Eva grimpa dans la voiture. Quand celle-ci ne fut plus qu'un point minuscule au bout de l'allée, Santi cessa d'agiter la main et s'approcha de Sofía.

« Ne t'avise plus jamais de me mentir, dit-il calmement. Tu as pigé ? »

Sofía ouvrit la bouche pour répliquer, mais aucun son ne sortit. Elle se raidit et n'osa pas risquer un seul battement de paupières de crainte que les larmes qu'elle retenait à grand-peine ne jaillissent et ne révèlent sa honte. Puis, sans transition, le visage de Santi s'éclaira d'un grand sourire, et il secoua la tête.

« Mon Dieu, Chofi, tu es vraiment insupportable, soupira-t-il en passant gentiment un bras autour de ses épaules. Qu'est-ce que je vais bien pouvoir faire de toi ? »

10

Santi annonça la nouvelle à la fin des vacances : il partait étudier aux États-Unis, pendant deux ans.

Sofía quitta la pièce en trombe, et en larmes. Santi courut après elle, mais, sans se retourner, elle lui cria de la laisser tranquille. Passant outre, il la rejoignit sur la terrasse. Sofía fit volte-face et le toisa, les yeux enflammés de colère.

« Tu t'en vas dans un mois ? dit-elle d'une voix hachée par les sanglots. Pourquoi tu ne me l'as pas dit avant ?

— Parce que, au départ, je n'étais censé partir qu'en septembre. Et puis j'ai décidé de voyager pendant six mois avant le début des cours, et aussi pendant quelques mois après. De toute façon, je savais que tu serais contrariée.

— Mais je suis la dernière à être au courant ! Deux ans, c'est ça ? demanda-t-elle en hoquetant.

— Oui, presque deux ans.

— Combien de mois exactement ? insista-t-elle en reniflant.

— Je ne sais pas.

— Tu sais tout de même quand tu vas revenir, non ?

— Pas l'été prochain, mais le suivant. En octobre. Ou en novembre.

— Pourquoi tu ne peux pas faire tes études ici comme tout le monde ?

— Parce que papa dit que c'est indispensable de vivre un temps à l'étranger. Je vais améliorer mon anglais et revenir avec un bon diplôme.

— Mais je peux t'aider, moi, à améliorer ton anglais. »

Elle esquissa un pauvre sourire. À travers ses yeux voilés de larmes, Santi n'était plus qu'une ombre vacillante et diffuse.

Il éclata de rire.

« Voilà qui ne manquerait pas d'intérêt, plaisanta-t-il.

— Tu reviendras pour les vacances ? » demanda-t-elle avec espoir.

Il haussa les épaules.

« Aucune idée. Je veux voyager et voir du pays. Je crois que je vais plutôt profiter des vacances pour voyager.

— Tu ne reviendras même pas pour Noël ? »

Sa voix dérailla. Deux années entières sans lui. Il lui sembla qu'un tourbillon l'aspirait dans un gouffre.

« Je ne sais pas. Non, probablement pas. Papa et maman viendront me voir là-bas, en Amérique. »

Sofía se laissa glisser contre le mur et donna libre cours à ses larmes.

« Chofi... dit-il d'une voix tendre, je vais revenir. Deux ans, ce n'est pas si long.

— C'est une éternité ! rétorqua-t-elle d'une voix éraillée et entrecoupée de sanglots. Et si tu tombes amoureux et que tu épouses une Américaine ? Je pourrais ne jamais te revoir ! »

Santi éclata de rire. Un bras glissé autour de sa taille, il attira Sofía contre lui. Elle ferma les yeux. Si seulement il l'aimait comme elle l'aimait, songea-t-elle, jamais il n'aurait décidé de partir et de l'abandonner.

« Il y a peu de chances pour que je me marie à dix-huit ans, non ? Ne sois pas idiote. Et, de toute façon, tu sais bien que je me marierai dans mon pays, en Argentine. Tu ne crois tout de même pas que je pars pour toujours ?

— Je ne sais pas, dit Sofía en secouant la tête. Je ne veux pas te perdre. Je vais me retrouver coincée ici avec Agustín et Fercho et personne pour me défendre. Maintenant, ils vont sans doute m'interdire de jouer au polo. »

Elle renifla et enfouit sa tête dans le creux de son cou. Elle respira son odeur, si familière, et eut envie de lécher sa peau.

« Je t'écrirai, suggéra-t-il.

— Tu me le promets ?

— Oui. Je te le promets. De longues lettres. Je te raconterai tout. Et toi aussi tu m'écriras, et tu me raconteras tout.

— Je t'écrirai toutes les semaines », promit-elle avec solennité.

Là, serrée dans ses bras, Sofía prit soudain conscience de ses sentiments réels pour Santi. Des sentiments qui allaient au-delà de l'affection que peut inspirer un frère, même un frère adoré.

Des sentiments qui avaient évolué en quelque chose de plus profond et d'interdit. Elle l'aimait. Elle n'avait jamais vraiment réfléchi à tout cela avant. Mais là, baignée dans son odeur, apaisée par la caresse de sa peau contre la sienne, par la chaleur de son souffle contre son front, elle comprit pourquoi elle était si possessive à l'égard de Santi : elle l'aimait. Ce n'était pas seulement qu'il lui plaisait, non, c'était un vrai sentiment d'amour. Elle l'aimait de tout son corps, de toute son âme.

Ce fut une révélation. Pendant quelques secondes, elle eut l'effroyable tentation de le lui dire. Mais une voix intérieure impérieuse lui soufflait de se taire. De condamner au silence des mots qu'elle ne pouvait pas, qu'elle ne devait pas dire. Santi, elle le savait, l'aimait comme une sœur. À quoi bon lui révéler ce désir coupable qui la consumait ? Il serait troublé ou, pis, effrayé, et partirait en courant dans la direction opposée. Résignée, elle décida de le laisser dans l'ignorance de cette force qui faisait cogner son cœur contre ses côtes, tel un oiseau fou se jetant contre les barreaux de sa cage.

Une fois rentré chez lui, Santi demeurait profondément troublé par la réaction de Sofía.

« Elle était en larmes, raconta-t-il à María. C'était incroyable. Je me doutais qu'elle serait contrariée, mais à ce point... »

María partit aussitôt en quête de sa cousine, et tomba sur Dermot qui jouait au croquet avec Antonio, le régisseur et le mari de Soledad. Quand Dermot lui demanda où elle courait comme ça, María lui expliqua que Sofía était bouleversée.

Dermot aussitôt posa son maillet et alluma sa pipe. Il aimait sa petite-fille de ce même amour puissant et inconditionnel qu'il avait un jour porté à sa fille. Elle était son soleil. À son arrivée en Argentine après la mort de sa femme, c'était la présence de la petite Sofía qui l'avait retenu de rejoindre son épouse adorée. Sofía était un ange déguisé, disait-il souvent, tout en sachant bien qu'aux yeux de sa mère Sofía avait surtout le charme d'un petit démon.

Dermot monta dans le *carro* et demanda à Antonio, qui tenait les rênes, de prendre la direction de l'ombú. Il se sentait plus à l'aise avec Antonio ou José qu'avec la famille de sa fille, en dépit de son incapacité à communiquer avec eux autrement que par gestes.

Il trouva Sofía perchée au sommet de l'arbre, la tête cachée dans les mains. Lorsqu'elle vit son grand-père descendre du *carro* d'un pas mal assuré, elle redoubla de sanglots avec l'aisance d'une actrice.

« Rien ne sortira des larmes, Sofía Melody », dit Dermot en tirant sur sa pipe.

Sofía médita un instant ces paroles, puis, lentement, descendit. Ils s'assirent tous deux au pied de l'arbre.

« Alors comme ça, le jeune Santiago s'en va en Amérique.

– Il me quitte, gémit-elle. Et j'étais la dernière à être au courant.

– Mais il reviendra, la consola Dermot.

– Oui, mais il s'en va deux ans. Deux ans ! Comment je vais faire, moi, sans lui ?

– Tu t'y feras, dit Dermot en pensant à sa femme adorée. Tu t'y feras, parce que tu n'auras pas le choix.

– Grand-père, je vais mourir, sans lui ! »

Dermot tira paresseusement sur sa pipe et regarda la fumée monter puis se dissoudre dans l'air.

« J'espère que ta mère ne sait rien de tout ça, dit-il avec un sérieux qui étonna Sofía.

– Non, bien sûr.

– Parce que je pense qu'elle ne serait pas contente. Tu t'attirerais un tas d'ennuis si elle le découvrait.

– Quel mal y a-t-il à aimer quelqu'un ? » le défia Sofía.

Dermot esquissa un sourire entendu.

« Santiago n'est pas "quelqu'un", mon petit, c'est ton cousin germain.

– Et alors ?

– Et alors, ça fait une sacrée différence.

– Bon, alors maintenant c'est notre secret.

– Oui, comme ma gnole, glousa-t-il en se passant la langue sur les lèvres.

– Exactement. Oh ! Grand-père, je voudrais mourir !

– Tu sais, quand j'avais ton âge, j'étais amoureux d'une très belle jeune fille. Elle était tout au monde pour moi, mais elle est partie à Londres pendant trois ans. Tu vois, Santiago, lui, il ne part que pour deux ans. Mais je savais que, un jour, si j'avais la patience d'attendre, elle reviendrait. Parce que tu sais quoi, Sofía Melody ? »

Sofía secoua la tête avec une moue boudeuse.

« Tout vient à ceux qui savent attendre.

— C'est pas vrai.

— Tu as donc essayé ?

— Je n'ai pas eu besoin.

— Bon, eh bien moi, j'ai attendu. Et sais-tu ce qui est arrivé ?

— Elle est revenue, elle est tombée amoureuse de toi et tu l'as épousée. C'est ça ?

— Pas du tout. »

Sofía écarquilla les yeux.

« Elle est revenue, ça oui, mais là, j'ai réalisé tout d'un coup que je ne voulais plus d'elle.

— Grand-père ! s'exclama Sofía en riant. Qu'est-ce que tu as dit qui arrivait à ceux qui attendent ?

— La sagesse, mon petit. Le temps te donne l'opportunité de prendre du recul et d'être objectif. La sagesse n'apporte pas toujours ce qui est attendu, ou alors ça ne vaudrait pas la peine d'attendre, n'est-ce pas, si tu sais dès le départ ce qu'elle va t'apprendre ? Ces années d'attente m'ont donné la sagesse. Quand la jeune fille est revenue, j'ai compris qu'elle n'était finalement pas celle qu'il me fallait. C'est une chance que je ne l'aie pas épousée, sinon, je n'aurais jamais rencontré ta grand-mère.

— J'aurais aimé connaître ma grand-mère. »

Dermot lâcha un soupir à fendre l'âme. Pas un jour ne passait sans qu'une fleur ou un oiseau ne lui rappelle Emer. Partout où il posait les yeux, elle était là, et seul le souvenir de son visage rayonnant de tendresse et de générosité lui donnait, jour après jour, la force de vivre.

« Moi aussi, j'aurais aimé que tu la connaisses, dit-il, les yeux embués de larmes. Elle t'aurait adorée, Sofía Melody.

— Je lui ressemble ?

— Non. Ta mère lui ressemble davantage. Mais tu as son charme et sa générosité.

— Elle te manque, hein ?

— Oui, elle me manque. Elle était tout pour moi.

— Santi est tout pour moi, dit Sofía en ramenant la conversation sur son problème. Il est tout pour moi et je viens juste de le comprendre. Je l'aime, grand-père.

– Il est tout pour toi aujourd'hui, mais tu es jeune.

– Je ne veux personne d'autre que Santi. Jamais je ne voudrai quelqu'un d'autre.

– Tu vas t'en détacher, Sofía. Attends. Quelque bel Argentin va venir et tu auras un coup de foudre, tout comme ta mère a eu le coup de foudre pour ton père.

– Non, s'entêta Sofía. J'aime Santi », dit-elle avec emphase.

Dermot sourit du coin des lèvres, en tirant sur sa pipe. Il dévisagea sa pétulante petite-fille et hocha la tête.

« C'est tout à ton honneur, Sofía Melody. Attends-le, alors. Arme-toi de patience. Seul un chat patient attrape les souris.

– Non, c'est pas vrai. C'est un chat rapide qui attrape la souris, rétorqua Sofía avec un sourire.

– Si tu le dis... »

Il n'y avait rien au monde qu'il puisse refuser à sa petite-fille. Pas même le droit d'aimer Santiago Solanas.

Santi partit aux premiers jours de mars. Les feuilles commençaient à se recroqueviller sur les branches des arbres, signe que l'été touchait à sa fin.

Sofía était devant la maison de Chiquita et de Miguel, pour faire ses adieux à Santi. Dans la soirée humide de l'été, alors que les ombres s'allongeaient, elle se souvint des paroles de son grand-père. Elle serait comme un chat patient. Elle l'attendrait. Elle ne regarderait aucun autre garçon. Elle lui resterait fidèle à jamais.

Les dernières semaines de vacances avaient été éprouvantes pour Sofía. Chaque fois qu'elle était en présence de Santi, le rouge lui montait au visage et ses mains devenaient moites. Elle devait feindre en permanence pour masquer son trouble, et se mordre la langue chaque fois qu'elle devinait l'impossible aveu prêt à jaillir de sa bouche à la faveur d'un moment de faiblesse. Elle devait dissimuler la violence de ses sentiments vis-à-vis de sa famille, alors qu'elle avait envie de pleurer sans retenue à la perspective du vide que Santi laisserait.

Santi évitait soigneusement d'évoquer son départ en présence de sa cousine. Il ne voulait pas la faire pleurer davantage. Sa démonstration d'affection spontanée l'avait infiniment ému. Il se sentait aussi fier qu'un héros qui s'en va livrer bataille tandis que sa femme hurle son désespoir et s'arrache les cheveux. Il savait que Sofía ne lui manquerait pas. Bien sûr, il lui écrirait. Elle était comme une petite sœur en adoration devant lui. Mais il écrirait aussi à María et à sa mère. Pour l'instant, il piaffait. L'Amérique l'attendait, et avec elle des promesses d'aventures avec des femmes aux longues jambes et de petite vertu. L'impatience le dévorait. Et puis, de toute façon, songeait-il, Sofía serait là à son retour.

Santi émergea de la maison, suivi d'Antonio qui portait ses bagages. Il étreignit affectueusement une María en larmes, et serra la main de Fernando, qui, en secret, n'était pas fâché de le voir partir. En fait, ce départ était pour lui un vrai soulagement. Tout le monde adorait Santi. Il excellait en tout, charmait et faisait rire tout le monde. Il traversait la vie avec l'aisance et la grâce d'un voilier de course, tandis que lui, Fernando, se sentait le charme d'un remorqueur. À côté de Santi, il avait toujours dû mettre les bouchées doubles en tout, et, même ainsi, il restait à la traîne. Pis encore, plus il déployait d'efforts, moins il récoltait de succès. Non, vraiment, il n'était pas le moins du monde affligé par le départ de son frère. Bien au contraire. Il exultait. Sans Santi pour lui faire de l'ombre, il aurait enfin sa part de soleil.

Santi s'approcha de Sofía et la serra dans ses bras.

« Tu ne m'en veux plus, j'espère ? demanda-t-il en lui souriant tendrement.

– Si. Mais je te pardonnerai quand tu reviendras », répliqua-t-elle en ravalant ses larmes.

Si seulement il se doutait de ce qu'elle éprouvait ! Il ignorait que son estomac se tordait lorsqu'il la touchait, que son cœur se serrait quand il lui souriait, que son sang bouillonnait quand il l'embrassait sur les joues. Il la considérait comme sa petite sœur, alors que, pour elle, il était sa raison de vivre. À quoi bon continuer à respirer, maintenant qu'il partait ? Si elle respirait encore, c'est parce que, comme le lui avait dit grand-père O'Dwyer, elle n'avait pas le choix.

Miguel et Chiquita montèrent en voiture et crièrent à Santi de se dépêcher. Ils allaient finir par être en retard. Et tandis que Fernando disparaissait dans la maison, agacé par la cérémonie des adieux, María et Sofía regardèrent la voiture s'éloigner jusqu'à ce qu'elle eût entièrement disparu.

Les premiers jours qui suivirent le départ de Santi passèrent très lentement. Sofía traînassait dans la maison, affichant une maussaderie que même les blagues de son grand-père ne parvenaient pas à alléger. María la suivait partout comme un chien fou, mais son enjouement ne faisait qu'irriter sa cousine, qui aurait voulu rester seule avec son chagrin. Finalement, María décida qu'elle en avait soupé des bouderies de sa cousine.

« Par pitié, Sofía, arrête ! Secoue-toi ! lâcha-t-elle lorsque Sofía refusa de faire une partie de tennis.

— Arrêter quoi, María ?

— De faire cette tête d'enterrement.

— Je suis triste, c'est tout. Je n'en ai pas le droit ? se défendit Sofía sur le ton du sarcasme.

— Santi est ton cousin. Tu te comportes comme si tu étais amoureuse de lui.

— Je suis amoureuse de lui, rétorqua Sofía sans honte. Et je me moque pas mal que ça se sache. »

María la dévisagea, éberluée.

« C'est ton cousin germain, Sofía. Tu ne peux pas être amoureuse de ton cousin germain.

— Eh bien, c'est pourtant le cas. Ça te pose un problème ? » lança-t-elle avec hargne.

María ne répondit pas tout de suite. Aveuglée par un sentiment de jalousie qu'elle ne voulait pas reconnaître, elle sentit la colère monter.

« Comporte-toi en adulte ! cria-t-elle. Tu es un peu trop grande pour ces passades puériles. Et, de toute façon, Santi n'est pas amoureux de toi. S'il l'avait été, il ne serait pas sorti avec Eva, non ? Tu ne vois pas que tu te ridiculises ? C'est scandaleux d'être amoureux de quelqu'un de sa famille. C'est interdit, c'est de l'inceste. Oui, c'est comme ça que ça s'appelle, de l'inceste ! conclut-elle en suffoquant de rage.

— L'inceste, c'est entre frère et sœur, rétorqua Sofía tranquillement. Bon, j'en conclus que tu ne veux plus être mon amie. »

María, désemparée, regarda Sofía quitter la pièce et claquer si fort la porte qu'un peu de plâtre tomba du plafond.

María éclata en sanglots, ivre de colère. Comment Sofía pouvait-elle être amoureuse de Santi ? De son cousin ! C'était mal. Et injuste... Elle remâcha sa colère et son chagrin, essayant d'y voir plus clair dans ce sentiment de jalousie et de solitude. Soudain, tout s'éclaira. Jusqu'à présent, ils avaient été trois, unis par une même complicité. Maintenant, María comprenait qu'elle était écartée du jeu, et qu'il n'y avait pas de place pour elle.

Plusieurs semaines après le retour à Buenos Aires, Sofía refusait toujours de parler à María. Les cours avaient repris, et lorsque Jacinto les conduisait à l'école, il régnait dans la voiture un silence glacé. Une fois au lycée, Sofía s'ingéniait à éviter sa cousine. María avait déjà eu des disputes avec Sofía, et elle en était toujours sortie perdante. Sofía était capable de faire durer un conflit plus longtemps qu'il est normalement concevable entre amis. Elle parvenait à mettre ses émotions en veilleuse lorsque cela lui convenait et semblait prospérer dans le drame. Pendant les récréations, elle riait à gorge déployée avec ses amies, n'accordant que de temps à autre un regard acéré à sa cousine.

Cette fois, María était bien décidée à ne pas céder. Après tout, ce n'était pas elle qui avait entamé les hostilités. Les premiers jours, elle s'efforça d'ignorer sa cousine. La nuit, elle pleurait, sans comprendre entièrement la nature de son chagrin. Dans la journée, elle se faisait discrète. Sofía était populaire, elle n'eut aucun mal à rallier leurs camarades à sa cause.

À la fin de la première semaine de classe, María, accablée de tristesse et de solitude, ne pouvait plus supporter la situation. Ravalant sa fierté, elle écrivit un mot à sa cousine : « Sofía, s'il te plaît, soyons de nouveau amies. » Mais Sofía prit un plaisir pervers à ignorer la tentative de réconciliation. María était persuadée qu'elle souffrait pourtant autant qu'elle. Voyant que sa missive restait sans réponse, elle récidiva : « Sofía, je m'excuse. Je n'aurais jamais dû dire ce que j'ai dit. J'ai eu tort et je m'excuse. » Sofía exulta. Elle lut et relut le mot, en délibérant sur la conduite à tenir.

Lorsque María éclata en sanglots au beau milieu du cours d'histoire, Sofía réalisa qu'elle était allée trop loin. À la récréation, elle se mit à la recherche de María. Elle la trouva qui pleurait encore à chaudes larmes dans les escaliers. Elle s'assit à côté d'elle et annonça qu'elle n'était plus amoureuse de Santi. Pur mensonge, évidemment, mais Sofía avait conclu qu'il valait mieux taire ses secrets.

María leva vers elle un visage marbré par les larmes, esquissa un pauvre sourire et répliqua que, même si ce n'était pas le cas, ça n'avait plus d'importance.

11

Buenos Aires
1958

Les pleurs de Sofía firent accourir Soledad. Elle prit dans ses bras l'enfant de deux ans en sanglots, la berça, et, lentement, les tressaillements du petit corps s'apaisèrent.

« Là, mon ange, ce n'est qu'un mauvais rêve. Rien qu'un mauvais rêve », lui susurra-t-elle avec tendresse.

Sofía se lova contre sa poitrine et se cramponna à elle. Soledad contempla son visage d'enfant, sa peau mate et soyeuse, ses longs cils noirs et épais perlés de larmes. « Tu es une beauté, hein, mon ange. Même quand tu pleures », dit-elle en déposant un baiser sur la joue humide.

La *señora* Anna semblait ne s'intéresser à sa fille que quand celle-ci dormait. Elle prétendait que ses pleurs et ses plaintes lui étaient insupportables. À peine voyait-elle une expression de contrariété passer sur le visage de l'enfant qu'aussitôt elle s'en débarrassait dans les bras de Soledad. En revanche, le *señor* Paco, qui ne s'était pas vraiment intéressé à ses fils dans leurs jeunes années, était en admiration devant sa petite fille. Dès qu'il rentrait du bureau, il se précipitait dans la chambre pour embrasser Sofía et lui lire une histoire. Il installait la fillette sur ses genoux et elle se tortillait jusqu'à être confortablement assise ; ensuite, elle restait sagement à écouter l'histoire en suçant son pouce. Ce spectacle ne cessait d'étonner Soledad. Le *señor* Paco n'était certainement pas le genre d'homme à bêtifier avec les petits enfants. Mais Sofía n'était pas n'importe quel enfant. Elle était sa petite fille à lui, et, à deux ans à peine, elle savait déjà comment jouer de son charme.

Soledad adorait Buenos Aires. Parce qu'elle avait grandi à la campagne, la ville exerçait sur elle l'attrait puissant de la nouveauté. Non pas qu'elle eût le temps de passer ses journées à se promener. S'occuper de la petite Sofía était un travail à temps plein. Parfois, cependant, elle confiait la fillette à Loreto, la bonne des Solanas qui vivait dans l'appartement, et partait faire les magasins. C'était le *señor* Paco qui avait demandé à Soledad de venir en ville avec eux. Sofía, lui avait-il dit, se réveillait fréquemment en pleine nuit, en pleurs, et en réclamant Soledad.

« Elle a besoin de vous, Soledad. Et nous aussi. Ça nous rend tellement malheureux de la voir pleurer ! »

Soledad descendit lentement l'escalier, Sofía somnolant dans le creux de ses bras, et aperçut, posés sur une chaise du hall, la mallette et le manteau en cachemire du *señor* Paco. Depuis quelque temps déjà, il rentrait de plus en plus tard. Ce soir, une fois de plus, il n'était pas rentré à temps pour souhaiter une bonne nuit à sa fille.

Parvenue dans le hall, Soledad entendit des éclats de voix filtrer à travers la porte close du salon. Muselant son instinct qui lui dictait de ne pas espionner ses maîtres, elle s'immobilisa près de la porte.

« Alors ? Qu'est-ce que c'est que ça ? demandait la *señora* Anna d'une voix éraillée par la rage.

– Un repas d'affaires. Ce n'est pas ce que tu crois.

– Un repas d'affaires ! Quel besoin as-tu d'aller dans un hôtel ? N'as-tu pas un appartement dans lequel tu peux recevoir ? Bonté divine, Paco ! Ne me prends pas pour une idiote ! »

Il y eut un silence.

Plus figée qu'une statue, Soledad osait à peine respirer. Mais son cœur battait à tout rompre. Elle savait qu'elle ne devrait pas écouter cette conversation, qu'elle devrait remonter, coucher la petite, prétendre n'avoir rien entendu. Mais elle en était incapable. Dévorée de curiosité, elle n'arrivait pas à écouter ce que lui dictait son bon sens. Il fallait qu'elle sache de quoi les maîtres discutaient.

Il y eut des bruits de pas de l'autre côté de la porte, des pas lourds, qui tantôt résonnaient sur le parquet, tantôt étaient assourdis par le tapis. Le *señor* Paco, sans doute. Soledad entendit aussi les reniflements de sa maîtresse.

« D'accord, reprit brusquement le *señor* Paco d'une voix éteinte, tu as raison.

— Qui est-ce ? demanda Anna dans un sanglot.

— Tu ne la connais pas.

— Mais pourquoi ? »

Plus qu'une question, c'était un hurlement de rage et de désespoir mêlés.

« Un homme a besoin d'amour, Anna, soupira Paco avec impatience.

— Mais nous nous aimions, n'est-ce pas ? Au début, nous nous aimions ?

— Oui. Et je ne sais pas comment ça a mal tourné. Tu as changé.

— J'ai changé ? C'est moi qui ai changé ? Je dois donc en conclure que tout cela est ma faute ? C'est peut-être moi aussi qui ai poussé cette femme dans tes bras ?

— Anna, je ne dis pas que c'est ta faute. Nous sommes tous les deux responsables. Je ne cherche pas à excuser ma conduite. Tu voulais savoir...

— Je veux savoir pourquoi.

— Je ne sais pas pourquoi. Je suis tombé amoureux d'elle. Et elle de moi. Voilà des années que tu as cessé de répondre à mon amour. Tu ne devrais pas être surprise.

— Je suppose que tu vas me dire que c'est une coutume de ton pays, les maris qui prennent une maîtresse quand ils en ont assez de leur femme ?

— Anna...

— À moins que ce ne soit une coutume propre à ta famille ? C'est dans le sang ? lança-t-elle avec mépris.

— De quoi parles-tu ? demanda Paco après un silence, en détachant les syllabes de chaque mot.

— Je parle de ton père et de sa... de sa maîtresse. »

Elle avait été sur le point de dire « sa putain », mais son intuition lui avait dicté à temps de ne pas dépasser les bornes.

« Laisse mon père en dehors de ça, s'il te plaît, fit Paco d'une voix glaciale. Nous parlons ici de toi et de moi, et de personne d'autre. »

Il avait toutes les peines du monde à maîtriser sa rage. Que savait-elle exactement de cette histoire ?

« J'espère seulement que tu ne montreras pas l'exemple à mes fils. Je ne veux pas que plus tard ils brisent les cœurs comme tu le fais.

— Anna ! Ça suffit ! s'emporta Paco. Je refuse de discuter quand tu te comportes ainsi. »

Soledad entendit le *señor* Paco avancer vers la porte. Elle fit volte-face et se hâta vers l'escalier, mais presque aussitôt la porte du salon s'ouvrit et, une seconde après, claqua violemment.

« Soledad ! » appela la voix sévère de son maître derrière elle.

Le visage cramoisi, elle se retourna sans oser le regarder. Comment avait-elle pu être aussi stupide ? Elle allait devoir faire ses bagages et partir.

« Donnez-moi Sofía », ordonna-t-il.

Elle s'exécuta, le regard baissé.

« Mon petit ange », murmura-t-il d'une voix tendre en effleurant son front d'un baiser.

Un sourire passa sur le visage de la fillette. Même dans son sommeil, elle semblait répondre à la chaleur de la présence paternelle.

« Tu m'aimes, n'est-ce pas ? Et moi aussi je t'aime, si tu savais combien je t'aime ! »

Soledad ne quittait pas son maître des yeux. Elle remarqua son visage illuminé par la tendresse, et ses yeux qui brillaient d'un éclat inhabituel. Tandis qu'il berçait son enfant, elle demeura immobile et muette, mal à l'aise, attendant le reproche.

Mais rien ne vint. Le *señor* Paco lui rendit l'enfant, prit son manteau et se dirigea vers la porte d'entrée.

« Vous ressortez ? » demanda-t-elle.

Des paroles qu'elle regretta aussitôt. En quoi cela la regardait-il ?

Il se retourna et hocha la tête, le visage grave.

« Oui, je ne rentrerai pas pour dîner. Et... Soledad ?

— Oui, *señor* Paco ?

— Ce que vous avez entendu ce soir ne doit en aucun cas sortir de ces murs. C'est compris ?

— Oui, *señor* Paco, répondit-elle avec empressement, en rougissant de culpabilité.

— Parfait. »

Il sortit en refermant doucement la porte derrière lui.

Effondrée dans un fauteuil, Anna était trop faible, trop malheureuse pour bouger et réagir. Qu'allait-elle faire à présent ? Paco avait admis avoir une liaison, mais il n'avait nullement suggéré qu'il y mettrait un terme. Elle avait entendu la porte d'entrée s'ouvrir, se refermer. Il était reparti. La retrouver. Qui qu'elle soit. Anna préférait ne pas connaître l'identité de sa rivale. Elle ne se faisait pas confiance. Elle serait capable de se rendre chez elle, et, dans un accès de rage et de désespoir, de la blesser avec un couteau ou Dieu sait quoi d'autre. La pensée de sa tante Dorothy lui traversa l'esprit. C'était probablement sa pénitence pour avoir repoussé Sean O'Mara. Tante Dorothy avait peut-être eu raison depuis le début. Peut-être aurait-elle été plus heureuse si elle avait épousé Sean et si elle n'avait jamais quitté Glengariff.

Les semaines qui suivirent furent plus mornes que jamais. La liaison de Paco ne fut plus évoquée mais rien ne semblait avoir changé, sinon en pis. Les rapports conjugaux étaient devenus glacials et toute communication était rompue. Dans ce climat de désolation, Anna regardait la tendresse que Paco prodiguait à leur fille avec un sentiment d'amertume croissant. Chaque caresse la blessait, comme si Sofía était sa rivale en personne. Paco consacrait à Sofía un temps et une attention dont il la dépossédait, elle, Anna, et lui offrait cet amour qui lui avait autrefois exclusivement appartenu. Anna était évincée, niée. Par réaction, elle passait encore plus de temps avec ses fils, absorbant leurs témoignages d'affection avec l'avidité d'une plante assoiffée. Dans le même temps, elle se désintéressait chaque jour un peu plus de sa fille. C'était trop difficile d'aimer Sofía, que des liens obscurs reliaient, à ses yeux, à Paco et à son infortune. Lorsque Anna tentait de prendre sa fille dans ses bras, la petite se mettait aussitôt à pleurer, comme consciente des sentiments de sa mère pour elle. Alors que, dans les bras de son père, elle s'épanouissait aussitôt. Un spectacle qu'Anna ne pouvait regarder sans sentir son cœur saigner.

Jamais de toute sa vie Anna n'avait été aussi malheureuse. Quelques mois plus tôt, elle avait reçu un télégramme de son père, lui annonçant que sa mère était morte. Lorsque Dermot était arrivé à Buenos Aires, elle avait tenté de retrouver dans l'étreinte paternelle le réconfort de l'amour maternel. Mais son père s'était lui aussi laissé ensorceler par la petite Sofía, et il avait reporté sur elle toute son attention et son affection. Anna avait été obligée de s'avouer, avec amertume, que son père et elle étaient devenus des étrangers l'un pour l'autre. Les années d'éloignement avaient défait ce lien d'amour qui les avait autrefois unis. Plus elle regardait son père errer comme une âme en peine à Santa Catalina, plus Anna pleurait l'absence de sa mère. Elle regrettait la douceur de son rire et la tendresse de son regard. Elle se souvenait avec émotion du parfum de lavande que laissait le savon sur sa peau et qui l'enveloppait comme un nuage. Anna finit par élever sa mère sur un piédestal sur lequel elle n'était jamais montée de son vivant. Elle ne gardait étrangement aucun souvenir de la vieille femme au visage inondé de larmes qu'elle avait pour la dernière fois serrée dans ses bras l'automne passé. La mère dont elle avait besoin en ces moments-là était celle qui avait séché ses larmes quand ses cousins se moquaient d'elle, celle qui aurait trouvé le moyen et la force d'empêcher le monde de tourner si cela avait pu faire sourire sa fille. C'était cet amour maternel inconditionnel qui lui manquait.

Avec indifférence, Anna laissa Soledad gagner chaque jour un peu plus de terrain dans la nursery. Les garçons, qui avaient à présent quatre et sept ans, allaient à l'école, et Anna se retrouva avec de longues heures à tuer avant leur retour. Elle se mit à peindre et installa un petit atelier dans une des chambres d'amis de l'appartement. Elle se rendait bien compte qu'elle n'était pas très douée, mais cette activité la distrayait des soucis domestiques et lui offrait l'opportunité de s'isoler sans devoir donner d'explications. Jamais Paco n'entrait dans l'atelier. La pièce était devenue son sanctuaire, son refuge.

Paco était profondément blessé qu'Anna ait trouvé utile de mentionner la liaison de son père avec Clara Mendoza. Ce n'était pas tant le fait qu'elle soit au courant qui le surprenait – bien des gens l'étaient – mais celui qu'elle s'abaisse à brandir cette liaison comme une arme pour le blesser. À présent, chaque fois qu'il posait les yeux sur elle, il éprouvait une vive contrariété et se demandait s'il n'avait pas tout bonnement rêvé les jours heureux de leur idylle londonienne. Parfois, il pensait être la proie d'un cauchemar. Il était tombé amoureux d'une délicieuse jeune femme, et il avait ramené avec lui en Argentine, par erreur, une femme amère. Il revoyait l'*Ana Melodía* chère à ses souvenirs, assise mélancoliquement sur la fontaine de Trafalgar Square, et il se demandait si elle y était encore. Son cœur, alors, se serrait de douleur. Car cette jeune fille-là, il l'aimait encore.

Un jour, vers le milieu du printemps, Anna se promenait dans la pampa avec Agustín. Il faisait déjà chaud, et les fleurs sauvages commençaient à éclore, égayant la plaine de couleurs vives. À leur grande joie, ils virent un couple de jeunes *vizcachas* jouer au soleil, leur fourrure brune brillant sous la lumière. Anna s'assit dans les hautes herbes et attira son fils sur ses genoux.

« Regarde, chéri, tu vois les lapins ? dit-elle en anglais.

– Ils s'embrassent, dit l'enfant.

– Il faut qu'on reste très calmes, sinon ils auront peur et s'enfuiront. »

Ils les regardèrent sauter joyeusement dans les herbes, puis, de temps en temps, s'immobiliser, inquiets, comme s'ils se sentaient observés.

« Tu n'embrasses plus papa, dit brusquement Agustín. Tu ne l'aimes plus ? »

Anna était abasourdie par la question, et plus encore par l'anxiété qui perçait dans la voix de son petit garçon.

« Bien sûr, que je l'aime, répliqua-t-elle avec emphase.

– Mais vous vous disputez tout le temps, et vous criez. Je n'aime pas ça. »

Il se tut et commença à sangloter doucement. Anna était désemparée.

« Regarde, mon chéri, tu as fait peur aux lapins, dit-elle pour le distraire.

– Ça m'est égal, les lapins. Je ne veux plus les voir », dit-il en se mettant à pleurer de plus belle.

Anna le prit dans ses bras et tenta de le rassurer.

« C'est vrai que papa et moi nous nous disputons de temps en temps. Tout comme toi et Rafael, ou toi et Sebastián. Tu te souviens comment tu t'es disputé avec Sebastián, l'autre jour ? »

L'enfant hocha lentement la tête.

« Eh bien, c'est pareil, une petite dispute, rien d'autre.

— Oui, mais avec Sebastián, on est amis maintenant, et papa et toi vous vous disputez encore.

— On va se réconcilier, je te le promets. Maintenant, sèche tes larmes et on va essayer d'apercevoir un tatou, comme ça tu pourras le dire à ton grand-père. »

Sur le chemin du retour, Anna décida qu'elle ne pouvait plus continuer à vivre comme ça. C'était insupportable pour elle, mais aussi pour les enfants. Que la mésentente entre Paco et elle retombe sur les enfants était injuste. Elle baissa les yeux vers Agustín, qui avait retrouvé le sourire. Non, elle ne pouvait pas le trahir.

Lorsqu'elle ne fut qu'à quelques pas de la maison, elle vit Soledad accourir à sa rencontre, le visage barbouillé de larmes. Anna agrippa la petite main d'Agustín tandis qu'en elle une voix priait : « Ô mon Dieu, non ! Pas Rafael, pas Rafael. »

« Qu'est-ce qu'il y a ? demanda-t-elle d'une voix blanche quand Soledad arriva devant elle.

— C'est la *señora* María Elena », hoqueta Soledad.

Anna laissa libre cours à ses larmes, tant elle était soulagée.

« Que s'est-il passé ?

— Elle est morte.

— Morte ! s'écria Anna en portant la main à sa bouche. Ô mon Dieu ! Où est Paco ? Où est mon mari ?

— Chez le *señor* Miguel, *señora.* »

Anna confia Agustín à la bonne et galopa jusqu'à la maison de son beau-frère. Toute la famille s'était réunie dans le salon. Elle chercha à apercevoir Paco, sans succès. Chiquita s'approcha d'elle, le visage boursouflé par les larmes.

« Où est Paco ? demanda Anna d'une voix étranglée.

— Sur la terrasse avec Miguel », dit Chiquita en désignant les portes-fenêtres.

Anna se fraya un chemin dans l'assemblée de parents au visage ravagé de chagrin. Paco, le dos tourné, discutait avec son frère. Miguel adressa à Anna un petit salut triste et se retira discrètement. Paco se retourna et vit Anna qui le fixait avec une expression plaintive.

« Paco... C'est tellement affreux... »

Elle s'interrompit, la gorge nouée. De grosses larmes roulèrent le long de ses joues. Elle tressaillit sous le regard de Paco qui la dévisageait froidement. Elle fit un effort pour continuer.

« Que s'est-il passé ?

– Un accident de voiture, répondit-il d'une voix atone. Sur la route en venant ici. Un camion l'a percutée.

– C'est... insupportable. Pauvre Hector. Où est-il ?

– À l'hôpital.

– Il doit être anéanti.

– Il l'est. Nous le sommes tous, répondit-il en détournant les yeux.

– Paco, s'il te plaît.

– Que veux-tu ? » demanda-t-il, impassible.

Anna ravala un sanglot.

« Ne me repousse pas. Je veux te réconforter.

– Tu veux me réconforter ? répéta-t-il d'un ton incrédule.

– Oui. Je sais ce que tu ressens.

– Ça, j'en doute, riposta-t-il avec dédain.

– C'est toi qui as une liaison. Je suis prête à passer l'éponge. Oublions tout ça. Prenons un nouveau départ. »

Paco la regarda en plissant le front.

« Parce que ma mère est morte ?

– Non, parce que... tu comptes énormément pour moi, souffla-t-elle.

– Eh bien moi, je n'ai pas oublié ce que tu as dit à propos de mon père », répliqua-t-il avec colère.

Anna le regarda, stupéfaite.

« Ton père ? Mais qu'est-ce que j'ai dit sur Hector ? Je l'adore.

– Comment as-tu pu t'abaisser à me lancer sa liaison au visage comme s'il s'agissait d'une tradition familiale ?

– Oh, Paco ! Mais je voulais seulement te blesser.

– Eh bien, tu as réussi. J'espère que tu es contente.

– Tout à l'heure, Agustín m'a demandé pourquoi je ne t'aime plus, reprit-elle d'une voix adoucie. Il semblait tellement effrayé... Je ne savais pas quoi répondre. Et puis j'ai réfléchi. Je t'aime, je le sais. J'ai juste oublié comment faire pour le montrer. »

Paco plongea son regard dans les yeux bleus limpides de sa femme. Il sentit sa colère faiblir et son cœur céder.

« Moi aussi, j'ai oublié comment t'aimer. Je ne suis pas fier de moi.

— Ne pourrait-on pas essayer de réparer le mal qu'on s'est fait ? Tout n'est pas fichu, non ? demanda-t-elle, ses lèvres pâles tremblantes.

— Je suis désolé, Anna, fit Paco en secouant la tête. Je suis désolé de t'avoir fait du mal.

— Je suis désolée aussi », dit Anna avec un faible sourire.

Elle regarda son mari avec un sourire plein d'attente.

« Viens là, *Ana Melodía.* Tu as raison, j'ai besoin de réconfort. »

Il l'attira contre lui et l'étreignit.

« C'est fini ? demanda-t-elle après un bref moment. Nous allons pouvoir essayer de nouveau ?

— C'est du passé, l'assura Paco en déposant sur son front un baiser d'une tendresse qu'elle pensait ne jamais plus connaître. Je n'ai jamais cessé de t'aimer. Je t'ai juste perdue. »

María Elena fut inhumée dans le caveau familial, après un service funèbre aussi triste qu'éprouvant en l'église de la *Nuestra Madre de la Asunción.* Tout le monde l'avait aimée. Comme il n'y avait pas assez de sièges dans l'église pour accueillir tous les gens venus une dernière fois lui présenter leurs respects, les citadins s'étaient rassemblés dans le square.

Anna ne quitta pas des yeux son mari lorsqu'il lut un passage de la Bible. En voyant ses mains trembler, en entendant sa voix nouée d'émotion, Anna se mit à pleurer et remercia Dieu de leur avoir rendu leur amour. Elle s'abîma dans la contemplation des icônes placées derrière l'autel. Leur présence la réconforta. « Si je suis un jour profondément malheureuse, songea-t-elle, c'est ici, dans cette église, dans cette demeure de Dieu, que je viendrai chercher du réconfort. » Lorsque Miguel prit la parole, ce fut au tour de Chiquita de se flétrir comme une fleur.

La disparition de María Elena avait été un choc pour la famille entière, mais, de tous, c'était Hector qui souffrait le plus. Il semblait avoir vieilli de plusieurs années en l'espace de quelques heures. Il était inconsolable. Toute force l'avait abandonné. Le chagrin rongea si bien son cœur qu'il mourut un an plus tard.

12

Santa Catalina
1973

Il était déjà tard lorsque Sofía se glissa dans la chambre de son grand-père. La lune hivernale saupoudrait l'obscurité d'une lumière bleu pâle. Du pied du lit, Sofía observa son grand-père. Il dormait profondément. Ses ronflements bruyants, curieusement, la réconfortaient. Ils lui rappelaient son enfance, la ramenaient vers un passé où elle se souvenait d'avoir été chérie, protégée. Les rideaux et les meubles étaient imprégnés de l'odeur du tabac à pipe de Dermot, une odeur tenace que le vent, qui entrait et sortait par la fenêtre ouverte, échouait à dissiper.

Sofía ne voulait pas réveiller son grand-père, mais, en même temps, elle espérait qu'il allait se réveiller. Elle savait pertinemment qu'elle n'avait rien à faire dans cette chambre en pleine nuit, et que sa mère la réprimanderait si jamais elle l'y surprenait.

Ce jour-là, Anna s'était acharnée sur Sofía. Elle ne supportait plus l'indulgence de son père à son égard. Elle l'accusait de la gâter et faisait de son mieux pour le contrer.

Tout avait commencé parce que grand-père O'Dwyer avait promis d'offrir à Sofía une ceinture en cuir avec une boucle d'argent gravée à ses initiales. Anna s'était interposée : c'était du gaspillage, avait-elle déclaré, car Sofía n'apprécierait pas. Sofía était négligente avec ses affaires. Elle les jetait par terre et attendait que Soledad les ramasse, les nettoie, les range. S'il tenait absolument à faire un cadeau à Sofía, avait-elle suggéré, qu'il choisisse donc un présent moins futile : des livres, ou des partitions, puisque Paco avait hérité du piano de sa mère. Sofía ne s'y intéressait guère, mais il était grand temps qu'elle commence à se consacrer à quelque chose, sans abandonner systématiquement en cours de route, comme à son habitude. Sofía était incapable de concentration. Donc, avait insisté Anna, que Sofía se mette sérieusement à l'étude du piano, au lieu de passer ses journées perchée dans cet arbre au milieu de la pampa. Toutes les jeunes filles de sa classe s'adonnaient à la peinture, à la musique, s'intéressaient à la littérature anglaise, et savaient déjà entretenir une maison. Une fille n'était pas faite pour galoper toute la sainte journée sur un poney ni pour grimper aux arbres. « S'il te plaît, papa, avait-elle conclu, encourage-la à mener des activités sensées. »

Mais grand-père O'Dwyer voulait offrir à Sofía une ceinture avec une boucle en argent. Il la lui avait promise.

C'était pour cette raison que Sofía était dans la chambre de son grand-père. Elle voulait lui assurer qu'elle aimerait cette ceinture plus que tout ce qu'elle possédait et qu'elle en prendrait un soin particulier, par amour pour lui. Cette ceinture serait pour elle un souvenir de son grand-père adoré. Sa mère n'avait jamais compris la tendresse qu'elle éprouvait pour son grand-père, mais Sofía et Dermot étaient profondément attachés l'un à l'autre.

Elle se força à respirer un peu plus fort que nécessaire. Elle toussa. Respira fort de nouveau. Et, finalement, Dermot roula son imposante carcasse sur le dos. Il entrouvrit les yeux, les plissa, et une expression de panique envahit son regard. Peut-être croyait-il que Sofía était un farfadet ?

« C'est moi, grand-père, murmura-t-elle quand elle le vit lever la main dans un geste de défense.

— Jésus Marie Joseph ! Que fabriques-tu là au pied de mon lit ? Serais-tu l'ange gardien qui veille sur mon sommeil ?

— Ton ange gardien, il a dû avoir peur en t'entendant ronfler, et il y a longtemps qu'il est parti. »

Elle rit doucement.

« Que fais-tu là, Sofía Melody ?

— Je veux te parler, fit-elle en dansant d'un pied sur l'autre.

— Eh bien, ne reste pas là, alors. Tu sais que ce plancher est plein de crocodiles qui n'attendent qu'une occasion de te croquer les pieds. Grimpe dans le lit. »

Sofía se glissa aux côtés de son grand-père. Encore une chose que sa mère aurait violemment réprouvée. Une fille de dix-sept ans n'avait rien à faire dans le lit d'un vieil homme. Ils restèrent étendus côte à côte comme une paire de gisants sur une tombe.

« De quoi voulais-tu me parler, Sofía Melody ? chuchota Dermot après un moment.

– Pourquoi tu m'appelles toujours comme ça ?

– Eh bien, ta grand-mère s'appelait Emer Melody. Quand ta mère est née, je voulais qu'on l'appelle Melody mais ta grand-mère n'a rien voulu entendre. Elle pouvait être sacrément têtue quand elle voulait. Donc, on l'a appelée Anna Melody O'Dwyer. Disons que Melody est comme un second prénom.

– Comme María Elena Solanas.

– Exactement. Que Dieu ait son âme.

– Mais mon second prénom, c'est Emer, pas Melody.

– Pour moi, tu seras toujours Sofía Melody.

– Ça me plaît.

– J'espère bien.

– Grand-père ?

– Oui ?

– Tu sais, la ceinture...

– Oui ?

– Maman dit que je n'en prendrai pas soin, mais c'est faux. Je te promets que j'y ferai attention.

– Ta mère n'a pas toujours raison. Je sais bien que tu y feras attention.

– Tu me la donneras, alors ? »

Dermot serra la main de sa petite-fille dans la sienne et lâcha un rire poussif.

« Oui, je te la donnerai », promit-il.

Ils regardèrent les ombres qui dansaient au plafond, tandis que le vent frais de l'hiver gonflait les rideaux et leur caressait le visage d'une main glacée.

« Grand-père ?

– Qu'est-ce qu'il y a encore ?

– Je veux cette ceinture pour des raisons sentimentales, reprit Sofía timidement.

– Sentimentales... ?

— Oui, c'est parce que je t'aime, grand-père. »

Jamais encore elle n'avait dit cela à quelqu'un. Elle cligna des yeux dans la pénombre. Comment son grand-père allait-il répondre à sa subite manifestation d'affection ?

Dermot se tint coi un moment, puis s'éclaircit la gorge.

« Moi aussi, je t'aime, Sofía Melody. Dieu sait que je t'aime. Mais tu ferais mieux de filer maintenant et d'aller dormir. »

Sa voix dérailla. Sofía était la seule personne qui avait encore le pouvoir d'émouvoir son vieux cœur.

« Je ne pourrais pas rester, grand-père ?

— Tant que ta mère ne te trouve pas..., chuchota Dermot.

— Oh, il n'y a pas de danger. Je serai debout bien avant elle. »

Ce qui réveilla Sofía, ce fut une sensation de froid. Un frisson la parcourut tout entière. Elle se tortilla et se rapprocha de son grand-père, en quête d'un peu de chaleur.

Il lui fallut quelques secondes pour réaliser que c'était de lui qu'émanait cette sensation glaciale. Timidement, elle tendit la main et effleura le bras de son grand-père. Son corps était glacé, et aussi raide qu'un poisson mort.

Sofía se redressa et scruta son visage. Ses traits étaient détendus mais ses yeux étaient grands ouverts et fixes.

Elle appuya son visage brûlant contre le sien. De grosses larmes ruisselèrent le long de ses joues, glissant de son nez sur celui de Dermot, et bientôt tout son corps fut secoué de sanglots violents. Jamais elle ne s'était sentie aussi malheureuse. Il était parti. Mais où ? Le paradis existait-il ? Avait-il rejoint Emer Melody dans quelque endroit merveilleux ? Pourquoi était-il mort ? Il était en bonne santé, et tellement plein de vie. Personne n'avait jamais été plus vivant que son grand-père. Cramponnée au corps inerte, elle essaya de le bercer, jusqu'à ce que ses mâchoires et son estomac fussent douloureux de trop de sanglots.

Soudain, la panique s'empara d'elle. Elle essaya de se souvenir des derniers mots qu'il avait prononcés. La ceinture... Ils avaient parlé de la ceinture. Et puis, elle lui avait dit qu'elle l'aimait. Le souvenir de cet instant de tendresse lui arracha un gémissement de douleur. Elle se remit à sangloter et à gémir, si fort que, bientôt, tout le monde dans la maison fut réveillé.

Paco pensa d'abord qu'un animal avait été attaqué et blessé par un chien des prairies. Et puis il reconnut la voix de sa propre fille.

Bientôt, tous accoururent dans la chambre. Ce ne fut pas une mince affaire d'arracher Sofía du corps de Dermot. Lorsque enfin elle lâcha prise, elle se cramponna à son père, tremblante, grelottante, secouée de longs sanglots.

Anna elle aussi pleurait. Elle s'assit sur le bord du lit, caressa le front de son père, puis détacha de son cou la croix en or et la pressa contre les lèvres de son père.

« Que Dieu prenne soin de toi, père. Puisse-t-il t'accueillir au royaume des cieux. »

Elle demanda à rester seule avec son père. Rafael et Agustín s'éclipsèrent sans demander leur reste. Paco embrassa le front de sa fille et l'attira tendrement dans le couloir.

Anna pressa la main inerte de son père contre sa joue. Ses lèvres sur la paume calleuse, elle pleura sans retenue, non pas tant ce corps sans vie que le père qu'elle avait connu enfant à Glengariff. Il avait été une époque où elle avait partagé, avec sa mère, le cœur de Dermot. Mais cela, c'était avant que Sofía ne vienne s'y loger et ne l'en chasse. Dermot ne lui avait probablement jamais pardonné d'avoir quitté l'Irlande pour épouser Paco. Ou, du moins, de n'être jamais retournée en Irlande. Il avait perdu sa fille et l'avait remplacée dans son cœur par sa petite-fille, chez qui, en plus de la personnalité attachante de Sofía, il retrouvait tout ce qu'il avait aimé chez Anna. Sofía, songea-t-elle avec ressentiment, les lui avait volés tous les deux. Paco, d'abord, et ensuite son père. Mais elle refusait obstinément de chercher la cause de cette désertion affective. Elle avait peur de devoir admettre, ne serait-ce qu'en son for intérieur, que Paco avait peut-être raison. Oui, peut-être avait-elle changé... Mais comment s'était-elle débrouillée pour perdre les deux hommes qu'elle avait le plus aimés ?

Elle chassa ces questions de son esprit et baissa les yeux vers son père, cherchant dans ce corps roide des signes de celui qu'elle avait perdu il y avait bien des années et qu'il était maintenant trop tard pour réclamer. Trop tard. Elle se souvint que sa mère lui avait dit une fois que les deux mots les plus tristes de tout le dictionnaire étaient « trop tard ». À présent, elle comprenait. Si seulement il pouvait respirer encore, elle lui montrerait à quel point elle l'aimait. En dépit des années qui avaient dénoué les liens qui les unissaient, en dépit de la vie qui avait creusé un fossé entre eux, elle avait aimé son père de tout son cœur sans jamais le lui dire. Il avait été souvent une gêne pour elle, comme un chien galeux et impossible à dresser pour lequel elle ne cessait de devoir s'excuser. En vérité, il avait été un esprit tourmenté, plus heureux de sombrer dans une forme de démence que d'affronter la réalité de la vie sans la chaleur de l'amour de sa femme. Sa folie avait été un anesthésiant qui le protégeait de son affliction toujours plus grande. Si seulement elle avait pris le temps de le comprendre ! De comprendre sa souffrance ! Ô mon Dieu ! pria-t-elle en fermant les yeux, laissez-moi juste lui dire que je l'aimais. Une larme brillante se faufila entre ses longs cils pâles.

Pour prouver à quel point elle l'avait aimé, Anna le fit enterrer dans la plaine, au milieu des poneys et des arbres, dans les hautes herbes sous un eucalyptus tordu. Antonio et les garçons de ferme creusèrent le trou et le père Julio bégaya quelques prières sous le ciel blanc de l'hiver. Cela ne devait pas déplaire à Dermot, que les bégaiements du père Julio avaient toujours fait rire. La famille au grand complet vint présenter ses respects. Tête inclinée, ils marmonnèrent des prières et, le visage grave, ils regardèrent le cercueil descendre en terre. À peine les dernières pelletées de terre étaient-elles jetées que le rideau de nuages se déchira et qu'un soleil éclatant apparut, inondant et réchauffant la plaine hivernale. Chacun leva au ciel un regard surpris et reconnaissant. Anna se signa en remerciant le Seigneur d'accueillir son père au paradis.

Sofía, elle, songea à quel point le monde était devenu triste sans son grand-père.

13

Brown University
1973

Santi glissa sa main sous la jupe de Georgia, le long de la cuisse, et rencontra sous ses doigts l'entrelacs d'une dentelle, puis le grain, doux et soyeux, de la peau. Son cœur accéléra. Santi pressa ses lèvres contre celles de la jeune femme. Sa salive avait la saveur mentholée des chewing-gums.

Il avait été immédiatement impressionné par l'audace de Georgia, par son absence d'inhibition. Elle était tellement différente des jeunes filles de bonne famille que Santi avait fréquentées dans son pays ! La vulgarité de Georgia exerçait sur lui une étrange séduction.

Georgia lui rendit son baiser avec fougue. Il sentit les ongles longs s'enfoncer dans sa chair, et respira son parfum capiteux. Il abandonna sa bouche et parcourut des lèvres le buste ferme, le ventre joliment arrondi. Il allait dégrafer son porte-jarretelles quand elle le repoussa d'une main autoritaire, lui murmurant d'une voix de gorge qu'elle préférait garder ses bas pour faire l'amour. Elle fit glisser sa culotte noire le long de ses jambes. Santi s'agenouilla devant elle et, lentement, écarta ses jambes, caressa l'intérieur de ses cuisses. Ses yeux se posèrent sur le triangle de toison dorée. Une vraie blonde, songea-t-il. Il releva la tête. La jeune femme l'observait en train de l'explorer, effrontément, se délectant de s'offrir ainsi à son regard.

Pendant les heures qui suivirent, elle apprit à son jeune amant comment caresser une femme, lentement, avec sensualité, et lui procura du plaisir comme il n'en avait jamais connu. À deux heures du matin, il avait joui assez de fois pour prouver à Georgia qu'elle incarnait la quintessence de ses fantasmes amoureux. Elle aussi avait joui, avec le naturel d'une femme parfaitement à l'aise dans son corps.

« Georgia, tu n'es pas réelle, murmura Santi. Je vais te serrer dans mes bras toute la nuit pour être sûr que tu seras encore là demain matin. »

Elle éclata de rire, alluma une cigarette et lui fit la promesse solennelle qu'ils allaient consacrer tout le week-end à leurs jeux amoureux.

Elle ne se lassait pas de lui dire qu'elle adorait son accent. Elle le taraudait pour qu'il lui parle en espagnol.

« Dis-moi ce que tu veux. Dis-moi que tu m'aimes... Ou fais juste semblant. »

Il le lui dit : « *Te quiero, te necesito, te adoro*[1]. »

Lorsqu'ils furent repus, ils s'endormirent, leurs membres mollement entremêlés. De temps en temps, les feux d'une voiture qui passait dans la rue baignaient la pièce d'une lueur dorée. Santi fit un rêve. Il était en cours d'histoire de l'Antiquité avec le professeur Schwartzbach, et Sofía était là, vêtue d'un jean et d'un chemisier lilas qui rehaussait sa carnation mate et lumineuse. Elle était splendide, douce, rayonnante. Elle se tournait vers lui, lui faisait un clin d'œil, un sourire espiègle dans ses yeux acajou. Et puis brusquement, c'était Georgia qui était assise à côté de lui, nue, et qui lui souriait. Cette nudité en face de toute la classe embarrassait horriblement Santi, mais Georgia semblait n'y prêter aucune attention et elle le couvait d'un regard langoureux. Santi attendait que Sofía revienne, il voulait qu'elle revienne, mais en vain.

Lorsqu'il se réveilla, Georgia était entre ses jambes. Il dut y regarder à deux fois pour s'assurer que c'était bien Georgia, et non Sofía. Puis son corps se détendit lorsqu'il vit ses yeux bleus brillant de désir.

« Mon chou, on dirait que tu as vu un fantôme, dit-elle en riant.

– C'est presque ça... », murmura-t-il, avant de s'abandonner à la caresse magique de sa langue.

Santi avait consacré les six premiers mois de ces deux années à l'étranger à voyager à travers le monde avec son ami Joaquin Barnaba. Ils visitèrent la Thaïlande, et Bangkok, où ils hantèrent

1. Je t'aime, j'ai besoin de toi, je t'adore.

le quartier chaud en quête de distractions et de prostituées ; Santi était à la fois effrayé et fasciné par ce que ces femmes étaient capables de faire avec leur corps, des choses que même dans ses rêves les plus délurés il n'aurait jamais osé imaginer. En Malaisie, dans les *Cameron Highlands,* ils fumèrent du cannabis en regardant le soleil couchant transformer le paysage en une montagne d'or. Ils allèrent en Chine. Ils marchèrent le long de la Grande Muraille, visitèrent la Cité interdite, où ils virent dans la cour le trône du Dragon de la suprême harmonie, et découvrirent, dégoûtés, que les Chinois mangeaient bel et bien du chien. Ils passèrent en Inde, où Joaquin vomit devant le Taj Mahal, avant de passer trois jours cloué au lit par la dysenterie. En Inde, ils se déplacèrent à dos d'éléphant. En Afrique, ils chevauchèrent des chameaux, et en Espagne, de superbes étalons blancs. Dans chaque pays, Santi écrivait des cartes postales à sa famille. Chiquita était au désespoir de ne pouvoir contacter son fils. Il voyageait dans des lieux où il était impossible de le joindre, n'y demeurant de toute façon jamais plus de quelques jours, ignorant quelle serait sa prochaine destination, sa prochaine étape. Si bien que tous, à Santa Catalina, furent immensément soulagés lorsqu'à la fin de l'hiver ils reçurent une lettre dans laquelle Santi annonçait son retour à Rhode Island. Il avait trouvé un lieu d'hébergement, s'occupait des démarches d'inscription à ses cours, au nombre desquels figuraient la gestion et l'histoire antique.

Au début, Santi s'installa à l'hôtel. Puis, en assistant à son premier cours, il rencontra sur le campus deux Bostoniens sympathiques qui cherchaient un colocataire pour partager leur maison de Bowen Street. À la fin du cours, dispensé par un vieux professeur à l'épaisse barbe blanche qui mangeait la fin de ses mots, les trois garçons étaient devenus les meilleurs amis du monde.

Frank Stanford était petit, doté d'un caractère énergique, de larges épaules et d'une musculature bien dessinée. C'était le genre de garçon qui compensait sa petite taille par un entraînement sportif régulier et acharné. Il fréquentait un club de gym, jouait au tennis, au golf et au polo. Ainsi, il était certain que les filles oublieraient de prêter attention à sa stature et l'admireraient pour ses talents sportifs. Frank fut immédiatement impressionné par

Santi, non seulement parce qu'il venait d'Argentine – ce qui, en soi, était déjà immensément glamour – mais aussi parce qu'il jouait au polo, et que les Argentins avaient la réputation d'être les meilleurs joueurs du monde.

Frank et son ami Stanley Norman – qui, lui, préférait s'asseoir dans un coin à fumer des joints et à gratter sa guitare plutôt que de manier raquettes de tennis et maillets de polo – invitèrent Santi dans la maison de Bowen Street pour une visite des lieux.

Santi fut agréablement surpris. C'était une maison typique de l'architecture de la côte Est américaine, avec de hautes fenêtres à guillotine et un porche élégant ; elle était située dans une rue arborée le long de laquelle étaient garées des voitures de luxe. À l'intérieur de la maison, tout semblait immaculé : murs fraîchement repeints, meubles en pin et sièges recouverts de toile rayée bleu marine et blanc.

« C'est ma mère qui a tenu à s'occuper de la décoration, expliqua Frank avec détachement. C'est une de ces mères terriblement protectrices, tu vois le genre. Comme si j'en avais quelque chose à faire ! s'exclama-t-il en balayant la pièce d'un geste circulaire. Regarde un peu ! On se croirait dans une revue de déco. Je parie que c'est la maison la plus chicosse de toute la rue.

– Nous n'avons pas de règles, ici, n'est-ce pas, Frank ? enchaîna Stanley, avec son accent bostonien traînant. Les nanas sont les bienvenues.

– Ouais, renchérit Frank, tu peux amener des nanas. Le seul truc, c'est que tu dois aussi amener les sœurs si elles sont jolies. Tu me suis ? »

Il fit un clin d'œil à Stanley et s'esclaffa.

« J'imagine que les filles sont jolies, ici, dit Santi.

– Avec ton accent, tu ne devrais pas avoir de problème, l'assura Stanley. Elles vont être folles de toi. »

Il n'avait pas tort. Santi était pourchassé par les plus jolies filles du campus, et il réalisa très vite qu'elles n'avaient aucune intention de l'épouser. Elles voulaient seulement coucher avec lui. C'était tellement différent de l'Argentine ! Là-bas, on ne pouvait pas coucher avec les filles. Les femmes exigeaient plus de respect. Elles voulaient être courtisées, puis épousées. Mais à Brown, Santi se sentait comme un jardinier qui ramasse des fraises, réservant certaines dans son panier, et consommant les autres immédiatement.

En septembre et octobre, Santi alla passer des week-ends dans la famille de Frank à Newport, où ils pouvaient jouer au tennis et au polo. Santi devint vite le héros des frères cadets de Frank, qui n'avaient jamais vu auparavant de vrai joueur de polo argentin, et le chouchou de Joséphine, sa mère, qui avait vu beaucoup de joueurs de polo argentins dans sa vie, mais aucun d'aussi beau.

« Alors, Santi, c'est le diminutif de Santiago, c'est ça ? » s'enquit Joséphine en lui tendant un verre de Coca Cola.

Elle s'épongea le visage dans une serviette blanche. Ils venaient juste de terminer le troisième set d'un double contre Frank et sa jeune sœur Maddy.

Santi hocha la tête.

« Frank m'a dit que vous passiez juste une année à Brown, reprit Joséphine. C'est exact ?

— Oui, je termine en mai. »

Il s'assit sur une chaise de jardin et étendit devant lui ses longues jambes brunes. La blancheur de son short accentuait l'éclat de miel de sa carnation et Joséphine essaya de ne pas laisser son regard s'attarder sur cette peau appétissante.

« Et ensuite ? Vous rentrez en Argentine ? » demanda-t-elle en s'efforçant de poser des questions plus... maternelles.

Elle s'assit en face de lui et lissa d'une main élégante la jupe courte sur ses cuisses.

« Pas tout de suite, expliqua Santi. Je vais d'abord voyager un peu. Je rentrerai à la maison à la fin de l'année.

— C'est un beau projet. Et ensuite, vous allez tout recommencer à Buenos Aires. » Elle soupira. « Je ne vois pas pourquoi vous ne faites pas la totalité de vos études ici.

— Je ne veux pas rester trop longtemps absent d'Argentine, expliqua-t-il avec sincérité. Mon pays me manque.

— C'est mignon, dit-elle en lui souriant doucement. Vous avez une petite amie qui vous attend là-bas ? Oui, suis-je bête ! Le contraire serait trop surprenant. »

Elle émit un roucoulement et lui fit un clin d'œil coquin.

« Non, je n'ai pas de petite amie, répliqua Santi en portant le verre à sa bouche et en avalant d'un trait son Coca.

— Vraiment ? Que c'est étonnant ! Un joli garçon comme vous. Mais, bon, je dois reconnaître que c'est mieux ainsi pour mes compatriotes, acheva-t-elle en riant.

— Santi est un héros sur le campus, maman. Je ne sais pas ce que les Latins ont de particulier, mais elles sont toutes folles de lui, dit Frank. Moi, il me reste le second choix. Les miettes tombées de la table du roi.

— Arrête tes conneries, Frank. Ne le croyez pas, Mrs Stanford, dit Santi, confus.

— S'il vous plaît, appelez-moi Joséphine. Quand je vous entends dire "Mrs Stanford", je me sens comme une institutrice. Dieu sait que ça ne me plairait pas ! »

De nouveau, elle épongea son visage qu'elle devinait rougissant.

« Où est Maddy ? demanda-t-elle. Maddy !

— Je suis là, maman, répondit une voix derrière elle. Je vais chercher à boire. Tu veux un autre verre, Santi ?

— Oui, un autre Coca, s'il te plaît. Merci. »

Il suivit des yeux l'adolescente qui se dirigeait vers la maison. Maddy n'avait ni l'épaisse chevelure auburn de sa mère, ni sa peau dorée, ni son visage charmeur de renarde. Elle était brune et avait hérité de son père des traits quelconques : un gros nez, des petits yeux gonflés qui lui donnaient l'air de sortir du lit en permanence, et la peau boutonneuse d'une adolescente qui ne se nourrissait que de hamburgers et de boissons sucrées.

Joséphine aurait aimé encourager Santi à inviter sa fille à sortir, mais elle avait assez de sagesse pour reconnaître que Maddy n'était ni assez jolie ni assez intéressante pour Santi. Ah ! si seulement j'avais vingt ans de moins, songea-t-elle, je l'emmènerais en haut et profiterais de toute cette énergie juvénile.

Santi observait la mère de son ami entre ses yeux étrécis et regrettait qu'elle fût la mère de son meilleur ami. Peu lui importait de savoir l'âge qu'elle avait. Il savait qu'au lit elle devait être fantastique.

« Eh bien, Santi, que diriez-vous de présenter mon Frank à quelque gentille fille de votre pays ? Vous avez des sœurs, je crois ? dit Joséphine en croisant ses longues jambes.

— J'ai une sœur, mais je ne crois pas qu'elle soit vraiment le genre de Frank. Elle n'est pas assez intelligente pour lui.

– Des cousines, alors ? J'ai la ferme intention de vous faire entrer dans la famille, Santi, glousse-t-elle.

– J'ai une cousine qui s'appelle Sofía. C'est vrai que ce serait mieux.

– Comment est-elle ?

– Intelligente, un caractère pas facile, gâtée, mais très belle. Elle joue sans doute au polo mieux que Frank.

– Eh bien, voilà la nana qu'il me faut ! s'exclama Frank. Elle est grande ?

– Euh... Comme toi, à peu près. Elle a beaucoup de charme, et elle finit toujours par obtenir ce qu'elle veut. Tu aurais quelqu'un à qui parler », ajouta-t-il avec fierté.

Il songea avec tendresse au visage plein de défi de Sofía.

« Quel amour de fille ! s'exclama Frank. Quand est-ce que je peux la rencontrer ?

– Il va falloir que tu viennes en Argentine. Elle est encore au lycée.

– T'as pas une photo ?

– Oui, à Bowen Street.

– D'après ce que j'entends, ça vaut la peine de faire le voyage. Comment tu as dit qu'elle s'appelait, déjà ?

– Sofía.

– Sofía. C'est un beau prénom. Elle est facile ?

– Facile ?

– Ben, est-ce qu'elle couchera avec moi, quoi ?

– Frank, mon chéri, pas devant ta mère ! » s'offusqua Joséphine, en battant l'air de sa main devant elle comme pour chasser le son de ces mots impudents.

Mais Frank ne se troubla pas, sachant pertinemment que sa mère jouait les dames bien pensantes pour le seul bénéfice de son nouvel ami.

« Alors ? insista-t-il. Tu crois qu'elle voudrait ?

– Non, je ne crois pas, répliqua Santi, gêné de parler de Sofía en ces termes.

– Eh bien, moi, je parie que si, avec un peu de persuasion. Vous les Latins, vous avez peut-être le charme, mais nous autres, gens du Nord, possédons l'opiniâtreté. »

Il gloussa. Santi remarqua l'étincelle de compétition qui illuminait le regard de Frank. Ça ne lui plaisait pas, et il regrettait d'avoir mentionné Sofía. Il tenta de faire machine arrière :

« En fait, je connais une autre fille qui serait bien mieux pour toi...

— Laisse tomber, fit Frank. Cette Sofía me plaît beaucoup. »

Au grand soulagement de Santi, Maddy revint avec un autre verre de Coca et cela mit fin à la conversation. Il se sentait tout d'un coup animé d'un sentiment très protecteur à l'égard de Sofía. Comment allait-il bien pouvoir faire maintenant pour dissuader Frank de sauter dans un avion ? C'était typiquement le genre d'exploit dont son ami était capable. Il était assez riche pour aller où bon lui semblait, et assez audacieux pour se lancer dans n'importe quelle entreprise.

De retour à l'université, Santi trouva une autre lettre de Sofía dans son casier. Elle tenait sa promesse et lui écrivait chaque semaine.

« C'est une lettre de qui ? demanda Stanley avec curiosité. Tu reçois plus de lettres que la poste elle-même ! s'exclama-t-il sans cesser de jouer un air de Bob Dylan sur sa guitare.

— De ma cousine.

— Ce ne serait pas une lettre de ma Sofía, par hasard ? demanda Frank en émergeant de la cuisine, des *bagels* [1] dans les mains. T'en veux ? fit-il en lui proposant un petit pain rond. Ils sont très bons.

— Non, merci. Je vais aller lire là-haut. Les lettres de ma mère sont en général assez longues.

— Mais tu ne viens pas de dire que c'était une lettre de ta cousine ? s'étonna Frank.

— Moi, j'ai dit ça ? Non, je voulais dire ma mère », répliqua Santi en se demandant pourquoi il prenait la peine de mentir.

Avec toutes les filles qu'il y avait sur le campus, Frank aurait tôt fait de ne plus penser à Sofía.

« Au fait, les mecs, lança Frank, Jonathan Sacville fait une fête, ce soir. On y va ?

— Bien sûr, répondit Stanley.

— Bien sûr », fit Santi en écho du bas de l'escalier.

1. Petit pain en couronne.

Une fois seul dans sa chambre, il ouvrit la lettre.

Mon cher cousin préféré,

Merci pour ta dernière lettre, mais sache que j'ai bien remarqué que tes lettres se font de plus en plus courtes. Ce n'est pas du jeu, je mérite davantage, après tout, moi je t'écris de très longues lettres et je suis beaucoup plus occupée que toi. Toi, n'oublie pas, tu n'as pas une mère comme la mienne sur ton dos qui t'oblige à étudier tout le temps. Je vais bien, enfin, je suppose. Hier, c'était l'anniversaire de papa et nous sommes tous allés dîner chez tes parents. Il fait une chaleur, en ce moment, tu ne peux pas imaginer ! La semaine dernière, Agustín m'a frappée. Nous nous étions disputés. C'est bien entendu lui qui avait commencé, mais devine qui s'est fait attraper ? Du coup, j'ai jeté toutes ses affaires dans la piscine, même ses bottes en cuir et ses maillets. Tu aurais ri en voyant sa tête. Il a fallu que j'aille me planquer dare-dare avec María parce que j'ai vraiment cru qu'il allait me tuer. Est-ce que je te manque ? Oups, maman monte l'escalier et son pas ne me dit rien qui vaille. Qu'est-ce que tu crois que j'ai fait, cette fois ? Je te laisse deviner et je te le dirai dans ma prochaine lettre. Si tu ne me réponds pas vite, je ne te le dirai pas, mais comme je sais que tu meurs d'envie de le savoir...

Je te fais une grosse bise.

Sofia.

Santi replia la lettre en souriant et la rangea dans sa commode avec les autres, celles de Sofía, mais aussi celles de sa sœur et de ses parents. Un sentiment de nostalgie s'empara de lui, bientôt effacé par la perspective de la fête de Jonathan Sacville.

Jonathan Sacville habitait dans Hope Street, à quelques rues seulement de Bowen Street. Il avait la réputation sur le campus de donner les meilleures fêtes, celles où on trouvait les plus jolies filles.

Lorsque Santi se présenta avec Frank et Stanley chez Jonathan, celui-ci se tenait dans l'entrée, une rousse à chaque bras, et il buvait au goulot d'une bouteille de vodka.

« Bienvenus, mes amis. La fête ne fait que commencer, grasseya-t-il. Entrez, entrez. »

La maison, vaste, battait littéralement d'une musique assourdissante et du piétinement frénétique des cent cinquante personnes rassemblées là. Les trois amis durent jouer des coudes le long du couloir pour atteindre le bar. La foule était si dense qu'elle évoquait un essaim d'abeilles. Les gens se pressaient les uns contre les autres et hurlaient par-dessus la musique.

« Hé, Joey ! s'exclama Frank. Santi, tu connais Joey ?

– Salut, Joey, dit Santi, sans enthousiasme.

– Alors, Joey, quoi de neuf ? Où est la belle Caroline ? reprit Frank en cherchant la sœur de son ami.

– Vas-y, Frank, plonge si tu en as le courage, répliqua Joey en désignant la foule derrière lui. Elle est quelque part là-dedans.

– O.K. Je me lance. Santi ? Pas la peine de m'attendre pour rentrer ! »

Santi regarda Frank se laisser engloutir par la masse ondoyante des corps luisants de transpiration.

« Tout ça me file mal à la tête, déclara Stanley, qui semblait toujours être *stoned*[1], même quand ce n'était pas le cas. Je rentre à la maison écouter Dylan et Bowie. Il y a vraiment trop de bruit, ici. Tu m'accompagnes ?

– Euh... Oui, allons-y », acquiesça Santi, qui regrettait d'être venu.

Il perdait son temps dans cette fête.

Sitôt qu'il fut dehors dans l'air frais d'octobre, Santi respira mieux. La nuit était claire et étoilée, et cela lui rappela les longues soirées d'été passées à observer le ciel du haut de l'ombú. Jamais encore, il n'avait à ce point éprouvé la nostalgie de son pays. Pourquoi fallait-il que ça se produise justement ce soir ?

« Vous partez aussi ? » demanda une voix rauque derrière eux.

Ils se retournèrent.

« Ouais, on s'en va. Tu nous accompagnes ? demanda Stanley avec un regard appréciateur.

– Non, répliqua la fille en souriant à Santi.

– Je te connais ? s'enquit ce dernier en scrutant les traits pâles sous la lumière du réverbère.

1. Défoncé, sous l'effet du haschisch.

— Non. Mais moi je te connais. Je t'ai déjà vu dans le coin. Tu es nouveau. »

Santi hocha la tête en se demandant ce que la fille lui voulait. Elle était enveloppée dans un manteau rouge très court, et ses jambes minces étaient gainées dans de hautes bottes en cuir. Elle frissonnait dans cet accoutrement, et tapait des pieds pour se réchauffer.

« Il y a trop de bruit pour moi, à la fête. Je préférerais aller dans un endroit calme et chaud.

— Où ?

— En fait, je rentrais chez moi. Mais je n'ai pas envie d'être seule. » Elle fit un pas vers Santi. « Tu voudrais pas me tenir compagnie ? demanda-t-elle avec un sourire enjôleur et désarmant.

— Bon, je suppose que je ne suis pas invité, intervint Stanley. Alors, à plus tard, Santi », ajouta-t-il en se mettant en route.

Santi se tourna vers la fille.

« Comment t'appelles-tu ?

— Georgia. Georgia Miller. Je suis en deuxième année. Je t'ai vu sur le campus. Tu viens d'Argentine, c'est ça ?

— Oui.

— Ça te manque ?

— Un peu, répondit-il sans mentir.

— Je m'en doutais. Tu me semblais un peu perdu, tout à l'heure à la fête. »

Elle glissa son bras sous le sien.

« Pourquoi ne me raccompagnes-tu pas chez moi ? J'habite un peu plus bas, dans la rue. Je pourrais t'aider à oublier ton pays.

— C'est une proposition alléchante. Merci.

— Inutile de me remercier, Santi. Ce serait plutôt à moi de te dire merci. J'ai voulu faire l'amour avec toi dès la première fois que je t'ai vu. »

Dans la lumière douce de la maison de Georgia, Santi put détailler la jeune fille. Elle n'était pas jolie. Elle avait un visage allongé, et ses yeux bleus, très vifs, étaient trop écartés. Pourtant, elle était sexy. Ses lèvres étaient asymétriques mais sensuelles, et elle souriait d'un côté de la bouche seulement. Elle avait une masse de cheveux blonds bouclés, qui ondulaient dans son dos lorsqu'elle marchait. Quand elle ôta son manteau, à la vue de sa poitrine pleine, de sa taille fine et de ses longues jambes fuselées, un frémissement de désir parcourut Santi. Georgia avait un corps fort aguichant ; elle en était consciente et en jouait.

« Mon corps me vaut toutes sortes de problèmes, dit-elle d'un ton léger en devinant le regard appuyé de Santi. Qu'est-ce que tu veux boire ?

– Un whisky.

– C'est si douloureux que ça ?

– Quoi ?

– Le mal du pays.

– Oh, non, ce n'est pas vraiment ça.

– Mais ça te tombe dessus au moment où tu t'y attends le moins, non ?

– C'est vrai.

– Parfois, il suffit d'une lettre, ou d'une odeur, d'une chanson...

– Comment le sais-tu ?

– Parce que je viens du Sud. Tu ne l'entends pas ?

– Du Sud ? répéta-t-il sans comprendre.

– De Géorgie.

– Ah, oui, bien sûr. Pour moi, tu sais, tous les accents américains se ressemblent.

– C'est pas grave, beau gosse. Mais pour moi, ton accent n'est pas n'importe quel accent. C'est le plus beau que j'aie jamais entendu. Tu peux parler aussi longtemps que tu voudras, je t'écouterai jusqu'à tomber en pâmoison. »

Elle laissa échapper un rire de gorge.

« Je veux juste que tu saches que je te comprends. Tu n'as pas besoin de faire semblant avec moi. Je ressens exactement la même chose. Bon, voilà ton whisky, faisons un feu, mettons un peu de musique et oublions ensemble notre mal du pays. Le marché te convient ?

– Très bien », acquiesça Santi.

Il l'observa tandis qu'elle se penchait pour arranger les bûches dans le foyer, et vit sa jupe courte remonter sur ses cuisses et révéler la bande de dentelle de ses bas, en même temps qu'un morceau de culotte noire.

« Laisse tomber le feu, Georgia de Géorgie, et montons dans ta chambre, fit-il brusquement. La seule façon d'oublier notre pays, c'est de se perdre l'un dans l'autre, ajouta-t-il d'une voix rauque en achevant d'un trait son whisky.

– Je meurs d'envie de me perdre en toi », murmura-t-elle en l'entraînant vers les escaliers.

14

Santa Catalina
Décembre 1973

Chiquita n'avait presque pas dormi. La nuit avait été chaude et humide. Elle s'était tournée et retournée dans son lit et avait écouté les ronflements réguliers de Miguel en attendant le lever du jour. Cependant, si elle n'avait pas fermé l'œil, ce n'était ni à cause de la touffeur humide, ni parce que les pleurs de Panchito qui avait fait un cauchemar l'avaient réveillée, mais parce que son aîné, Santi, revenait le lendemain, après deux ans passés loin des siens.

Il avait écrit régulièrement. Elle avait attendu ses lettres hebdomadaires avec impatience, et les avait lues avec une joie mêlée de tristesse. Son fils lui manquait terriblement. Elle ne l'avait revu qu'une fois en deux ans, aux vacances de printemps, en mars, lorsque, avec Miguel, ils étaient allés le voir à Brown. Santi avait été fier de leur faire visiter le campus, de leur montrer la maison de Bowen Street où il vivait avec deux de ses amis. Ensemble, ils étaient partis en voiture sur la côte, à Newport, passer quelques jours chez son ami Frank Stanford et sa charmante famille. Miguel avait été enchanté de voir que son fils pouvait jouer au polo et le pratiquer régulièrement. Santi avait à présent dix-neuf ans, presque vingt, et lorsque Chiquita lui avait dit au revoir, elle avait eu l'impression de serrer dans ses bras non plus un enfant, mais un homme.

Chiquita et Anna passaient de longues soirées sur la terrasse à discuter de leurs enfants. Anna souffrait du comportement de sa fille. Elle avait espéré que, les années passant, Sofia s'assagirait, mais, en fait, son comportement n'avait fait qu'empirer. Elle était insolente, et toujours prompte à la rébellion. Elle répondait, et parfois, dans des éclats de colère qui semblaient surgir de nulle part, traitait sa mère de tous les noms. À dix-sept ans, elle était plus indépendante et odieuse que jamais. Elle négligeait ses études. Elle avait régressé aux derniers rangs de sa classe. Ses professeurs se plaignaient de son manque de concentration et de ses efforts délibérés pour dissiper ses camarades. Eux non plus ne savaient plus comment s'y prendre avec elle. Les week-ends, à Santa Catalina, elle partait à cheval et disparaissait des heures entières. Jamais elle ne songeait à dire à sa mère où elle allait. Souvent, elle rentrait longtemps après la tombée de la nuit, faisant exprès de rater l'heure du dîner. La goutte d'eau qui avait fait déborder le vase, ce fut le jour où Anna découvrit que Sofía avait soudoyé le chauffeur pour qu'il l'emmène à San Telmo, dans la vieille ville de Buenos Aires. Au lieu d'être au lycée, elle avait passé la plus grande partie de sa semaine à prendre des cours de tango avec un vieux marin espagnol prénommé Jésus. Jamais Anna n'aurait découvert le pot aux roses si le censeur n'avait appelé pour prendre des nouvelles de Sofía, supposée être alitée avec de la fièvre. Quand Anna avait sommé sa fille de s'expliquer, cette dernière avait simplement déclaré qu'elle avait quitté l'école et qu'elle voulait devenir danseuse. Paco l'avait, en riant, félicité de sa brillante initiative, tandis qu'Anna, une fois de plus, avait laissé éclater sa fureur. Mais Sofía était tellement accoutumée aux colères de sa mère qu'elle y était depuis longtemps insensible. Anna allait devoir imaginer un autre moyen d'exercer son contrôle sur sa fille. Le fait que Sofía était belle et qu'elle s'y entende comme personne pour charmer son monde n'aidait pas, car c'était grâce à ces qualités qu'elle arrivait toujours à se sortir de tous les mauvais pas. Chiquita essayait d'expliquer gentiment à sa belle-sœur qu'en cela Sofía lui ressemblait beaucoup, mais Anna secouait sa crinière rousse et refusait de l'entendre.

« Elle est bien trop charmante, expliquait Anna. Elle mène tout le monde par le bout du nez, son père en particulier, qui ne fait jamais rien pour me soutenir. J'ai l'impression d'être un monstre. Je suis la seule à la réprimander, elle va finir par me haïr si je ne fais pas attention. »

Anna poussa un long soupir.

« Ne pourrais-tu pas lui lâcher un peu la bride ? suggéra Chiquita. Peut-être qu'ainsi elle n'essaierait pas tout le temps de tirer sur la corde.

— Oh, Chiquita ! On croirait entendre mon père ! » s'exclama Anna. Elle songea : « Pourquoi faut-il que dans cette famille ils ramènent toujours tout aux chevaux ? »

« Ton père était un homme sage, dit Chiquita avec du respect et de la tendresse dans la voix.

— Parfois, oui, concéda Anna avec humeur. Mais la plupart du temps, il était tout simplement irritant.

— Il te manque, n'est-ce pas ? » hasarda Chiquita.

Jamais elle n'avait abordé ce sujet avec sa belle-sœur. Elle sentait qu'Anna n'était jamais très à l'aise lorsqu'elle évoquait, de près ou de loin, son enfance en Irlande.

« Oui, d'une certaine façon, répondit Anna après un silence. Mais celui qui me manque, tu vois, ce n'est pas le père qui est venu me rejoindre ici en Argentine, c'est celui auprès duquel j'ai grandi à Glengariff. Entre-temps, nos relations avaient changé. Peut-être est-ce moi qui ai changé, je ne sais pas... »

Elle baissa les yeux. Chiquita l'observa à la dérobée, dans la lumière dorée du crépuscule. Anna était incroyablement belle. Mais que d'amertume s'était gravée sur ses traits !

« Je pense que c'est en partie à cause de lui que Sofía est aussi capricieuse et difficile à vivre, reprit Anna. Moi, je ne l'ai jamais gâtée. Mais mon père, lui, ne voyait jamais au-delà de son numéro de charme. Pareil pour Paco.

— Ah ! Le charme Solanas !

— Oui, ce maudit charme Solanas, répéta Anna, avant d'éclater de rire. Mais ma mère aussi avait du charme. Tout le monde l'aimait. Et ma pauvre tante Dorothy qui était grosse et tellement vilaine ! C'est ma mère qui avait pris toute la beauté pour elle. Tante Dorothy ne s'est jamais mariée.

— Qu'est-elle devenue ?

— Je ne sais pas. Je dois dire à ma grande honte que nous avons totalement perdu le contact.

— Oh...

— Je sais que j'ai mal agi, mais tu comprends, elle était si loin... »

Un sentiment de culpabilité l'envahit. Elle était incapable de dire si tante Dorothy était encore vivante. Elle savait qu'elle aurait dû essayer de la contacter à la mort de son père, mais, à ce moment-là, elle s'en était sentie incapable. À quoi bon se faire le messager d'une mauvaise nouvelle ? Ce qu'on ignore ne blesse pas...

Chiquita aurait bien aimé questionner Anna sur ses autres oncles et tantes. Elle savait, pour avoir souvent entendu des histoires dans la bouche de Dermot, que sa belle-sœur venait d'une grande famille. Mais elle hésita, et jugea finalement plus prudent de ramener la conversation sur Sofía.

« Je suis certaine que Sofía va mûrir et renoncer à ce comportement. Ce n'est qu'une crise d'adolescence.

– Pff... Je n'en suis pas aussi certaine que toi », rétorqua Anna.

Elle ne l'aurait admis pour rien au monde devant quiconque, mais elle décelait dans la personnalité de sa fille bien plus d'elle-même qu'elle n'était prête à l'avouer.

« Ce qui m'inquiète le plus à son sujet, Chiquita, c'est que si je lui lâche davantage la bride, comme tu dis, elle pourrait très bien devenir totalement incontrôlable. Et je ne veux pas que le reste de la famille me reproche d'en avoir fait une sauvageonne. »

Les craintes d'Anna firent rire Chiquita, qui était incapable de penser en mal de quelqu'un.

« *¡Querida!*[1] tout le monde adore Sofía. C'est un esprit libre. Mon Santi et María ne jurent que par elle, et tout le monde lui pardonne toujours tout. Il n'y a qu'à tes yeux qu'elle agit mal. Et puis, de toute façon, que peut te faire l'opinion des autres ?

– Ça m'importe terriblement. Tu ne sais pas de quoi les gens sont capables. Les gens adorent les commérages.

– C'est vrai de certains, mais dis-toi que ces gens-là ne comptent pas », dit Chiquita en regardant sa belle-sœur.

Après toutes ces années, Anna avait encore le sentiment d'être en perpétuel décalage, elle se sentait inférieure, et c'était pour cela que l'opinion des autres au sujet de ses enfants l'inquiétait à ce point. Elle voulait être fière d'eux, à tout prix. Leurs succès rejaillissaient sur elle, et leurs échecs feraient de même. Elle devait en permanence prouver sa légitimité. Jamais elle ne pouvait se détendre. Chiquita voulait lui dire que tout cela n'avait guère d'importance. La classe n'était pas importante. Tout le monde

1. Mais ma chère !

aimait Anna. Elle était un membre à part entière de la famille. Ils aimaient ce qu'elle était, son sentiment d'insécurité faisait partie de sa personnalité. Les premiers temps après son arrivée, ils avaient cru voir en elle une aventurière qui ne voulait épouser Paco que pour son argent et son statut social. Elle détonnait. Mais une fois qu'elle avait eu gagné un peu plus de confiance en elle, la biche timide était devenue un animal fier, qui avait forcé le respect de toute sa belle-famille. Chiquita aurait aimé pouvoir expliquer à Anna que Sofía affichait un caractère rebelle parce que sa mère se focalisait exclusivement sur ses fils. C'était tellement évident ! Si Rafael ou Agustín s'étaient comportés comme le faisait Sofía, Anna en aurait tiré de la fierté au lieu d'essayer de les mater à grands coups de discipline. Elle aurait été si enchantée de voir son caractère orgueilleux et indomptable se refléter en celui de ses fils qu'elle les aurait encouragés. Au lieu de quoi, elle était tout simplement jalouse de l'affection que tout le monde vouait à sa fille. Jalouse que Sofía en impose autant par sa présence, et qu'elle ne laisse personne indifférent. Chiquita avait déjà essayé de dire tout cela à Anna, mais ses commentaires n'avaient servi qu'à souligner, aux yeux de sa belle-sœur, ce sentiment de n'être pas à sa place. Au fil des années, Chiquita avait appris à se taire.

« Bon, de toute façon, soupira Anna, assez parlé de Sofía comme ça, elle doit avoir les oreilles qui sifflent et cela non plus n'est pas bon pour elle. »

« Je crois que Rafael fréquente Jasmina Peña, reprit-elle après un moment avec hauteur. Tu sais, la fille d'Ignacio Peña. Ce serait vraiment une bonne alliance. Il pense que je ne suis au courant de rien, mais j'ai plusieurs fois surpris des conversations au téléphone. Je me garde bien de lui demander quoi que ce soit, évidemment, il m'en parlera de lui-même quand il jugera le moment venu. Il me dit tout, lui, ce n'est pas comme sa sœur qui agit toujours comme une voleuse dans l'ombre... »

Réalisant qu'elle recommençait à parler de Sofía, elle décida de changer de sujet. Pourtant, elle aurait bien continué à vider son sac.

« Tu dois être complètement excitée par le retour de Santi, non ? Parfois, je me demande comment tu as survécu à cette absence ? Deux ans ! »

Chiquita secoua tristement la tête.

« Oui, bien sûr, c'était terrible. J'ai essayé de ne pas trop montrer à quel point il me manquait, mais c'est vrai que plus rien n'était pareil. J'aime tellement que nous soyons tous réunis. De toute façon, il voulait faire du tourisme. Il a été partout, tu sais. Je pense qu'il n'y a pas un seul continent sur lequel il n'a pas mis le pied. Ç'aura été une expérience merveilleuse pour lui. Je pense que tu vas le trouver changé. C'est un homme, maintenant », conclut-elle avec fierté.

Elle se souvint des vacances de printemps, lorsque Miguel et elle étaient allés lui rendre visite. C'était là qu'elle avait réalisé que son garçon n'était plus un enfant. Il avait la voix grave, le menton noir de barbe, son regard s'était fait plus profond, sous l'effet de l'expérience, son corps avait forci et s'était musclé, évoquant celui de son père. À présent, sa claudication était à peine visible.

« Je n'arrive pas à croire qu'il revient », soupira-t-elle.

Le matin du 12 décembre, Chiquita se leva le cœur débordant de joie, même si elle n'avait pas fermé l'œil de la nuit. Lorsqu'elle tira les rideaux, il lui sembla que le soleil brillait avec plus d'ardeur qu'à l'accoutumée, que les fleurs dégageaient un parfum plus intense. La maison tout entière vibrait d'une excitation presque palpable.

Tandis que Panchito, déchaîné, était parti jouer avec ses petits cousins et les enfants des gauchos et des bonnes, Fernando s'était éclipsé pour faire une promenade solitaire à cheval. Il attendait le retour de son frère cadet avec des sentiments mitigés. Il lui semblait que la jalousie et le ressentiment prenaient de nouveau possession de son cœur, comme après avoir été tirés d'un long sommeil.

Miguel était parti de bonne heure à l'aéroport au volant de la jeep, abandonnant une Chiquita rongée d'impatience et de nervosité. María, qui ne voulait pas rester dans les jambes de sa mère, fila chez Sofía sitôt son petit déjeuner achevé. Elle trouva sa cousine sur la terrasse, avec sa famille, attablée devant des tasses de thé, des *medias lunas* et du *membrillo*.

« *Hola, María, ¿que hacés?*[1] cria Sofía en voyant approcher sa cousine.

1. Que fais-tu ?

— *Buen día,* Anna, Paco... »

María salua et embrassa joyeusement tout le monde.

« Ta mère doit être terriblement excitée, dit Anna, en songeant à ce qu'elle éprouverait si c'était Rafael ou Agustín qui rentrait à la maison.

— Oh ! là, là ! Tu ne peux pas imaginer ! Elle n'a pas fermé l'œil de la nuit. Elle est allée dans la chambre de Santi au moins une douzaine de fois pour s'assurer que tout était prêt.

— Santi ne le remarquera même pas, laissa tomber Agustín en beurrant une *media luna* qu'il plongea dans son thé.

— Mais bien sûr qu'il le remarquera ! » se récria Anna avec enthousiasme.

María approcha une chaise et Soledad apparut avec une tasse pour elle.

« Et Miguel ? s'enquit Paco sans lever les yeux de son journal.

— Il est parti de bonne heure à l'aéroport.

— *Bueno,* fit-il en se levant et en marmonnant qu'il partait chez Alejandro et Malena pour un *copetín*[1].

— C'est pas un peu tôt pour boire de l'alcool, papa ?

— Chez Alejandro et Malena, Sofía, sache qu'il n'y a pas d'heure pour trinquer. »

Il s'éloigna, ses cheveux gris brillant dans la lumière.

« Alors, Sofía, je suis sûre que tu meurs d'impatience de revoir Santi, dit María d'une voix fébrile. Je me demande s'il a beaucoup changé.

— S'il s'est laissé pousser la barbe ou un truc idiot dans ce genre, je le tue, répliqua Sofía, les yeux étincelants d'excitation.

— Il ne va pas reconnaître Panchito, il a tellement grandi ! Bientôt, il pourra jouer au polo avec les grands.

— Et les grandes », corrigea Sofía, en jetant un regard par en dessous à sa mère.

Sofía savait à quel point Anna détestait la voir courir sur le terrain avec les hommes, et elle prenait un malin plaisir à la tourmenter.

« Hé ! Rafa, lança Sofía, la première chose que Santi voudra faire, c'est un match. On pourrait...

— Arrête, Sofía, tu énerves maman », rétorqua son frère d'un

1. Petit verre (un apéritif).

ton absent, plus absorbé par la lecture des journaux du week-end que par les babillages de sa sœur et de sa cousine.

Anna exhala un long soupir de martyre et secoua la tête.

« Sofía, pourquoi n'attends-tu pas plutôt de voir comment les choses se présentent ? suggéra-t-elle avec fermeté. Il va avoir tellement de choses à nous raconter ! »

Puis elle se souvint du conseil de sa belle-sœur, et ajouta sans grande conviction :

« Mais bon, il aura peut-être envie de jouer avec toi, Sofía. C'est certain qu'il ne va pas passer l'après-midi assis à discuter avec nous.

— Vraiment ? » fit Sofía, incrédule et méfiante.

Elle scruta sa mère, en quête d'un indice, mais celle-ci continua son petit déjeuner d'un air détaché.

Les deux filles montèrent dans la chambre de Sofía, tapissée de motifs floraux roses. Elles s'affalèrent sur le grand lit, froissant le dessus-de-lit repassé de frais, laissant tomber leurs *alpargatas* sur le sol.

« Tu as entendu ? C'est incroyable ! s'exclama Sofía d'une voix triomphante.

— Quoi ?

— Maman ! Elle a dit qu'elle ne voyait pas d'inconvénient à ce que je joue au polo.

— Oui, c'est une première.

— N'est-ce pas ? Je me demande pourquoi.

— Ne te demande pas, Sofía. Profites-en.

— Compte sur moi. C'est sûr que ça va pas durer, soupira-t-elle. Attends un peu que je raconte ça à Santi.

— Il nous reste combien de temps ? interrogea María en regardant sa montre. Oh, mon Dieu, des heures !

— Je suis tellement excitée que je ne tiens pas en place, lâcha Sofía, si enthousiaste que son teint s'empourpra. Bon, qu'est-ce que je vais me mettre ?

— Tu as quoi ?

— Bof, pas grand-chose. Toutes mes jolies fringues sont à Buenos Aires. Ici, je suis tout le temps en jean ou en *bombachas.* »

Elle se leva avec un soupir et ouvrit les portes de sa penderie.

« Tiens, regarde ! fit-elle en désignant d'un geste des piles de tee-shirts et de pulls, et des rangées de jeans pliés sur des cintres.

— C'est vrai, mais cherchons quand même. Tu voudrais quoi ?

— Quelque chose comme toi », dit Sofía après réflexion.

María portait une jolie robe longue, ornée de dentelle et de ruban assorti à celui de ses cheveux bruns.

« Comme moi ? répéta María, incrédule. Mais je ne t'ai jamais vue porter une robe dans ce genre !

— Eh bien, il faut une première fois à tout. Écoute, Santi revient après deux ans d'absence... Je veux l'éblouir !

— Contente-toi d'éblouir Roberto », lui rétorqua María avec un sourire espiègle.

Roberto Lobito était un grand blond mat de peau, très beau garçon, et il possédait assez de charisme pour sortir avec qui bon lui semblait. Ami très proche de Fernando, il appartenait au clan Lobito de La Paz, l'*estancia* voisine. Non content de se distinguer sur les terrains de polo, où il jouait avec un handicap de six, le garçon était aussi un tombeur. Quand Roberto jouait, toutes les filles du domaine, plus celles des domaines voisins, délaissaient leurs romans à l'eau de rose et accouraient pour le regarder. Sofía, elle, n'avait jamais fait partie du clan des admiratrices. Roberto pouvait bien l'apostropher et la provoquer, comme il l'avait fait à la fin du match de la *Copa Santa Catalina*, ou encore lui donner un coup de maillet affectueux sur les fesses, elle ne lui manifestait que de l'indifférence. Cette attitude avait suffi, aux yeux de Roberto, à la démarquer des autres filles qui rougissaient et se mettaient à bégayer dès qu'il leur adressait la parole. Avec ces filles-là, il n'y avait aucun défi à relever. Alors qu'avec Sofía... Elle lui parlait et plaisantait avec tant de décontraction qu'il était incapable de déterminer si, oui ou non, il lui plaisait. L'incertitude ne faisait que rendre la chasse plus excitante.

Après sa fâcherie avec María, Sofía avait jugé bon de se trouver un petit copain en titre pour induire sa cousine en erreur. Seule María pouvait suspecter les sentiments qu'elle nourrissait en secret pour Santi, et la seule façon de la convaincre que ce béguin d'enfant était bel et bien oublié, c'était de prétendre être amoureuse de quelqu'un d'autre. Comme aucun garçon ne lui plaisait, peu lui importait d'en choisir un plutôt qu'un autre. Mais sa fierté, cependant, lui dictait de jeter son dévolu sur le plus joli garçon qui se puisse trouver. Aussi avait-elle choisi Roberto Lobito. Ça n'avait pas été difficile. Au lieu de systématiquement repousser ses avances d'un rire moqueur, elle l'avait laissé l'embrasser. Ç'avait été une grosse déception. Certes, elle se s'était pas attendue à ce que la pampa se mette à trembler, mais un petit frisson aurait tout de même été le bienvenu. Quand la bouche humide de Roberto s'était écrasée contre la sienne, quand sa langue avait cherché la sienne, qui manquait pour le moins d'enthousiasme, elle s'était écartée, dégoûtée, en songeant qu'elle ne pourrait continuer ce manège bien longtemps.

C'est alors qu'elle avait eu une idée. Elle avait fermé les yeux et l'avait laissé l'embrasser à nouveau. Et cette fois, elle avait imaginé que c'était Santi qui posait ses lèvres sur les siennes et enserrait sa taille de ses mains. Le stratagème avait fonctionné. Le cœur de Sofía s'était brusquement emballé, elle avait senti le sang affluer à son visage, et la pampa avait tremblé. Enfin, presque... De toute façon, elle avait préféré se perdre dans l'imaginaire plutôt que de contempler le visage excité de Roberto Lobito à moins de deux centimètres du sien.

Au cours de ces deux années, pas une minute n'avait passé sans que Sofía ne pense à Santi et ne se languisse en attendant le jour de son retour. Lorsqu'il l'avait quittée, elle avait eu l'impression que le monde s'écroulait. Sans lui, Santa Catalina n'était plus pareil. Et tandis qu'aux yeux de tous elle était devenue la petite amie de Roberto Lobito, dans son cœur, elle restait l'amante secrète de Santi. En se défaisant de son corps d'enfant pour entrer dans celui d'une femme, elle avait réalisé que ses sentiments avaient, eux aussi, changé, et évolué en quelque chose de beaucoup plus dangereux. Elle passait des nuits à se retourner dans son lit, rougissant dans l'obscurité des pensées sensuelles qui se formaient dans son esprit. Souvent, elle s'éveillait aux premières heures du matin, les membres douloureux d'un trop-plein de désir. Elle restait allongée entre les draps, frustrée, sans savoir comment faire pour se soulager de cette chaleur qui l'oppressait. Elle savait que les pensées qu'elle nourrissait étaient un péché, mais, après un moment, elles lui étaient devenues si familières qu'elles cessèrent de l'effrayer. Tout au contraire, elles commencèrent à la réconforter. Aussi cessa-t-elle de les combattre. Au début, elle se sentit coupable. Elle croyait voir le visage débonnaire du père Julio, empreint de désapprobation, s'interposer entre elle et ces coupables pensées. Après un temps, le bon prêtre trouva sans doute mieux à faire que de surveiller les pensées nocturnes de Sofía, et il cessa de se manifester. Son secret lui tint compagnie et la réconforta quand le poids de l'absence devenait trop lourd.

Sofía sortit de la penderie une robe d'été blanche et la tint devant elle.

« Et ça, qu'en dis-tu ? C'est maman qui me l'a achetée en espérant m'attirer loin des terrains de polo... Je ne l'ai jamais mise.

— Essaie-la, on va voir ce que ça donne. C'est marrant, j'arrive pas à t'imaginer dans une robe. »

María plissa le front, pleine d'appréhension, tandis que Sofía enfilait la robe en se tortillant.

C'était une robe longue bain de soleil, retenue par deux fines bretelles et cintrée. Elle était peut-être un peu trop ajustée autour des hanches, mais elle mettait en valeur la taille fine de Sofía et ses épaules musclées d'une façon spectaculaire. Sa poitrine emplissait le corsage, et donnait l'impression qu'au plus petit mouvement ses seins allaient déchirer le tissu. Elle rejeta sa longue tresse dans le dos et attendit le verdict de María, postée en face du miroir.

« Oh ! Sofía ! s'exclama María avec une admiration non feinte. Tu es magnifique.

— Tu trouves ? » répondit Sofía timidement, en pivotant pour voir comment la robe tombait dans le dos.

María ne mentait pas. Sofía se trouvait vraiment jolie là-dedans, même si ce n'était pas très confortable. Elle était si peu accoutumée à porter des robes qu'elle se sentait brusquement vulnérable et, bizarrement, grave — n'est-il pas étonnant comme il suffit de changer de vêtement pour changer aussi de personnalité ? songea-t-elle avec amusement. Cela, toutefois, ne lui déplaisait pas.

« Il faut trouver quelque chose pour mes cheveux, décréta Sofía en empoignant sa natte. Je suis toujours coiffée comme ça. Tu pourrais m'aider à les relever ? »

Brusquement, l'attrait de la nouveauté devenait grisant. Elle voulait que le changement soit radical et spectaculaire. María, encore sous le choc de la transformation qui s'était opérée sous ses yeux, fit asseoir Sofía devant la coiffeuse et entreprit de relever ses longues mèches sur le haut du crâne.

« Santi ne va jamais te reconnaître ! gloussa-t-elle, les lèvres serrées sur un éventail d'épingles à chignon.

– Ni Santi ni les autres », répliqua Sofía d'une voix qu'oppressait l'étroitesse du corsage.

D'une main nerveuse, elle tripotait la boîte d'épingles et de rubans en essayant d'imaginer la réaction des uns et des autres. Mais la seule réaction qui lui importait était bien entendu celle de son cousin préféré, qu'elle n'avait pas vu depuis deux longues et mortelles années. Enfin, le grand jour tant attendu était arrivé.

Lorsque María eut achevé son œuvre, Sofía vérifia le résultat d'un coup d'œil rapide, et les deux cousines partirent chez Chiquita pour attendre le retour du jeune héros.

« Qu'allons-nous bien pouvoir faire jusqu'à midi ? s'interrogea María tandis qu'elles traversaient le bosquet qui séparait les deux maisons.

– Aucune idée... On pourrait peut-être donner un coup de main à ta mère ?

– Aider maman ? Mais tout est prêt depuis des heures ! »

Chiquita, pour tenter de tromper son impatience, s'affairait autour des massifs de fleurs, un arrosoir à la main. Rosa, Encarnación et Soledad avaient dressé les tables pour le déjeuner, et mis les boissons au frais dans des glacières disposées à l'ombre des feuillages.

Chiquita sourit largement en voyant les deux filles approcher. C'était une femme mince, élégante, dont la classe et le bon goût se reflétaient dans tout ce qu'elle faisait. Elle identifia d'un seul coup d'œil la nouvelle Sofía.

« *¡Querida*[1] Sofía ! Je n'arrive pas à croire que c'est vraiment toi. Tu es magnifique ! Cette coiffure te va tellement bien ! Je suis sûre qu'Anna est enchantée que tu mettes enfin cette robe. Tu sais que nous l'avions achetée ensemble pour toi à Paris ?

– Vraiment ? Ah, c'est pour ça qu'elle est aussi jolie, alors », dit Sofía, qui se sentait bien plus sûre d'elle maintenant que sa tante avait approuvé sa transformation.

1. Sofía chérie !

Elles allèrent toutes les trois s'asseoir à l'ombre d'un parasol et bavardèrent de tout et de rien, en jetant de temps en temps des coups d'œil impatients à leur montre. Anna les rejoignit bientôt. Vêtue d'une robe bleu pâle, coiffée d'un chapeau, elle semblait quelque peu fantomatique, mais à la façon d'une belle femme dans un tableau préraphaélique. Paco arriva accompagné de Malena, d'Alejandro et de leurs enfants. Puis ce fut au tour des garçons, Fernando, Rafael, Agustín. Sitôt qu'ils aperçurent leur sœur, ils ricanèrent et l'accablèrent de commentaires railleurs. Mais, pour une fois, Anna, ravie que sa fille soit enfin jolie et décente, les fit taire.

Le reste de la famille afflua peu à peu et, ensemble, ils attendirent en buvant du vin, dans l'air lourd de fumée de l'*asado*.

Enfin, Sofía aperçut un petit nuage de poussière au loin, qui se rapprochait lentement.

« Eh ! Ils sont là ! Ils arrivent ! » s'écria-t-elle.

Le silence se fit dans l'assemblée et chacun se concentra sur le nuage qui grossissait de seconde en seconde. Personne ne remarqua qu'un des chiens qui traînaient autour du barbecue chaparda une saucisse, excepté Panchito, six ans, qui se mit à courir après le coupable, indifférent à tout ce remue-ménage à propos d'un frère dont il se souvenait à peine.

Sofía sentait son cœur battre à tout rompre. Elle avait l'impression que sa poitrine allait exploser. Ses paumes devenaient moites et, soudain, elle commença à regretter de n'être pas habillée comme d'habitude en jean et chemise, pour coïncider avec l'image que Santi avait dû garder d'elle.

Bientôt, on distingua les chromes de la jeep qui étincelaient à travers le rideau de poussière. La voiture vira et s'engagea dans l'allée bordée d'arbres qui conduisait à la maison. Lorsqu'elle s'immobilisa à l'ombre des eucalyptus, c'est un Santi plus grand, plus costaud et plus fringant que jamais qui en descendit, vêtu d'un pantalon en toile ivoire, d'une chemise bleu ciel et de mocassins marron.

Le jeune Américain était de retour.

15

Santi n'avait jamais vu une fête de bienvenue comme celle-là. En un instant, il fut assailli par ses cousins, ses tantes et ses oncles qui tous voulaient l'embrasser, le serrer dans leurs bras et lui poser des centaines de questions sur ses aventures à l'étranger. Chiquita souriait à travers ses larmes, heureuse et soulagée que son fils fût enfin de retour, sain et sauf, dans le sein de la famille.

Sofía le regarda descendre de la jeep et s'avancer de sa démarche inimitable, assurée, les jambes légèrement arquées par l'équitation, avec sa claudication infime mais charmante. Il serra sa mère dans ses bras avec une tendresse infinie. Chiquita sembla fondre entre ses bras. Il était plus grand et plus carré, il était devenu un homme, nota Sofía en se mordillant nerveusement la lèvre. Jamais elle ne s'était sentie nerveuse en sa présence, et là, tout d'un coup, elle était paralysée par une timidité dont elle n'avait jamais fait l'expérience auparavant. Dans ses rêves, elle avait inconsciemment cultivé une relation sensuelle et intime avec lui, qui, bien que sans fondement, était devenue pour elle la réalité. Maintenant, elle ne savait comment faire pour renverser la situation. Elle se sentait incapable de le regarder sans rougir. Mais lui, qui l'ignorait, vint à elle et la serra fraternellement dans ses bras, comme il l'avait toujours fait.

« Chofi, si tu savais comme ma cousine préférée m'a manqué ! s'exclama-t-il en respirant sa nuque discrètement parfumée. Tu as tellement changé ! C'est à peine si je te reconnais ! »

Elle baissa les yeux, pleine d'appréhension. Santi, remarquant sa confusion, fronça les sourcils.

« On dirait que ma Chofi est devenue une femme pendant que j'étais loin », plaisanta-t-il en lui pinçant amicalement la joue.

Sofía n'eut pas le loisir de répondre, car, déjà, Rafael et Agustín l'écartaient pour taper dans le dos de leur cousin.

« *Che*[1], ça fait plaisir de te revoir !

– Ça fait plaisir de revenir, je peux vous l'assurer », répliqua Santi en cherchant Panchito des yeux dans la foule.

Chiquita le devina et se mit elle aussi à fouiller du regard la terrasse et la pelouse pour trouver son petit dernier, déterminée à ce que le moindre souhait de Santi soit exaucé.

Puis Miguel apparut à l'angle de la maison, en portant un Panchito piaillant et gigotant à plat ventre sur une de ses larges épaules.

« Ah, coquin, te voilà enfin ! s'écria joyeusement sa mère. Viens vite dire bonjour à ton frère. »

Le garçonnet se calma brusquement, glissa son pouce dans sa bouche et, sans protester, se laissa attraper par sa mère qui le conduisit par la main jusqu'à Santi.

Celui-ci se pencha et serra l'enfant dans ses bras.

« Panchito ! Je t'ai manqué ? » demanda-t-il en ébouriffant la petite tête blonde.

Panchito, qui était le portrait craché de Santi, écarquilla ses yeux verts et étudia comme fasciné le visage de son aîné. Puis il éclata d'un rire coquin et enfouit sa tête dans le cou de Santi en lui chuchotant quelque chose à l'oreille.

« Ah, c'est ça ! s'exclama-t-il en riant. Tu crois que je suis devenu aussi poilu que papa !

– Hé, Panchito, tu me laisses dire bonjour à Santi ? » dit María en prenant ses deux frères dans ses bras.

Fernando, lui, mit du temps à venir saluer son frère. Il fit de son mieux pour déguiser son malaise, mais le ressentiment l'oppressait. Il n'avait rien perdu de l'accueil que les uns et les autres avaient réservé au héros, et il avait détesté chaque seconde de ce spectacle. Santi était parti étudier dans un autre pays, et alors ? Était-ce bien la peine de faire tant d'histoires ? Il repoussa ses mèches noir corbeau et dévisagea Santi en s'efforçant de plaquer un sourire sur ses lèvres. Santi l'attira contre lui et lui donna plusieurs tapes dans le dos, comme s'il retrouvait un vieil ami. Un vieil ami ? Mais ils n'avaient jamais été amis.

1. Interjection intraduisible, typiquement argentine, utilisée pour attirer l'attention d'une ou plusieurs personnes. C'est ce qui a valu à Enesto Guevara le surnom de « Che ».

« Si vous saviez combien les *asados* m'ont manqué, soupira Santi en mordant dans son *lomo*. Personne ne sait faire cuire la viande comme les Argentins. »

Chiquita rosit d'orgueil, elle qui s'était donné tant de mal pour que tout soit exactement selon les goûts de son fils.

« Montre-nous que tu parles anglais comme un vrai Américain », lança Miguel avec fierté.

Lorsqu'ils avaient été chez les Stanford, au printemps précédent, il avait été vivement impressionné d'entendre son fils s'exprimer avec tant d'aisance.

« Oui, je parlais tout le temps en anglais. Tous les cours étaient en anglais, expliqua Santi.

— Alors, tu vas nous montrer ton anglais, oui ou non ? s'impatienta son père en empoignant une carafe en cristal pour se servir du vin.

— Euh... qu'est-ce que vous voulez que je vous dise ? *I'm glad to be home with my folks and I missed you all*[1].

— *¡Por Dios!* On croirait entendre un vrai Américain ! s'exclama Chiquita en applaudissant.

Fernando manqua de s'étrangler sur son chorizo.

« Anna, tu dois être soulagée maintenant que tu as quelqu'un avec qui parler dans ta langue maternelle, dit Paco en levant son verre pour féliciter son neveu.

— Si c'est ça que tu appelles ma langue maternelle ! riposta Anna en feignant le dédain.

— Maman parle irlandais, intervint Sofía. Ce n'est pas vraiment de l'anglais non plus.

— Sofía, quand on ne sait pas quoi dire, il vaut mieux parfois se taire, répliqua sèchement Anna en s'éventant.

— Qu'est-ce qui t'a manqué, encore, pendant que tu étais en Amérique ? » voulut savoir María.

Santi réfléchit. Il laissa son regard se perdre au loin, se souvenant de ces longues nuits qu'il avait passées à rêver de la pampa, du parfum des eucalyptus et de l'horizon tellement vaste qu'il était difficile de dire où la terre finissait et où le ciel commençait.

« Je vais vous dire ce qui m'a manqué : Santa Catalina, et tout ce qui va avec. »

1. Je suis très heureux d'être de retour parmi les miens, vous m'avez tous manqué.

Les yeux de Chiquita se voilèrent de larmes, et elle échangea avec son mari un tendre sourire.

« Bravo, Santi, dit Miguel d'un ton solennel. Levons notre verre à ça ! »

Tous trinquèrent, à l'exception de Fernando, qui continua à manger en silence.

« Puisse tout cela ne jamais, jamais changer ! » ajouta Santi avec ferveur, en jetant un bref regard vers l'étrange et très belle jeune fille en robe blanche qui le dévisageait de ses yeux bruns – et en se demandant d'où venait ce malaise qu'il éprouvait en sa présence.

Avec une sentimentalité toute latine, le déjeuner fut ponctué de discours émus, encouragés par le flot de vin qui aiguisait les sens. Les garçons, pour qui ces démonstrations de tendresse familiale étaient un peu excessives, avaient du mal à se retenir de pouffer. Avant tout, ils voulaient savoir à quoi ressemblaient les filles américaines et avec combien d'entre elles Santi avait couché. Mais ils eurent le tact de laisser leurs questions en suspens jusqu'à ce qu'ils soient seuls sur le terrain de polo.

Sofía était désespérée. Elle courut jusqu'à sa chambre et claqua la porte derrière elle. Elle avait accumulé tant de frustration pendant le déjeuner qu'elle arracha littéralement sa robe. Santi avait détesté sa nouvelle allure, et, après réflexion, elle l'avait détestée tout autant. Il l'avait complètement ignorée. Qui essayait-elle donc d'être ? Une bouffée de honte lui monta au visage. Elle s'était ridiculisée devant tout le monde. Elle roula la robe en une boule compacte qu'elle fourra au fond de la penderie, derrière une pile de pulls, en se jurant de ne jamais la remettre. Puis, en hâte, elle enfila un jean et un polo, ôta les épingles de sa chevelure et les lança par terre d'un geste rageur, comme si elles étaient la cause de l'indifférence de Santi. Elle s'assit à sa coiffeuse et commença à se donner de violents coups de brosse qui tiraient douloureusement sur les cheveux. Puis elle se fit une tresse au bas de laquelle elle noua, comme d'habitude, un ruban rouge. Voilà, songeat-elle, maintenant je ressemble à moi-même. D'un revers de main, elle essuya les larmes qui tachaient son visage et, d'un pas déterminé, sortit de la maison. Jamais plus elle n'essaierait d'être quelqu'un d'autre.

Lorsque Santi la vit arriver, il fut soulagé de reconnaître sa Sofía qui s'avançait de son inimitable démarche en canard. Il y avait toujours cette même arrogance dans son allure et il sourit, en proie à un brusque accès de nostalgie. À l'instant où il avait posé les yeux sur elle, vêtue d'une longue robe blanche et coiffée comme une adulte, il s'était senti mal à l'aise, sans comprendre pourquoi. Sofía lui avait semblé comme une pêche trop mûre, éclatante de sensualité, et pourtant il y avait quelque chose en elle qui la plaçait hors de son atteinte. Elle n'était plus sa vieille copine, mais quelqu'un d'entièrement nouveau. Il n'avait pas pu, non plus, s'empêcher de remarquer les rondeurs nouvelles de son corps sous la robe dont le tissu devenait transparent au soleil, ni les renflements mordorés de ses seins qui s'étaient gonflés avec nervosité quand leurs regards s'étaient croisés. Santi ne retrouvait rien de la Sofía de son souvenir. Cela le perturbait de voir qu'elle était devenue une femme, et il regrettait l'enfant qu'il avait laissée, deux ans auparavant.

Avant qu'il puisse s'attarder davantage sur ces pensées, elle s'approcha de lui. Sitôt qu'ils eurent échangé quelques mots, Santi aperçut l'éclat espiègle qui brillait dans le regard de sa cousine et il retrouva avec un infini soulagement la personne qu'il connaissait si bien.

« Papa me laisse jouer tout le temps maintenant, lui dit-elle tandis qu'ils se dirigeaient vers l'enclos des poneys.

– Qu'en dit *Tía*[1] Anna ?

– Eh bien, figure-toi que, ce matin, c'est elle-même qui a suggéré que je joue avec vous.

– Waou ! Elle est malade ?

– Sans doute, pouffa Sofía. Elle doit avoir l'esprit un peu détraqué.

– Tu sais, Chofi, tes lettres m'ont vraiment fait plaisir. »

Il lui sourit en pensant aux dizaines de longues épîtres qu'il avait reçues, et au désordre de son écriture sur le mince papier bleu.

« Les tiennes aussi m'ont fait plaisir. Tu avais l'air de tellement

1. Tante.

bien t'amuser ! Je t'avoue que j'étais un peu envieuse. J'aimerais tellement m'en aller loin.

— Un jour, tu le feras.

— Tu as eu beaucoup de petites amies là-bas ? voulut savoir Sofía dans un accès de masochisme.

— Plein », répondit-il avec indifférence.

Il lui serra affectueusement la nuque.

« Tu ne peux pas savoir combien je suis heureux d'être de retour. Si on me disait maintenant que je ne quitterai jamais plus Santa Catalina de toute ma vie, je serais l'homme le plus heureux de la terre.

— Mais tu n'as pas aimé l'Amérique ? s'enquit Sofía, étonnée.

— Si, bien sûr, je me suis bien amusé, mais ce n'est que quand tu quittes un moment quelque chose que tu mesures à quel point tu l'aimes. Et quand tu reviens, tu vois tout ça sous une lumière entièrement différente, parce que, brusquement, tu as du recul. Tu vois les choses vraiment comme elles sont. Tout ce que tu prenais avant pour acquis, tu l'aimes soudain avec une folle intensité, parce que tu sais ce que cela signifie de vivre sans. Tu comprends ce que je veux dire ?

— Oui, je crois, dit Sofía en hochant la tête, tout en sachant qu'il n'en était rien puisqu'elle n'avait jamais vécu cette expérience.

— Toi, tu le prends pour un acquis, n'est-ce pas ? Tu ne t'arrêtes jamais pour contempler ce qu'il y a autour de toi et te dire combien c'est beau ?

— Si, bien sûr », répliqua-t-elle.

Santi lui lança un sourire ironique, qui allongea et creusa de fines rides autour de ses yeux.

« Mon ami Stanley Norman m'a appris une leçon importante quand j'étais là-bas.

— Stanley Norman ?

— Oui, c'est une histoire sur le cadeau le plus précieux qui soit. »

Sofía le dévisagea, intriguée.

« C'est l'histoire véridique d'un petit garçon qui vivait avec ses grands-parents. Son grand-père était un homme serein et plein d'esprit qui racontait de merveilleuses histoires. Et l'une de ces histoires est celle du "précieux présent". »

Sofía pensa soudain à son grand-père et sentit une vague de tristesse la submerger.

« Le petit garçon demanda à son grand-père ce qu'était précisément ce présent. Le vieil homme lui répondit qu'il le découvrirait en temps voulu. Et qu'alors il lui apporterait un bonheur durable, plus intense que tous ceux qu'il avait connus auparavant. Donc, quand le petit garçon reçut une bicyclette pour son anniversaire, sa joie fut telle qu'il se dit que ce devait être là le précieux présent. Mais il s'en désintéressa bientôt et pensa que le vélo n'était pas l'objet d'un tel bonheur. Puis le petit garçon devint un homme, et il tomba amoureux d'une très belle jeune fille. Il se dit qu'il tenait enfin le précieux présent. Mais à la suite d'une dispute, ils se séparèrent. Le jeune homme entreprit de voyager à travers le monde ; partout où il allait, il croyait avoir enfin trouvé le vrai bonheur, mais il était toujours à penser au prochain pays qu'il allait visiter, à la prochaine ville extraordinaire qu'il allait découvrir, et jamais sa joie ne durait. Il se sentait à la recherche d'un bonheur insaisissable, ce qui l'attristait. Puis il se maria, eut des enfants, et, là encore, il dut reconnaître qu'il n'avait pas trouvé le précieux présent. Sa vie ne fut plus que désillusion. Un jour, son grand-père mourut, emportant son secret dans la tombe. Du moins le pensait-il. Il se sentit misérable et se rappela les moments heureux partagés avec son vieux et sage grand-père. Et, soudainement, il comprit. D'où son grand-père tirait-il tant de satisfaction, de sérénité, de joie ? Pourquoi le jeune homme s'était-il toujours senti la personne la plus importante du monde quand il discutait avec lui ? Comment son grand-père arrivait-il à créer une telle atmosphère de paix et à en faire profiter ses proches ? Le précieux présent se révélait être d'une nature singulière : c'était l'instant présent. Son grand-père avait vécu dans le présent, en en savourant chaque seconde. Pour lui, le lendemain n'existait pas — à quoi bon gaspiller de l'énergie pour ce qui risquait de n'exister jamais ? Et le passé n'existait pas davantage, car le passé est révolu. Le présent est la seule réalité qui permette d'atteindre à un bonheur durable, et chacun doit apprendre à vivre ici et maintenant, à goûter l'instant présent, et se préserver des chimères d'un temps inaccessible.

— Quelle belle histoire », dit Sofía émue, en songeant que grand-père O'Dwyer l'aurait adorée et y aurait reconnu sa propre philosophie.

Agustín, déjà en selle, trottait sur le terrain de polo et se mit à crier dans leur direction : « Hé, *vamos, chicos*[1]. »

« Viens, Chofi, on va recommencer à jouer. On joue bien ensemble, non ? » ajouta-t-il en s'écartant pour se hisser en selle.

Sofía le regarda s'éloigner au trot, encore vivement impressionnée par son histoire.

Santi était au comble de la joie de se retrouver au ranch, à jouer de nouveau avec son frère et ses cousins. Éclatant de vie et d'énergie, il lui semblait en cet instant être possédé d'une âme de conquérant. Il trottait en s'imprégnant avec avidité de chaque odeur, de chaque touche de couleur, de tout ce qui constituait ce décor. Il aimait Santa Catalina comme il aurait aimé une personne. Et tandis que le match commençait, un sentiment de bien-être l'envahit, fortifié par l'insouciance du lendemain et l'oubli momentané du passé.

Paco adorait regarder sa fille jouer. Il voyait se refléter en elle sa propre passion du polo et cela l'emplissait de fierté. Sofía était à sa connaissance, la seule fille à jouer aussi bien. Elle possédait les qualités qu'il avait immédiatement reconnues chez Anna lors de leur rencontre, même si cette dernière le niait farouchement. D'après sa femme, elle n'avait jamais eu autant d'audace ou d'effronterie – qualités, soulignait-elle, que Sofía ne pouvait avoir héritées que de son père.

Les garçons étaient à présent parfaitement accoutumés à la présence de Sofía sur le terrain. Ils l'avaient acceptée. Cependant, s'ils avaient toléré sa participation au match contre La Paz, c'était uniquement parce qu'ils avaient gagné. Ils avaient ensuite fait comprendre à Sofía qu'il était exclu qu'elle dispute un autre match. Eux savaient qu'ils pouvaient la traiter à l'égal d'un garçon, mais les étrangers, qui n'avaient pas l'habitude de jouer contre des filles, se sentaient mal à l'aise en sa présence. Paco avait admis qu'il était injuste que Sofía altère l'esprit du jeu. Elle n'avait donc la permission de jouer qu'en famille, avec ses cousins.

Du moment qu'elle jouait, Sofía n'y voyait aucun inconvénient. Pour elle, le polo était bien plus qu'un simple jeu. C'était le moyen

1. Hé, allons-y, les mecs.

de se libérer de toutes les contraintes imposées par sa mère. Sur le terrain, elle pouvait crier, hurler, décharger toute sa fureur, et ce, sous les applaudissements de son père.

L'après-midi, qui touchait à sa fin, projetait de longues ombres qui évoquaient des gargouilles médiévales. Par deux ou trois fois, Fernando manqua de désarçonner son frère, mais Santi répondit par un sourire avant de s'éloigner. L'équanimité de Santi ne faisait qu'ajouter à l'irritation de Fernando. Son frère ne comprenait-il donc pas que ces agressions n'avaient rien à voir avec le match ? La prochaine fois, il le pousserait plus fort.

La partie terminée, les joueurs ramenèrent leurs poneys écumants aux grooms qui avaient attendu autour du terrain, vêtus de *bombachas*.

« Je vais me baigner, annonça Sofía à la cantonade en ôtant son chapeau pour s'éponger le front.

– Bonne idée, je t'accompagne, lança Santi en courant vers elle. Tu as fait des progrès, depuis la dernière fois qu'on a joué ensemble. »

Rafael et Agustín les rejoignirent, et gratifièrent Santi de grandes bourrades dans le dos, comme c'était leur habitude. Tout le monde semblait avoir oublié qu'il avait été absent pendant de si longs mois, et la vie avait repris son cours ordinaire.

« Je vous retrouve à la piscine ! » cria Fernando en rassemblant ses *tacos*[1] pour les entasser à l'arrière de la jeep. Il regarda son frère s'éloigner joyeusement avec leurs cousins. Si seulement il pouvait repartir d'où il venait ! Tout allait bien sans lui, mais maintenant, on allait recommencer à béer d'admiration devant lui, on allait le replacer sur son piédestal. Fernando ravala péniblement sa jalousie et sauta sur le siège du conducteur.

Sofía alla se déshabiller dans la pénombre fraîche de sa chambre, puis, drapée dans sa serviette de bain, traversa le bosquet qui encerclait la piscine. Dans la lumière douce de la fin de l'après-midi, les érables et les peupliers se reflétaient dans l'eau du bassin. L'odeur des eucalyptus et de l'herbe fraîchement coupée

1. Maillets.

flottait dans l'air humide. Sofía se souvint de l'histoire de Santi. Elle embrassa d'un regard pénétrant le décor familier et en savoura la beauté. Arrivée au bord du bassin, elle laissa tomber sa serviette et plongea nue dans l'eau miroitante qui s'offrait à elle, étale et brillante, à la surface de laquelle voletaient des escadrons de moustiques et d'insectes.

Quelques instants plus tard, elle entendit les grosses voix des garçons approcher, puis elle distingua le ronronnement sourd de la mobylette de Sebastián, et, d'un seul coup, la sérénité qu'elle était en train de goûter vola en éclats.

« Hé, les mecs ! Sofía est à poil ! » cria Fernando lorsqu'il aperçut le corps brillant de sa cousine dans l'eau.

Rafael darda sur Sofía un regard mécontent.

« Sofía, tu ne crois pas que tu es un peu trop grande pour te baigner à poil ? râla-t-il en se débarrassant de sa serviette.

– Oh, ne sois pas si coincé ! lui lança-t-elle avec un petit rire ironique, pas le moins du monde gênée. C'est super agréable, et je sais que t'as envie de faire pareil.

– Bon, de toute façon, on est tous cousins, non, alors qu'est-ce que ça peut faire ? dit Agustín en ôtant son short pour plonger nu à son tour. Et, de toute façon, cracha-t-il en refaisant surface, Sofía n'a rien qui mérite d'être vu !

– Je pensais seulement à la dignité de ma sœur, s'entêta Rafael, contrarié.

– Sa dignité, mon vieux, ça fait belle lurette qu'elle l'a perdue avec Roberto Lobito », s'esclaffa Fernando en faisant de l'équilibre sur le rebord du bassin et en exhibant son derrière blanc qui contrastait avec ses jambes tannées par le soleil.

Il plongea à son tour.

« D'accord, mais après, ne viens pas te plaindre si maman te fait passer un sale quart d'heure, marmonna Rafael.

– Qui va aller le lui dire ? » ricana Sofía en s'ébrouant avec ses cousins.

Santi ôta à son tour son short et se tint, nu, les mains sur les hanches, au bord du bassin.

Sofía était incapable de détacher son regard de ce corps qui semblait parfaitement à l'aise dans sa nudité, et ses yeux s'attardèrent avec étonnement et malgré elle sur cette part secrète de son anatomie qui n'avait jamais été révélée. Elle resta un moment comme hypnotisée. Elle avait déjà vu son père, ses frères et ses cousins nus, mais il y avait quelque chose dans la nudité de Santi qui la rendait admirative. C'était là devant elle, fier et majestueux, et d'une certaine façon plus gros qu'elle ne s'y était attendue. Puis elle leva les yeux vers son visage. Santi l'observait, le visage figé dans une expression de contrariété. Sofía fronça les sourcils, en essayant de démêler les raisons de sa mauvaise humeur.

Sans crier gare, Santi plongea. Il fendit l'eau dans un jaillissement bruyant, pour essayer de chasser de son esprit l'image de sa cousine avec Roberto Lobito, enlacés, nus.

Consciente du corps de Santi à proximité du sien, Sofía s'éloigna de quelques brasses en faisant semblant de ne pas le voir, et elle recommença à s'amuser avec les autres. Mais le cœur n'y était pas. Pour quelle raison pouvait-il bien être en colère contre elle ? Qu'avait-elle fait ? Une brusque anxiété lui vola tout son enthousiasme et elle se sentit complètement déprimée.

Soudain, Rafael les avertit de l'arrivée d'Anna. Le visage empreint d'une irritation qui ne laissait présager rien de bon, elle marchait vers le bassin d'un pas décidé.

« Tu ferais mieux de disparaître sous l'eau, Sofía, murmura-t-il. Je vais nous en débarrasser le plus vite possible.

– Je n'y crois pas ! s'étrangla Sofía. Cette femme est une véritable plaie ! »

Elle se colla contre la paroi du bassin tandis que son frère, d'une forte poussée sur le sommet de son crâne, la forçait à disparaître sous l'eau.

« *Hola*, les garçons, vous n'auriez pas vu Sofía ? demanda Anna en scrutant l'assemblée.

– Eh bien, elle a joué avec nous, et elle est repartie à la maison. Depuis, on ne l'a pas revue, répondit Agustín.

– Elle n'est pas ici », renchérit Sebastián.

Brusquement, Anna prit conscience que tous les garçons étaient nus et ses joues s'empourprèrent.

« J'espère bien ! » répliqua-t-elle avec un haut-le-corps.

Puis, avec un sourire crispé, elle leur demanda de renvoyer Sofía à la maison s'ils la voyaient et elle repartit d'où elle venait.

Sitôt qu'elle fut hors de vue, Sofía refit surface en toussant et, lorsqu'elle eut inspiré avidement de grandes goulées d'air, elle partit d'un rire sans fin.

« Moins une, *boluda*[1] ! grinça Rafael. Tu ne sais jamais t'arrêter. »

Santi, depuis le bord opposé du bassin, observait sa cousine, le cœur lacéré par un inexplicable accès de jalousie. Tout à coup, lui non plus n'eut pas envie que Sofía se baigne nue au milieu des garçons. Tout à coup, il eut envie de la gifler pour la punir de sortir avec Roberto Lobito. De tous les garçons, pourquoi avait-il fallu qu'elle choisisse celui-là précisément ?

1. Idiote.

16

Lorsqu'il se réveilla le lendemain matin, la première pensée de Santi fut qu'il s'était comporté en idiot. Il s'était laissé emporter par ses sentiments et ils avaient échappé à son contrôle. Que lui importait que Sofía sorte avec tel ou tel garçon ? Il tenta de se raisonner. Sa colère venait forcément du fait qu'il se sentait le devoir de protéger Sofía comme une sœur. Mais à la seule pensée de Sofía nue dans les bras de Roberto Lobito, il fut assailli par une nausée si violente qu'il dut se rallonger. Bon sang ! Elle pouvait sortir avec qui bon lui semblait, *sauf* Roberto Lobito. Pourquoi justement avoir choisi celui-là ? Roberto avait deux années de plus que Santi, et il se considérait comme le plus grand tombeur de la terre depuis Rhett Butler. À la façon dont il se pavanait lorsqu'il venait en visite à Santa Catalina, on aurait pu croire qu'il était le propriétaire des lieux. Pour couronner le tout, il conduisait une voiture d'enfer importée d'Allemagne. Les taxes d'importation étaient telles qu'il était virtuellement impossible d'acheminer pareille bagnole jusqu'en Argentine, mais le père de ce maudit Roberto, lui, avait réussi. Santi haïssait Roberto. Pourquoi avait-il jeté son dévolu sur Sofía ?

Lorsqu'il se décida enfin à se lever, l'air était déjà chaud et moite. Toute l'excitation que son retour lui avait procurée s'était dissipée et seul lui restait le goût amer de la révélation de la veille. Il se traîna jusque sur la terrasse, où il trouva sa sœur en train de prendre son petit déjeuner. Du ton le plus détaché possible, il demanda à María depuis combien de temps Sofía et Roberto sortaient ensemble, et il assura à sa sœur que c'était là un couple merveilleusement assorti. Un beau couple. Un couple de joueurs de polo. Il doutait, ajouta-t-il, que beaucoup d'hommes puissent se targuer de ça. Mais sa gorge était nouée par la fureur. María, loin de soupçonner les véritables sentiments de son frère, dit qu'ils étaient très attachés l'un à l'autre. Et que, depuis huit mois, lorsque Sofía était à Santa Catalina et Roberto à La Paz, ils étaient inséparables.

Santi ne pouvait pas supporter d'en entendre davantage. Il changea abruptement de sujet, en réprimant une forte envie de vomir. Il renonça à son petit déjeuner.

Il décida d'aller bavarder avec José, pour savoir comment se portaient les poneys. Et peut-être en sortirait-il un pour l'entraîner. Toute activité serait la bienvenue pour éviter de tomber sur Sofía et Roberto. Il s'interdisait à grand-peine de les imaginer en train de rire et – Dieu tout-puissant – de s'embrasser. Il se sentait plus déprimé qu'il ne l'avait jamais été. Il voulait retourner en Amérique, et fuir le plus loin possible de cette mystérieuse et inexplicable jalousie.

Bavarder avec José le soulagea. Quelque chose enfin le distrayait momentanément de son problème. Mais aussitôt qu'il fut en selle, en train de galoper après une balle sur le terrain, ses pensées, une fois de plus, le ramenèrent vers Sofía et il se sentit de nouveau la proie de cette nausée qui ne l'avait pas quitté depuis le matin. Il se mit à frapper la balle comme un forcené, en prenant un indicible plaisir à imaginer qu'elle était la tête de Roberto Lobito.

Il lui fallut un long moment avant de prendre conscience que quelqu'un l'observait.

Sofía.

Assise sur la barrière, elle le regardait tranquillement. D'abord, il tenta de l'ignorer. Et, pendant un instant, il y parvint. Mais il finit pourtant par se diriger vers elle, le cœur battant à tout rompre. Il allait lui dire très exactement ce qu'il pensait de son Roberto Lobito.

Sofía le regarda approcher en souriant. Mais c'était un sourire nerveux. Elle savait qu'il était en colère, et elle n'avait pas fermé l'œil de la nuit, essayant inlassablement de deviner la raison de cette colère. Lorsqu'il ne fut plus qu'à quelques mètres d'elle, elle déglutit avec difficulté en tentant d'ignorer son estomac barbouillé par ce trop-plein d'anxiété.

« *Hola* », dit-elle.

Puis elle attendit qu'il parle.

« Qu'est-ce que tu fais ? » lui demanda-t-il froidement sans mettre pied à terre.

Le poney renifla et s'ébroua.

« Je te regardais.

— Pourquoi ? »

Elle soupira et lui lança un regard blessé.

« Qu'est-ce qui se passe, Santi ?

— Rien. Pourquoi ? Il devrait se passer quelque chose ? »

De nouveau, sa monture s'agita et s'ébroua pour manifester son impatience. Santi baissa sur sa cousine un regard lourd de dédain.

« Arrête de te moquer de moi, Santi. Nous nous connaissons trop bien pour ça.

— Qui se moque de qui ? rétorqua-t-il.

— Qu'est-ce que j'ai fait ? » Elle hésita. « Tu es en colère parce que je sors avec Roberto Lobito.

— Pourquoi ça me ferait quelque chose ? répliqua-t-il, mais Sofía avait remarqué que son expression s'était durcie lorsqu'elle avait prononcé le nom de Roberto. Que veux-tu que ça me fasse, avec qui tu sors ?

— Eh bien, on dirait que ça te fait quelque chose, répliqua-t-elle avec exaspération en sautant au sol. Mais tu as raison, ce n'est pas tes oignons », ajouta-t-elle avec un haussement d'épaules, comme si tout cela n'avait aucune importance.

Brusquement, Santi sauta lui aussi à terre et agrippa son bras sans ménagement. Il lâcha les rênes de son poney, poussa Sofía contre un tronc d'arbre, glissa la main derrière sa nuque et appuya ses lèvres brûlantes contre les siennes. Tout se passa si vite que lorsqu'il la repoussa en marmonnant une vague excuse, Sofía se demanda si elle n'avait pas rêvé. Elle voulait lui dire que ça allait, qu'elle ne désirait rien autant qu'il l'embrasse encore. Mais Santi était déjà remonté en selle. Sofía attrapa les rênes pour retenir Santi.

« Tu sais, chaque fois que Roberto m'embrasse, j'imagine que c'est toi. »

Il la dévisagea. Il sembla à Sofía que la colère s'était évanouie sur le visage de Santi, et qu'un autre sentiment — de l'anxiété, peut-être — l'y avait remplacée. Il secoua la tête.

« *¡Dios!* s'exclama-t-il à mi-voix. Je ne sais pas pourquoi j'ai fait ça. »

Il s'éloigna au trot vers le centre du terrain.

Sofía resta interdite devant la barrière et le regarda s'éloigner, sans jeter un seul regard en arrière. Le baiser lui semblait tellement irréel qu'elle passa un doigt tremblant sur ses lèvres. Elles étaient humides, frissonnantes. Son estomac était noué et ses jambes étaient si légères qu'elles auraient tout aussi bien pu appartenir à quelqu'un d'autre. Elle voulait courir après lui, mais elle n'osait pas. Santi l'avait embrassée ! Exactement comme dans ses rêves, sauf qu'en rêve le baiser avait duré un peu plus longtemps. Mais c'était déjà quelque chose. Un début. Quand elle retrouva enfin la force de marcher, elle partit au galop à travers les arbres, le cœur léger. Santi était jaloux de Roberto Lobito ! Elle éclata d'un rire joyeux, incapable de croire à la réalité de son bonheur. Se pouvait-il que Santi l'aime lui aussi ? Elle n'en était pas certaine, mais elle savait au moins une chose : il fallait qu'elle casse avec Roberto Lobito le plus vite possible.

Sitôt qu'elle fut de retour chez elle, Sofía empoigna le téléphone et composa le numéro de La Paz. Sans s'embarrasser de préambules, elle expliqua à Roberto qu'elle ne pouvait plus être sa petite amie. Un lourd silence s'ensuivit.

Pour Roberto, la situation était une première. Il lui demanda si elle allait bien. Elle devait être souffrante, insista-t-il. Sofía lui rétorqua d'un ton glacial qu'elle allait très bien, et répéta que c'était fini entre eux.

« Tu commets une grosse erreur, dit-il alors. Quand tu vas retrouver la raison, tu voudras que je revienne, et là, tu pourras toujours courir. Tu as pigé ? Je ne ressortirai pas avec toi !

— Parfait », répliqua Sofía avant de raccrocher.

Sofía pensait que sa rupture avec Roberto Lobito rendrait Santi heureux. Pourtant, ce n'était toujours pas le cas. Il continuait à l'ignorer et, à certains moments, il semblait à Sofía que leur amitié appartenait à une histoire bel et bien terminée. Mais le baiser ? L'avait-il donc oublié ? Elle, elle n'avait rien oublié, et, chaque fois qu'elle fermait les yeux, elle sentait la caresse de ses lèvres sur les siennes. De cela, bien sûr, elle ne pouvait pas parler à María. Ni se confier à quiconque. La seule personne auprès de qui Sofía pouvait se plaindre était Soledad. Soledad était toujours là quand elle avait besoin d'elle. Non pas que son avis fût d'une aide quelconque. Mais elle prodiguait à Sofía toute son attention et l'écoutait avec un mélange réconfortant de sympathie et d'adoration. Sofía se plaignit donc à la bonne que Santi l'ignorait, qu'il ne l'intégrait plus comme avant aux activités des garçons, qu'elle avait perdu son meilleur ami. Soledad la berça contre sa poitrine en lui disant que les garçons de l'âge de Santi préféraient être avec leurs copains, ou avec la fille dont ils étaient amoureux. Et que comme Sofía n'entrait dans aucune de ces catégories, elle devait être patiente. Il allait grandir encore un peu, et reviendrait vers elle.

« Ne t'en fais pas, *gorda* [1], tu vas te trouver un autre petit ami, et tu te moqueras pas mal du *señor* Santiago. »

Fernando était furieux. Comment son idiote de cousine avait-elle pu repousser Roberto Lobito ? Roberto était son meilleur ami. Si elle avait détruit cette amitié, jamais il ne lui pardonnerait. Ne réalisait-elle donc pas que toutes les filles rêvaient de sortir avec Roberto ? Avait-elle vraiment conscience de ce à quoi elle renonçait ? Une garce égoïste, voilà ce qu'elle était, incapable de penser à quelqu'un d'autre qu'elle-même. Dès lors, Fernando mit un point d'honneur à inviter Roberto au ranch dès que l'occasion s'en présentait. D'une part, parce qu'il craignait que Roberto ne se sente désormais indésirable à Santa Catalina et laisse tiédir leur amitié. D'autre part, parce qu'il se délectait de voir Sofía mal à l'aise en présence de Roberto, et qu'il estimait ainsi offrir sa revanche à son ami. Aussi exhibait-il Roberto sur le *campo* avec la ferme intention de montrer à Sofía ce qu'elle avait perdu. En offensant Roberto, c'était lui, Fernando, qu'indirectement elle avait offensé. Roberto n'opposa aucune résistance au plan de son ami, et il mit à profit la loyauté de Fernando en flirtant outrageusement devant Sofía dès que l'occasion lui en était donnée, pour bien lui montrer à quel point elle était désormais le cadet de ses soucis. Ce qui était faux.

Sofía se lassa vite de cette comédie. Elle se retira dans son

1. Ma grande.

monde, faisant de longues promenades à cheval ou à pied dans la pampa. Lorsque Sofía voulait bien d'elle, María l'accompagnait. Elle était consciente que sa cousine lui cachait quelque chose, et cela l'attristait. Elle essayait de s'insinuer dans ses bonnes grâces, et lui offrait en toutes circonstances un sourire éclatant, alors qu'elle avait le cœur lourd et se sentait exclue. Sofía s'était déjà montrée boudeuse, mais pendant de courtes périodes. María avait toujours été sa complice et son alliée contre tous. Mais, à présent, Sofía préférait rester seule.

Dans un premier temps, Santi trouva plus simple d'éviter Sofía. Confus d'avoir impulsivement lâché la bride à ses émotions, il en avait conclu qu'il valait mieux ne pas voir Sofía tant qu'il n'aurait pas réussi à se convaincre qu'il était souffrant, ou quelque chose dans ce goût-là – tout, plutôt que de reconnaître qu'il était amoureux de Sofía.

Il ne pouvait pas être amoureux de Sofía, se répétait-il sans relâche. N'aurait-ce pas été comme être amoureux de María : incestueux donc interdit ? Il en était convaincu. La réminiscence de ce baiser le submergeait de honte, il sentait son estomac se nouer si fort qu'il avait la sensation d'étouffer. Il passait de longues nuits agitées à se torturer l'esprit. L'avait-il vraiment embrassée ? Bon Dieu, que lui était-il donc passé par la tête ? Qu'est-ce que Sofía devait penser de lui ? Il espérait qu'en ignorant ce malencontreux événement la situation s'arrangerait d'elle-même. Sofía était trop jeune pour savoir ce qu'elle faisait. C'était à lui, son aîné, de se montrer plus responsable. Il savait bien qu'elle lui vouait une admiration sans bornes. Si elle n'avait pas encore l'âge d'analyser les conséquences d'une telle liaison, lui, si. Il s'intima l'ordre de grandir, et de se comporter en adulte.

Il passait ses journées à traîner avec ses cousins autour de la ferme, tel un chien désœuvré en quête de quelque nouveauté. Cela ne l'empêchait nullement d'espérer malgré lui apercevoir Sofía à la piscine ou sur le court de tennis. Mais Sofía demeurait invisible la plupart du temps, et il devait museler sa déception. Il avait remarqué que son esprit était apaisé lorsque Sofía était dans les parages. La sentir à proximité le rassurait. Il savait qu'ils ne pouvaient pas être amants. Jamais leurs familles ne les laisseraient faire. Santi n'avait aucun mal à imaginer le sermon que lui débiterait son père. Le genre de sermon qui commence par : « Mon fils, tu as un brillant avenir devant toi... » Il voyait déjà l'expression horrifiée de sa mère. Malheureusement, en dépit de tous ces beaux raisonnements, son corps se consumait d'un douloureux désir qui l'affaiblissait chaque jour un peu plus, jusqu'au moment où il ne trouva plus la force de le combattre.

Il fallait qu'il lui parle. Il fallait qu'il se débarrasse de ce poids. Il fallait qu'il lui dise que ce baiser n'avait été rien d'autre qu'un moment d'égarement, de pure folie. Il allait lui dire qu'il s'agissait d'une méprise, n'importe quoi plutôt que la vérité, plutôt que d'avouer qu'il était tourmenté par un amour de plus en plus violent pour elle, et qu'il ne voyait nulle possibilité de le calmer.

María était sur la terrasse en train de jouer avec Panchito et ses petits camarades de la ferme. Lorsque Santi lui demanda où était Sofía, elle grommela qu'elle n'en avait pas la moindre idée, et que Sofía se comportait depuis quelque temps comme une étrangère. À ce moment-là, Chiquita qui arrivait sur la terrasse, un panier rempli de jouets à la main, dit à son fils d'aller se réconcilier avec Sofía.

« Mais nous ne nous sommes pas disputés ! » protesta-t-il.

Sa mère lui décocha un regard qui signifiait : « Ne me prends pas pour une idiote. »

« Tu l'ignores depuis que tu es rentré, intervint alors María. Elle qui était tellement contente que tu reviennes ! Peut-être qu'elle est contrariée à cause de Roberto Lobito. Vas-y et demande-lui, Santi. »

Il la trouva au pied de l'ombú, absorbée par sa lecture. Son poney faisait la sieste à l'ombre. L'atmosphère était saturée d'humidité. Santi leva les yeux vers le ciel, et il aperçut d'épais nuages sombres qui s'amoncelaient à l'horizon. Lorsqu'elle l'entendit approcher, Sofía posa son livre.

« Je pensais bien te trouver ici.

– Qu'est-ce que tu veux ? demanda-t-elle avec agressivité, ce qu'elle regretta aussitôt.

– Je suis venu pour discuter.

– Discuter de quoi ?

– On ne peut pas continuer comme ça, non ? dit-il en s'asseyant à côté d'elle.

– Je suppose que non. »

Il y eut un blanc. Sofía pensa au baiser, pensa qu'elle voulait qu'il l'embrasse encore.

« L'autre jour... commença-t-elle.

– Je sais, l'interrompit-il en essayant de retrouver en vain les mots qu'il n'avait cessé de retourner dans sa tête en prévision de cette conversation.

– Je veux que tu m'embrasses encore », dit Sofía posément.

Il tressaillit. Des gouttes de transpiration brûlantes perlèrent à son front.

« Oui, souffla-t-il faiblement. Je sais, tu me l'as dit.

– Pourquoi est-ce que tu t'es sauvé comme ça, l'autre jour ? » demanda-t-elle.

Santi leva vers elle un regard incrédule.

« Mais parce que nous sommes cousins, Chofi ! Cousins germains ! C'est impossible. Nous sommes trop proches. Que diraient nos parents ? »

Il enfouit son visage entre ses mains. Il haïssait sa faiblesse. Pourquoi n'était-il pas capable de lui dire d'un ton décidé qu'il ne ressentait pour elle rien de plus qu'une affection fraternelle et que, l'autre jour, l'incident n'avait été qu'un grossier dérapage ?

« Qui en a quelque chose à faire de ce qu'ils diront ? lança Sofía avec véhémence. Pas moi. Et puis, de toute façon, qui va leur dire ? »

Brusquement, l'impossible semblait presque possible. Santi venait de dire qu'il ne devrait pas, pas qu'il ne voulait pas. Sofía glissa un bras autour de la taille de son cousin et posa la tête contre son épaule.

« Santi, je t'aime depuis tellement longtemps », lâcha-t-elle dans un soupir.

Une bouffée de bonheur l'envahit à entendre ces mots si souvent murmurés dans le secret de sa tête et enfin prononcés.

Il releva la tête et passa ses bras autour de ses épaules en enfouissant son visage dans ses cheveux. Ils restèrent un long moment immobiles, étroitement enlacés, écoutant leur respiration faire écho à celle de l'autre, chacun se demandant où aller à partir de là.

« J'ai essayé de me convaincre que je n'étais pas amoureux de toi », dit-il enfin, d'une voix hésitante.

Immédiatement, il eut le sentiment d'avoir déchargé sa conscience d'un poids.

« Mais tu l'es ! exulta Sofía.

— Malheureusement oui, Chofi, dit-il en jouant avec sa tresse. J'ai tellement pensé à toi, pendant que j'étais loin...

— Vraiment ? fit-elle, saisie par un vertige de bonheur.

— Oui. Jamais je n'aurais imaginé que tu allais me manquer. J'ai été moi-même très surpris. Je pensais à toi, mais je ne comprenais pas mes sentiments.

— Quand as-tu réalisé que tu m'aimais ?

— Pas avant de t'avoir embrassée. Je ne comprenais pas pourquoi j'étais si contrarié que tu sortes avec Roberto Lobito. Mais c'est sans doute parce que je ne voulais pas trop chercher à comprendre. J'avais peur de la réponse.

— J'ai été surprise, quand tu m'as embrassée, dit-elle en riant.

— Pas plus surprise que je ne l'étais moi-même.

— Tu avais honte ?

— Oui, terriblement.

— Et si tu m'embrasses encore, tu auras honte ? »

Elle lui sourit avec provocation.

« Je ne sais pas, Chofi. C'est... C'est compliqué.

— Je déteste la simplicité.

— Je sais bien. Mais je ne pense pas que tu comprennes ce qu'un baiser entre nous peut signifier.

— Bien sûr que si.

— Chofi ! Tu es la fille de mon oncle, gémit-il.

— Et alors ? Qu'est-ce que ça peut faire ? Ce qui importe, c'est de s'aimer, de se rendre heureux et de jouir pleinement du temps présent. N'est-ce pas la meilleure façon de vivre ?

— Tu as raison, Chofi », concéda-t-il.

Elle remarqua qu'il était redevenu grave. Elle se dégagea de son étreinte et le dévisagea attentivement en essayant de deviner ses pensées. Il leva sa main pour lui caresser la joue et suivre du pouce le tracé de ses lèvres tremblantes. Pendant ce qui sembla durer une éternité, il fixa intensément son regard, comme s'il livrait un ultime combat, avant de capituler, vaincu par un désir si violent que nulle raison ne pouvait le combattre. Avec force, il l'attira contre lui et sa bouche douce et humide chercha la sienne. Sofía retint sa respiration comme si soudain elle se retrouvait la tête sous l'eau. C'était un baiser si différent de ceux de Roberto Lobito. Elle se recula pour inspirer, puis, en voyant le désir brûler dans les yeux de Santi, elle lui offrit de nouveau ses lèvres. À ce moment précis, elle comprenait totalement le sens de l'histoire qu'il lui avait racontée, et elle eut le sentiment d'une telle plénitude, qu'elle en savoura chaque sensation. Avec une infinie tendresse, il fit courir ses lèvres sur ses tempes, ses yeux, son front, les deux mains autour de son visage. Aucun des deux ne remarqua les nuages de mauvais augure qui s'amoncelaient dans le ciel au-dessus d'eux. Absorbés comme ils l'étaient l'un par l'autre, ils ne sentirent pas non plus les premières gouttes de pluie qui annonçaient le puissant déluge qui s'abattit sur eux au moment où ils se collaient contre le tronc de l'ombú pour s'abriter.

17

Les jours suivants passèrent dans une merveilleuse brume. Tout n'était que moments illicites et instants volés. La vie à Santa Catalina se poursuivait comme à l'ordinaire, mais, pour Santi et Sofía, chaque minute était sacrée. Le moindre instant de solitude était consacré à des baisers empressés, derrière des portes closes, des arbres, des buissons, ou encore dans la piscine lorsqu'ils étaient certains de ne pas être découverts. À leurs yeux, jamais Santa Catalina n'avait vibré et rayonné d'autant de beauté. Ils disparaissaient sur des chemins poussiéreux, à cheval, pour aller s'allonger à l'ombre de l'ombú et célébrer l'aube de leur amour avec des baisers tendres et des caresses douces. Là, Santi sortait son canif et ils s'amusaient pendant des heures à graver leurs noms et des messages codés dans les branches. Ils grimpaient aussi haut qu'ils l'osaient dans le royaume enchanté de l'arbre le plus ancien d'Argentine, et, de là, ils contemplaient les poneys éparpillés dans la plaine aride. Ils pouvaient voir à des kilomètres et détecter les allées et venues de gauchos, qui, paresseusement, sillonnaient la plaine à cheval. Le soir – leur moment favori –, ils s'asseyaient sur le tapis d'herbes odorantes et contemplaient le vaste horizon en cédant à la mélancolie du coucher du soleil.

Tout emplissait Sofía de joie, même les tâches les plus insignifiantes. Aider Soledad à éparpiller des miettes de pain sur l'herbe pour les oiseaux lui donnait du plaisir et elle rayonnait parce que Santi l'aimait. Il lui semblait que cet amour bouleversant l'avait imprégnée jusqu'au plus profond de son corps et que les sentiments qu'elle éprouvait pour lui pourraient faire exploser son cœur. Elle ne marchait plus, elle volait, elle ne parlait plus, elle chantait, elle ne courait plus, elle dansait, et, parfois, elle avait peur que les gens ne s'aperçoivent de quelque chose. Son corps tout entier vibrait de cet amour. Elle comprenait pourquoi les gens étaient prêts à tout pour l'amour, même à tuer.

Par-dessus tout, les relations de Sofía avec sa mère s'étaient considérablement améliorées. Elle était devenue serviable, attentive, généreuse.

« Si je n'étais pas certaine du contraire, je dirais que Sofía est amoureuse, dit un matin Anna au petit déjeuner, après que Sofía avait gentiment proposé de donner à Panchito des leçons d'anglais.

– Mais elle est amoureuse, maman, répondit nonchalamment Agustín en remuant son café.

– Vraiment ? s'écria Anna d'une voix joyeuse. Mais de qui ?

– D'elle-même ! intervint précipitamment Rafael.

– Ne sois pas méchant, Rafael ! Ta sœur est très agréable en ce moment. Ne gâche pas tout en lui cherchant des noises. »

Anna était de toute façon bien plus intéressée par la superbe Jasmina, la petite amie de Rafael, dont le père, le célèbre Ignacio Peña, était l'un des plus célèbres et des plus riches avocats de Buenos Aires. Une jeune fille issue d'une si illustre famille était aux yeux d'Anna la femme idéale pour son fils. Elle pourrait être fière de cette nouvelle venue dans la famille. Anna connaissait vaguement la mère de Jasmina, une catholique fervente qu'elle croisait de temps en temps à la messe lorsqu'ils passaient un week-end en ville. Anna se dit qu'elle irait plus souvent à la messe lorsqu'elle serait de retour à Buenos Aires. Devenir amie avec la *señora* Peña la rendrait à coup sûr influente sur l'avenir de son fils.

« Pour l'amour de Dieu, Agustín ! Qu'est-ce qui t'a pris d'aller raconter à maman que Sofía est amoureuse ? Tu n'as donc pas de jugeote ? s'emporta Rafael sitôt qu'Anna eut quitté la table du petit déjeuner.

– Du calme, Rafa. Je ne faisais que dire la vérité.

– Parfois, il vaut mieux mentir.

– Allez, c'est juste une amourette de gosse.

– Oui, mais tu sais comment est maman. Souviens-toi de sa réaction quand Joaco Santa Cruz a épousé sa cousine germaine.

– Il y a peu de chance pour que Sofía épouse Santi. Pauvre fille... Il s'amuse avec elle comme avec un petit chien !

– Peu importe, trancha Rafael. Réfléchis un peu la prochaine fois avant d'ouvrir ta grande gueule. »

Sofía et Santi étaient convaincus que personne n'avait rien remarqué de leur nouveau lien. Certes, ils passaient tout leur temps ensemble. Mais n'en avait-il pas toujours été ainsi ? Il y avait des gestes et des regards qui n'avaient de sens que pour eux. Ils vivaient dans un monde enchanté, parallèle, qui vibrait d'une énergie différente. Ils sentaient qu'ils habitaient des hauteurs idylliques où rien ne pouvait les atteindre, encore moins menacer leur amour. Ils vivaient intensément dans le présent et rien d'autre n'importait.

Les matchs de polo se poursuivaient mais Sofía se moquait maintenant pas mal d'y participer. Elle passait plus de temps dans la cuisine avec Soledad à faire des gâteaux qu'elle apportait ensuite fièrement chez Chiquita pour le thé qu'à perfectionner son jeu avec José. Elle cessa de se disputer avec sa mère et lui demandait au contraire son avis à propos de maquillage et de vêtements. Anna était comblée et cela renforça sa certitude qu'enfin sa fille avait grandi. Fini le temps des baignades sans maillot, ou des démonstrations capricieuses et impudiques. Même Paco, qui d'ordinaire ne remarquait jamais rien, admit que sa fille était en train de changer en mieux.

« Sofía ! » cria Anna depuis sa chambre.

Il pleuvait. C'était une pluie d'été lourde, incessante. Anna ferma la fenêtre en grimaçant, puis lâcha un soupir exaspéré en avisant une grosse mare d'eau sur le tapis.

« Soledad ! » appela-t-elle.

Sofía et Soledad entrèrent en trombe et en même temps.

« S'il te plaît, Soledad, éponge cette maudite flaque. Tu dois fermer toutes les fenêtres de la maison quand il pleut comme ça. Dieu du ciel ! Regardez-moi un peu ce carnage. On dirait que c'est la fin du monde, ici ! »

Soledad descendit à la cuisine pour chercher un seau et une éponge, tandis que Sofía se laissait tomber sur le lit de sa mère, un flacon de vernis à ongles rose dans la main.

« Tu aimes cette couleur ? » demanda-t-elle en anglais.

Sa mère vint s'asseoir à côté d'elle et considéra le flacon.

« Ma mère détestait que je mette du vernis à ongles. Elle trouvait ça vulgaire, dit-elle en souriant avec nostalgie.

— Oui, ça l'est, et c'est pour ça que c'est sexy », répliqua Sofía en riant.

Elle ouvrit le flacon et commença à appliquer du vernis sur un ongle.

« Ma pauvre fille ! s'exclama Anna. Mais ce sera complètement raté si tu fais ça à la va-vite. Tiens, donne-le-moi. Regarde, rien ne vaut la main de quelqu'un d'autre, qui ne tremble pas. »

Sofía observa sa mère tenir sa main dans la sienne et appliquer minutieusement le vernis. Elle aurait été incapable de dire depuis quand sa mère lui avait accordé une telle attention.

« J'ai une faveur à te demander, Sofía, dit-elle après un moment.

— Quoi ? grogna Sofía en craignant que ce ne fût quelque chose qui l'éloigne de Santi.

— Tu sais, Antonio arrive de Buenos Aires par le bus de quatre heures. Tu crois que tu pourrais demander à Santi d'aller le chercher avec la jeep ? Ce serait vraiment gentil de sa part. Je sais bien que ce n'est pas très drôle mais Rafa et Agustín ne peuvent pas y aller et...

— Ne t'inquiète pas, il le fera avec plaisir. On peut y aller ensemble. Au fait, qu'est-ce qu'il faisait, Antonio, à Buenos Aires ? » poursuivit-elle avec détachement pour cacher son excitation.

Ils allaient pouvoir passer l'après-midi ensemble près du lac, tous les deux seuls. Pourvu que María ne veuille pas venir ! songea-t-elle.

« Le pauvre homme, il a dû aller à l'hôpital, pour sa hanche, tu sais.

— Ah, oui », fit Sofía d'un ton absent.

Son esprit, déjà, vagabondait sur les rives du lac avec Santi.

« Merci, Sofía, c'est très gentil de ta part. J'y serais allée moi-même, bien sûr, mais l'idée de conduire avec cette pluie...

— J'adore la pluie, moi !

— C'est parce que tu n'as pas grandi avec elle, comme moi.

— Ça te manque, l'Irlande ?

— Non. J'étais ravie de partir, et maintenant, il y a tellement longtemps que je vis ici, même si je retournais en Irlande, je ne me sentirais pas chez moi. Ce serait comme un pays étranger, pour moi.

– Moi, l'Argentine me manquerait si je devais partir, dit Sofía en levant la main devant ses yeux pour contempler ses ongles.

– Oui, bien sûr. Santa Catalina est un endroit vraiment très spécial: Tu es d'ici. C'est ta maison. »

Anna se surprit elle-même en disant cela. Elle en avait toujours voulu à sa fille de sa place acquise par la naissance, alors qu'elle, sa mère, avait trouvé si difficile de s'adapter à son nouveau pays. Elle jeta un regard vers Sofía, et, à la vue de son visage radieux et rayonnant, elle ressentit une émotion que sa fille ne lui avait encore jamais inspirée. De la fierté.

« Oui, je sais, soupira Sofía. J'adore Santa Catalina. J'aimerais tant ne pas devoir retourner à Buenos Aires !

– Nous faisons tous des choses que nous n'avons pas envie de faire. Mais le plus souvent, c'est mieux ainsi. Tu apprendras ça en grandissant. »

Elle lui sourit avec tendresse et revissa le bouchon du flacon de vernis.

« Tiens, reprit-elle en le tendant à Sofía. Tu ressembles maintenant à une cocotte, plaisanta-t-elle.

– Waou ! merci, maman ! s'exclama Sofía, ravie. Bon, il faut que je demande à Santi s'il veut bien aller chercher Antonio », ajouta-t-elle en sautant du lit.

Elle s'élança dans le corridor, manquant de bousculer au passage Soledad qui remontait en soufflant de la cuisine, avec un seau et une éponge.

Santi fut évidemment ravi à la perspective de passer l'après-midi seul avec Sofía. Ils décidèrent de s'éclipser discrètement, sans rien dire à María qui jouait dans le salon avec Panchito, tout en discutant avec sa mère et son amie Lía. Ils galopèrent sous la pluie et sautèrent dans la camionnette, haletants et trempés jusqu'aux os. Il était deux heures et demie. Ils avaient donc deux bonnes heures devant eux avant que l'imposante carcasse d'Antonio ne vienne s'asseoir entre eux sur la banquette. Santi démarra en trombe et s'engagea dans l'allée, jouant à soulever de grands rubans de boue sous les roues. Il alluma la radio et ils commencèrent à chanter une chanson de John Denver. Sofía posa sa main sur le genou mouillé de Santi. Ni l'un ni l'autre n'éprouvait le besoin de parler.

Le *pueblo*[1] était désert. Une voiture toute rouillée avançait à une lenteur d'escargot autour du square. Les commerces – la quincaillerie et des épiceries – étaient fermés car c'était l'heure de la sieste. Un vieil homme, coiffé d'un chapeau marron en piteux état, était assis sur un banc au milieu de la *plaza*, comme s'il n'avait pas remarqué qu'il pleuvait. Même les chiens étaient partis se mettre à l'abri.

Ils passèrent devant l'église de *Nuestra Señora de la Asunción*, désertée par l'habituel quarteron de vieilles commères toutes de noir vêtues – même les « corbeaux », comme les appelait grand-père O'Dwyer, avaient battu en retraite. Santi traversa lentement le village. Seule la route qui contournait le square avait été recouverte de bitume quelques années auparavant ; toutes les autres n'étaient que des pistes boueuses. Bien vite, ils se retrouvèrent en train de rouler en direction du lac. Santi avisa un coin retiré et abrité, sous un arbre, et se gara.

« Allons marcher sous la pluie », suggéra Sofía en sautant de voiture.

Main dans la main et en riant, ils s'élancèrent et coururent jusqu'à l'arbre voisin, quelques mètres plus loin. Ils regardèrent alentour pour s'assurer qu'il n'y avait personne dans les parages. Ce n'était jamais facile de passer inaperçu dans un village de cette taille, surtout pour les membres de la famille Solanas. Santi poussa Sofía contre le tronc de l'arbre et déposa un baiser dans sa nuque. Puis il se recula et contempla Sofía. Ses cheveux dégoulinaient, son visage brillait, illuminé d'un sourire chaleureux. Santi adorait sa bouche, une grande bouche charnue, généreuse, et la façon dont elle pouvait passer, d'une seconde à l'autre, d'une expression de bouderie à celle de l'ironie. Même lorsque ses lèvres tremblaient de rage, c'était une bouche sensuelle qui invitait aux baisers. De grosses gouttes de pluie se faufilaient à travers le feuillage, mais l'air était si chaud et humide que cette eau était la bienvenue. Il lui enserra la taille des deux mains et l'attira contre lui.

1. Village.

Sofía frissonna en devinant contre elle, à travers le jean, l'excitation de Santi.

« Je veux te faire l'amour, Chofi, murmura-t-il en la regardant droit dans les yeux.

– On ne peut pas ! protesta-t-elle. Pas ici. Pas maintenant. »

Elle lâcha un petit rire pour masquer sa peur, mais elle sentait que ses lèvres tremblaient et qu'elle devenait pâle. Elle avait voulu faire l'amour avec Santi dès la seconde où elle avait réalisé qu'elle l'aimait, deux ans auparavant. Mais maintenant que son désir était sur le point de s'exaucer, elle sentait sourdre en elle une terreur inconnue.

« Non, pas ici, concéda Santi. Mais je connais un endroit, dit-il en plaquant ses lèvres humides dans la paume de sa main, sans quitter des yeux son regard anxieux. Je serai doux, Chofi. Je t'aime, ajouta-t-il en lui souriant tendrement.

– D'accord », souffla-t-elle en baissant les yeux pour dissimuler sa nervosité.

Santi la guida jusqu'à la petite cabine humide d'une péniche amarrée le long du lac. À demi cachée par de hautes herbes et des ajoncs, elle servait de repaire à des hérons, qui venaient y faire leur nid. Ils entrèrent en riant, heureux de leur audace, et se laissèrent tomber sur un amoncellement de sacs vides. La lumière se faufilait par les planches disjointes, disséminant au hasard dans la pénombre des parenthèses étincelantes. Ils écoutèrent la pluie marteler le toit en tôle de la cabine, où flottait, dans l'air lourd, des odeurs d'huile de moteur et d'herbe. Sofía se lova contre Santi, non parce qu'elle avait froid, mais parce qu'elle frissonnait de nervosité.

« Je vais te faire l'amour très, très lentement, Chofi, lui chuchota Santi en embrassant sa tempe.

– Je ne sais pas quoi faire », répondit-elle d'une voix timide.

Tant d'anxiété émut profondément Santi. Il contempla la fille qu'il aimait plus que n'importe qui d'autre au monde, soudain privée de sa pétulance et de son arrogance.

« Tu n'as pas besoin de savoir quoi faire, mon amour. Je vais t'aimer, c'est tout », répliqua-t-il d'une voix chaude et rassurante en lui souriant tendrement.

Il la fit basculer en arrière et s'appuya sur un coude, tandis que de son autre main il lui caressait le visage et suivait du bout du doigt le dessin de ses lèvres tremblantes. Sofía sourit nerveusement, gênée par l'intimité silencieuse de ses gestes et par la puissance du regard qui plongeait dans le sien. Elle ne disait rien. Elle ne savait pas quoi dire, intimidée par la solennité de l'instant. Santi approcha son visage et déposa des baisers aériens sur ses paupières, son nez, ses tempes et enfin sa bouche. Il fit courir sa langue à l'intérieur de ses lèvres, avec une infinie légèreté d'abord, puis avec fougue, déversant en elle un feu liquide. Lorsqu'il glissa la main sous son tee-shirt détrempé, elle prit une brusque inspiration, un spasme contracta son ventre et elle sentit ses seins enfler doucement. Il la dévêtit et contempla son torse nu et frissonnant dans la lumière capricieuse. Il caressa le fin duvet qui couvrait son ventre, caressa la pointe tendue de ses seins et glissa une main sur ses reins qui se soulevèrent en réponse. Puis, très doucement, du bout de la langue, il taquina ses seins. Sofía sentit bientôt le plaisir se transformer en douleur, loin de l'endroit où était la bouche de Santi, quelque part entre ses jambes. Pourtant, elle ne voulait pour rien au monde qu'il cesse, car c'était une douleur à la fois affreusement inconfortable et plus exquise que tout ce qu'elle avait connu. Elle sentit sa propre main tâtonner vers les boutons de son jean. Celle de Santi vint à la rescousse et les défit lentement. Puis il l'aida à l'ôter, en enlevant au passage sa culotte blanche jusqu'à ce qu'elle soit entièrement nue, fragile et tremblante.

Il la contempla d'un regard caressant. Ses joues étaient rouges et brillantes, et ses paupières alourdies par l'éveil de ses sens. Elle flottait quelque part sur le seuil de la féminité. Le fragile équilibre entre l'enfant et la femme lui conférait une rare beauté qui illuminait sa peau d'un éclat intérieur, comme une lumière dorée d'automne. Puis, la main de Santi descendit très lentement vers cet endroit secret entre tous qu'elle avait découvert pendant ces longues nuits, ardentes et oppressantes, quand le désir qui la consumait ne lui avait laissé d'autre choix que d'explorer son corps, seule dans l'obscurité. Dans ces moments-là, elle avait rêvé que ses doigts étaient ceux de Santi – son imagination servait d'exutoire à toute sa frustration, accumulée au cours d'interminables mois d'attente. Maintenant, ils l'avaient trouvé. Un soupir s'échappa de sa gorge, aussitôt retenu par ses lèvres. Elle se perdit dans de nouvelles sensations. Tout son corps exhalait le plaisir, dont l'origine n'avait désormais plus aucune importance.

Santi regarda les perles de transpiration qui se formaient entre ses seins et sur l'arête de son nez hautain. Elle avait les yeux clos et les jambes écartées, dans une posture d'abandon total. Incapable de contenir plus longtemps la pression de son propre désir, Santi s'assit, ôta sa chemise, son jean et ses *alpargatas*. Sofía rouvrit les yeux lentement, comme si elle revenait d'un endroit lointain, et scruta la nudité devant elle. Elle lui semblait soudain complètement différente de celle qu'elle avait observée au bord de la piscine car elle était maintenant éveillée et impatiente. Santi lui prit la main et la posa sur son sexe. Elle se laissa faire, le regard fixé sur le pénis en érection qu'elle caressa de la main, s'étonnant de son poids.

« Alors c'est ça qui fait courir les hommes ? » dit-elle en le laissant retomber contre sa cuisse. Santi gloussa et secoua la tête. Il lui reprit la main et lui montra comment caresser son sexe correctement. Puis il fouilla dans la poche de son jean qu'il avait jeté à côté de lui et il en sortit un petit morceau de papier. Il lui expliqua que c'était important de prendre des précautions. Il ne voulait pas qu'elle tombe enceinte. En riant, elle l'aida à enfiler le préservatif.

« Pauvre petite chose, regarde comme il a peur, fit-elle tandis que son inexpérience desservait l'opération plus qu'elle ne l'aidait.

– Tu es une élève désespérante », répliqua Santi en prenant l'opération en main.

Lorsqu'il entra en elle, Sofía ferma les yeux en attendant un éclat de douleur aiguë, mais rien ne vint. Au contraire, une douce chaleur enveloppa son corps et dissipa les derniers restes d'anxiété. Elle s'agrippa au corps de Santi et perdit son innocence avec l'enthousiasme des nouveaux convertis.

Santi avait couché avec beaucoup de filles en Amérique, mais, avec Sofía, il faisait l'amour pour la première fois.

Une fois que Sofía eut croqué le fruit défendu, elle en voulut davantage. Mais à Santa Catalina, il était difficile de trouver des lieux isolés et sûrs, loin des gauchos, des cousins, des amis. Pourtant, comme Sofía l'avait souvent entendu dans la bouche de grand-père O'Dwyer : « Qui veut, peut. » La volonté de Santi et de Sofía était telle qu'ils auraient trouvé de l'eau en plein désert. Ils eurent tôt fait de constater qu'il leur était impossible de faire l'amour sans que la crainte d'être surpris ne ruine leur plaisir.

Parfois, à l'heure de la sieste, quand les adultes s'étaient retirés dans la fraîcheur des chambres pour digérer le déjeuner copieusement arrosé, ils se faufilaient à l'insu de tous dans la maison de Sofía, jusque dans la chambre d'amis sous les combles. Elle était suffisamment éloignée de la chambre d'Anna et de Paco, et rarement utilisée. Dans la chaleur languide des après-midi d'été, ils s'abandonnaient l'un à l'autre avec ferveur, baignés par les parfums de jasmin et d'herbe coupée qui montaient du jardin, bercés par les chants des oiseaux qui se rassemblaient dans les arbres devant la maison.

Parfois, ils s'échappaient aussi de leurs chambres au milieu de la nuit, quand tout le monde dormait, et ils faisaient l'amour à la belle étoile, sous le ciel baigné de lune. Ils parlaient de l'avenir. De leur avenir. Un avenir qui était aussi inatteignable que les nuages au-dessus de leur tête. Ni l'un ni l'autre n'accordait d'importance au fait que ces rêves étaient des mirages, dessinés par l'optimisme fougueux de leur amour naissant. Ils chevauchaient les nuages, convaincus qu'ils s'aimeraient toujours.

18

Un matin de la fin du mois de février, Sofía s'éveilla barbouillée. Sans doute en raison de ce qu'elle avait mangé la veille, songea-t-elle avec insouciance. Quelques heures plus tard, elle se sentait beaucoup mieux et oublia complètement le malaise. Jusqu'au lendemain matin, où il recommença. Et cette fois, elle fut vraiment malade.

« Je ne sais pas ce que j'ai, se plaignit-elle à sa cousine, tandis qu'elle mélangeait du beurre et de la farine pour confectionner un gâteau d'anniversaire pour Panchito. Maintenant je me sens bien, mais ce matin, j'étais malade comme un chien.

— Ça ressemble à un malaise de grossesse, plaisanta María, sans remarquer la soudaine pâleur du visage de Sofía.

— Une autre Immaculée Conception ? répliqua Sofía avec un pauvre sourire. Non, je ne suis pas assez croyante !

— Eh bien, qu'as-tu mangé hier soir ?

— Et le soir d'avant, aussi », dit-elle en essayant de rire pour bloquer les larmes qui montaient dans sa gorge.

L'idée qu'elle puisse être enceinte la glaçait soudain de terreur. Cela faisait maintenant huit semaines que Santi et elle étaient amants. Mais ils avaient toujours pris des précautions. Sofía en était certaine, car, depuis sa première expérience, elle était à présent devenue experte dans l'art de manipuler les préservatifs. Elle repoussa la sinistre pensée dans un recoin de son esprit, en se disant qu'elle dramatisait.

« Bah, ce doit être le riz au lait de Soledad, fit-elle.

— Tu as eu du gâteau de riz ! » s'exclama María avec une lueur d'envie dans les yeux.

Elle s'arrêta de beurrer les moules et appela Encarnación pour savoir combien de temps les gâteaux devaient cuire.

« Je pensais que la *señorita* Sofía était devenue une spécialiste maintenant, se moqua gentiment la bonne en arrivant avec un panier empli de linge. Vingt minutes, vous regardez si c'est cuit, et si ça ne l'est pas, vous le laissez encore dix minutes. Nooon, Panchito, gronda-t-elle en voyant le petit garçon débouler dans la cuisine. Tu viens avec moi. On va voir s'il y a des dragons sur la terrasse, ajouta-t-elle en lui prenant la main.

– C'est quoi, les dragons ? demanda Sofía, interloquée.

– Des lézards, répondit María avec un haussement d'épaules affectueux. Panchito trouve que les lézards ressemblent à des dragons. »

María regarda sa cousine lécher le bol avec gourmandise. Elle remarqua son teint éclatant. Elle avait relevé la masse de ses cheveux sur le sommet de la tête avec un élastique, des mèches folles s'en étaient échappées et collaient à son visage couvert d'un voile de transpiration. Même affublée d'un tablier de cuisine informe, Sofía arrivait à être magnifique.

« Et alors, *gorda,* qu'est-ce que tu regardes ? demanda Sofía en souriant gentiment à sa cousine.

– Tu es vraiment heureuse en ce moment, n'est-ce pas ? demanda María en lui rendant son sourire.

– Oui. Je suis heureuse d'être là en train de faire un gâteau avec toi.

– Et tu t'entends beaucoup mieux qu'avant avec Anna, non ?

– Oui. Finalement, tout n'est pas mauvais chez cette vieille peau.

– Sofía ! Comment peux-tu dire ça ? Elle est magnifique !

– Trop maigre, rétorqua Sofía d'un ton sec en tendant le bol à sa cousine.

– Mon Dieu ! J'aimerais bien être trop maigre ! » se lamenta María, en renonçant à lécher le bol que lui tendait Sofía.

Sofía le déposa dans l'évier.

« Ne dis pas de sottises, María. Tu es parfaite. Tu es féminine et resplendissante, tout en formes, et tellement jolie. Une vraie femme, ma fille ! »

Elles éclatèrent de rire, et, voyant que María allait protester, Sofía enchaîna :

« Je ne dis que la vérité. Tu es belle comme ça. »

María la remercia d'un sourire.

« Tu sais que tu as une place à part dans mon cœur, Sofía, fit-elle avec sincérité.

– Tu es ma meilleure amie, María, toi aussi tu comptes beaucoup pour moi. »

Les deux cousines se jetèrent en riant dans les bras l'une de l'autre, amusées et touchées par cette soudaine effusion de tendresse.

« On devrait enfourner le gâteau, non ? » dit Sofía en se dégageant.

Elle souleva le moule rempli d'une pâte brune brillante et le renifla avec un sourire gourmand.

« Miam, ça sent divinement bon !

– *¡Dios!* Enfourne-le vite, sinon il ne sera jamais cuit à temps. »

Pour fêter l'anniversaire de Panchito, Chiquita avait invité tous ses petits amis des *estancias* voisines à un goûter surprise. Tandis que le soleil de l'après-midi teintait la terrasse de rose, les enfants galopaient, le visage barbouillé de chocolat, suivis par les chiens qui n'attendaient qu'un moment d'inattention pour voler entre leurs doigts poisseux un morceau de gâteau. Les grands – Fernando, Rafael, Agustín, Sebastián, Ángel et Niquito – firent une brève apparition pour profiter des gâteaux, avant de disparaître dans le parc, pour aller taper dans un ballon. Santi, lui, demeura plus longtemps. Il observa Sofía qui bavardait avec sa mère et ses tantes, à l'ombre d'un acacia. Il adorait la voir gesticuler lorsqu'elle parlait pour appuyer ses paroles, et il adorait aussi cette façon bien à elle de regarder par-dessous ses épais sourcils noirs, comme si elle était sur le point de dire une chose choquante, alors qu'elle guettait le meilleur moment pour obtenir un effet maximal. Au sourire timide qui lui étirait le coin des lèvres, il comprit qu'elle se savait regardée. Finalement, elle se tourna vers lui. Il cligna deux fois des yeux, sans rien changer à son expression, tandis qu'elle lui renvoyait le signal avec un sourire d'enthousiasme. D'un froncement de sourcils, il l'invita à davantage de discrétion, et détourna la tête, inquiet à l'idée que quelqu'un ait intercepté cet échange. Il espéra que Sofía aurait le bon sens de l'imiter. Mais lorsqu'il tourna de nouveau la tête, Sofía le fixait encore, la tête inclinée, un sourire rêveur aux lèvres. Santi jeta un bref regard en direction de María. Par chance, elle était tellement occupée à distribuer des parts de gâteau et des bonbons aux petits, à ramasser les verres vides et à courir après les chiens qu'il y avait peu de danger qu'elle ait aperçu le tendre échange entre son frère et sa cousine.

Plus tard dans la soirée, Santi et Sofía étaient assis sur le banc, sous la véranda de la maison de Chiquita. À la faveur de l'obscurité, ils se tenaient les mains. Lorsque Santi serrait la main de Sofía deux fois, c'était un message muet qui signifiait « je t'aime ». Sofía serrait à son tour la main de Santi, et, très vite, cela devint un jeu. La maison était paisible. Chiquita, Miguel, María et Panchito étaient au lit. L'air avait fraîchi, annonçant l'automne, et le vent mélancolique avait chassé les nuits d'été langoureuses.

« J'arrive à sentir le changement, dit Sofía en se lovant frileusement contre Santi.

– Je déteste la fin de l'été.

– Moi, ça m'est égal. J'aime les soirées au coin du feu. »

Elle frissonna. Il l'attira plus étroitement contre lui et effleura son front d'un baiser.

« Imagine un peu les polissonneries qu'on pourrait inventer devant la cheminée de maman, murmura Santi avec un sourire égrillard.

– Tu vois bien que l'hiver n'a pas que de mauvais côtés.

– Rien n'a de mauvais côté avec toi, Chofi.

– Je suis tellement impatiente de passer l'hiver avec toi, et aussi le printemps et encore l'été. Je veux vieillir avec toi.

– Moi aussi.

– Même si je deviens aussi *loca* que grand-père ?

– Eh bien...

– N'oublie pas que j'ai du sang irlandais.

– Je sais bien, et ça m'inquiète.

– Oui, mais tu m'aimes parce que je suis différente de toutes les autres. C'est toi-même qui me l'as dit ! »

Elle pouffa et frotta son nez contre le menton de Santi. Il lui caressa tendrement la joue.

« Qui pourrait ne pas t'aimer ? » soupira-t-il en approchant ses lèvres des siennes.

Sofía ferma les yeux et savoura le goût familier de la bouche de Santi.

« Tu veux pas qu'on aille à l'ombú ? » suggéra-t-elle.

Santi lui sourit d'un air entendu.

« Quand je pense qu'il y a deux mois tu n'étais qu'une enfant innocente... plaisanta-t-il en déposant un baiser sur le bout de son nez.

– N'oublie pas que c'est toi le séducteur pervers, lui rétorqua-t-elle en riant.

– Pourquoi faut-il que tout soit toujours de ma faute, Chofi ?

– Parce que tu es un homme et que c'est se comporter en chevalier que de prendre sur toi mon inconduite. Tu dois protéger mon honneur.

– Ton honneur, rien que ça ! Dis plutôt ce qu'il en reste !

– J'en ai plein en réserve ! protesta Sofía avec un sourire machiavélique.

– Comment ai-je fait pour ne pas m'en apercevoir ? Allons immédiatement à l'ombú, que je t'en débarrasse une bonne fois pour toutes. »

Il lui prit la main et l'entraîna dans les ténèbres.

Le lendemain matin, Sofía s'éveilla aussi nauséeuse que la veille et l'avant-veille. Elle dut se précipiter à la salle de bains.

Elle se brossa les dents et courut dans la chambre de sa mère.

« Maman, je suis malade. J'ai vomi », dit-elle en se laissant tomber, l'air éploré, sur le grand lit de ses parents.

Anna posa la main sur son front, et, après quelques secondes, secoua la tête.

« Tu n'as pas l'air d'avoir de la fièvre. Mais il vaut mieux appeler le Dr Higgins. C'est sans doute un virus. »

Tandis qu'Anna partait téléphoner, Sofía s'allongea, en proie à une soudaine terreur. Et si elle était enceinte ? Non, impossible, songea-t-elle en repoussant l'idée. Jamais ils n'avaient fait l'amour sans prendre de précaution. Et il était scientifiquement prouvé que les préservatifs étaient sûrs à 99 %. Elle ne pouvait tout simplement pas être enceinte. Mais elle avait beau se raisonner, l'angoisse continuait à lui serrer le ventre, et elle se mit à trembler à l'idée qu'elle pourrait faire partie de cet infortuné 1 % victime d'une malfaçon du latex.

Le Dr Ignacio Higgins soignait la famille Solanas depuis des années. Il avait traité l'appendicite de Rafael et la varicelle de Panchito. Avec un sourire rassurant, il interrogea Sofía sur ses vacances avant de l'examiner. Il lui posa des questions en hochant la tête à chaque réponse. Quand Sofía vit le médecin froncer les sourcils et une expression soucieuse voiler son sourire, elle sentit son cœur s'accélérer et réprima une violente envie d'éclater en sanglots.

« Oh, docteur ! s'écria-t-elle. Ne me dites pas que c'est sérieux ! » le supplia-t-elle, les yeux remplis de larmes.

Mais en son for intérieur elle connaissait déjà la réponse. Pourquoi, sinon, l'aurait-il questionnée sur ses règles ? Le vieux docteur lui prit la main et la caressa du pouce, en secouant la tête.

« J'ai bien peur que tu ne sois enceinte, mon petit », dit-il gravement.

Les mots du médecin la frappèrent de plein fouet. Elle eut le souffle coupé. Son estomac chavira. Elle se recroquevilla lentement contre les oreillers. Ce maudit 1 %, songea-t-elle, l'esprit vide, en revoyant ces longs après-midi d'étreintes filer devant elle comme de l'eau aspirée par une bonde.

« *¡O Dios!* Vous êtes certain ? Qu'est-ce que je vais faire ? » murmura-t-elle faiblement.

Elle s'étouffa, se mordit un ongle. Qu'allait-elle bien pouvoir faire ? Le Dr Higgins la dévisageait. Il n'ignorait rien d'elle : dix-sept ans, un enfant conçu hors des liens du mariage... Il connaissait ses parents depuis suffisamment longtemps pour se douter du scandale que la nouvelle allait déclencher.

Il tenta de la réconforter. En vain. Sofía voyait son avenir s'engloutir dans un vide noir et épais.

« Il faut que tu en parles à ta mère, dit le médecin.

– Maman ? Vous plaisantez ! répliqua-t-elle, le visage plus blanc qu'un linge. Vous connaissez ma mère... »

Le Dr Higgins hocha la tête avec un sourire compatissant et attristé. Combien de fois avait-il été confronté à cette situation ! Combien avait-il vu de jeunes filles dévastées par cette graine déposée en elles, alors qu'un tel miracle de la nature aurait, au contraire, dû être célébré. La familiarité du praticien avec le problème ne diminuait en rien sa compassion. Ses yeux gris s'embuèrent, comme un jour brumeux dans l'Irlande de ses ancêtres. Que n'aurait-il pas donné pour pouvoir régler le problème en administrant à la jeune fille un simple cachet !

« Tu ne peux pas faire face à ce problème toute seule, Sofía. Tu dois en parler à tes parents. Ils t'aideront.

– Mais ils vont être furieux. Ils ne vont jamais me pardonner. Maman va me tuer. Non, je ne peux pas le lui dire, conclut-elle d'une voix qui frôlait l'hystérie, les lèvres tremblantes.

– Tu n'as pas le choix. Ils le découvriront tôt ou tard. Tu ne pourras pas leur cacher éternellement qu'il y a un enfant qui grandit en toi. »

Instinctivement, elle posa la main sur son ventre et ferma les yeux. L'enfant de Santi. En elle. Elle portait dans ses entrailles une part de lui. C'était sans nul doute le pire moment qu'elle eût jamais vécu, mais, en même temps, une douce chaleur s'insinuait en elle. Le Dr Higgins avait raison. La perspective d'en parler à ses parents était terrifiante, mais elle n'avait aucun moyen d'y couper.

« Vous ne pourriez pas le leur annoncer à ma place ? » demanda-t-elle avec un sourire timide.

Il acquiesça d'un hochement de tête. C'était généralement ce qui se passait. Cette lourde tâche faisait partie de son métier, et c'était l'une des plus pénibles. Il espéra que, cette fois, les parents éplorés n'allaient pas rejeter le blâme sur le messager, comme cela arrivait trop souvent.

« Ne t'inquiète pas, Sofía, fit-il d'une voix qu'il espérait rassurante, tout va bien se passer. »

Il se leva, hésita, puis demanda : « Tu ne peux pas épouser cet homme, Sofía ? »

Le non-sens de sa question lui apparut dès qu'il l'eut posée. La petite serait-elle aussi anxieuse si le mariage était possible ?

Sofía secoua la tête, effondrée. Incapable d'extraire le moindre son de sa gorge, elle éclata en sanglots, terrifiée à l'idée de la réaction de sa mère. Elle ignorait totalement ce qu'elle allait faire. Pourquoi avait-elle si peu de chance ? Ils avaient été tellement prudents ! Elle avait souvent encouru les foudres de sa mère, pour rire, en séchant les cours, ou encore en faisant le mur une nuit pour suivre un jeune homme dans un night-club. Mais tout cela, c'étaient des broutilles risibles à côté de ce qui lui arrivait aujourd'hui. Cette fois, la colère de sa mère serait tout à fait méritée. Et si elle découvrait qui était le père de l'enfant, elle serait capable de les tuer tous les deux, Santi et elle.

La porte s'ouvrit à la volée. Anna entra, raide, le visage plus blanc que ceux des portraits du Greco. Ses lèvres tremblaient, et Sofía vit la déception dans ses yeux.

« Comment as-tu pu ? hurla-t-elle en anglais d'une voix perçante tandis que son visage virait au cramoisi. Comment as-tu pu ? Après tout ce qu'on a fait pour toi ! Qu'est-ce que la famille va penser ? Quelle honte ! À quoi pensais-tu donc ? Comment t'es-tu débrouillée ? C'est déjà suffisamment mal de... de... enfin, sans être mariée, bégaya-t-elle. Mais tomber enceinte ! Je suis horrifiée, Sofía », dit-elle en s'effondrant sur une chaise. Elle baissa les yeux, comme si la vue de sa fille l'offensait et la révoltait. « Je t'ai élevée dans une maison où on respecte la loi de Dieu. Puisse-t-il te pardonner. »

Sofía resta muette. Le silence s'installa. Sofía vit le rouge refluer des joues d'Anna. De ses yeux voilés, elle fixait au-delà de la fenêtre les plaines sèches et le ciel humide, comme si elle tentait d'y apercevoir Dieu. Elle secoua la tête.

« Où nous sommes-nous trompés ? demanda-t-elle en se tordant les mains. Est-ce qu'on t'a trop gâtée ? Je sais bien que papa et Paco t'ont toujours traitée comme une princesse, mais moi, jamais. »

Sofía gardait les yeux rivés sur les motifs de la couverture. La situation lui semblait soudain irréelle. Elle était dans un cauchemar. Ce n'était pas possible qu'une telle chose lui arrive.

« J'ai été trop sévère, c'est ça ? reprit Anna, misérable. Oui, c'est ça, trop sévère, tu te sentais piégée, c'est pour ça que tu as toujours eu envie de défier toutes les règles. Tout est de ma faute. Ton père m'a toujours dit de me montrer plus souple. Mais je n'y arrivais pas. Je ne voulais pas que la famille me reproche d'être une mauvaise mère, en plus de tout le reste... »

Sofía aurait voulu se boucher les oreilles, tant les lamentations de sa mère la dégoûtaient. Si María avait été à la place de Sofía, Chiquita aurait réagi avec tendresse, elle aurait essayé de comprendre, d'aider sa fille et de la protéger. Mais tout ce dont la mère de Sofía était capable, c'était de se lamenter et de s'accuser de tous les maux de la terre. C'était tellement typique des catholiques irlandais, songea Sofía avec amertume. Elle bouillait d'envie de lui dire de descendre de sa croix, mais elle sentait bien que le moment n'était pas idéalement choisi pour risquer une telle remarque.

« Bon, et qui est le père ? reprit Anna dans une flambée de colère. Qui c'est ? *¡Dios!* mais qui cela peut-il être ? Tu n'as vu personne en dehors de la famille ! »

Pétrifiée, morte d'angoisse à l'idée de ce qui allait inévitablement suivre, Sofía regarda la vérité cheminer lentement dans l'esprit de sa mère. L'apitoiement céda lentement la place à une expression d'horreur intense. Une grimace révulsée tordit son visage. Elle porta la main à sa bouche.

« Oh, mon Dieu ! murmura-t-elle d'une voix hachée. Oh, mon Dieu ! C'est... Santi, n'est-ce pas ? » finit-elle par dire en accentuant le nom de son neveu avec dégoût. « Oui, c'est lui, bien sûr. Comment n'ai-je rien vu venir ? Quelle sotte ! Tu me dégoûtes ! Vous me dégoûtez tous les deux ! Comment a-t-il pu se montrer aussi irresponsable ? C'est un homme ! Comment a-t-il pu séduire une gamine de dix-sept ans ? »

Elle éclata en sanglots. Sofía la regarda, impassible. Dieu, qu'elle était laide quand elle pleurait !

« Oui, j'aurais dû m'en douter, poursuivit Anna d'une voix éraillée à travers ses larmes. Je vous voyais bien faire, tous les deux, on aurait dit des voleurs, avec votre sale petit secret. Et qu'est-ce que je vais faire, maintenant ? L'enfant sera probablement dégénéré. C'est toujours ainsi que ça se passe. Comment peux-tu être aussi perverse ? Ton cousin ! Il faut que je parle à ton père. Et tu n'as pas intérêt à sortir d'ici avant que je revienne. »

Anna se leva et sortit précipitamment en claquant la porte derrière elle.

Sofía n'avait qu'une envie : courir chercher Santi et tout lui raconter. Mais, pour une fois, elle n'eut pas la force de désobéir à sa mère. Elle s'allongea sur le lit et attendit, plus immobile qu'une morte, l'arrivée de son père.

C'était le milieu de la semaine et Paco était à son bureau, à Buenos Aires. Anna avait refusé de lui dire ce qui se passait au téléphone. Il sauta dans la voiture, et tout au long du trajet qui le ramenait à Santa Catalina, il se rongea les sangs en cherchant à deviner ce qui pouvait bien avoir alarmé Anna à ce point.

Il eut la réponse sitôt qu'il arriva. Anna et lui s'enfermèrent dans son bureau, deux heures durant, pour examiner la situation. Au terme d'une discussion épuisante, Paco consentit à se ranger à l'opinion d'Anna, qui lui martelait que l'enfant serait forcément attardé. Que Sofía devait mettre un terme à sa grossesse.

Lorsqu'il entra dans la chambre, Paco trouva sa fille endormie, roulée en boule sur le lit. Le cœur douloureusement serré, il s'approcha de celle qu'il considérait encore comme sa toute petite fille. Il s'assit sur le bord du lit et caressa d'un geste doux sa chevelure défaite.

Il murmura son nom.

Sofía ouvrit les yeux et vit son père qui la regardait tendrement. Elle se dressa et se jeta contre lui, en sanglotant contre sa poitrine.

« Je suis tellement désolée, papa », fit-elle d'une voix entrecoupée de sanglots, tremblant de peur et de honte.

Paco la tint serrée dans ses bras et la berça, pour apaiser sa peine autant que celle de Sofía.

« Ça va aller, Sofía. Je ne suis pas en colère. Je ne suis pas en colère, tout va s'arranger. »

L'étreinte de son père était rassurante, comme l'étaient ses paroles. Il lui sembla soudain qu'elle s'était déchargée sur lui du fardeau de la responsabilité.

« Je l'aime, papa, murmura-t-elle.

– Je sais bien, mais c'est ton cousin.

– Mais il n'y a pas de loi qui empêche d'épouser son cousin.

– Ce n'est pas le problème. Nous vivons dans un petit monde, et dans ce monde-là, épouser son cousin germain, c'est comme épouser son frère. C'est honteux. Tu ne peux pas te marier avec Santi. Et puis, de toute façon, tu es tellement jeune. C'est juste une passade.

– Non, tu te trompes. Je l'aime vraiment.

– Sofía, fit Paco en secouant la tête avec gravité, tu ne peux pas épouser Santi.

– Maman me hait. Elle m'a toujours haïe.

– Elle ne te hait pas, Sofía, elle est déçue. Moi aussi, je le suis. Mais ta mère et moi venons de retourner le problème dans tous les sens. Nous déciderons ce qui est le mieux pour toi, fais-moi confiance.

– Je suis tellement désolée, papa », répéta-t-elle en recommençant à sangloter.

Sofía s'avança penaude dans le salon, où ses parents l'attendaient pour l'informer de leur décision. Elle prit place sur le canapé, les yeux obstinément baissés. Anna s'était perchée, raide, sur le lourd pare-feu, jambes croisées sous sa robe longue. Elle était livide, ses traits étaient tirés. Paco, le visage rongé par une expression soucieuse, faisait les cent pas dans la pièce. Il sembla à Sofía qu'il avait vieilli tout d'un coup. Les portes donnant sur le corridor étaient fermées. Lorsque Rafael et Agustín, cherchant à savoir ce que cachait cette atmosphère glaciale, avaient demandé de quoi il retournait, ils s'étaient vu prier de déguerpir sur-le-champ. À contrecœur, ils s'étaient résolus à partir chez Chiquita pour regarder la télé avec Santi.

« Sofía, ta mère et moi avons décidé que tu ne pouvais pas garder cet enfant », commença Paco d'une voix solennelle.

Sofía déglutit douloureusement. Elle fit mine de vouloir intervenir, mais son père leva la main pour l'en empêcher.

« Dans quelques jours, tu vas partir pour l'Europe. Après l'... » Il hésita à prononcer le mot « avortement », contraire à sa foi et à ses principes, et qui, il le savait, allait peser lourd sur sa conscience. « ... quand tu iras mieux et que tout sera fini, tu resteras un peu là-bas, au lieu de revenir à Buenos Aires pour entrer à l'université comme c'était prévu. De cette façon, Santi et toi aurez le temps de vous détacher l'un de l'autre. Ensuite, tu pourras rentrer à la maison. Mais personne ne doit être au courant. C'est bien compris ? Ça doit rester notre secret. »

Ce qu'il se garda bien de dire à Sofía, c'est qu'elle partait pour la Suisse, à Genève, où elle habiterait chez ses cousins Antoine et Dominique, et qu'ensuite elle serait inscrite dans une école à Lausanne, où il était peu probable que Santi aille la chercher.

« Tu ne dois pas ternir le nom de notre famille », ajouta sa mère d'un ton sec, en pensant au tort qu'un tel scandale pourrait faire à l'avenir de ses deux fils.

Elle se souvint avec amertume des bons moments passés avec sa fille au cours des dernières semaines, et de l'orgueil qu'elle avait sottement éprouvé. C'étaient là des souvenirs qui rendaient la déception plus amère encore.

« Vous voulez que j'avorte ? » dit Sofía en détachant les syllabes.

Elle regarda sa main, qu'elle avait instinctivement posée sur son ventre, et elle vit qu'elle tremblait.

« Ta mère..., commença Paco.

– Ah ! C'est donc toi ! s'exclama Sofía en lançant un regard haineux à sa mère. Tu le sais que tu iras en enfer à cause de ça ? Tu le sais ? Tu te prétends une bonne catholique. Où sont passés tes principes ? Je n'arrive pas à croire à tant d'hypocrisie. Tu es une caricature de bigote !

– Sofía, je t'interdis de parler en ces termes à ta mère ! » s'interposa Paco en usant d'un ton que Sofía lui avait rarement entendu.

Elle dévisagea ses parents, son regard passant de l'un à l'autre. En l'espace d'une seconde, ils étaient devenus des étrangers. Elle ne les reconnaissait pas.

« Cet enfant sera débile, Sofía, dit Anna en faisant un effort visible pour contrôler sa fureur. Ce n'est pas juste de donner la vie à un enfant comme ça. C'est pour ton bien que nous avons pris cette décision, ajouta-t-elle d'une voix radoucie en esquissant un faible sourire.

– Je n'avorterai pas, répéta Sofía avec entêtement. Mon enfant ne sera pas débile. Tout ce qui vous intéresse, c'est la réputation de la famille. La santé de mon enfant, vous vous en moquez. Parce que vous croyez peut-être que personne ne sera au courant ? C'est une blague ! lança-t-elle avec un rire méprisant.

– Sofía, en ce moment tu es en colère, mais viendra un temps où tu comprendras, dit Paco.

– Jamais je ne vous le pardonnerai ! fit-elle en croisant les bras.

– C'est pour ton bien, Sofía, reprit son père. Tu es notre fille et nous t'aimons. Fais-moi confiance.

– Je croyais pouvoir », répliqua-t-elle d'une voix blanche.

Les avortements, c'était pour les prostituées. C'était sale. Dangereux. Que dirait le père Julio si jamais il avait vent de cette histoire ? Serait-elle condamnée aux flammes éternelles de l'Enfer ? Brusquement, Sofía se surprit à regretter de n'avoir pas prêté davantage attention à ses sermons. Après avoir pensé que la religion n'était que pour les faibles qui avaient besoin qu'on leur montre la voie, comme Soledad, ou pour les fanatiques, qui, à l'instar de sa mère, étaient manipulateurs, Sofía redoutait maintenant que Dieu n'existe vraiment et qu'il ne la punisse.

« Je dois dire au revoir à Santi, dit-elle après un long silence, les yeux rivés sur les motifs du parquet.

— Je ne pense pas que nous pouvons te le permettre, Sofía, répliqua froidement Anna.

— Et pourquoi donc ? Je suis déjà enceinte !

— Sofía, ne me parle pas sur ce ton ! Ta situation n'a rien de drôle. Tout cela est très, très grave. Tu ne verras personne avant ton départ, conclut Anna avec fermeté en essuyant ses mains moites sur sa robe.

— Papa ! C'est injuste ! Quel mal puis-je faire en voyant Santi ? »

Elle implora son père du regard en se levant. Paco hésita. Il réfléchissait. Il marcha en direction de la fenêtre et laissa ses yeux se perdre dans l'immensité de la pampa comme s'il allait y trouver une réponse. Regarder sa fille en face était au-dessus de ses forces. Son sentiment de culpabilité l'écrasait. Il savait qu'il aurait dû prendre parti contre la décision de sa femme. Mais s'il le faisait, il savait aussi qu'il la perdrait pour toujours. La situation entre eux s'était améliorée. Paco comprenait que ce n'était pas tant la liaison de Sofía que celle que lui avait eue, des années plus tôt, qui expliquait l'attitude d'Anna. Sofía et lui avaient trahi sa confiance. Il savait à quoi elle pensait en ce moment, il le voyait à son regard blessé. Et il savait qu'Anna souffrait d'être prisonnière de cet isolement auquel elle s'était elle-même condamnée. Il n'avait pas le choix. Il devait suivre la volonté de son épouse.

« Je pense que ta mère a raison, Sofía, fit-il finalement sans se retourner. Demain matin, Jacinto te conduira à Buenos Aires. Maintenant, tu devrais faire tes valises. Tu seras absente un certain temps... »

Sofía entendit sa voix dérailler, mais cela n'éveilla en elle aucune pitié.

« Je ne partirai pas sans dire au revoir à Santi ! hurla-t-elle, le visage écarlate. Vous vous moquez pas mal de moi, vous ne pensez qu'à cette ânerie de réputation familiale qu'il faut sauvegarder à tout prix. Comment pouvez-vous faire passer ça avant les sentiments de votre propre fille ? Je vous hais ! Je vous hais tous les deux ! » cria-t-elle en s'échappant sur la terrasse.

Elle se mit à courir en direction du bosquet et ne s'arrêta qu'une fois à l'abri des arbres. Là, elle s'adossa contre un tronc, secouée de sanglots, l'esprit en révolte contre l'injustice dont elle était victime.

Lorsqu'elle retourna dans la maison, elle passa devant le salon et entendit, derrière la porte close, ses parents qui se disputaient. Sa mère sanglotait sans retenue et hurlait en anglais. Sofía ne prit pas la peine d'écouter ce qui se disait. Elle se glissa dans la cuisine.

« Soledad », murmura-t-elle.

La domestique, debout devant le fourneau, tourna la tête. Depuis l'embrasure de la porte, Sofía, en larmes, s'élança vers elle.

« Mais qu'est-ce qu'il y a ? demanda Soledad en berçant Sofía contre elle, même si, maintenant, Sofía était plus grande qu'elle.

— Soledad, j'ai un gros problème. Il faut que tu m'aides. Tu veux bien ? »

Sofía chercha son regard et Soledad vit que les yeux de la jeune fille, éteints la seconde d'avant, brillaient à présent d'excitation.

Sofía se dégagea et attrapa dans un tiroir du buffet un bloc de papier et un stylo. Elle griffonna quelques mots, plia la feuille en quatre et la tendit à Soledad.

« Donne ça à Santi aussi vite que tu peux. Mais tu ne le montres à personne. Tu n'en parles à personne. Tu as compris ? »

Soledad, ravie d'être complice d'un secret, lui adressa un clin d'œil et glissa le mot dans la poche de son tablier.

« J'y vais tout de suite », annonça-t-elle.

En arrivant chez Chiquita, Rafael et Agustín avaient annoncé à leurs cousins que Sofía avait de nouveau des problèmes.

« Voilà des semaines que ça lui pendait au nez, commenta Agustín avec un rire méchant.

— C'est faux, rétorqua María. Il y a encore quelques jours, ta mère disait qu'elles s'entendaient de mieux en mieux. Pourquoi es-tu si mauvais ?

— Tu crois que ça va durer longtemps ? demanda Santi, mal à l'aise.

— Ça m'étonnerait, lança Rafael en s'écroulant dans un canapé après avoir allumé la télévision. Connaissant Sofía, elle va prendre ses cliques et ses claques et mettre les voiles. María, tu serais un ange de m'offrir quelque chose à boire.

— Qu'est-ce que tu veux ? soupira l'intéressée.

— Une bière.

— Une bière ici. Autre chose ? »

Santi alla se poster devant la fenêtre, mais il ne vit rien d'autre que son propre reflet qui le fixait d'un regard anxieux.

Une demi-heure plus tard, incapable de tenir en place et de supporter les bavardages de ses cousins, il sortit précipitamment en marmonnant une vague explication.

Il traversait la terrasse quand il aperçut Soledad, rouge et transpirante, qui fendait le bosquet et se dirigeait vers lui.

« Soledad ? Qu'est-ce que tu fais là ? demanda-t-il, la gorge nouée d'inquiétude.

– *Gracias a Dios, gracias a Dios,* répondit-elle en se signant nerveusement. C'est une lettre de la *señorita* Sofía. Elle m'a dit de vous la remettre à vous et à personne d'autre. C'est un secret, vous comprenez ? Elle est complètement bouleversée. Elle pleure. Il faut que j'y reparte, ajouta-t-elle en s'épongeant le front avec un mouchoir.

– Qu'est-ce qui ne va pas ? interrogea Santi, saisi d'un doute affreux.

– Je n'en sais rien, *señor* Santiago, je ne sais rien. Mais lisez la lettre. »

Avant qu'il puisse ajouter autre chose, Soledad rebroussa chemin et s'enfonça dans les arbres.

Santi se dirigea vers la véranda, et lorsqu'il y eut assez de lumière, il déplia la feuille, où il lut : « Retrouve-moi à l'ombú à minuit. »

19

Sofía ne pleurait plus. Allongée sur son lit, elle attendait que l'heure tourne, résignée. Le temps passait horriblement lentement. Mais Sofía savait que minuit finirait par arriver. Elle fixa les branches des arbres qui se balançaient derrière la fenêtre, hypnotisée par ce mouvement qui semblait alléger sa peine.

Ce fut enfin l'heure de se lever. Elle prit une torche électrique dans la cuisine et s'échappa de la maison comme un prisonnier qui s'évade. À pas de loup, le cœur serré, elle fendit la nuit noire en direction de l'ombú. Elle se sentait forte et résolue, mais faible en face de son inévitable destin. Elle avait l'impression de jouer un rôle dans une pièce dramatique, et l'épouvante que cette tragédie provoquait en elle l'éloignait du réel. L'ombú lui semblait ce soir-là au bout du monde. Elle accéléra le pas. Lorsque enfin elle arriva, elle remarqua une petite lumière jaune, celle de la torche de Santi, qui dansait dans les airs telle une luciole géante. Il faisait les cent pas autour de l'arbre.

« Santi ! appela-t-elle d'une voix étranglée en se jetant dans ses bras. Santi ! Ils savent, ils ont tout découvert, ils m'envoient à l'étranger... »

Les mots se bousculaient dans sa bouche, elle bégayait, comme si elle redoutait qu'on ne les surprenne avant d'avoir pu tout lui dire.

« Quoi ? Qui sait ? Comment ? » demanda-t-il, désarçonné. Au ton impérieux de son message, il s'était douté qu'il y avait un problème, mais d'une telle gravité !

« Calme-toi, on ne risque rien ici. Personne ne nous trouvera. Ça va aller, fit-il en essayant de paraître confiant alors qu'il se sentait broyé par la main du destin.

– Non, ça ne va pas, ils me font partir, loin. Je les hais.

– Comment l'ont-ils découvert ? »

Sofía était sur le point de lui révéler, avec son impulsivité habituelle, qu'elle était enceinte mais elle se retint. Ses parents lui avaient dit de n'en parler à personne. Ils avaient insisté. Si elle en parlait à Santi, nul doute qu'il serait incapable de garder ça pour lui. Il foncerait chez Anna et Paco pour faire valoir ses droits de père sur cet enfant. Sofía était incapable d'imaginer la réaction de ses parents. Elle devait se plier à leur loi. Ils pouvaient parfaitement l'envoyer à l'étranger et l'empêcher à jamais de revenir. Tant qu'elle était en Argentine, elle était à leur merci. Non, elle ne pouvait pas le lui dire. Elle lui écrirait, quand ses parents seraient de toute façon trop loin pour pouvoir intervenir. Luttant contre son désir de partager le poids de son chagrin, elle se résigna, pour le moment, à taire la vérité.

« Ils savent, et ils sont fous de rage. Ils m'obligent à quitter l'Argentine pour m'éloigner de toi. »

Elle éclata en sanglots.

« Mais enfin, Chofi, laisse-moi leur parler. Ils ne peuvent pas t'expédier comme ça ! Je ne vais ni le permettre ni le supporter, murmura-t-il entre ses dents, d'un ton farouche.

– Si seulement c'était possible ! Mais ils ne t'écouteront même pas, ils sont aussi furieux contre toi que contre moi. Tu ne peux pas imaginer les horreurs proférées par ma mère. Je suis sûre qu'elle est ravie de se débarrasser de moi.

– Mais je ne peux pas les laisser faire ! Qu'est-ce que je vais devenir sans toi ? Je ne peux pas vivre sans toi, Sofía ! »

Son cri plaintif déchira les ténèbres.

« Santi, il faut l'accepter. C'est comme ça.

– C'est ridicule ! cracha-t-il. Ils n'ont pas de preuve. Comment peuvent-ils être sûrs ? Qui nous a vus ?

– Je ne sais pas, ils ne me l'ont pas dit, fit-elle, honteuse d'être capable de mentir à Santi avec tant de facilité.

– En ce cas, je viens avec toi ! Je pars moi aussi. Allons-nous-en et prenons un nouveau départ ailleurs. De toute façon, c'est ce qu'on aurait fini par faire. Il n'y a pas d'avenir pour nous ici.

– Tu pourrais quitter Santa Catalina pour moi ? demanda Sofía, sidérée par la violence de son amour.

– Bien sûr. Je suis déjà parti. Mais, cette fois, je ne reviendrai pas.

– Tu ne peux pas faire ça, soupira Sofía en secouant la tête. Tu adores ton pays autant que moi. Et tes parents seraient tellement malheureux !

– Écoute, Chofi, on est embarqués tous les deux dans la même galère. Je ne te laisserai pas porter le blâme toute seule. Il faut être deux, pour une aventure amoureuse. Je dois être banni avec toi.

– Mais tes parents ? insista Sofía en imaginant le désespoir de Chiquita.

– Je fais ce que je veux. Je n'ai pas besoin de la permission de mes parents pour quitter le pays.

– Mais moi oui, rétorqua Sofía d'une voix éteinte.

– Bon, très bien. Fais ce que tes parents ont décidé. Je te rejoindrai plus tard, dit Santi en l'étreignant si fort qu'elle se sentit suffoquer.

– Santi ? Tu laisserais vraiment tout tomber pour moi ?

– Je ferais n'importe quoi pour toi, Chofi.

– Mais ton avenir est ici. Si tu viens avec moi, comment pourrons-nous jamais revenir ? Tu ne peux pas défier ta famille si tu n'es pas prêt à les abandonner pour toujours.

– Je suis prêt. Je t'aime. Ne comprends-tu pas que c'est avec toi que je veux vivre ? Tu n'es pas juste une aventure pour moi, Chofi. Tu es toute ma vie. »

En disant ces mots, il réalisa à quel point il disait vrai : Sofía était la force qui lui montrait la voie. Jamais auparavant il n'avait réalisé la profondeur de son amour, le besoin absolu qu'il avait d'elle. Sofía absente, tout ce qu'il chérissait à Santa Catalina se désintégrerait comme un corps privé de son souffle vital. Elle était ce souffle vital qui nourrissait toute chose. Jamais il ne la laisserait partir.

« Bon, si tu es sérieux, décidons d'un plan, dit Sofía en sentant son cœur battre à nouveau. Dès que j'arrive, je t'écris pour te dire où je suis et tu me rejoins. »

La simplicité du projet leur arracha un sourire d'espoir.

« Oui, mais tu penses bien qu'ils vont intercepter nos lettres, objecta Santi. Nous devons nous attendre à tout. Je vais tout raconter à María et c'est à elle que tu écriras.

– Non ! se récria Sofía. Non. Nous ne pouvons faire confiance à personne. Je demanderai à quelqu'un d'écrire le nom et l'adresse sur l'enveloppe. Je me débrouillerai pour les expédier d'un autre pays s'il le faut. Ne t'inquiète pas, je t'écrirai plein de lettres, ils ne pourront pas toutes les intercepter, hein ?

– Je t'aime », murmura Santi.

Elle ne pouvait pas distinguer ses yeux, mais elle percevait l'émotion intense qui vibrait dans sa voix.

« Moi aussi, je t'aime », dit-elle dans un sanglot en se jetant dans ses bras pour l'embrasser.

Ils s'étreignirent avec force, ne voulant croire ni l'un ni l'autre que le sort puisse les séparer à jamais. Pendant un long moment, ils donnèrent libre cours à leurs larmes, sans parler. Seule la stridulation monotone des criquets remplissait le vide qui les engloutissait.

« Faisons un vœu », dit Santi.

Il s'écarta de Sofía et plongea la main dans sa poche.

« Quoi ?

« Je veux faire un vœu. Le vœu qu'un jour nous puissions enfin être ensemble et commencer notre vie comme un vrai couple.

– Mais tu ne crois pas aux vœux, objecta Sofía avec amertume.

– C'est notre dernière chance, Chofi, je suis prêt à tout tenter.

– D'accord, gravons nos noms, souffla-t-elle.

– Juste deux S, un pour Santi, un pour Sofía. »

Ils agrippèrent ensemble le canif, la main large et rugueuse de Santi recouvrant celle de Sofía. Elle remarqua qu'il tremblait. Lorsqu'ils eurent achevé de graver leurs initiales, ils braquèrent le faisceau de la torche sur l'écorce et, dans un silence solennel, firent leur vœu.

« Tu ne m'oublieras pas, hein ? » chuchota-t-il d'une voix étranglée en enfouissant son visage dans son cou.

Sofía respira l'odeur familière de sa peau. Elle ferma les yeux. Elle aurait tellement voulu que ce précieux présent dure plus longtemps !

« Oh, Santi ! Attends-moi, je t'en supplie. Attends-moi, ce ne sera pas long. Je t'écrirai, je te le promets. Ne m'abandonne pas. »

Elle éclata en sanglots, tout en fouillant l'obscurité pour imprimer dans son souvenir le plus infime détail du visage de son amant, et l'emporter avec elle, à des milliers de kilomètres de lui.

« Chofi, il y a tant de choses que j'aurais dû te dire avant. Partons, et marions-nous. » Il lâcha un rire triste. » Ce n'est pas exactement le moment idéal, mais si je ne te le demande pas, je le regretterai toute ma vie. Tu veux bien m'épouser ? »

Elle lui sourit avec bienveillance, comme une mère à son enfant.

« Oui, Santi. Oui, je veux t'épouser », dit-elle d'une voix triste en couvrant le visage de son amant de baisers.

Pourraient-ils un jour être mari et femme ? se demanda-t-elle. Il y avait tant de forces liguées contre eux.

« N'oublie pas de m'écrire, dit Santi avec anxiété.

– Non, promis.

– On va se revoir, mon amour. Ne soyons pas tristes. »

Ils restèrent un long moment serrés l'un contre l'autre, puis ils regagnèrent leurs maisons, le cœur battant de l'espoir secret qu'ils seraient de nouveau réunis.

20

Sofía disparut du jour au lendemain. Lorsque sa mère lui apprit le départ de sa cousine, María galopa jusque chez Anna pour lui demander ce qui se passait. Elle trouva Anna épuisée, les yeux rougis, qui lui expliqua que Sofía était allée rendre visite à des amis en Europe avant d'y terminer sa scolarité. Elle resterait en Europe pendant un certain temps, souligna Anna, évasive. Elle avait très mal travaillé ces derniers temps, sans doute parce qu'il y avait trop de distractions à Buenos Aires. Du coup, ses parents avaient décidé de la punir. Anna s'excusa de n'avoir pas laissé à sa fille le temps de dire au revoir. Tout s'était décidé au dernier moment.

Bien entendu, María n'en crut pas un mot.

« Est-ce que je peux lui écrire ? demanda-t-elle, les yeux pleins de larmes.

— J'ai bien peur que non, María. Ta cousine a besoin de couper les ponts avec tout ce qui la distrayait ici. Je suis désolée. »

Anna mit un terme à la conversation en quittant la pièce, lèvres serrées.

Lorsque María remarqua que sa mère et sa tante ne passaient plus des après-midi à boire le thé et à bavarder, elle comprit que quelque chose s'était passé entre les deux familles.

Le week-end qui suivit le départ inexpliqué de Sofía, Paco partit faire une longue promenade avec son frère Miguel. Il lui expliqua ce qui s'était passé. C'était encore tôt le matin, les hautes herbes brillaient dans la lumière pâle, et, de temps en temps, une *vizcacha* sautait paresseusement dans la plaine.

D'un commun accord, Paco et Anna avaient décidé de ne révéler à personne que Sofía était enceinte. Ils ne pouvaient pas prendre le risque de voir le scandale éclater. Paco se contenta donc de dire à son frère que Sofía et Santi étaient amoureux et s'étaient embarqués dans une aventure sexuelle.

Miguel était atterré. Il se sentait humilié que son fils se soit abaissé à un tel forfait. Que deux cousins tombent amoureux, c'étaient des choses qui arrivaient. Mais consommer ! C'était une attitude irresponsable et impardonnable.

Lorsqu'ils regagnèrent Santa Catalina, Miguel écumait de rage. Il fonça chez lui et affronta immédiatement son fils.

« Tout cela doit rester entre les quatre murs de cette maison ! C'est bien compris ? » hurla-t-il, les poings serrés.

Chiquita éclata en sanglots, devinant le froid que cette histoire allait jeter dans la famille, le frein qu'elle allait mettre à son amitié avec Anna. Elle se sentait affreusement coupable que ce soit son fils qui eût commis l'offense. Mais elle se sentait aussi profondément désolée pour Santi et Sofía, même si elle ne pouvait partager ce sentiment avec personne.

Miguel et Chiquita savaient que Sofía était à Genève avec leurs cousins, mais ils avaient accepté de garder cette information secrète, pour permettre à leurs enfants de se détacher l'un de l'autre. Il était impératif qu'ils rompent tout contact pendant un certain temps. Ils promirent à Paco et à Anna de veiller à ce que Santi n'écrive pas à Sofía.

Anna était tellement bouleversée et contrariée qu'elle commença à vivre en recluse. Elle s'occupait de la maison, du jardin, mais elle refusait de voir qui que ce soit. Elle se sentait horriblement humiliée, et, de temps en temps, elle remerciait Dieu qu'Hector ne soit plus là pour être témoin de sa honte. Paco l'assurait gentiment que la vie devait continuer, qu'elle ne pourrait pas se cacher pour le restant de ses jours. Mais ces discussions finissaient toujours en disputes, Anna éclatait en sanglots et se refusait ensuite à tout dialogue.

Après quelques semaines, elle décida d'écrire posément à Sofía, en lui expliquant pourquoi elle avait décidé de l'envoyer en Europe. « Tu seras bientôt de retour à Santa Catalina, ma chérie, et tu verras que toutes ces histoires seront vite oubliées. » Un sentiment de culpabilité dont elle ne pouvait se défaire la poussait à se montrer affectueuse. Après la troisième lettre, Sofía n'avait toujours pas répondu. L'attitude de sa fille lui paraissait incompréhensible. Paco écrivait lui aussi, mais, à la différence de sa femme, il continua bien après que sa femme eut abandonné.

« Que veux-tu que j'y fasse, si elle ne veut pas répondre ? se justifiait Anna avec aigreur. Je ne vais pas continuer indéfiniment à gaspiller de l'encre. Elle sera de retour bien assez tôt. »

Mais les mois passaient, et nulle lettre n'arrivait de Suisse. Pas même à l'intention de Paco.

Chiquita avait tenté de rendre visite à Anna, mais sa belle-sœur avait dû la voir arriver, et elle s'était cachée dans la maison. Les quelques fois où elle avait tenté de téléphoner, Anna avait refusé de lui parler. Il fallut que Chiquita lui écrive, en la suppliant d'accepter une entrevue, pour qu'Anna consente à la recevoir. Au début, l'atmosphère était électrique. Assises l'une en face de l'autre, le corps raidi comme dans l'attente d'une confrontation farouche, elles parlèrent de futilités – le nouvel uniforme scolaire de Panchito – comme si tout était normal, mais en se jetant cependant de brefs regards humides. La comédie ne dura qu'un temps. Chiquita s'effondra la première, éclatant en sanglots.

« Anna, je suis tellement désolée. Je ne sais pas quoi faire. Tout cela est ma faute », dit-elle les yeux noyés de larmes.

Elle scruta sa belle-sœur d'un regard désespéré. Anna essuya une larme sur sa joue.

« Je suis désolée aussi. Mais je sais combien Sofia peut se montrer délurée. Ils sont tous les deux coupables », dit-elle à contrecœur.

En dépit de l'envie qu'elle en avait, elle ne pouvait décemment pas rejeter le blâme sur Santi seul.

« J'aurais dû le voir venir, reprit Chiquita. J'aurais dû le remarquer. Mais je ne voyais pas de mal à ce qu'ils soient tout le temps ensemble. C'est comme ça depuis qu'ils sont enfants. On ne pouvait pas deviner qu'ils se montraient aussi irresponsables quand ils étaient seuls.

– Je sais. Le plus important, maintenant, c'est que Sofia passe quelques années loin de Santa Catalina, et qu'elle n'ait aucun contact avec ses cousins. Lorsqu'elle reviendra, elle aura mûri, et tout cela sera oublié.

– Ils se sentiront probablement stupides, reprit Chiquita avec espoir. Ce n'est qu'une affection de jeunesse, comme des petits chiots.

— Je ne vois rien ici qui ressemble à des jeux de chiots, Chiquita. L'acte physique n'a rien d'un jeu innocent, ne l'oublie pas, riposta Anna, glaciale.

— Oui, bien sûr, tu as raison, concéda Chiquita, honteuse.

— C'est Santi qui avait de l'expérience. Sofía, en dépit de tous ses péchés, était encore vierge, et le serait restée jusqu'à sa nuit de noces. Puisse Dieu lui venir en aide. » Elle exhala un soupir mélodramatique. « Maintenant, son mari devra l'accepter telle qu'elle est. Une femme déshonorée. »

Chiquita cilla. Après tout, c'étaient les années soixante-dix et la vie de leurs filles serait différente de la leur. Depuis la révolution sexuelle, le sexe était envisagé différemment. Mais, d'après Anna, la révolution sexuelle avait eu lieu en Europe, bien loin de l'Argentine, où elle n'était pas arrivée.

« Que les femmes européennes choisissent de s'abaisser au rang de filles faciles, c'est leur problème. Mais ma fille sera une dame la nuit de ses noces.

— C'est vrai que Santi était le seul à avoir de l'expérience. C'est aussi lui le garçon, et j'accepte l'entière responsabilité. Jamais je ne pourrai m'excuser assez. D'ailleurs, c'est lui qui doit venir et s'excuser, en personne, dit Chiquita, prête à tout pour réparer le mal.

— Il est hors de question que je voie Santi en ce moment, trancha Anna. Il faut que tu comprennes à quel point je suis ébranlée. Je suis incapable de faire face à l'homme qui a séduit ma fille. »

Chiquita contracta les mâchoires, dans un violent effort pour ne pas prendre la défense de son fils. Certes, elle voulait faire la paix avec Anna, mais pas à n'importe quel prix.

« Nous souffrons toutes les deux, Anna, dit-elle avec diplomatie. Partageons notre souffrance et arrêtons de nous blesser avec des accusations. Ce qui est fait est fait, on ne peut pas revenir en arrière. Que ne donnerais-je pas pourtant pour pouvoir défaire cela !

— Moi aussi, dit Anna du bout des lèvres en pensant à l'enfant dans le ventre de sa fille. Que Dieu me pardonne un jour », dit-elle d'une voix grave.

Chiquita considéra sa belle-sœur avec un froncement de sourcils. Les derniers mots d'Anna n'avaient été qu'un murmure, comme pour elle seule.

Chiquita, très ébranlée par les événements, regagna sa maison. Elle se coucha et sombra dans un sommeil agité. Elle n'ignorait pas que même si Anna et elle avaient été capables de rétablir la communication, il faudrait des années pour restaurer leur amitié.

On expliqua à Agustín et Rafael que leur sœur était tombée amoureuse de son cousin, et qu'elle avait été envoyée poursuivre ses études à l'étranger. Paco eut beau s'efforcer de garder un ton léger pour annoncer la nouvelle, les deux garçons ne furent pas dupes. Ils savaient que si leurs parents avaient jugé bon d'envoyer Sofía à l'autre bout du monde, il ne s'agissait pas simplement d'une amourette de gosse. Rafael, pour défendre sa sœur, alla trouver Santi et lui reprocha sa conduite irresponsable. Il était plus âgé qu'elle, il avait vécu à l'étranger, jamais il n'aurait dû l'encourager. N'avait-il donc pas vu qu'elle n'était encore qu'une gamine ? À cause de lui, son avenir était fichu. « Et lorsqu'elle reviendra, ajouta-t-il avec hargne, que je ne te voie pas l'approcher. C'est bien compris ? »

Il était loin de se douter que Sofía n'avait nulle intention de revenir et que Santi se préparait à la rejoindre au moindre signe.

Agustín, lui, se régalait du scandale. Il ressassait à loisir les éléments de l'intrigue, et adorait en discuter avec ses autres cousins, les après-midi où ils paressaient tous ensemble sur l'herbe, à l'ombre dans le parc. Pour la première fois de sa vie, il essaya de se rapprocher de Santi, en espérant que celui-ci lui confierait les détails de leur aventure. Est-ce qu'ils avaient vraiment couché ensemble ? Qu'est-ce que ses parents à lui avaient dit ? Qu'allait-il faire lorsque Sofía serait de retour ? Est-ce qu'il l'aimait ? À sa grande déception, Santi se replia sur lui-même et refusa de répondre à ses questions.

Quant à Fernando, il exultait de voir son frère se débattre avec cette situation scabreuse. Enfin le héros était tombé de son piédestal ! Et avec fracas, encore ! Fini, le temps où Santi était adulé par toute la famille. Fernando était d'autant plus ravi qu'il n'avait jamais supporté Sofía. Il détestait sa façon de vouloir toujours se faire remarquer, de s'imposer sur le terrain de polo, de traîner dans l'ombre de Santi en jetant des regards hautains à tous les autres autour d'eux. Décidément, ils méritaient bien ce qui leur arrivait. C'était faire d'une pierre deux coups. Et lui avait l'impression d'avoir gagné quelques centimètres de plus.

Santi faisait des efforts désespérés pour cacher sa souffrance, mais sans succès. N'importe qui pouvait la lire sur son visage ravagé. Sa claudication s'accentuait de jour en jour. Il passait ses journées à pleurer, et ne pensait jour et nuit qu'à cette lettre de Sofía qui finirait bien par arriver. Alors il partirait et irait la rejoindre. Cet éloignement auquel ils avaient été condamnés l'emplissait de crainte. Il avait besoin d'être rassuré, assuré qu'elle voulait toujours de lui. Il voulait aussi l'assurer qu'il l'attendait. Qu'il l'aimait.

Lorsque María découvrit que son frère et sa cousine avaient été amants, elle s'emporta contre sa mère.

« Comment as-tu pu me le cacher, maman ! Il a fallu que ce soit Encarnación qui me l'apprenne ! Je suis la dernière à être au courant. Tu n'as donc pas confiance en moi ? »

Puis elle étendit le blâme sur son oncle et sa tante, et elle se mit à les éviter. Elle reprocha à son frère d'avoir mis sa meilleure amie dans une situation aussi pénible, et elle commença elle aussi à attendre une lettre de Sofía, dans laquelle sa cousine s'excuserait de ne pas lui avoir dit au revoir et de ne pas s'être confiée à elle. María était sidérée de ne s'être doutée de rien, mais, en y repensant, elle se souvint tristement que Sofía ne lui avait guère, au cours de l'été passé, accordé que des miettes d'attention. Santi et elle l'avaient le plus souvent exclue. Ils l'avaient laissée avec Panchito pendant qu'ils allaient faire des promenades à cheval, ou alors ils partaient jouer au tennis sans lui proposer de les accompagner. Mais elle était tellement habituée à la complicité entre son frère et sa cousine qu'elle l'avait à peine remarqué. En fait, elle avait toujours été éperdue de reconnaissance lorsqu'ils daignaient l'inclure dans leurs jeux, et elle s'était effacée sans faire d'histoires toutes les fois où ils l'avaient laissée de côté. Finalement, ce n'était pas surprenant qu'elle n'ait rien remarqué. Personne n'avait rien remarqué. Sofía avait toujours été maligne. Jamais cependant María n'aurait pensé qu'elle serait un jour la victime d'une de ses intrigues.

Puis elle se remémora leur dispute et la brouille qui avait suivi lorsque Sofía lui avait confié qu'elle était amoureuse de Santi. Si à ce moment-là elle l'avait écoutée et essayé de comprendre, est-ce que Sofía se serait confiée à elle ? Le cœur lourd, elle finit par s'avouer que ce devait être en partie de sa faute si sa cousine avait renoncé à la mettre dans la confidence. Mais la colère et la jalousie ne la rongeaient pas moins. Et les semaines qui passaient, sans cette lettre de Sofía tant espérée, ne diminuèrent en rien la violence de ses sentiments.

Lorsque, un mois plus tard, une lettre arriva finalement à leur appartement de Buenos Aires, elle n'était pas adressée à María, mais à Santi.

Chaque matin, il arpentait la maison comme un ours en cage, attendant le message qui le délivrerait de sa misère. Miguel avait donné des instructions à Chiquita : elle devait vérifier tout le courrier. Mais Chiquita avait fini par se laisser fléchir. Voir son fils sombrer chaque jour davantage dans la souffrance et la prostration lui était insupportable. Aussi avait-elle délibérément décidé d'enfreindre les consignes sévères de son mari. Le matin, elle laissait le courrier sur la table du vestibule, où Santi pouvait y jeter un œil, avant de descendre le chercher. Santi en était éperdument reconnaissant à sa mère, même si jamais le manège ne fut évoqué entre eux. L'un comme l'autre feignaient de n'avoir rien remarqué. Chaque matin, Santi compulsait nerveusement les enveloppes. La plupart étaient adressées à son père, et de jour en jour son espoir s'amenuisait. Ce que Santi et Chiquita ignoraient, c'était que María passait tous les matins chez le concierge en partant à l'université, et regardait le courrier avant que le gardien ne le monte.

María repéra immédiatement l'enveloppe. L'adresse n'était pas écrite de la main de Sofía, mais le timbre indiquait qu'elle avait été postée de France. Ce ne pouvait être que Sofía. Qui d'autre Santi connaissait-il en Europe ? C'était indéniablement une lettre d'amour, puisque tant de précautions avaient été prises. Une fois encore, ils la tenaient à l'écart. Il lui semblait qu'elle venait de recevoir une gifle. Une brusque douleur la saisit à la gorge et elle dut lutter pour recouvrer son souffle. Mais elle éprouvait une telle rage qu'elle ne pleura pas. La jalousie la consuma, jusqu'à lui donner envie de hurler devant tant d'injustice. N'avait-elle pas toujours été une amie loyale ? Comment Sofía pouvait-elle lui tourner aussi grossièrement le dos ? N'était-elle pas sa meilleure amie ? Ce lien n'avait-il donc plus de sens pour la traîtresse ?

María remonta à pas de loup s'enfermer dans sa chambre. Elle se déchaussa et s'assit sur le lit. La lettre était posée devant elle. Elle la contempla un long moment, en délibérant. Elle savait que la seule chose à faire était de la remettre à Santi, mais sa fureur et sa jalousie l'aveuglaient. Elle les empêcherait de continuer. Elle voulait qu'ils souffrent autant qu'elle souffrait. Elle déchira l'enveloppe et sortit la lettre. Immédiatement, elle reconnut l'écriture désordonnée de sa cousine. Elle lut les premiers mots : « Mon amour... » Elle ne continua pas. Elle tourna les pages, pour chercher à la fin la signature qui lui confirmerait que la lettre était bien de Sofía. « Mon cœur ne bat que dans l'attente du moment proche où tu seras ici avec moi. Sans cela, je crois qu'il aurait déjà cessé de battre. » C'était signé « Chofi ».

María ravala un sanglot amer. Ainsi, Santi projetait de partir, de la rejoindre. La révolte lui souleva le cœur. Non, il ne pouvait pas partir lui aussi ! Elle ne voulait pas les perdre tous les deux. Il était clair qu'ils complotaient de s'enfuir ensemble et de ne jamais revenir. Qu'allaient penser leurs parents ? Ils en mourraient de chagrin. Elle devait empêcher ça, à tout prix. Santi le regretterait toute sa vie. Il ne pourrait jamais plus revenir en Argentine. Aucun des deux ne le pourrait.

Son cœur se mit à battre plus vite au fur et à mesure qu'un plan se dessinait dans sa tête. Si elle brûlait cette lettre, Sofía penserait que Santi avait changé d'avis. Elle passerait ses trois ans en Europe, et, après ça, elle aurait oublié son idylle, et elle reviendrait, comme prévu. En revanche, si Santi partait maintenant, aucun des deux ne reviendrait. Jamais. Et elle ne supporterait pas de les perdre tous les deux. À la fin, María en était persuadée, ils la remercieraient.

Elle recopia l'adresse de Sofía dans son journal, à l'envers au cas où Santi viendrait fouiller, et glissa la lettre dans son enveloppe, sans la lire. Elle savait que ce serait trop douloureux pour elle de connaître les détails de leur amour. Elle sortit sur le balcon de sa chambre avec une boîte d'allumettes. Elle enflamma l'enveloppe et la déposa dans un pot de fleurs, où elle noircit et se recroquevilla, avant de tomber en poussières. Elle se laissa glisser contre le mur et s'assit sur le carrelage, la tête dans les mains, et libéra enfin les larmes qui lui nouaient la gorge. Elle se sentait coupable, mais elle savait qu'elle avait bien agi. Ce n'était pas pour elle qu'elle le faisait, ni pour eux, mais pour ses parents, qui auraient eu le cœur brisé si Santi était parti pour ne jamais plus revenir.

Elle haïssait Sofía, mais, en même temps, sa cousine lui manquait atrocement. Elle s'ennuyait sans elle. Elle regrettait ses sautes d'humeur, sa pétulance, son esprit acéré et son humour impertinent. Elle se sentait blessée et trahie. Elles avaient grandi ensemble et partagé tant de choses ! Sofía avait toujours été égoïste, mais jamais elle ne l'avait rejetée. Pas vraiment. Pas de cette façon. María n'arrivait pas à comprendre pourquoi Sofía ne lui écrivait pas. Comme si elle ne comptait pas. Ne représentait rien pour elle. Elle était malade à l'idée qu'elle n'avait été qu'une marionnette loyale, toujours dans l'ombre de Sofía, sans être vraiment désirée ni acceptée. Mais elle s'était vengée. Sofía allait souffrir autant qu'elle souffrait. Elle allait découvrir la douleur d'être traitée comme quantité négligeable. Cependant, lorsqu'elle réfléchissait à l'acte qu'elle avait commis, un horrible sentiment de culpabilité s'emparait d'elle, et elle se jurait de ne jamais en parler à personne. Et lorsqu'elle se regardait dans une glace, il lui semblait ne plus se reconnaître.

Peu de temps après, une seconde lettre arriva. Jamais María n'aurait pensé que Sofía écrirait aussi vite. Elle s'empara de la lettre et la cacha au fond de son sac, avant de la condamner, plus tard, au même sort que la précédente. Après ça, elle vérifia tous les matins le courrier avec l'habileté d'un maître chanteur professionnel. Prisonnière de sa rancune et de sa culpabilité, aurait-elle voulu s'arrêter qu'elle en aurait été incapable.

Après le départ de Sofía, les week-ends à Santa Catalina ne furent jamais plus comme avant. Son absence alimentait une animosité larvée entre les deux familles, qui menaçait de détruire l'harmonie du clan. L'hiver arriva. L'air se chargea de l'odeur des feuilles mortes qu'on brûle et de celle de la terre humide. Une atmosphère mélancolique régnait dans le domaine. Chaque famille vivait désormais repliée sur elle-même. Le traditionnel *asado* du samedi ne fut plus bientôt qu'un souvenir quand les pluies commencèrent, et la terre brûlée du barbecue qu'une mare boueuse qui symbolisait la fin d'une époque.

Les semaines se transformaient en mois, et Santi désespérait chaque jour un peu plus de recevoir des nouvelles de Sofía. Il se demanda bien sûr si on ne l'empêchait pas d'écrire. Cela devait faire partie du plan pour les éloigner l'un de l'autre. Sa mère se montrait compatissante, mais réaliste. Il devait aller de l'avant, lui disait-elle, et oublier Sofía. Les jolies filles ne manquaient pas autour de lui. Quant à son père, il lui intima l'ordre de cesser de pleurnicher et de se reprendre en main. Santi s'était fourré dans le pétrin, ça arrivait à tout le monde. « Plonge-toi dans tes études, lui conseilla-t-il, et tu seras content plus tard. » Ils ne cachaient pas leur déception, mais ils avaient la sagesse de ne pas chercher à ajouter à la peine évidente de leur fils.

Qu'il galopât comme un forcené à travers la pampa, ou qu'il dormît d'un sommeil agité, Santi pensait à Sofía nuit et jour. Chaque week-end, de retour à Santa Catalina, il marchait seul dans leurs pas de l'été, et passait des heures dans l'ombú, à caresser le tronc et leur marque. Il pensait à Sofía jusqu'à ce que la douleur, devenue insoutenable, le fît s'effondrer en sanglots.

En juillet cette année-là, le président Juan Domingo Perón mourut, huit mois seulement après son retour d'exil. Adulé ou haï, Perón était une figure publique depuis trente ans. Sa dépouille ne fut pas embaumée, et les funérailles furent simples, selon son vœu. Isabel, sa troisième femme, devint présidente et le pays fut emporté dans la spirale du déclin. Intellectuellement limitée, elle se reposa entièrement sur son machiavélique conseiller, José Lopez Rega, surnommé *El Mago*, le magicien. Cet ancien policier, astrologue de son état, prétendait être capable de ressusciter les morts et de discuter avec l'archange Gabriel. Il préparait les discours d'Isabel, disant que les mots lui avaient été dictés par Perón lui-même. Le pays commençait à être exsangue, et ni Isabel ni Lopez Rega n'étaient capables d'y remédier. Les guérillas éclatèrent en une révolte qui se heurta aux escadrons de la mort de Lopez Rega.

Paco prédisait qu'Isabel ne ferait pas long feu à la tête du pays. « Une danseuse de cabaret ! Qu'est-ce qu'elle y connaît, en politique ? Elle devrait se contenter de faire ce pour quoi elle est douée », grommelait-il avec aigreur. Il n'avait pas tort.

Au mois de mars 1976, un putsch des militaires déposa Isabel. Elle fut assignée à résidence, et, sous le commandement du général Videla, les militaires entreprirent une guerre sanglante : les gens suspectés de subversion et d'opposition au régime étaient enlevés, torturés puis assassinés.

La grande terreur avait commencé.

21

Genève
1974

Sofía, assise sur un banc, contemplait les eaux bleu marine du lac de Genève. Ses yeux, rouges et gonflés à force de pleurer, étaient rivés quelque part au loin, vers les montagnes. Le ciel était d'un bleu très pur, mais il faisait froid. Emmitouflée dans l'épais manteau en mouton de sa cousine, un bonnet sur la tête, Sofía frissonnait. Dominique lui avait recommandé de manger. Que dirait Santi si la jeune fille qu'il retrouverait n'était qu'une pâle version de celle qu'il avait connue ? Mais Sofía n'avait pas d'appétit. Et savait qu'elle n'en aurait pas tant qu'il n'aurait pas répondu à ses lettres.

Sofía avait débarqué à Genève au début de février. C'était son premier contact avec l'Europe et les différences qu'elle constatait chaque jour entre son pays et la Suisse l'étonnaient beaucoup. Genève était une ville d'une propreté méticuleuse. Les rues étaient parfaitement entretenues, et toutes identiques. Les vitrines des magasins étaient encadrées de laiton étincelant, leur intérieur décoré avec luxe et goût, les voitures, rutilantes, modernes. Quant aux maisons et aux immeubles, ils ne présentaient pas cet aspect délabré que les turbulences de l'histoire avaient infligé à ceux de Buenos Aires. Mais en dépit de cet ordre et de cette propreté, Sofía regrettait l'exubérance folle de sa ville natale. À Genève, les restaurants fermaient à onze heures du soir, alors qu'à Buenos Aires, c'était le moment où ils commençaient à s'animer, pour ne plus désemplir jusqu'aux petites heures du matin. Elle regrettait le bourdonnement industrieux de sa ville, les cafés bruyants, les fêtes de rue, les odeurs entêtantes, les aboiements des chiens et les cris des enfants. Genève était calme. Policé, cosmopolite, cultivé, mais calme.

Sofía avait entendu parler d'Antoine, le cousin de son père, et de sa femme Dominique, mais elle ne les avait jamais rencontrés. Antoine et Paco étaient cousins au second degré, et tout ce qu'elle connaissait à son sujet, elle le tenait des histoires que Paco racontait de ses années londoniennes, quand Antoine et lui profitaient de la ville comme deux jeunes loups en chasse. Elle savait aussi que sa mère avait vécu avec eux à Kensington durant ses fiançailles. Sofía crut se rappeler qu'Anna n'avait jamais réellement accroché avec Dominique, qu'elle trouvait trop extravagante. Dominique n'avait pas davantage aimé Anna. Elle savait reconnaître une opportuniste lorsqu'elle en croisait une. En revanche, elle adora Sofía à la minute où elle la vit. Elle ressemblait tellement à Paco, songea-t-elle avec joie. À l'immense soulagement de Sofía, Antoine et Dominique se révélèrent être les gens les plus charmants qu'elle eût jamais rencontrés. Antoine était un bonhomme imposant, doté d'un grand sens de l'humour, et il parlait anglais avec un fort accent français. Au début, Sofía croyait qu'il en rajoutait pour l'amuser. Mais il n'y avait là rien de feint et Antoine aimait voir rire sa jeune cousine.

Dominique avait une quarantaine d'années. C'était une belle femme tout en rondeurs, avec un visage généreux et candide, et des grands yeux bleus qui s'élargissaient démesurément dès qu'elle voulait manifester son intérêt. Elle ramassait ses longs cheveux blonds – mettant un point d'honneur à souligner que cette couleur ne devait rien à la nature – en une queue de cheval attachée par une pochette à pois. Dominique raconta à Sofía comment elle avait rencontré Antoine, à l'Opéra de Paris. Il était assis derrière elle, et lui avait tendu une pochette – à pois – car il avait remarqué qu'elle pleurait et épongeait ses pleurs sur la manche de sa robe en soie. En commémoration de ce jour important entre tous, Dominique portait toujours une pochette à pois.

Elle était exubérante et sa personnalité flamboyante s'exprimait aussi bien dans son rire sonore et mélodieux comme le chant d'un oiseau exotique que dans ses habitudes vestimentaires. Elle arborait toujours d'amples pantalons de couleurs vives et de longues chemises qu'elle achetait dans une boutique à la mode à Londres, dans Motcomb Street, *Arabesque*. Elle avait aussi une bague qui étincelait à chaque doigt. « Un excellent moyen de défense », expliqua-t-elle à Sofía avant de lui raconter comment elle avait fait sauter le dentier d'un répugnant exhibitionniste, dans la station de métro de Knightsbridge. « Londres est une ville étrange, ajouta-t-elle. C'est le seul endroit où j'ai eu affaire à des exhibitionnistes ou à des gens qui m'ont menacée. Et ça s'est toujours passé dans le métro. Je me souviens d'un autre petit bonhomme, tout aussi répugnant, qui m'arrivait à peine au nombril, et qui me fixait avec des yeux exorbités en me disant : "Je vais te baiser." Je l'ai regardé d'un air méprisant, et je lui ai répondu que s'il le faisait et que je m'en aperçoive, j'allais me mettre très, très en colère. Il a été tellement surpris qu'il a sauté de la rame à la station suivante comme un chat échaudé. »

Sofía était étonnée par l'ombre violet et bleu irisé dont Dominique recouvrait ses paupières, pour faire ressortir la couleur de ses yeux. « Quel intérêt d'utiliser des couleurs naturelles ? » répondit-elle un jour à Sofía qui lui demandait pourquoi elle utilisait du maquillage aussi coloré. Dominique fumait avec un long fume-cigarette noir, comme la princesse Margaret, et laquait ses ongles en rouge sang. Elle se montrait sûre d'elle, avait un avis sur tout, et savait se faire impertinente. Sofía comprenait exactement pourquoi sa mère ne l'avait pas aimée, car, pour ces mêmes raisons, Sofía, elle, l'adora immédiatement.

Antoine et Dominique habitaient dans une somptueuse maison le long du quai de Cologny, avec une vue imprenable sur le lac. Tandis qu'Antoine consacrait ses journées à la haute finance, Dominique écrivait des romans. « Rien que du sexe et des meurtres », avait-elle répondu à Sofía lorsqu'elle lui avait demandé la teneur de ses livres. Elle lui en avait donné un pour la distraire. Il s'intitulait *Le suspect était nu*, et était d'une effroyable médiocrité, même aux yeux inexpérimentés de Sofía en matière de littérature. Mais ils se vendaient très bien, et Dominique se répandait en séances de signatures et en interviews. Le couple avait deux enfants adolescents, Delphine et Louis.

Dominique avait immédiatement compati à la détresse de Sofía et, de ce fait, gagné sa confiance.

« Tu sais, ma chérie, j'ai eu une aventure torride avec un Italien, il y a des années de ça, bien entendu. Je l'aimais de toutes mes forces, mais mes parents me disaient qu'il n'était pas assez bien pour moi. Il dirigeait une petite boutique de cuir à Florence. À l'époque, moi, je vivais à Paris. Mes parents m'avaient envoyée à Florence, pour étudier l'art italien, pas les Italiens. Mais je peux t'assurer que j'ai davantage appris sur l'Italie avec Giovanni que je ne l'aurais fait sur un banc de classe. » Elle était partie d'un grand rire de gorge. « Je n'arrive même plus à me souvenir de son nom de famille. C'est tellement loin. Mais ce que je voulais te dire, ma chérie, c'est que je sais très bien ce que tu endures. J'ai pleuré pendant un mois entier. »

Cela faisait plus d'un mois que Sofía pleurait. Un après-midi où il pleuvait, elle s'était étendue sur le lit de Dominique, recouvert d'un beau piqué blanc, et elle lui avait tout raconté. Depuis le retour de Santi des États-Unis, jusqu'au moment où il l'avait embrassée à côté du terrain de polo. Elle s'était laissé emporter par le flux des souvenirs et Dominique était venue s'asseoir à côté d'elle, contre les oreillers. Elle avait fumé une cigarette après l'autre en écoutant Sofía raconter son histoire. Sofía n'avait omis aucun détail, et elle avait aussi raconté sans rougir comment ils avaient fait l'amour. Après avoir lu les romans de Dominique, elle savait que sa cousine ne serait pas choquée. Dominique avait depuis le départ fait alliance avec Sofía. Elle ne comprenait pas pourquoi Anna et Paco s'étaient opposés au mariage et à la naissance de l'enfant. À la place d'Anna, jamais elle ne se serait érigée en juge du bonheur de sa fille. Il devait y avoir plus que ça, avait-elle songé. Et elle avait rejeté la faute sur Anna. Une telle attitude ressemblait si peu à Paco, avait à son tour dit Antoine lorsque Dominique lui avait rapporté les confidences de Sofía. Et puis, ils avaient discuté de l'enfant à venir. Sofía avait la ferme intention de le garder. « J'ai parlé du bébé à Santi dans la lettre. Je sais qu'il voudra que je le garde. Il fera un père parfait. Je repartirai avec lui en Argentine. Ils ne pourront rien faire. Nous formerons une famille et ils seront bien obligés de l'accepter. »

Dominique l'encourageait dans cette voie. Il était évident qu'elle ne devait pas avorter. C'était de la pure barbarie. Elle serait là pour l'aider tout du long. Elle en serait fière. Et ce serait un secret entre elles, jusqu'à ce que Sofía se sente assez forte pour en parler à sa famille. « Tu sais que tu peux rester ici aussi longtemps que tu le souhaites. Je t'aime comme ma propre fille. »

Au début, ç'avait été assez excitant. À peine avait-elle posé un pied chez les La Rivière qu'elle avait écrit à Santi. Dominique, avec son grand cœur et son enthousiasme, avait accepté d'écrire l'adresse sur l'enveloppe. Puis, pour célébrer cela, elle avait emmené sa jeune cousine dans les boutiques de la rue de Rive, et lui avait offert des vêtements à la dernière mode européenne. « Profites-en tant que tu peux les mettre, car ça ne va pas durer », avait-elle dit en riant. Le week-end, ils étaient allés skier à Verbier, où Antoine possédait un magnifique chalet à flanc de montagne, au cœur d'un splendide paysage. Louis et Delphine avaient invité quelques camarades et la maison résonnait de rires joyeux pendant les parties de jeux devant la cheminée. Au retour, ils avaient fait un crochet par Yvoire, une ravissante petite ville voisine d'Évian, au bord du lac. C'est là qu'avec beaucoup de solennité Dominique et Sofía avaient posté la lettre, ravies de leur stratagème. Qui irait soupçonner une lettre postée de France ? Santi lui manquait tellement qu'elle était persuadée que sitôt qu'il recevrait la lettre il lui répondrait. Avec Dominique, elles essayèrent de calculer le délai qu'il faudrait. Sofía attendit la réponse de Santi avec une excitation croissante. Quand les quinze jours d'attente qu'elle avait prévus se transformèrent en un mois, puis en deux, elle sombra dans la dépression. Elle cessa de manger et de dormir.

Sofía occupait ses journées en assistant aux divers cours auxquels Dominique l'avait inscrite : cours de français, d'art, de musique, de peinture. « Il faut t'occuper l'esprit pour t'empêcher de penser à Santi », avait décrété Dominique. Sofía se laissait absorber par les cours, qui lui procuraient une sorte de soulagement spirituel. La musique qu'elle jouait sur le piano de Dominique était d'une profonde mélancolie, les tableaux qu'elle peignait étaient sombres, et lorsqu'elle étudiait la peinture de la Renaissance italienne, elle était frappée d'émotion devant un si grand art. En attendant une lettre, voire l'apparition de Santi sur le pas de la porte, elle trouvait dans l'art un exutoire à sa souffrance et à son désespoir. Elle lui avait de nouveau écrit, plusieurs fois, au cas où il n'aurait pas reçu sa première lettre, mais elle n'avait toujours pas reçu de réponse.

Le regard perdu vers l'autre rive du lac, Sofía se demandait si Santi n'avait pas été effrayé en apprenant sa grossesse. Peut-être aurait-il préféré ne rien en savoir ? Peut-être pensait-il que c'était mieux pour tout le monde qu'il cessât de penser à Sofía et allât de l'avant ? Et María ? L'avait-elle, elle aussi, oubliée ? Sofía avait à plusieurs reprises voulu lui écrire, mais chaque fois qu'elle avait commencé une lettre, elle avait froissé la feuille et l'avait jetée au feu. Elle se sentait trop honteuse. Elle ne savait pas quoi dire. Ce serait bientôt le printemps et elle avait un enfant qui poussait en elle. Elle devrait être heureuse. Mais Santa Catalina lui manquait, comme lui manquaient la chaleur de l'été et les siestes dans la touffeur moite du grenier, où leur bonheur s'était épanoui à l'abri de tous.

Lorsqu'elle arriva à la maison, elle avisa Dominique qui, depuis la terrasse, lui adressait de grands gestes frénétiques, une enveloppe blanche dans les mains. Sofía s'élança dans l'allée, soudain légère. Dominique arborait un immense sourire.

« J'avais une envie folle de l'ouvrir. Vite ! Dis-moi tout ! »

Sofía prit l'enveloppe que lui tendait Dominique et son cœur fit un bond.

« Oh ! s'exclama-t-elle en reconnaissant l'écriture de María. C'est de ma cousine. Mais peut-être qu'il lui a demandé de m'écrire parce qu'on lui interdit de le faire lui-même », ajouta-t-elle pour combattre son sentiment de déception.

Elle déchira l'enveloppe, déplia la lettre et commença à parcourir les lignes, tracées de l'écriture soignée et fleurie de María.

« Oh non ! gémit-elle avant d'éclater en sanglots.

– Qu'est-ce qu'il y a, ma chérie ? Dis-moi ! » s'alarma Dominique.

Sofía s'effondra sur le canapé pendant que Dominique déchiffrait la lettre de María.

« Qui est cette Máxima Marguiles ? demanda-t-elle avec colère.

– Je ne sais pas, hoqueta Sofía. María dit qu'il sort avec elle. Comment peut-il me faire ça ?

– Tu fais confiance à ta cousine ?

– Bien sûr. C'est ma meilleure amie – après Santi.

– Peut-être que c'est un subterfuge, et qu'il sort avec quelqu'un d'autre juste pour faire croire à la famille qu'il n'en a plus rien à faire de toi. Il joue peut-être la comédie.

— Tu crois ? demanda faiblement Sofía avant d'enfouir la tête dans ses mains.

— Il est intelligent, n'est-ce pas ?

— Oui, et moi j'étais sortie avec Roberto Lobito exactement pour la même raison ! se souvint Sofía avec une lueur d'espoir dans les yeux.

— Roberto ? »

Sofía écarta la curiosité de Dominique d'un geste. Pour rien au monde elle ne voulait qu'une vieille histoire sans importance vienne la distraire de Santi.

« Est-ce que tu as parlé à María de ta relation avec Santi ? » voulut savoir Dominique.

Sofía sentit son estomac se nouer. Elle savait bien qu'elle aurait dû mettre María dans la confidence.

« Non. C'était notre secret. Nous n'en avons parlé à personne. En général, je racontais toujours tout à María, mais là, c'était impossible.

— Donc, tu penses que María n'est pas au courant, dit calmement Dominique.

— Je n'en sais rien, dit Sofía en se mordillant nerveusement un ongle. Non, elle ne peut pas être au courant, sinon jamais elle ne m'aurait parlé de cette Máxima. Elle aurait eu trop peur de me faire de la peine. Et puis, elle aurait aussi fait allusion à toute notre histoire. María est ma meilleure amie. Je suis certaine qu'elle n'est au courant de rien.

— Et Santi ne se serait pas confié à elle, n'est-ce pas ?

— Non.

— Bon, si j'étais toi, j'attendrais de recevoir une lettre de Santi. »

Sofía attendit. Les jours rallongèrent et bientôt le soleil eut fait fondre toute la neige des montagnes. Les fermiers sortirent les troupeaux des étables pour les amener paître en toute liberté dans les prairies semées de fleurs. C'était le mois de mai et Sofía était enceinte de cinq mois. Son ventre s'était arrondi, mais son corps était toujours mince et svelte. Le médecin de Dominique l'avait prévenue que, si elle refusait de s'alimenter correctement, l'enfant pourrait en souffrir. Elle se força donc à manger des nourritures saines, et à boire beaucoup d'eau et de jus de fruits. Dominique se faisait un sang d'encre pour sa petite cousine. Elle priait pour que Santi écrive. Mais aucune lettre n'arrivait. Sofía continuait pourtant d'espérer, bien longtemps après que Dominique eut compris que tout espoir était désormais vain. Sofía passait des heures assises sur un banc au bord du lac. Elle regarda l'hiver céder sous la poussée du printemps, puis l'été fleurir. Quand l'automne arriva, elle eut le sentiment qu'avec la belle saison une part d'elle-même mourait aussi. Elle fit le deuil de son espoir.

Plus tard, lorsque ses émotions se furent apaisées et qu'elle fut capable de réfléchir avec plus d'objectivité à la situation, elle comprit que si María s'était débrouillée pour trouver son adresse, alors Santi aurait très bien pu faire de même. Mais il ne l'avait pas fait. Pour quelque raison que ce soit, il l'avait trahie. Il avait pris la décision de rompre la communication et la promesse. Sofía tenta de se consoler en cherchant mille et une raisons pour justifier la trahison de son amant.

Le 2 octobre 1974, elle donna naissance à un petit garçon en pleine santé. Elle pleura en le tenant contre son sein pour lui donner la tétée. Il avait des cheveux aussi noirs que les siens et des yeux bleus. Dominique lui dit que tous les nouveau-nés avaient les yeux bleus. « Ensuite, ils deviendront verts comme ceux de son père, ou marron comme ceux de sa mère. » L'accouchement avait été difficile. Sofía avait hurlé de douleur en sentant une force jusque-là inconnue lui déchirer les entrailles. Elle avait tenu la main de Dominique serrée dans la sienne, et appelé désespérément Santi. En ces moments intenses où la lutte aboutit au soulagement et à la joie, Sofía avait senti son cœur se vider en même temps que son ventre. Santi ne l'aimait plus et le retrait de son amour planait comme une ombre au-dessus de son esprit. Elle savait qu'elle avait perdu à la fois son amant et le meilleur ami qu'elle eût jamais eu. Elle sombra plus profondément dans le désespoir.

La joie qu'elle éprouva la première fois qu'elle tint son bébé contre elle lui sembla momentanément combler le vide laissé par Santi. Elle effleura sa petite joue marbrée, caressa ses cheveux d'ange et respira son odeur. Pendant qu'il tétait, elle jouait avec sa minuscule main qui s'agrippait à la sienne et refusait de s'en détacher, même une fois qu'il s'était endormi. Ce petit être avait besoin d'elle. Elle prit un plaisir immense à le regarder se nourrir de son lait. Et tandis qu'il suçait son sein, elle ressentait une étrange sensation dans son ventre, qui l'apaisait. Lorsqu'il pleurait, elle ressentait une vive douleur au cœur. Elle décida qu'elle l'appellerait Santiguito, parce que si Santi avait été à ses côtés, c'était ainsi qu'il aurait voulu l'appeler, le petit Santiago.

Les premiers moments d'éblouissement maternel passés, Sofía replongea dans ses idées noires en ne voyant aucune lumière venir éclairer son avenir. L'inquiétude qui la rongeait culmina bientôt en une crise aiguë et continue de panique. Elle croyait suffoquer. Jamais elle ne serait capable de veiller seule sur son bébé. Elle ne savait pas comment faire. Elle n'y arriverait jamais sans Santi, sans Soledad. Elle ouvrit la bouche pour crier son désespoir, mais seule une longue plainte déchirante en sortit. Elle était seule au monde, et ne savait comment réagir face à la situation.

Elle pensait souvent à María. Elle aurait tant aimé pouvoir partager sa détresse avec son amie. Mais comment ? Elle se sentait tellement coupable. Si María avait appris ce qui s'était passé – et Sofía ne doutait pas qu'à présent ce fût le cas –, sa cousine devait se sentir trahie. Sofía eut la confirmation de ses craintes en ne voyant plus aucune lettre arriver. Sofía se sentait coupée de tout ce qui lui était familier. Elle fit des efforts pour aimer Genève, mais la ville ne symbolisait à ses yeux que de la souffrance. Chaque fois que son regard glissait, au-delà des fenêtres de sa chambre d'hôpital, vers les montagnes étincelantes dans le lointain, elle pensait à tout ce qu'elle avait perdu : l'amour de Santi, l'affection de María, sa maison qu'elle aimait tant et son environnement familier. Tout ce qui lui avait toujours procuré un sentiment de sécurité et d'amour. Seule et abandonnée, elle ne savait pas où diriger ses pas. Où qu'elle aille, elle ne pourrait pas échapper à elle-même et à ce profond sentiment de douleur qui l'habitait.

Elle quitta l'hôpital après une semaine et rentra quai de Cologny avec son bébé. Elle avait eu plus de temps qu'il n'en fallait dans sa chambre d'hôpital pour réfléchir. La décision à laquelle elle était parvenue n'était pas facile. Mais il était évident que Santi ne voulait pas d'eux. Elle ne pouvait pas retourner en Argentine, et elle n'allait certainement pas aller à Lausanne comme ses parents l'avaient prévu. Au début, au mois de mars, ils lui avaient écrit pour s'expliquer. C'était son père qui lui avait écrit le plus souvent. Mais Sofía n'avait jamais répondu. Sans doute pensaient-ils que tout rentrerait dans l'ordre une fois qu'elle serait de retour en Argentine. Mais ils se trompaient. Elle n'avait aucune intention de rentrer dans son pays.

Elle expliqua à Dominique que vivre en Argentine sans pouvoir être avec Santi était une perspective insurmontable. Quant à Genève, elle trouvait la ville trop paisible pour envisager d'y construire sa nouvelle vie. Elle avait donc décidé de renouer avec ses racines, et de partir pour Londres.

« Mais pourquoi partir ? s'étonna Dominique, profondément déçue d'apprendre que Sofía voulait les quitter avec son bébé. Tu sais bien que tu peux rester avec nous. Tu n'es pas du tout obligée de chercher ailleurs.

– Je sais. Mais j'ai besoin de rompre avec tout ce qui me rappelle de près ou de loin Santi. Tu sais bien que j'adore être ici avec vous. Antoine et toi êtes maintenant ma seule famille. Mais il faut que tu comprennes que j'ai besoin de prendre un nouveau départ. »

Elle soupira et baissa les yeux. Dominique s'aperçut à ce moment-là que l'adolescente en détresse qu'elle avait recueillie quelques mois plus tôt était devenue une femme et une mère. Pourtant, elle n'avait rien de cette beauté radieuse des jeunes mamans. Elle semblait au contraire porter un masque de tristesse et Dominique la trouvait curieusement évasive.

« Mes parents se sont rencontrés à Londres, je parle la langue et, grâce à mon grand-père, j'ai un passeport britannique, expliqua Sofía. De plus, c'est la dernière ville au monde où ils viendront me chercher. Ils chercheront d'abord ici, à Genève, puis à Paris, et aussi en Espagne. J'ai pris ma décision, Dominique. Je pars pour Londres. »

Cette ville la fascinait depuis toujours. Pour avoir fréquenté l'école anglaise San Andrés, à Buenos Aires, elle avait appris l'histoire de la Couronne anglaise, les exécutions et les pendaisons, et toutes les cérémonies qui allaient de pair avec les fastes de la royauté. Son père lui avait toujours promis qu'un jour il l'emmènerait là-bas. Elle allait enfin faire le voyage, mais seule.

« Mais, ma chérie, qu'est-ce que tu vas devenir à Londres avec un bébé ? Tu ne peux pas l'élever toute seule.

— Il ne vient pas avec moi », lâcha Sofía, les yeux rivés sur le tapis persan à ses pieds.

Dominique étouffa un cri de surprise et dévisagea Sofía, les yeux écarquillés.

« Qu'est-ce que tu comptes en faire ? Tu ne veux tout de même pas nous le laisser ? bégaya-t-elle, convaincue que Sofía souffrait d'une dépression postnatale.

— Non, non, pas du tout, répondit Sofía d'une voix éteinte. Je voudrais que vous lui trouviez une gentille famille qui s'occupera de lui et l'aimera comme s'il était le sien. Une famille peut-être qui désire un enfant depuis longtemps... Je t'en supplie, Dominique, trouve une famille comme ça. »

Si le ton était celui de la supplique, Dominique lut de la détermination dans les yeux de Sofía.

Sofía avait pleuré toutes les larmes de son corps. Elle avait atteint une impasse et son cœur était éteint. Antoine et Dominique essayèrent de la convaincre de renoncer à son projet. Dehors, il pleuvait, et les trombes d'eau reflétaient son désespoir. Santiguito dormait paisiblement dans son couffin, emmailloté dans un châle qui avait appartenu à Louis. Sofía expliqua qu'elle ne pouvait pas vivre avec cet enfant qui lui rappelait sans arrêt Santi et sa trahison. Elle était trop jeune. Elle ne savait pas comment trouver l'énergie de survivre. Il lui semblait que son avenir était un immense trou noir dans lequel elle était entraînée comme un fétu de paille. Elle ne voulait pas garder son enfant. Antoine lui fit remarquer sévèrement qu'elle parlait d'un être humain, dont elle était responsable, et non d'un jouet qu'elle pouvait abandonner à sa convenance. Dominique l'assura avec beaucoup de douceur qu'elle oublierait Santi et sa douleur, que l'enfant aurait bientôt une personnalité bien à lui. Mais Sofía ne voulait rien entendre. Si elle le laissait dès à présent, soutenait-elle, la séparation serait bien moins douloureuse. Ce n'était qu'un bébé de quelques jours. Et si elle attendait plus longtemps, l'abandonner serait ensuite impossible. Elle était trop jeune pour s'occuper de l'éducation d'un bébé, et un enfant ne pouvait pas faire partie de cette nouvelle vie qui l'attendait. Sa décision était prise.

Pendant que Sofía promenait Santiguito dans son landau sur les berges du lac, Dominique et Antoine passèrent des heures à discuter. Aucun des deux n'était d'accord pour qu'elle abandonne son enfant dans un centre d'adoption, car ils savaient qu'elle le regretterait pour le restant de ses jours. Mais Sofía était trop jeune pour se projeter dans l'avenir. Seule son inexpérience pouvait lui laisser ignorer qu'en ayant porté cet enfant neuf mois, elle avait forgé un lien indestructible.

Ils l'envoyèrent consulter un psychiatre, dans l'espoir que le dialogue avec un médecin la fasse revenir à la raison. Sofía accepta d'y aller, mais affirma dès le début que cela ne la ferait en rien changer d'avis. Le Dr Baudron était un petit homme grisonnant qui, avec ses cheveux lissés vers l'arrière et son torse proéminent, évoquait à Sofía un gros pigeon content de lui. Ils parlèrent des heures durant, le praticien l'obligeant à disséquer point par point tous les événements qui avaient eu lieu dans sa vie depuis un an. Elle lui raconta tout d'une voix impersonnelle, avec le sentiment d'être la spectatrice de sa propre histoire. À la fin de ce qui sembla à Sofía un interminable et futile bavardage, le Dr Baudron dit à Dominique que soit Sofía était en état de choc, soit elle était l'être humain le plus maître de soi qu'il eût jamais rencontré. Il aurait volontiers poursuivi les séances, mais sa patiente avait refusé de le revoir.

Une fois que Sofía eut réussi à convaincre ses cousins qu'elle ne changerait pas d'avis, il y eut des papiers à signer et des gens à voir pour mettre en route la procédure légale d'adoption. Dominique était effondrée. Jusqu'au dernier moment, elle essaya de convaincre Sofía qu'elle allait regretter sa décision, peut-être pas dans l'immédiat, mais plus tard. Sofía ne voulut rien entendre. Dominique n'avait jamais rencontré quelqu'un d'aussi têtu, et, un court instant, elle songea avec sympathie à ce qu'Anna avait dû endurer. Quand les choses ne se passaient pas selon sa volonté, Sofía n'était pas l'ange qu'elle donnait l'impression d'être. Elle avait un caractère violent, ombrageux, et une fois qu'elle se repliait dans sa bouderie, les bras obstinément croisés devant la poitrine, aucune cajolerie au monde ne pouvait la ramener à de meilleurs sentiments. Car, non contente d'être butée, elle était aussi orgueilleuse. Dominique aurait voulu que Sofía fasse ses bagages et ramène l'enfant avec elle en Argentine, où, les premiers instants de scandale passés, la tempête se calmerait et tout redeviendrait comme avant. Mais Sofía ne voulait pas retourner en Argentine. Jamais.

La procédure d'adoption suivait son cours. Sofía traversait des jours de détresse de plus en plus intense à l'idée de quitter son enfant. À présent que le redoutable mécanisme était enclenché, elle chérissait chaque instant passé avec Santiguito. Elle ne pouvait pas poser les yeux sur lui sans éclater en larmes. Elle songeait qu'elle ne le verrait pas grandir, qu'elle ne connaîtrait jamais l'homme qu'il allait devenir, qu'elle n'aurait aucune influence sur sa personnalité et sa destinée. Elle se demanda à qui il ressemblerait dans quelques années. Elle étreignait son petit corps contre sa poitrine et lui parlait, des heures durant, comme si par quelque miracle il allait se souvenir du son de la voix maternelle. Toutefois, en dépit de la douleur qui lui lacérait le cœur, elle savait qu'elle agissait pour le mieux, pour lui comme pour elle.

À contrecœur, Dominique et Antoine lui donnèrent de l'argent pour l'aider à démarrer. Dominique lui suggéra de passer quelques nuits dans un hôtel, le temps qu'elle trouve un appartement à louer.

« Mais qu'allons-nous dire à Paco ? » demanda Antoine d'une voix bourrue en essayant de dissimuler son émotion.

Au fil des mois, son affection pour Sofía avait grandi, mais, en ce moment, il ne pouvait s'empêcher de lui reprocher sa froideur. En père comblé qui adorait ses enfants, il ne comprenait pas la décision de Sofía d'abandonner le sien.

« Je ne sais pas. Dites-lui que j'ai décidé de commencer une nouvelle vie, mais ne lui dites pas où.

– Mais tu finiras bien par rentrer chez toi, n'est-ce pas ? » dit Dominique en secouant tristement la tête.

Sofía regarda les longues boucles d'oreilles africaines qui se balançaient dans le cou de sa cousine. Antoine et Dominique allaient lui manquer. Elle déglutit pour ne rien montrer de son émotion.

« Il n'y a plus rien pour moi en Argentine. Papa et maman m'ont rejetée comme si je ne signifiais rien pour eux, dit-elle d'une voix tremblante.

— Nous avons déjà discuté de ça, Sofía. Tu dois leur pardonner, ou, sinon, ton amertume va te ronger et ne t'apporter que du désespoir.

— Je m'en fiche », siffla Sofía.

Dominique prit une profonde inspiration et serra dans ses bras celle qui était devenue comme une fille pour elle.

« Si tu as besoin de quoi que ce soit, tu sais que nous sommes là, et que tu peux nous appeler. Ou revenir. Nous serons toujours là pour toi, ma chérie. Tu vas nous manquer, tu sais, dit-elle en laissant couler ses larmes.

— Je ne vous remercierai jamais assez de tout ce que vous avez fait pour moi, dit Sofía avant d'éclater en sanglots. *¡O dios !* Je m'étais juré de ne pas pleurer ! »

Elle prit pour la dernière fois le petit Santiguito dans ses bras et le serra contre elle. Elle embrassa son crâne, sa joue, elle respira l'odeur de son bébé. Elle pourrait encore changer d'avis, songea-t-elle. Mais non. Elle ne pouvait pas rester à Genève. Elle regarda intensément son bébé comme pour fixer à jamais son image dans sa mémoire. Il la regarda à son tour, intrigué. Elle savait qu'il ne se souviendrait pas d'elle, car il ne pouvait probablement pas la voir très clairement. Elle allait disparaître de sa vie, et il ignorerait à jamais l'avoir connue. Elle s'intima en silence l'ordre d'y aller. Elle passa une dernière fois l'index sur la tempe de son fils, souleva son sac et se dirigea vers le contrôle douanier.

Une fois en salle d'embarquement, elle inspira profondément, redressa la tête et cessa de pleurer. Une nouvelle vie, songea-t-elle pour se donner du courage. Elle pensa à grand-père O'Dwyer, qui disait toujours : « La vie est trop courte pour les regrets. La vie n'est que ce que tu en fais, Sofía Melody... C'est la façon dont tu la regardes qui compte... Un verre est à moitié vide ou à moitié plein... Tout n'est qu'une question d'attitude... D'attitude positive. »

22

Santa Catalina
1976

Deux années s'étaient écoulées et ils étaient toujours sans nouvelles de Sofía. Paco avait appelé Antoine, qui lui avait d'abord expliqué que sa fille avait quitté la Suisse sans leur révéler sa destination. Puis, considérant l'attitude de Sofía déraisonnable, Antoine avait fini par dire à son cousin que sa fille avait décidé de s'installer à Londres. Anna avait été effondrée d'apprendre que Sofía n'était pas entrée à l'école de Lausanne, ainsi qu'elle l'avait planifié. Elle voulait, désespérément, renouer le contact avec Sofía et la supplier de rentrer. S'était-elle montrée trop dure ? Elle redoutait à présent que sa fille ne veuille jamais rentrer en Argentine. Mais n'avait-elle pas fait ce qui s'imposait ? Cette petite avait besoin de discipline – c'était à cela que servaient les parents. À quoi s'attendait-elle donc ? Qu'ils lui donnent une tape sur le poignet ? « Ne le fais plus, ma chérie. » Non. Sofía avait mérité ce qui lui était arrivé. Elle devait bien le comprendre, à présent. Dominique lui avait assuré qu'elle avait « réglé » le problème. Alors ? Tout n'était-il pas pour le mieux ? Un jour, Sofía les remercierait. En attendant, ce silence... pas même une lettre. Après toutes celles qu'elle lui avait écrites. Anna réussit à se convaincre que Sofía traversait une mauvaise passe et finirait par revenir au bercail. Comment pourrait-il en être autrement ? Santa Catalina était sa maison.

« Elle est aussi bornée que son grand-père. Une authentique O'Dwyer », se lamentait-elle devant Chiquita.

Mais son cœur se consumait, car elle savait qu'elle avait très mal agi, et elle ne pouvait pas le reconnaître, pas même en elle-même.

Chiquita, elle, avait vu son Santi devenir l'ombre de lui-même. Elle craignait que sa claudication, qui s'aggravait, ne le fasse souffrir, mais il s'était replié sur lui-même. Son corps était là, mais son esprit était ailleurs. Tout comme Anna, elle attendait le retour de son fils. Fernando était à Buenos Aires, dans une école d'ingénieur. Lui aussi traversait une période difficile. À plusieurs reprises, il s'était fait surprendre par le couvre-feu, il avait perdu ses papiers, il avait eu maille à partir avec la police.

Des histoires circulaient. Des histoires de gens arrêtés, qui disparaissaient. Des histoires qui donnaient froid dans le dos. Chiquita se faisait un sang d'encre en imaginant que son fils frayait peut-être avec des jeunes socialistes, des irresponsables qui complotaient pour renverser le gouvernement.

« La politique n'a rien d'un jeu, Fernando, lui disait son père. Tu vas avoir des problèmes, et ça peut te coûter la vie. »

Fernando se délectait de l'attention paternelle. Enfin ses parents daignaient s'intéresser à lui ! Il en profita, et leur fit des récits largement exagérés de ses exploits. Il en arrivait même à souhaiter être pris dans une descente de police, pour forcer ses parents à lui prouver combien ils tenaient à lui en déployant des efforts insensés pour le tirer d'affaire. Enfin il se sentait aimé. Il observait Santi hanter la maison tel un spectre, allant et venant sans faire un bruit. C'est à peine si Fernando remarquait sa présence. Santi se confinait dans ses études. Il s'était laissé pousser la barbe, comme pour mieux se perdre dans le miroir. N'était-ce pas incroyable que la roue de la fortune ait à ce point tourné en sa faveur ? songeait Fernando avec bonheur. Et tout ça à cause de Sofía ! L'un et l'autre n'avaient récolté que ce qu'ils méritaient.

Quand Chiquita annonça à María que Sofía était partie vivre à Londres sans indiquer d'adresse où la joindre, María avait éclaté en sanglots. « C'est ma faute ! » s'était-elle lamentée, sans toutefois expliciter le sens de son accusation. Chiquita avait fait de son mieux pour la réconforter, lui assurant qu'elle finirait par revenir. Mais María demeurait inconsolable. Au milieu de cette maisonnée, Chiquita se sentait impuissante. Seul Panchito souriait tout le temps et semblait heureux.

En novembre 1976, Santi allait vers sa vingt-troisième année, mais il paraissait beaucoup plus vieux. Il avait fini par se résigner à l'idée que Sofía ne reviendrait pas. Mais il ne comprenait toujours pas comment et pourquoi la communication s'était rompue. Ils avaient mis tant de soin à établir leur plan ! Après avoir attendu les lettres apportées par le facteur, il s'était dit que son père les interceptait peut-être chez le concierge en partant pour son bureau. Il avait donc pris l'habitude de se lever à l'aube pour examiner le courrier le premier. En vain. À la fin, il s'était décidé à une confrontation avec Anna.

Au début, Chiquita avait demandé à son fils de rester hors du chemin de sa tante. Elle lui avait bien spécifié qu'il était indésirable. Santi avait obéi. Mais au bout de deux mois, il avait débarqué dans l'appartement de son oncle et de sa tante et fait savoir haut et fort qu'il exigeait de savoir où était Sofía.

Anna était en train de discuter avec la cuisinière des menus de la semaine lorsque Loreto était apparue sur le seuil du salon, rouge et tremblante, en annonçant que le *señor* Santiago était là et demandait à la voir. Anna avait renvoyé Loreto en lui demandant de dire à son visiteur qu'elle était sortie et rentrerait tard. Loreto était revenue dans le salon en disant d'un ton contrit que le *señor* Santiago avait décrété qu'il attendrait, le temps qu'il faudrait, le retour de la *señora* Anna, dût-il passer la nuit dans l'entrée.

À contrecœur, Anna congédia la cuisinière et pria Loreto d'introduire l'importun.

Lorsque Santi apparut devant elle, Anna vit l'ombre d'un homme. La souffrance se lisait sur son visage, la fureur dans ses yeux. Il portait la barbe, et ses cheveux étaient longs. Il n'était plus le beau jeune homme qu'Anna avait connu, mais une caricature de lui-même, décadente et menaçante. Anna lui trouva un air de ressemblance avec Fernando, qui lui avait toujours paru sinistre, même lorsqu'il n'était qu'un enfant.

« Assieds-toi », dit-elle en dissimulant sous une voix calme la terreur qui montait en elle.

Santi secoua la tête.

« Non. Je ne serai pas long. Donne-moi l'adresse de Sofía, et je m'en vais, dit-il d'un ton monocorde.

– Maintenant tu vas m'écouter, Santiago ! s'écria Anna.

Comment oses-tu me demander l'adresse de ma fille, toi, l'homme qui lui a volé sa vertu ?

— Donne-moi juste l'adresse et je m'en vais », insista-t-il froidement, déterminé à éviter une scène.

Il savait très bien à quoi s'attendre de la part de sa tante. Combien de fois n'avait-elle pas réduit sa mère en larmes ?

« S'il te plaît, ajouta-t-il sur un ton de politesse forcée.

— Non. Je ne te donnerai pas son adresse parce que je ne veux pas que vous communiquiez. Qu'espères-tu, Santiago ? ajouta-t-elle d'une voix glaciale. Tu ne penses tout de même pas l'épouser, n'est-ce pas ?

— Donne-la-moi, un point c'est tout ! s'emporta Santi. Elle choisit qui elle veut et ça ne te regarde pas !

— Comment ! Comment oses-tu me parler sur ce ton ? Sofía est ma fille. Elle n'était qu'une enfant. Mineure. Tu lui as volé son innocence. »

Sa voix dérailla dans les aigus. Santi ricana tristement.

« Volé son innocence. Mon Dieu, Anna... Tu as toujours eu le goût du mélodrame. As-tu seulement pensé qu'elle avait pu y prendre du plaisir ? Non, bien sûr... Tu ne veux pas penser à ça. »

Il vit le visage de sa tante se tordre affreusement.

« Elle y a pris du plaisir. Beaucoup de plaisir. Parce qu'elle m'aime. Parce que je l'aime. Nous avons fait l'amour, Anna. *L'amour*. Ce n'était pas une sordide histoire de sexe, non. C'était une très belle histoire d'amour. Je ne m'attends pas à de la compréhension de ta part, je ne crois pas que tu sois capable d'apprécier l'amour comme Sofía. Tu es confite dans ton amertume et ton ressentiment. Bon, tu ne veux pas me donner son adresse ? Ce n'est pas grave. Je la trouverai tout seul, j'irai en Europe pour l'épouser et on ne remettra jamais plus les pieds ici. Et là, tu regretteras de l'avoir fait partir. »

Il n'attendit pas qu'on le congédie. Il tourna les talons et claqua la porte derrière lui.

Chiquita et Miguel lui reprochèrent son impolitesse, et il y eut aussi une confrontation avec Paco. Son oncle lui expliqua, aussi posément qu'il put, pourquoi il n'était pas autorisé à écrire à Sofía. Trop obnubilé par sa propre détresse, Santi n'avait pas remarqué jusqu'alors combien les cheveux de son oncle avaient grisonné, à quel point son teint était devenu cendreux. Ils étaient deux hommes également brisés. Mais Santi ne pouvait pas baisser les bras. Sofía lui avait dit de n'abandonner pour rien au monde.

Pendant deux ans et demi, il se tortura en imaginant tous les scénarios possibles. Elle lui avait écrit, mais la lettre s'était perdue. Et si ensuite elle avait attendu, en vain, sa réponse ? Il se rongea les sangs sans relâche, jusqu'au jour où, étouffée de culpabilité, María craqua. Elle passa aux aveux.

C'était une nuit d'hiver particulièrement sombre. Santi, sur le balcon, regardait distraitement les rues de la ville, onze étages plus bas. Comme dans un rêve, il regardait sans ciller le monde qui continuait sa course, indifférent à sa souffrance. María vint le rejoindre. Ses lèvres étaient pâles, tremblantes. Elle savait qu'elle devait tout lui dire. Si elle ne s'y résolvait pas, Dieu sait ce que son frère serait capable de faire... Jamais elle ne pourrait se le pardonner. Elle s'accouda à la balustrade à côté de lui, pour regarder les voitures en contrebas qui jouaient du Klaxon sans raison, comme les Argentins savent si bien le faire. Après un moment, elle se tourna vers l'ombre à ses côtés, qui n'avait pas bougé, comme si elle n'avait pas remarqué sa présence.

« Santi... », commença-t-elle.

Mais sa voix mourut dans un murmure. Elle ne se sentait pas la force de continuer.

« Laisse-moi, María. J'ai besoin d'être seul, répliqua Santi sans même la regarder.

– Il faut que je te parle.

– Oui, quoi ? fit-il avec brutalité, sans intention pourtant d'être désagréable.

– J'ai un aveu à te faire. Ne te mets pas en colère, laisse-moi t'expliquer ce qui s'est passé », bredouilla-t-elle, les yeux noyés de larmes à l'idée de ce qui allait suivre.

Lentement, Santi tourna la tête et la fixa d'un regard lourd.

« Un aveu ?

– Oui.

– Quel genre d'aveu ? »

María ravala un sanglot et essuya ses larmes d'une main tremblante.

« J'ai brûlé la lettre de Sofía. »

Quand les mots de María firent sens dans l'esprit de Santi, une collision se produisit entre la colère, la douleur et la frustration, avec tant de violence qu'il fut incapable de se contrôler. Il abattit son poing de toutes ses forces sur la balustrade. Il s'empara d'un pot de fleurs et le jeta contre le mur à la volée. Un moment après, il se tourna vers sa sœur, le visage figé dans une grimace de mépris. De grosses larmes ruisselaient le long de ses joues.

« Je suis tellement désolée, n'arrêtait-elle pas de répéter pour implorer son pardon. Santi, je t'en supplie, pardonne-moi. Je ferai ce que tu voudras.

— María... Toi... Toi ! bégaya-t-il, abasourdi.

— C'était une erreur. Si tu savais comme je me hais. Je voudrais mourir ! J'ai tellement honte ! Je suis tellement désolée !

— Mais comment as-tu eu les lettres ? demanda Santi, éberlué.

— Je les prenais chez le concierge en partant à la fac.

— María ! Mais c'est de la perversité ! Jamais je n'aurais cru ça de toi !

— Non ! Non, je ne suis pas vraiment comme ça. Je ne pouvais supporter l'idée que tu allais partir. Sofía n'était déjà plus là. Toi... Tu comprends, j'ai pensé à papa et maman. Jamais ils ne l'auraient supporté. Je ne pouvais pas laisser faire ça.

— Tu as lu les lettres, alors ?

— Non, juste les premières lignes.

— Et que disaient-elles ?

— Euh... qu'elle attendait que tu la rejoignes en Suisse.

— Mon Dieu ! Mais elle a dû croire que je l'avais trahie ! »

Sa voix n'était qu'un murmure, le dernier souffle d'un pendu.

« Je pensais qu'elle allait revenir et s'apercevoir que vous aviez tous les deux grandi et que... les choses n'étaient plus pareilles. Jamais je n'aurais pensé qu'elle allait partir pour de bon. Oh, Santi ! Crois-moi, je t'en supplie ! Si tu savais comme je regrette !

— Et moi donc », fit Santi d'une voix éteinte, avant de se laisser glisser à terre et d'enfouir la tête dans ses mains.

Il fallut deux ans à Santi pour pardonner à sa sœur. Et encore, le pardon ne vint qu'à la faveur de la gravité des événements.

María était tombée amoureuse de Facundo Hernández à l'automne 78, alors qu'elle venait juste de célébrer son vingt et unième anniversaire. Facundo était grand, et très fier du sang espagnol qui coulait dans ses veines. Il avait des yeux bruns ourlés de longs cils recourbés. Jeune officier dans l'armée du général Videla, il portait l'uniforme avec morgue. Il vénérait le général avec l'enthousiasme des nouvelles recrues, et déambulait dans les rues de la capitale avec un air de contentement qui était à l'époque monnaie courante dans les rangs de l'armée.

Le général Videla s'était emparé du pouvoir en mars 1976, avec la ferme intention de remédier au chaos semé par les années péronistes et de restructurer la société argentine. Le gouvernement menait une guerre sanglante contre ses opposants. Tous les individus soupçonnés de subversion étaient arrêtés. Des maisons étaient saccagées au milieu de la nuit. Les suspects étaient arrachés à leur lit et s'évanouissaient dans la nature sans laisser de traces. La presse étrangère et les organisations humanitaires faisaient état de quelques « disparus ».

Facundo Hernández croyait à la démocratie. Il croyait que les militaires bâtissaient les fondations d'un régime démocratique qui, selon leurs propres mots, « s'adapterait aux réalités, aux besoins et aux progrès de l'Argentine et de son peuple ». Il était un rouage de cette énorme machine qui allait réformer son pays. Pour une si noble fin, des moyens tels que la torture et les meurtres étaient, selon lui, inévitables.

Facundo rencontra María Solanas un matin du mois d'avril, tandis qu'elle se promenait dans le parc de Buenos Aires avec une amie. C'était une journée tiède, ensoleillée, remplie de rires d'enfants qui jouaient. Facundo s'amusa à suivre la jeune fille et son amie, séduit par la beauté de sa lourde crinière auburn qui resplendissait sous la lumière. Séduit aussi par ses formes appétissantes. Tout ce qu'il adorait chez une femme. Un derrière plein et rond, des cuisses charnues. Autant de trésors qu'il devinait en marchant derrière María.

María et Victoria finirent par s'asseoir à une buvette. Elles commandèrent deux chocolats froids. Lorsque Facundo les aborda, se présenta et leur demanda s'il pouvait se joindre à elles, les deux jeunes filles expliquèrent avec nervosité qu'elles attendaient un ami. Mais c'est alors que Facundo, en s'exclamant, reconnut Victoria. Ne se souvenait-elle pas de lui ? Il était un ami de son cousin Alejandro Torredón.

Facundo plut immédiatement à María. Près de lui, elle se sentait séduisante. D'ailleurs, il n'accordait pratiquement pas d'attention à son amie Victoria et n'avait d'yeux que pour elle. Méfiante, cependant, elle refusa de lui donner son numéro de téléphone. Mais elle accepta de le retrouver le lendemain à la même heure, au même endroit.

Rapidement, leurs promenades se transformèrent en déjeuner, puis en dîner. Il était plein de charme et intelligent. Il l'amusait. Il était impertinent, drôle, et adorait se moquer des gens. Il avait un don pour repérer le ridicule : la femme qui sortait des toilettes avec sa jupe coincée sous un bas ; le vieux monsieur perdu dans son bavardage à la table voisine, qui sucrait son café avec la salière. Avec lui, personne n'y échappait. María le trouvait irrésistible et riait aux larmes de ses plaisanteries.

La première fois qu'il l'embrassa, ce fut un soir dans la rue, en bas de chez elle. C'était un baiser tendre. Il lui parla d'amour. Puis il la regarda disparaître dans le hall de l'immeuble en se disant qu'elle était la fille qu'il allait épouser. Quelques heures plus tard, il fit part de sa décision à Manuela, sa maîtresse, tout en l'assurant que son mariage n'allait rien changer à leur relation.

« Personne ne sait s'occuper de moi comme toi », lui dit-il au moment où Manuela le prenait dans sa bouche.

Au début, María pensa qu'elle le méritait. À la moindre contrariété, Facundo la giflait. Abasourdie, María se confondait en excuses. Tout était de sa faute. Elle lui avait mal parlé. Elle aurait dû lui montrer plus de respect. Elle l'aimait. Elle aimait ses étreintes, ses baisers, ses mots doux. Il était généreux. Il lui offrait des toilettes. Il avait en cela un goût affirmé. Il se montrait horriblement contrarié si elle portait des pulls amples. « Tu as un corps magnifique, lui disait-il. Je veux que les autres le voient et en crèvent de jalousie. » Il lui disait aussi qu'il était fier d'elle. Mais si elle faisait quelque chose qui n'avait pas l'heur de lui plaire, il la frappait. Et elle acceptait ses châtiments, persuadée de les mériter, avide d'obtenir son approbation. Après qu'il l'avait frappée, il pleurait, s'accrochait à elle, implorait son pardon, lui promettait de ne jamais plus recommencer. Il avait besoin d'elle. Elle seule pouvait le sauver. Aussi continua-t-elle à le voir, parce qu'elle était amoureuse, et parce qu'elle voulait l'aider.

L'après-midi, elle allait le rejoindre dans son appartement, à San Telmo. Lorsqu'il lui expliquait qu'il ne voulait pas lui faire l'amour parce qu'il était, tout autant qu'elle, un bon catholique et que les relations sexuelles avaient pour but suprême la procréation, María se sentait flattée et touchée. Il ne voulait pas la flétrir, lui disait-il, mais il ne se privait cependant pas de la toucher ni de la caresser. Les relations sexuelles attendraient leur mariage. María n'avait rien dit à ses parents, n'avait pas fait de présentation officielle. Se doutait-elle, inconsciemment, qu'ils n'auraient pas approuvé son choix ?

Chiquita voyait sa fille revenir à la maison avec des marques. Une lèvre fendue. Une pommette violette. María lui disait que ce n'était rien. Un faux pas dans la rue. Une chute dans les escaliers de la fac. Mais les marques devenaient de plus en plus fréquentes, et Chiquita fit part de ses inquiétudes à Miguel. Il fallait intervenir.

Un après-midi de la fin du mois de juin, Fernando suivit María jusque chez Facundo. Elle entra dans un immeuble quelconque, sans charme ni caractère. Il la vit qui s'engageait dans l'escalier, puis entrait dans un appartement du premier étage. Fernando fit le tour de l'immeuble, se hissa jusqu'au balcon du premier étage, s'écrasa contre le mur et risqua un coup d'œil dans l'appartement. Le reflet du soleil contre la vitre ne lui facilitait pas la tâche, mais, après un moment, lorsque ses yeux se furent accoutumés, il distingua un homme qui était en train de dévorer littéralement sa sœur. La bouche collée à sa nuque, il lui pétrissait les seins à travers son chemisier. Brusquement, il la repoussa, et, dans un élan rageur, la frappa, en hurlant. Fernando distingua quelques mots, où il était question de soutien-gorge. « Je t'avais bien dit de ne pas en mettre ! » hurlait l'homme. María était en larmes. Elle tremblait et implorait l'homme du regard. L'instant d'après, il était à genoux devant elle, il l'embrassait, la berçait.

Fernando était épouvanté. Il sentit la bile lui remonter dans la gorge, et il dut s'accorder un moment pour reprendre ses esprits avant de se résigner à repartir comme il était venu. Ce n'était pourtant pas l'envie qui lui manquait de faire irruption chez ce bourreau qui abusait de sa petite sœur pour lui briser la nuque. Mais il savait que ça ne servirait à rien. Il devait s'armer de patience et voir venir.

María partie, l'homme sortit à son tour. Fernando le suivit, jusque dans un bordel. Là, il apprit son nom et découvrit qu'il était officier dans l'armée. Il n'avait pas besoin d'en savoir davantage. Un ennemi. Il méritait une leçon.

Quand Fernando fit part de sa découverte à ses parents, ceux-ci s'effondrèrent. Chiquita ne comprenait pas pourquoi sa fille ne lui avait rien dit, pourquoi elle ne lui avait pas demandé de l'aider. « Elle qui m'a toujours tout dit », répétait-elle entre deux sanglots. Miguel voulait tuer l'homme qui abusait de sa petite fille et Fernando dut user de la force pour empêcher son père d'aller sur-le-champ chercher son arme.

Fernando se sentait dans la peau d'un héros. C'était lui qui avait espionné l'abject personnage et découvert son identité. Il avait la situation en main et ses parents étaient éperdus de reconnaissance. Ils avaient besoin de lui, ils se reposaient sur lui. Il leur dit de ne pas s'inquiéter : il allait s'occuper de tout. À son immense joie, ils acceptèrent. Pour la première fois de sa vie, Fernando vit une flamme de fierté illuminer le regard que ses parents posaient sur lui. Enfin il avait gagné leur respect ! Il se sentit le cœur étonnamment léger. Santi, reclus depuis quatre ans dans son monde de ténèbres, avait enfin perdu son aura exclusive.

Au début, Fernando ne voulait pas impliquer son frère. Il voulait recueillir seul les lauriers. Mais lorsqu'il vit l'admiration sincère que lui témoignait Santi en cette occasion, il se laissa fléchir.

« Tu peux venir, lui dit-il, mais il faut m'obéir. Et pas de questions. »

Santi acquiesça avec humilité. Fernando rayonnait.

Certes, il savait que son plan n'était pas sans danger. Mais il était prêt. Il se sentait tout-puissant. Les deux frères s'assirent ensemble un soir sur le balcon, à la fraîche, et, au-dessus du trafic nocturne de la ville, évoquèrent María et leur enfance. À ce moment-là, Fernando sentit pour la première fois un lien d'affection se développer entre son frère et lui, mais il était trop excité par la sensation nouvelle de discuter avec son frère d'égal à égal pour y prêter attention.

Ils attendirent leur heure.

Une nuit, avec deux guérilleros amis de Fernando, bravant le couvre-feu et au mépris de leur vie, ils s'introduisirent dans l'appartement de Facundo Hernández, le visage couvert d'un passe-montagne. Ils tirèrent l'homme de son lit.

Il tremblait, terrifié, demandant grâce.

Ils l'attachèrent sur une chaise et le bâillonnèrent. Les deux guérilleros commencèrent à le bourrer de coups de pied. Fernando les imita. L'homme poussait des cris indignes d'un être humain. Des larmes ruisselaient sur son visage. Lorsque Fernando sortit de sa poche un revolver et fit mine de le pointer vers le visage de son ennemi, une terreur intense fulgura dans le regard de Facundo Hernández. Son corps s'avachit, comme vaincu.

Santi, la nausée au bord des lèvres, abattit sa main sur le bras de son frère. Les deux frères se toisèrent du regard. Puis Fernando cracha au visage de l'homme, et lui dit que si jamais il approchait encore de María Solanas, il était un homme mort.

Après un cri sinistre, Facundo Hernández s'évanouit, et les quatre hommes repartirent.

Chiquita se fit violence pour parler à sa fille. Ce n'était pas facile. Profitant d'un moment où elle était dans la chambre douillette de la jeune fille, Chiquita dit à María qu'elle savait tout : les coups, les prostituées... María tenta de le défendre, d'expliquer qu'il y avait eu méprise, que Facundo ne l'avait jamais battue. Elle se replia sur elle-même, se hérissant comme un chat chaque fois que quelqu'un tentait de l'approcher. Elle les accusa tous, ses parents et ses frères, de l'avoir espionnée, de s'être mêlés de sa vie. Ils n'en avaient pas le droit. Elle pouvait voir qui bon lui semblait. Il fallut des trésors de patience pour la ramener à la raison. Finalement, elle s'avoua vaincue, et baissa la tête, comme une enfant punie. « Mais je l'aime, maman, se lamenta-t-elle. Je ne sais pas pourquoi, c'est comme ça. » Lorsqu'ils furent tous réunis dans le salon, ils l'entourèrent de leur affection, et María sentit peu à peu sa douleur et sa honte s'estomper devant tant d'amour et de loyauté. Lorsqu'il fut l'heure de se coucher, Chiquita, inquiète à l'idée que sa fille ne puisse pas trouver le sommeil, téléphona au Dr Higgins. Le médecin avait été appelé en urgence, s'entendit-elle répondre par un jeune homme, un certain Dr Eduardo Maraldi, qui l'assura qu'il se ferait un plaisir de venir en remplacement de son aîné.

Peu à peu, la vie à Santa Catalina reprit son cours ordinaire. Les mois d'hiver passèrent, les jours rallongèrent, l'air s'emplit d'un parfum de fertilité, et le chant des oiseaux annonça bientôt l'arrivée du printemps. Les blessures du passé commencèrent à cicatriser, et le ressentiment se dissipa en même temps que les brumes hivernales. Santi ouvrit les yeux et redécouvrit le monde. Il lui sembla différent. Il songea qu'il était temps de se raser la barbe.

23

Eduardo Maraldi était grand et maigre, avec l'allure dégingandée d'un intellectuel. Il avait un nez long et fin, et ses yeux gris trahissaient la moindre de ses émotions. N'étaient ses petites lunettes à la Trotski, son expression aurait dévoilé ses sentiments à quiconque se serait approché pour les regarder de près. Lors de sa première visite, María avait été immédiatement frappée par sa voix douce, qui cadrait mal avec sa haute silhouette, et par la délicatesse avec laquelle il l'examina.

« Dites-moi où vous avez mal », demanda-t-il. Et elle se surprit à minimiser sa douleur, de peur de lui faire de la peine. Elle avait l'habitude des médecins plutôt réservés, qui gardaient leurs distances avec les patients.

Lors de la seconde visite, elle lui raconta tout. Des choses qu'elle n'avait même pas dites à sa mère. Que Facundo n'avait pas voulu coucher avec elle pour préserver sa virginité jusqu'à leur nuit de noces, mais qu'il ne s'était pas gêné pour la tripoter et, quand il était ivre, la brutaliser. Elle expliqua à Eduardo comment il l'avait obligée à le toucher d'une façon qui lui répugnait. Comment il l'avait forcée à faire des choses qu'elle n'avait pas envie de faire. Comment, malgré la crainte qu'il lui inspirait, elle lui avait donné son cœur. Enhardie par le sourire modeste et l'attitude bienveillante du jeune médecin, elle se confia à lui comme jamais elle n'aurait cru pouvoir se confier à quelqu'un. Subitement, son écoute compatissante la fit fondre en larmes. Il passa un bras autour d'elle et, sans franchir la frontière ténue qui sépare le médecin du patient, s'efforça de la réconforter.

« *Señorita* Solanas, dit-il une fois qu'elle se fut un peu calmée, vos blessures physiques vont guérir sans laisser de traces, et personne ne saura ce que vous avez enduré. Le problème n'est pas là. » Elle le considéra d'un air interrogateur. « Ce sont les cicatrices morales qui me préoccupent. Avez-vous quelqu'un à qui parler, chez vous ?

– Je n'en ai jamais vraiment parlé.

– Et votre mère ? » Il revit la femme frêle et chaleureuse qu'il avait rencontrée en venant chez elle pour la première fois.

« Oh, je discute avec elle. Mais pas comme avec vous. » Rougissante, elle baissa les yeux.

« Vous avez besoin d'être aimée et choyée. » Elle rougit de plus belle. Pourvu qu'il ne l'ait pas remarqué ! Eh bien, si, justement, il l'avait remarqué, et une bouffée de chaleur l'envahit.

« J'ai une famille très aimante, docteur Maraldi.

– Ces cicatrices morales mettront du temps à guérir. Ne vous attendez pas à des miracles. Il se peut que vous vous sentiez brusquement déprimée sans raison apparente. Vous aurez peut-être du mal à entamer une nouvelle relation. Soyez patiente et souvenez-vous que l'épreuve que vous avez vécue vous a affectée plus que vous n'en avez conscience.

– Merci, docteur.

– Si vous avez besoin de parler, vous pouvez toujours revenir me voir. » Il espérait qu'elle le ferait.

« Entendu. Je vous remercie. »

Lorsqu'elle sortit de son cabinet, Eduardo s'aspergea le visage d'eau froide. Était-il allé trop loin ? L'avait-il effarouchée ? Il aurait voulu lui dire qu'il veillerait sur elle, mais il ne pouvait proposer à une patiente de la revoir à l'extérieur. C'était contraire à la déontologie. Il espérait seulement qu'elle reviendrait.

María, pour sa part, regrettait que Sofía ne soit pas là. Elle aurait pu lui parler de tout cela. Sofía lui manquait. Souvent, elle pensait à sa cousine, se demandait ce qu'elle faisait, qui elle voyait. Elle avait essayé de lui écrire à nouveau pour s'expliquer, mais Dominique lui avait renvoyé sa lettre avec un mot, disant que Sofía était partie vivre à Londres et qu'elle n'avait pas la moindre idée de son adresse. María n'était cependant pas dupe. À l'évidence, Sofía lui avait laissé des instructions : elle ne voulait pas que sa famille sache où elle était. Elle avait coupé les ponts pour de bon. Et tout ça, par sa faute à elle, María. Le fardeau de la culpabilité pesait lourd sur son cœur. D'un côté, elle aurait aimé que Sofía revienne pour se mettre au clair avec elle, mais de l'autre, elle préférait ne plus la revoir, tant elle avait honte. Elle savait que jamais aucune amie ne remplacerait Sofía.

Dans les deux mois qui suivirent, María songea à Eduardo plus fréquemment que de raison. Peu à peu, l'image de Facundo s'estompa dans son esprit pour faire place au visage long et anguleux du jeune médecin. Elle espérait qu'il l'appellerait, mais il n'appelait pas. Il aurait fallu qu'elle aille le voir sous prétexte qu'elle avait besoin de parler, mais elle craignait qu'il ne la perce à jour. Elle doutait fort qu'il lui ait accordé une seule pensée depuis leur dernière rencontre.

Puis il se produisit un événement surprenant. Dieu, ou quiconque préside à nos destinées, se rendit compte que, s'il n'intervenait pas, ces deux êtres humbles finiraient par se perdre mutuellement à tout jamais. Il plaça donc Eduardo en plein sur le chemin de María, qui rentrait distraitement avec ses livres à la main après un cours à l'université. Sans regarder où elle allait, elle se cogna à lui. Tous deux s'excusèrent simultanément avant de lever les yeux et de se reconnaître.

« *Señorita* Solanas ! » s'exclama-t-il, ragaillardi. Ces deux mois, durant lesquels il s'était senti déprimé sans aucune raison, lui avaient paru interminables. Et voilà que soudain son moral remontait en flèche. Il eut un énorme sourire.

« Docteur Maraldi, s'écria-t-elle, surprise. Quelle...

– ... coïncidence, oui, n'est-ce pas ? » Il s'esclaffa, secouant la tête. Il n'en croyait pas sa chance.

« S'il vous plaît, appelez-moi María, dit-elle, le visage en feu.

– Moi, c'est Eduardo. Je ne suis pas votre médecin, aujourd'hui.

– C'est vrai, acquiesça-t-elle en gloussant comme une sotte.

– Ça vous dit de prendre un café ? Mais vous n'avez sans doute pas le temps, ajouta-t-il précipitamment.

– Avec grand plaisir, répondit-elle tout aussi vite.

– Parfait. Parfait, bredouilla-t-il. Je connais un café assez sympathique à deux pas d'ici. Tenez, donnez-moi vos livres. » Elle lui abandonna son sac qui, en effet, était passablement lourd à cause d'un nouveau livre d'histoire qu'elle venait d'acheter, et ils descendirent lentement la rue. Eduardo prit soin de marcher au bord du trottoir.

Dans le café *Calabria*, il faisait frais et il y avait peu de monde. Eduardo choisit une table dans un coin près de la fenêtre et lui tint sa chaise. Quand le serveur arriva, il lui commanda deux *alfajores de maizena*[1]. « Oh non, je ne peux pas », protesta María, inquiète pour sa ligne. Eduardo la regarda et admira sa beauté pulpeuse. Elle lui faisait penser à une pêche bien mûre. Remarquant son expression derrière ses lunettes, María s'entendit ajouter : « Bon, d'accord, va pour cette fois. »

Leur café dura pendant tout le déjeuner jusqu'à l'heure du thé. Quand ils sortirent, il était six heures du soir. María lui parla de Sofía : son récit s'était mué en confession. Il comprenait sa réaction et avait une explication pour chacun de ses actes. Il semblait avoir une profonde connaissance de la psychologie. Sûre de sa discrétion, elle lui raconta la relation entre sa cousine et son frère.

« J'ai commis une chose terrible, avoua-t-elle tristement. J'ai brûlé les lettres de Sofía. Je regrette tellement, jamais je ne me le pardonnerai. Parce que maintenant j'ai perdu ma meilleure amie et j'ai failli perdre mon frère. »

Eduardo leva sur elle un regard plein de compassion.

« Vous avez cru bien faire. L'enfer est pavé de bonnes intentions. » Il rit avec indulgence.

« Je le sais désormais.

— Vous avez eu tort, certes. Mais la vie est un apprentissage, et on apprend infiniment plus à travers les épreuves que dans les moments de bonheur. Chaque peine porte en elle un principe positif. Un jour peut-être, quand Sofía sera mariée avec cinq enfants, elle viendra vous remercier. Qui sait ? L'important est de cesser de vous tourmenter. À quoi bon pleurer quelque chose qui est accompli et irréversible ? Regardez devant vous. » Il ôta ses lunettes et les nettoya avec la serviette.

« Vous ne croyez donc pas que je sois mauvaise ? s'enquit-elle en souriant timidement.

— Non, je ne crois pas que vous soyez mauvaise. Je pense que vous êtes quelqu'un de bien qui a commis une erreur, et, ma foi,

1. Macarons (à la farine de maïs).

on en commet tous », répliqua-t-il, rassurant. Il aurait voulu lui dire qu'il la trouvait belle, dedans comme dehors. Il aurait voulu l'aimer très fort, pour effacer toute trace de chagrin, de douleur ou de remords. Il savait qu'il pouvait la rendre heureuse, si seulement elle lui laissait sa chance.

Eduardo dit à María qu'il avait failli se marier. Lorsqu'elle lui demanda pourquoi il s'était ravisé, il répondit franchement qu'il lui manquait quelque chose. Une étincelle, une communion. « Traitez-moi d'incorrigible romantique, mais je savais que j'étais capable d'aimer plus que je ne l'aimais, elle. »

Dès lors, ils passèrent de longues heures au téléphone, se virent plusieurs fois pour aller dîner ou au cinéma avant qu'il ne se décide à l'embrasser. Elle sentait qu'il la ménageait et lui en savait gré, même si elle avait eu envie qu'il l'embrasse déjà le premier jour, au café. Ce soir-là, il vint la chercher avec un petit bouquet de fleurs sauvages. Il l'emmena ensuite dans un restaurant de la Costanera au bord du fleuve où, les yeux dans les yeux à la lueur des chandelles, ils parlèrent sans interruption. Après le dîner, il suggéra de faire une petite promenade sur la berge. Pressentant qu'il allait l'embrasser, María se taisait, nerveuse. Ils marchèrent un moment sans mot dire jusqu'à ce que le silence devienne trop pesant. Finalement, il lui prit la main et la serra fermement, puis il s'arrêta et, s'emparant de son autre main, la fit pivoter vers lui.

« María...

– Oui.

– Je... j'aimerais... » C'était un véritable supplice. Elle aurait voulu qu'il l'embrasse et qu'ils n'en parlent plus.

« C'est bon, Eduardo. J'en ai envie autant que toi », murmura-t-elle, estomaquée par sa propre audace. Il parut soulagé qu'elle lui ait donné son assentiment. Un instant, elle eut peur de se trouver dans une posture embarrassante, mais il posa sa main chaude sur son visage, ses lèvres tremblantes sur les siennes, et l'embrassa avec une assurance qu'elle ne lui aurait pas soupçonnée. Plus tard, quand elle le lui dit, il sourit fièrement et répondit que, grâce à elle, il se sentait capable de soulever des montagnes.

Chiquita et Miguel avaient suivi de près chaque sortie avec le Dr Maraldi. Assis dans leur lit jusqu'à une heure avancée de la nuit, ils avaient discuté avec espoir de l'avenir du jeune couple. Chaque soir, avant d'aller se coucher, Chiquita priait pour qu'il prenne soin de sa petite fille et lui fasse oublier l'abominable Facundo. Elle priait avec tant de ferveur que parfois, à son réveil, ses mains étaient toujours jointes. Lorsqu'ils annoncèrent leurs fiançailles à la fin de l'été, Chiquita remercia silencieusement le ciel avant d'étreindre sa fille avec émotion. « Maman, je ne sais pas ce que j'ai fait pour le mériter, lui dit María une fois qu'elles furent seules. Il est gentil, drôle, excentrique. Je l'aime parce que ses mains tremblent quand il manipule des choses fragiles, parce qu'il bégaie quand il est nerveux, pour son humilité. J'ai tellement de chance ! Tellement, tellement de chance ! Je regrette juste que Sofía ne soit pas là, à côté de moi. Elle serait heureuse pour moi, j'en suis convaincue. Elle me manque, maman.

– À nous aussi, ma chérie. Elle nous manque terriblement. »

24

Londres
1974

Sofía débarqua à Londres à la mi-novembre 1974 avec le moral au plus bas. Un coup d'œil sur le ciel gris et le crachin, et elle éprouva une bouffée de nostalgie pour son pays. Sa cousine lui avait réservé une chambre au *Claridge*. « C'est juste à côté de Bond Street, lui avait-elle dit avec entrain, l'artère commerçante la plus prestigieuse d'Europe. » Mais Sofía n'avait pas la tête à faire les boutiques. Assise sur son lit, elle fixait la pluie qui tombait sans discontinuer. Il faisait froid et humide. Elle n'avait pas envie de sortir. Elle ne savait pas trop quoi faire. Elle téléphona donc à Dominique pour la prévenir qu'elle était bien arrivée. En entendant le petit Santiguito pleurer à l'arrière-plan, elle crut que son cœur allait éclater. Dieu qu'il lui manquait ! Elle revit ses doigts minuscules, ses orteils exquis. Lorsqu'elle eut raccroché, elle alla fourrager dans sa valise et en sortit un carré de mousseline blanche qu'elle pressa contre son nez. Il était imprégné de l'odeur de Santiguito. Roulée en boule sur le lit, elle versa toutes les larmes de son corps avant de sombrer dans le sommeil.

L'hôtel était extrêmement chic, avec de hauts plafonds et de magnifiques moulures aux murs. Le personnel, très affable, était aux petits soins pour elle, exactement comme Dominique l'avait prédit. « Tu n'auras qu'à demander Claude, il s'occupera de toi. » Sofía avait trouvé Claude, un petit bonhomme rondouillard avec une tête en boule de billard. Quand elle eut mentionné sa cousine, il rougit jusqu'au sommet de son crâne chauve et luisant. S'épongeant le front avec un mouchoir blanc, il déclara que si elle avait besoin de quoi que ce soit, n'importe quoi, elle ne devait pas hésiter à s'adresser à lui. Sa cousine était une très bonne cliente de l'hôtel, la plus charmante de toutes. Il se ferait un immense plaisir de lui rendre service.

Il fallait qu'elle cherche un logement, un travail, mais elle n'en avait pas la force. Elle fit donc de longues promenades autour de Hyde Park pour apprendre à mieux connaître la ville. Si elle n'avait pas eu le cœur aussi lourd, elle se serait réjouie d'être libre d'explorer Londres sans la présence d'un parent ou d'un garde du corps, attaché comme une ombre au moindre de ses pas. Libre d'aller n'importe où, de parler à n'importe qui sans se méfier en permanence. Elle flânait dans les rues, examinait les vitrines qui étincelaient de toutes leurs décorations de Noël, elle visita même quelques galeries et expositions. Elle acheta un parapluie dans une petite boutique de Piccadilly, de loin son achat le plus utile. Londres était très différent de Buenos Aires. Elle n'avait pas l'impression d'être dans une grande ville. Les immeubles étaient bas, et les rues bordées d'arbres, aux trottoirs parfaitement lisses, si tortueuses qu'on ne savait jamais où on allait déboucher. Buenos Aires était construit selon un système linéaire de blocs. Il était facile de s'y repérer. Aux yeux de Sofía, Londres apparaissait propre et brillant comme une perle polie. En comparaison, sa ville avait l'air sale et délabrée. Mais Buenos Aires était *sa* ville et elle lui manquait.

Finalement, au bout de deux jours, elle se mit en quête d'un appartement. Sur les conseils de Claude, elle s'adressa à une dame nommée Mathilda dans une agence de Fulham, qui lui trouva un petit deux-pièces à Queensgate. Contente de son nouveau logement, Sofía fit des emplettes pour le décorer. Bien qu'il fût déjà entièrement meublé, elle avait envie de s'y sentir chez elle. C'était son refuge, sa forteresse en terre étrangère. Elle acheta un jeté de lit, des tapis, de la vaisselle, des vases, des beaux livres, des coussins, des tableaux. Le shopping lui faisait du bien, et elle se risqua dehors malgré l'effroyable vague d'attentats qui frappait Londres : une bombe avait même explosé dans *Harrod's*, une autre devant *Selfridge's*. Mais Sofía n'avait pas de télévision et n'achetait pas les journaux ; toutes les informations nécessaires, elle les tenait des chauffeurs de taxi, les êtres les plus joviaux qu'elle ait jamais rencontrés. Les taxis londoniens étaient étincelants et spacieux ; quant aux bus, craquants, ils ressemblaient à des jouets circulant dans une ville miniature. « Vous n'êtes pas d'ici, hein ? lui demanda un chauffeur de taxi avec un accent qu'elle eut du mal à comprendre. C'est pas bien le moment de venir à Londres, ma p'tite demoiselle. Vous écoutez pas les nouvelles là-bas, chez vous ? C'est ces putains de syndicats qui gouvernent le pays. Y a pas de gouvernement, ici. C'est ça le problème. Tout fout le camp. Je l'ai dit à ma femme, not'pays, il va à vau-l'eau, j'ai dit. Ce qu'il nous faudrait, c'est une bonne secousse. » Sofía hochait la tête, hébétée. Elle ignorait totalement de quoi il parlait.

Elle avait tout de suite aimé Londres avec ses drôles de policiers et leurs curieux chapeaux, les gardes figés dans une immobilité absolue devant le palais de St James, les petites maisons et les venelles... Tout cela était nouveau pour elle. Une ville de poupée avec des maisons de poupée, pensait-elle, se rappelant le livre de sa mère sur l'Angleterre avec ses photos insolites. Elle s'attarda devant le palais de Buckingham juste pour savoir ce qu'attendait la foule, agglutinée contre le portail en fer forgé. La relève de la garde l'emballa à un point tel qu'elle y retourna le lendemain pour assister de nouveau au spectacle. À force de se torturer à la pensée de l'Argentine, de Santi, de Santiguito, son cœur, de guerre lasse, finit par abandonner le combat. Une sorte de résignation semblait s'être emparée de Sofía. Elle en avait assez de souffrir. C'était décidé, désormais elle ne se tourmenterait plus.

Lorsque sa réserve d'argent fut quasi épuisée, à contrecœur elle se mit à la recherche d'un travail. Comme elle ne possédait aucune qualification, elle fit le tour des boutiques. Mais tout le monde voulait quelqu'un d'expérimenté. En apprenant qu'elle ne l'était pas, les commerçants se contentaient de secouer la tête avant de la raccompagner à la porte. « Vu le taux de chômage, soupiraient-ils, vous aurez beaucoup de chance si on vous prend quelque part. » Au bout de trois longues semaines de vaines démarches, Sofía commença à désespérer. Ses finances fondaient à vue d'œil, et elle avait un loyer à payer. Elle n'avait pas envie de téléphoner à Dominique qui s'était déjà montrée suffisamment généreuse avec elle. Et surtout, surtout, elle n'aurait rien supporté qui, de près ou de loin, puisse lui rappeler son fils.

Abattue, elle pénétra en traînant les pieds dans une librairie de Fulham Road. L'homme avec des lunettes qui, assis derrière une pile de livres, fredonnait un air qui passait à la radio semblait gentil. S'approchant de lui, elle lui dit qu'elle cherchait du travail, mais que partout on exigeait de l'expérience, et elle n'en avait pas. Comme c'était la période des fêtes, elle pensait néanmoins que les commerçants avaient du pain sur la planche. Il secoua la tête : il était désolé, mais ils n'avaient pas besoin de personnel. « Nous sommes une petite librairie, vous comprenez, s'excusa-t-il. Allez voir à côté, chez Maggie, je sais qu'ils cherchent du monde. Essayez toujours, à mon avis ils acceptent les débutants. »

Sofía ressortit dans le froid. Il commençait à faire nuit. Elle consulta sa montre. Dieu que la nuit tombait tôt dans ce pays ! Dire qu'il était seulement trois heures et demie. La fameuse Maggie tenait en fait un salon de coiffure. Sofía eut un mouvement de recul. Non, elle n'était pas désespérée au point de tomber aussi bas. Elle scruta un moment la vitrine embuée, puis poursuivit sa route et, entrant dans un café, commanda un chocolat chaud. Assise, elle contempla sa tasse avant de lever les yeux sur les gens autour d'elle. Certains venaient juste de faire leurs achats de Noël ; leurs sacs débordaient de paquets multicolores. Ils bavardaient gaiement, sans lui prêter attention et sans se douter du sentiment grandissant de solitude qu'ils éveillaient en elle. Sofía mit les mains autour de sa tasse pour les réchauffer et se recroquevilla sur sa chaise. Tout à coup, elle se sentit très seule. Elle n'avait aucun ami dans cette ville. Santi lui manquait. María aussi. María, sa meilleure amie, l'amie qu'elle chérissait le plus au monde. Elle brûlait de lui parler, lui raconter ce qu'elle était en train de vivre. Comme elle regrettait maintenant de ne pas lui avoir écrit ! De ne s'être jamais confiée à elle ! D'ailleurs, María devait être aussi seule et triste qu'elle-même en cet instant. Sofía connaissait bien sa cousine. Sauf qu'il était trop tard à présent. Si seulement elle lui avait écrit un an plus tôt ! Non, elle avait laissé passer l'occasion. En plus de son amant, elle avait aussi perdu celle qui, bien que plus douce et plus timide qu'elle, l'avait toujours comprise et soutenue envers et contre tout. Une vie entière de joies et de peines partagées, et qu'en restait-il maintenant ? Une grosse larme tomba dans son chocolat.

Dehors, dans la rue animée, chacun paraissait pressé d'arriver quelque part. Qui dans un salon de thé, qui dans son bureau, ou chez des amis peut-être, dans la famille pour une visite impromptue. Sofía, elle, n'avait personne. Personne ne se souciait d'elle. Elle pourrait mourir sur un de ces trottoirs inconnus et glacés, et sa mort passerait totalement inaperçue. Combien de temps faudrait-il pour qu'on découvre son identité et qu'on prévienne les siens ? Des semaines, des mois probablement, et encore, à condition qu'ils s'en donnent la peine. Elle avait un passeport britannique grâce à son grand-père, mais, sinon, sa place n'était pas ici.

La jeune femme régla l'addition et sortit. Sur le chemin, elle repassa devant chez Maggie. Elle ne s'arrêta pas, mais un peu plus loin, mue par une impulsion, elle pivota sur elle-même et revint sur ses pas. Pressant le nez contre la vitre, elle regarda à l'intérieur. Un homme grand et maigre était en train de couper les cheveux à une femme, s'interrompant de temps à autre pour ponctuer sa conversation par des gestes. Une fille blonde assise à la réception répondait au téléphone ; visiblement, elle s'efforçait d'étouffer un fou rire pour pouvoir noter les rendez-vous. Juste à ce moment-là, la porte s'ouvrit, laissant échapper dans la rue une forte odeur de shampooing et de parfum.

« Je peux vous renseigner ? » s'enquit une femme rousse d'une cinquantaine d'années, passant la tête à l'extérieur. Elle portait un rouge à lèvres écarlate, comme Dominique, et un fard à paupières tout à fait hideux, vert-jaune, appliqué d'une main malhabile.

« On m'a dit que vous cherchiez du monde, hasarda Sofía.

– Parfait, parfait. Entrez. Je suis Maggie, déclara-t-elle quand Sofía se fut retrouvée dans l'atmosphère chaude du salon.

– Sofía Solanas. »

L'homme se tut et se tourna vers elle. Ses yeux de reptile scrutèrent ses traits, glissèrent sur ses vêtements, semblant la jauger de la tête aux pieds. Puis il renifla, approbateur.

« C'est très joli, Sofía. Très joli. Moi, c'est Anton. En réalité, je m'appelle Anthony, mais Anton, c'est tellement plus exotique, non ? » Il rit et alla à petits pas vers le placard pour prendre un grand pot de gel.

« Anton est un sacré numéro, Sofía. Si vous riez à ses plaisanteries, il va vous adorer. Pas vrai, Daisy ? »

Daisy sourit chaleureusement et lui tendit la main de derrière son bureau.

« Les horaires, mon chou, c'est dix heures - dix - huit heures. Votre travail consistera à balayer, faire les shampooings et veiller à la propreté des lieux. Je ne peux pas vous payer plus de huit livres par semaine, plus les pourboires. Ça vous va ? À mon avis, c'est correct. Hein, qu'en penses-tu, Anton ?

— C'est très généreux, Maggie ! s'exclama-t-il, remplissant sa paume d'une substance verte et gluante.

— Mais c'est mon loyer, huit livres par semaine ! protesta Sofía.

— Je ne peux pas faire plus. C'est à prendre ou à laisser, répondit Maggie, croisant les bras sur son opulente poitrine.

— Moi aussi, je loue. Si on mettait nos ressources en commun... je veux dire, si on partageait un appartement ? » suggéra Daisy avec entrain. Elle occupait un petit logement à Hammersmith et mettait des heures pour se rendre à son travail. « Vous habitez dans le coin ?

— À Queensgate.

— Pas étonnant que votre loyer soit aussi cher. D'où êtes-vous, chérie ? demanda Maggie qui n'arrivait pas à situer son accent.

— D'Argentine », répliqua Sofía, la gorge nouée. Ça faisait si longtemps qu'elle n'avait pas entendu prononcer ce mot !

« Super, dit Anton qui ne savait absolument pas où ça se trouvait.

— En tout cas, si vous avez besoin d'une colocataire, je serais heureuse de partager l'appartement avec vous. »

Sofía n'aimait pas trop cette idée de partage. Elle n'avait jamais partagé quoi que ce soit. Mais elle n'avait guère le choix, et puis cette Daisy avait l'air gentille. Elle finit donc par accepter.

« Ça se fête ! Pour commencer, Sofía, vous irez nous chercher une bonne bouteille d'un vin pas trop cher, rit Maggie, ouvrant le tiroir-caisse pour prendre de la monnaie. Ah oui, il faut qu'on fête ça. N'est-ce pas, Anton ?

— Il faut qu'on fête ça, Maggie », répéta-t-il avec un petit geste de la main qui révéla ses ongles manucurés.

Au bout de quinze jours, le salon devint la nouvelle maison de Sofía, et Maggie, Anton et Daisy, sa nouvelle famille. Maggie avait quitté son mari et ouvert son propre commerce pour gagner sa vie. « Cette andouille, dit Anton quand elle fut hors de portée de voix. Il était très riche, son mari, et avait plein de relations. » Anton, lui, vivait avec son ami Marcello, un bel Italien brun au torse velu qui passait occasionnellement au salon pour écouter ses histoires, vautré sur le canapé en peau de panthère. Maggie débouchait alors une bouteille de vin et se joignait à lui. Mais elle avait beau papilloter de ses faux cils, il n'avait d'yeux que pour Anton. Elle flirtait avec les clients aussi. La plupart adoraient qu'on s'occupe d'eux. « Je les ensorcelle, mon chou, puis je les renvoie chez bobonne », disait-elle. Pendant tout le trajet de retour à la maison, Sofía et Daisy riaient de leurs illusions.

Daisy avait un tempérament vif et enjoué, mais, par-dessus tout, c'était quelqu'un de chaleureux. Avec son épaisse crinière blonde qui cascadait dans son dos en une masse de boucles éclatantes, son menton mutin et son visage en forme de cœur, elle était aussi exubérante que généreuse. Les deux jeunes femmes partageaient l'appartement, aussi exigu soit-il, et tout ce qu'il contenait. Au début, Sofía eut du mal à admettre une présence étrangère dans son espace vital, mais, peu à peu, elle se reposa sur sa nouvelle amie. Elle avait besoin de Daisy. Pour l'aider à vaincre son sentiment de solitude et remplir le vide laissé par María.

Les parents de Daisy vivaient à la campagne. Dans le Dorset, que Daisy fit découvrir à Sofía en le lui montrant sur une carte. « C'est très vert et vallonné, très joli, dit-elle. Et très provincial. Moi, j'ai toujours été attirée par les lumières de la ville. » Ses parents étaient divorcés. Son père, entrepreneur en bâtiment, sillonnait la région du Nord en quête de chantiers, pendant que sa mère, Jean Shrub, vivait avec son ami Bernard, entrepreneur lui aussi, et travaillait comme esthéticienne à Taunton. « Je voulais faire pareil, aller chez les gens pour leur limer les ongles. Mais une fois que j'ai eu mon diplôme, mon premier rendez-vous a été un désastre. J'ai renversé de la cire sur le chien de Mrs Hamblewell, le pauvre, il a presque fallu l'écorcher. Du coup, j'ai rangé mes outils de manucure et je suis venue ici. N'en parle pas à Maggie, mais je m'y remettrai peut-être. Maggie pourrait avoir besoin d'une esthéticienne, non ? » Daisy roulait ses cigarettes, qu'elle fumait à la fenêtre – Sofía détestait cette odeur – tandis qu'elles parlaient de leur vie et de leurs rêves. Sauf que les rêves de Sofía étaient inventés pour divertir Daisy : il n'était pas question qu'elle révèle à quiconque la vérité sur son passé.

Au salon, Sofía balayait le sol, sidérée parfois par les cheveux multicolores qu'elle trouvait en faisant le ménage. Anton adorait les teintures. C'était son dada. « Tous les coloris de l'arc-en-ciel, ma poule, il y a le choix. » Une de ses clientes, Rosie Moffat, revenait pratiquement tous les quinze jours pour une nouvelle couleur. « Elle a déjà tout essayé. Faut que je recommence, ou alors je lui fais des mèches. Quel dilemme ! » se plaignait-il. L'autre tâche de Sofía consistait à faire les shampooings. Au début, elle n'aimait pas ça, car ça lui abîmait les ongles. Mais finalement, elle s'y habitua, et les clients, les hommes surtout, lui donnaient de gros pourboires.

« Elle ne parle pas beaucoup d'elle, hein, Anton ? dit Maggie, allongée sur le canapé en train de se limer les griffes.

– Mais elle est mignonne quand même.

– Très mignonne.

– Et bosseuse avec ça. Dommage qu'elle soit aussi triste. » Anton se versa un verre de vin. Il était six heures et demie, le moment de boire un coup.

« Toi, avec tes plaisanteries, tu arrives à la faire rire.

– C'est vrai. Mais elle porte la tristesse en elle comme une sorte de terrible pénitence. La tragédie en mouvement, chérie.

– Oh, chéri, que c'est poétique ! Tu ne vas pas me quitter pour écrire des poèmes, dis ? » Maggie rit et alluma une cigarette.

« Je suis moi-même un poème, ma poule, et puis je m'en voudrais de priver tous ces gentils rimailleurs de leur gagne-pain. » Il lui apporta un cendrier. Elle inhala profondément et ses épaules se relâchèrent.

« Tu sais, toi, pourquoi elle est venue à Londres ?

– Elle ne l'a jamais dit. Au fond, Maggie, on ne sait que dalle sur elle.

— Je meurs de curiosité, chéri.

— O-oh, moi aussi. Laisse-lui le temps. Je suis sûr qu'elle a une histoire palpitante à nous raconter. »

Noël approchait. Les rues de Londres chargées de décorations et de sapins étincelaient de mille feux. Et Sofía ne pouvait s'empêcher de songer à la maison de ses parents. Leur manquait-elle ? Elle les imaginait en pleins préparatifs de la fête. Elle imaginait la chaleur, les plaines desséchées et les eucalyptus feuillus au point de sentir leur parfum. Santi pensait-il encore à elle ou bien l'avait-il oubliée ? María avait cessé de lui écrire après cette lettre douloureuse qu'elle lui avait renvoyée au printemps dernier. Ils avaient été amis, des amis très proches. Était-ce donc aussi facile d'oublier ? Avaient-ils tous oublié ? Lorsqu'elle pensait à Santa Catalina, Sofía avait l'impression qu'on la torturait.

Pour les fêtes de Noël, Daisy retourna chez sa mère. Il y avait tellement de neige, dit-elle au téléphone, qu'ils ne pouvaient pas mettre le nez dehors ; du coup, sa mère leur faisait à tous des séances de manucure et de pédicure. « J'espère que ça va durer... comme ça, on pourra obtenir de Bernard qu'il nous construise une nouvelle maison. » Sofía avait été triste de la voir partir : elle n'avait pas de famille chez qui aller, et l'absence de son amie lui pesait cruellement. Elle passa la journée avec Anton, Marcello et Maggie dans la bonbonnière rose pastel que Maggie habitait à Fulham. « J'adore le rose ! s'exclama sa patronne en lui faisant visiter les lieux, chaussée de pantoufles à houppettes roses.

— Pas possible », rit Sofía. Mais en son for intérieur, elle se sentait morte. Même la cuvette des toilettes, nota-t-elle, était couleur lilas. Ils débouchèrent du champagne ; Anton dansa en pattes d'éph' imitation peau de zèbre avec une guirlande enroulée autour de la tête à la manière d'une couronne romaine, pendant que Marcello, allongé sur le canapé, fumait un joint. Maggie était restée des heures aux fourneaux, aidée de Sofía qui n'avait rien d'autre à faire que de se morfondre, rongée par la nostalgie. Chacun avait apporté des petits cadeaux pour les autres. Maggie lui offrit un assortiment de vernis à ongles qu'elle savait qu'elle ne porterait jamais, et Anton, un vanity vert avec miroir et trousse à maquillage incorporés. Ce fut là que Sofía prit conscience de sa pauvreté. Elle qui avait appartenu à l'une des familles les plus riches d'Argentine n'avait à présent plus rien.

Après un dîner copieusement arrosé, ils s'installèrent devant la cheminée. Les reflets des flammes léchaient les murs qui, de rose, avaient viré à l'orange. Brusquement, Sofía cacha son visage dans ses mains et fondit en larmes. Maggie regarda Anton qui répondit d'un hochement de tête. Se laissant glisser à terre, elle passa un bras outrageusement parfumé autour de la jeune femme.

« Qu'est-ce qu'il y a, mon chou ? Tu peux nous le dire, nous sommes entre amis. »

Et Sofía s'entendit tout raconter, excepté ce qui concernait Santiguito. C'était un secret trop honteux pour être dévoilé au grand jour.

« Un homme. Encore un salopard d'homme ! s'écria Anton, en colère, quand elle eut terminé.

– Toi aussi, tu es un homme, chéri.

– À moitié seulement, ma poule. » Il vida son verre et s'en servit un autre. Marcello dormait sur le canapé, son esprit planant quelque part parmi les collines de la Toscane.

« Tu es mieux sans lui, mon chou. Puisqu'il n'a même pas été capable de tenir sa promesse et de t'écrire. Moi, je dis, bon débarras.

– Mais je l'aime tant, Maggie ! sanglota-t-elle.

– Tu t'en remettras. On s'en remet tous, pas vrai, Anton ?

– Parfaitement.

– Tu te trouveras un gentil Anglais, dit Maggie pour la consoler.

– Ou un Italien.

– Ceux-là, ma chérie, je les éviterais comme la peste. Non, non, plutôt un gentil Anglais. »

Le lendemain, Sofía s'éveilla avec une migraine et un désir poignant de revoir son fils. Roulée en boule, elle sanglota dans la mousseline jusqu'à ce qu'elle eût l'impression que sa tête allait éclater comme un melon trop mûr. Elle revoyait le petit visage de Santiguito, ses yeux bleus, clairs et innocents, des yeux si confiants... Et elle l'avait trahi ! Comment avait-elle pu commettre un acte aussi monstrueux ? Quelle mouche l'avait piquée ? Pourquoi Dominique ne l'avait-elle pas empêchée d'abandonner son précieux bébé ? La vie qui avait poussé en elle. Se tenant le ventre, elle pleura la perte de son enfant qu'elle craignait soudain de ne plus jamais revoir. Elle pleura tant que sa gorge finit par lui faire atrocement mal. Finalement, elle attrapa le téléphone et composa le numéro en Suisse.

« Allô ! » Le cœur serré, Sofía reconnut la voix revêche de la bonne.

« Madame Ibert, c'est Sofía à Londres, j'aimerais parler à Dominique, s'il vous plaît.

– Malheureusement, mademoiselle, M. et Mme La Rivière sont partis pour une dizaine de jours.

– Dix jours ? » demanda-t-elle, surprise. Ils n'avaient pas parlé de partir en voyage.

« Oui, dix jours, répéta la bonne impatiemment.

– Où sont-ils allés ? demanda Sofía, désespérée.

– Ils ne l'ont pas dit.

– Ils ne l'ont pas dit ?

– Non, mademoiselle, ils ne l'ont pas dit.

– Ils n'ont pas laissé un numéro de téléphone ?

– Non.

– Aucun numéro où on peut les joindre ?

– Mademoiselle Sofía, dit-elle, agacée, ils n'ont pas dit où ils allaient, et ils n'ont laissé ni adresse ni numéro de téléphone. Ils m'ont prévenue qu'ils seraient absents une dizaine de jours, mais sans me dire où ils allaient ni quand ils reviendraient. Je ne peux rien pour vous. Je regrette.

– Moi aussi, je regrette », sanglota-t-elle en raccrochant. Trop tard, il était trop tard.

À nouveau, Sofía se roula en boule, les bras serrés autour d'elle. Le visage enfoui dans la mousseline, elle repensa à la dernière fois où elle avait été aussi malheureuse. C'était quand grand-père O'Dwyer était mort à ses côtés. Elle ne reverrait plus Santiguito. Et elle ne reverrait plus son grand-père adoré. C'était comme si Santiguito était mort aussi. Jamais, jamais elle ne pourrait se le pardonner.

25

Le jour de Noël, seule dans l'appartement, Sofía pleura en pensant à Santa Catalina et à tous les siens, qui lui manquaient terriblement. Le cœur en lambeaux, épuisée par les larmes, elle avait fini par s'endormir. Anton et Maggie veillèrent sur elle pendant les jours de congé et les fêtes du nouvel an pour lui éviter de sombrer dans la dépression. Ce fut un soulagement de retourner au travail. Elle espérait que l'année 1975 lui apporterait davantage de bonheur.

Et son espoir ne fut pas déçu. Sofía s'obligeait maintenant à regarder devant et non en arrière, comme son grand-père le lui avait appris. Dominique venait régulièrement à Londres : les affaires d'Antoine semblaient l'appeler plus fréquemment à la City que dans le passé. Lorsqu'elle était là, Sofía et elle dînaient dans les meilleurs restaurants et faisaient leur shopping dans Bond Street. Ces brèves résurgences de son existence dorée d'antan, Sofía les savourait d'autant plus qu'avec le départ de Dominique son train de vie dégringolait. L'année passa rapidement et, avec le recul, elle dut admettre qu'elle avait été heureuse. Elle se lia d'amitié avec Marmaduke Huckley-Smith, l'homme à lunettes qui tenait la librairie d'à côté. Il la présenta à des amis à lui ; l'un d'eux l'invita à sortir de temps à autre, ce qui était fort agréable, sauf qu'il ne lui plaisait pas. Personne ne lui plaisait. Daisy et elle écumaient King's Road en quête de bonnes affaires. La mode était au look exotique, et Sofía s'acheta de longues jupes vaporeuses chez Monsoon. Anton lui fit d'épaisses mèches rouges et, un jour de désœuvrement, il défrisa les cheveux de Daisy ; bien qu'il l'ait rendue quasi méconnaissable, le résultat fut époustouflant. Tous les mois, les deux amies s'offraient une soirée au cinéma, et une fois elles allèrent dans le West End voir *La Souricière.* « Tu ne sais pas, l'homme qui a construit ce théâtre était un riche aristo amoureux d'une actrice. Il l'a fait pour elle. C'est drôlement romantique, tu ne trouves pas ? souffla Daisy de son siège.

– Peut-être qu'un jules de Maggie va lui offrir un salon tout neuf. Ça, ce serait quelque chose ! » pouffa Sofía.

Anton les emmena au *Rocky Horror Show*. À leur immense embarras, il arriva dans une Cadillac rose, affublé de jarretelles et de dessous en dentelle. À ses côtés, Marcello minaudait dans un costume qui imitait la peau de tigre. Horrifiée, Maggie lui recommanda de ne pas oublier de se changer avant d'arriver au travail le lundi matin, et Sofía fit remarquer qu'il ne manquait plus qu'une longue queue à Marcello pour compléter sa tenue. Justement, ironisa Marcello, s'il la cachait, c'était pour ne pas filer de complexes aux autres hommes. Daisy réussit à obtenir des places bon marché pour un concert de David Bowie à Wembley. Outre Bowie, elle raffolait de Mick Jagger et mettait la musique des Stones à fond dans le salon, au grand dam de Maggie, qui préférait les douces mélodies de Joni Mitchell. En s'effaçant, les mornes mois d'hiver tirèrent Sofía de son accablement. Le printemps qui habilla les rues de fleurs blanches et roses lui insuffla un nouvel état d'esprit. La vision positive de grand-père O'Dwyer.

Elle se jeta à corps perdu dans le travail. Maggie augmenta son salaire. La cohabitation avec Daisy se passait à merveille ; le soir, les deux amies allaient au *Café des Artistes* et se payaient des fous rires autour d'un verre. Daisy buvait de la bière, breuvage que Sofía trouvait tout à fait répugnant. Elle ne comprenait pas non plus la passion des Britanniques pour la Marmite [1]. Mais, apparemment, elle était la seule ou presque. Tout le monde, semblait-il, avait été gavé de Marmite dans son enfance. « C'est pour ça que nous sommes aussi grands », s'exclama Anton qui frisait le mètre quatre-vingt-dix.

En août, Maggie ferma le salon pendant deux semaines et les invita tous au cottage qu'elle louait dans le Devon, pour profiter de la plage et des bains de mer. Le soleil manqua à Sofía, car il plut pratiquement tout le temps. Sa mère lui avait parlé des collines de Glengariff... Ressemblaient-elles aux collines du Devon ?

1. Pâte culinaire à base d'extraits de jus de viande.

Ils pique-niquaient en maillot de bain sur la plage humide, recroquevillés sous les parasols tandis que le vent soufflait du sable sur leurs sandwiches. Mais ça ne les empêchait pas de rire, de plaisanter et de se moquer de Marcello qui, incapable de comprendre ces fous d'Anglais, grelottait dans un épais pantalon de velours et un pull à col roulé. « Ramène-moi en Sardaigne, pleurnichait-il, où on peut voir le ciel et s'assurer que le soleil existe.

— Oh, tais-toi, Marcello, ne sois pas aussi italien ! rétorqua Maggie, engloutissant un morceau de gâteau au chocolat.

— Attention, ma poule, si je l'aime, c'est parce qu'il est italien », dit Anton.

Son léopard domestique se blottit contre lui en quête de chaleur.

« Marcello a raison, décréta Daisy. Regardez-nous, il n'y a que des Anglais sur cette plage. On a l'air malin, hein, assis sous la pluie, par un froid de canard, comme si on était dans le Midi de la France !

— C'est pour ça qu'on a gagné la guerre, mon chou », répliqua Maggie, s'efforçant d'allumer une cigarette malgré le vent. Dès qu'elle craquait une allumette, celle-ci s'éteignait aussitôt. « Bon sang, Anton, Sofía, peu importe, allumez-moi une cigarette avant que j'explose !

— Tu n'as pas fait la guerre, Maggie, se moqua Anton. Tu n'es même pas capable de venir à bout d'une cigarette. » Et, glissant la cigarette entre ses lèvres, il se tourna dos au vent pour l'allumer.

« Tu m'étonnes, Anton, lança Maggie, caustique. Tu tiens davantage d'une femme que d'un homme. Et toi, Sofía, on ne t'entend pas, tu as perdu ta langue ? » demanda-t-elle avec un coup d'œil à la jeune femme pelotonnée sous une serviette humide. Sofía esquissa un pâle sourire ; ses lèvres bleuies tremblaient de froid.

« Moi, je suis d'accord avec Marcello. Vu que j'ai l'habitude des plages sud-américaines.

— Mon Dieu que c'est classe ! riposta Maggie. Eh bien, ça vous fera les pieds à tous les deux. Une bonne dose de force d'âme britannique. C'est pour ça que notre armée est la meilleure du monde. Personne ne peut égaler la force d'âme britannique.

— Toi, en tout cas, tu n'en manques pas, rit Daisy. Je parie, Sofía, que jamais tu n'aurais imaginé te retrouver ici à l'époque où tu te faisais bronzer sur tes torrides plages sud-américaines.

— Ça, c'est vrai », opina Sofía avec sincérité. Mais au moins, rien dans le Devon ne lui rappelait son pays natal. Sur ces plages froides et désolées, elle se sentait comme sur une autre planète.

Le Noël suivant fut plus joyeux que celui de l'année d'avant. Sofía passa dix jours avec Dominique et Antoine dans leur chalet à Verbier. Delphine et Louis avaient invité des amis, et une fois de plus le chalet résonna de cris d'allégresse tandis qu'on déballait les cadeaux et qu'on jouait à des jeux de société. Les guirlandes de Noël scintillaient dans l'air frais et piquant ; toute la vallée retentissait du son des cloches. Même le temps était de la partie, comme suspendu dans une parenthèse magique : le soleil brillait tous les jours dans un ciel pervenche qui se couvrit seulement après le départ de Sofía. Lorsqu'elle rentra à Londres le 31 décembre, le nouvel an lui réservait une surprise pour le moins inattendue.

Daisy proposa d'aller dans un club de Soho « fréquenté par tous les acteurs ». Sofía, qui adorait le théâtre, accepta avec enthousiasme. Elle mit une vieille jupe en patchwork et un chapeau mou en velours déniché au marché de Portobello Road, avec les bottes en cuir marron qu'elle avait achetées à Genève. Elle n'avait pas beaucoup d'argent – son minuscule salaire ne lui permettait guère d'épargner –, mais elle avait décidé de se faire plaisir. Histoire de marquer le début d'une nouvelle ère.

Une foule pantelante, en sueur, se pressait dans la salle : les gens ne cessaient d'affluer, fuyant le froid qui régnait au-dehors. Elles se trouvèrent deux tabourets au bar, libérés par un couple exaspéré qui n'arrivait pas à se faire servir. En regardant autour d'elles, Daisy et Sofía reconnurent au moins deux comédiens et un présentateur de télévision. Elles n'eurent aucun problème pour commander : le barman lissa ses longs cheveux noirs noués en queue de cheval et se présenta devant elles, le visage fendu d'un sourire charmeur, bien qu'un peu onctueux.

À minuit moins le quart, Daisy flirtait sans retenue avec un sculpteur moite de sueur et passablement éméché. Après avoir arrosé son décolleté, il l'entraîna au fond de la salle. Sofía sourit et secoua la tête : Daisy était prête à embrasser n'importe qui, du moment qu'il lui payait à boire et lui accordait un peu d'attention. Tranquillement, elle observa les gens autour d'elle. Tout le monde avait l'air de s'amuser, mais ça ne la gênait pas. Elle s'était habituée à la solitude.

« Je peux vous offrir un verre ? » Se retournant, elle aperçut un homme séduisant, à la carrure athlétique, qui venait de prendre place à côté d'elle. Elle le reconnut immédiatement pour l'avoir vu jouer Hamlet, avec beaucoup de panache, quelques semaines auparavant. Personnellement, elle avait trouvé qu'il en faisait trop, mais ce n'était guère le moment de le lui dire. Elle hocha donc la tête et demanda un autre gin tonic. D'une main impérieuse, il appela le barman qui accourut aussitôt.

« Un gin tonic pour mon amie et un whisky pour moi. »

S'accoudant au comptoir, il se tourna vers Sofía.

« Mon grand-père aussi buvait du whisky, dit-elle.

— C'est bon, le whisky.

— Il a même été enterré avec sa "bouteille de raide", ajouta-t-elle, imitant son accent irlandais.

— Ah bon, pourquoi ?

— Pour ne pas se la faire voler par les farfadets. » Elle rit. Il la regarda et se mit à rire aussi. Cette fille-là était différente de toutes celles qu'il connaissait.

« Vous êtes irlandaise ?

— Du côté de ma mère. Mon père est argentin.

— Argentin ?

— Oui, mais de sang espagnol.

— Bonté divine ! s'exclama-t-il. Et qu'est-ce qui vous amène ici ?

— C'est une longue histoire, répliqua-t-elle, laconique.

— J'ai hâte de l'entendre. »

La musique, assourdissante, les aurait obligés à crier s'il n'avait pas rapproché son tabouret et ne s'était pas penché vers elle pour mieux écouter. Son nom était Jake Felton. Il parlait avec un bel accent anglais ; sa voix bien modulée était pleine d'une autorité naturelle.

« Sofía Solanas, répondit-elle quand il se fut présenté.

— Ça ferait un superbe nom de scène. Et vous, sur scène, vous feriez des ravages, dit-il en connaisseur, dévorant des yeux le visage pulpeux de la jeune femme.

– J'ai vu votre dernière pièce.

– C'est vrai ? » Il eut un grand sourire. « Ça vous a plu ? Si vous n'avez pas aimé, ne me le dites pas, fit-il, jovial.

– Oui, ça m'a plu. Mais n'oubliez pas que je suis étrangère : il y a pas mal de répliques qui m'ont échappé.

– Rassurez-vous, la plupart des Anglais ne comprennent pas Shakespeare non plus. Vous reviendrez me voir, hein ? Je joue dans une nouvelle pièce qui débute en février à l'Old Vic.

– Peut-être », dit-elle coquettement en vidant son verre.

Quand minuit fut annoncé – cinq, quatre, trois, deux, un, BONNE ANNÉE ! –, chacun leva son verre et embrassa son partenaire. Jake ne se fit pas prier. Il posa la main sur le visage de Sofía et l'aurait embrassée sur les lèvres si elle n'avait pas tourné la tête pour lui offrir sa joue. Il demanda s'il pourrait la revoir. Elle lui donna son numéro de téléphone.

À sa surprise, Jake Felton l'appela la semaine suivante. Pour l'inviter à dîner au *Daphne's* dans Draycott Avenue. Il connaissait Giordano, l'exubérant patron du restaurant, et de ce fait ils eurent droit à la meilleure table. Au début, Sofía se sentit mal à l'aise. Elle avait l'impression de trahir Santi. Puis elle se dit que c'était lui qui l'avait trahie. Il était temps de grandir, d'aller de l'avant.

Au bout de quelques mois, Jake et Sofía en vinrent à se voir régulièrement. En apprenant la nouvelle, Maggie et Anton en restèrent bouche bée d'admiration. Ils se réjouissaient sincèrement pour leur amie. « Jake Felton ! La classe ! » s'extasia Anton quand il eut recouvré l'usage de la parole. Daisy, pour sa part, la mit en garde : « C'est un homme à femmes, tu sais. » Elle avait tout le loisir de lire les potins dans les magazines pendant ses heures de travail, surtout quand le téléphone demeurait muet. Sofía lui expliqua que tous les Latins étaient comme ça, qu'elle en avait l'habitude. Bientôt, elle assista aux répétitions de Jake et fit la connaissance de ses amis. Soudain, son petit cocon éclatait, et un nouvel univers lui ouvrait ses portes, à la fois plus exaltant et plus bohème.

Quand Jake lui faisait l'amour, Sofía préférait laisser la lumière. Elle aimait à le regarder, et il en était flatté. Elle ne pouvait lui avouer que si elle fermait les yeux, c'était Santi qu'elle voyait. Jake était très différent de Santi. À tout point de vue. Mais elle avait donné son corps à Santi, et elle avait beau lutter, dès qu'elle sentait un homme en elle, elle repensait à Santi et à l'enfant qu'ils avaient fait ensemble. Pour oublier, il fallait qu'elle garde les yeux ouverts. Jake était tendre et savait éveiller son désir. Mais elle ne l'aimait pas. Il lui disait qu'il l'aimait, que grâce à elle sa vie n'était plus la même. Qu'il était plus heureux, plus épanoui que jamais. Incapable de le payer de retour, la jeune femme ne pouvait que l'assurer de son affection : elle se sentait bien avec lui, il avait rempli un grand vide dans son existence.

Le soir, Sofía allait le voir répéter pour ensuite formuler ses critiques. Elle lui faisait même apprendre son texte la nuit, quand ils étaient au lit. Brusquement, il se dressait et se lançait dans un de ses monologues. Au restaurant, il la suppliait de lui donner la réplique : « Tu es Julia... allez, vas-y ! » Ils jouaient donc la scène de mémoire, avec les intonations et les mimiques propres à leurs personnages, jusqu'à ce qu'un éclat de rire les interrompe et qu'ils s'écroulent, pantelants, sur la table.

« Mais est-ce qu'il te parle de *toi,* ma poule ? lui demanda Anton un soir.

– Bien sûr. Simplement, en ce moment, c'est son travail qui passe en premier. »

Anton renifla, méprisant, en la regardant balayer les dernières touffes de cheveux.

« Je ne voudrais pas jouer les trouble-fête, chérie, mais quand je l'ai vu, il m'a paru très imbu de lui-même », ajouta Maggie, faisant tomber la cendre de sa cigarette par terre. Anton ramassa les serviettes et les jeta dans un grand panier en osier.

« C'est juste l'impression qu'il donne parce qu'il est timide.

– Timide ! S'il l'était, chérie, il n'en ferait pas des tonnes sur scène. Anton, sois un amour, sers-moi un autre verre de vin. C'est le seul plaisir qu'une vieille peau comme moi peut encore escompter dans la vie.

– Arrête de ronchonner, Maggie, tu vas le rencontrer, ton prince charmant. Pas vrai, Sofía ? »

Sofía hocha la tête.

« David Harrison, celui qui a produit la pièce de Jake, nous invite pour le week-end dans sa maison de campagne, dit-elle, lâchant le balai et rejoignant Maggie sur le canapé.

– Nous savons qui est David Harrison, hein, Maggie ?

– Il est très connu. Son divorce a fait scandale il y a une dizaine d'années, il me semble. Voilà un homme pour toi, chérie.

– Ne sois pas ridicule, Maggie. Je suis très heureuse avec Jake.

– Dommage, fit Anton avec une moue.

– Comme tu voudras. Mais ne me dis pas que je ne t'aurai pas prévenue quand il mettra les voiles avec sa principale partenaire. Les acteurs, ils sont tous pareils. Moi-même, je m'en suis payé quelques-uns et je ne suis pas près de recommencer. Enfin, bon, vu son âge, j'imagine que David Harrison pourrait être ton père. Encore qu'il n'y a pas de mal à être avec un homme plus âgé, s'il est gentil et riche, n'est-ce pas, Anton ?

– Tu nous raconteras ton week-end, ma poule », conclut Anton dans un grand sourire.

Jake vint chercher Sofía à Queensgate le samedi matin avec son Austin Mini et roula d'une traite jusqu'au Gloucestershire. Durant tout le trajet, il ne parla que de lui et du différend qui l'opposait à son metteur en scène. « C'est moi qui joue le rôle, disait-il, et je puis t'assurer que mon personnage ne réagirait pas comme ça. Je connais mon personnage ! » Se rappelant sa conversation avec Maggie et Anton, Sofía contempla, maussade, la campagne gelée qui défilait derrière la vitre. Trop occupé à exposer ses griefs, Jake ne parut pas remarquer son mutisme. Elle fut soulagée quand ils s'arrêtèrent devant la maison couleur sable qui se dressait au bout d'une longue allée à la sortie de la petite ville de Burford.

David Harrison sortit à leur rencontre flanqué de deux labradors dorés qui remuèrent la queue à la vue de la voiture. Mince, de taille moyenne, avec une tignasse châtain clair qui grisonnait légèrement aux tempes, il arborait de petites lunettes rondes et un grand sourire.

« Bienvenue à Lowsley, ne vous occupez pas des bagages. Venez, on va boire un verre. » Sofía suivit Jake vers le perron. Les deux hommes échangèrent une poignée de main, et David tapota affectueusement Jake entre les omoplates. « Content de te voir, Lothario.

– David, je te présente Sofía. Sofía Solanas. »

Elle tendit sa main qu'il étreignit vigoureusement.

« Jake m'a beaucoup parlé de vous. Je suis ravi de faire enfin votre connaissance. Entrez, entrez... trêve de cérémonie. »

Il les précéda dans un vaste vestibule. Les murs étaient couverts de tableaux, toutes les surfaces disparaissaient sous des piles branlantes de livres. Le beau parquet de chêne était en partie masqué par de moelleux tapis persans et des plantes luxuriantes dans des pots en porcelaine. Sofía eut un coup de foudre instantané pour cette maison. Elle était chaleureuse, avec une omniprésente odeur de chiens. David les introduisit au salon où quatre personnes fumaient et buvaient autour d'un feu crépitant. Sofía pensa soudain à la maison de Chiquita et comme toujours ce souvenir l'emplit de nostalgie. On leur présenta les autres invités : les voisins de David, l'écrivain Tony Middleton et sa femme Zaza, qui possédait une petite boutique à Beauchamp Place, et un couple français, Alain Daurange, journaliste de son état, et sa femme Michelle, dite Miche. Tout le monde s'assit, et la conversation reprit.

« Et vous, que faites-vous ? demanda Zaza, se tournant vers Sofía.

– Je travaille dans un salon qui s'appelle *Maggie's.* » Elle retint son souffle, s'attendant à un sourire poli teinté de dédain. Quelle ne fut pas sa stupéfaction quand Zaza écarquilla ses yeux verts et souffla :

« Incroyable ! Tony, Tony chéri ! » Tony s'interrompit au milieu d'une phrase. Les autres se turent pour écouter. « Tu ne vas pas me croire ! Sofía travaille chez Maggie... tu connais Maggie ? Maggie ! »

Tony sourit, amusé. « Tout à fait. Le monde est petit. Elle a été mariée avec un cousin à moi, Viv. Mon Dieu, cette bonne vieille Maggie. Comment va-t-elle ? »

Sofía était enchantée, et quelques minutes plus tard son auditoire se tenait les côtes tandis qu'elle imitait Maggie et Anton. David l'observait du bar : il était totalement sous le charme. Il y avait, malgré son sourire généreux, quelque chose de tragique dans les grands yeux sombres de la jeune femme qui lui donnait envie de la prendre dans ses bras, de la protéger. Bien que de loin la plus jeune, elle paraissait à l'aise avec les autres convives. Ce fut seulement quand Zaza, manifestement conquise elle aussi, l'interrogea en toute innocence sur son pays d'origine que Sofía redevint un instant silencieuse.

Après qu'une dame replète nommée Mrs Berniston eut servi le déjeuner dans une salle à manger où flottait une légère odeur de renfermé, Alain et Miche se retirèrent dans leur chambre pour la sieste. « Ce gâteau au chocolat plus le vin, ça m'a donné très, très sommeil », déclara-t-il, prenant sa femme par la main et l'entraînant vers l'escalier. Jake, lui, partit courir.

« Est-ce bien raisonnable après un repas aussi copieux ? demanda Sofía.

– Je n'ai pas couru ce matin. Je voudrais y aller avant la tombée de la nuit, répondit-il, grimpant les marches quatre à quatre.

– Et si on allait se promener, nous aussi ? Ça nous fera de l'exercice, suggéra Zaza avec entrain. Tu viens avec nous, David ? »

Malgré le froid, le soleil brillait dans l'azur clair du ciel. Le jardin sauvage avait conservé les traces d'un passé où l'ex-femme de David, passionnée de jardinage, l'avait entretenu avec amour. Tony, Zaza, Sofía et David suivirent le sentier dallé, riant de se sentir aussi lourds et apathiques après le repas. Les arbres nus étaient couverts de givre ; la végétation trempée pourrissait à leurs pieds. Sofía aspira à grandes goulées l'air de la campagne : voilà bien longtemps qu'elle ne s'était pas trouvée dans un endroit aussi bucolique. Elle se rappela l'hiver à Santa Catalina et songea que si elle fermait les yeux et inhalait les senteurs de la terre humide mêlées au suave parfum du feuillage, elle pourrait presque se croire là-bas.

Elle aimait bien David. De par son tempérament latin, elle ne pouvait qu'admirer son flegme britannique. Séduisant sans être beau, il avait une forte personnalité et beaucoup de prestance ; dans ses yeux clairs, cependant, on lisait que lui aussi s'était frotté aux aspérités de la vie. Tandis qu'ils descendaient vers les écuries, Sofía ressentit un léger pincement au cœur.

« J'ai deux chevaux, si quelqu'un a envie de monter, lâcha David nonchalamment. Ariella faisait de l'élevage, mais quand elle est partie, le haras a été fermé et j'ai dû vendre toutes les juments. Ç'a été un vrai drame. J'en ai gardé juste deux pour mon propre plaisir. » Involontairement, Sofía accéléra le pas jusqu'à laisser les autres loin derrière elle. La gorge nouée, elle déverrouilla à tâtons l'une des portes de l'écurie. En entendant le bruissement de la paille qui indiquait la présence d'un cheval dans le box, elle ravala son émotion. L'odeur de foin tiède lui monta au visage, et elle tendit la main, souriant avec tristesse quand l'animal curieux l'effleura de son museau velouté. Elle caressa sa tête blanche en le fixant amoureusement dans ses yeux brillants comme des billes. Maintenant seulement, avec cette odeur incomparable dans les narines, Sofía mesurait à quel point les chevaux lui avaient manqué. Le nez dans la robe de l'animal, elle en profita pour sécher ses pleurs.

« Qui es-tu ? demanda-t-elle en lui grattant les oreilles. Tu es beau, tu sais. Très beau. » Elle sentit une larme sur sa lèvre et la lécha. Comme s'il avait perçu sa mélancolie, le cheval lui souffla au visage. Fermant les yeux, elle s'imagina de retour chez elle. Blottie contre son nouvel ami, sa robe tiède et soyeuse contre sa peau, elle fut transportée un instant dans la pampa humide. Lorsque la sensation devint réalité, elle rouvrit les yeux et cligna des paupières pour chasser les souvenirs.

En contournant l'écurie, David aperçut Sofía, la tête enfouie dans l'encolure de Safari. Il allait s'approcher, mais ne voulut pas troubler ce moment d'intimité. Avec tact, il entraîna Tony et Zaza de l'autre côté.

« Elle va bien ? souffla Zaza, à qui rien n'échappait.

– Je ne sais pas, répondit David, secouant anxieusement la tête. C'est une drôle de fille, hein ?

– Elle n'avait pas envie de parler de son pays quand je lui ai posé des questions tout à l'heure.

– Peut-être qu'il lui manque, tout simplement, dit Tony.

– David ! » Se retournant, ils virent Sofía qui accourait vers eux. « Il faut absolument... je veux dire, j'aimerais bien aller faire un tour à cheval. Je peux ? »

Zaza et Tony poursuivirent leur promenade seuls, pendant que David et Sofía sellaient les chevaux et partaient pour une longue randonnée dont ils n'allaient revenir qu'à la tombée du jour. En galopant à travers les Cotswolds, Sofía eut l'impression qu'on lui ôtait un immense poids de la poitrine. Enfin elle respirait à pleins poumons. Avec une clarté soudaine, elle sut qui elle était, où était sa place. Ici, dans ces collines, entre un patchwork de champs à perte de vue et les bois ondoyant comme un océan de verdure, elle se sentait chez elle. Un grand sourire, un sourire authentique surgi de l'intérieur, s'épanouit sur ses lèvres. Son corps tout entier vibrait d'une énergie qu'elle n'avait pas ressentie depuis son départ de Santa Catalina. David remarqua le changement immédiatement. Telle une actrice sur les planches, elle s'était débarrassée de son costume pour révéler, par-dessous, sa véritable personnalité. En sortant de la sellerie, ils riaient de bon cœur, comme deux vieux amis.

26

Sur le chemin du retour, tandis que Jake la raccompagnait à Queensgate, Sofía réfléchit à la proposition de David.

« J'aimerais beaucoup faire revivre cet endroit, avait-il dit, se référant au haras. Vous avez l'air de vous y connaître en chevaux. Mon ex, Ariella, élevait des chevaux de course. Ses yearlings avaient une excellente réputation. Quand elle est partie, ç'a été fini, je les ai tous vendus, excepté Safari et Inca. Je vous payerais, évidemment, et j'engagerais tout le personnel qu'il vous faudrait. Vous ne seriez pas bloquée toute la semaine à la campagne : il vous suffirait de superviser les opérations. Si personne ne s'occupe de cette écurie, elle va tomber en ruine, et ça me ferait mal au cœur de vendre les chevaux. » Elle se rappela son ton flegmatique, démenti par la chaleur de son regard. Ce souvenir la fit sourire. L'offre était alléchante, mais Jake n'accepterait jamais qu'elle parte travailler en dehors de Londres. Il se montrait très possessif avec elle, seulement voilà, elle n'avait que lui.

En avril, alors que la pièce se jouait depuis deux mois, Sofía ouvrit la porte de la loge de Jake et le surprit en train de besogner sa partenaire, Mandy Bourne, debout contre le mur. Il avait baissé son pantalon, et ce qui la frappa par-dessus tout, ce fut son postérieur blanc qui taraudait une Mandy échevelée et en sueur, toujours vêtue de son costume du dix-huitième siècle. Ils ne la virent pas tout de suite. Mandy grognait comme un goret affamé, le visage crispé de douleur, mais à en juger par les petits cris qu'elle poussait entre les grognements, ça ne devait pas lui déplaire. Jake lui murmurait des « je t'aime » ; apparemment, il atteignait le *moment critique*[1] quand Mandy ouvrit les yeux et hurla. Aperce-

1. En français dans le texte.

vant Sofía figée sur le pas de la porte, il enfouit son visage entre ses seins ballottants et lâcha : « Nom de Dieu ! » Mandy s'enfuit, en larmes. Jake se retourna contre Sofía, affirmant qu'il avait couché avec Mandy uniquement parce qu'il se sentait incompris. « Tu ne m'aimes pas ! lui reprocha-t-il avec véhémence.

— Combien de temps ça prend, d'après toi ? rétorqua-t-elle calmement. Il faudrait que je puisse te faire confiance d'abord. »

Ce fut le dernier soir où elle mit les pieds dans ce théâtre. Elle ne voulait plus revoir Jake Felton, plus jamais. En décrochant son téléphone, elle pria pour que David Harrison se souvienne de l'offre qu'il lui avait faite en février.

« Tu nous quittes ? se lamenta Anton, au désespoir. Je ne le supporterai pas !

— Je vais monter un haras chez David Harrison, expliqua-t-elle.

— Bien joué, David, fit Maggie, tirant sur sa cigarette.

— Oh, Maggie, ça n'a rien à voir ! Quoique tu aies eu raison, à propos de Jake Felton. Les hommes, quelle plaie !

— Voyons, ma poule, ce n'est plus du tout ce que pense Maggie : elle s'est trouvé un amant maintenant, hein, Maggie ? Un client à elle. Finalement, son sortilège a peut-être fonctionné, qui sait ? »

Maggie esquissa un sourire satisfait.

« Bravo, Maggie ! Mon Dieu que c'est triste de vous quitter tous. Mais je ne passerai pas ma vie là-bas. On restera en contact.

— J'espère bien. Enfin, on saura tous les potins par Daisy. Et surtout, n'oublie pas de nous inviter au mariage !

— Maggie ! rit Sofía. Il est trop vieux.

— Attention à ce que tu dis... moi aussi, j'ai la quarantaine bien sonnée. » Et elle ajouta d'une voix rauque : « On verra ! »

Daisy était anéantie. Pas seulement parce que son amie allait lui manquer, mais parce que si tout marchait bien pour Sofía, elle devrait se chercher une autre colocataire. Or elle ne voulait personne d'autre. Sofía et elle étaient devenues aussi proches que deux sœurs.

« Si ça te plaît, tu vas t'y installer en permanence ? demanda-t-elle, horrifiée de la savoir coincée à la campagne, même dans une belle propriété.

– Oui, j'adore la campagne, ça me manque », acquiesça Sofía. Lowsley avait ravivé son amour de la nature ; à présent, les odeurs de la ville lui étaient insupportables.

« Toi, tu vas me manquer. Qui te fera tes ongles ? s'enquit Daisy en avançant une lippe boudeuse.

– Personne. Je recommencerai à les ronger.

– Pas question, maintenant que j'ai réussi à te les arranger !

– Pour travailler à la ferme, je n'aurai pas besoin d'avoir de jolies mains », rit Sofía, la tête remplie de chevaux, de chiens et de vertes collines.

Les deux jeunes femmes s'étreignirent.

« N'oublie pas de téléphoner et de passer me voir de temps en temps. Je ne veux pas te perdre de vue », déclara Daisy, la menaçant du doigt pour cacher sa tristesse.

Les départs, les séparations, Sofía avait fini par s'y habituer. Il lui avait fallu se blinder pour ne plus souffrir. Elle promit à Daisy de l'appeler toutes les semaines et se mit en route. Telle une nomade, elle songeait déjà à sa prochaine escale sans trop s'appesantir sur les attaches qu'elle laissait derrière elle.

Une fois confortablement installée dans un petit cottage à Lowsley, Sofía se rendit compte qu'elle ne serait pas malheureuse outre mesure si elle ne devait plus jamais revoir Londres. La vie au grand air lui avait manqué plus qu'elle ne l'aurait cru, et maintenant qu'elle l'avait retrouvée, elle ne voulait plus la lâcher. Elle avait souvent Daisy au téléphone et riait avec elle des potins du salon. Mais, à vrai dire, elle n'avait pas trop le temps de penser à ses anciens amis. Le haras de David occupait toutes ses journées. Il lui avait parlé de « supervision ». Or elle n'avait nulle intention de « superviser » le travail. Elle entendait y participer pleinement, prête à acquérir les compétences qui lui faisaient défaut. Elle sut par Mrs Berniston qu'après le départ d'Ariella, quand le haras avait dû être fermé, Freddie Rattray, dit Rattie, avait été mis au chômage. Rattie, c'était le palefrenier, un fin connaisseur. « Vous ne trouverez pas mieux », lui assura Mrs Berniston. Sans perdre de temps, Sofía contacta et réembaucha Rattie, ainsi que sa fille de dix-huit ans, Jaynie, et ce grâce à Mrs Berniston qui avait écrit régulièrement à la femme de Freddie, Beryl. Beryl étant morte, Rattie n'avait de cesse de quitter leur maison du Hertfordshire pour refaire sa vie ailleurs.

Lorsqu'il arrivait le week-end, David était accueilli par un grand sourire et par la gaieté contagieuse de Sofía. Toujours en jean et tee-shirt, elle portait autour de la taille le chandail beige qu'elle lui avait emprunté un jour et qu'elle n'avait jamais rendu. L'air de la campagne lui donnait un teint éclatant ; ses longs cheveux qu'elle n'attachait plus comme avant flottaient librement sur ses épaules. Ses yeux pétillaient ; elle débordait d'une énergie telle qu'il se sentait rajeunir en sa présence. Elle le faisait rire. Il attendait avec impatience le moment de leurs retrouvailles ; le dimanche soir, il avait le cœur lourd quand il lui fallait rentrer à Londres. Il était ravi qu'elle s'entende aussi bien avec Rattie ; en vérité, Sofía l'adorait. « Il est tellement anglais... on dirait un nain de jardin d'un conte de fées !

– Je doute que Rattie apprécie cette description, rit David.

– Oh, ça ne le dérange pas. Des fois, je l'appelle "le gnome", et ça le fait sourire. À mon avis, il est si heureux d'être à nouveau ici que je pourrais lui donner tous les noms que je veux. »

Rattie était également jardinier, et David fut stupéfié par la métamorphose de son jardin en un laps de temps aussi bref. Sofía était infatigable. Elle se levait de bonne heure et se préparait un petit déjeuner dans la grande maison : Mrs Berniston, qui venait faire le ménage et la cuisine trois jours par semaine, le lui avait suggéré elle-même, vu que le réfrigérateur de Mr Harrison était toujours plein. Avant de commencer sa journée de travail aux écuries, elle sortait l'un des chevaux pour une promenade dans les collines. Rattie était un expert en matière de chevaux, et elle avait beaucoup à apprendre de lui. Enfant, à Santa Catalina, elle n'avait même pas eu besoin de seller ses montures : les gauchos étaient là pour ça. Rattie la taquinait, disant qu'elle était trop gâtée et qu'il allait la remettre au pas ; elle le traitait de nain et de farfadet, lui répétait qu'il était là grâce à elle et qu'il lui devait davantage de respect. Avec son sourire en coin et sa physionomie de vieux sage, il lui rappelait un peu José. Et elle se demandait si José pensait encore à elle, si elle lui manquait ou s'il avait eu vent des ragots et qu'elle occupait une moindre place dans son cœur.

Sur les conseils de Rattie, ils achetèrent six juments poulinières et engagèrent deux lads pour assister sa fille Jaynie. « Il faut du temps pour monter et faire tourner un haras, expliqua-t-il. Le cycle de reproduction, il est de onze mois, tu comprends. » Il noua ses mains parcheminées autour d'une tasse de café fumant. « En automne, ce sera le moment de chercher des étalons pour nos juments, avec un bon pedigree et une bonne conformation. » Sofía hocha la tête. « Si on veut obtenir des trotteurs de première classe, il nous faudra des étalons de première classe. » À nouveau, elle hocha la tête avec vigueur. « En août et septembre, on dépose une demande de saillie, par l'intermédiaire d'un courtier. C'est lui qui négocie le prix nominal avec le propriétaire de l'étalon. Moi, ça fait un bail que je ne suis plus dans le circuit, mais dans le temps je travaillais avec Willy Rankin et à mon avis il est toujours là. » Il avala une gorgée de café. « La saison commence le 14 janvier. C'est là qu'on conduit les juments chez l'étalon jusqu'à ce qu'elles soient fécondées.

— Et les naissances ? » demanda Sofía. Elle s'efforçait de poser des questions sensées ; ç'avait l'air plus compliqué qu'elle ne l'imaginait. Heureusement que Rattie connaissait son affaire.

« Entre février et avril. C'est la période magique, ça. On assiste en direct au travail de la nature. » Il poussa un soupir. « Aux premières loges, en quelque sorte. Puis, dix jours après la naissance du poulain, si tout se passe bien, la jument et le poulain retournent chez l'étalon.

— Pour combien de temps ?

— Trois mois environ. Une fois que la jument est à nouveau pleine, on les ramène à la maison.

— Et à quel moment on les vend ? » Elle remplit la bouilloire et la remit à chauffer.

« Ça en fait des choses à retenir, gloussa-t-il, s'apercevant que son attention commençait à faiblir. Rien à voir avec ta vie là-bas... comment ça s'appelle déjà ? Pampa ? ajouta-t-il, sarcastique.

— La pampa, Rattie, rit-elle. Mais tu as raison, tout cela est nouveau pour moi, acquiesça-t-elle humblement, ouvrant un pot de café soluble.

— Ben, quand on aime les chevaux comme tu les aimes, on apprend vite, dit-il avec bonté. Voyons, en juillet il faut préparer les yearlings pour la vente. C'est beaucoup de travail, mais ça te plaira. On les fait marcher, on les habitue à la bride. Ensuite, les gens qui organisent les enchères viennent inspecter nos yearlings pour voir s'ils répondent à toutes les normes des pur-sang. Les enchères ont lieu en octobre, à Newmarket. Ça, c'est intéressant, tu verras. » Il lui tendit sa tasse vide pour qu'elle la remplisse. « Je t'apprendrai tout ce que je sais, mais pas ici, autour de la table de cuisine. On apprend sur le tas, disait mon père. Parler, c'est bien ; faire, c'est mieux, disait-il. Alors j'arrête de parler et on va se mettre au boulot. Ça te va, Sofía ? » s'enquit-il tandis qu'elle lui rendait sa tasse, pleine d'un café noir et épais comme il l'aimait. « Ah, formidable.

– C'est parfait, Rattie », répondit-elle. Peu lui importaient les détails ; du moment qu'elle s'occupait de chevaux, elle se sentait chez elle.

L'été passa rapidement. Sofía ne fit le voyage à Londres qu'une seule fois. Maggie et Anton étaient furieux, et il fallut les cajoler longtemps pour réussir à les amadouer. Elle ne resta qu'une heure, tant elle avait hâte de retourner auprès de ses chevaux. Bien que reconnaissants de sa visite, ils sentirent qu'elle leur échappait, et cela les attrista. À partir de septembre, David séjourna davantage à la campagne. Il s'aménagea un bureau dans la maison et engagea une secrétaire à temps partiel. La maison revivait ; on y entendait à nouveau des voix et des aboiements de chiens. Mais la vraie raison était ailleurs. Tombé fou amoureux de Sofía, David ne supportait pas d'être loin d'elle. C'était pourquoi il l'avait engagée en premier lieu. Il ne regardait pas à la dépense : son prix eût été le sien. C'était le seul moyen qu'il avait trouvé pour la voir sans devoir lui faire la cour. Car il était bien conscient qu'en lui avouant ses sentiments il allait la faire fuir. Douze livres par semaine et l'hébergement gratuit n'étaient rien comparé à ce qu'il aurait voulu lui offrir, à savoir son nom et tout ce qu'il possédait.

Sofía était ravie que David ait décidé de passer plus de temps à Lowsley. Il venait avec ses chiens, Sam et Quid, qui ne la quittaient pas d'une semelle : leurs adorables yeux de clowns lui souriaient amoureusement. Le soir, ils se promenaient longuement dans le jardin en regardant les ombres raccourcir jusqu'à ce que l'été cède le pas à l'automne et que la nuit tombe plus tôt. David remarqua qu'elle ne parlait jamais de sa famille ou de son pays ;

de son côté, il s'abstenait de lui poser des questions. Non qu'il ne soit pas curieux : il voulait tout savoir d'elle. Il avait envie d'effacer par des baisers la tristesse qu'il sentait affleurer sous son sourire. À vrai dire, il avait envie de l'embrasser chaque fois qu'il la voyait, et pourtant il ne voulait pas l'effaroucher. Il avait trop peur de la perdre. Voilà longtemps qu'il n'avait pas été aussi heureux. Il s'interdisait donc le moindre geste, la plus petite allusion. Mais au moment où Sofía avait presque réussi à oublier son passé, un visiteur de passage à Lowsley se chargea de le faire resurgir dans sa mémoire.

David n'avait reçu personne dans sa maison de campagne depuis l'été. Il se sentait bien, seul avec Sofía ; Zaza cependant lui suggéra que la jeune femme avait peut-être besoin de rencontrer des gens de son âge. « Elle est trop jolie, un jour quelqu'un va l'embarquer sous ton nez, tu ne peux pas la cacher éternellement », déclara-t-elle sans se douter à quel point ses paroles l'avaient mortifié. En regardant Sofía vaquer à ses occupations, il se disait qu'elle n'avait pas l'air malheureuse. En tout cas, pas en manque de jeunes gens. La compagnie des chevaux semblait lui suffire. Mais Zaza ne désarmait pas. Il fallait une femme pour comprendre une autre femme. Et puis, il avait presque vingt ans de plus qu'elle. Aussi, quand Tony et Zaza lui présentèrent Gonzalo Segundo, un joueur de polo basané et plutôt grand pour un Argentin, qui était un ami de leur fils Eddie, il saisit la perche et les invita tous à passer le week-end à Lowsley. Mais il n'avait pas prévu la réaction de Sofía.

« Sofía Solanas ! s'exclama Gonzalo au moment des présentations. Vous ne seriez pas une parente de Rafa Solanas ? » demanda-t-il en espagnol.

Sofía était pétrifiée. Voilà une éternité qu'elle n'avait pas parlé espagnol.

« C'est mon frère », répondit-elle d'une voix rauque. Elle recula d'un pas : le son de sa propre voix s'exprimant dans sa langue maternelle ouvrit les vannes de sa mémoire, provoquant une avalanche de souvenirs. Elle pâlit et se rua hors de la pièce, en larmes.

« J'ai dit quelque chose qu'il ne fallait pas ? » s'enquit Gonzalo, perplexe.

Peu après, David vint frapper à sa porte.

« Sofía, tout va bien ? » fit-il doucement, avant de frapper à nouveau. Elle lui ouvrit, et il entra, suivi de Sam et de Quid qui la reniflèrent anxieusement. Son visage était humide ; ses yeux injectés de sang lançaient des éclairs.

« Comment avez-vous pu ? cria-t-elle. Comment avez-vous pu l'inviter ici sans me demander mon avis ?

— Je ne sais pas de quoi vous parlez, Sofía. Calmez-vous », dit-il d'un ton ferme, essayant de poser la main sur son bras. Elle le retira précipitamment.

« Je ne me calmerai pas », siffla-t-elle. David referma la porte derrière eux : il ne tenait pas à ce que Zaza les entende. « Il connaît ma famille ! Maintenant il ira les trouver et leur dira qu'il m'a vue, sanglota-t-elle.

— Est-ce si important ?

— Oui ! Oui, c'est important ! » Elle se dirigea vers son lit. Ils s'assirent tous les deux. « C'est important pour moi, ajouta-t-elle tout bas, ravalant ses larmes.

— Sofía, je ne sais pas ce que vous essayez de me dire. Comment voulez-vous que je comprenne si vous ne m'expliquez pas ? Je croyais que ça vous ferait plaisir de rencontrer un compatriote.

— Oh, David ! » Elle hoqueta et se blottit contre sa poitrine. Lentement, il referma les bras autour d'elle. Comme elle ne bronchait pas, ne le repoussait pas, il resta là, à la tenir serrée contre lui. « J'ai quitté l'Argentine il y a trois ans à cause d'une liaison que mes parents désapprouvaient. Et je n'y suis plus retournée.

— Vous n'y êtes plus retournée ? répéta-t-il, ne sachant trop que dire.

— Je me suis disputée avec eux. Je les déteste. Depuis ce temps-là, je n'ai parlé à personne de ma famille.

— Pauvre petite. » Presque malgré lui, il lui caressa les cheveux. Il osait à peine bouger, de peur de rompre le charme.

« Je les aime et je les méprise. Ils me manquent, j'essaie de les oublier. Mais je n'y arrive pas. Je n'y arrive pas ! Le fait d'être ici, à Lowsley, m'a aidée. J'étais si heureuse ici ! Jusqu'à aujourd'hui ! » À la surprise de David, elle fondit à nouveau en larmes. Cette fois, les sanglots violents semblaient venir du tréfonds de son être. Maladroitement, il tenta de la consoler. Jamais il n'avait vu un chagrin aussi déchirant. À force de pleurer, Sofía se mit à suffoquer. David paniqua ; peut-être qu'une femme saurait mieux faire face à la situation. Mais quand il se leva pour aller chercher Zaza, elle se cramponna à son pull et le supplia de rester.

« Ce n'est pas fini, David. S'il vous plaît, ne partez pas. Je voudrais que vous sachiez tout. » Penaude, elle lui parla de la trahison de Santi et de Santiguito, sans préciser que Santi était son cousin. « J'ai abandonné mon bébé », chuchota-t-elle sans le quitter des yeux. Il eut l'impression de se noyer dans son regard chaviré de douleur. Il brûlait de lui dire qu'il lui donnerait des enfants, autant d'enfants qu'elle voudrait. Que son amour pour elle égalait l'amour de toute sa famille réunie. Mais il ne savait comment s'y prendre. Il se contenta donc de la bercer en silence dans ses bras. En cet instant de tendresse, David sentit qu'il l'aimait plus qu'il n'aurait cru pouvoir aimer quelqu'un. Sofía lui avait fait mesurer l'étendue de sa solitude. Il savait qu'il était capable de la rendre heureuse. La jeune femme, pour sa part, se sentait étrangement mieux après lui avoir confié son secret, même s'il ne s'agissait que d'une demi-vérité. Levant la tête, elle eut la sensation de le voir pour la première fois. Et quand leurs bouches se rencontrèrent, cela leur parut presque naturel. Elle lui avait fait confiance comme à personne, excepté Santi. Lorsque David la serra contre lui, le reste du monde cessa d'exister : il n'y avait plus que Lowsley et le refuge qu'elle s'y était construit.

27

Quand David et Sofía eurent regagné le salon, tout le monde fit comme si de rien n'était. Sofía trouva ça très anglais : chez elle, on se serait déjà bousculé pour la bombarder de questions. Zaza, visiblement, avait fait la leçon à Gonzalo et Eddie qui l'accueillirent d'un grand sourire et se mirent à lui parler chevaux. Zaza alluma une cigarette et s'enfonça dans le canapé : ses yeux étrécis allaient de Sofía à David avec suspicion. « David se retient de sautiller sur place », se dit-elle, exhalant un filet de fumée du coin de sa bouche. Elle regarda Sofía. Les cils toujours humides, mais les joues en feu, comme si elle cherchait à cacher son excitation... non, décidément, il y avait quelque chose de louche là-dessous.

Gonzalo trouvait Sofía irrésistible à deux points de vue : elle était belle et pathétique. D'ailleurs, il avait vaguement entendu parler d'elle en Argentine. Buenos Aires était une petite ville, et un scandale finissait toujours par s'éventer. Qu'est-ce que c'était, déjà ? Ah oui, une histoire avec un de ses frères, semblait-il, à la suite de laquelle on l'avait exilée en Europe. La honte... pas étonnant qu'elle ne veuille pas qu'on la reconnaisse. Sauf que moi, pensa-t-il en contemplant le sourire mouillé qui frémissait au bord de ses lèvres, je lui aurais pardonné n'importe quoi.

« Sofía, tu m'emmènes faire un tour à cheval ? » demanda-t-il en espagnol.

Elle sourit faiblement et jeta un rapide coup d'œil à David qui haussa un sourcil. Maintenant qu'elle s'était déclarée à lui, elle n'avait pas envie d'être séparée de lui, ne serait-ce qu'une minute.

« Gonzalo voudrait qu'on aille faire une balade à cheval, dit-elle, espérant que quelqu'un suggère autre chose.

— Bonne idée, déclara Tony en mâchonnant son cigare. Si tu y allais aussi, Eddie ?

– Oh ! oui, vas-y, chéri. Le grand air te fera du bien », renchérit Zaza qui brûlait de rester seule pour mieux cuisiner David.

Mais Eddie, vautré dans un fauteuil près du feu, n'avait aucune intention de bouger. Il faisait un temps de chien, froid et humide, et puis c'était évident que Gonzalo avait le béguin pour Sofía ; il ne voulait donc pas se mettre en travers de son chemin.

« Non, merci. Allez-y, vous deux, dit-il, fourrageant dans la boîte de fondants posée sur la table.

– Chéri, tu ne peux pas rester enfermé toute la matinée, il faut te mettre en appétit pour le festin de Mrs Berniston.

– Vous restez bien, toi et papa », rétorqua-t-il en se carrant dans son fauteuil.

Dépitée, Zaza esquissa une moue. Son interrogatoire devrait attendre.

Malgré le manque d'enthousiasme que Sofía avait manifesté, David ressentit la morsure de la jalousie en la regardant quitter le salon en compagnie de Gonzalo. L'idée de la savoir seule avec un homme originaire de son pays lui était insupportable. Un homme jeune et beau qui parlait sa langue, comprenait sa culture, qui communiquait avec elle d'une façon dont lui, David, se sentait totalement incapable. Sofía partie, la pièce lui parut plus froide.

« Tu as eu un trait de génie, chéri, dit Zaza qui l'observait avec attention.

– Comment ça ? » Il s'efforça de prendre un ton léger, humoristique.

« D'avoir invité Gonzalo.

– Et en quoi est-ce si extraordinaire de ma part ?

– Mais parce qu'ils forment un couple exquis. Gonzalo et Sofía ! » Elle rit et, glissant un fume-cigarette en ébène entre ses lèvres rouge sang, guetta sa réaction. Il ne laissa rien paraître.

« Tu parles d'une idylle ! À cause de cet abruti, elle s'est sauvée en larmes dans sa chambre. Franchement, il y a des moyens plus romantiques pour séduire une femme, s'interposa Tony.

– Et alors, c'était quoi ? » s'enquit Eddie, ravi que son père ait remis le sujet sur le tapis.

Tout le monde regarda David qui, assis sur le pare-feu, tisonnait les braises.

« Sa famille lui manque, c'est tout, répliqua-t-il, laconique.

— Ah bon », fit Eddie, déçu. Tony hocha la tête avec compassion.

« Et rien d'autre ? insista Zaza prudemment. Qu'est-ce que tu lui as dit pour qu'elle retrouve le sourire ?

— Ce n'est pas moi, c'est elle toute seule. Passé le premier choc, elle m'a parlé des siens, et après ça allait mieux », dit-il sans conviction. Il grimaça : ce n'était pas à Zaza qu'il ferait avaler ce pieux mensonge.

« Je vois. Ma foi, Gonzalo et elle auront l'occasion de mieux se connaître sans qu'on soit là à surveiller tous leurs faits et gestes. Ah, la jeunesse, soupira-t-elle, mais où sont nos jeunes années ? »

Le cœur de David se serra. Il avait vingt ans — voire davantage — de plus que Sofía. Non, mais quelle idée il avait eue là ! Zaza avait raison, Gonzalo lui convenait bien mieux. Peut-être qu'elle allait en prendre conscience en chevauchant dans les Cotswolds. Voilà des mois qu'elle n'avait pas vu un garçon de son âge. Elle parlerait de son pays et se rendrait compte que sa place était là-bas, en Argentine, pensait-il, accablé. Il sentait encore le goût de sa bouche sur ses lèvres. Avait-il profité d'elle dans un moment de faiblesse ? Il avait eu tort de l'embrasser, il aurait dû se maîtriser ; n'était-il pas le plus adulte des deux ? Changeant de conversation, il essaya de parler normalement, mais il avait la gorge nouée, et les mots ne venaient pas avec sa verve coutumière. Zaza remarqua son regard éteint et comprit qu'elle était allée trop loin. Elle avait toujours aimé David et, bien qu'elle fût parfaitement heureuse avec Tony, elle lui gardait une place dans son cœur. Elle avait parlé en femme jalouse et maintenant s'en voulait terriblement. Elle essaya de le distraire par des histoires drôles, mais son rire n'atteignit pas ses yeux. Zaza regarda la pendule sur la cheminée et pria pour que Sofía revienne vite afin de le rassurer.

Gonzalo était un cavalier accompli. Il montait avec cette nonchalance typiquement argentine, cette délicieuse assurance, cette morgue détestable, qui firent chavirer le cœur de Sofía. Ils s'entretenaient en espagnol et, au bout d'un moment, les phrases se bousculèrent sur ses lèvres, elle gesticula avec une exubérance toute latine. Elle avait enfin l'impression de redevenir elle-même.

Elle était à nouveau argentine, et le son de sa propre voix, la saveur des mots dans sa bouche l'étourdissaient de bonheur. Gonzalo était drôle, ses histoires la faisaient rire. Il évita soigneusement de l'interroger sur sa famille, et elle n'en parla pas non plus. Elle préférait l'écouter, elle buvait ses paroles. « Raconte encore, Gonzalo », l'implorait-elle avec la ferveur d'une sourde qui aurait subitement recouvré l'ouïe.

Ils se frayèrent un passage dans la boue accumulée sous les arbres au fond de la vallée ; les sabots des chevaux s'embourbaient tandis qu'ils se dirigeaient vers les collines. La bruine s'était transformée en pluie qui leur ruisselait sur le visage et s'insinuait sous leurs habits. Une fois en haut, ils galopèrent le long de la crête, riant de sentir le vent dans leurs cheveux et le mouvement de leurs montures. Ils chevauchèrent ainsi sur des kilomètres, jusqu'à ce qu'un épais brouillard, comme surgi de nulle part, les enveloppe en montant de la vallée.

« Quelle heure est-il, Gonzalo ? demanda Sofía dont l'estomac commençait à crier famine.

— Midi et demi. Crois-tu que tu vas retrouver ton chemin dans cette brume ?

— Bien sûr », rétorqua-t-elle avec entrain. Mais au fond, elle n'en était pas certaine. Elle regarda autour d'elle. Toutes les directions se ressemblaient. « Suis-moi », lança-t-elle d'un ton qui se voulait assuré. Ils avancèrent de front à travers le voile blanc, les yeux rivés sur la bande de verdure qui disparaissait devant eux. Gonzalo n'avait pas l'air inquiet. Les chevaux non plus, du reste, qui humaient avec satisfaction l'air glacial. Sofía, transie, n'avait qu'une hâte : retrouver au plus vite le coin du feu à Lowsley. Ainsi que David.

Soudain, ils tombèrent sur les ruines grises de ce qui ressemblait à un vieux château.

« Ça te dit quelque chose ? » demanda Gonzalo, la voyant froncer les sourcils.

Elle secoua la tête. « *¡Dios!* Gonzalo, pour ne rien te cacher, je n'ai jamais vu cette ruine. Je ne sais absolument pas où on est.

— On est perdus, hein ? » Il eut un grand sourire. « Si on restait là le temps que le brouillard se lève ? Au moins, on sera à l'abri de la pluie. »

Elle acquiesça, et tous deux mirent pied à terre. Ils conduisirent les chevaux à couvert et les attachèrent à un pilier. « Viens avec moi, on va se mettre au sec. » Et, s'emparant de la main de Sofía, il s'engagea d'un pas énergique parmi les décombres. Il marchait si vite qu'il la traînait presque sur les pierres glissantes ; elle avait toutes les peines du monde à le suivre. Tout à coup, elle trébucha et tomba. Lorsqu'elle voulut se relever, une douleur lancinante lui transperça la cheville, et elle s'écroula en gémissant. Vivement, Gonzalo s'accroupit à côté d'elle.

« Tu as mal où ? demanda-t-il calmement.

— À la cheville. Oh, mon Dieu, j'espère qu'elle n'est pas cassée ! » Sofía grimaça.

« Ça ressemble plutôt à une entorse. Tu peux la bouger ? »

Elle esquissa un mouvement. « Ça fait mal !

— Mais au moins, tu arrives à la bouger un peu. Allez, accroche-toi, je vais te porter, décréta-t-il.

— Je ne suis pas si légère ! plaisanta-t-elle tandis qu'il la soulevait de terre.

— Pas de problème. » Il la transporta à l'intérieur d'une tour et, la déposant sur l'herbe humide, ôta sa veste. « Tiens, assieds-toi là-dessus. » Il l'aida à se redresser sans poser son pied endolori par terre.

« Comme si je n'étais pas assez mouillée ! pouffa-t-elle. Merci.

— Si on retire ta botte, on ne pourra plus la remettre, l'avertit-il.

— Tant pis, ça me fait trop mal. Enlève-la, s'il te plaît. Si la cheville enfle, ce sera fichu, et j'aime mieux rentrer le pied à l'air plutôt que de souffrir. »

Avec précaution, Gonzalo fit glisser la botte pendant que Sofía transpirait, le visage en feu, les traits figés en une grimace de douleur.

« Voilà, c'est fait », annonça-t-il, triomphant, plaçant son pied sur ses genoux. Il ôta soigneusement la chaussette ; la peau rose semblait bien vulnérable dans ce décor inhospitalier. Inspirant profondément, Sofía essuya ses larmes avec la manche de sa veste. « C'est assez enflé. Mais tu survivras, dit-il, promenant sa main tiède le long de son mollet.

— Mmm, c'est bon, ça, soupira-t-elle, appuyant sa tête sur la pierre. Un peu plus bas... oui, là. » Il lui massa doucement le cou-de-pied. « Adieu le déjeuner de Mrs Berniston, rit-elle.

— Ne me dis pas qu'elle cuisine bien.

— Divinement bien.

— Je mangerais volontiers un gros morceau juteux de *lomo*, fit-il, en proie à une fringale subite.

— Moi aussi, *con papas fritas*[1]. » Elle eut un sourire nostalgique. Et ils entreprirent de dresser la liste de tous les mets argentins qui leur manquaient en Angleterre.

« *Dulce de leche*[2], suggéra-t-il.

— *Membrillo.*

— *Empanadas.*

— *Zapallo.*

— *Zapallo* ? répéta-t-il en plissant le nez.

— Pourquoi, tu n'aimes pas ?

— Si, allez. Maté.

— *Alfajores...* »

Entre-temps, à Lowsley, David fixait tantôt la fenêtre, tantôt la pendule sur la cheminée.

« Ils ont été bloqués par le brouillard, dit Tony. À ta place, je ne m'inquiéterais pas. Elle est en de bonnes mains. Gonzalo est fort comme un bœuf. » C'est bien ce qui m'inquiète, pensa David, abattu.

« J'ai faim, déclara Eddie. On est obligés de les attendre ?

— Pas nécessairement, répondit David.

— Il ne faudrait pas que le déjeuner de Mrs Berniston soit trop cuit, hasarda Zaza. Je suis sûre qu'ils ne vont pas tarder. Sofía connaît ces collines comme sa poche, ajouta-t-elle, rassurante.

— Pas vraiment, non, soupira David. Pas dans ce satané brouillard. Qui n'a pas l'air de vouloir se lever, par-dessus le marché.

— Oh, mais si. Ça se lève très vite, par ici », dit Zaza.

Tony éclata de rire. « Depuis quand tu t'y connais en brouillard, chérie ?

— J'essaie juste de remonter le moral à David. Il est inquiet, ne vois-tu pas ?

1. Avec des frites.
2. Confiture de lait.

— Peut-être que je devrais partir à leur recherche ? suggéra leur hôte.

— Et par quoi commencerais-tu ? Tu ne sais même pas où ils sont allés, rétorqua Tony. S'ils ne sont pas rentrés avant la tombée de la nuit, je viendrai avec toi.

— Tu ne sais pas monter, chéri, fit Zaza, allumant nerveusement une autre cigarette.

— Je prendrai la Land-Rover.

— Pour t'enliser dans la gadoue ? » observa Eddie. Son père haussa les épaules.

« Tony a raison. Allons déjeuner. Et s'ils ne sont pas là avant la nuit, on ira à leur recherche », trancha David, rasséréné maintenant qu'ils avaient établi un plan. Il s'efforçait de ne pas penser aux deux jeunes gens en train de lutter contre les éléments. Ça le rendait malade. Il connaissait les collines mieux que personne, il les retrouverait. Pourvu que Sofía soit saine et sauve ! Elle était bonne cavalière, mais un accident était vite arrivé, et cette petite sotte refusait de porter la bombe. On n'était pas dans la pampa, bon sang... en Angleterre, on se couvrait la tête pour éviter de se rompre le cou. Il espérait qu'elle avait pris Safari ; c'était un cheval doux, qui ne risquait pas de la désarçonner. Les autres, c'était moins sûr. Hanté par ces images, il précéda ses invités dans la salle à manger.

Pendant que Gonzalo lui massait la cheville pour soulager la douleur, Sofía s'était mentalement transportée dans la pampa.

« On va remettre la chaussette, il ne faut pas que le pied refroidisse, dit-il au bout d'un moment.

— Vous êtes fantastique, docteur Segundo !

— Le Dr Segundo sait ce qu'il fait, *señorita.*

— Attention ! s'exclama-t-elle quand il commença à lui enfiler sa chaussette.

— Comment ça va ?

— Mieux. » C'était moins douloureux qu'elle ne l'aurait cru. « Tu as des mains de guérisseur.

— Docteur, guérisseur... tu me flattes, rit-il. Voilà, elle est comme neuve.

— Quels sont les autres maux dont vous souffrez, *señorita* ?

— Il n'y en a pas, merci, docteur.

– Et vos peines de cœur ?

– Mes peines de cœur ?

– Vos peines de cœur », dit-il sérieusement. Il prit son visage dans ses mains et posa ses lèvres sur les siennes. Elle n'aurait pas dû le laisser faire, mais le son de sa voix parlant espagnol, l'inimitable accent argentin, les bottes, l'odeur des chevaux, le brouillard qui les cachait aux yeux du monde... momentanément perdue, elle lui rendit son baiser. Ce n'était pas désagréable, mais elle sentait qu'elle avait tort. Se dégageant, elle s'aperçut que le brouillard était en train de se dissiper.

« Regarde, ça se lève, fit-elle avec espoir.

– J'aimerais bien rester ici.

– Et moi, j'ai froid, je suis trempée et j'ai mal au pied. S'il te plaît, Gonzalo, ramène-moi à la maison.

– D'accord, soupira-t-il. Moi aussi, j'ai froid et je suis trempé, je ne m'en étais pas rendu compte. »

Quel bouffon, pensa soudain Sofía. Elle brûlait de retrouver David, qui devait être fou d'inquiétude. Gonzalo la transporta à l'endroit où ils avaient laissé les chevaux. « Je prends ta botte », dit-il en la perchant sur le dos de Safari. Le trajet du retour fut long et épuisant. Une fois de plus, Sofía perdit son chemin, mais déterminée à ne pas le montrer, elle lâcha la bride à Safari en espérant qu'il saurait regagner son écurie. Et lorsqu'il la ramena sans effort à Lowsley, elle se demanda pourquoi elle n'y avait pas songé plus tôt.

« Bien, je vais les chercher », annonça David en s'écartant de la fenêtre. Il faisait presque nuit, et ils n'étaient toujours pas rentrés. « Ils ont eu un problème. Ils ont besoin d'aide, ajouta-t-il avec irritation.

– Je te suis avec la Land-Rover », déclara Tony. Eddie échangea un coup d'œil avec Zaza, mais ni l'un ni l'autre n'osa intervenir. Le déjeuner s'était déroulé dans une atmosphère tendue. David, que Zaza n'avait jamais vu aussi mal embouché, avait à peine pris part à la conversation. Il avait passé son temps à regarder par la fenêtre, à scruter le brouillard, comme si Sofía et Gonzalo allaient en surgir tels les héros au cinéma. Tony et Eddie n'avaient rien remarqué. Les hommes étaient d'un égoïsme ! pensa Zaza, agacée, pendant qu'ils discutaient cricket comme si de rien n'était.

David traversa le hall en courant, attrapa sa veste et ses bottes et ouvrit la porte pour tomber sur Gonzalo qui émergeait du brouillard avec Sofía, grelottante et mouillée, dans ses bras.

« Où diable étiez-vous passés ? s'écria-t-il, incapable de contenir son exaspération.

— C'est une longue histoire, on vous racontera plus tard. Il faut d'abord monter Sofía dans sa chambre, répliqua Gonzalo, ignorant le geste de David qui se proposait de le relayer.

— Je me suis fait une entorse à la cheville, dit Sofía quand elle fut à sa hauteur.

— Grand Dieu, que vous est-il arrivé ? » s'exclama Zaza. On aurait dit qu'ils s'étaient roulés dans la boue.

« Où est ta chambre ? demanda Gonzalo, s'engageant dans l'escalier.

— Tout droit. » Sofía chercha David des yeux, mais il n'avait pas suivi.

Une fois dans sa chambre, Gonzalo la déposa doucement sur le lit.

« Il faut qu'on t'aide à retirer ces habits trempés. Je vais te faire couler un bain.

— Ne t'inquiète pas, ça ira. Je me débrouillerai.

— Le Dr Segundo connaît son affaire, répondit-il en lui enlevant sa botte.

— Je t'assure, Gonzalo, ça va très bien. Vraiment.

— Merci, Gonzalo, fit une voix ferme derrière lui. Si vous alliez vous changer ? Vous vous êtes comporté en héros, mais même les héros ont besoin de repos.

— David ! » souffla Sofía, soulagée. Gonzalo haussa les épaules, lui sourit pour montrer qu'il n'obéissait qu'à contrecœur et quitta la pièce.

« Qu'avez-vous fabriqué, nom d'un chien ? » s'enquit David d'un ton sec. Il entra dans la salle de bains et, en entendant l'eau jaillir des robinets, elle éprouva une soudaine lassitude.

« On s'est perdus dans le brouillard, mais, heureusement, on est tombés sur les ruines d'un château...

— Mais comment, bon sang, vous êtes-vous retrouvés là-bas ?

— David, ce n'était pas ma faute.

— Et les chevaux ? Vous n'avez pas vu le brouillard ou bien étiez-vous trop occupée avec votre nouvel ami ?

— Ce n'est pas moi qui ai eu l'idée de cette promenade. Je ne voulais pas y aller. Vous auriez pu nous empêcher de sortir.

— Enlevez donc ces affaires mouillées avant d'attraper la mort. Je vous ai fait couler un bain », lança-t-il en se dirigeant vers la porte.

Il était jaloux ! Sofía sourit secrètement.

« Je ne peux pas me déshabiller seule », fit-elle d'une voix faible. Il se retourna, et son expression ombrageuse acheva de l'attendrir : elle eut envie de l'embrasser pour lui rendre sa bonne humeur.

« Je vais appeler Zaza.

— Non, pas Zaza. Ni Gonzalo non plus. C'est vous que je veux, dit-elle lentement en plantant son regard dans ses yeux assombris.

— Vous êtes partie pendant des heures. J'étais inquiet, répliqua-t-il tout bas. Que devais-je penser ?

— Vous n'avez pas une très haute opinion de moi si vous me croyez capable de papillonner d'un homme à un autre. Vous ne me faites pas confiance ?

— Pardonnez-moi.

— C'est parce qu'il est argentin, n'est-ce pas ?

— Et parce qu'il est jeune et beau garçon. J'ai une bonne vingtaine d'années de plus que vous, protesta-t-il, l'air malheureux.

— Et alors ?

— Je suis trop vieux.

— Et moi je vous aime. Je vous aurais aimé quel que soit votre âge. Ça m'est complètement égal, déclara-t-elle en se débattant avec ses vêtements.

— Attendez, je vais vous aider. » Il vint s'agenouiller devant elle et, prenant son visage dans ses mains, l'embrassa. Sa bouche était douce et chaude ; Sofía eut envie de se pelotonner contre lui, mais il l'écarta. « Vous êtes comme un chien mouillé », rit-il en contemplant la grosse tache d'humidité sur sa chemise. D'un mouvement preste, il fit glisser son tricot et son tee-shirt par-dessus sa tête. Elle frissonna. Ses cheveux retombèrent mollement sur ses épaules nues tels de longs tentacules ruisselants. Il l'embrassa à nouveau pour essayer de redonner un semblant de vie à ses lèvres violettes, mais elles tremblèrent malgré tous ses efforts. Elle déboutonna son jean et laissa David le lui retirer en douceur, prenant soin de ne pas heurter sa cheville douloureuse. Le jean était trempé et maculé de boue. « Tu es gelée, mon amour. Viens, je vais te mettre dans le bain, dit-il.

— Quoi, avec mes dessous ? » Elle rit et dégrafa son soutien-gorge. Ses seins, étonnamment lourds pour son corps frêle, étaient couverts de chair de poule ; leurs pointes se dressaient, rigides, en signe de protestation. Elle se débarrassa de sa culotte et lui tendit les bras. Il la souleva du lit et la transporta dans la salle de bains.

« Tu es belle, fit-il en déposant un baiser sur sa tempe.

— Et transie de froid. » En riant, elle pressa son visage contre sa joue rugueuse. « Ah, des bulles », soupira-t-elle tandis qu'il la plongeait dans l'épaisse couche de mousse qui débordait de la baignoire.

Après qu'il l'eut drapée dans une grande serviette blanche et l'eut installée sur le lit, elle refusa de le laisser partir.

« Fais-moi l'amour, David, implora-t-elle se cramponnant à son cou.

— Et les autres ? dit-il en lui caressant les cheveux.

— Ils trouveront bien à s'occuper. N'oublie pas que je suis souffrante.

— Justement, ce n'est pas bon pour ta cheville.

— Je ne fais pas l'amour avec ma cheville », pouffa-t-elle dans son cou. Il rit aussi et l'embrassa à nouveau. L'instant d'après, il l'étreignait ; ses mains, ses lèvres firent naître des ondes de plaisir qui se propagèrent à travers tout son corps. Et elle découvrit, enchantée, que, lorsqu'elle fermait les yeux, elle ne voyait que David, et lui seul.

28

« Je savais bien qu'il se passait quelque chose ce week-end où on est venus chez toi avec Gonzalo, déclara Zaza un mois plus tard. C'était écrit sur ta figure, David. Tu es un piètre comédien. Heureusement que tu travailles en coulisse. » Elle eut un rire de gorge. David, qui était en ville pour affaires, l'avait appelée le matin pour l'inviter à déjeuner. « J'ai un mal fou à me séparer de Sofía », avait-il avoué avant de lui raconter leur relation.

« Et ce pauvre Gonzalo qui s'était entiché d'elle ! ajouta Zaza, portant le verre de vin à ses lèvres écarlates.

— Je croyais qu'elle allait tomber amoureuse de lui, dit David, radieux.

— Moi aussi, c'est pourquoi je t'avais suggéré de l'inviter en premier lieu. Si j'avais eu la moindre idée de tes sentiments, jamais je n'aurais commis une telle gaffe. Tu me pardonnes, dis ?

— Tu es diabolique. Zaza, mais je t'aime quand même. » Il rit et ouvrit la carte.

« Alors, qu'est-ce que tu vas faire ? demanda-t-elle. Ça ne t'ennuie pas si je fume ?

— Je t'en prie.

— Eh bien ?

— Je n'en sais rien.

— Tu vas l'épouser, bien sûr. » Elle ravala la boule dans sa gorge.

« Je ne sais pas. Tu prends quoi ? » s'enquit-il, changeant de sujet.

Mais quand elle avait une mission, Zaza ne désarmait pas facilement.

« Elle voudra se marier, comme toutes les filles. C'est normal. Et Ariella, là-dedans ?

— Quoi, Ariella ? Ça fait dix ans qu'on est divorcés.

— Tu as parlé d'elle à Sofía ? Elle a le droit de savoir.

— Qu'y a-t-il à savoir sur Ariella ? À part le fait qu'elle a été ma femme et qu'elle a la main verte ?

— Et que c'est une garce, une garce insupportablement belle. » Zaza cracha le mot « garce » avec délectation. « Elle sera folle de rage quand elle apprendra la nouvelle.

— Mais pas du tout. Elle est trop occupée à filer le parfait amour avec son amant en France. » Autrefois, il aurait tiqué en évoquant le séduisant Français qui lui avait soufflé sa femme. Cette histoire avait failli le briser. Mais c'était du passé maintenant, et il avait Sofía qu'il aimait plus qu'il n'avait jamais aimé Ariella.

« Elle reviendra semer la zizanie, crois-moi. Du moment que tu as quelqu'un d'autre dans ta vie, elle n'aura de cesse de te récupérer. C'est tout Ariella, ça... elle ne désire que ce qu'elle ne peut obtenir, et toi, David, tu vas devenir irrésistible à ses yeux.

— Tu connais très mal Ariella.

— Toi aussi. Seule une femme peut comprendre une autre femme. Et je la comprends infiniment mieux que toi. C'est quelqu'un de retors, vois-tu. Elle adore jouer les trouble-fête, dit Zaza en plissant les yeux, avec un grand sourire. Elle est très forte pour ça. Avec moi, ça n'a pas marché, remarque. Elle n'a jamais réussi à me faire craquer. Mais elle reviendra, je peux te l'assurer.

— OK, assez parlé d'Ariella. Comment va Tony ? » David s'écarta pour permettre au serveur de poser le bar qu'il avait commandé.

« Et ta mère, a-t-elle déjà rencontré ta mère ? » demanda Zaza comme si elle n'avait pas entendu. Elle se pencha pour renifler son potage.

« Non, elle n'a pas rencontré ma mère.

— Mais tu vas la lui présenter, n'est-ce pas ?

— Il n'y a strictement aucune raison pour que je lui inflige maman.

— Oui, c'est vrai, elle aimait beaucoup Ariella. Excellentes origines, excellente famille, diplômée d'Oxford, brillante, distinguée. Une Argentine, ça ne va pas lui plaire, elle ne pourra pas dire : "Ah oui, bien sûr, les Solanas de Norfolk", elle ne saura rien d'elle, elle sera incapable de la cataloguer. Juste ciel, chéri, elle n'est pas catholique ?

— Aucune idée, je ne lui ai pas demandé, répondit David patiemment.

— Une catholique, Dieu nous en préserve ! Ça se présente plutôt mal, hein ? D'un autre côté, comme tu es son fils unique, elle est censée se réjouir de te savoir heureux.

— Je ne lui ai pas parlé de Sofía et je n'ai pas l'intention de le faire. Ça ne la regarde pas. Elle sera forcément désagréable. Je ne vois pas pourquoi je lui en fournirais l'occasion.

— Je n'en reviens toujours pas qu'un dragon tel qu'Elizabeth Harrison ait pu donner le jour à quelqu'un d'aussi adorable que toi, David. Honnêtement, ça me sidère, déclara-t-elle en gesticulant avec sa cuillère comme si c'était une cigarette.

— Bien, maintenant que l'interrogatoire est terminé, comment va Tony ? »

David regagna son bureau à pied par les froides rues de novembre. Il enfouit ses mains gantées dans ses poches, rentra la tête dans les épaules pour se protéger des rafales de vent et sourit en pensant à Sofía. Elle n'avait pas voulu l'accompagner à Londres, préférant rester à la campagne avec les chiens et les chevaux. Depuis le fatidique épisode avec Gonzalo, ils avaient vécu tous deux sur un petit nuage. Rien qu'eux deux. Les amis allaient et venaient, mais ils savouraient chaque instant passé en tête à tête, à chevaucher dans les collines, à flâner dans les bois, à faire l'amour sur le canapé devant une belle flambée. Il aimait sa façon de se glisser dans son bureau quand il travaillait et de nouer ses bras autour de lui, pressant sa joue lisse contre la sienne. Le soir, elle se lovait devant la télévision, faisant monter les deux chiens sur le canapé avec elle, et buvait son chocolat chaud en grignotant des biscuits pendant qu'il lisait dans le petit salon vert d'à côté. La nuit, elle s'enroulait autour de lui jusqu'à ce que, suffoquant de chaleur, il soit obligé de se dégager doucement sans la réveiller. Car, s'il la réveillait, il était forcé de reprendre sa position initiale le temps qu'elle se rendorme. Elle avait besoin de se sentir en sécurité.

Sofía était restée plusieurs mois sans donner de ses nouvelles à Maggie et Anton. Elle avait toutefois gardé le contact avec Daisy, qui était venue la voir deux ou trois fois. Elle travaillait toujours au salon et la tenait informée des derniers potins. Daisy la poussa à appeler Maggie, « sinon elle va croire que tu la snobes », déclara-t-elle. Maggie ne fut aucunement surprise quand Sofía lui parla de David.

« Ne t'avais-je pas dit que tu allais tomber dans ses bras ? » Sofía l'entendit inhaler brusquement. Elle allumait toujours une cigarette lorsqu'elle s'apprêtait à rester suffisamment longtemps au téléphone.

« C'est vrai, admit la jeune femme en riant.

— Vieillard lubrique !

— Il n'est pas vieux, Maggie, il n'a que quarante-deux ans.

— Ce qui ne l'empêche pas d'être lubrique, mon chou. As-tu déjà rencontré son ex ?

— La tristement célèbre Ariella ? Non, pas encore.

— Ça va venir. Les ex surgissent toujours pour vous mettre des bâtons dans les roues. » Et Maggie aspira bruyamment une nouvelle bouffée.

« Je m'en fiche. Je suis si heureuse, Maggie ! Jamais je n'aurais cru que j'allais retomber amoureuse.

— On retombe toujours amoureux. C'est un mythe, qu'on ne rencontre qu'une seule âme sœur dans la vie. Moi-même, j'ai aimé plusieurs hommes, mon chou. Plusieurs, et chaque fois ç'a été le bonheur.

— Même avec Viv ? s'enquit Sofía, malicieuse, se rappelant le cousin de Tony.

— Même avec Viv. Il était bien bâti, si tu vois ce que je veux dire, et il me comblait y compris quand nous nous haïssions. J'espère que David te comble aussi.

— Maggie, voyons !

— Tu es si innocente, mon chou... enfin, ça doit faire partie de ton charme. Et c'est pour ça qu'il t'aime, entre autres. Ne la perds pas, ton innocence, c'est une denrée rare à notre époque, ajouta-t-elle avec une pointe de cynisme. On va te voir un de ces jours ? Anton dépérit comme un chien abandonné.

— Je viendrai bientôt, promis. Il y a beaucoup à faire par ici.

— Avant Noël, ça serait bien.

— J'essaierai. »

Sofía alluma le feu dans le petit salon vert. Quand ils étaient seuls dans la maison, ils l'utilisaient de préférence au grand salon qui s'animait uniquement lorsqu'il était plein de monde. David avait appelé deux fois pendant qu'elle était dehors, dans les collines ; elle le rappela donc tout en nourrissant les chiens de sa main libre. Il lui manquait. Bien qu'il fût absent depuis à peine vingt-quatre heures, elle s'était habituée à lui, et sans lui le lit semblait vide et froid. Le feu crépitait joyeusement. Elle mit de la musique classique, un disque de David – pour créer l'illusion de sa présence. Le soir tombait ; la lumière déclinait doucement parmi les brumes de l'hiver. Elle tira les lourds rideaux verts en songeant à Ariella. La maison avait visiblement été décorée par elle. On sentait la griffe d'une femme ; David ne s'intéressait guère à la décoration. Sofía se demanda à quoi elle pouvait bien ressembler. David ne lui avait pas dit grand-chose à son sujet, hormis le fait qu'elle était quelqu'un de raffiné, artiste et mélomane. Elle était intelligente et cultivée. Ils s'étaient connus au cours de leur dernière année à Oxford. Jamais encore il n'avait été sollicité par une femme : dans son univers, c'était l'homme qui faisait le premier pas. Mais Ariella n'était pas du genre à attendre les bras croisés qu'on vienne la courtiser. Au début, il n'avait pas réagi ; il n'avait d'yeux que pour une fille dans son cours de littérature. Elle persista, et il finit par se retrouver dans son lit. Ils se marièrent au bout d'un an et divorcèrent neuf ans plus tard. C'était il y a dix ans. Dans une autre vie, disait David. Ils n'avaient pas eu d'enfants, Ariella n'en voulait pas. Et voilà, c'était tout. Sofía n'avait pas posé de questions ; c'eût été déplacé. David, lui, ne la harcelait pas de questions sur son passé. Mais maintenant qu'elle était seule dans la maison, elle sentait soudain la présence d'Ariella dans les housses des fauteuils et les papiers peints. Il n'y avait pas de photos encadrées, comme on aurait pu s'y attendre. Il faut dire que le divorce avait été pénible ; après tout, c'était elle qui l'avait quitté, et pas l'inverse.

Sofía se surprit à ouvrir les tiroirs et à fouiller parmi le fatras de papiers et de livres à la recherche de vieilles photos. David n'y verrait sûrement pas d'inconvénient ; il les lui aurait montrées lui-même, s'il avait été là. Mais elle ne voulait pas lui demander. Il n'y avait rien de pire qu'une maîtresse jalouse. Du reste, elle n'était pas jalouse, simplement curieuse. Finalement, au fin fond d'un placard dans son bureau, elle aperçut ce qui avait l'air d'un poussiéreux album de photos. Elle l'exhuma. Il était lourd, relié de cuir, mâchouillé dans un coin, par un chien sans doute. Elle l'ouvrit au milieu pour s'assurer que c'était bien ce qu'elle cherchait. Lorsqu'elle vit David, souriant, le bras autour des épaules d'une jolie blonde, elle referma l'album, l'emporta dans le salon, se pelotonna sur le canapé avec une assiette de biscuits et un verre de lait froid et entreprit de l'examiner depuis le début. Couchés près du feu, Sam et Quid tambourinaient de la queue sur le tapis, un œil sur les biscuits.

Les premières pages représentaient David et Ariella à Oxford, en train de pique-niquer sur une colline. Ariella était ravissante, reconnut Sofía à contrecœur. Ses longs cheveux étaient presque blancs ; elle avait un teint de pêche et un visage anguleux. Ses yeux verts soulignés d'un épais mascara noir avaient quelque chose de félin, et un petit sourire matois jouait sur ses lèvres étonnamment fines. Elle était indéniablement belle, et pourtant, pris individuellement, ses traits n'avaient rien d'extraordinaire, sinon qu'ils formaient un tout harmonieux. C'étaient ses cheveux platine qui la faisaient ressortir sur les photos, décida Sofía qui n'avait nulle envie de lui reconnaître un charme quelconque en plus de sa beauté. Elle tourna les pages, souriant devant les images de David jeune homme. Il était maigre, avec un air canaille avant que le temps et la fortune ne gomment les aspérités et n'arrondissent les angles. Sa tignasse blonde, décolorée par le soleil, lui tombait sur les yeux. David était toujours entouré de gens, toujours en train de rire, de faire le pitre, alors qu'Ariella, calme et en retrait, semblait observer les autres. Mais il n'y avait rien à faire : il émanait d'elle un rayonnement qui, dans toutes les photos, attirait immédiatement l'œil sur elle.

Sofía chercha les albums de leur mariage et des années qui avaient suivi, mais n'en trouva pas. Apparemment, il n'y avait rien d'autre. Elle était soulagée que cet unique album soit couvert de poussière et enfoui au fond d'un placard que David n'ouvrait probablement jamais.

Lorsqu'il rentra deux jours plus tard, elle courut à sa rencontre avec les chiens qui, en sautant, barbouillèrent son pantalon de boue. Elle couvrit son visage de baisers jusqu'à ce qu'il lâche son sac et la porte dans la chambre. Bientôt, occupée à décorer la maison pour Noël, Sofía ne pensa plus à Ariella. David, qui passait généralement Noël avec sa famille, décida qu'il était injuste de lui imposer une soirée en compagnie de parfaits inconnus et opta pour un compromis. « On va fêter Noël à Paris », annonça-t-il au petit déjeuner. Sofía resta sans voix.

« Paris ? Ça ne te ressemble pas, souffla-t-elle. Qu'est-ce qui te prend ?

– J'ai envie d'être seul avec toi dans un bel endroit. Je connais un petit hôtel sur les quais de la Seine, répondit-il négligemment.

– C'est fantastique ! Je ne suis jamais allée à Paris.

– Alors je te servirai de guide. Je t'emmènerai faire du shopping avenue Montaigne.

– Du shopping ?

– Tu ne vas pas passer toute ta vie en jean et tee-shirt, hein ? » fit-il en vidant sa tasse de café.

Paris enchanta Sofía. David voyageait avec classe. À leur descente d'avion, une limousine les conduisit directement à leur hôtel blotti au bord de la Seine. La matinée était fraîche et limpide. Le soleil brillait dans le pâle ciel d'hiver ; les rues étincelaient de toutes leurs guirlandes, et Sofía, le nez contre la vitre, contemplait avec excitation les ponts de pierre qui enjambaient l'eau glacée.

David voulut commencer tout de suite par la tournée des boutiques. Avec son feutre et son vieux manteau de cachemire, Sofía lui trouvait une allure très distinguée. Il entrait dans le magasin, s'asseyait et donnait son opinion sur tout ce qu'elle essayait devant lui. « Il te faut un manteau, disait-il, mais celui-ci est trop court », ou bien, « Tu as besoin d'une robe du soir, celle-là te va à ravir ». Il l'accompagna jusque dans une boutique de lingerie afin qu'elle choisisse de la soie et des dentelles pour remplacer ses dessous en coton. « Une jolie femme comme toi doit porter de belles choses », déclara-t-il. Il ne voulut pas qu'elle emporte ses paquets et s'arrangea pour qu'on les livre à leur hôtel le soir même.

« David, tu as dû dépenser une petite fortune, dit-elle au déjeuner. Honnêtement, je ne le mérite pas.

– Tu mérites tout cela, chérie, et bien plus encore. Ce n'est qu'un début. » À l'évidence, il prenait plaisir à la gâter.

De retour à l'hôtel, Sofía découvrit, ravie, tous leurs achats soigneusement empilés dans leurs sacs en papier glacé dans le salon attenant à leur chambre. David la laissa défaire les paquets et descendit « faire un tour ». Elle sortit chaque article de son emballage en papier de soie et les disposa sur les fauteuils et les canapés jusqu'à ce que la pièce elle-même ressemble à une boutique de luxe. Puis elle alluma la radio et se fit couler un bain chaud plein de mousse. C'était le paradis. Elle avait été si heureuse qu'elle n'avait pas songé à sa famille ni à Santiguito depuis des mois, et ce n'était pas maintenant qu'elle allait commencer. Ce jour-là, le passé cessa de la hanter et lui permit de profiter du moment présent en toute sérénité.

Quand David revint, Sofía était à la porte, le guettant impatiemment dans la nouvelle robe rouge qu'il lui avait offerte. Très échancrée, elle dévoilait une infime parcelle de dentelle dans son décolleté, puis tombait tel un fourreau presque jusqu'à terre, révélant une jambe gainée de bas par une fente sur le côté. Grâce à ses hauts talons, la jeune femme paraissait plus svelte ; ses cheveux fraîchement lavés cascadaient comme un rideau de satin sur ses épaules. David s'immobilisa, le souffle coupé, et l'admiration qu'elle lut sur son visage la fit frissonner de bonheur.

Après un dîner dans un petit restaurant au luxe discret place des Vosges, il l'aida à enfiler son manteau tout neuf et, la prenant par la main, l'entraîna dans la nuit claire. Le ciel était parsemé de myriades d'étoiles, et la lune était si pleine et lumineuse qu'ils n'en crurent pas leurs yeux.

« Tu sais que c'est la nuit de Noël, dit-il pendant qu'ils traversaient la place.

– C'est possible. Je n'ai pas vraiment fêté Noël depuis mon arrivée en Angleterre, répondit-elle simplement, sans s'apitoyer sur elle-même.

– Eh bien, ce soir on le fête ensemble. » Il lui étreignit la main. « On n'aurait pas pu rêver plus belle soirée.

– C'est magnifique. Le Père Noël n'aura aucun problème pour trouver son chemin dans le ciel », rit-elle.

Ils firent le tour d'une fontaine de pierre, contemplant la sculpture qui représentait un envol d'oies sauvages. « Comme si on venait de frapper dans les mains et de leur faire peur ! s'exclama-t-elle, admirative. C'est astucieux, n'est-ce pas ?

— Sofía, dit-il doucement.

— Incroyable comment elles tiennent, celles du haut, elles ont l'air si fragiles.

— Sofía, répéta-t-il avec véhémence.

— Oui ? répondit-elle sans quitter la sculpture des yeux.

— Regarde-moi. »

Interloquée, elle se tourna vers lui. « Qu'est-ce qui ne va pas ? »

Mais apparemment, tout allait bien. Il prit ses mains gantées dans les siennes et la considéra avec tendresse.

« Veux-tu m'épouser ?

— T'épouser ? » fit-elle, médusée. L'espace d'un éclair, elle revit le visage torturé de Santi et entendit sa voix, étouffée par le vent : « On n'a qu'à s'enfuir loin d'ici et se marier. Veux-tu m'épouser ? » Mais cela ne dura pas, et elle regarda David qui se tenait devant elle, guettant anxieusement sa réaction. Ses yeux s'emplirent de larmes, et elle ne sut si c'étaient des larmes de tristesse ou de joie.

« Oui, David, je veux t'épouser », bégaya-t-elle.

Il exhala visiblement un soupir de soulagement, et son visage se plissa dans un sourire. Tirant une petite boîte noire de sa poche, il la plaça dans les mains de Sofía. Elle l'ouvrit avec précaution : à l'intérieur, il y avait une bague, un énorme rubis. « Le rouge est ma couleur préférée, renifla-t-elle.

— Je sais.

— Oh, David, c'est une merveille ! Je ne sais pas quoi dire.

— Ne dis rien. Mets-la. »

Elle lui rendit la bague pour ne pas la faire tomber sur les pavés luisants et retira son gant. Il prit sa main pâle et glissa la bague à son doigt avant de la porter à ses lèvres.

« Tu as fait de moi l'homme le plus heureux de la terre. » Ses yeux bleus brillaient d'émotion.

« Et toi, tu m'as rendue à moi-même. Je ne pensais pas que je pourrais aimer de nouveau. Mais je t'aime. » Elle noua les bras autour de son cou. « Je t'aime vraiment. »

29

Santa Catalina
1979

Ce fut au début de l'année 1979 que Santi consentit enfin à se laisser aimer de nouveau. 1979 fut également l'année où Fernando finit par récolter ce qu'il avait semé.

Chiquita n'oublierait jamais le jour où, en arrivant à Santa Catalina, ils trouvèrent leur maison saccagée. Jusque-là, elle n'avait vu ce spectacle de désolation que dans les magazines. Les maisons des autres, les malheurs des autres. C'était toujours le problème des autres. Et voilà qu'elle avait sous les yeux les meubles fracassés, les vitres brisées, les rideaux déchirés. Quelqu'un avait uriné sur son dessus-de-lit. La maison sentait les étrangers. Elle empestait la menace. Ils découvrirent Encarnación, trop vieille pour supporter ce genre de choc, en train de se tordre les mains et de hurler sur la terrasse, les traits convulsés de terreur. « Je ne sais pas comment ils sont entrés. Je n'ai vu personne. Qui a pu faire ça ? » gémissait-elle. Quand Miguel et Chiquita apprirent l'arrestation de Fernando, ils surent qu'ils avaient affaire à quelque chose qui les dépassait totalement.

Carlos Riberas, un ami de Fernando, les appela d'une cabine téléphonique pour les prévenir que leur fils avait frayé avec les guérilleros et qu'il avait été arrêté. Il ne pouvait leur en dire davantage. Il ignorait où on l'avait emmené et quand on allait le relâcher. « Si on le relâche », eut-il envie d'ajouter. Mais il s'abstint. Les parents de Fernando n'avaient manifestement pas la moindre idée de ses activités nocturnes. Il espérait seulement que Fernando aurait le courage de ne pas dénoncer ses amis.

Miguel s'affaissa dans un fauteuil et ne bougea plus ; on aurait dit une statue de marbre. Chiquita fondit en larmes. Arpentant la pièce, elle sanglotait qu'elle ne se doutait pas des liens de Fernando avec la guérilla, pas le moins du monde. Il avait agi dans le secret absolu. « Je ne connais pas mon fils ! se lamentait-elle. Mon propre fils est un étranger pour moi. » Hébétés, en proie au sentiment de la plus grande impuissance, ils se cramponnaient l'un à l'autre. Tous deux regrettaient de ne pas avoir accordé plus d'attention à Fernando, obnubilés qu'ils étaient par l'histoire de Santi avec Sofía. S'ils avaient été meilleurs parents, ils auraient peut-être découvert ses activités et l'auraient arrêté à temps. Mais maintenant ?

Miguel et ses frères contactèrent toutes leurs relations haut placées, mais personne ne savait où était Fernando. On leur dit qu'il avait dû être kidnappé par des agents de la sécurité « hors cadre », des paramilitaires à la solde du gouvernement. Il n'y avait pas d'autre solution que l'attente. Entre-temps, ils continueraient à mener leur enquête.

Toute la famille Solanas attendit. Un nuage noir planait sur la maison de Chiquita, un nuage qui, craignait-elle, ne se dissiperait jamais. Pendant qu'elle remettait en pleurant de l'ordre dans son foyer, elle se disait encore et encore que la famille de son mari avait de l'influence. Personne ne ferait de mal à un Solanas. On allait leur rendre Fernando, et tout finirait par s'arranger. Ce n'était probablement qu'une terrible erreur. Son fils n'aurait pas adhéré à l'opposition sans en connaître les dangers. Il n'aurait pas infligé ça aux siens. Oui, décida-t-elle, résignée, ce n'était qu'un malentendu. Puis, plus sobrement, elle regretta qu'ils ne l'aient pas empêché de fréquenter ces jeunes gens irresponsables. Miguel ne l'avait-il pas mis en garde ? Elle se rappelait bien une discussion à ce sujet. Pourquoi n'avaient-ils pas fait plus attention ? Une fois de plus, elle se sentait coupable.

Fernando était assis, misérable, dans la cellule à l'atmosphère confinée. La petite fenêtre laissait filtrer juste assez de lumière pour éclairer les murs et le sol en ciment. Il n'y avait pas de meubles. Rien pour s'allonger. On l'avait passé à tabac. Il devait avoir deux ou trois côtes brisées, et un doigt peut-être aussi, il n'aurait su le dire, c'était trop enflé. Il avait mal partout. Son visage lui brûlait. Il ignorait quelle tête il avait, ça ressemblait probablement à de la bouillie sanglante. On l'avait enlevé en pleine rue. Une voiture noire avait freiné le long du trottoir, la portière s'était ouverte, deux hommes en costume en avaient surgi, l'avaient empoigné et poussé sur le siège arrière. Le tout en une vingtaine de secondes. Personne n'avait remarqué quoi que ce soit. Personne n'avait rien vu. Un pistolet planté dans sa poitrine, on lui avait bandé les yeux et on l'avait conduit dans un immeuble d'habitation à cinquante kilomètres de la ville. Il y avait combien de temps, deux jours, trois ? Il ne se rappelait plus. Des noms, ils voulaient des noms. On lui dit qu'il n'était pas indispensable. Qu'ils n'avaient pas besoin de lui. Il y avait plein d'autres gens qui parleraient. Il les crut. Il avait entendu les cris qui résonnaient dans tout le bâtiment. Ils allaient le tuer, et personne ne s'en soucierait. Il n'était rien. On lui dit que ses amis l'avaient trahi. Il n'y avait pas de loyauté. À quoi bon les protéger ?

Comme il refusait de parler, on l'avait battu jusqu'à ce qu'il perde conscience. Quand il revint à lui, il ne savait pas combien de temps il était resté évanoui. Il était désorienté et terrifié. La peur suintait des murs avec une acuité telle qu'elle en était presque palpable. Sa famille lui manquait, il aurait voulu être chez lui, à Santa Catalina ; la nostalgie lui rongeait le cœur. Pourquoi s'était-il lié avec cette bande d'imbéciles ? Il n'était pas aussi patriote qu'il le prétendait. Pourquoi n'avait-il pas fait le gros dos comme son père le lui avait recommandé ? Et dire qu'il avait été si content de lui ! Se joindre à la guérilla lui avait donné l'impression d'être quelqu'un d'important, de puissant ; enfin il avait un but, une identité. Il n'en avait pas soufflé mot à ses proches, et sa jouissance n'en fut que plus grande. Il faisait quelque chose de valable, ou du moins ce qu'il avait cru valable sur le moment. C'était excitant. Un peu comme jouer aux cow-boys et aux Indiens... sauf que l'enjeu était autrement plus grave. Il avait participé aux réunions clandestines dans le sous-sol de la maison de Carlos Riberas. Il avait défilé dans les manifestations et distribué des tracts hostiles au gouvernement. Certes, il croyait en la démocratie, mais aucune cause ne valait qu'on lui sacrifie sa vie. Il ravala sa détresse. Il était un lâche – il avait même souillé son pantalon. Jamais il n'avait ressenti les affres d'un tel désespoir, ça lui déchirait les entrailles, il les entendait presque craquer. S'ils me tuent, pensait-il, pourvu que ça soit rapide et sans douleur ! S'il vous plaît, mon Dieu, faites que ça soit rapide ! Au bruit sec, métallique, des pas qui se rapprochaient dans le couloir, il fut saisi de panique. Il eut envie de hurler, mais aucun son ne sortit de sa bouche sèche et collante.

La porte s'ouvrit, et un homme entra. Fernando se couvrit les yeux pour se protéger de la lumière qui était entrée avec lui. « Debout ! » ordonna l'homme. Fernando se releva en chancelant ; chaque mouvement lui était un supplice. Se dirigeant vers lui, l'inconnu lui remit une enveloppe brune. « Voici un nouveau passeport et suffisamment d'argent pour te faire traverser le fleuve en direction de l'Uruguay. Une fois que tu seras en Uruguay, je ne veux plus entendre parler de toi. Compris ? Si tu reviens ici, tu es un homme mort. »

Fernando n'en croyait pas ses oreilles. « Qui êtes-vous ? demanda-t-il en scrutant son visiteur. Pourquoi ?

– Peu importe. Je ne fais pas ça pour toi. » Et l'homme l'escorta dehors.

Ce fut seulement quand Fernando eut franchi la frontière sain et sauf qu'il se rappela où il avait déjà vu cet homme-là. C'était Facundo Hernández.

En entendant la voix de son fils, Chiquita pleura de soulagement. Miguel prit le téléphone et écouta le récit de sa mésaventure. « Je ne peux pas rentrer en Argentine, papa, pas avant un changement de régime. » Bien qu'anéantis par la nouvelle, ses parents furent reconnaissants de le savoir en vie. Chiquita voulait voir son enfant pour constater de ses propres yeux qu'il allait bien, et il fallut la rassurer longuement avant qu'elle ne se laisse convaincre qu'il disait la vérité. Ses cauchemars mettraient des mois à se dissiper ; quant à Fernando, son séjour dans la petite cellule privée d'air le hanterait dans les années à venir.

Deux mois après le départ de son frère, Santi fit la connaissance de Claudia Calice. Ses parents lui avaient demandé de les représenter à un banquet de charité à Buenos Aires. Chiquita souffrait d'angoisses et se sentait incapable d'affronter le monde si peu de temps après que son fils eut échappé aux « griffes de la mort ». Assis à table, Santi se retenait de bâiller pendant qu'il écoutait les discours et conversait poliment avec la dame fardée à sa droite. Son regard errait à travers la salle, s'arrêtant sur les visages animés des femmes couvertes de bijoux ; il prêtait une oreille distraite à la voix monotone qui l'agaçait comme le bourdonnement d'un moustique. Régulièrement, il hochait la tête pour lui donner l'impression qu'il l'écoutait. Soudain, ses yeux se posèrent sur une jeune femme d'allure soignée qui semblait s'ennuyer tout autant que lui à une table au fond de la salle. Elle lui adressa un sourire complice avant de se tourner vers son voisin et de hocher la tête avec conviction.

Après le dîner, Santi attendit que l'homme à sa gauche libère son siège pour la rejoindre. Elle l'accueillit en tirant la chaise et en se présentant. Et elle lui chuchota à l'oreille qu'elle l'avait regardé pâlir d'ennui à vue d'œil. « Moi, c'est pareil, fit-elle. Mon voisin de droite est un industriel. Je n'ai rien à lui dire. Il ne m'a pas posé une seule question sur moi. » Santi répondit qu'il ne demandait pas mieux que de l'écouter parler d'elle.

Soledad remarqua qu'il avait retrouvé le sourire. Possessive, elle n'aimait pas trop la lisse et élégante Claudia Calice dont les visites à Santa Catalina se faisaient de plus en plus fréquentes. Elle s'inquiétait pour Sofía, bien qu'elle n'ait pas eu de ses nouvelles depuis son départ en 1974. Claudia était brune et lustrée comme un phoque mouillé. Elle se maquillait à la perfection, et ses chaussures étaient toujours impeccablement cirées, sans la moindre éraflure. Comment faisait-elle, se disait Soledad, pour avoir toujours l'air tirée à quatre épingles ? Même à la campagne, lorsqu'il pleuvait des cordes, son parapluie était assorti à sa ceinture. Qu'elle aime ou pas Claudia n'avait du reste aucune importance, personne ne lui demandait son avis. Elle se réjouissait cependant d'une chose : cette Claudia Calice semblait rendre Santi heureux. Voilà longtemps, très longtemps, qu'il n'avait pas été heureux comme ça.

L'absence de Sofía pesait cruellement à Soledad, à un point tel qu'il lui arrivait de se lamenter tout haut. Elle se faisait du souci pour elle et espérait que tout allait bien. Si seulement elle lui avait écrit ! Elle ne comprenait pas ce silence. Sofía était comme une fille pour elle. Pourquoi ne donnait-elle pas signe de vie ? Soledad avait demandé à la *señora* Anna la permission d'écrire une lettre elle-même, juste pour faire savoir à Sofía qu'elle restait son enfant chérie. Son refus de lui communiquer l'adresse l'avait profondément blessée. Elle ne savait même pas quand la petite allait rentrer à la maison. Si grand était le désarroi de Soledad que la *vieja bruja*, la vieille sorcière du village, lui avait donné une poudre blanche à dissoudre dans son maté qu'elle devait boire trois fois par jour. Apparemment, ça marchait. La nuit, elle réussit à trouver le sommeil et elle cessa de se faire du mauvais sang.

Finalement, quatre ans plus tard, le 2 février 1983, Santi épousa Claudia Calice dans la petite église de la *Nuestra Señora de la Asunción*. La réception eut lieu à Santa Catalina. En regardant sa fiancée remonter la travée centrale au bras de son père, Santi ne put s'empêcher d'imaginer Sofía à sa place. Son cœur se serra momentanément. Mais lorsqu'elle fut à ses côtés, elle lui adressa un sourire rassurant, et il éprouva un élan d'affection pour cette jeune personne qui lui avait montré qu'il était possible d'aimer plus d'une fois dans sa vie.

30

« María, comment elle était, Sofía ? » demanda Claudia un matin d'été. Santi et elle étaient mariés depuis un an, et cependant elle n'osait pas poser de questions sur Sofía. D'ailleurs, personne ne prononçait son nom. Santi lui avait raconté ce qui s'était passé entre eux. Il expliqua qu'il l'avait aimée, que ce n'était pas juste un flirt poussé derrière les écuries. Il n'avait rien caché intentionnellement, mais la curiosité d'une femme concernant les anciennes amours de son mari n'a pas de limites, et celle de Claudia était loin d'être assouvie.

« Comment elle *est,* rectifia María avec douceur. Elle n'est pas morte. Et elle reviendra peut-être un jour.

— Je suis curieuse, c'est tout, dit Claudia, faisant appel à la proverbiale solidarité féminine.

— Ma foi, elle paraît plus grande qu'elle ne l'est en réalité », commença María, reposant une pile de photos parmi toutes celles qui étaient éparpillées sur les dalles rouges, le regard rivé sur la plaine brumeuse. Mais Claudia ne s'intéressait pas à l'aspect physique de Sofía. Elle avait feuilleté suffisamment d'albums de famille, étudié les innombrables photos qui trônaient chez Paco et Anna dans des cadres en argent. Elle savait exactement à quoi ressemblait Sofía depuis sa plus tendre enfance. Qu'elle soit jolie, ça, nul ne pouvait le nier. C'était sa personnalité qui intriguait Claudia. Comment, grâce à quoi, avait-elle conquis le cœur de Santi ? Pourquoi, malgré les efforts de son mari, était-elle convaincue qu'il était toujours épris de Sofía ? Toutefois, elle laissa María parler : elle voulait profiter de l'aubaine. Avoir sa belle-sœur pour elle toute seule, sans son mari à côté d'elle ni la ribambelle de cousins, frères, parents, oncles et tantes, était chose rare. Lorsqu'elle l'avait aperçue, assise sur la terrasse en ce samedi matin en train de trier les vieilles photos, elle sauta sur l'occasion en priant pour que personne ne vienne les déranger.

Ce dont elle ne se doutait pas, c'était que María mourait d'envie de parler de sa cousine. Sofía lui manquait ; même si la douleur s'était émoussée et ne se réveillait que dans certaines circonstances qui lui rappelaient le passé, les années n'avaient pas effacé le lien indissoluble qui s'était forgé entre elles deux tout au long de leur enfance et de leur jeunesse. Personne ne faisait allusion à Sofía, ou alors tout bas, comme si elle était morte. La seule avec qui on pouvait discuter, c'était Soledad, qui en parlait d'une voix forte et avec colère : elle n'était pas en colère contre Sofía, mais contre ses parents qui, pensait-elle, empêchaient son retour. Et maintenant qu'elle avait trouvé une interlocutrice en la personne de Claudia, María ne se fit pas prier pour donner libre cours à ses souvenirs.

« Sofía, on ne parlait que d'elle, déclara-t-elle avec une fierté quasi maternelle. Quelle bêtise allait-elle faire ? Sa mère était-elle injuste avec elle ou bien Sofía était-elle une enfant difficile ? Avait-elle un petit ami ? Elle était si belle que tous les garçons étaient amoureux d'elle. Et elle choisissait les plus séduisants. Roberto Lobito, tiens, il aurait pu avoir n'importe quelle fille, mais il n'a pas réussi à dompter Sofía. Elle s'est servie de lui et l'a jeté comme une balle de polo. C'est la première fois qu'il se faisait larguer. Je parie que ça lui a fait du bien. Il était trop imbu de lui-même. » Elle rit et poursuivit comme si elle parlait toute seule : « Elle n'avait peur de rien. Un vrai garçon manqué. En tout cas, pas une chochotte dans mon genre. Elle aimait les araignées et les scarabées, les grenouilles et les crapauds, les cafards, et elle jouait au polo mieux que certains garçons. C'était un sujet de dispute entre elle et Agustín. D'ailleurs, elle se disputait avec tout le monde. Oh, ce n'était pas sérieux, elle faisait ça pour les mettre en boule. Elle s'ennuyait, voilà tout, et elle avait besoin de se distraire. Les autres, ça les rendait furieux, elle savait parfaitement exploiter leurs points faibles. On s'amusait beaucoup plus quand elle était ici. Soudain, Santa Catalina s'animait : il y avait des bagarres, des complots, des fous rires. Maintenant qu'elle est partie, ça reste très agréable, bien sûr, mais l'étincelle n'y est plus. Elle reviendra, c'est certain, juste pour s'assurer qu'on ne l'a pas oubliée. C'est tout Sofía, elle adore être le centre de l'attention, et elle l'a toujours été, d'une manière ou d'une autre. On l'aimait ou on la détestait. Ça lui était égal, du moment qu'elle se faisait remarquer.

— Tu crois vraiment qu'elle va revenir ? demanda Claudia, mordillant une peau morte au coin de son ongle verni.

— Évidemment, répliqua María avec conviction. J'en suis sûre.

— Ah... » Claudia hocha la tête et sourit faiblement.

« Elle aimait trop Santa Catalina pour l'avoir quitté définitivement », dit María, se remettant à trier les photos. Elle déglutit avec effort. Était-ce possible que Sofía les ait abandonnés pour de bon ?

« Qu'est-ce que tu fais ?

— Je n'ai pas encore eu le temps de ranger tout ça dans les albums. Je profite qu'on soit au calme... » Elle aperçut soudain une photo de Sofía et la ramassa. « Voilà, c'est une photo typique de Sofía. » Elle la contempla tristement. « Ça a été pris l'été où elle est partie. » L'été où elle a été amoureuse, songea Claudia avec amertume. Elle examina la photo à son tour : le visage brun et radieux semblait lui sourire triomphalement. Claudia crut déceler une certaine complaisance dans son sourire. Vêtue d'un pantalon blanc moulant et d'une paire de bottes, elle était perchée sur un poney, tenant nonchalamment un maillet sur son épaule. Ses cheveux étaient noués en queue de cheval. Claudia avait horreur des chevaux et n'aimait pas beaucoup la campagne. Le fait de savoir justement que c'étaient là deux passions de Sofía ne fit qu'ajouter à son aversion. Tous ses efforts pour faire croire le contraire avant son mariage avaient été vains. Elle en eut la preuve un après-midi où Santi l'avait emmenée faire une promenade à cheval. Assise très rigide sur son poney, malheureuse comme les pierres, elle finit par éclater en sanglots et avoua que la simple vue des chevaux la rendait malade. « Je ne veux plus remonter, plus jamais », hoqueta-t-elle. À sa surprise, Santi en fut presque heureux. Il la ramena à la maison, la prit dans ses bras et lui promit qu'elle n'aurait plus affaire à un poney jusqu'à la fin de ses jours. Au début, elle avait été soulagée de n'être plus obligée de jouer la comédie. Néanmoins, elle aurait préféré que Santi ne se réjouisse pas aussi ouvertement. Les poneys, les randonnées équestres, la nature faisaient partie du territoire de Sofía, et Claudia soupçonnait Santi de vouloir les préserver pour elle.

« Santi et Sofía étaient-ils très proches ? » s'enquit-elle prudemment.

María leva sur elle un regard consterné. « Je ne sais pas, mentit-elle, demande à Santi.

— Il ne parle jamais d'elle. » Claudia baissa les yeux.

« Oh, je vois. Oui, ils étaient proches. Il était comme un grand frère pour elle. Pour moi, Sofía était comme une sœur. » María se sentait mal à l'aise ; la conversation prenait une tournure embarrassante.

« Tu permets que je regarde les photos ? » demanda Claudia, changeant de sujet avec tact. Elle craignait d'être allée trop loin et ne voulait pas que María rapporte leur discussion à Santi.

« Tiens, prends celles-ci. Elles sont déjà triées. » Soulagée, María lui tendit une pile soigneusement étiquetée. « Tâche de ne pas les mélanger avec le reste, d'accord ? » Se carrant dans le fauteuil, Claudia posa les photos sur ses genoux. María en profita pour l'observer à la dérobée. Bien qu'elles aient seulement deux mois de différence, Claudia paraissait plus âgée. Sofía affirmait que les gens naissaient déjà à un certain âge : ainsi, elle se donnait dix-huit ans et plus de vingt à María. Dans ce cas, Claudia devait en avoir quarante. Ça n'avait rien à voir avec son visage – lisse, mat, éclatant de beauté –, mais plutôt avec sa manière d'être et son style vestimentaire. Elle avait proposé à María de lui apprendre à se maquiller pour mettre ses traits en valeur. « Tout ce que j'aurais pu faire avec un visage comme le tien ! » avait-elle lâché étourdiment. María était trop gentille pour en prendre ombrage. Elle n'avait pas envie d'être peinturlurée comme Claudia, et, de toute façon, Eduardo n'apprécierait guère. Claudia retirait-elle seulement son maquillage pour dormir ? Et, si oui, Santi la reconnaissait-il au réveil ? La question lui brûlait les lèvres, mais elle n'osait pas la poser. Il fut une époque où elle aurait pu demander n'importe quoi à son frère, mais les temps avaient changé. Rien n'était plus vraiment comme avant.

Personne n'avait compris pourquoi Santi avait épousé Claudia. On l'aimait bien dans la famille ; elle était jolie, gentille, affable... le seul problème était qu'ils n'avaient rien en commun. Ils formaient un couple étrange, telles l'eau et l'huile qui ne se mélangent pas. Chiquita l'avait accueillie à bras ouverts, mais uniquement parce qu'elle était heureuse pour Santi. Curieusement, la seule avec qui Claudia se soit réellement entendue fut Anna. Elles étaient toutes deux d'un tempérament réservé et toutes deux détestaient les chevaux. Elles passaient beaucoup de temps ensemble, et Anna s'était mise en frais pour qu'elle puisse se sentir chez elle à Santa Catalina.

« Qu'est-ce que tu regardes ? » questionna Claudia à brûle-pourpoint sans lever les yeux des photos. Était-elle consciente depuis le début de faire l'objet d'un examen ?

« Simple curiosité, je trouve ton maquillage sublime, répondit María, désemparée.

— Merci. Je t'avais offert mes services. » Claudia lui sourit.

« C'est vrai. Je crois que je vais te prendre au mot. » Et María lui rendit faiblement son sourire.

« *¡Dios!* qu'est-ce qui t'est arrivé ? s'exclama Eduardo, horrifié, en voyant sa femme descendre pour le dîner, peinte comme une vendeuse de chez Revlon.

— J'ai pris une leçon auprès de Claudia. » Et elle cligna de ses longs et épais cils noirs.

« Je me demandais ce que vous fabriquiez là-haut. » Il ôta ses lunettes pour les nettoyer sur sa chemise.

Claudia parut derrière María, vêtue d'une longue robe noire délicatement retenue aux épaules par deux bretelles argentées.

« *Querida*, tu es ravissante, déclara Santi, se levant pour embrasser sa femme qu'il n'avait pratiquement pas vue de la journée.

— Tu ne penses pas que tu devrais te changer pour le dîner ? siffla-t-elle. Tu sens l'écurie.

— Ça ne gêne pas maman. Si elle n'est pas habituée depuis le temps, elle ne s'habituera jamais. » Il se rassit, et Claudia s'enfonça à côté de lui dans son fauteuil bien qu'il ne soit pas conçu pour deux. Il lui caressa les cheveux.

« *Querido*, protesta-t-elle, lave-toi au moins les mains si tu as l'intention de me toucher. Je suis toute propre. »

Il sourit, malicieux, et l'attira contre lui.

« Tu n'aimes pas la sueur d'un vrai homme ? la taquina-t-il.

— Non. » Elle rit à contrecœur. « S'il te plaît, Santi, je veux bien que tu me touches. Tout ce que je demande, c'est que tu aies les mains propres. »

Santi se leva de mauvaise grâce et sortit de la pièce. Cinq minutes plus tard, il revint rasé et habillé de frais.

« C'est mieux ? s'enquit-il, haussant un sourcil.

— Beaucoup mieux. » Et elle se poussa pour lui faire de la place dans le fauteuil.

Le dîner eut lieu sur la terrasse éclairée par quatre grosses lampes tempête. Miguel, Eduardo et Santi parlèrent politique pendant que Chiquita, María et Claudia parlaient d'eux. Fière de sa famille nouvellement agrandie, Chiquita contemplait les visages animés dans la chaude clarté des lampes. La blessure causée par le sort de Fernando, loin des siens, de l'autre côté du fleuve, ne s'était pas vraiment refermée, mais ils lui avaient souvent rendu visite. Il était toujours traumatisé par son expérience. Il s'était laissé pousser les cheveux, mais au moins ils étaient propres et brillants comme une aile de corbeau. Elle se souvint avec nostalgie des longues vacances d'été lorsque son fils était petit, que toute sa vie n'était qu'innocence et que les jeux auxquels il jouait s'achevaient à l'heure du coucher. À présent, loin de chez lui, il menait sur la plage une existence de chien errant. Ce n'était pas pareil que de l'avoir à Santa Catalina ; néanmoins elle devrait être contente qu'il soit toujours en vie et ne pas se tourmenter pour des broutilles. Panchito, agile adolescent de seize ans, passait le plus clair de son temps chez les autres, cousins et amis de son âge. Chiquita l'encourageait à inviter ses amis à la maison, mais lorsqu'il ne brillait pas sur le terrain de polo, il était ailleurs ; en général, elle ne savait pas où ni avec qui. Elle le voyait à peine.

« Comment était Miguel quand vous l'avez rencontré ? » demanda Claudia.

Chiquita rit. « Ma foi, il était grand et...

— Velu », lui souffla Santi. Tout le monde éclata de rire.

« Velu, oui. Mais pas autant que maintenant.

— Était-ce un prédateur, maman ? T'a-t-il poursuivie pour t'emporter dans son antre ?

— Oh, Santi, ce que tu peux être ridicule ! » Elle sourit. Ses yeux pétillaient gaiement.

« Alors, papa ?

— On était nombreux à poursuivre ta mère. J'ai eu de la chance, c'est tout. » Miguel gratifia sa femme d'un clin d'œil.

« Vous avez eu de la chance tous les deux, fit Claudia, diplomate.

— En fait, ce n'était pas une question de chance. J'ai fait des sacrifices à l'ombú, s'esclaffa-t-il.

— À l'ombú ? » répéta Claudia, interloquée.

María jeta un coup d'œil à Santi et vit un muscle de sa mâchoire se crisper nerveusement. Il sortit un paquet de cigarettes et en alluma une.

« Ne me dis pas que Santi ne t'a jamais emmenée à l'ombú, s'étonna Chiquita. Il a passé toute son enfance en haut de cet arbre.

— Non, jamais. Pourquoi, qu'a-t-il de spécial ? » La question s'adressait directement à Santi, mais il se contenta d'exhaler la fumée par la bouche sans mot dire.

« On y allait pour faire des vœux. On croyait qu'il était magique. Ce qu'il n'est pas, évidemment. À part ça, il n'a rien de spécial », répondit María précipitamment pour alléger l'atmosphère. Elle sentit la jambe d'Eduardo se plaquer contre la sienne en guise de soutien.

« C'est un arbre très particulier, protesta Miguel d'un ton bourru. Il fait partie de notre jeunesse. Enfants, on a joué là-bas ; adultes, on s'y donnait des rendez-vous amoureux. Sans vouloir être indiscret, c'est là-bas, à l'ombú, que j'ai embrassé votre mère pour la première fois.

— Ah bon ? » s'exclama María. Personne ne le lui avait dit.

« Absolument. Pour ta mère et moi, ce n'est pas un arbre comme les autres.

— Tu m'y emmèneras, Santi ? fit Claudia. Je serais curieuse de le voir.

— Oui, on ira un jour », marmonna Santi d'une voix rauque. Dans la lumière vacillante, son visage était d'une pâleur mortelle, accentuant grotesquement ses traits.

« Ça va, *querido* ? s'enquit Claudia avec sollicitude. Tu es tout blanc.

— J'ai la tête qui tourne. Ça doit être la chaleur. Je suis resté toute la journée au soleil. » Il écrasa sa cigarette avant de se lever de table. « Non, ne bouge pas. Finis de manger, dit-il à sa femme. Je vais prendre l'air. » Découragée, Claudia rapprocha sa chaise et remit avec soin sa serviette sur ses genoux.

« Comme tu voudras, Santi », répliqua-t-elle avec raideur en le regardant se fondre dans l'obscurité. Une fois de plus, elle entendait le rire de Sofía résonner dans l'espace noir et vide alentour.

Santi s'engagea dans la pampa en direction de l'ombú. Le ciel étoilé était suffisamment clair pour qu'il suive son chemin sans trébucher, mais de toute façon il l'aurait trouvé les yeux fermés. Arrivé à l'arbre, il grimpa jusqu'en haut, s'assit sur une grosse branche et s'adossa, accablé, au tronc épais. Il avait la gorge nouée comme si son col le serrait trop, sauf que son col était défait. Il posa sa main à la naissance de son cou pour essayer de desserrer l'étau. Il avait également un poids sur la poitrine. Il s'efforça de respirer profondément, mais ne réussit qu'à prendre quelques inspirations brèves et haletantes. Son estomac était barbouillé, il avait mal au crâne. En contemplant la nuit, il se souvint comment il venait là avec Sofía pour regarder les planètes et les étoiles qui scintillaient au-dessus d'eux. Voyait-elle le même ciel et, quand elle levait la tête, pensait-elle encore à lui ?

Brusquement, il se mit à sangloter. Il tenta de se maîtriser, mais les sanglots semblaient venir du tréfonds de son être. Voilà des années qu'il n'avait pas pleuré. Depuis que le départ de Sofía l'avait laissé en lambeaux, le cœur à vif. Il croyait avoir enfin trouvé le bonheur avec une autre femme. Claudia le faisait sourire, et rire quelquefois. Elle était douce et attentionnée. Elle ne demandait rien et cherchait par tous les moyens possibles à lui faire plaisir. Elle était réservée et montrait peu ses sentiments, mais cela ne signifiait pas qu'elle n'en avait pas. Elle était très sensible, simplement elle prenait garde à ce qu'elle dévoilait. Elle était calme et pleine de dignité. Personne ne pouvait nier qu'elle était belle. Elle soignait son apparence. Alors pourquoi diable soupirait-il après le chaos, l'égoïsme, la passion de Sofía ? Pourquoi, après tout ce temps, dix ans presque, avait-elle gardé le pouvoir de le faire pleurer comme un enfant ?

« Malédiction, Chofi ! cria-t-il dans l'air moite de la nuit. Maudite sois-tu ! »

Claudia voulait fonder une famille. Elle rêvait d'avoir un enfant. Mais il ne se sentait pas prêt. Comment pouvait-il mettre un enfant au monde alors qu'il attendait toujours le retour de Sofía ? Un engagement pareil, c'était pour la vie. En principe, un mariage, c'était aussi pour la vie, mais les enfants, c'était irrévocable. En son for intérieur, il continuait à espérer envers et contre tout qu'un jour peut-être Sofía lui reviendrait. Tout le monde croyait qu'il l'avait oubliée. Mais il lui était impossible de l'oublier. Comment y serait-il parvenu, quand son visage surgissait devant lui dans les moindres recoins de l'*estancia* ? Son image était gravée dans chaque partie du ranch, dans chaque meuble. Il n'y avait pas moyen de lui échapper, et d'ailleurs il n'en avait pas envie : elle lui était source de tourment et de réconfort à la fois.

Lorsqu'il rentra à la maison, Claudia l'attendait, assise sur le lit en chemise de nuit, l'air tendu et anxieux. Elle s'était démaquillée et, sans le rouge à lèvres, son visage paraissait livide.

« Où étais-tu ? demanda-t-elle.

— Je suis allé faire un tour.

— Tu n'es pas dans ton assiette.

— Ça va mieux maintenant. J'avais besoin de respirer. » Il sortit sa chemise de son pantalon et entreprit de la déboutonner. Claudia ne le quittait pas des yeux.

« Tu es allé à cet arbre, à l'ombú, n'est-ce pas ?

— Pourquoi tu dis ça ? fit-il en se détournant.

— Parce que c'est là que tu allais avec Sofía.

— Claudia... commença-t-il, exaspéré.

— J'ai vu les photos de María, il y en avait plein de toi dans cet arbre, avec Sofía. Je ne te reproche rien, *querido*, je veux t'aider. » Elle tendit la main vers lui, mais il continua à se déshabiller, jetant ses vêtements par terre.

« Je n'ai pas besoin d'aide et je n'ai pas envie de parler de Sofía, déclara-t-il abruptement.

— Pourquoi ? Pourquoi refuses-tu d'en parler ? » Alerté par le son étrange de sa voix, il jeta un coup d'œil sur ses traits figés.

« Tu préférerais que j'en parle tout le temps ? Sofía ceci, Sofía cela ? C'est ça que tu veux ?

— Ne comprends-tu pas qu'à cause de ce silence elle nous hante comme un fantôme ? Chaque fois que je me rapproche de toi, je la sens qui se glisse entre nous, fit-elle, la voix tremblante.

— Mais que désires-tu savoir ? Je t'ai tout raconté.

— Je ne veux pas que tu me la caches.

— Je ne te la cache pas. Je veux l'oublier, Claudia. Je veux faire ma vie avec toi.

— Mais tu l'aimes toujours ? dit-elle soudain.

— Que t'arrive-t-il ? demanda-t-il, désemparé, s'asseyant sur le lit à côté d'elle.

— J'ai été patiente, souffla-t-elle. Jamais je ne t'ai posé de questions sur elle, je n'ai pas touché à cette partie-là de ton passé.

— Alors pourquoi t'inquiéter maintenant ? s'enquit-il avec douceur, lui prenant la main.

— Parce que je la sens partout. Je la sens dans les silences quand les gens s'interrompent pour reprendre leur respiration. Personne n'ose prononcer son nom. Qu'a-t-elle donc fait pour que tout le monde évite d'en parler ? Même Anna. Comme si elle était morte. Ça ne la rend que plus présente, plus menaçante. Elle est en train de te couper de moi. Je ne veux pas te perdre à cause d'un fantôme, Santi. » Et une grosse larme roula sur sa joue.

« Tu ne vas pas me perdre. C'est fini, tout ça. C'est de l'histoire ancienne.

— Mais tu l'aimes encore.

— C'est le souvenir que j'aime, Claudia, mentit-il. Si elle revenait ici, on ne serait plus les mêmes, l'un et l'autre. On a changé tous les deux.

— Tu me le promets ?

— Que faut-il faire pour te convaincre ? » répliqua-t-il en la prenant dans ses bras. Mais il le savait déjà.

L'attirant brusquement contre lui, il l'embrassa longuement, avec force. Elle retint son souffle. Jamais il ne l'avait embrassée ainsi, avec autant de passion. Santi la renversa sur le lit et remonta sa chemise de nuit en soie. Il contempla la courbe harmonieuse de son ventre, le caressa sans mot dire. Ouvrant les yeux, Claudia remarqua son expression singulière. Lorsqu'elle croisa son regard et fronça les sourcils, le visage de Santi s'adoucit. Il lui sourit, et elle s'efforça de déchiffrer ses pensées, mais déjà, la tête dans son cou, il l'embrassait de nouveau, la mordillait jusqu'à ce qu'elle laisse échapper un cri de plaisir. Ses mains vigoureuses s'attardèrent sur ses seins, entre ses jambes ; c'était la première fois qu'elle éprouvait pareille volupté. Finalement, il défit son pantalon et entra en elle.

« Mais tu n'es pas protégé ? dit-elle, alanguie, les joues en feu.

— Je veux donner la vie, Claudia, répondit-il, hors d'haleine, la mine grave. Je veux bâtir un avenir avec toi.

– Oh, Santi, je t'aime », soupira-t-elle, aux anges, nouant bras et jambes autour de lui telle une pieuvre.

Maintenant tu vas me lâcher, Chofi, songea Santi, maintenant je vais enfin pouvoir t'oublier.

31

Angleterre
1982

« Ribby ouvrit de grands yeux : "A-t-on déjà vu une chose pareille ! Il y avait donc bien un moule à gâteau ?... Mais tous mes moules à gâteau sont dans le placard de la cuisine. Alors là !... La prochaine fois que je donnerai une fête, j'inviterai cousine Tabitha Twitchit !" » Sofía referma le livre.

« Encore, fit Jessica d'une voix ensommeillée sans sortir son pouce de sa bouche.

— Une, ça suffit, non ?

— L'histoire de Tom le chaton ? souffla-t-elle, se pelotonnant sur les genoux de Sofía.

— Non, une histoire, et c'est tout. Fais-moi un bisou. » Sofía serra l'enfant dans ses bras et embrassa son visage lisse et rose. Jessica se cramponna à elle.

« Et les sorcières ? demanda-t-elle pendant que Sofía la mettait au lit.

— Les sorcières n'existent pas. Pas ici, en tout cas. Tiens, voilà un ours magique. » Elle plaça l'ours en peluche dans le lit à côté d'elle. « Si jamais une sorcière s'approche de toi, il lui jettera un sort qui la fera disparaître dans un nuage de fumée.

— Il est malin, l'ours, exulta la fillette.

— Très malin. » Se penchant, Sofía déposa un tendre baiser sur son front. « Bonne nuit. » Lorsqu'elle se retourna pour partir, elle vit David qui l'observait en silence par la porte entrebâillée. Il lui sourit pensivement. « Qu'est-ce que tu fais ? murmura-t-elle en se glissant hors de la pièce.

— Je te regarde.

— Je vois bien. Et pourquoi ça ? »

Il la prit dans ses bras et l'embrassa sur le front.

« Tu as un don pour t'occuper des enfants. »

Elle comprit aussitôt où il voulait en venir.

« Je sais, David, mais...

— Chérie, je serai là, tu ne seras pas toute seule. » Il plongea son regard dans les yeux angoissés de Sofía. « C'est de notre enfant qu'on parle. Un petit bout de moi et un petit bout de toi, quelque chose qui sera à nous, et rien qu'à nous deux. Je croyais que c'était ce que tu voulais. »

Elle l'entraîna dans le couloir pour l'éloigner de la chambre. « J'adore les enfants et un jour j'en aurai un... plusieurs. Un peu de toi et un peu de moi, c'est merveilleusement romantique, mais pas tout de suite. S'il te plaît, David, laisse-moi du temps.

— Je n'ai pas beaucoup de temps, Sofía, je ne rajeunis pas. J'aimerais profiter de ma famille tant que je suis encore en âge de le faire. » Une étrange sensation de déjà-vu lui nouait l'estomac. Cette conversation, il l'avait eue un nombre incalculable de fois avec Ariella.

« Bientôt. Très bientôt, chéri, je te le promets, fit-elle en s'écartant. Je descends dans une minute. Dis à Christina que sa fille est couchée et qu'elle peut monter lui souhaiter une bonne nuit. »

Sofía referma la porte de la chambre derrière elle. Elle s'immobilisa un instant pour s'assurer que David ne l'avait pas suivie. Tout était calme sur le palier : il avait dû redescendre pour transmettre son message à Christina. Elle s'approcha du lit et, soulevant la literie, fouilla sous le matelas. Elle en sortit un morceau de mousseline blanche râpée. La mousseline de Santiguito. La jeune femme s'assit sur le plancher et croisa les jambes. Portant le bout de tissu à son visage, elle respira l'odeur de renfermé qui jadis avait été celle de Santiguito. Décoloré par les ans, usé jusqu'à la trame, il ressemblait davantage à un chiffon voué à finir dans la poubelle. Pourtant, c'était son trésor le plus cher. Lorsqu'elle y enfouissait son nez, c'était comme si un projecteur de cinéma se mettait en marche. Les yeux clos, elle revoyait les images de son bébé, aussi nettes et précises que si elle l'avait quitté la veille. Elle se souvenait de ses pieds minuscules avec leurs orteils roses et satinés, de ses cheveux duveteux, de sa peau si douce... Elle se rappelait la sensation que lui procurait l'allaitement, son œil vitreux pendant qu'il remplissait son petit ventre rond. Elle n'oubliait rien, elle voulait être sûre de ne rien oublier. Elle se repassait la bobine encore et encore afin de ne pas omettre le moindre détail.

Ils étaient mariés depuis quatre ans déjà, et tout le monde voulait savoir quand ils allaient fonder une famille. Ça ne les regardait pas, pensait Sofía, irritée. C'était entre David et elle, bien que, pour une raison inexpliquée, Zaza se fût octroyé un statut à part. Sofía l'avait déjà rabrouée à deux ou trois reprises, mais elle avait le cuir épais, une vraie peau de pachyderme, et manifestement elle n'avait pas saisi le message. Seuls David, Dominique et Antoine comprenaient sa réticence à mettre un enfant en route. Dominique et Antoine étaient venus à son mariage, simple passage par le bureau d'état civil, mais qu'ils n'auraient manqué pour rien au monde. Depuis Genève, ils s'étaient montrés meilleurs parents à son égard que ses propres parents ne l'avaient jamais été. Lorsqu'elle repensait à Anna et Paco, ce qu'elle évitait de faire trop souvent, elle revoyait surtout leurs visages livides, d'une pâleur cadavérique dans son souvenir, et les entendait lui ordonner d'aller faire ses bagages pour un long exil. Dominique l'appelait fréquemment, toujours compréhensive, toujours prête à lui apporter son soutien. Elle se souvenait de son anniversaire, lui envoyait des cadeaux de Genève, des cartes de Verbier, et semblait sentir quand ça n'allait pas, car ses coups de fil tombaient toujours au bon moment.

« J'ai envie d'avoir un bébé, Dominique, mais j'ai peur, lui avait avoué Sofía la veille au téléphone.

– Je le sais bien, chérie, et David comprend tes craintes. Seulement tu ne peux pas te raccrocher éternellement à un souvenir. Santiguito a cessé d'être une réalité. Il n'existe plus. Si tu persistes à penser à lui, tu vas souffrir inutilement.

– Oui, c'est vrai. C'est aussi ce que je me dis, mais je dois avoir un blocage quelque part. Dès que je m'imagine avec un gros ventre, je commence à paniquer. J'ai du mal à oublier à quel point ça m'a rendue malheureuse.

– Le seul moyen d'oublier serait d'avoir un enfant avec l'homme que tu aimes et qui est auprès de toi. Et quand cet enfant te comblera de joie, tu ne songeras plus à ce que tu as souffert avec Santiguito. Je te le promets.

– David est un amour. Il n'en parle pas beaucoup, mais je sais qu'il y pense tout le temps. Je le vois dans ses yeux. Et je culpabilise, dit Sofía, s'allongeant sur les oreillers de son lit.

– Tu n'as pas à culpabiliser. Un jour, tu lui donneras un enfant, et vous allez former une famille heureuse. Essaie d'être patiente. Le temps est un grand consolateur.

– C'est toi, Dominique, qui es une grande consolatrice. Je me sens déjà mieux, rit Sofía.

– Et comment va David ?

– Bien, comme d'habitude. C'est un bonheur de vivre avec lui. J'ai beaucoup de chance.

– Ne te tracasse pas, tu es jeune et tu as de longues années devant toi pour te préparer à la maternité », ajouta Dominique. Elle comprenait cependant les inquiétudes de David et compatissait pleinement.

Depuis cinq ans, Sofía avait pris l'habitude de réfléchir à ce qu'était devenue son existence. Elle ne considérait surtout pas sa vie avec David comme un dû. Et elle n'oubliait pas un instant la détresse qui enveloppait d'un nuage noir les premières années de son exil, occultant en partie certains événements trop douloureux pour rester en évidence. Santi lui avait appris à vivre dans l'instant présent ; David lui avait prouvé que c'était possible. L'amour qu'elle portait à son mari était profond et inaltérable. Cet homme mûr, sûr de lui et doué d'une autorité naturelle cachait au fond de lui une vulnérabilité qui la touchait infiniment. Il lui disait rarement qu'il l'aimait, ce n'était pas dans son caractère, mais elle connaissait l'ampleur et la solidité de ses sentiments. Elle n'avait pas besoin de paroles pour le comprendre.

Elle avait eu la malchance de rencontrer sa belle-mère, Elizabeth Harrison, mais seulement une fois. David avait organisé les présentations une semaine avant le mariage, au *Basil Street Hotel*, autour d'une tasse de thé. En terrain neutre, avait-il dit, afin de l'empêcher de se montrer trop désagréable ou de causer un esclandre. L'entrevue fut brève et tendue. Elizabeth Harrison, une femme austère aux cheveux raides et gris, aux minces lèvres violettes et aux yeux globuleux, était habituée à commander et à pourrir la vie de son entourage pour que tout le monde soit aussi malheureux qu'elle. Elle n'avait jamais pardonné à David son divorce d'avec Ariella, dont elle appréciait davantage le « pedigree » que la personnalité, ni d'investir son argent dans la production de spectacles au lieu de travailler au ministère des Affaires étrangères à l'instar de son père. En entendant Sofía parler avec un accent étranger, elle renifla, dédaigneuse, et, quand la jeune femme lui eut dit qu'elle avait été shampouineuse dans un salon de coiffure à Fulham Road, elle sortit en trombe, autant que le lui permettait sa canne. David la regarda partir et ne se précipita pas derrière elle pour la supplier de revenir. Cela l'avait agacée par-dessus tout. Son fils n'avait pas besoin d'elle et ne lui témoignait pas le moindre semblant d'affection. La mine pincée, elle regagna, amère, son manoir froid et désert dans le Yorkshire. Et David promit à Sofía qu'elle ne la reverrait plus.

Elle avait beau s'appliquer à vivre au présent, le passé avait la fâcheuse manie de resurgir inopinément, au hasard d'une vague association qui ramenait ses pensées vers l'Argentine. Parfois, c'étaient juste les ombres que les arbres projetaient sur la pelouse un soir d'été, une lune particulièrement brillante, l'herbe constellée de rosée qui scintillait comme du strass dans sa clarté. L'odeur du foin au moment des moissons, les feuilles qu'on brûlait à l'automne. Mais il n'y avait rien de tel que l'eucalyptus pour raviver sa mémoire ; les eucalyptus et le temps humide avaient mis ses nerfs à rude épreuve durant leur voyage de noces au bord de la Méditerranée. Le cœur serré, elle avait été submergée d'une nostalgie si violente qu'elle en avait eu le souffle coupé. David l'avait prise dans ses bras et l'avait bercée jusqu'à ce qu'elle se calme. Puis ils avaient parlé. Elle n'aimait pas parler de ça, mais David lui avait assuré que c'était mauvais de tout garder pour elle et l'avait fait revenir sur les mêmes événements, encore et encore.

Les deux épisodes qui l'obsédaient, c'étaient le rejet de ses parents et le jour où elle avait quitté Genève en abandonnant le petit Santiguito à tout jamais. « Je m'en souviens comme si c'était hier, sanglotait-elle. Papa et maman dans le salon, l'atmosphère lourde, tendue. J'étais terrorisée. J'avais l'impression d'être une criminelle. Ils étaient comme des étrangers. J'avais toujours eu des rapports privilégiés avec mon père, et tout à coup je ne le connaissais plus. Ils m'ont chassée. Ils m'ont renvoyée de la maison. Ils m'ont rejetée. » Et elle pleurait jusqu'à ce que la sensation d'oppression se lève et qu'elle recouvre sa respiration. La séparation avec Santi était quelque chose dont elle ne pouvait parler à son mari. Ces larmes-là, elle les versait intérieurement et en cachette, entretenant involontairement la blessure qui, au lieu de cicatriser, suppurait de plus belle.

Depuis qu'ils étaient mariés, Sofía avait cessé de penser à Ariella. Son nom avait été prononcé à une ou deux reprises, comme lorsqu'elle avait fouillé le grenier à la recherche d'une lampe qui, d'après David, se trouvait là-haut. Elle tomba sur des tableaux d'Ariella entassés contre le mur et recouverts d'une housse. Ça ne l'avait pas gênée. David était monté pour jeter un œil avant de remettre la housse en place. « Elle avait un bon coup de pinceau », fut son seul commentaire, et Sofía n'avait pas insisté. Elle avait récupéré la lampe qu'elle cherchait et l'avait descendue en refermant la porte du grenier. Elle n'y était pas retournée, et Ariella lui était complètement sortie de l'esprit. Une réception mondaine à Londres était le dernier endroit où elle se serait attendue à la rencontrer.

Sofía appréhendait les mondanités. Elle n'avait pas envie d'y aller, mais David insista. Elle ne pouvait se cacher éternellement. « Personne ne sait combien de temps cette guerre va durer. Il te faudra bien affronter le monde un jour ou l'autre. » Quand, au mois d'avril, la Grande-Bretagne avait déclaré la guerre à l'Argentine à cause des îles *Malvinas*[1], elle s'était sentie écartelée. Elle était argentine, et bien qu'elle ait délibérément mis sous clé cette partie-là de sa vie, une chose était sûre : elle se sentait argentine jusqu'au bout des ongles. Chaque gros titre, chaque remarque cruelle remuaient le couteau dans la plaie. C'était de son peuple qu'ils parlaient. Mais il était inutile de le défendre de ce côté-ci de l'Atlantique ; les Anglais réclamaient des têtes. David lui suggéra gentiment de rester coite, si elle tenait à garder la sienne. Mais il

1. Malouines.

était difficile de ne pas réagir aux provocations, quand, dans un dîner, quelque butor tapait du poing sur la table en vitupérant ces « maudits Argos », la bave aux lèvres. Les Argentins étaient devenus des « Argos », et c'était tout sauf un compliment. Le moindre quidam qui récemment encore avait ignoré jusqu'à l'existence des Malouines avait son avis sur la question. Sofía était obligée de s'enfoncer les ongles dans les paumes des mains pour ne pas leur offrir la satisfaction de la voir pleurer. Après seulement, elle se blottissait contre David pour sangloter dans son cou. Elle se demandait comment les siens, là-bas, vivaient la situation. Elle avait envie de hisser un drapeau sur le toit de Lowsley et de crier à la face du monde qu'elle était argentine et fière de l'être. Elle n'avait pas renoncé à sa nationalité. Elle ne les avait pas désertés. Elle était des leurs.

La réception en question était un dîner dansant qui eut lieu un soir de mai inhabituellement chaud et suffocant. Organisée par Ian et Alice Lancaster, de vieux amis de David, c'était le genre de soirée dont on parlait plusieurs mois à l'avance et qu'on décortiquait plusieurs mois après. Sofía avait dépensé une petite fortune chez Belville Sassoon pour une robe rouge sang qui lui dénudait les épaules et rehaussait subtilement l'éclat de sa peau mate. David fut suffisamment impressionné pour ne pas tiquer sur le prix et il sourit fièrement en remarquant les regards admiratifs des autres convives. Normalement, dans ce type de réunion, ils se séparaient sans se préoccuper l'un de l'autre. Mais Sofía, craignant que quelqu'un ne lance la conversation sur la guerre, prit la main de David et le suivit nerveusement à travers la salle. Les femmes couvertes de diamants portaient des coiffures rigides, des épaulettes saillantes et un maquillage agressif. Sofía se sentait légère, avec un simple solitaire monté en sautoir qui étincelait sur sa poitrine brune. Un cadeau d'anniversaire de David. Elle nota que les gens murmuraient sur son passage et les conversations s'interrompaient quand elle s'approchait. Personne ne fit allusion à la guerre.

Une tente à rayures blanc et bleu clair avait été dressée dans le jardin derrière le manoir des Lancaster à Hampstead. Remplie d'extravagantes compositions florales ruisselant au-dessus des tables telles des fontaines feuillues, elle scintillait à la lueur de mille bougies. Lorsque le dîner fut annoncé, Sofía fut soulagée de constater qu'elle était à la même table que David. La table de leurs hôtes. Elle s'assit et lui adressa un clin d'œil pour le rassurer. Il semblait connaître la dame fardée sur sa gauche, mais, à sa droite, la chaise demeurait vide.

« Ravi de vous revoir ! » s'exclama son voisin. Il était chauve, avec un visage rond et épanoui, des lèvres minces et des yeux pâles. Elle jeta un regard sur le carton placé devant son assiette. Jim Rice. Elle l'avait déjà rencontré. Il faisait partie de ces gens fades qu'on croise partout, mais dont on ne retient jamais le nom.

« Moi aussi. » Elle lui sourit, essayant de se rappeler où elle l'avait connu. « Quand est-ce qu'on s'est vus pour la dernière fois ? lâcha-t-elle négligemment.

— À la sortie du livre de Clarissa.

— Mais bien sûr, répondit Sofía en se demandant qui pouvait bien être cette Clarissa.

— Mon Dieu, qui est-ce ? » fit-il soudain, les yeux rivés sur la femme svelte et gracieuse qui glissait entre les tables dans leur direction. Sofía serra les mâchoires de peur de ne pouvoir refermer la bouche si elle l'ouvrait. La superbe créature vêtue d'une simple robe blanche était indubitablement Ariella. Sofía la regarda approcher. Elle aussi avait remarqué que la place à droite de David était vacante. Oh ! non, pria la jeune femme silencieusement, pas à côté de David.

« N'est-ce pas Ariella Harrison, l'ex de David ? observa son voisin de droite. Quel bordel ! marmonna-t-il pendant qu'Ariella saluait David, pétrifié, et s'asseyait à côté de lui.

— George, dit Jim pour tenter de prévenir la bourde qu'il sentait venir.

— Nom de Dieu, vous parlez d'un bordel ! » George s'humecta les lèvres et, se tournant vers Sofía, ajouta : « Vous croyez que Ian et Alice l'ont fait exprès ?

— George !

— Tiens, salut, Jim. Tu as vu ce bordel ? » Il grimaça et lui adressa un signe de tête entendu.

« George, laisse-moi te présenter Sofía Harrison, la femme de David.

– Oh, merde !
– Je pensais bien que tu allais dire ça, acquiesça Jim.
– Toutes mes excuses. Sincèrement. Quel crétin !
– Ne vous inquiétez pas, George », répliqua Sofía, avec un œil sur l'homme qui était devenu blême, et l'autre sur Ariella.

Flatteuse, la clarté des bougies faisait ressortir son physique spectaculaire. Ses cheveux platine, soigneusement tirés en chignon, mettaient en valeur son cou gracile et son menton volontaire. Elle avait l'air belle et distante. David s'enfonçait dans sa chaise comme pour s'éloigner le plus possible, alors qu'Ariella, la tête inclinée sur le côté, se penchait, contrite, vers lui. Il hocha la tête en direction de Sofía. Ariella leva les yeux et sourit poliment. Sofía esquissa un pâle sourire avant de baisser les paupières pour cacher sa peur.

« Je suis désolé pour George. Quel abruti ! Jamais il ne réfléchit avant de parler. On peut compter sur lui pour mettre les pieds dans le plat. Et ils sont sacrément gros, ses pieds, fit Jim en vidant son verre. L'autre jour, il s'approche de Duggie Crichton pour lui dire : "J'aimerais bien me taper la poule blonde qui est là-bas, je suis sûr qu'elle serait d'accord." Il ne s'était pas rendu compte que c'était la nouvelle julie de Duggie. Ah, le con ! » Sofía rit obligeamment tandis qu'il s'embarquait dans une autre anecdote sur George. Elle observait David qui semblait s'être détendu et se montrait plus amical avec Ariella. Et elle priait pour qu'Ariella s'étouffe avec son saumon ou renverse son verre de vin rouge sur sa robe immaculée. Elle imaginait leur conversation : « Alors, c'est elle, la petite Argos ? Comme elle est mignonne, on dirait un chiot. » Elle en voulait à Ariella. Elle en voulait à David d'être aussi gentil avec elle. Pourquoi ne se levait-il pas de table ? Pourquoi ne refusait-il pas de lui parler ?... Après tout, elle l'avait quitté, non ? Elle regarda Ian Lancaster, en grande discussion avec une dame rose et maigrichonne à sa droite. On aurait dit un morceau de viande des Grisons suspendu au plafond d'un chalet, pensa-t-elle malicieusement avant de rire poliment en écoutant l'histoire de Jim.

Le dîner paraissait se dérouler au ralenti. Tout le monde mangeait, buvait et parlait avec une lenteur exaspérante. Quand finalement on servit le café et qu'on alluma les cigares, Sofía n'en pouvait plus : elle avait hâte de rentrer. Tout à coup, Ian Lancaster se lança dans une diatribe contre les Argentins, et elle se figea sur sa chaise comme un animal pris au piège.

« Ces salopards d'Argos, déclara-t-il, un cigare entre ses lèvres molles et gercées. Tous des lâches. Ils fuient devant les balles anglaises.

— On sait très bien que cet imbécile de Galtieri a attaqué notre territoire uniquement pour détourner l'attention de son peuple de sa politique intérieure désastreuse », s'esclaffa George. Jim leva les yeux au ciel.

« Attendez une minute, dit David. N'en a-t-on pas assez de ressasser cette guerre ? » Il regarda Sofía qui fulminait à l'autre bout de la table.

« Oh, c'est vrai. Pardon. J'avais oublié que tu as épousé une Argos, glissa Ian, venimeux.

— Une Argentine, riposta Sofía sèchement. Nous sommes des Argentins, pas des Argos.

— Néanmoins, vous avez attaqué notre pays et maintenant il faut en subir les conséquences... ou décamper, ajouta-t-il avec un rire déplaisant.

— Ce sont des enfants. Des recrues de quinze ans. Ça vous étonne qu'ils soient terrifiés ? fit Sofía, au bord des larmes.

— Eh bien, Galtieri aurait dû y réfléchir avant de débarquer avec ses gros sabots. C'est lamentable. Franchement lamentable. On va les balancer à la mer. »

Désemparée, Sofía regarda David qui haussa les sourcils et soupira. Un grand silence descendit sur la tablée : gênés, les gens fixaient leur assiette. Aux tables voisines, les invités, qui avaient tous écouté Ian, attendaient de voir ce qui allait se passer ensuite. Soudain, une petite voix s'éleva sous la tente :

« Je voudrais rendre hommage à ta magnanimité, dit Ariella, suave.

— Ma magnanimité ? répéta Ian, mal à l'aise.

— Parfaitement, ta magnanimité.

— Je ne sais pas de quoi tu parles.

— Allons, Ian, ne sois pas modeste. » Elle eut un rire cristallin.

« Sincèrement, Ariella, je ne te suis pas. » Il commençait à perdre patience.

Ariella jeta un coup d'œil autour d'elle pour s'assurer que tout le monde écoutait. Dans ces moments-là, elle aimait avoir un bon public.

« Je veux rendre hommage à ton sens de la diplomatie. Nous sommes en pleine guerre contre l'Argentine, et voilà qu'Alice et toi avez choisi les couleurs du drapeau argentin pour votre réception. » Elle regarda les rayures blanches et bleues de la tente. Les autres convives en firent autant. « Je propose qu'on lève notre verre. Si seulement nous étions tous aussi magnanimes ! Nous sommes là, à nous moquer de l'Argentine et de son peuple, alors que nous avons une représentante de ce pays parmi nous. Sofía est argentine, et je suis sûre qu'elle aime son pays autant que nous aimons le nôtre. Quelle tristesse que nous manquions de savoir-vivre au point de les traiter d'Argos et de lâches devant elle qui est invitée ici, à ta table, Ian. Ton invitée, à ta table. Dommage que ta belle générosité de départ, qui t'a poussé à choisir ces couleurs pour ta tente, se soit diluée dans l'alcool. Je tiens néanmoins à lever mon verre à ton fair-play car l'intention est là. Et c'est bien l'intention qui compte, n'est-ce pas, Ian ? » Ariella leva son verre avant de le porter à ses lèvres pâles. Ian s'étouffa avec son cigare : le sang lui monta au visage qui vira au violacé. David contemplait Ariella avec stupeur, comme tous ses voisins immédiats. Sofía lui sourit avec gratitude, ravalant ses larmes avec une gorgée de vin rouge.

« Venez, Sofía, on va prendre l'air. Je crois que j'en ai assez entendu à cette table », ajouta Ariella d'un ton léger, repoussant sa chaise. Bouche bée, les hommes bondirent sur leurs pieds, la dévisageant avec respect. Sofía la rejoignit, la tête haute. Ariella lui prit la main et, sous les yeux médusés de l'assistance, l'entraîna vers la sortie. Une fois dehors, elle éclata de rire.

« Quel imbécile prétentieux ! J'ai besoin d'une cigarette, pas vous ?

– Je ne sais comment vous remercier », bredouilla Sofía, qui tremblait toujours.

Ariella lui offrit le paquet, mais Sofía secoua la tête.

« Ne me remerciez pas. Ç'a été un plaisir. Je n'ai jamais aimé Ian Lancaster. Je ne voyais pas ce que David lui trouvait. Songez à ce que sa pauvre femme doit endurer. Nuit après nuit, ce gros rougeaud essoufflé avec son haleine qui empeste le cigare. Beurk ! »

Elles s'approchèrent d'un banc et s'assirent. Une clarté mouvante illuminait la tente ; le brouhaha des conversations avait repris, comme des braises moribondes qu'on aurait ranimées avec un soufflet. Ariella alluma sa cigarette et croisa les jambes.

« Vous n'imaginez pas ce qu'il m'en a coûté de rester calme. J'avais envie de lui jeter mon vin à la figure, dit-elle, tenant la cigarette entre ses longs doigts aux ongles roses et acérés.

— Vous avez été très calme. Il a failli s'étrangler de rage.

— Tant mieux. Non, mais quel culot ! s'exclama-t-elle en inhalant la fumée.

— Ils sont tous pareils. Je ne voulais pas venir ce soir, murmura Sofía tristement.

— Ça doit être très dur pour vous, en ce moment. Je suis désolée. Et je vous admire énormément d'avoir eu le courage de sortir. Vous êtes comme une gazelle dans une prairie remplie de lions.

— C'est David qui a insisté pour que je vienne.

— Évidemment. Je le répète, je n'ai jamais compris ce qu'il pouvait trouver à cet immonde individu !

— À mon avis, pas grand-chose après ce soir, admit Sofía.

— C'est certain. Il ne lui adressera probablement plus la parole. » Elle souffla la fumée du coin de sa bouche en étudiant Sofía à travers ses épais cils noirs. « David a beaucoup de chance de vous avoir rencontrée. C'est un autre homme. Heureux, épanoui. Il a rajeuni, embelli. Vous lui faites un bien fou. Je suis presque jalouse.

— Merci.

— On était très mal assortis, tous les deux. Très mal, fit-elle en secouant la cendre sur l'herbe. Il rouspétait tout le temps contre moi, et moi j'étais capricieuse et gâtée. Je le suis toujours. Je regrette de l'avoir fait souffrir, mais je suis contente que nos chemins se soient séparés. On se serait détruits mutuellement, si on était restés ensemble. Il y a des choses qui ne peuvent pas fonctionner. Mais vous et David... Je le sens bien, si un couple va marcher ou non. Vous lui avez rendu goût à la vie comme jamais je n'aurais pu le faire.

— Vous êtes dure avec vous-même. » Sofía se demandait comment elle avait pu se croire menacée par Ariella.

« Je n'aimais pas ses amis non plus. Zaza était une vraie peste. Elle avait des vues sur David. Celle-là, si j'étais vous, je la garderais à l'œil.

– Oh, Zaza est curieuse et se mêle de tout, mais je la trouve gentille.

– Elle me détestait. Là, vous voyez bien. David et vous êtes faits l'un pour l'autre. Bien que maintenant nous ayons en commun notre haine d'Ian Lancaster, rit-elle.

– Sûrement, soupira Sofía. Je pensais que vous viviez en France.

– C'est vrai, avec Alain, le délicieux Alain, acquiesça Ariella avec un sourire amer. Encore un qui n'a pas duré. Que voulez-vous, je dois être faite pour le changement.

– Et où est Alain actuellement ?

– Toujours en Provence, toujours photographe, toujours désargenté, toujours cabotin et distrait. Très, très distrait. À mon avis, il n'a même pas remarqué mon absence.

– Comment peut-on ne pas vous remarquer, Ariella ?

– C'est très facile, quand on s'appelle Alain. De toute façon, je suis mieux sans hommes, sans attaches, sans engagements. Voyez-vous, je suis bohémienne dans l'âme. Je peins et je voyage. C'est ça, ma vie.

– J'ai vu certains de vos tableaux dans le grenier, à Lowsley. Ils sont très bons, dit Sofía.

– Vous êtes trop mignonne. Il faudrait que je vienne les récupérer. Un jour on pourrait prendre le thé ensemble.

– Avec grand plaisir.

– Parfait, sourit Ariella. J'en serais ravie, moi aussi. Comptez-vous avoir des enfants, David et vous ?

– Peut-être...

– Oh, s'il vous plaît. J'adore les enfants. Ceux des autres. Moi-même, je n'en ai jamais voulu. David, lui, rêvait d'en avoir. On s'est souvent disputés à ce sujet. Pauvre David, je lui en ai fait voir de toutes les couleurs. N'attendez pas trop, il n'est plus tout jeune. Il fera un excellent père. Il en a tellement envie ! »

Assise sur le banc, Sofía contemplait les étoiles. Elle pensait à tous ces jeunes gens qui étaient en train de mourir dans les collines des Malouines. Tous avaient une mère, un père, des frères, des sœurs, des grands-parents pour porter leur deuil. Elle revit son père lui expliquant la mort lorsqu'elle était enfant. Il avait dit que chaque âme devenait une étoile. Et elle l'avait cru. Elle le croyait toujours, du moins elle voulait le croire. Elle regardait toutes ces âmes qui scintillaient là-haut, dans le silence de l'infini. Grand-père O'Dwyer lui avait dit que la vie était une question de conservation et de procréation... qu'il fallait la chérir car elle ne saurait subsister sans amour. Il y avait certes l'amour qui l'unissait à David, mais soudain, face à ces myriades d'âmes au-dessus de sa tête, elle se rendit compte qu'aimer signifiait créer toujours plus d'amour. Elle décida alors qu'elle était prête à accueillir un enfant. Santiguito pouvait bien être l'une de ces étoiles, elle ne le reverrait plus jamais. Elle repensa au conseil de Dominique et sut qu'il était temps de lui dire adieu.

32

Le plus savoureux, dans son amitié naissante avec Ariella, était le dépit que cela pouvait inspirer à Zaza. Sofía se fit un malin plaisir de lui repéter sa tirade assassine et de la voir froncer le nez avec dédain. Plus d'un mois s'était écoulé depuis la fameuse soirée, mais, dévorée de curiosité, Zaza lui faisait raconter l'histoire encore et encore.

« Mais comment peux-tu la trouver sympathique, cette garce ? souffla-t-elle, allumant par inadvertance deux cigarettes en même temps. Zut ! » Elle en jeta une dans la cheminée vide. « Qu'est-ce qui m'arrive, là ?

– Elle a été fabuleuse. Tu aurais vu la désinvolture avec laquelle elle a réglé son compte à Ian Lancaster. Très digne et impitoyable à la fois. Tu sais qu'il s'est excusé, après. Le petit sagouin. Naturellement, j'ai été très gracieuse. Je n'allais pas m'abaisser à son niveau, mais je n'ai pas l'intention de le revoir, ajouta Sofía, hautaine.

– Et David a réellement décidé de ne plus le fréquenter ?

– C'est fini. » Elle mima le geste de se trancher la gorge. « Terminé. Ariella est passée chercher ses tableaux la semaine dernière. Elle est restée non seulement pour le thé, mais toute la nuit. On n'a pas arrêté de parler, je n'avais pas envie de la laisser partir, déclara-t-elle en regardant Zaza trépigner.

– Et David ?

– Le passé est le passé.

– C'est hallucinant. Proprement hallucinant, soupira Zaza, arrachant un lambeau de vernis à ongles écarlate qui commençait à s'écailler. Il n'y en a pas un pour racheter l'autre.

– Oh, mon Dieu, quelle heure est-il ? J'ai un rendez-vous de médecin avant de retrouver David au bureau à quatre heures. Il faut vraiment que j'y aille.

— Un rendez-vous pour quoi ? » Zaza se reprit aussitôt. « Tu n'es pas malade, je veux dire ?

— Non, non. C'est juste une visite de routine chez le dentiste, répondit Sofía négligemment.

— D'accord. Embrasse David pour moi. » Zaza la scruta de sous ses lourdes paupières vert iguane. Dentiste, mon œil, pensait-elle. Ne serait-ce pas plutôt un gynécologue ?

Sofía arriva au bureau de David à quatre heures et demie. Pâle et frémissante, elle souriait nerveusement comme quelqu'un qui a une grande nouvelle à annoncer. La secrétaire raccrocha précipitamment au nez de son petit ami et salua la femme du patron avec effusion. Sans attendre, Sofía pénétra directement dans le bureau de David. Il leva les yeux de ses papiers. S'adossant à la porte, elle lui sourit.

« Oh non ! Tu n'es pas... » Lentement, un sourire anxieux illumina son visage. D'une main tremblante, il retira ses lunettes.

« Si ! répondit-elle en riant. Je ne sais pas quoi faire de moi-même.

— Moi, je sais. » Il bondit sur ses pieds, franchit en deux enjambées l'espace qui les séparait et l'étreignit de toutes ses forces. « J'espère que c'est une fille, souffla-t-il dans son cou. Une Sofía en miniature.

— Dieu nous en préserve ! pouffa-t-elle.

— Je n'arrive pas à le croire. » Il s'écarta et plaça sa large main sur son ventre. « Dire qu'il y a un petit être là-dedans, qui grandit jour après jour.

— Il faudrait attendre deux ou trois mois avant de l'annoncer à tout le monde. Juste au cas où. » Sofía se rappela soudain l'expression de Zaza. « J'ai déjeuné chez Zaza ce midi. J'ai dû lui raconter que j'allais chez le dentiste. Mais tu connais Zaza. À mon avis, elle se pose des questions.

— Ne t'inquiète pas, je m'en charge, déclara-t-il, l'embrassant sur le front.

— J'aimerais simplement le dire à Dominique.

— Excellente idée. Fais comme bon te semble. »

Sofía ne souffrit pas des traditionnelles nausées matinales. À sa grande surprise, elle se sentait en pleine forme. David était aux petits soins pour elle : il ne savait pas bien comment se rendre utile, mais il tenait à participer. Alors qu'elle avait vécu sa première grossesse dans la tristesse et le désespoir, cette fois-ci elle était si heureuse que le souvenir de Santiguito se fondit dans les brumes de sa mémoire. David l'entourait d'attentions. Il lui acheta tant de cadeaux qu'au bout de quelques semaines elle dut le supplier d'arrêter : elle ne savait plus où les ranger. Tous les jours, elle téléphonait à Dominique, qui promit de venir la voir au moins une fois par mois. Et lorsqu'ils eurent finalement rompu leur silence de trois mois, elle reçut une avalanche de fleurs et de présents de la part des amis et connaissances de David. Comme elle ne pouvait plus monter à cheval, Sofía se remit au piano. Elle prenait des leçons trois fois par semaine avec un fringant octogénaire dont la physionomie lui faisait penser à une tortue. Elle se rendait régulièrement chez son gynécologue à Londres et dépensait des centaines de livres pour les articles de bébé qu'elle jugeait absolument indispensables. Persuadée qu'elle allait avoir une fille, elle les choisissait aussi féminins que possible, et elle demanda à Ariella de peindre les personnages de Winnie l'Ourson sur les murs de la chambre d'enfant. « Je voudrais une chambre gaie et aérée », dit-elle. Le succès de l'entreprise fut tel qu'on s'arracha Ariella et ses pinceaux, et elle voyagea à travers tout le Gloucestershire pour copier les illustrations de E. H. Shepard.

En février, Zaza, exubérante, débarqua avec une voiture remplie de vieux vêtements pour bébé. Elle s'installa sur le canapé le plus près possible du feu et alluma une cigarette avec l'étincelant briquet en argent que Tony lui avait offert à Noël.

« Chérie, il fait un froid de canard, dans cette maison. Qu'est-il arrivé à votre chauffage ? se plaignit-elle en grelottant.

— Moi, j'ai tout le temps chaud. Ça doit être la grossesse, dit Sofía, parfaitement à l'aise dans son col roulé sans manches.

— Peut-être bien, mais les autres ? Franchement, ça m'étonne que David ne réagisse pas.

— David est un amour. L'autre dimanche, il est parti me chercher des olives. J'en avais terriblement envie, il me fallait des olives.

— Beurk, je n'ai jamais aimé ça, les olives. Quelle horreur !

Tiens, on va ouvrir cette valise. Je voudrais te montrer mon butin. Non, chérie, pas toi. Reste assise, je m'occupe de tout », décréta-t-elle quand Sofía voulut l'aider à poser la valise sur la table basse. Avec précaution. Zaza fit glisser la fermeture Éclair, la maintenant entre le pouce et la jointure de l'index pour éviter de se casser un ongle.

« Ça, c'était à Eddie, annonça-t-elle, exhumant un pantalon en velours rouge. C'est adorable, tu ne trouves pas ?

— Pour un petit garçon de deux ans, oui, opina Sofía en riant. Mais moi, c'est une fille. » Elle plaça sa main sur son ventre rond.

« Tu n'en sais rien. D'après la forme de la bosse, c'est un garçon. J'avais la même quand j'étais enceinte d'Eddie. Ce qu'il était mignon quand il était petit !

— Non, non, je suis sûre que ce sera une fille. Je le sens.

— Enfin, peu importe ce que c'est, du moment qu'il a dix doigts et dix orteils.

— Pour moi, c'est important. Oh, c'est ravissant ! s'exclama-t-elle en sortant une minuscule robe blanche. Ça, c'est pour une petite fille.

— Elle était à Angela. Jolie, hein ? Malheureusement, ils poussent trop vite pour porter longtemps leurs vêtements de bébé.

— C'est très gentil à toi de me prêter tout ça, fit Sofía, tenant une paire de bottines bleues.

— Ne sois pas bête. Je ne te les prête pas. Je te les donne. Je n'en ai plus besoin.

— Et Angela ? Elle en aura peut-être besoin un jour.

— Bonté divine, Angela ! renifla Zaza. Elle est dans la phase la plus odieuse de l'adolescence. Elle a décidé qu'elle n'aimait pas les hommes et qu'elle était amoureuse d'une fille nommée Mandy.

— À mon avis, elle fait ça pour te contrarier, observa Sofía d'un air entendu.

— Eh bien, ça marche. Quoique je ne m'inquiète pas pour Mandy.

— Ah bon ?

— Moi aussi, dans le temps, je fantasmais sur les femmes. Remarque, je n'en ai plus touché une seule après l'école. Mais Angela devient insupportable avec tout ça. Grossière, insolente. Elle dépense notre argent et vient nous en réclamer davantage, comme si c'était un dû. Non, j'aime mieux avoir dix Eddie qu'une

Angela. À ce rythme-là, elle n'aura pas besoin de ça, dit-elle, plantant ses griffes rouges dans une paire de chaussons en laine. Je compte sur Eddie pour faire de moi une grand-mère, mais le plus tard possible. Je suis encore trop jeune et belle pour être grand-mère. As-tu vu Ariella dernièrement ?

— Non, elle a trop de travail en ce moment.

— Cette chambre est une pure merveille. Elle a beaucoup de talent, fit Zaza, arquant ses sourcils finement dessinés et hochant la tête avec admiration.

— Elle vient chez nous le dernier week-end de mars. Si vous veniez aussi, toi et Tony ? David serait enchanté de vous avoir. Moi, j'aurai mes parents de substitution, Dominique et Antoine. Venez, on va bien s'amuser.

— Je ne sais pas. Je n'ai jamais accroché avec Ariella, marmonna-t-elle, hésitante.

— C'était il y a des années. Vous avez évolué toutes les deux. Si, moi, je peux aimer Ariella, alors pour toi aussi ça doit être possible. S'il te plaît, viens. C'est bien joli d'être enceinte, mais je ne peux plus monter et je n'ai pas grand-chose à faire, à part répéter mes gammes pour la tortue. J'ai besoin de compagnie », implora Sofía.

Zaza réfléchit quelques instants.

« Oh oui, vas-y, force-moi la main ! s'écria-t-elle. J'accepte avec grand plaisir. Ça me reposera d'Angela. Comme ça, ils auront toute la fichue baraque pour eux seuls.

— C'est décidé, alors. Parfait », acquiesça Sofía.

Tandis que le mois de mars s'effaçait lentement devant l'impérieuse avancée du printemps qui constella le jardin de perce-neige et de jonquilles, le miracle qui grandissait dans le ventre de Sofía se manifestait maintenant chaque fois qu'elle prenait un peu de repos. Tantôt elle voyait un petit poing se dessiner un instant sous sa peau pendant que le bébé gigotait, impatient de découvrir le monde. Tantôt il semblait danser en l'écoutant jouer du piano d'une main hésitante, et la chemise de Sofía se mettait alors à bouger mystérieusement. David aimait bien poser la joue sur son ventre pour entendre l'enfant barboter dans le liquide amniotique. Ils passaient des heures à discuter de leur fille, de son physique, des traits qu'elle hériterait de l'un ou l'autre.

« Elle aura tes yeux de velours marron, disait David en embrassant les paupières de Sofía.

— Non, tes beaux yeux bleus, répondait-elle en embrassant les siennes.

— Ton nez.

— Là, je suis d'accord. » Et elle déposait en riant un baiser sur son nez plus proéminent.

« Ta bouche, disait-il, collant ses lèvres aux siennes.

— Oui, mais ton cerveau.

— Naturellement.

— Mon corps.

— J'espère bien, si c'est une fille. Tes dons d'écuyère. Ton audace.

— Ta gentillesse à la place de mon entêtement.

— Et ta fierté.

— D'accord, d'accord, n'enfonce pas le clou !

— Ta drôle de démarche.

— Elle n'a rien de drôle.

— Mais si, tu marches en canard.

— Ah bon ? » fit-elle coquettement. Elle le savait pourtant et en jouait pour mieux séduire. Santi l'avait accusée de vouloir se faire remarquer : il disait que cela lui donnait une allure vaniteuse et arrogante. Mais elle n'y pouvait rien : c'était sa façon de marcher.

« Si c'est un garçon...

— Ce ne sera pas un garçon, je sais que c'est une fille. Une petite fille, affirma-t-elle, catégorique.

— Une autre Sofía, Seigneur miséricordieux ! » rit-il. Elle noua ses bras autour de son cou et l'embrassa au-dessous de l'oreille. La serrant contre lui, il pria pour que leur enfant soit une petite fille, aussi adorable avec lui que l'était sa mère.

Ariella arriva la première. Elle cacha à peine sa fureur quand Sofía lui annonça que Zaza venait aussi. « Eh bien, je souffrirai en silence », dit-elle pendant que David montait sa valise dans sa chambre. Sofía était en train de l'aider à s'installer en lui donnant des instructions depuis le lit lorsque les chiens aboyèrent en entendant le bruit d'une voiture. Sofía regarda par la fenêtre et adressa un signe de la main à Zaza et Tony.

« David est en bas, fit-elle en reprenant sa place sur le lit.

– On n'a qu'à les laisser ensemble. Ça fait bizarre de revenir ici en tant qu'invitée. C'est une belle maison. Je me demande bien ce qui m'a pris de partir, plaisanta Ariella.

– Non, non, tu as eu raison, surtout ne change pas d'avis.

– Ma foi, puisque tu insistes... »

Juste à ce moment-là, les chiens firent irruption dans la chambre, suivis de David, Tony et Zaza.

« Ariella chérie, ça fait si longtemps ! » susurra Zaza, plaquant un sourire artificiel sur ses lèvres écarlates.

Ariella sourit calmement. « Des années, oui. Comment vas-tu ? Toujours avec Tony, à ce que je vois, ajouta-t-elle en regardant David et Tony s'éloigner dans le couloir.

– Oh, Tony chéri, je ne suis pas près de le lâcher. » Elle rit nerveusement. « Tu as une mine superbe, Ariella. » Elle avait beau la traiter de tous les noms, même Zaza ne pouvait lui nier la beauté lumineuse qui l'avait rendue célèbre.

« Merci. Toi aussi. » Ariella passa une main blanche et fine dans ses cheveux d'ange.

« Cette chambre, quelle réussite ! Tu es très douée, dit Zaza, faisant allusion à la chambre du bébé.

– J'ai été tellement submergée de commandes que j'ai du mal à assurer.

– Bravo, chérie. Tu es très, très forte. J'ignorais que tu peignais aussi bien.

– Les personnages de dessins animés ne sont pas vraiment ma spécialité, mais c'est nouveau, et j'aime la nouveauté.

– C'est vrai », acquiesça Zaza.

Sofía l'accompagna dans sa chambre pour laisser à Ariella le temps de finir de ranger ses affaires.

« Chérie, tu ne m'avais pas dit qu'elle était aussi resplendissante, siffla Zaza une fois qu'elles furent hors de portée de voix.

– Tu la connais depuis des années.

– Oui, mais elle a encore embelli. Jamais je ne l'ai vue aussi rayonnante. Elle rayonnait déjà, mais différemment. Elle est incroyable. Et bien plus sympathique que dans mon souvenir, jacassait-elle, tout excitée.

— Tant mieux », répondit Sofía en voyant la réserve de Zaza céder la place à une exubérance enfantine.

Dominique et Antoine arrivèrent en dernier ; leur avion avait été retardé, et ils descendirent de voiture épuisés et échevelés, mais sans avoir perdu leur sens de l'humour.

« Antoine a promis de m'offrir un jet privé, déclara Dominique, se frayant un passage entre les chiens. Il dit que je n'aurai plus jamais à prendre un avion de ligne. C'est beaucoup trop stressant et ça me vieillit prématurément.

— Elle a raison, opina Antoine avec son accent français à couper au couteau. Si j'en achète un, alors pourquoi pas dix, comme ça toutes ses amies pourront en profiter ! »

Sofía s'approcha pour les embrasser, autant que sa silhouette alourdie le lui permettait.

« Ça ira mieux dans quelques semaines, rit-elle, respirant le parfum familier de Dominique.

— C'est pour quand ? demanda Antoine.

— Cher Antoine, je te l'ai dit un nombre incalculable de fois. Il ne reste qu'une dizaine de jours avant le terme. Ça pourrait arriver d'un moment à l'autre.

— J'espère que tu es prêt à retrousser tes manches, chéri, dit Zaza à David. D'un moment à l'autre.

— Moi, je suis prêt, intervint Tony, jovial. J'ai déjà mis au monde les deux miens, bien que je manque légèrement de pratique.

— Il n'y a pas que là que tu manques de pratique », fit Zaza entre ses dents.

Ariella sourit et jeta un coup d'œil à Tony. Ça ne l'étonnait pas : il devait être plus à l'aise à fumer le cigare en compagnie de vieux copains. En cet instant, Quid détourna son attention en lui fourrant le nez dans l'entrejambe.

« Pour l'amour du ciel ! » gémit-elle en tentant de le repousser. Mais il remua la queue et se colla à elle de plus belle.

« Quid ! appela David, amusé. Allez, sois un gentleman, on ne se conduit pas comme ça avec les dames, voyons !

— Bonté divine, David, tu ne peux pas parler à tes chiens normalement ? Ce ne sont pas des êtres humains. Franchement », soupira-t-elle, époussetant son pantalon.

Dans le salon, Ariella quitta ses chaussures et se pelotonna sur le canapé pour échapper aux effusions du labrador qui, couché aux pieds de David, l'épiait avec convoitise. Dominique, vêtue d'un ample pantalon vert et d'un cardigan à fleurs qui lui arrivait au genou, se percha sur le garde-feu, jouant avec les perles de son collier qui ressemblaient à des scarabées rouges. Debout de l'autre côté du garde-feu, Zaza semblait poser, avec sa cigarette en l'air qui fumait au bout d'un porte-cigarette en ébène. Sous ses courts cheveux châtains coupés à la mode des années trente, ses yeux verts surveillaient la pièce avec hauteur. Elle observait Ariella avec méfiance, prenant soin de ne pas baisser la garde : cette femme avait une langue de vipère et pouvait être tout aussi dangereuse, se disait-elle. David, Antoine et Tony, près de la fenêtre, étaient en train de parler du jardin.

« Ça vous dit d'aller tirer quelques lapins ? proposa David. Ils pullulent dans le jardin, c'est une vraie plaie.

– Ne sois pas méchant ! cria Sofía du canapé. Pauvres petites bêtes !

– Comment ça, pauvres petites bêtes ? Ils mangent tous les bulbes. Alors ?

– Ça marche, répliqua Tony.

– Si vous voulez », fit Antoine en haussant les épaules.

Le lendemain, il faisait particulièrement doux pour une journée de mars. Le soleil avait percé les brumes de l'hiver et brillait de tous ses feux, content d'être enfin dehors. Zaza et Ariella parurent au petit déjeuner élégamment vêtues de couleurs campagnardes. Mais alors que le pantalon et la veste de Zaza en tweed vert étaient flambant neufs, le tailleur en tweed d'Ariella lui venait de sa grand-mère : l'étoffe s'était adoucie, s'était patinée avec les années. Zaza la regarda avec envie. Ariella, elle, souriait avec la complaisance de quelqu'un qui, en toute circonstance, se sait à son avantage. David prit la clé dans un petit tiroir de l'entrée et ouvrit la vitrine où il gardait les fusils. Il en choisit un pour lui et deux autres pour Tony et Antoine. Ils avaient appartenu à son père, un passionné de chasse, et portaient tous le monogramme E. J. H., Edward Jonathan Harrison.

Sofía se drapa dans la canadienne de David et attrapa une longue canne pour discipliner les chiens. Tandis qu'ils se rassemblaient sur le gravier devant la maison, Dominique fit son apparition avec un manteau rouge vif, une écharpe rayée jaune et bleu et des tennis blanches.

« Vous allez faire peur à tous les animaux, dans cette tenue, suffoqua Tony, horrifié.

– Excepté les taureaux, rit Ariella. Moi, je vous trouve superbe.

– Chérie, si tu empruntais un manteau à Sofía ? suggéra Antoine gentiment.

– Je peux t'en prêter un, dit Sofía, mais j'aime mieux que tu gardes celui-là pour les avertir du danger.

– Si Sofía me préfère en rouge, je resterai en rouge, déclara Dominique. Allons-y, j'ai besoin de marcher après tous ces toasts et œufs brouillés. Décidément, rien ne vaut le petit déjeuner anglais. »

Ils longèrent la vallée en direction des bois. Toutes les cinq minutes, les hommes faisaient signe aux femmes qu'ils avaient aperçu un lapin, et tout le monde devait se figer sur place jusqu'à ce qu'ils l'aient abattu. Tony, qui ratait tous ses coups, se retourna vers elles et siffla : « Si vous pouviez cesser de parler, j'y arriverais peut-être !

– Pardon, chéri, dit Zaza. Fais comme si on n'était pas là.

– Bon sang, Zaza, on doit vous entendre à Stratford ! »

Ils poursuivirent leur chemin lentement, tel un train omnibus s'arrêtant dans toutes les gares. Sofía surveillait les chiens, leur tapotait le dos de la main ou avec la canne, leur disant « au pied », ordre qu'ils paraissaient comprendre. Après que tous les lapins se furent égaillés, effrayés par les coups de feu ou bien par le manteau de Dominique, David et Antoine décidèrent qu'ils en avaient assez. Tony, vexé de rentrer bredouille, cherchait rageusement une proie. Pour finir, il pointa son fusil sur un pigeon dodu qui volait bas, appuya sur la gâchette et contempla, ravi, les quelques plumes qui tournoyèrent dans l'air. L'oiseau continua sa route.

« Il va bien descendre ! ragea Tony.

– Certainement, dit Ariella, quand il aura faim.

– Bon, d'accord, se renfrogna-t-il. J'arrête là. Marchons, ça va nous faire de l'exercice. J'en connais une ou deux qui feraient mieux de marcher au lieu de papoter. » Il se tourna vers Ariella qui riait tellement qu'elle fut obligée de se raccrocher à Zaza pour ne pas tomber. « Ah, les femmes, soupira Tony. Un rien les amuse. »

Le dimanche, l'amitié entre Zaza et Ariella était scellée, bien que dans des proportions inégales. Zaza, toujours sur ses gardes, buvait les paroles d'Ariella, riait à toutes ses plaisanteries et la regardait, guettant sa réaction, chaque fois qu'elle ouvrait la bouche. Ariella, pour sa part, semblait s'en divertir. Elle abusait insolemment du pouvoir que lui conférait sa beauté et prenait plaisir à éblouir Zaza, pareille à un animal pris dans un faisceau de phares. Sofía les observait avec un sourire et admirait Ariella pour l'aisance avec laquelle elle manipulait son amie.

Ce soir-là, en traversant le palier du premier étage, elle entendit Tony et Zaza se quereller dans leur chambre pendant qu'ils bouclaient leurs bagages. Elle s'arrêta pour écouter.

« Pour l'amour du ciel, ne sois pas grotesque. Qu'est-ce qui te prend ? disait Tony d'une voix condescendante, comme s'il parlait à sa fille.

— Je regrette, chéri, je ne crois pas que tu puisses comprendre.

— Comment veux-tu que je comprenne ? Je suis un homme.

— Ça n'a rien à voir avec le fait d'être un homme. David comprendrait, lui.

— Tout ça, c'est de la comédie.

— Je ne voulais pas en discuter dans cette maison, souffla Zaza, craignant qu'on ne les entende.

— Pourquoi en avoir parlé, alors ?

— Ç'a été plus fort que moi.

— C'est totalement infantile, tu ne vaux guère mieux qu'Angela. Telle mère, telle fille.

— Ne me mets pas dans le même sac qu'Angela ! explosa Zaza.

— Tu veux t'enfuir en France avec Ariella, Angela est amoureuse d'une fille nommée Mandy, où est la différence ?

— La différence, c'est que je suis assez vieille pour savoir ce que je fais.

— Je te donne un mois. Vas-y, puisque tu y tiens, mais elle te virera quand elle en aura assez... »

Juste à ce moment-là, Sofía ressentit une douleur. Elle poussa un cri et s'adossa au mur. Tony et Zaza se précipitèrent à sa rescousse.

« Oh, mon Dieu, c'est le bébé ! s'exclama Zaza, excitée.

– Ce n'est pas possible, haleta Sofía. Il reste encore dix jours... aïe ! » Elle se plia en deux.

Tony dévala les marches en appelant David. Dominique et Ariella sortirent en trombe du salon. Antoine suivit Tony dans le couloir, joignant sa voix de stentor à la sienne. David, qui était en train de nettoyer les fusils, émergea et vit sa femme descendre l'escalier, soutenue par Zaza. Lâchant son chiffon, il accourut vers elle. Sam et Quid bondissaient de joie à la perspective d'une nouvelle promenade.

« Dominique, allez chercher son manteau. Où sont mes clés ? bégaya David en tâtant ses poches. Ça va, chérie ? » Il saisit l'autre bras de Sofía, et elle hocha la tête pour ne pas l'affoler.

« C'est bon, prends la mienne. » Ariella lui tendit ses clés en surveillant Quid d'un œil méfiant.

« Merci. Je te le revaudrai, fit-il en les attrapant.

– Ce ne sera pas utile. » Quid trottina vers elle d'un air résolu.

Dominique aida Sofía à enfiler son manteau.

« Je viens avec vous, déclara-t-elle. Antoine, tu rentreras à Paris tout seul. Moi, je reste.

– Aussi longtemps que tu voudras, chérie, répondit-il, affable.

– Quid, Quid, non ! » glapit Ariella, cherchant David des yeux. Mais il avait laissé la porte d'entrée ouverte, et le crissement de pneus sur le gravier lui fit comprendre qu'elle devrait se débrouiller avec le chien sans aide extérieure. « À nous deux, Quid ! souffla-t-elle. Et je ne fais pas de prisonniers. »

33

Sofía avait peur. Ce n'était pas l'accouchement qui l'effrayait. Ni le fait que son enfant puisse être en danger. Elle savait que tout allait bien. Le bébé en avait assez d'attendre, voilà tout. Elle aussi, d'ailleurs. Elle comprenait très bien. Non, elle redoutait que, tout compte fait, ce ne soit un garçon.

« Où est Dominique ? s'enquit-elle anxieusement tandis qu'on la transportait en salle de travail.

— Elle attend en bas, répondit David d'une voix tremblante.

— J'ai peur, s'étrangla-t-elle.

— Chérie...

— Je ne veux pas d'un garçon », bredouilla-t-elle, au bord des larmes. David lui étreignit la main avec force. « Si c'est un garçon, il risque de ressembler à Santiguito. Et ça, je ne le supporterai pas.

— Ne t'inquiète pas, tout ira bien. Je te le promets », assura-t-il avec une conviction qu'il était loin d'éprouver. Lui-même ne s'était jamais senti aussi nerveux. La détresse de Sofía, son impuissance à l'aider le paralysaient. Il ne savait que dire. Du reste, il frôlait lui-même le malaise. Pour vaincre la nausée, il s'efforça de ne se préoccuper que de sa femme. Mais Sofía n'arrivait pas à se calmer. Le petit visage rond de Santiguito flottait devant ses yeux. Comment pourrait-elle aimer un autre que lui ? Et si cette grossesse était une énorme, une monumentale erreur ?

« J'ai peur, David », répéta-t-elle, la bouche sèche. Elle avait soif.

« Rassurez-vous, Mrs Harrison. La première fois, on a toujours peur. C'est tout à fait naturel », dit l'infirmière gentiment.

Mais ce n'est pas la première fois, s'écria Sofía dans sa tête. Elle n'eut cependant guère le temps de songer davantage à Santiguito car l'instant d'après elle poussait, hurlait et s'agrippait à la main de David jusqu'à ce qu'il grimace et dégage sa paume de ses ongles. Son accouchement précédent avait été long et douloureux. Aussi grande fut-elle sa surprise quand le bébé émergea à la lumière des néons de l'hôpital avec la rapidité et l'efficacité de quelqu'un qui était pressé d'arriver à destination. Il fut accueilli d'une tape énergique et ponctua sa première inspiration d'un cri aigu.

« Mrs Harrison, vous avez une jolie petite fille, dit l'obstétricien, remettant l'enfant à l'infirmière.

— Une fille ? soupira Sofía faiblement. Une fille. Dieu soit loué.

— Ç'a été rapide ! s'exclama David avec entrain pour masquer l'émotion qui lui nouait la gorge. Comme une lettre à la poste ! »

L'infirmière plaça le bébé, enveloppé maintenant dans de la mousseline blanche, sur la poitrine de sa mère afin qu'elle puisse le tenir et contempler son visage moucheté de rouge. Accoutumée aux effusions des parents, elle s'écarta délicatement pour permettre au père tout fier de dire quelques mots à sa femme.

« Une petite fille, souffla-t-il, se penchant au-dessus de la mousseline pour jeter un coup d'œil. C'est le portrait tout craché de sa mère.

— Honnêtement, David, si je ressemble à ça, autant que j'abandonne tout de suite, plaisanta Sofía avec effort.

— Tu as été très courageuse, chérie. Tu as accompli un miracle », chuchota-t-il. Ses lèvres tremblèrent à la vue du petit être qui gigotait dans les bras de sa mère.

« Un miracle, répéta-t-elle, embrassant tendrement le front humide de son bébé. Regarde comme elle est belle. Et ce nez minuscule... on dirait que Dieu avait oublié de lui en donner un et qu'il l'a collé à la dernière minute, tellement il est petit.

— Comment allons-nous l'appeler ? demanda-t-il.

— Je sais comment ne pas l'appeler.

— Elizabeth, fit-il en riant.

— C'était quoi, le prénom de la mère de ton père ?

— Honor. Et ta propre mère ou ta grand-mère ?

— Honor, j'aime bien ce prénom. Honor. C'est très anglais. Va pour Honor. Honor tout court, déclara-t-elle, les yeux brillants.

— Honor Harrison, moi aussi ça me plaît. Ma mère ne sera pas contente, elle détestait sa belle-mère.

— Alors, nous avons au moins une chose en commun, ironisa Sofía.

— Je n'aurais jamais cru qu'il y ait quelque chose de commun entre ma mère et toi.

— Honor Harrison, tu seras belle, talentueuse, intelligente et pleine d'esprit. Tu auras le meilleur de nous deux et nous t'aimerons toute ta vie. » Radieuse, elle sourit à David. « Dis à Dominique que je voudrais la voir. J'ai quelqu'un à lui présenter. »

Après Dominique, ses premiers visiteurs furent Daisy, Anton, Marcello et Maggie, qui débarquèrent le deuxième jour, chargés de fleurs et de cadeaux. Anton apporta ses ciseaux pour couper les cheveux à Sofía, et Maggie, son nécessaire à manucure pour lui faire les ongles. Marcello prit place dans un fauteuil, beau et muet comme une statue. Daisy s'assit sur le lit, son regard extatique rivé sur le berceau à côté d'elle.

« Nous sommes les Rois mages, mon chou, annonça Maggie. Porteurs de présents pour le nouveau Messie. Mais apparemment, nous ne sommes pas les premiers, ajouta-t-elle avec un coup d'œil sur les bouquets et les cadeaux éparpillés à travers la pièce.

— Vous êtes quatre, protesta Sofía.

— Marcello ne compte pas. Il est presque toujours aux abonnés absents, dit Maggie sans prêter attention au jeune homme.

— On est venus pomponner maman, déclara Anton qui lui brossait les cheveux, posté à la tête du lit. Je ne sais pas comment c'est d'accoucher, mais j'ai vu un documentaire à la télévision, ma poule, et j'ai eu un mal fou à m'en remettre.

— Je ne vois pas pourquoi tu t'inquiètes, ça ne risque pas de t'arriver, répondit Sofía en regardant les fragments de cheveux bruns tomber sur elle en pluie.

— Heureusement, tu imagines les cris et les hurlements ! » Maggie sortit un vernis à ongles violet. « Si les hommes devaient accoucher, même des demi-hommes comme Anton, on n'aurait pas fini d'en entendre parler. Sans mentionner leur vacarme. Espérons que la science n'ira pas jusque-là, de mon vivant en tout cas.

— Pas le violet, Maggie, tu n'as pas un rose pâle ? demanda Sofía.

— Naturel ? fit Maggie, consternée.

— Oui, s'il te plaît. Je suis mère maintenant, déclara Sofía fièrement.

— Ça va te passer au bout d'un moment, cette histoire de

maternité. Quand tu l'auras entendue brailler pendant plusieurs semaines, tu auras envie de la renvoyer à l'expéditeur. Je le sais. Lucien m'a rendue chèvre. J'ai failli le servir avec le rôti du dimanche. Crois-moi, mon chou, tu regretteras ton indépendance d'antan. Cheveux verts et ongles violets, Anton et moi, on sera prêts, pas vrai, Anton ?

– Mais bien sûr, Maggie. Les gens n'ont aucune imagination, aujourd'hui. Ils veulent des reflets. Des reflets ! C'est d'une banalité !

– Et alors, comment te sens-tu, mon chou ? Tu dois avoir mal partout, non ? Je me demande comment tu fais pour rester assise. » Maggie esquissa une grimace. « Je ne me suis toujours pas remise d'avoir eu Lucien, il y a plus de vingt ans. On ne récupère jamais sa silhouette, mon chou. C'est ça qui est triste. Viv était fou de moi jusqu'à ce que j'aie eu Lucien. Après, il s'est mis à chercher quelqu'un de plus mince, de plus ferme aux bons endroits. Il paraît qu'on est comme un élastique : tout se remet en place spontanément. Eh bien, je ne m'en suis pas aperçue. Il n'y a rien d'élastique chez moi. Autrefois, je pouvais toucher mes orteils ; maintenant je ne les vois même pas, je serais incapable de dire où ils sont. Je suis sûre que c'est l'accouchement, c'est la faute à Ève... si cette poule mouillée d'Adam avait croqué la pomme à sa place, on ne serait pas toutes flasques et boudinées, tu ne crois pas ?

– Parle pour toi, Maggie. Sofía est en pleine forme, fit Daisy, souriant à son amie. Comment tu te sens ? Est-ce aussi grave que Maggie a l'air de le dire ?

– Maggie a tendance à exagérer. En fait, ç'a été très facile. David a toujours un peu mal à sa main, remarque, mais à part ça, il est très fier et heureux. Comme moi.

– Et où est-il, le beau David ? roucoula Anton. J'ai toujours eu un faible pour lui. » Il jeta un coup d'œil en direction de Marcello, qui n'avait pas bougé depuis son arrivée.

« Il reviendra tout à l'heure. Le pauvre, il est dans tous ses états, répliqua Sofía.

– Elle est adorable, s'extasia Daisy, penchée sur le berceau. On dirait une petite souris.

– Chérie, il ne faut pas la traiter de souris, protesta Maggie. Toutes les mères sont persuadées que leur bébé est le plus beau. Moi aussi, je trouvais Lucien beau tant qu'il n'avait pas grandi.

— Si tu veux absolument employer une métaphore animale, tâche d'être plus imaginative, ma poule. Une souris, ce n'est pas très original », déclara Anton en reculant pour admirer son œuvre.

Juste à ce moment-là, la porte s'ouvrit à la volée. Elizabeth Harrison se tenait sur le seuil ; ses yeux voilés de paupières lourdes firent le tour de la pièce, scrutant les visages inconnus à la recherche de Sofía. Son cou décharné tremblotait comme celui d'un dindon sous son menton déterminé.

« C'est bien la chambre de Mrs Harrison ? aboya-t-elle. Qui sont ces personnes ? »

Sofía regarda Maggie occupée à sécher son vernis à l'aide d'un sèche-cheveux.

« La méchante sorcière du Nord », souffla-t-elle.

Maggie leva les yeux. « Tu es sûre ? On dirait plutôt un ami à Anton travesti.

— Je viens voir le nouveau-né », annonça-t-elle sans saluer sa belle-fille. Elle traversa la pièce d'une démarche saccadée. « Ceci est un hôpital, pas un salon de coiffure, renifla-t-elle avec dédain.

— Une petite coupe, ça ne vous ferait pas de mal, ma poule, glissa Anton en creusant les joues, tandis qu'elle passait devant lui. Ce look carton-pâte, c'est démodé, on voit tout de suite votre âge.

— Seigneur Dieu, qui êtes-vous ? Qui sont tous ces personnages vulgaires ?

— Ce sont mes amis, Elizabeth. Anton, Daisy, Maggie et... oh, ne faites pas attention à Marcello, il ne veut pas qu'on lui parle, juste qu'on l'admire, répondit Sofía en gloussant sous cape. Je vous présente ma belle-mère, Elizabeth Harrison. »

Elizabeth contourna avec soin le fauteuil de Marcello et se pencha sur le berceau.

« Qu'est-ce que c'est ?

— Une petite fille. » Sofía tira le berceau vers son lit : elle n'avait guère envie que sa belle-mère approche le bébé de trop près, de peur qu'elle ne lui jette le mauvais œil.

« Prénom ?

— Honor, répliqua-t-elle avec jubilation.

— Honor ! s'exclama Elizabeth, dégoûtée. C'est un prénom, ça ?

— Oui, un très joli prénom. Nous l'avons appelée comme ça en hommage à la grand-mère de David. Il l'aimait beaucoup.

— N'est-ce pas le nom d'une actrice ou d'une chanteuse, Anton ? demanda Maggie.

— Quelqu'un du spectacle, c'est sûr, ajouta-t-il pour faire bonne mesure.

— Où est David ?

— Il est sorti », fit Sofía froidement. Il devait se douter que tu viendrais, espèce de vieille morue séchée, pensa-t-elle.

« Eh bien, dites-lui que je suis venue. » Les yeux globuleux se posèrent sur la jeune femme. « David est mon fils unique, poursuivit-elle d'une voix rauque en raison de ses poumons encombrés. Je n'ai pas d'autres petits-enfants que cet enfant-là. J'aurais préféré qu'il épouse une femme de son pays et de son propre milieu. Ariella était une épouse parfaite, mais il ne s'en est pas rendu compte, l'imbécile, exactement comme son père. Cependant vous lui avez donné un enfant. J'aurais préféré que ce soit un garçon, mais bon, la prochaine fois vous aurez un garçon pour que le nom se perpétue à travers les générations. Je ne vous aime pas et j'aime encore moins vos amis. Mais vous avez donné un enfant à mon fils, donc tout n'est pas entièrement négatif. Dites à David que je suis venue », répéta-t-elle en quittant la pièce.

Chacun s'apprêtait à y aller de son commentaire quand la porte se rouvrit, et elle reparut dans l'encadrement.

« Tiens, elle a oublié son balai ! fit Anton rapidement.

— Ou elle veut jeter un sort, ajouta Sofía.

— Dites à David que je n'appellerai pas cette enfant Honor. Il faudra qu'il trouve autre chose. » Et la porte se referma sur elle.

« Quelle femme charmante ! lança Daisy, sarcastique.

— Tout ce que j'aurais pu faire avec ses cheveux ! s'écria Anton.

— Il suffirait d'un petit coup de ciseaux », dit Maggie.

Soudain, à la surprise générale, Marcello émergea de sa torpeur.

« *¡Porca miseria*[1]*!* un coup de ciseaux, ça ne serait pas assez, *cara*[2] et puis vous ne trouverez personne pour le faire, même pour tout l'or du monde. »

1. Nom d'un chien ! (en italien).
2. Chérie.

Quand David arriva plus tard dans l'après-midi, Sofía était en train d'allaiter. Il s'arrêta au pied du lit pour la regarder. Ils se sourirent dans un silence complice. Il n'y avait pas de mots pour exprimer l'émerveillement qu'il ressentait devant la toute-puissance de la nature, et il ne voulait pas rompre le charme par une remarque triviale. Il contempla donc d'un air tendre, presque mélancolique, la naissance du lien mystérieux entre la mère et l'enfant. Sofía ne quittait pas des yeux le visage de son bébé, fascinée par ses moindres mouvements, par l'exquise perfection de ses traits.

Quand Honor eut terminé son repas, elle l'enveloppa soigneusement dans sa mousseline et la remit avec douceur dans le berceau. « J'ai du mal à la lâcher, dit-elle, caressant du doigt sa tête duveteuse.

— J'ai une nouvelle surprenante à t'annoncer. » S'asseyant au bord du lit, David l'embrassa.

« Moi aussi, répondit Sofía. Mais vas-y, toi d'abord.

— Eh bien, tu ne vas pas me croire. Zaza a quitté Tony pour filer en Provence avec Ariella.

— Ce n'est pas possible ! suffoqua Sofía, stupéfaite. Tu sais que je les ai entendus se disputer dans leur chambre le week-end dernier, mais je n'ai pas vraiment compris de quoi ils parlaient. Maintenant tout s'éclaire. Tu en es sûr ?

— Tony vient de m'appeler.

— Qu'est-ce qu'il a dit ?

— Qu'elles sont parties ensemble. Il lui donne un mois, le temps qu'Ariella se trouve un autre joujou.

— Il était en colère ?

— En colère, non. Je dirais plutôt agacé. Apparemment, Angela est atterrée et furieuse que sa mère l'ait doublée. Elle a avoué qu'elle n'était pas réellement amoureuse de Mandy, mais d'un garçon prénommé Charlie. Eddie, lui, en a pris son parti et s'est contenté de lever les yeux au ciel.

— Ça ne m'étonne pas.

— Tony dit que ça ne le dérange pas qu'elle parte faire ses expériences. Il sera là pour recoller les morceaux quand les choses auront mal tourné. Ce qui ne manquera pas de se produire. Ariella joue avec elle pour s'amuser. Comme un chat blanc rusé avec une grosse souris bien juteuse. Elle doit y prendre énormément de plaisir. Car elle n'a jamais aimé Zaza.

— Tu crois qu'elles vont appeler ? » Sofía brûlait d'en savoir davantage.

« Très certainement. Elles vont vouloir te féliciter. Et toi, quelle est ta nouvelle ? demanda David, s'emparant de sa main pour la caresser.

— La belle-mère diabolique a débarqué ici ce matin.

— Ah...

— Devine qui était là ? fit-elle avec un sourire malicieux.

— Aucune idée, qui ?

— Anton, Maggie, Marcello et Daisy.

— Oh, mon Dieu, soupira-t-il. Elle a dû être horrifiée.

— En effet. Elle dit qu'elle n'aime pas le prénom Honor et qu'il faut que tu trouves autre chose. Comme si je n'avais pas mon mot à dire.

— En ce qui la concerne, non.

— Je pense qu'on l'a fait fuir.

— Ne t'inquiète pas. Laisse-la-moi », répondit David, résigné à livrer une nouvelle bataille dans la guerre qui l'opposait à sa mère. Une guerre stupide, née de son incapacité à le diriger et alimentée par son amertume croissante qui la rongeait de l'intérieur telle une tumeur incurable. Une guerre qui s'achèverait seulement avec sa mort. Il imagina son pauvre père tremblant là-haut, au ciel, à la pensée qu'un jour elle allait, telle la foudre, s'abattre sur sa tête.

Le téléphone sonna.

« Zaza ! » s'exclama Sofía, excitée, dans le récepteur. David haussa un sourcil.

« Chérie ! Bravo, c'est du beau travail. Une petite fille, à ce que j'ai appris. Et quel joli prénom ! Tu dois être aux anges.

— C'est vrai. On est très heureux. Et toi, comment ça va ? Où es-tu ? » demanda-t-elle impatiemment. Elle commençait à en avoir assez de raconter la naissance d'Honor à tous les amis qui téléphonaient.

« Je suis en France.

— Avec Ariella.

— Oui, Tony a dû donner un coup de bigo à David. C'est tout lui, ça. Maintenant, tout Londres doit être au courant. » Elle poussa un soupir théâtral.

« Je ne crois pas. David est très discret, dit Sofía avec un clin d'œil à l'adresse de son mari.

– Oh, fit Zaza, visiblement déçue. Bon, bref, Ariella est là et voudrait te parler. On passe de merveilleux moments ensemble. On pense bien à toi et à ton bébé. Embrasse David pour moi, je ne peux pas lui parler maintenant, tu vois ce que je veux dire, chuchota-t-elle, la main sur le combiné.

– Oui, oui, je vois. Je lui transmettrai. Passe-moi Ariella. » Et Sofía l'entendit triller : « Ari-el-la-a-a ! »

« Sofía, toutes mes félicitations, dit Ariella d'un ton calme.

– Qu'est-ce que tu manigances ? questionna Sofía avec sérieux.

– Oh, je m'offre un break, répliqua-t-elle nonchalamment.

– Et tu reviens quand ?

– Quand j'aurai diverti Alain suffisamment pour regagner son attention. Ensuite je renverrai Zaza à la maison, chez Tony. Là, elle sera capable de le réveiller, j'imagine. » Ariella rit légèrement.

« Tu es machiavélique, observa Sofía, amusée.

– Absolument pas. C'est un service que je leur rends à tous les deux. Zaza a besoin d'aventures. Tony a besoin d'une nouvelle Zaza. Zaza a besoin d'une nouvelle Zaza, crois-moi.

– Je ferais bien de surveiller mes arrières, pouffa Sofía.

– Ne t'inquiète pas, tu n'es pas mon genre. Tu es beaucoup trop maligne. Ça ne serait pas drôle, mais alors pas drôle du tout. »

La nuit, Sofía fit un rêve. Assise dans son lit d'hôpital, elle discutait avec Zaza et Ariella qui essayaient de la convaincre de quitter David et de les rejoindre en Provence. Elle secouait la tête en riant, et elles riaient aussi, lui répétant qu'elle adorerait ça. Soudain, la porte s'ouvrit sur une femme vêtue de noir. Toute voûtée, elle ressemblait à une corneille et marchait en boitillant, comme si elle traînait la patte. Elle sentait mauvais : Ariella et Zaza reculèrent, la main sur le visage, et se fondirent dans le néant. Brusquement, la vieille femme se baissa et saisit le bébé dans le berceau. Sofía hurla, s'accrocha à elle pour l'empêcher de partir. La vieille était si vilaine et difforme qu'elle n'avait même plus allure humaine, on aurait dit une chauve-souris. Et elle disait : « Tu as promis de renoncer à ton enfant. Tu ne peux plus revenir sur ta parole. » Puis elle se transforma en Elizabeth Harrison et la fixa avec des yeux globuleux et humides qui nageaient dans les orbites telles deux huîtres.

L'infirmière dut secouer Sofía pour la réveiller. Terrifiée, en sueur, la jeune femme appelait à l'aide. Elle dévisagea l'infirmière d'un air hagard et mit un moment à comprendre où elle était et ce qui lui arrivait.

« Tout va bien, Mrs Harrison. Vous avez fait un cauchemar, dit l'infirmière avec compassion.

– Je veux mon mari, sanglota Sofía. Je veux rentrer chez moi, maintenant. »

Le lendemain, David vint la chercher pour la ramener à la maison. Derrière les murs protecteurs de Lowsley, elle oublia son rêve et l'étrange sorcière qui avait tenté de lui voler son enfant. Assise près du feu avec Sam et Quid qui remuaient la queue, elle bavardait avec Hazel, la nurse, pendant que celle-ci berçait doucement Honor dans ses bras. David travaillait dans le bureau à côté, et Sofía se réjouissait d'avoir repris le cours normal de son existence. Mais ensuite elle songea à Zaza et Tony et se demanda si pour eux la vie serait désormais la même.

34

Honor sautillait à travers la salle à manger dans un costume de lion poilu que Sofía lui avait acheté chez Hamley. Avec des rugissements féroces, elle poursuivait son amie Molly qui, faussement terrifiée, se sauvait en piaillant. Les autres enfants venus fêter son troisième anniversaire étaient dans la cuisine avec Sofía, s'accrochant timidement aux jambes de leurs mères. Mais Honor n'avait peur de rien. Souvent, elle disparaissait, et sa mère angoissée la retrouvait couchée à plat ventre dans l'herbe, en train d'étudier une chenille ou une limace qui avait éveillé sa curiosité. Tout la fascinait, et notamment la nature. Elle ne doutait pas que si elle s'aventurait trop loin, sa mère ou sa nounou finiraient par la trouver.

Aujourd'hui n'était pas un jour ordinaire, avait dit sa mère. C'était son anniversaire. Elle savait chanter *Joyeux anniversaire* et ne s'en privait pas lorsqu'elle était invitée ailleurs. Cette fois-ci, cependant, elle ne chanterait pas : elle laisserait ce soin à ses amis. Ensuite, elle pourrait souffler les bougies, ce qu'elle adorait faire... sur les gâteaux des autres enfants, au grand dam de Sofía tandis que l'intéressé fondait en larmes et qu'on se précipitait à la recherche d'allumettes pour les rallumer. Aujourd'hui, on célébrait les trois ans de joie qu'elle avait donnés à Sofía et David, outre le prétexte d'offrir à leur fille une belle fête en compagnie de tous ses petits camarades.

Durant ces trois années, le bonheur de Sofía n'avait cessé de croître. Grand-père O'Dwyer disait que le but de la vie était de créer toujours plus d'amour. Il aurait été très fier d'elle, pensait-elle, car son cœur débordait, explosait littéralement d'amour. Elle aimait sa fille davantage chaque jour, à chaque transformation qui ponctuait sa croissance et le développement de sa propre – et déjà forte – personnalité. Elle passait de longues heures à dessiner avec elle, à lui faire la lecture, à flâner avec elle à travers champs ou bien à la promener sur le dos de son petit poney, Hérisson, dans le sentier des bois. Honor était curieuse et intrépide. Partout où elle allait, elle emportait son Chouchou, le mouchoir en soie bleue que David lui avait offert : avec Chouchou, elle se sentait en sécurité. S'il se perdait, la maison était passée au peigne fin jusqu'à ce qu'il refasse surface dans un endroit insolite, derrière un canapé ou sous un coussin, et qu'il soit rendu à sa propriétaire qui ne pouvait s'endormir sans lui.

« Honor ! » s'époumona Hazel de toute la force de ses poumons qui, vu son âge, n'étaient pas bien vigoureux. Arrivée à la naissance de la fillette, en principe pour un mois, elle s'était intégrée à la famille, après que Sofía et David l'eurent suppliée de rester définitivement. Elle le prit comme un compliment et accepta : en ce court laps de temps, elle s'était énormément attachée à Honor et à ses parents. Elle ne manqua pas de se féliciter de sa décision lorsque, plus tard, elle fit la connaissance du sémillant Freddie Rattray, le palefrenier qui s'occupait des chevaux avec sa fille Jaynie. Freddie était veuf. Tout le monde l'appelait Rattie, mais Hazel ne pouvait se permettre ce genre de familiarité. Pour elle, il était Freddie, mais seulement après qu'il l'eut implorée de ne pas l'appeler Mr Rattray. « Ça me vieillit », disait-il. « Avec Freddie, j'ai l'impression d'être à mi-chemin du sommet de la montagne. Et je n'ai pas envie de voir l'autre versant pendant un bon bout de temps. » Hazel avait ri modestement, passant une paume humide sur ses cheveux argentés, tirés en chignon au bas de sa nuque. Elle ne ratait pas une occasion d'emmener Honor voir les chevaux et accompagnait souvent Freddie quand il sortait Hérisson pour la promenade de l'enfant. Sofía, généralement prompte à détecter les affections naissantes, était trop occupée à surveiller sa fille pour prêter attention aux regards tendres et aux rires complices qui s'échappaient des écuries.

« Honor, le goûter est prêt ! » cria Hazel en entrant dans la salle à manger où Honor et son amie Molly tournaient joyeusement en rond, comme si elles venaient d'inventer leur propre manège. Elle attrapa Honor au passage et l'aida à se débarrasser de son accoutrement. L'enfant avait explicitement demandé à porter « une jolie robe » pour son goûter d'anniversaire. Sofía avait ri de cette coquetterie avant l'âge. « Viens, allons voir ce que maman nous a préparé.

– Un gâteau au chocolat ! cria Honor, une lueur gourmande dans ses yeux bleus.

– Un gâteau au chocolat ! » répéta Molly, s'élançant derrière elle.

Honor et Molly accoururent dans la cuisine où Sofía aidait les autres mères à installer leur progéniture. Johnny Longacre pleurait parce qu'il avait reçu un coup de Samuel Pettit, et Quid avait déjà léché la figure de la petite Amber Hopkins dont la mère, qui trouvait ça antihygiénique au possible, courait partout à la recherche d'un torchon propre pour essuyer le visage baveux de sa fille.

« Honor, mon ange, viens t'asseoir, dit Sofía calmement au milieu du chaos. Regarde ces tartines en forme de papillon, c'est mignon, non ?

– Je peux avoir du gâteau au chocolat, s'il te plaît ? s'enquit Honor, tendant la main vers l'assiette.

– D'abord, tu manges ta tartine de Marmite, rétorqua Sofía avec une grimace, car l'odeur de Marmite lui collait aux doigts.

– Sofía, pouvez-vous faire sortir votre chien, il veut manger la tartine d'Amber », s'exclama la mère d'Amber, excédée.

Sofía demanda à Hazel d'enfermer Quid dans le bureau pour éviter de futurs désagréments. « Vous n'avez qu'à m'y enfermer aussi, rit-elle. Je suis dans les problèmes jusqu'au cou.

– Sofía, Joey n'a pas eu de marshmallow. Il n'en reste plus, on dirait. Les marshmallows, c'est ce qu'il préfère. »

Sofía regarda le visage anxieux de la mère de Joey et se dit qu'elle avait la même tête que celles qu'Honor dessinait sur les œufs au petit déjeuner. Tout à coup, la porte de la cuisine s'ouvrit sur Zaza, vêtue d'un pantalon en daim marron clair et d'une veste en tweed. Ses lèvres écarlates se tordirent à la vue de la ribambelle de gamins hurlants et de leurs mères débordantes de sollicitude.

« Mon Dieu, que se passe-t-il ici ? souffla-t-elle, horrifiée, lorsque Sofía dut enjamber un bambin hystérique pour venir la saluer. Si c'est ça, les amis d'Honor, j'espère seulement qu'elle aura plus de discernement en grandissant. »

Zaza avait tenu six semaines en Provence avec Ariella et, plus tard, Alain. « J'ai compris que j'étais de trop, avait-elle confié à David. Alain était adorable, quoique très distrait ; la plupart du temps il se rendait à peine compte de notre présence. Mais Ariella est dingue de lui, et une fois que j'ai eu rempli mon rôle, je les ai laissés se débrouiller tous les deux. » Puis Tony avait appelé pour dire qu'à son retour à la maison il avait trouvé Zaza beaucoup plus intéressante, quoi que cela puisse signifier, et qu'il envisageait de la réexpédier pour un stage de recyclage en France l'année suivante. Sofía était ravie que tout soit rentré dans l'ordre. Elle n'aurait pas cru que Zaza lui manquerait à ce point.

« Cette fête est en train de virer au cauchemar, soupira-t-elle en regardant les enfants s'empiffrer de chocolat. Il y en a un qui ne va pas tarder à vomir, je le sens.

— Pas sur mon pantalon en daim ou je lui tords son petit cou, fit Zaza en reculant.

— Si tu allais au salon, tu y seras plus en sécurité », lui suggéra Sofía.

« En fait, j'étais venue te dire que Tony organise une grande fête pour mes cinquante ans, cet été, annonça Zaza avec un sourire éclatant. Je ne sais pas si je dois me réjouir ou me lamenter... en tout cas, ce sera une garden-party, et nous espérons bien que vous serez des nôtres.

— Évidemment. Ce n'est pas le bout du monde, s'exclama Sofía.

— Bon, si ça ne te dérange pas, je vais aller attendre que ça se passe. Viens me retrouver quand ce sera terminé, ou du moins quand ils se seront lavé la figure et les mains. »

Pendant ce temps, Honor s'était copieusement barbouillée de chocolat. Ses boucles blondes étaient constellées de Smarties, placées là par un Hugo Berrins enamouré qui à présent bombardait de gelée les autres enfants, cette fois sans aucune tendresse. Sofía leva les yeux au ciel et s'adossa au buffet à côté de Hazel.

« Vous croyez qu'on réussira à redonner à Honor une apparence humaine ? » fit-elle avec lassitude. Depuis quelque temps, elle se sentait particulièrement fatiguée.

Hazel sourit et posa les mains sur ses larges hanches de nourrice.

« Sans ce petit ouistiti, répondit-elle en désignant Hugo Berrins, elle serait aussi propre qu'à la sortie du bain. Quand ils seront tous partis, je l'emmènerai en haut pour la débarbouiller.

– Elle a l'air de bien s'amuser, hein ?

– Elle adore être au centre de l'attention. Elle aime jouer les divas, notre Honor.

– Je crois savoir de qui elle tient ça », rit Sofía, désabusée.

Finalement, les mères emmitouflèrent les enfants dans leurs gros manteaux et sortirent dans le froid, en criant à Sofía : « On se voit à l'école lundi ! » Soulagée de les voir partir, elle leur adressa un dernier signe de la main. C'était décidé : pour les quatre ans d'Honor, elle ferait autre chose. « Je ne me sens pas le courage de recommencer l'année prochaine, dit-elle à Hazel. On donnera peut-être un goûter, mais en petit comité.

– Oh, vous recommencerez, Mrs Harrison. Ça m'a toujours épatée que les mères s'imposent ce genre d'épreuve année après année. Mais les gamins, ils adorent ça. »

Hazel prit Honor, ensommeillée, par la main pour l'emmener dans la salle de bains. Sofía déposa un baiser sur son petit nez, la seule partie de son visage à ne pas être maculée de gelée ou de chocolat, et s'en fut à la recherche de Zaza.

Assise près du feu, une cigarette aux lèvres, cette dernière était en train d'écouter de la musique tout en feuilletant un livre.

« Qu'est-ce que c'est ? demanda Sofía, s'installant à côté d'elle.

– Ça s'appelle *Estancias Argentinas*, j'ai pensé que ça te plairait.

– Tu l'as eu comment ?

– C'est Eddie qui me l'a offert. Il vient juste de rentrer. Il est enchanté de son séjour là-bas.

– Vraiment, fit Sofía, impassible.

– Ce livre est superbe. Elle était comme ça, ta maison ?

– Oui, exactement la même.

– Tu sais, Eddie a joué au polo avec quelqu'un qui te connaît. Ils ont parlé de toi. C'est un professionnel. D'ailleurs, en ce moment, il est en Angleterre. Il a dit qu'il était un de tes amis.

– Qui est-ce ? questionna Sofía, sans réellement vouloir entendre la réponse.

– Roberto Lobito. » Les yeux étrécis, Zaza guettait sa réaction.

Elle avait appris par Eddie que Sofía avait eu une aventure avec un homme contre l'avis de ses parents, que c'était pour cela qu'elle était partie. Mais Sofía se détendit, et Zaza raya Roberto Lobito de la liste des suspects.

« Oh, lui, pouffa la jeune femme. C'est vrai, il a toujours été un bon joueur.

– Il est marié à une fille tout à fait ravissante. Ils sont là jusqu'à l'automne, je crois. J'espère que ça ne t'ennuie pas... je les ai invités à ma fête.

– C'est bon », dit Sofía.

Zaza souffla la fumée par le nez et agita la main pour la chasser car Sofía détestait l'odeur des cigarettes.

« Je n'ai jamais vu une femme aussi belle qu'Eva Lobito, soupira-t-elle en inhalant profondément.

– Eva Lobito ? » Sofía pensa à Eva Alarcón rencontrée voilà tant d'années et se demanda si par hasard ce n'était pas la même. Elle ne connaissait qu'une seule Eva. « Comment est-elle ? s'enquit-elle, intriguée.

– Blonde, presque platine... visage allongé, peau mate. Joli rire. Très gracieuse, longues jambes, parle avec un fort accent. Charmante, très charmante. » Pas de doute, cette description ne pouvait correspondre qu'à Eva Alarcón. Qu'elle allait revoir après tout ce temps, ainsi que Roberto Lobito. Les souvenirs heureux apporteraient dans leur sillage l'inévitable mélancolie, mais la curiosité de Sofía l'emporta sur son appréhension. Elle rêvait déjà d'être au mois de juin comme on peut rêver d'un verre d'alcool, tout en sachant qu'on se prépare une bonne gueule de bois.

Sofía percha Honor sur ses genoux et referma les bras autour d'elle, embrassant son petit visage pâle. C'était leur rituel à l'heure du coucher.

« Quand je serai grande, maman, je serai comme toi.

– Ah bon ? dit Sofía en souriant.

– Et puis, quand je serai encore plus grande, je serai comme papa.

– Ça m'étonnerait.

– Si, si », affirma Honor avec conviction. « Exactement comme papa. »

Sofía rit tout bas de sa conception du processus du vieillissement.

Plus tard dans la soirée, lorsqu'elle se glissa entre les draps, David lui caressa la tête et l'embrassa.

« Tu as l'air fatiguée.

– Oui. Je ne sais pas pourquoi.

– Tu ne serais pas enceinte ? »

Sofía cligna des yeux. « Je n'y avais pas pensé. Entre Honor et les chevaux, je n'ai pas compté les jours. Oh, David, tu as peut-être raison ! En tout cas, je l'espère.

– Moi aussi. » Il se pencha pour l'embrasser à nouveau. « Encore un miracle. »

35

Assise sur la souche massive d'un arbre qui autrefois avait dominé les collines puis succombé à une violente bourrasque d'octobre, Sofía se disait que rien n'était invincible. La nature était plus forte que l'homme. Elle contempla la lumineuse matinée de juin. La main sur son ventre, elle s'émerveilla du miracle qui était en train de croître en elle. Émue par la beauté du paysage et par cette autre vie qui allait bientôt voir le jour, elle sentit son cœur se serrer à la pensée de sa famille qui ignorait tout de son existence au-delà de l'océan. Elle songea alors à la fête de Zaza et essaya d'imaginer Roberto Lobito et Eva Alarcón tels qu'elle les avait connus, voilà plus de dix ans maintenant.

Plus encore que l'idée de les revoir, c'était l'idée de ne pas les voir qui l'angoissait. Si jamais à la dernière minute ils décidaient de ne pas venir, la déception serait énorme. Elle s'était mentalement préparée à cette journée, et sa curiosité grandissait de semaine en semaine. Du moment qu'elle s'était résignée à avoir des nouvelles de Santa Catalina, elle brûlait d'impatience d'entendre ce qu'il était advenu de Santi...

Sofía regagna la maison à temps pour prendre un bain et s'habiller pour la garden-party de Zaza. Elle passa une heure à essayer les différentes tenues, sous l'œil médusé de Sam et de Quid qui remuaient la queue chaque fois qu'elle en changeait. « Vous ne m'aidez pas du tout ! » s'écria-t-elle, jetant un nouvel ensemble sur le lit. Quand David parut sur le pas de la porte, Sofía, qui lui tournait le dos, se débattait avec une robe pour la faire descendre sur ses hanches. Il l'observa un moment avant que les chiens ne le trahissent.

« Je suis grosse ! grommela-t-elle, repoussant la robe d'un coup de pied rageur.

— Qu'y a-t-il ? » Il l'enlaça par-derrière, et ils regardèrent leur reflet dans le miroir.

« Je suis grosse, répéta-t-elle.

— Tu n'es pas grosse, chérie, tu es enceinte.

— Je ne veux pas être grosse. Je ne rentre plus dans aucun de mes vêtements.

— Dans quoi tu te sens le mieux ?

— Dans mon pyjama, répliqua-t-elle, boudeuse.

— Eh bien, mets ton pyjama. » Il l'embrassa et s'engouffra dans la salle de bains.

« Au fond, ce n'est pas une mauvaise idée. » Elle sortit un pyjama en soie blanche de la commode. Lorsque David revint dans la chambre, Sofía se planta devant lui, vêtue d'un pantalon à cordelière et d'un tee-shirt. « David, tu es un génie ! » s'exclama-t-elle en pirouettant devant la glace. Il hocha la tête et se fraya un passage parmi le fatras de robes et de chaussures pour atteindre la penderie. Sam et Quid reniflèrent avec approbation.

Tony avait dressé une tente blanche sur la pelouse en cas de pluie, mais comme il faisait beau et chaud, les invités se pressaient dans le jardin, une coupe de champagne à la main, et admiraient le vieux manoir en brique et la profusion de fleurs qui cascadaient par toutes les ouvertures. Zaza accourut pour embrasser David et Sofía avant de se précipiter derrière un serveur qui avait sorti prématurément le plateau de saumon fumé.

À défaut d'avoir un talent particulier en matière de décoration, Zaza savait néanmoins s'entourer de gens de goût. Elle avait dépensé des milliers de livres, argent durement gagné par Tony, pour engager paysagistes et décorateurs et transformer sa maison en une demeure digne de figurer sur la couverture de *Maisons et Jardins*. Sofía appréciait ses efforts, mais pensait qu'elle en faisait trop. Sitôt happée par la foule, elle scruta nerveusement les visages à la recherche d'Eva et de Roberto.

« Sofía, quel plaisir de vous revoir ! » gloussa un inconnu, se penchant pour l'embrasser. Son haleine empestait un mélange de saumon et de champagne. S'écartant, elle fronça les sourcils d'un air interrogateur.

« George Heavyweather, dit-il, visiblement déçu qu'elle ne se souvienne pas de lui. Alors, vous vous rappelez maintenant où on s'est rencontrés ? » Et il lui donna une bourrade amicale.

Elle soupira, agacée : c'était le ballot qu'elle avait eu la malchance d'avoir pour voisin de table quatre ans plus tôt.

« Chez Ian Lancaster, répondit-elle d'une voix atone, le regard perdu dans le lointain.

– Absolument. Ça fait un bail, hein ? Où étiez-vous cachée pendant tout ce temps ? Vous avez remarqué au moins que la guerre était finie ? » Et il rit de sa plaisanterie bancale.

« Excusez-moi, fit Sofía en mettant la politesse de côté. Je viens d'apercevoir quelqu'un à qui j'ai davantage envie de parler.

– Oui, oui, bien sûr, bredouilla-t-il, jovial. On se retrouvera tout à l'heure. »

Tu peux toujours courir, pensa-t-elle, disparaissant promptement dans la foule.

David et elle étaient arrivés assez tard, mais après qu'elle eut passé une bonne demi-heure à sillonner le jardin à la recherche d'Eva et Roberto, elle conclut tristement qu'ils avaient dû changer d'avis. Elle trouva un banc à l'écart, dans l'ombre d'un cèdre, et s'assit, accablée. L'aiguille de sa montre avait bougé d'une minute à peine depuis la dernière fois où elle l'avait regardée. Elle avait envie de rentrer ; peut-être que personne ne remarquerait son absence, si elle s'éclipsait discrètement ?

« Sofía ? » fit une voix chaude et un peu rauque derrière elle. Une voix qu'elle ne reconnut pas. Elle se retourna. « Je te cherchais.

– Eva ? » souffla-t-elle. Se levant, elle contempla, incrédule, l'élégante blonde qui s'était matérialisée à ses côtés.

« *Hace años*[1] », murmura Eva dans son cou en l'embrassant affectueusement.

Sofía fut prise de vertige tandis qu'elle inhalait l'odeur de l'eau de toilette d'Eva, la même fragrance citronnée qu'elle portait voilà douze ans. Elles s'assirent toutes les deux.

« J'ai cru que tu ne viendrais pas », dit Sofía en espagnol. Elle prit la main d'Eva et la serra comme si elle craignait de la voir disparaître.

1. Ça fait des années.

« On est en retard. Roberto s'était perdu. » Eva eut un rire cristallin.

« Je suis si contente de te voir. Tu n'as absolument pas changé, déclara Sofía avec sincérité, admirant sa beauté juvénile.

– Toi non plus.

– Quand as-tu épousé Roberto ? Où est-il ?

– Quelque part dans la foule. On s'est mariés il y a trois ans. Quand j'ai fini mes études, je suis venue habiter Buenos Aires et j'ai rencontré Roberto dans une soirée. On a un bébé qui s'appelle aussi Roberto, c'est un amour. Ha-ha, tu es enceinte, fit-elle, plaçant sa main libre sur le ventre à peine visible de Sofía.

– J'ai déjà une petite fille de trois ans. » Elle sourit lorsque le visage d'Honor émergea clairement du brouillard qui lui avait envahi la tête pendant qu'elle parlait avec Eva.

« *¡Cómo vuela el tiempo!*[1] soupira Eva, nostalgique.

– Le temps file, c'est sûr. Douze ans ont passé depuis qu'on s'est connues ce fameux été. À te voir, j'ai l'impression que c'était hier.

– Sofía, je ne vais pas jouer la comédie et faire semblant de ne pas savoir pourquoi tu as quitté l'Argentine et que tu n'y es jamais retournée. Ce serait malhonnête vis-à-vis de quelqu'un que je considère comme une amie. » Son regard pâle la scrutait d'un air interrogateur. Elle mit la main de Sofía entre ses longs doigts cuivrés et la pressa éloquemment. « Je te supplie de rentrer.

– Je suis heureuse, Eva. J'ai épousé un homme merveilleux. J'ai une fille et un autre enfant en route. Je ne peux pas rentrer. Ma place est ici. » Sofía ne s'attendait pas à ce qu'elle lance si vite la conversation sur le passé. La blessure était encore à vif.

« Va les voir, au moins. Qu'ils sachent que tu vas bien. Tourne la page. Il est arrivé tant de choses en dix ans, si tu tardes trop, un jour il sera réellement trop tard. Tu ne pourras plus renouer avec eux. Ils sont tout de même ta famille, non ?

– Alors dis-moi, comment va María ? » fit Sofía, préférant changer de sujet.

Eva retira ses mains et les joignit sur ses genoux.

« Elle est mariée.

– Avec qui ?

1. Comme le temps passe !

– Eduardo Maraldi, le Dr Eduardo Maraldi. Je ne la vois pas souvent ; la dernière fois qu'on s'est rencontrées, elle avait deux enfants et un troisième en route, je crois. Je n'en suis pas très sûre. Tout le monde a des enfants en ce moment, c'est difficile de s'y retrouver. Tu sais que Fernando est exilé en Uruguay ?

– Exilé ?

– Il a trempé dans la guérilla contre Videla. Il va bien, il aurait pu rentrer en Argentine après le changement de gouvernement, mais, à mon avis, cette histoire l'a tellement secoué – il a été torturé, figure-toi – que maintenant il vit et travaille en Uruguay.

– Il a été torturé ? » suffoqua Sofía, horrifiée.

Elle écouta Eva lui relater les faits tels qu'elle les connaissait : la mise à sac de la maison de Miguel et Chiquita, l'enlèvement de Fernando et son salut miraculeux. Pétrifiée, Sofía regrettait de n'avoir pas été là pour apporter son soutien à la famille de son oncle.

« C'était épouvantable, continuait Eva. Roberto et moi sommes allés chez lui : il a une maison à Punta del Este, sur la plage. C'est un autre homme. » Elle songea au jeune homme renfrogné qui menait une existence de hippie en écrivant des articles pour divers journaux uruguayens.

« Et Santi ? Il va bien ? s'enquit Sofía anxieusement, se demandant dans quelle mesure ces événements l'avaient affecté.

– Il est marié. Je le croise de temps à autre en ville. Toujours aussi séduisant. » Eva rougit, elle n'avait pas oublié ses baisers. Distraitement, elle caressa ses lèvres du bout du doigt. « Sa claudication s'est aggravée, et il a pris de l'âge. Mais ça lui va bien. Il ne change pas, Santi.

– Il est marié avec qui ? » questionna Sofía en s'efforçant de raffermir sa voix. Elle évitait de regarder Eva.

« Claudia Calice. » Une note interrogative perça dans l'intonation d'Eva.

« Non, je ne la connais pas. Comment est-elle ? » À nouveau, Sofía éprouvait la sensation d'être au bord du gouffre. La nouvelle l'avait terrassée ; elle se rappela cet instant sous l'arbre où il l'avait suppliée de s'enfuir avec lui et de l'épouser ; l'écho fantomatique de ses paroles résonnait encore dans les abysses de sa mémoire.

« Elle est très classe. Brune, de beaux cheveux. Très soignée. Typiquement argentine, dit Eva sans remarquer le trouble de

Sofía. Elle est charmante. Très sociable, plus à l'aise en ville qu'à la campagne. Je crois qu'elle n'aime pas trop la campagne. Elle m'a avoué une fois qu'elle détestait les chevaux, qu'elle a dû faire semblant pour Santi qui, comme chacun le sait, ne vit que pour ça. » Elle ajouta avec douceur : « Tu ne savais pas qu'il était marié ?

— Bien sûr que non. Je ne lui ai pas parlé depuis... depuis mon départ, répliqua Sofía d'une voix rauque en baissant les yeux.

— Ce n'est quand même pas à cause de Santi que tu n'es pas revenue ?

— Pas du tout, fit Sofía un peu trop précipitamment.

— Tu n'as jamais donné de tes nouvelles ?

— Non.

— Même pas à tes parents ?

— Surtout pas à mes parents. »

Se calant contre le dossier en bois, Eva la dévisagea avec stupeur.

« Ils ne te manquent donc pas ?

— Au début, si, ils m'ont manqué. Mais c'est fou ce qu'on oublie quand on est loin », mentit-elle sans conviction. Avant d'ajouter : « Je me suis forcée d'oublier. »

Elles se turent ; Eva s'interrogeait sur les raisons possibles de l'exil de Sofía, et Sofía songeait tristement à Santi et à sa vie avec Claudia. Elle essaya de l'imaginer vieilli, marchant avec difficulté, mais n'y parvint pas. Dans sa tête, il était tel qu'elle l'avait laissé, éternellement jeune.

« Tu sais qu'Agustín habite maintenant aux États-Unis, à Washington ? Il a épousé une Américaine, dit Eva au bout d'un moment.

— Ah bon ? Et Rafa ? » Sofía feignit d'être intéressée, mais Santi accaparait toutes ses pensées, et elle brûlait d'en savoir davantage à son sujet.

« Il est marié avec Jasmina Peña depuis des années. Pratiquement depuis que tu es partie. Ils ont l'air très heureux ensemble. Je ne les vois pas beaucoup. Ils passent presque tout leur temps à Santa Catalina, puisque Rafa s'occupe du domaine. J'aime bien Rafa, on se sent en sécurité avec lui. C'est quelqu'un de fiable, pas comme Agustín », fit Eva, se rappelant ses attentions indésirables. À Buenos Aires, il s'était fait une solide réputation de coureur de jupons. C'était le genre de garçon contre lequel les mères mettaient leurs filles en garde. Pas étonnant qu'il ait épousé une Américaine, ça lui ouvrait tout un champ de nouvelles perspectives.

« Et Santi, il est heureux ? demanda soudain Sofía, se mordillant la lèvre.

— Je pense que oui. Mais tu sais comment c'est, les gens se marient, font des enfants, et peu à peu on les perd de vue. Il m'arrive de les croiser. Tu comprends, Roberto et moi, on voyage beaucoup. Son polo le conduit dans le monde entier, et moi je l'accompagne. Je suis rarement à Buenos Aires et je n'ai pas remis les pieds à Santa Catalina depuis le départ de Fernando. Ils étaient si proches, Fernando et Roberto, et maintenant on n'a même plus le temps de le voir. La dernière fois que je suis tombée sur Santi, c'était à un mariage.

— Raconte ! » Sofía était prête à tout, même à dévoiler ses sentiments, pour quelques bribes de nouvelles de Santi.

Eva la considéra avec curiosité. Elle savait qu'on l'avait expédiée à l'étranger en raison d'une toquade pour son cousin, mais sans se douter de la profondeur de cet attachement. Comment auraitelle su qu'au fond d'elle-même Sofía pleurait toujours silencieusement Santi, qu'il hantait sa mémoire, plus vivant que jamais ?

« *Bueno*, c'était au mariage d'un cousin de Roberto. Ils ont une belle *estancia* pas loin de Santa Catalina, à deux heures de Buenos Aires. Je ne connaissais pas encore Claudia, Santi et elle étaient mariés depuis deux ans. Oui, plus que ça même, puisqu'ils se sont mariés en 1983, je crois, et ça s'est passé l'été dernier. Santi était stressé, il y avait une *mala onda*[1] entre eux, ils avaient dû se disputer car ils s'adressaient à peine la parole. Claudia est restée tout le temps avec les enfants. Elle est très bien avec les enfants. J'ai remarqué qu'ils ne la lâchaient pas d'une semelle. Moi aussi, j'adore les enfants, à l'époque Roberto et moi on essayait d'avoir un bébé. À mon avis, ils devaient essayer aussi : elle en tout cas, c'était évident qu'elle en voulait. Enfin, j'ai discuté avec Santi. Il joue toujours au polo, mais pas en professionnel comme Roberto... En fait, j'ai l'impression qu'il n'aime pas beaucoup

1. Mauvaise ambiance, tension, malaise.

Roberto. » Eva réprima un sourire : était-ce parce qu'il l'avait convoitée lui-même ? Une fois de plus, elle se souvint de son baiser, et ses pommettes se colorèrent de rose. « Mais ce n'est pas un bon exemple, car je sais qu'il est heureux. Il est très heureux avec Claudia. C'était sûrement un mauvais jour, voilà tout. Il n'était pas dans son assiette. Malgré tout, je l'ai trouvé charmant. Ils étaient charmants tous les deux.

« Tes parents étaient là aussi. J'aime bien tes parents, surtout ta mère. Elle est gentille et généreuse. » Si Sofía avait écouté, cette description de sa mère lui aurait fait hausser les sourcils. Mais elle était dans les nuages avec Santi.

« Je ne comprends pas pourquoi tu ne veux pas y retourner. Le plus dur serait de revoir tout le monde, mais au bout de quelques minutes tout rentrerait dans l'ordre. Je sais qu'ils seraient heureux de te voir.

— Tiens, voilà Roberto », dit Sofía.

Il avait vieilli, sa mâchoire carrée alourdissait son visage, mais il était toujours séduisant.

« Je vois que tu as fait la connaissance de ma femme, observa-t-il, passant la main dans les longs cheveux blonds d'Eva.

— On se connaissait déjà.

— Jamais je n'ai été aussi amoureux de quelqu'un que je le suis de ma femme, déclara-t-il d'un air éloquent. Elle a fait de moi un homme comblé. »

Sofía sourit. Roberto était tout sauf subtil : c'était une manière de lui signifier que leur aventure d'autrefois ne comptait pas pour lui. Ça tombait bien, pour elle non plus. Et, au bout d'un moment, elle ne trouva plus rien à lui dire.

Eva et Roberto la regardèrent se diriger vers la tente où l'on venait de dresser le buffet.

« Elle est toujours aussi belle, dit Eva. C'est une drôle de fille. Tu imagines, quitter sa famille comme ça, sans un mot. Peu de gens en seraient capables.

— Elle a toujours été têtue comme une mule. Une enfant gâtée. Fercho ne pouvait pas la sentir.

— Avec moi, elle a été très gentille. Elle a fait un gros effort quand j'étais à Santa Catalina. Ça, je ne l'oublie pas. J'ai beaucoup d'affection pour elle. Et pour toute sa famille.

— Tu vas leur dire que tu l'as vue ?

— Bien sûr. Je le dirai à Anna. Je ne veux pas envenimer les choses, j'ai l'impression que ça reste un sujet sensible. » Elle fit une pause, puis ajouta, pensive : « Je me trompe peut-être, mais je crois qu'elle a toujours un faible pour Santi. Elle m'a posé un tas de questions sur lui.

— Après tant d'années ? C'est impossible.

— Oh si, c'est possible. Tu ne penses pas qu'elle refuse de rentrer à cause de lui ?

— Non. D'après Fercho, elle s'est disputée avec Anna et Paco. Elle leur en voulait de l'avoir envoyée à Genève. Il a dit que c'était juste pour leur tenir tête. Elle finira par revenir. Quand elle en aura assez d'être ici, elle retournera là-bas, histoire de semer la zizanie. Crois-moi. Je connais Sofia. Elle est incapable de mener une existence tranquille. C'est une emmerdeuse, et elle ne changera pas, même avec le plus merveilleux des époux.

— Roberto, tu es méchant. » Eva secoua la tête. « Je dirai à Anna qu'elle va bien et qu'elle est heureuse... Je peux essayer d'avoir son adresse par Zaza : comme ça, au moins, Anna pourra lui écrire, si elle le désire. Tu parles d'un gâchis ! soupira-t-elle en se levant. Moi, je ne te quitterais pour rien au monde. » Et elle noua ses bras autour de lui.

« Tu ne me quitteras pas, *amorcita* [1], parce que je ferai tout pour t'en empêcher. »

Roberto l'embrassa. Par-dessus son épaule, Eva regarda Sofia sortir de la tente avec un homme qui devait être son mari. Chacun tenait une assiette avec de la salade et du poulet. Son beau visage lisse s'assombrit à la pensée que Sofia souffrait forcément de son exil, et elle se promit d'y remédier.

La démarche d'Eva partait d'une bonne intention. Mais elle avait sous-estimé les objets de sa sollicitude. Lorsque Anna reçut sa lettre dans laquelle elle lui rapportait la conversation qu'elle avait eue avec Sofia, enrichie de détails sur sa vie en Angleterre, elle tourna et retourna le papier avec l'adresse entre ses longs doigts blancs. Eva n'avait pas prévu que la mère pourrait être aussi têtue que la fille.

1. Mon petit cœur (littéralement mon petit amour).

Profondément blessée par le silence de sa fille, Anna ne voyait pas pourquoi elle ferait le premier pas vers la réconciliation. Après tout, Sofía n'avait pas appelé pendant la guerre des Malouines, n'avait même pas appelé pour leur annoncer qu'ils étaient grands-parents... elle n'avait jamais appelé. Pourtant, elle savait où les trouver, leur numéro de téléphone n'avait pas changé, et maintenant elle comptait sur eux pour lui tendre le rameau d'olivier ? Eh bien, la vie n'était pas aussi simple.

Croyait-elle qu'ils n'avaient pas de cœur ? S'imaginait-elle que son sort les laissait indifférents ? Elle n'en avait toujours fait qu'à sa tête, mais de là à disparaître à l'autre bout du monde sans un mot d'explication ! Paco ne s'en était pas remis. Il avait vieilli, s'était replié sur lui-même. Comme si Sofía était morte. Sauf que la mort aurait été préférable, plus compréhensible, moins douloureuse. Au moins ils l'auraient pleurée convenablement au lieu de vivre dans l'angoisse permanente de l'incertitude. La mort n'est pas une rupture. Or Sofía avait rompu avec eux. Elle avait rejeté les siens, ébranlé les fondements mêmes de leur famille naguère tellement unie. De cette précieuse unité, il ne restait plus aujourd'hui que des décombres.

Non, ce n'était pas à Anna de faire la paix. Elle rangea la lettre dans le tiroir qui contenait ses possessions les plus intimes et décida de ne rien dire à Paco. Car il allait essayer de la convaincre, et elle n'avait pas envie de déclencher une nouvelle dispute au sujet de Sofía.

36

Novembre 1997

Qu'il est étrange d'aimer quelqu'un toute sa vie ! Malgré la distance, malgré l'absence, son image reste gravée à jamais dans la mémoire du cœur. C'était le cas de Sofía. Son amour pour Santi et le petit Santiguito était demeuré intact. À bien des égards, elle avait tourné la page, écrit la dernière ligne, refermé le livre. Elle avait lâché prise. Tel un coffre rempli de trésors, elle les avait laissés sombrer avec tous ses secrets au fond de l'océan. Mais il y a des choses qui ne meurent pas, elles se mettent quelque temps en sommeil, c'est tout.

Sofía avait quitté l'Argentine en disgrâce en février 1974. Elle n'aurait pas imaginé une seconde qu'il se passerait vingt-quatre ans avant son retour. Elle ne l'avait pas décidé ainsi. Elle n'avait rien décidé du tout. Mais les années s'étaient transformées en décennies, et puis un beau jour son passé la rappela dans son pays.

« Buenos Aires, 14 octobre 1997

Très chère Sofía,

Je ne t'ai pas écrit depuis des lustres et j'en suis navrée. Je crois qu'entre toi et María la correspondance s'est interrompue il y a de nombreuses années. C'est pour cela que j'écris. Il n'existe aucun moyen de t'annoncer ça en douceur, alors voilà : María est en train de mourir d'un cancer. Je la regarde dépérir de jour en jour... tu n'as pas idée combien il est pénible de voir quelqu'un qu'on aime s'éteindre à petit feu sans pouvoir lui venir en aide. Je me sens totalement inutile.

Je sais bien que vos chemins se sont séparés, mais elle t'aime beaucoup. Ta présence lui serait salutaire.

Ton départ a laissé un grand vide et nous a tous plongés dans une profonde tristesse. Nous ne pensions pas que tu allais couper les ponts d'une manière aussi radicale et définitive. Je déplore le fait que personne n'ait réellement cherché à te convaincre de revenir. À commencer par moi-même. Je m'en veux... Je te connais, Sofía, et je sais que tu auras souffert dans ton "exil".

S'il te plaît, chère Sofía, reviens, María a besoin de toi. La vie n'a pas de prix, c'est María qui me l'a appris ; je regrette seulement d'avoir mis autant de temps à écrire cette lettre.

Je t'embrasse tendrement,

Chiquita. »

La lettre de Chiquita perça l'abcès contenant les souvenirs refoulés de Sofía. Dans un torrent enfiévré d'images, ils fondirent sur elle, tirant le regret et l'amertume de leur longue hibernation. María est en train de mourir. María est en train de mourir. Elle tourna et retourna ces mots dans sa tête jusqu'à ce qu'ils se vident de sens. Mais toujours ils signifiaient la mort. La mort. Grand-père O'Dwyer disait que la vie était trop courte pour les regrets et la haine. « Ce qui est fait est fait, le passé est passé, et on n'en parle plus. » Son grand-père lui manquait terriblement. Surtout dans les moments comme celui-là. Mais elle était incapable de suivre son conseil alors que le passé infiltrait son présent. Si seulement elle avait eu le courage de retourner en Argentine des années plus tôt ! Eva avait raison : elle avait trop attendu. Aujourd'hui, elle avait plus de quarante ans. Quarante ans ! Elle n'avait pas vu le temps passer. Et maintenant María lui semblait une étrangère.

Sofía relut la lettre, le cœur battant. Comment Chiquita avait-elle fait pour la retrouver ? L'adresse sur l'enveloppe était exacte, le code postal compris. Elle réfléchit, triturant la lettre avec des doigts tremblants. Puis elle se souvint : Eva avait dû l'avoir par Zaza. Elle fut prise d'un étourdissement. Après toutes ces années, l'Argentine avait fini par la rattraper. Elle n'avait plus besoin de se cacher, et au fond elle en était soulagée.

Dix ans s'étaient écoulés depuis sa conversation sur ce banc avec Eva. Dix ans. Tout aurait été différent si elle l'avait écoutée à l'époque et était revenue dans sa famille, faisant table rase du passé. Depuis, dix autres années d'éloignement étaient venues s'ajouter aux quatorze premières pour en former vingt-quatre en tout. Une éternité. Pouvait-on encore renouer des liens brisés après tout ce temps ? Se souviendraient-ils seulement d'elle ?

Sofía partit à cheval dans les collines gelées. Dans les premiers rayons du soleil levant, la campagne scintillait comme saupoudrée de paillettes bleues. Pas un nuage ne troublait l'azur irisé du ciel. Elle songeait aux dix dernières années de sa vie. India était née fin 86, et même si au début Honor avait manifesté peu d'intérêt pour le bébé, à présent et malgré une différence d'âge de trois ans et demi, les deux sœurs étaient devenues inséparables. Honor était directe et indépendante ; India, plus calme, plus casanière. Les années avaient passé à vive allure. Des années de bonheur. Et pourtant, sous la surface de ce bonheur paisible affleurait le souvenir obsédant de Santi. Pas un jour ne s'écoulait sans que quelque chose – une pensée fugace, la plus fortuite des associations – ne le lui rappelle. Elle gardait toujours la mousseline de Santiguito sous son matelas. Plus par habitude que par nostalgie. Ses deux filles se partageaient désormais son cœur. Santiguito était perdu quelque part dans le monde, perdu à jamais. Mais elle ne se décidait pas à jeter le vieux chiffon. C'était tout ce qui lui restait de son fils et, d'une certaine façon, de Santi. Il demeurait donc écrasé entre le matelas et le sommier, malgré le peu d'attention qu'elle lui accordait.

En galopant à travers les collines, Sofía eut la sensation aiguë d'être vivante. Elle pensa à la vie. La vie avec son énergie, ses émotions... ses aventures. Et María qui allait quitter tout cela. Brusquement, le passé prit une importance énorme car María ne ferait plus partie de l'avenir. Sofía tenta de s'y raccrocher, mais, comme le sable, le passé lui filait entre les doigts, ne lui laissant pas d'autre choix que d'aller de l'avant. Aller vers María.

« Je regrette que ta cousine soit malade, mais je suis content que quelque chose t'ait enfin ramenée à la raison », lui avait dit David. Elle avait du mal à se séparer des enfants, mais il affirma qu'il s'en occuperait, son voyage était trop important. Elle avait envie de partir et redoutait en même temps ce qu'elle allait trouver là-bas. David ne connaissait que la moitié de l'histoire ; il ne se doutait pas que l'homme qu'elle avait aimé vivait à Santa Catalina. S'il l'avait su, il ne se serait pas empressé de hâter son départ. Elle se demandait si sa décision de ne pas lui parler de Santi ne lui avait pas été dictée par le désir inconscient de garder la porte ouverte. Pour cette même raison, elle ne dit rien à Dominique.

David insista pour qu'elle fasse ses bagages sur-le-champ. Elle n'avait pas de temps à perdre en tergiversations. « Sois pratique, lui dit-il. Tu vas rendre visite à María, point. Le reste, tu verras sur place. »

Il l'accompagna à l'aéroport avec Honor et India, pour qui les avions évoquaient climats chauds et départs en vacances, et lui acheta une tonne de magazines à lire pendant le vol. Son agitation n'échappa pas à Sofía : il adoptait toujours un ton brusque quand il était inquiet, parlant trop vite, s'attardant sur des détails futiles.

« Chérie, tu ne veux pas un roman aussi ? » Il prit un Jilly Cooper et le retourna pour parcourir le texte au dos de la couverture.

« Non, j'ai suffisamment de lecture, répondit Sofía avant de remercier India qui accourait avec un paquet géant de Snickers. Je ne pourrai jamais manger tout ça, trésor. Si vous demandez gentiment à papa, il vous permettra peut-être de choisir quelque chose pour vous », ajouta-t-elle en regardant Honor se servir dans un paquet de pralines qui n'avait pas été payé.

Les adieux furent pénibles. Elle tardait à les laisser, jusqu'à ce que, vaincue par l'émotion, India fonde en larmes. Passant un bras autour de sa sœur, Honor promit à Sofía de lui remonter le moral dans la voiture.

« Je ne m'en vais pas pour longtemps, mon petit cœur. Je serai de retour avant que tu aies le temps de t'ennuyer de moi. » Elle serra la fillette sanglotante contre elle. « Je t'aime tellement, souffla-t-elle, l'embrassant sur sa joue humide.

— Moi aussi, je t'aime, maman, hoqueta India, pendue à son cou tel un bébé koala. Je ne veux pas que tu partes.

— Mais papa est là, il s'occupera de toi. »

Sofía lui essuya le visage avec ses pouces. L'enfant hocha la tête, s'efforçant d'être courageuse. La lèvre inférieure d'Honor frémit légèrement lorsqu'elle embrassa sa mère, mais elle savait qu'elle se devait d'être forte pour deux. David étreignit sa femme et lui souhaita bonne chance.

« Appelle-moi quand tu seras arrivée, d'accord ? » Et il posa ses lèvres sur celles de Sofía, longuement, priant pour qu'elle lui revienne vite.

Elle agita la main à l'adresse de sa petite famille avant de franchir le contrôle des passeports. India avait réussi à esquisser un pâle sourire, mais, une fois sa mère disparue, elle se remit à pleurer de plus belle. David la souleva dans ses bras, prit Honor par la main, et ils quittèrent l'aéroport pour rentrer à la maison.

Ce fut seulement avant l'atterrissage à Buenos Aires que Sofía prit conscience de sa situation. Voilà vingt-quatre ans qu'elle n'avait pas mis les pieds en Argentine. Elle n'avait revu aucun membre de sa famille pendant tout ce temps, même si elle savait par Dominique que ses parents avaient tout fait pour retrouver sa trace au début. Mais Sofía avait préféré couper les ponts. Incapable de leur pardonner de l'avoir chassée de la maison, elle avait pris un plaisir pervers à l'idée de les faire souffrir. Dominique l'avait protégée. Au fil des ans, cependant, elle avait découvert que son pays natal lui manquait cruellement, pour finalement s'avouer que seul l'orgueil représentait encore un obstacle à son retour. Combien de fois David avait-il essayé de la convaincre d'y aller ! « Je viendrai avec toi, je serai à tes côtés. On ira ensemble. Il faut que tu oublies ta rancune. » Mais Sofía n'avait pas réussi à oublier. Elle n'avait pas réussi à vaincre son orgueil. À présent, elle appréhendait la réaction des siens lors des retrouvailles.

Son Argentine, elle la voyait, la sentait telle qu'elle l'avait laissée vingt-quatre ans auparavant. Elle n'était pas préparée au changement. Quand l'avion amorça sa descente sur l'aéroport d'Ezeiza, la ville vue du ciel, dans la lumière rosée du matin, lui apparut pratiquement inchangée. Une vague d'émotion la submergea. Elle rentrait chez elle.

Personne ne l'attendait à l'aéroport. Et pour cause, elle n'avait pas prévenu de son arrivée. Elle aurait dû téléphoner, mais à qui ? Elle avait choisi de brûler ses vaisseaux, elle n'avait donc aucun recours, aucun. Dans le temps, elle aurait appelé Santi. Mais ce temps-là était révolu à jamais.

Dès sa descente d'avion, elle se trouva plongée dans une atmosphère merveilleusement familière, humide et caramélisée. La peau moite, les sens en ébullition, elle regarda les employés basanés qui déambulaient dans l'aérogare dans leurs uniformes impeccables en bombant le torse. Pendant qu'elle attendait ses bagages, elle contempla les autres voyageurs, les écouta bavarder en espagnol avec le pétillant accent argentin et se sentit enfin chez elle. Se dépouillant tel un serpent de sa peau anglaise, elle franchit la douane en *Porteña*[1] qu'elle avait été.

Un océan de visages bruns l'accueillit de l'autre côté ; çà et là on apercevait des pancartes avec les noms des arrivants. Ailleurs, des familles entières avec enfants et même des chiens qui s'égosillaient et aboyaient dans l'air étouffant étaient venues chercher un parent ou un ami de retour d'une terre lointaine. Leurs regards suivirent Sofía qui fendait la foule avec son chariot.

« *¿Taxi, señora?* » demanda un *mestizo* en tortillant d'un doigt paresseux le bout de sa moustache.

Elle acquiesça d'un signe de tête. « *Al Hospital Alemán.*

– *¿De dónde es?*[2] » s'enquit-il en poussant le chariot dehors, dans la lumière aveuglante.

Était-ce la question du chauffeur ou bien le bitume chauffé à blanc, mais Sofía eut un mouvement de recul. « De Londres », répondit-elle, hésitante. Apparemment, elle parlait espagnol avec un accent étranger.

Une fois à l'arrière du taxi noir et jaune, elle s'installa près de la vitre ouverte qu'elle descendit aussi bas qu'elle le put. Le chauffeur alluma une cigarette et mit la radio. Ses mains brunes et rugueuses effleurèrent la blanche silhouette de la Vierge suspendue au rétroviseur avant qu'il ne fasse tourner le moteur.

« Vous suivez le foot ? cria-t-il. L'Argentine a battu l'Angleterre en Coupe du monde en 1988... Vous avez sûrement entendu parler de Diego Maradona ?

– Écoutez, je suis argentine, mais j'ai vécu en Angleterre ces derniers vingt-quatre ans, répliqua-t-elle, exaspérée.

1. Habitante de Buenos Aires.
2. D'où êtes-vous ?

— Non ! souffla-t-il en expirant le « O » avec force.

— Si.

— Non, répéta-t-il, incrédule, s'imaginant mal comment on pouvait vouloir quitter l'Argentine. Et qu'avez-vous ressenti pendant la guerre des *Malvinas* ? »

Il l'observait dans le rétroviseur. Elle aurait préféré qu'il regarde la route, mais les années de vie en Angleterre lui avaient appris la retenue. Une vraie Argentine l'aurait déjà engueulé. Il klaxonna vigoureusement la voiture qui venait de caler devant lui et la doubla par la droite, agitant le poing à l'adresse du conducteur non moins énervé.

« *¡Boludo!* soupira-t-il, tirant sur la cigarette qui pendait mollement au coin de sa bouche. Alors qu'avez-vous ressenti ?

— Ç'a été très pénible. Mon mari est anglais. Ç'a été une période difficile pour tous les deux. On était l'un et l'autre contre cette guerre.

— Je sais, c'était une histoire entre les gouvernements... les gens, on ne leur avait pas demandé leur avis. Ce connard de Galtieri... J'étais *Plaza de Mayo* [1] en 82 avec des milliers d'autres pour l'applaudir d'avoir envahi les îles et ensuite, quelques mois plus tard, pour réclamer sa tête. C'était une guerre inutile. Tout ce sang versé, et pour quoi ? Une diversion, voilà ce que c'était. Une diversion. »

Tandis qu'ils se frayaient un passage sur la voie express qui débouchait en plein centre de Buenos Aires, Sofía examinait par la fenêtre un univers qui évoquait une vieille connaissance, mais avec une expression différente. Comme si on avait construit pardessus ses souvenirs, nettoyé la rouille avec laquelle elle avait grandi et qui était si chère à son cœur. En traversant la ville, elle remarqua que les parcs étaient impeccablement entretenus et fleuris à la perfection. Les vitrines encadrées de cuivre étincelant exposaient les dernières collections des grandes marques ; on se serait cru davantage à Paris que dans une ville sud-américaine.

« C'est incroyable, s'extasia-t-elle, comme la ville paraît... je dirais presque florissante.

— Vous dites que vous n'êtes pas revenue ici depuis vingt-

1. Place de Mai, où se trouve le palais présidentiel.

quatre ans, *iqué barbaridad!*[1] Vous avez raté les années Alfonsín quand l'inflation avait atteint un tel niveau que j'étais obligé de réimprimer ma feuille de tarifs tous les jours, sinon deux fois par jour. J'en suis arrivé à demander des dollars, c'était le seul moyen de ne pas perdre d'argent. Il y a des gens, vous savez, qui ont perdu toutes leurs économies du jour au lendemain. C'était terrible. Mais ça va mieux maintenant. Menem est un bon président. Un bon président, fit-il, hochant la tête avec approbation. L'austral a été remplacé par le peso ; un peso pour un dollar. Ça tout changé. On peut compter à nouveau sur notre monnaie et on en est fiers. Imaginez un peu, un peso pour un dollar !

– Les rues ont embelli à un point... regardez-moi ces boutiques !

– Attendez de voir les centres commerciaux, Patio Bulrich et maintenant, en plus branché, Paseo Alcorta. On a l'impression d'être à New York. Toutes ces fontaines, ces cafés, ces magasins. Et les capitaux étrangers, tout le monde veut investir chez nous ! »

Sofía se retourna tandis qu'ils passaient devant un parc magnifique.

« Ce sont les grandes entreprises qui les entretiennent. Ça leur fait une bonne pub, et nos enfants peuvent y jouer », annonça l'homme fièrement.

L'odeur de diesel mêlée au parfum des arbustes et des fleurs et à l'arôme sucré de chocolat et de *churros*[2] vendus dans les *kioscos* lui montait à la tête. Un garçon à la peau foncée traversa la chaussée en direction du parc, tenant en laisse une vingtaine de chiens de race qui trottinaient avec empressement à ses côtés. Le chauffeur se brancha sur un match de foot entre Boca, qu'il supportait visiblement, et River Plate, et Sofía comprit qu'il ne fallait plus rien attendre de lui. Lorsque Boca marqua un but, il donna un coup de volant tellement brusque qu'il aurait frôlé l'accident si toutes les voitures n'avaient pas fait la même chose. Une fois de plus, il brandit son poing par la fenêtre et klaxonna pour exprimer sa joie. Sofía regarda la petite Vierge en porcelaine osciller de gauche à droite, et peu à peu son rythme hypnotique la plongea dans la torpeur.

1. C'est incroyable.
2. Beignet que l'on trempe dans le chocolat chaud.

Finalement, le taxi s'arrêta devant l'*Hospital Alemán*, et elle régla la course avec des pesos qui ne lui étaient guère familiers. Il fut un temps où l'on ne serait jamais descendu en premier, de peur que le conducteur ne redémarre avec les bagages dans le coffre, mais Sofía était trop pressée de sortir. Elle se sentait barbouillée. Le chauffeur déposa ses deux sacs sur le trottoir et retourna à sa radio. Elle le regarda s'éloigner en brinquebalant et se fondre dans le flot bruyant de la circulation.

Fatiguée par treize heures de vol, les nerfs à fleur de peau, Sofía alla directement à la réception avec ses bagages et demanda María Solanas. L'infirmière fronça les sourcils, puis son visage s'éclaira, et elle hocha la tête. « Ah oui ! » Elle n'avait pas l'habitude qu'on utilise le nom de jeune fille de María. « Vous devez être sa cousine... elle nous a beaucoup parlé de vous. » Sofía sentit le feu lui monter aux joues. Que lui avait-on raconté, au juste ? « Vous avez de la chance, elle sort aujourd'hui. À un jour près, vous l'auriez manquée.

– Ah bon », fit Sofía machinalement. Elle ne savait que répondre.

« Vous êtes matinale, normalement les visites sont autorisées à partir de neuf heures.

– Je suis venue exprès de Londres, expliqua-t-elle avec lassitude. María n'est pas au courant. Je voudrais passer un moment avec elle avant l'arrivée de la famille. Je suis sûre que vous comprenez.

– Tout à fait, acquiesça l'infirmière chaleureusement. J'ai vu vos photos. María adore nous montrer les photos. Vous avez l'air... » Elle hésita, gênée, comme si elle craignait soudain de commettre un impair.

« Plus mûre ? suggéra Sofía obligeamment.

– Peut-être, marmonna l'infirmière, rougissante. Je sais qu'elle sera heureuse de vous voir. Vous n'avez qu'à monter... c'est au deuxième étage, chambre 207.

– Comment va-t-elle ? hasarda Sofía, histoire de se préparer un peu avant d'affronter sa cousine.

– C'est quelqu'un de très courageux et de très attachant aussi. Nous aimons tous beaucoup la *señora* Maraldi », répliqua l'infirmière en insistant sur « Maraldi ».

Sofía se dirigea vers l'ascenseur. Ce nom lui était étranger. Elle eut l'impression que María lui échappait, s'éloignait d'elle tel un esquif qui se perd dans la brume. Chez elle, en Angleterre, quand elle avait appris la maladie de sa cousine, la nouvelle lui avait paru trop abstraite, trop loin de sa propre réalité pour l'affecter comme elle l'affectait maintenant. L'odeur de détergent, le bruit de ses pas sur le linoléum qui tapissait les longs couloirs, les infirmières qui allaient et venaient rapidement avec des plateaux de médicaments, la pénombre qui régnait toujours dans les hôpitaux percèrent le voile qui obscurcissait sa conscience, et elle eut peur. Peur de revoir sa cousine après tant d'années. Peur qu'elle ne la reconnaisse pas. Peur d'être indésirable.

Sofía hésita à la porte, ne sachant ce qu'elle allait trouver de l'autre côté. Puis elle prit son courage à deux mains et entra. Dans la pâle clarté du matin, elle distingua une silhouette inconnue couchée entre les draps blancs. Manifestement, elle s'était trompée de chambre et avait troublé par inadvertance le sommeil de quelque pauvre malade. Embarrassée, elle marmonna des excuses. Elle allait battre en retraite quand une petite voix l'appela par son nom.

« Sofía ? »

Se retournant, elle cligna des yeux. C'était bien le visage angélique de sa cousine, blême et décharné, qui lui souriait. Le souffle coupé, elle tituba jusqu'au lit et s'agenouillant, pressa son front contre la main tendue de María. Cette dernière était trop surprise pour parler, et Sofía, trop bouleversée pour la regarder. Longtemps, elle resta sans bouger, anéantie par ce qu'elle venait de voir. La maladie avait complètement transformé María, à un point tel qu'elle ne l'avait pas reconnue.

Sofía mit un moment à se ressaisir. Elle ne parvint à lever les yeux que pour s'écrouler de nouveau, et pendant tout ce temps, pendant qu'elle s'abandonnait à son chagrin, María demeura étonnamment calme et sereine. Enfin, elle réussit à la voir clairement. Pâle et émaciée, sa cousine souriait en dépit du terrible mal qui la rongeait.

« J'espérais tant que tu reviendrais... tu m'as tellement manqué, Sofía, chuchota-t-elle, non parce qu'elle n'avait pas la force de parler, mais pour ne pas rompre le charme de cet instant magique.

— Oh, María, tu m'as manqué aussi ! Si tu savais, renifla Sofía.

— C'est drôle, tu parles espagnol avec un accent !

— Ah oui ? » fit Sofía tristement. Encore une part d'elle-même qu'elle avait égarée en chemin.

« Qui t'a prévenue ? demanda María en fixant ses yeux noyés de larmes.

— Ta mère, elle m'a écrit.

— Ma mère ? Je ne savais même pas qu'elle avait ton adresse. Elle a dû vouloir garder le secret, au cas où tu ne viendrais pas. *Qué divina*[1]. » Elle eut un petit sourire, le sourire reconnaissant de quelqu'un qui chérit chaque mot, chaque geste tendre car, face à la mort, l'amour est l'unique réconfort.

« Tu as une mine superbe. » Elle caressa la joue de Sofía, essuyant ses larmes. « Ne sois pas triste, je suis plus forte que j'en ai l'air. C'est parce que j'ai perdu mes cheveux. Plus besoin de les laver maintenant, ajouta-t-elle gaiement, quel soulagement !

— Tu vas t'en sortir. »

Mélancolique, María secoua la tête. « Non, c'est trop tard. À vrai dire, mon cas est tellement désespéré qu'on me renvoie chez moi, à Santa Catalina.

— Mais il y a sûrement quelque chose à faire ! Ils ne peuvent pas baisser les bras. Tu dois vivre pour un tas de raisons !

— Je sais. Mes enfants pour commencer. Je m'inquiète constamment pour eux. Enfin, ils ne manqueront pas d'amour. Eduardo est un homme merveilleux. Voyons, ça ne sert à rien de se lamenter. Tu es revenue, et c'est tout ce qui compte. Je suis si heureuse ! » Ses grands yeux se remplirent de larmes.

« Parle-moi de ton mari. On a tant de temps à rattraper. S'il te plaît, parle-moi de lui.

— Eh bien, il est médecin. Il est grand, maladroit et très bon. Je l'aime infiniment. C'est mon rayon de soleil, il a été formidable depuis le début de tout ce gâchis.

— Et tes enfants ?

— On en a quatre.

— Quatre ! s'exclama Sofía, impressionnée.

— Ici, ce n'est rien, l'aurais-tu oublié ?

— Je n'en reviens pas qu'une aussi petite personne puisse mettre autant d'enfants au monde.

1. Quel amour !

— Je n'étais pas petite à l'époque, crois-moi. J'étais tout sauf petite, rit-elle.

— Je veux les rencontrer tous. Je veux les connaître. Ce sont mes cousins aussi !

— Évidemment. Tu les verras à Santa Catalina. Ils me rendent visite tous les jours. Eduardo sera là d'une minute à l'autre. Il vient le matin, après le déjeuner et passe les soirées avec moi. Je suis obligée de le chasser pour qu'il retourne à la maison ou au cabinet. Il a l'air si fatigué. Je me fais du souci pour lui. Je me demande comment il va s'en sortir quand je ne serai plus là. Au début, c'était lui, ma béquille, mais maintenant, malgré ma maladie, j'ai l'impression que c'est l'inverse. L'idée de l'abandonner m'est insupportable.

— Je suis sidérée par le calme avec lequel tu parles de la mort », fit Sofía tout bas, le cœur gonflé d'amour et de tristesse. Bouleversée par le courage de María, elle songeait, honteuse, à son propre orgueil égoïste dont elle mesurait à présent toute la mesquinerie. Hélas, certaines erreurs étaient irrattrapables. Ni l'une ni l'autre n'osaient prononcer le nom de Santi.

« Et où est donc la Sofía avec laquelle j'ai grandi ? Qu'est-il arrivé à ton esprit bagarreur ?

— María, je ne t'ai jamais connue aussi forte. *Por Dios*, c'est moi qui étais censée être la plus forte des deux.

— Non, tu faisais semblant d'être forte, Sofía, tu étais turbulente et rebelle pour attirer l'attention de ta mère qui n'avait d'yeux que pour tes frères.

— Peut-être.

— J'ai eu des moments de désespoir, de peur, crois-moi. Je me disais : "Pourquoi moi ? Qu'ai-je fait pour mériter une fin aussi lamentable ?" Mais à la longue, on apprend à composer, à accepter et à essayer de vivre ses derniers jours le mieux possible. J'ai placé ma confiance en Dieu. Je sais que la mort n'est qu'un passage vers une autre vie. Ce n'est pas un adieu, c'est un au revoir. J'ai la foi », dit-elle sereinement, et Sofía sentit qu'en effet elle avait trouvé une forme de paix intérieure.

« Comme ça, tu as épousé un producteur de théâtre ? demanda María avec entrain.

— Comment le sais-tu ? s'étonna Sofía.

— Parce qu'il y a eu un article où il était question de toi pendant la guerre des Malvinas.

— Ah bon ?

— Oui, une Argentine vivant à Londres à l'époque du conflit. Il y avait même une photo. Tout le monde l'a vue.

— Comme c'est étrange ! Je pensais beaucoup à vous tous en ce temps-là. J'avais l'impression de trahir mon pays.

— Tu as l'air très anglaise. Qui l'aurait cru ? Alors, comment est-il ?

— Bien plus âgé que moi. Gentil, très fin, un père merveilleux. Il me traite comme une princesse, déclara Sofía fièrement, se représentant le visage intelligent de David.

— Veinarde. Et combien d'enfants ?

— Deux filles, Honor et India.

— Quels jolis noms ! Honor et India, répéta sa cousine. Ça fait très anglais.

— C'est ce qu'elles sont. » Au souvenir d'India en train de sangloter à l'aéroport, Sofía éprouva momentanément une bouffée d'angoisse avant que la voix de María ne la ramène à l'instant présent.

« J'ai toujours su que d'une manière ou d'une autre tu aurais un lien avec le théâtre. Tu as été une diva depuis le jour de ta naissance. Tu te rappelles les pièces qu'on montait quand on était enfants ?

— C'était moi, le garçon, s'esclaffa Sofía.

— Parce que les garçons ne voulaient pas participer. Dommage. Et tu te souviens comment tu avais fait payer les adultes pour nous voir ?

— Oui. Qu'est-ce qu'on a fait de l'argent ?

— En principe, il devait aller à une œuvre de bienfaisance. Mais, à mon avis, on a tout dépensé au *kiosco.*

— Tu te rappelles la fois où Fercho a soudoyé Agustín pour qu'il débarque tout nu en plein milieu de notre danse finale ?

— Oh oui ! Cher Fercho. Tu sais qu'il est en Uruguay ? soupira María.

— Oui. J'ai revu Eva Alarcón... tu te souviens d'Eva ?

— Bien sûr. Elle a épousé ton Roberto.

— Il n'a jamais été mon Roberto ! protesta Sofía, sur la défensive. Bref, ils sont venus en Angleterre, et c'est comme ça que j'ai appris les dernières nouvelles.

— Agustín est toujours à Washington. Il vient nous voir tous les ans, même si sa femme n'est pas vraiment d'accord. Pauvre Agustín, c'est tout juste s'il a le droit de rentrer chez lui. Je crois que sa femme n'est pas très gentille. Il méritait mieux. Mais Rafa est ici avec Jasmina. Ils ont de très beaux enfants. Jasmina te plaira beaucoup. »

María lui parla du passé. Peut-être pour que sa cousine se sente moins exclue ou que les années écoulées lui paraissent moins longues. Sofía écoutait, tantôt émue, tantôt amusée, l'histoire de sa famille à partir du moment où elle avait été séparée d'eux.

Lorsqu'elle eut terminé, Sofía, toujours agenouillée à côté du lit, continuait à serrer sa main squelettique dans la sienne. María, autrefois si « féminine », comme disait Paco, n'était plus que l'ombre d'elle-même, elle avait perdu tous ses cheveux, mais son sourire avait gardé l'innocence des instants de bonheur qu'elles avaient partagés à Santa Catalina, et Sofía aurait donné n'importe quoi pour revenir en arrière, revivre cette époque bénie.

« Sofía, toutes ces années..., murmura María tristement.

— Oh, María, si tu savais... »

Mais elle la fit taire d'un geste de la main. « Sofía, je suis vraiment désolée.

— Moi aussi. J'ai eu tort d'attendre aussi longtemps. J'aurais dû...

— Laisse-moi parler, tu ne connais pas toute la vérité.

— Quelle vérité, María ? »

Une lueur de repentir brillait dans les grands yeux noisette de sa cousine. Elle déglutit avec effort, luttant contre l'émotion qui menaçait de la submerger, le poids de la culpabilité qui lui avait empoisonné l'existence durant toutes ces années.

« Je t'ai menti, Sofía. Je t'ai menti et j'ai menti à Santi. » María détourna la tête, elle avait trop honte.

« Comment ? Que veux-tu dire ? » Un courant d'air froid s'infiltra sous la porte, et Sofía frissonna. Pas toi, María, pria-t-elle silencieusement. S'il te plaît, pas toi !

« J'ai été très en colère quand j'ai appris que tu avais eu une histoire avec mon frère. Toi qui me disais tout, tu m'avais complètement évincée. J'ai été parmi les derniers à savoir, alors que j'étais censée être ta meilleure amie. » De grosses larmes roulèrent sur ses joues pour atterrir sur l'oreiller.

« Je ne pouvais pas t'en parler, María. Je ne pouvais en parler à personne. Tu as bien vu la réaction ! Jamais on ne m'aurait laissée épouser mon cousin germain. C'était scandaleux !

– Je sais, mais je me sentais exclue, et puis tu es partie. Tu n'as écrit qu'à Santi. Moi, je n'ai pas eu droit à une seule ligne. Comme si je n'existais pas. »

Sofía comprit alors où elle voulait en venir.

« Tu as intercepté mes lettres ? » fit-elle lentement malgré le tumulte qui régnait dans son esprit. Jamais elle n'aurait cru ça de sa cousine, si elle ne l'avait pas entendu de sa propre bouche. Cela lui ressemblait si peu ! Et pourtant, elle n'arrivait pas à la haïr. María était en train de mourir. Non, elle ne pouvait la haïr.

« J'ai vu maman souffrir. Elle était inconsolable. On se sentait tous trahis. Attristés. Notre famille a éclaté. Pendant un an, maman et Anna se sont à peine adressé la parole ! Il a fallu des années, littéralement des années, pour que tout rentre dans l'ordre. Santi était promis à un brillant avenir. Papa se désespérait à l'idée qu'il laisse tout tomber à cause de toi. Alors je t'ai écrit pour...

– Me dire qu'il était amoureux de Máxima Marguiles. » Cette lettre-là avait sonné le glas des rêves de Sofía, ses désirs les plus chers avaient volé en éclats tel un miroir qui se brise. L'année qui avait suivi avait été la plus sombre de sa vie. Pas étonnant qu'il ne lui ait jamais écrit, il attendait qu'elle lui donne de ses nouvelles. Il n'aurait su où la contacter. Il avait dû attendre comme elle. Il n'avait pas cessé de l'aimer. Écrasée par l'énormité de ces révélations, elle s'assit par terre, muette, vidée de toute émotion. Elle avait abandonné son enfant en pensant que Santi ne voulait pas d'eux. Ces vingt-quatre dernières années avaient été fondées sur un mensonge, un malentendu. María ne se doutait pas de ce qu'elle avait fait.

« Pardonne-moi, Sofía. S'il te plaît, essaie de comprendre. Je t'ai menti. Il n'y a jamais eu de Máxima Marguiles. Santi était malheureux sans toi. » María inspira profondément et ferma les yeux. Elle avait l'air si frêle, si fatiguée. Le teint cireux, elle ressemblait presque à un cadavre ainsi, les yeux clos, n'était-ce le mouvement régulier de sa respiration.

Sofía se recroquevilla sur le lino frais de la chambre. Toutes ces longues heures passées à espérer et à prier pour qu'il vienne la chercher. Pas étonnant qu'il ne soit pas venu.

« Mais tu aurais pu rentrer, Sofía, tu n'étais pas obligée de disparaître pour toujours.

– Je n'ai pas disparu, on m'a mise à la porte ! s'emporta-t-elle.

– Et tu n'es pas revenue. Pourquoi ? S'il te plaît, dis-moi que ce n'est pas à cause de moi ! » María rouvrit les yeux et lui lança un regard implorant. « Dis-le-moi !

– Je ne suis pas revenue parce que...

– Tu avais tout ici, tout le monde t'aimait, pourquoi y avoir renoncé ?

– Parce que..., s'étrangla-t-elle, éperdue.

– Pourquoi, une fois que vos sentiments s'étaient émoussés avec le temps, pourquoi n'es-tu pas rentrée ? Je me suis sentie coupable pendant si longtemps ! S'il te plaît, dis-moi que ce n'est pas parce que tu m'en voulais. Pourquoi, Sofía, pourquoi ?

– Parce que, si je ne pouvais pas avoir Santi, je n'avais plus rien à faire en Argentine, ni à Santa Catalina. » À travers ses larmes, Sofía vit l'expression de sa cousine passer de la contrition à la stupeur.

« Tu l'aimais donc à ce point ? Je suis désolée. »

Sofía était incapable de proférer un son. Une énorme boule d'angoisse lui obstruait la gorge. María la contemplait anxieusement.

« Alors c'est ma faute, fit-elle, mélancolique. J'ai eu tort. Je n'avais pas le droit de me mêler de ta vie. Je n'avais pas le droit de te priver de ton amour. »

Levant la tête, Sofía sourit avec amertume.

« Personne ne m'en a privée, María. J'aimerai Santi jusqu'à ma mort. »

À peine eut-elle prononcé ces paroles que la porte s'ouvrit, et Santi entra dans la chambre. Sofía était toujours assise par terre. Le soleil inonda la pièce, et elle plissa les yeux, éblouie. Il ne la reconnut pas tout de suite et sourit poliment. Ses yeux verts étaient teintés de tristesse, la fraîcheur de la jeunesse avait cédé la place aux rides et autres marques du temps, lui conférant le charme de la maturité. Sa silhouette s'était épaissie, mais autrement, c'était toujours le même irrésistible Santi.

Une lueur soudaine traversa son regard : il rougit, puis pâlit.

« Sofía ? souffla-t-il.

– Santi. »

Elle eut envie de se jeter dans ses bras, de se blottir dans son odeur familière, mais déjà une petite brune gracile pénétrait dans la chambre, suivie d'un homme grand et maigre, et elle n'eut pas d'autre choix que de rester auprès de María.

« Sofía, je te présente Claudia, la femme de Santi, et mon mari, Eduardo », dit María, qui avait senti son désarroi.

Rien n'avait préparé Sofía à cette rencontre. Elle avait beau savoir qu'il était marié depuis des années, comme elle, dans ses rêves il lui appartenait toujours. Elle se releva, accablée, et leur serra la main, évitant délibérément de les embrasser. Elle ne pouvait se résoudre à embrasser la femme qui avait pris sa place dans le cœur de Santi.

« Je dois y aller, María », fit-elle, pressée de quitter l'hôpital. Il fallait qu'elle sorte. Elle avait besoin d'être seule pour réfléchir.

« Où es-tu descendue ? s'inquiéta sa cousine.

– À l'*Alvear Palace.*

– Alors Santi pourra peut-être t'emmener à Santa Catalina, hein, Santi ? »

Médusé, il hocha la tête sans la quitter des yeux. « Bien sûr », marmonna-t-il.

Au moment où Sofía passait devant lui, leurs regards se croisèrent une fraction de seconde, et elle reconnut le Santi avec lequel elle avait grandi, celui qu'elle avait aimé. En ce bref instant, elle se rendit compte que son retour lui réservait probablement plus de tourments qu'elle n'en avait connu lors de son départ vingt-quatre ans plus tôt.

37

Jeudi 6 novembre 1997

Sofía arriva à son hôtel nerveusement épuisée. Une fois dans la chambre, elle se débarrassa de ses vêtements froissés et moites de sueur après le voyage et se rua sous la douche. L'eau rejaillit sur sa peau, l'enveloppa d'une fine brume. Elle avait envie de s'y perdre. De laisser l'image de Santi se dissoudre dans la vapeur. Seulement les larmes vinrent aussi abondamment que l'eau, et le visage de Santi refusa de disparaître. Elle se permit alors le luxe de sangloter à grand bruit dans l'intimité de la salle de bains. Lorsqu'elle émergea, sa peau était aussi fripée que celle d'un rhinocéros, et les yeux lui brûlaient à force de pleurer.

Sofía ne s'était guère attendue à tomber sur Santi. Du moins, pas dans l'heure suivant son arrivée au pays. Ses nerfs n'avaient pas été préparés au double choc. La vision du pauvre corps de María rongé par la maladie l'avait suffisamment bouleversée sans qu'elle ait à affronter en plus l'homme qu'elle n'avait jamais cessé d'aimer. Elle aurait préféré le voir à un moment de son choix. D'ailleurs, elle devait avoir une tête épouvantable. Sofía se crispa. Sa vanité en avait pris un coup car, malgré tout ce qui les séparait à présent, elle voulait que Santi continue à la trouver désirable.

D'après ce que María lui avait dit, chacun s'était cru trahi par l'autre. Depuis qu'il connaissait la vérité, que pensait-il ? Et s'il avait attendu jusqu'au jour où il s'était persuadé qu'elle l'avait bel et bien oublié ? S'il avait espéré son retour pour découvrir pourquoi les années passaient sans qu'elle donne signe de vie ? Elle en était malade tant elle avait envie de le serrer dans ses bras, de lui dire les jours, les mois durant lesquels elle avait vainement attendu une lettre de lui, avant de renoncer définitivement. Que d'années gâchées ! Et maintenant ?

Sofía tendit la main vers le téléphone. Elle aurait voulu parler à David, rien que pour entendre sa voix. En revoyant Santi, elle avait senti le danger et se méfiait d'elle-même. Mais juste au moment où elle allait composer le numéro, le téléphone sonna. Elle décrocha avec un soupir.

« Le *señor* Rafael Solanas pour vous à la réception.

– À la réception ? » Les nouvelles allaient vite à Buenos Aires. « Dites-lui de monter. »

Elle enfila le peignoir éponge blanc de l'hôtel et brossa ses cheveux mouillés en arrière. Puis elle examina ses yeux bouffis dans la glace. Comment Rafael la reconnaîtrait-il alors qu'elle avait du mal à se reconnaître elle-même ? Comment allait-il réagir ? Elle ne l'avait pas vu depuis une éternité.

Lorsqu'il frappa, Sofía contempla la porte sans bouger, comme si elle allait s'ouvrir d'elle-même. Il frappa à nouveau, impatiemment cette fois, et elle fut bien obligée de le faire entrer.

Immobiles, ils se dévisagèrent un instant. Son frère n'avait pas changé. Ou alors peut-être en mieux. Il avait l'air heureux, et son bonheur irradiait telle une aura qui semblait englober tous ceux qui l'approchaient. Il sourit et, refermant les bras autour d'elle, la souleva de terre comme une enfant. Instinctivement, elle lui rendit son étreinte avec la même affection. Le fossé que le temps avait creusé entre eux n'existait apparemment que dans sa tête.

Au bout d'un moment, ils rirent, serrés l'un contre l'autre.

« C'est bon de te revoir », bredouillèrent-ils à l'unisson, se remettant à rire. Finalement, il la prit par la main et la fit asseoir sur le lit : ils discutèrent pendant deux bonnes heures, du passé, du présent, des années perdues. Rafael était un homme comblé par la vie. Il lui parla de Jasmina, de leur histoire d'amour au début des années soixante-dix, quand Sofía était encore à Santa Catalina. Il lui rappela qu'elle était la fille du célèbre avocat Ignacio Peña. « Maman défaillait de joie. Elle a toujours été en admiration devant Alicia Peña. » Sofía grimaça en repensant au snobisme de sa mère, mais Rafael semblait au-dessus de ces considérations mesquines, comme quelqu'un qui a trouvé le véritable équilibre. Il avait cinq enfants : l'aînée avait quatorze ans et le dernier venait de naître. Sofía se dit qu'il avait l'air trop jeune pour avoir une fille de cet âge-là.

« Tu sais que ce soir on ramène María à Santa Catalina. » Ils avaient jusque-là évité d'aborder ce sujet ; le retour à la réalité fut brutal.

« Je sais. » Le plaisir des retrouvailles s'évanouit au souvenir de sa visite matinale à l'hôpital.

« Je crois qu'elle va mourir, Sofía, mais ça sera une délivrance pour elle. Elle a tellement souffert.

— Je me sens coupable, Rafa. Si j'avais su qu'elle vivrait si peu de temps, j'aurais été moins égoïste. Je serais revenue plus tôt.

— Tu avais tes raisons, dit-il sans une once d'amertume.

— Je regrette de ne pas avoir partagé son existence. On a été si proches toutes les deux ! J'ai un tel sentiment de gâchis.

— La vie est trop courte pour avoir des regrets, disait grand-père. Tu te souviens ? »

Elle hocha la tête.

« Tu es ici maintenant. » Il lui sourit avec tendresse. « Tu n'as pas besoin de retourner en Angleterre. Tu es chez toi.

— Oh, mais il faudra bien que je rentre à un moment ou un autre. David va devenir chèvre avec les filles !

— Ce sont mes nièces, ma famille, elles n'ont qu'à venir aussi. Ta place est à Santa Catalina, Sofía. Vous devriez tous vous installer ici. »

Il parlait exactement comme leur père, pensa-t-elle.

« Rafa, c'est impossible. Ma vie est en Angleterre, tu le sais bien.

— Ce n'est pas irrémédiable. Tu as déjà vu Santi ? »

Les joues en feu, Sofía s'efforça de répondre avec naturel : « Oui, très brièvement, à l'hôpital.

— Tu as rencontré Claudia ?

— Sa femme ? Oui. Elle a l'air... très gentille. »

Il ne remarquait pas ce qu'il lui en coûtait de parler de Santi, et de sa femme surtout. Pour Rafael, c'était de l'histoire ancienne, à classer dans les archives de la mémoire.

« Je descends à Santa Catalina cet après-midi. Tu viens avec moi ? »

Sofía fut soulagée de ne pas avoir à s'adresser à Santi. Elle ne se sentait pas encore suffisamment forte pour le revoir.

« Je ne sais pas... Ça fait si longtemps que je n'ai pas vu papa et maman. Ils ne se doutent même pas que je suis ici.

– Alors ce sera une surprise ! s'exclama-t-il joyeusement.

– Pas très agréable, à mon avis. Mais je viendrai, je viendrai pour être avec María.

– Parfait. On déjeunera tard, Jasmina et les enfants sont déjà à la ferme. Comme on est jeudi, nous sommes allés les chercher à l'école pour qu'ils soient là à l'arrivée de María.

– J'ai hâte de les rencontrer, assura-t-elle en essayant de prendre un ton enthousiaste.

– Tu verras, ils vont t'adorer. »

Sofía, elle, n'en était pas aussi sûre.

Avant de partir, elle téléphona à David. Elle lui dit qu'il lui manquait, ce qui était vrai, et elle regretta soudain qu'il ne soit pas venu avec elle.

« Chérie, il valait mieux que tu y ailles seule. Il te faut du temps pour te retrouver avec les tiens », répondit-il, apparemment attendri qu'elle ait besoin de lui. Si seulement il savait à quel point elle avait besoin de lui !

« Réflexion faite, je ne suis pas certaine d'en avoir envie, dit-elle, se mordillant anxieusement l'ongle du pouce.

– Mais si, chérie, tu as peur, c'est tout.

– Tu es si loin de moi.

– Allons, ne sois pas bête.

– J'aurais préféré que tu sois là. Je ne veux pas y aller toute seule.

– Tout ira bien, crois-moi. Et puis, si ça se gâte, tu pourras toujours rentrer par le premier avion.

– C'est vrai, ça », acquiesça-t-elle, soulagée. En cas de difficulté, elle n'aurait qu'à repartir, c'était simple ! D'ailleurs, ce ne serait pas la première fois. David lui passa les filles qui jacassèrent gaiement, inconscientes du coût de la communication. Dougal, le chiot épagneul, avait mangé la plupart des chaussettes de David et grignoté le fil du téléphone. « C'est un miracle que tu aies réussi à nous joindre », gloussa Honor. Lorsqu'elle finit par raccrocher, Sofía se sentait déjà beaucoup plus forte.

Buenos Aires la perturbait. Elle avait l'impression d'y être en touriste. Elle qui avait connu sa ville jusque dans ses moindres ruelles pouvait seulement imaginer ce qu'elle était devenue. Les fantômes du passé hantaient les trottoirs et les places, rejouant à l'infini les scènes d'autrefois. Sofía se demandait si Santa Catalina lui ferait le même effet. Cette pensée la troublait profondément. Une fois de plus, elle regretta d'être revenue en Argentine.

Quel ne fut pas son soulagement lorsque, durant le trajet avec son frère, elle retrouva peu à peu les sensations familières ! Laissant derrière eux la ville tentaculaire, ils empruntèrent les longues routes rectilignes de sa jeunesse qui sillonnaient la plaine pareilles à d'anciennes cicatrices. Enchantée, Sofía respira à pleins poumons les odeurs de son enfance. L'herbe parfumée, la poussière et l'inimitable, l'enivrant eucalyptus.

Quand ils arrivèrent devant le portail de Santa Catalina, ces vingt-quatre années furent effacées comme d'un coup de baguette magique. Rien n'avait changé. Les senteurs, le soleil qui trouait de ses rayons l'allée d'érables, les chiens efflanqués, les poneys dans les prés et, à mesure qu'ils se rapprochaient, même la maison, sa maison apparut pratiquement telle qu'elle l'avait laissée. Non, rien n'avait changé ici.

Ils s'arrêtèrent à l'ombre d'un grand eucalyptus, et Sofía aperçut un groupe d'enfants qui jouaient sur les balançoires. Reconnaissant la voiture, ils accoururent vers eux. L'enthousiasme de leur accueil faillit faire trébucher Rafael. Elle comprit tout de suite que deux d'entre eux étaient ses enfants. La petite fille blonde au minois espiègle et son jeune frère, aux cheveux auburn comme ceux de sa grand-mère.

« Clara, Félix, dites bonjour à *tía* Sofía. »

Intimidé, le petit garçon se réfugia dans les jambes de son père. Sofía lui sourit. La fillette cependant vint sans hésitation vers elle et l'embrassa.

« Si tu es ma tante, comment ça se fait que je ne t'aie encore jamais vue ? questionna-t-elle, la regardant droit dans les yeux.

– Parce que j'habite en Angleterre.

– Grand-mère, elle, a vécu en Irlande. Tu connais grand-mère ?

— Oui, je connais grand-mère. C'est ma mère... tu sais que ton père et moi, on est comme toi et Félix, frère et sœur. »

Clara plissa les yeux pour mieux l'examiner.

« Mais alors pourquoi personne ne nous a parlé de toi ? »

Sofía jeta un coup d'œil à Rafael et sentit à son expression que la petite Clara devait être une vraie terreur.

« Je n'en sais rien, Clara, mais je te promets que maintenant tout le monde va parler de moi ! »

Alléchée par le parfum de scandale, l'enfant s'empara de sa main et lui annonça joyeusement que ses grands-parents étaient en train de prendre le thé sur la terrasse.

Curieusement, ce fut cette gamine, âgée peut-être d'une dizaine d'années, qui redonna confiance à Sofía. Elle avait été pareille à son âge, gâtée et imprévisible. La vie de ces enfants-là était comme un miroir de sa propre enfance. Eux aussi avaient joué sur les balançoires, exploré le terrain en bande. Santa Catalina n'avait absolument pas changé ; c'étaient les gens qui changeaient, les générations qui se succédaient comme une pièce de théâtre se déroulant dans un même décor. Sofía suivit Clara vers l'entrée de la maison. Plus tard, elle rirait en revoyant la tête de ses parents, assis selon leur habitude dans l'ombre paisible de l'après-midi, le regard perdu dans la vaste plaine. Une journée ordinaire, sans rien de particulier, rien qui pourrait déranger leur routine... du moins ils le croyaient. Leur vue ramena Sofía vingt-quatre ans en arrière, et elle gravit les marches d'un pas décidé.

Sa mère lâcha la tasse qu'elle tenait sur les dalles en terre cuite où la porcelaine se brisa en plusieurs morceaux. Portant ses longs doigts blancs au collier qui lui ornait le cou, elle le tritura fébrilement et, désemparée, se tourna vers son mari comme pour solliciter son aide. Paco, très rose, se leva en titubant. Le remords qu'elle lut dans ses yeux tristes suffit à ébranler le cœur endurci de Sofía.

« Je n'arrive pas à le croire, Sofía, est-ce vraiment toi ? » Il s'approcha en traînant les pieds pour la serrer dans ses bras. Et, comme avec Rafael, elle l'étreignit avec une affection spontanée. « Tu n'imagines pas combien nous avons attendu ce moment. Tu nous as tellement manqué ! Je suis si heureux de te voir ! » soupira-t-il, sincèrement ému. Il avait vieilli d'une manière si spectaculaire depuis son départ qu'elle sentit sa rancœur se dissiper définitivement.

Anna n'avait pas bougé. Elle aurait voulu embrasser son enfant, ainsi qu'elle se l'était représenté, mais maintenant que sa fille se tenait devant elle, l'air distant, elle ne savait que faire.

« Bonjour, maman », dit Sofía en anglais.

Et puisque Anna ne s'était pas levée pour l'accueillir, elle n'alla pas vers elle non plus.

« Sofía, quelle surprise ! Tu aurais dû nous prévenir », fit-elle, confuse. Aussitôt, elle regretta sa remarque, ce n'était pas ce qu'elle avait voulu dire. D'un geste nerveux, elle lissa ses cheveux couleur rouille noués en un chignon austère sur sa nuque. Sofía avait oublié à quel point ses yeux bleus pouvaient être froids. Malgré les années qui auraient dû gommer leurs différences, elle n'éprouvait pas la moindre tendresse à son égard. C'était une étrangère pour elle. Une étrangère qui lui rappelait vaguement quelqu'un qui avait été sa mère.

« Je sais. Je n'ai pas eu le temps, rétorqua-t-elle sèchement, ne sachant comment interpréter l'apparente indifférence d'Anna. En fait, ajouta-t-elle, je suis venue pour María.

— Bien sûr », acquiesça sa mère, recouvrant son calme.

Sofía eut l'impression que ses joues se coloraient légèrement avant que la rougeur ne se propage à sa gorge diaphane.

« Tu l'as vue ? Elle a tellement changé. » Mélancolique, Anna scruta l'horizon, comme si elle rêvait d'être loin parmi les hautes herbes et les animaux de la pampa. Loin de cette interminable souffrance humaine.

« Oui, je l'ai vue », répondit Sofía, que les paroles de sa mère avaient ramenée à la raison. Un poids soudain lui oppressait la poitrine. María lui avait montré à quel point une vie, c'était fragile, et, en regardant sa mère, elle se radoucit presque malgré elle.

À cet instant, Soledad fit irruption sur la terrasse pour balayer les débris de porcelaine, Clara surexcitée sur ses talons.

« Tu aurais vu la tête d'*abuelita* [1], elle est devenue toute blanche et elle a laissé tomber sa tasse, *imaginate...* »

1. Grand-mère.

Soledad n'avait pas vieilli, mais s'était dilatée comme une vache de concours dans un corral de village. Lorsqu'elle aperçut Sofía, un torrent de larmes jaillit de ses yeux liquides, lui inondant le visage et coulant dans sa bouche grande ouverte. Serrant Sofía sur sa poitrine opulente, elle sanglota sans retenue. « Je ne peux pas le croire. Merci, mon Dieu, merci de m'avoir rendu ma petite Sofía », hoquetait-elle.

Clara sautillait d'excitation pendant que les autres enfants se tenaient perplexes dans un coin.

« Clara, va dire à tout le monde que Sofía est revenue », demanda Rafael à sa fille. Immédiatement, celle-ci alla déléguer la tâche à ses cousins. Ils se dispersèrent à contrecœur, suivis de quelques chiens aux os saillants.

« *Tía* Sofía, ils ont tous l'air contents de te voir », déclara-t-elle dans un grand sourire, tandis que Soledad ramassait la porcelaine avec des mains tremblantes.

Sofía s'assit à la table – cette même table où elle s'était assise si souvent dans son enfance – et percha la fillette sur ses genoux. Anna l'observait d'un œil méfiant ; Paco, qui ne trouvait plus ses mots, étreignit la main de sa fille : ses larmes en disaient plus long que toutes les paroles de la terre. Rafael se servit calmement une tranche de cake.

« Pourquoi il pleure, *abuelito*[1] ? chuchota Clara à son père.

– Ce sont des larmes de joie, Clara. *Tía* Sofía est partie pendant très, très longtemps.

– Pourquoi ? » Cette fois-ci, la question s'adressait directement à Sofía.

« C'est une longue histoire, *gorda,* répondit-elle. Je te la raconterai peut-être un jour. »

Son regard croisa celui de sa mère.

« Je doute fort que ce soit une bonne idée », dit Anna en anglais. Ce n'était pas un reproche, elle s'essayait à l'humour.

« J'ai compris, j'ai compris », rit Clara qui manifestement s'amusait beaucoup. L'aura de mystère qui enveloppait sa tante la lui rendait de plus en plus sympathique.

1. Grand-père.

Avant que la conversation ne prenne un tour embarrassant, d'autres gens arrivèrent des quatre coins du domaine. Une nuée d'enfants curieux – neveux et nièces de Sofía. Chiquita et Miguel... Panchito, immense, et, à sa consternation, la belle et rayonnante Claudia. Sofía fut émue par leur accueil ; jamais elle n'aurait envisagé ni même espéré autant de chaleur et d'affection. Sa tante, Chiquita, la serra longuement dans ses bras, et Sofía lut dans ses yeux qu'elle lui était reconnaissante d'être venue réconforter María dans les derniers jours de sa vie. Elle avait l'air fatiguée et tendue, avec une expression hagarde sur son beau visage autrefois placide. Chiquita avait toujours été quelqu'un de serein, comme si les épreuves n'avaient pas prise sur le cours paisible de son existence. Mais la maladie de María semblait l'avoir brisée.

Sofía ne put s'empêcher de remarquer la grâce de Claudia : elle était tout ce que Sofía n'était pas. Très féminine, elle portait une robe dans le style de celle que Sofía avait arborée pour accueillir Santi à son retour d'Amérique, la robe qu'il avait tant détestée. Ses longs cheveux bruns tombaient librement sur ses épaules ; elle était très bien maquillée, mais sans ostentation. Si Santi avait fait exprès de se chercher une femme qui lui ressemblait le moins possible, il n'aurait pu choisir mieux. Sofía regretta de n'avoir pas fait davantage attention à sa ligne après la naissance d'India.

Claudia avait beau garder ses distances, Sofía était consciente de ses moindres gestes. Elle ignorait si Santi lui avait tout raconté, mais, jalouse, elle aurait voulu qu'elle sache. Qu'elle comprenne que Santi était à elle. Que Claudia n'était qu'un second choix, une solution de rechange. Incapable de lui adresser la parole, Sofía se tourna vers les enfants, mais tel un animal marquant son territoire, Claudia exsudait la méfiance sous ses dehors calmes et souriants.

Elle reconnut sans peine l'un des fils de Santi à sa façon de marcher. Lentement, la tête haute, avec assurance. Autrement, c'était tout le portrait de sa mère. Il ne devait pas avoir plus de dix ans. Sofía murmura dans l'oreille de Clara qui l'interpella avec autorité.

« Tu es certainement le fils de Santi, dit Sofía, le cœur serré, car dans cet enfant elle voyait ce qu'aurait pu être le sien.

– Oui, et toi, qui es-tu ? répondit-il insolemment, repoussant ses cheveux châtains de son visage.

– Je suis ta cousine Sofía.

– Comment ça se fait que tu es ma cousine ?

– C'est ma tante. *Tia* Sofía ! » rit Clara, étreignant vigoureusement les doigts de Sofía.

L'air soupçonneux, il plissa ses yeux verts.

« Ah oui, celle qui habite en Angleterre.

– Absolument. Sais-tu que je ne connais même pas ton nom ?

– Santiago. »

La couleur déserta le visage de Sofía.

« Tu ne trouves pas que ça prête à confusion ?

– Peut-être.

– Alors on t'appelle comment ?

– Santiguito. »

Elle déglutit avec effort pour ne rien laisser paraître de ses sentiments.

« Santiguito ? répéta-t-elle tout bas. Est-ce que tu joues au polo aussi bien que ton père ? s'enquit-elle d'une voix enrouée, le regardant se dandiner d'un pied sur l'autre.

– Oui, je joue avec papa demain après-midi. Tu peux venir voir, si tu veux.

– Avec grand plaisir. »

Il esquissa un sourire et baissa les yeux.

« Et que faites-vous d'autre ? Quand j'étais petite, vous savez, on escaladait l'ombú pour faire des vœux. Ça ne vous arrive jamais ?

– Oh non, papa ne veut pas qu'on aille là-bas, c'est interdit.

– Interdit, pourquoi ? demanda-t-elle avec curiosité.

– J'y suis allée, moi, souffla Clara en se rengorgeant. Papa dit que *tío* [1] Santi est en colère contre l'arbre parce qu'il a fait un vœu une fois, et que son vœu ne s'est pas réalisé. C'est pour ça qu'il ne veut pas qu'on y aille. Ça devait être un vœu très important pour qu'il soit aussi en colère. »

Prise de nausée, Sofía eut soudain l'impression d'étouffer. Elle fit descendre Clara de ses genoux et s'éloigna rapidement en direction de la cuisine, pour tomber nez à nez avec Santi.

1. Oncle.

38

« Santi ! balbutia-t-elle, clignant des yeux pour refouler les larmes.

— Sofía, tout va bien ? » Ses doigts se refermèrent sur ses bras avec plus de force qu'il ne l'aurait voulu, et il scruta son visage comme s'il cherchait à lire dans ses pensées.

« Oui, oui, bégaya-t-elle, luttant contre l'impulsion de lui sauter au cou.

— Je suppose que tu es venue avec Rafa. J'ai téléphoné à ton hôtel, mais tu étais déjà partie. » Il ne parvint pas à cacher sa déception.

« Oui, je suis désolée, je n'ai pas...

— Ce n'est pas grave. »

Il y eut un silence gêné : ni l'un ni l'autre ne savaient que dire. Sofía le fixa, désemparée, et il sourit gauchement.

« Et où cours-tu comme ça ? finit-il par demander.

— Je voudrais voir Soledad, je n'ai pas encore eu l'occasion de bavarder avec elle. On était si proches, souviens-toi.

— Je n'ai pas oublié. » Ses yeux vert d'eau brillaient comme la lumière d'un phare l'invitant à rentrer au port.

C'était la première fois qu'ils faisaient allusion au passé. La gorge sèche, Sofía se souvint que c'était Soledad qui lui avait porté son message désespéré la nuit de leur ultime rendez-vous. Elle avait l'impression de se noyer dans son regard. Il semblait vouloir lui dire quelque chose sans recourir au langage. Il y avait tant à dire... mais ce n'était guère le moment. Vingt paires d'yeux étaient braqués sur eux depuis la terrasse. Sofía s'exhorta à la prudence. Les années de souffrance et de solitude avaient marqué le front de Santi, les coins de ses paupières : elle brûlait d'effacer ces rides, de lui faire savoir qu'elle avait souffert aussi.

« J'ai rencontré ton fils, Santiguito, on dirait toi », déclara-t-elle, faute de mieux.

Déçu de l'entendre débiter des banalités, il parut se tasser sur lui-même. L'instant d'après, il se retranchait dans l'indifférence. Un mur venait de surgir entre eux, sans qu'elle comprenne pourquoi.

« Oui, il est gentil, c'est un très bon joueur de polo, répondit-il d'une voix atone.

— Il m'a dit que vous jouez tous les deux demain après-midi.

— Ça va dépendre de María. »

Aveuglée par ses propres problèmes, elle avait complètement oublié María qui pourtant était la seule et unique raison de sa présence ici.

« Quand est-ce qu'on la ramène ?

— Ce soir. Tu viendras à la maison, hein ? Je sais qu'elle aura envie de te voir.

— Évidemment. »

Il changea de position, les yeux rivés sur les dalles.

« Tu restes combien de temps ?

— Je ne sais pas. Je suis venue voir María avant... pour passer du temps avec elle. Je n'ai pas réfléchi davantage. Je suis vraiment désolée. » Instinctivement, elle lui toucha la main. « Ça doit être très dur pour toi. »

Il s'écarta ; son regard jusque-là chargé d'émotion était redevenu distant.

« *Bueno*, Sofía, on se verra tout à l'heure. » Et il sortit sur la terrasse.

Sa claudication s'était aggravée, nota-t-elle. Elle le suivit des yeux un moment. Tout à coup, elle se sentait très seule.

Sofía n'alla pas à la cuisine, mais monta dans son ancienne chambre, pour découvrir qu'elle se trouvait exactement dans l'état où elle l'avait laissée vingt-quatre ans auparavant. Rien n'avait bougé. Personne n'avait touché à ses affaires. Son cœur battait à tout rompre. C'était comme si elle avait poussé la porte de son passé. Elle fit le tour de la pièce, prit des objets, les reposa, ouvrit les placards, les tiroirs ; même les lotions et les parfums qu'elle avait utilisés naguère étaient toujours sur sa coiffeuse. Mais là où elle eut un choc, ce fut quand elle aperçut la corbeille de rubans rouges qu'elle avait eu l'habitude de nouer dans sa chevelure. S'asseyant devant la glace, elle fit glisser un ruban entre ses doigts.

Lentement, elle défit ses cheveux jusqu'à ce qu'ils retombent sur ses épaules. Ils étaient moins longs qu'autrefois ; elle réussit cependant à les natter. Après les avoir attachés avec le ruban, elle contempla fixement son reflet. Cette Sofía-là avait un visage plus mince, moins lisse que l'autre, la jeune. Un visage qui, tel un passeport, portait l'estampille de chacune de ses émotions. Le rire, les larmes, l'amertume et, pour finir, l'humble acceptation de quelqu'un qui a compris que se battre contre la vie est futile et suicidaire. Elle était toujours jolie, certes. Mais la jeunesse n'est précieuse qu'aux yeux de ceux qui l'ont perdue. Elle avait été jeune naguère, jeune, téméraire et têtue. En regardant sa tresse dans le miroir, elle eut envie de traverser sa surface polie pour repartir de zéro.

Chaque objet dans la pièce la ramenait à ce temps d'insouciance à Santa Catalina, et bientôt elle s'abandonna entièrement au plaisir doux-amer de la nostalgie. Dans le placard, chaque vêtement contait une histoire, comme un musée de sa vie. Elle rit en revoyant la robe blanche qu'elle avait mise pour le retour de Santi, toujours roulée en boule au fond d'une étagère, et la pile de jeans qu'elle avait portés tous les jours. C'était inouï. Bien sûr, elle ne rentrerait pas dans ses habits préférés – voilà longtemps qu'elle ne faisait plus du trente-six –, mais les pulls et les chemises devraient lui aller. Et si elle se changeait avant de retourner sur la terrasse ?

« Depuis que tu es partie, j'ai toujours pensé que tu reviendrais. » Se retournant, Sofía vit sa mère qui se tenait d'un air gêné sur le pas de la porte. « Du coup, je n'ai pas touché à ta chambre. » Anna s'exprimait en anglais ; visiblement, cela lui était plus facile. Elle s'approcha de la fenêtre, caressa les rideaux. « J'ai bien vu que tu ne revenais pas, mais je n'ai pas eu le cœur d'enlever tes affaires. Tu pouvais encore changer d'avis, qui sait ? De toute façon, je n'aurais pas su quoi en faire, je ne voulais rien jeter, au cas où...

– Tout est intact, dit Sofía en s'asseyant sur le lit.

– Ça s'est trouvé comme ça. Je n'avais pas besoin de débarrasser ta chambre ; Rafael a sa propre maison, Agustín est aux États-Unis, Paco et moi sommes seuls maintenant. Tu peux rester ici aussi longtemps que tu le souhaites. À moins que tu ne préfères aller ailleurs.

– À vrai dire, je n'y avais pas réfléchi. Ça me va très bien, merci. » Et elle ne résista pas à la tentation d'ajouter : « Comme au bon vieux temps ! »

À sa surprise, le visage crispé de sa mère s'adoucit, et l'ombre d'un sourire joua sur ses lèvres.

« J'espère bien que non », répondit-elle.

Sofía repensait à l'époque bénie où son idylle avec Santi n'avait pas encore été découverte et où sa mère et elle avaient été amies. Cet été-là avait été le plus heureux de sa vie. Plus tard, en refermant la porte de sa chambre pour se rendre chez Chiquita, elle se souvint de ces jours miraculeux, et un espoir secret germa dans son cœur, l'espoir de les revivre d'une façon ou d'une autre.

Assise dans son lit en chemise de nuit bleu clair, María ressemblait à une vision céleste. Sa peau était translucide comme de l'organdi, et ses yeux mordorés brillaient de joie.

« C'est magique d'être à la maison, exultait-elle, serrant ses deux plus jeunes enfants contre elle et embrassant avec amour leurs visages hâlés. Eduardo, va chercher l'album de photos, je veux montrer à Sofía les années qu'elle a manquées. »

Contrairement à l'hôpital, il régnait ici une atmosphère de bonheur. La maison de Chiquita était pleine de chaleur, de musique et de rires ; la nuit suffocante embaumait les herbes odoriférantes et le jasmin. Comme Santi et Claudia n'avaient pas de maison de campagne, durant les week-ends et les vacances scolaires ils logeaient chez les parents. Sofía comprenait très bien pourquoi Santi n'avait pas envie de partir. Il était chez lui ici, dans cette maison dont les murs renvoyaient encore l'écho de leur enfance enchantée.

Sofía échangea à peine quelques mots avec Santi alors qu'elle bavarda longuement avec sa mère et sa sœur, mais chacun avait une conscience aiguë de la présence de l'autre. Elles rirent de leurs aventures d'antan, enchaînant anecdote sur anecdote, et peu à peu les années de séparation s'effacèrent. Lorsqu'elles laissèrent

María dans sa chambre aux couleurs vives noyée sous les fleurs, Sofía eut l'impression qu'elles ne s'étaient jamais quittées.

« Si tu savais, Chiquita, comme c'est bon de revoir María, dit-elle en entrant au salon. Je suis contente d'être revenue.

– Ça lui a fait un bien fou. Tu lui as beaucoup manqué. Peut-être que ça lui donnera la force de rester un peu plus longtemps parmi nous. »

Sofía étreignit sa tante. L'angoisse et l'incertitude de ces derniers mois avaient miné sa résistance ; elle paraissait aussi fragile qu'une brindille.

« Toi et sa famille, vous êtes ce que María a de plus cher au monde. C'est vous qui lui insufflez la volonté de vivre. Regarde comme elle est heureuse d'être à la maison. Ses derniers jours seront paisibles et pleins de joie.

– Tu as raison, ma chère Sofía. » Chiquita lui lança un regard à travers ses larmes et chuchota soudain : « Et qu'allons-nous faire de toi, hein ?

– Comment ça ? Je rentrerai chez moi, évidemment. »

Elle hocha la tête d'un air entendu.

« Oui, bien sûr. » Elle sourit et scruta le visage de Sofía comme si elle y lisait à livre ouvert.

Assis tranquillement au salon, Santi et Claudia feuilletaient des magazines. Affalé sur le canapé, Panchito, un solide gaillard de vingt-huit ans, regardait la télévision. Il lui fit penser au jeune Santi. Ses longues jambes reposaient nonchalamment sur l'accoudoir. Il ne manquait pas de charme : tel Dorian Gray, on aurait dit le portrait de son frère dans la fleur de sa jeunesse. Il avait les mêmes yeux vert d'eau, mais sans la profondeur qui caractérisait le regard de Santi. Son visage lisse et frais avait moins de personnalité que celui, marqué par la vie, de son aîné. Sofía regarda Santi : elle ne l'aimait que davantage pour ses rides et ses yeux fatigués. Elle l'avait connu sûr de lui, de son pouvoir de dompter le destin. L'existence lui avait prouvé la démesure de son ambition ; la leçon avait été rude, et Santi avait dû la payer au prix fort.

« Santi, apporte un verre de vin à Sofía, rouge ou blanc ? demanda Chiquita.

– Rouge, répondit machinalement Santi à sa place.

– Oui, merci », fit-elle, surprise.

Levant les yeux de son magazine, Claudia le regarda verser le vin. Sofía guetta la lueur d'anxiété dans ses prunelles, mais en vain. Si Claudia éprouvait la moindre appréhension, elle prenait bien soin de n'en rien laisser paraître.

« Alors, Sofía, vous comptez rester combien de temps ? s'enquit-elle avec un sourire un peu trop éclatant.

– Aucune idée, je n'ai encore rien décidé, répliqua Sofía, tout aussi sincère.

– N'avez-vous pas un mari et des enfants ?

– Si, bien sûr. David est en train de monter une pièce en ce moment, c'est pour ça qu'il n'a pas pu venir. D'ailleurs, ça aurait été dur pour lui : il ne connaît personne ici et ne parle pas un mot d'espagnol. Il ne voit pas d'inconvénient à ce que je reste autant que je veux.

– On a lu cet article sur toi ! s'exclama sa tante. Et la photo... tu es si jolie dessus ! Je dois l'avoir quelque part, ce papier. Je te le montrerai à l'occasion. Oui, je l'ai sûrement quelque part. »

Santi lui apporta le vin. Sofía intercepta son regard, mais il ne réagit pas.

« Tu aurais dû être actrice, poursuivait Chiquita. Déjà toute petite, tu occupais le devant de la scène. Ça m'étonne que ton mari ne t'ait pas mise dans une de ses pièces. Tu n'imagines pas, Claudia, la cabotine que c'était ! Je me souviens du spectacle qu'ils avaient monté à San Andrés ; tu as refusé d'y participer parce que tu n'avais pas le premier rôle. Tu te rappelles, Santi ? Elle a pleuré pendant une semaine. Tu disais que tu étais bien meilleure que les autres.

– Oui, je me rappelle, fit-il.

– Elle menait son petit monde à la baguette, Claudia. Pauvre Paco, il n'a jamais su lui dire non.

– Grand-père non plus. Ma mère devenait folle quand on se liguait tous les deux contre elle.

– Ton grand-père, oui. Quel homme extraordinaire !

– Il me manque toujours. Sa gouaille me manque, sourit Sofía avec une pointe de mélancolie. Je n'oublierai jamais la fois où il était hospitalisé à Buenos Aires dans une unité de soins intensifs parce qu'il avait attrapé je ne sais plus quelle maladie hautement contagieuse. Je crois que c'était une histoire d'amibes. Tu te souviens, Chiquita ? »

Fronçant les sourcils, sa tante secoua la tête. « Non, ça ne me dit rien.

– Bref, le médecin lui avait interdit de quitter sa chambre. Il a eu envie d'aller aux toilettes et, après avoir sonné deux ou trois fois sans résultat, il est parti explorer l'étage à la recherche des *baños*[1]. À son retour, il a vu sur sa porte un écriteau interdisant à qui que ce soit d'entrer sans autorisation... "patient extrêmement contagieux", était-il marqué. Grand-père n'a pas voulu enfreindre la règle. Alors, que croyez-vous qu'il a fait ? Il s'est baladé d'un service à l'autre, contaminant tous ceux qu'il approchait, jusqu'à ce qu'il ait trouvé une infirmière pour le raccompagner à sa chambre. Apparemment, il a provoqué un mini-cataclysme. Connaissant grand-père O'Dwyer, il l'a sûrement fait exprès. Après ça, on a toujours répondu à ses coups de sonnette, rit-elle.

– Ils ont dû bénir le jour où il est parti ! s'esclaffa Santi. Moi, je me rappelle la fois où tu t'es disputée avec Anna, tu as fait tes valises et tu es arrivée chez nous pour demander à maman de t'adopter. Tu t'en souviens, Sofía ? » Le vin avait émoussé ses sens et détendu ses muscles endoloris à force de masquer ses émotions.

« Je ne suis pas certaine de vouloir m'en souvenir. C'est un peu gênant, non ?

– Pas du tout. Santi et María étaient ravis. Ils ont applaudi à deux mains, déclara Chiquita.

– Et mes parents, comment ont-ils réagi ? » Elle n'avait jamais vraiment su le fin mot de l'histoire.

« Laisse-moi réfléchir, soupira Chiquita en plissant les yeux. Ton père, oui, Paco est venu te chercher. Il t'a dit qu'il y avait de très bons orphelinats où tu pouvais aller si tu n'avais plus envie de vivre à la maison. Et qu'il n'avait aucune intention d'imposer une calamité pareille à d'autres membres de sa famille. On a tous bien ri.

– Il a dit ça ?

– C'est vrai que tu étais une calamité. Je suis heureuse que tu te sois enfin rangée. »

1. Toilettes.

Pendant tout ce temps, Claudia n'avait pas dit un mot. Elle s'était contentée d'écouter.

« Elle jouait au polo avec les garçons, reprit Chiquita.

– *Dios,* ça fait une éternité. Je ne sais même pas si je me souviens encore des règles.

– Vous étiez aussi forte que les garçons ? demanda Claudia finalement, s'efforçant de se joindre à la conversation.

– Elle était moins bonne que Santi, mais largement aussi douée qu'Agustín, répondit Chiquita honnêtement.

– Je voulais tout faire comme les garçons, déclara Sofía. Ils avaient l'air de s'amuser beaucoup plus que nous, les filles.

– Tu étais une sorte de garçon honoraire, hein, Chofi ? » ricana Santi.

Sofía hésita : c'était la première fois qu'elle l'entendait l'appeler Chofi. Chiquita feignit de n'avoir rien remarqué, mais Sofía savait que son regard était allé anxieusement de Santi à elle. Claudia, imperturbable, continuait à boire son vin comme si son mari n'avait rien dit de particulier.

« Sofía était une terreur. Je suis si contente de te savoir rangée, avec un gentil mari », répéta Chiquita nerveusement pour combler le silence.

Claudia regarda sa montre. « Santi, il faut qu'on monte dire bonne nuit aux enfants, fit-elle avec raideur.

– Maintenant, tout de suite ?

– Oui, ils seront déçus si tu ne viens pas les voir.

– Je ferais mieux de rentrer. La journée a été longue, et je suis fatiguée. À demain, tout le monde », dit Sofía en se levant.

Claudia et Santi se levèrent aussi. Santi ne l'embrassa pas, nota Sofía. Il la salua d'un hochement de tête gêné avant de quitter la pièce avec sa femme. Chiquita la serra tendrement dans ses bras.

« Parle à Anna, Sofía, murmura-t-elle.

– Que veux-tu dire ?

– Parle-lui, c'est tout. Ça n'a pas été facile... ni pour toi ni pour elle. »

39

En revenant à pas lents vers la maison, Sofía repensa au nombre incalculable de fois où elle avait parcouru ce même chemin. L'odeur d'eucalyptus imprégnait l'air humide ; on entendait les poneys s'ébrouer dans les prés. Les criquets stridulaient rythmiquement : de tout temps il y avait eu des criquets en Argentine. Ils faisaient partie du paysage tout autant que l'ombú. Sofía n'imaginait pas le *campo* sans eux. Elle respira les odeurs de la pampa, s'abandonnant à la douceur poignante des souvenirs.

Elle arriva à la maison, malade de nostalgie. Elle avait besoin de s'isoler, de réfléchir. La découverte que rien n'avait changé à Santa Catalina l'avait complètement déroutée. Elle avait l'impression de replonger dans son enfance, mais dans un corps de femme, riche de l'expérience d'une autre vie. En regardant autour d'elle, Sofía se rendit compte que Santa Catalina était comme une parenthèse dans le temps, à l'abri du monde extérieur. S'approchant de la piscine, elle en fit le tour. Mais les souvenirs cascadaient, persistaient, tout ce que son regard rencontrait la ramenait invariablement en arrière. Le court de tennis où elle avait joué si souvent avec Santi se profilait devant elle dans l'obscurité, et elle crut presque entendre dans la brise l'écho fantomatique de leurs rires.

S'asseyant au bord de l'eau, Sofía songea à David. Elle se représenta son expression, ses yeux bleu pâle, son nez droit et aristocratique qu'elle avait tant embrassé. Elle revit les traits de ce visage qu'elle aimait. Oui, elle l'aimait, mais pas de la même façon que Santi. Elle savait que c'était mal. Qu'elle ne devrait pas rêver des bras d'un autre, des lèvres d'un autre, et pourtant elle n'avait jamais cessé de l'aimer, cet autre être qui, inexplicablement, faisait partie d'elle. Elle voulait Santi, elle le voulait si fort qu'elle en aurait hurlé. Vingt-quatre ans après, la blessure suppurait toujours.

Il faisait noir lorsqu'elle rentra dans la maison. Elle s'était calmée, avait marché un peu, respiré profondément, toutes ces choses que grand-père O'Dwyer lui avait apprises quand les taquineries de ses frères la faisaient sortir de ses gonds. Elle s'arrêta à la cuisine où Soledad l'accueillit d'une cuillerée de mousse de *dulce de leche* avant qu'elle ne retombe, Sofía s'installa à sa place habituelle, et pendant que Soledad cuisinait, elles bavardèrent comme deux vieilles amies.

« *Señorita* Sofía, comment avez-vous pu rester aussi longtemps sans donner de vos nouvelles ? Vous ne m'avez même pas écrit. À quoi pensiez-vous donc ? Vous avez cru que vous ne me manqueriez pas ? Que ça me serait égal ? Évidemment que ça ne m'était pas égal. J'étais malheureuse comme tout. Je me disais : elle m'a oubliée. Après tout ce que j'ai fait pour vous. J'ai pleuré pendant des années. J'aurais dû être furieuse. Je devrais être furieuse, là, maintenant. Sauf que je suis tellement heureuse de vous voir que je n'ai pas le cœur à me fâcher. »

Elle cacha son visage dans la marmite fumante de soupe de *zapallo*. Sofía sentit son cœur se serrer : Soledad l'avait aimée comme sa propre fille, et tout ce temps elle lui avait à peine accordé une pensée.

« Je ne t'ai pas oubliée, Soledad. Simplement, il m'était impossible de revenir. J'ai fait ma vie en Angleterre.

– Le *señor* Paco et la *señora* Anna, ils n'étaient plus les mêmes après votre départ. Ne me demandez pas ce qui s'est passé, ça ne me regarde pas, mais ça n'allait plus du tout entre eux. Vous êtes partie, et tout a changé. Pas en bien, non. J'avais hâte que vous reveniez, mais vous n'avez même pas écrit. Pas un mot. *¡Nada!*

– Je suis désolée de t'avoir négligée. Pour être honnête, Soledad, et j'ai toujours été honnête avec toi, ça me faisait trop mal de penser à Santa Catalina. Vous me manquiez terriblement. Je me sentais incapable d'écrire. J'ai eu tort, je sais, mais il m'a semblé plus facile d'oublier.

– Comment peut-on oublier ses racines, Sofía ? fit Soledad en secouant sa tête grisonnante.

– Crois-moi, quand on est à l'autre bout du monde, l'Argentine paraît très loin. J'ai essayé de vivre ma vie du mieux que j'ai pu. Et après, ç'a été trop tard.

– Vous êtes aussi têtue que votre grand-père.

– Mais je suis là maintenant, répliqua Sofía en guise de consolation.

– Oui, mais vous ne resterez pas. Il n'y a plus rien qui vous retient ici. Le *señor* Santiago est marié. Je vous connais, vous ne resterez pas.

– Moi aussi, je suis mariée, Soledad. J'ai une famille qui m'attend, un mari que j'adore.

– Mais votre cœur est ici, avec nous. Je vous connais. N'oubliez pas, c'est moi qui vous ai élevée.

– Comment elle est, Claudia ? s'entendit-elle questionner.

– Je n'aime pas dire du mal, et surtout pas des Solanas... il n'y a pas plus loyal que moi. Sinon je serais déjà partie depuis belle lurette. Mais puisque c'est vous, je vous répondrai franchement. Ce n'est pas une Solanas. Je ne crois pas qu'il l'aime. À mon avis, il n'a jamais aimé qu'une seule femme. Je ne veux pas savoir les détails, ça ne me regarde pas. Après votre départ, il a erré comme une âme en peine. La *vieja bruja* disait que son aura était floue, elle a demandé à le voir, elle l'aurait guéri, mais il ne s'intéressait guère aux choses cachées. Après cette terrible histoire avec le *señor* Fernando, le *señor* Santiago a commencé à inviter la *señora* Claudia à Santa Catalina et il a retrouvé le sourire. Moi, j'avais déjà abandonné l'espoir de le voir sourire. Et puis il l'a épousée. Je crois que s'il ne l'avait pas rencontrée, il aurait fini par jeter l'éponge. Un jour ou l'autre. Mais il ne l'aime pas. Je vois des choses. Bien sûr, ce n'est pas mon affaire. Il la respecte, c'est la mère de ses enfants. Mais ce n'est pas une âme sœur. D'après la *vieja bruja*, on n'a qu'une âme sœur dans sa vie. »

Sofía l'écoutait pérorer. Et plus elle écoutait, plus elle brûlait d'arracher Santi à sa mélancolie. Ça l'amusait que Soledad soit aussi bien informée. Elle avait dû entendre des ragots de la part des autres bonnes et des gauchos. Mais les ragots faisaient toujours la part belle à l'imagination...

Rafael et sa femme Jasmina rejoignirent Sofía et ses parents pour dîner sur la terrasse. Sofía était contente qu'ils soient là.

Jasmina était sensuelle et chaleureuse : il émanait de son corps épanoui une plénitude qui manquait à la froide Claudia, et sa gaieté truculente acheva de séduire Sofía. Elle avait amené sa fille de deux mois emmaillotée dans un châle et entreprit discrètement de lui donner le sein à table. Anna, bien que contrariée, s'efforça de cacher sa désapprobation. Jasmina connaissait suffisamment sa belle-mère pour interpréter les signes, mais par ailleurs elle était suffisamment fine pour les ignorer.

« Rafa ne veut plus d'enfants, il dit que cinq, c'est assez... et moi, je viens d'une famille de treize : *¡Imaginate!* » Ses yeux verts pétillaient malicieusement à la lueur des bougies.

« Franchement, *amor*, treize, ce n'est pas pratique de nos jours. Je devrais les éduquer tous, protesta Rafael, lui souriant tendrement.

– On en reparlera. Je ne vois aucune raison de m'arrêter en si bon chemin. » Elle rit et entrouvrit sa chemise pour jeter un coup d'œil sur son enfant. « Quand ils sont petits comme ça, ils me font craquer. Après, quand ils grandissent, ils ont moins besoin de vous.

– Je ne suis pas d'accord. » Paco plaça sa grosse main rugueuse sur celle de Sofía. « Si les parents ont su bâtir un foyer aimant, les enfants y reviennent toujours.

– Tu as des enfants, n'est-ce pas, Sofía ?

– Oui, deux petites filles. » Elle abandonna sa main à son père, mais contrairement au temps de son enfance, ce contact la mettait mal à l'aise.

« *Que pena*[1] que tu ne les aies pas amenées. Clara et Elena auraient été ravies de les rencontrer. Elles sont à peu près du même âge, hein, *amor* ? Et moi, j'aurais été ravie qu'elles perfectionnent leur anglais.

– Elles pourraient le perfectionner avec moi, Jasmina, dit Anna.

– Oui, bien sûr, mais vous connaissez les enfants, on ne peut pas les forcer à faire quelque chose qu'ils n'ont pas envie de faire.

– Tout de même, un peu de discipline ne leur ferait pas de mal. Les enfants ne savent pas ce qui est bon pour eux.

1. Quel dommage.

– Oh non, je serais incapable de les contraindre. Une fois qu'ils sont rentrés de l'école, la maison, c'est fait pour jouer. »

Sofía comprit que dans ce débat-là sa mère n'aurait pas le dernier mot, et elle admira Jasmina pour la douceur avec laquelle elle lui avait tenu tête. Il y avait décidément du fer dans le gant de velours.

Soledad profitait de la moindre occasion pour sortir sur la terrasse : elle venait servir, desservir, remplir la carafe d'eau, à deux reprises elle avait même passé la tête par la porte en prétextant qu'elle avait entendu la *señora* Anna sonner. Et chaque fois un sourire béat, édenté flottait sur ses lèvres. Prise de fou rire, Sofía faillit s'étouffer dans sa serviette. Soledad était curieuse de la voir avec ses parents. Pour pouvoir plus tard discuter de leurs réactions avec les autres bonnes du domaine.

À onze heures, Jasmina repartit avec sa fille, disparaissant dans le parc telle une vision angélique. Paco et Rafael causaient parmi les moucherons et les papillons de nuit qui pullulaient autour des lampes-tempête. Anna se retira au lit, protestant qu'elle était trop vieille quand Paco lui proposa de rester. Sofía fut soulagée de la voir partir ; elle n'aurait su que lui dire. Elle lui en voulait trop pour reparler du passé et, toujours par ressentiment, elle se refusait à l'impliquer dans le présent. Ragaillardie par le départ de sa mère, elle se joignit d'un cœur léger à la conversation entre son père et son frère, comme au bon vieux temps. Avec eux, elle était heureuse de se souvenir. À onze heures et demie, elle monta à pas de loup dans sa chambre.

Le lendemain, Sofía se réveilla tôt du fait du décalage horaire. Elle avait dormi d'une traite, d'un sommeil sans rêves que même Santi n'eut pas le pouvoir de troubler. Heureusement, car elle avait été épuisée non seulement par le voyage, mais par les émotions. Une fois réveillée, elle se sentit incapable de rester au lit. Elle descendit sans bruit à la cuisine ; la blanche clarté de l'aube illuminait la table et le sol carrelé. Ça lui rappela l'époque où elle attrapait quelque chose dans le frigo bien garni avant de filer s'entraîner au polo avec José. Rafael lui avait dit que José était décédé depuis dix ans déjà. Il était parti sans même qu'elle lui ait dit au revoir. En laissant à Santa Catalina un vide que rien ne pourrait combler, en tout cas pas dans le cœur de Sofía.

Prenant une pomme dans le frigo, elle trempa le doigt dans la casserole de *dulce de leche*. Il n'y avait rien de meilleur au monde que le *dulce de leche* de Soledad. Elle le confectionnait à partir de lait et de sucre qu'elle faisait bouillir pendant des heures. Sofía avait eu beau essayer la recette en Angleterre, elle n'avait jamais retrouvé le même goût. Elle en mit une cuillerée sur sa pomme et traversa le salon en direction de la terrasse. Silencieuse et fantomatique dans l'ombre des grands arbres, celle-ci semblait attendre le lever du soleil. Sofía mordit dans sa pomme, savourant le goût onctueux de caramel. Tandis qu'elle contemplait la brume matinale qui tremblait au-dessus de la plaine, elle eut soudain envie de sauter sur un poney pour galoper à travers le voile irisé. D'un pas décidé, elle s'engagea dans le parc vers le *puesto*, le groupe de cabanes où dans le temps José s'était occupé des poneys.

Pablo la salua à son approche, s'essuyant les mains sur un chiffon sale. Son sourire révéla ses dents noires et tordues. Elle lui serra la main et lui dit combien elle regrettait la disparition de son père. Hochant la tête d'un air grave, il la remercia timidement. « Mon père vous aimait beaucoup, *señora* Sofía. » Il l'avait appelée *señora* plutôt que *señorita*, créant ainsi une distance entre eux qui n'existait pas à l'époque où ils s'entraînaient au polo ensemble.

« Moi aussi, je l'aimais énormément. Sans lui, ce n'est plus pareil ici, répondit-elle avec sincérité en regardant les visages inconnus qui l'observaient par les fenêtres.

— Vous voulez monter, *señora* Sofía ?

— Pas pour jouer, j'ai juste envie de piquer un galop. De sentir le vent dans mes cheveux. Depuis le temps...

— Javier ! » cria-t-il.

Un homme plus jeune sortit en courant de la bâtisse. Il portait des *bombachas* ; les pièces de son ceinturon luisaient dans les premiers rayons du soleil.

« *Una yegua para la señora Sofia, ya.* [1] »

Javier se dirigea vers une jument noire, mais Pablo l'arrêta : « Non, pas Azteca, Javier. La Pura ! Il nous faut la meilleure pour

1. Une jument pour madame Sofía, tout de suite.

la *señora* Sofía. La Pura est la meilleure », ajouta-t-il dans un grand sourire, se tournant vers elle.

Javier amena un poney alezan, et Sofía caressa ses naseaux veloutés pendant qu'il le sellait en silence. Une fois en selle, elle le remercia avant de s'élancer au galop dans la prairie. C'était le bonheur. Elle respirait de nouveau. L'oppression qui lui enserrait la poitrine se relâcha peu à peu, et son corps se détendit en épousant les mouvements harmonieux de sa monture. Elle jeta un regard sur la maison de Chiquita et pensa à Santi endormi avec sa femme. Elle ignorait alors – il le lui dit plus tard – qu'il était à la fenêtre, la suivant des yeux et se demandant comment il allait tenir jusqu'à la fin de la journée. L'arrivée de Sofía avait tout bouleversé.

Elle ne vit pas Santi avant le début de la soirée. Lorsqu'elle vint rendre visite à María, il était parti en ville avec les enfants et ne rentra qu'après son départ. Chaque voiture qui apparaissait dans l'allée, elle priait pour que ce soit la sienne. Elle s'efforçait de ne pas y songer, mais s'angoissait malgré tout à l'idée que le temps lui était compté et que bientôt elle devrait repartir pour l'Angleterre. Or elle voulait désespérément le voir seul à seule. Pour lui parler du passé. Pour enterrer les fantômes une bonne fois pour toutes.

40

Chiquita avait invité Sofía à dîner. Même si María ne pouvait se joindre à eux, elle tenait à l'avoir à portée de la main. « Je veux profiter de chaque seconde que tu passes parmi nous, lui dit sa tante. Tu vas repartir bientôt, et Dieu seul sait quand je te reverrai. » Et comme Sofía avait mangé la veille avec ses parents, elle accepta de rester.

Ils dînèrent dehors, parmi les criquets et les chiens voraces. Dans la lueur mouvante des bougies, Eduardo avait l'air très pâle ; il parlait peu et se cachait derrière ses fines lunettes rondes. Mais même ses lunettes n'arrivaient pas à masquer le chagrin gravé dans les rides autour de ses yeux. Santi et Sofía se remémoraient le passé avec Chiquita et Miguel, pendant que Claudia écoutait – une fois de plus – avec un petit sourire qui détonnait sur son visage grave. Visiblement, elle ne voulait pas paraître trop intéressée, mais ne souhaitait pas non plus qu'on la taxe d'impolitesse. Elle mangeait donc sagement ses pâtes, se tamponnant de temps à autre les coins de la bouche avec une serviette blanche. Sofía utilisait rarement les serviettes. Anna avait eu beau l'inciter à se comporter comme « une vraie jeune fille », grand-père O'Dwyer avait toujours pris son parti. « À quoi ça sert, une serviette, Anna Melody ? Personnellement, je trouve qu'une manche, c'est plus fiable, au moins je sais où elle est. » Il se plaignait que les serviettes passaient leur temps à tomber par terre. Sofía baissa les yeux sur ses genoux – comme d'habitude, grand-père O'Dwyer avait raison. Sa serviette avait disparu sous la table. Elle se pencha pour la ramasser. Assis à sa droite, Panchito eut un grand sourire avant de la lui lancer avec son pied.

Miguel et Chiquita étaient extrêmement fiers de leur Panchito. Sa beauté athlétique n'était pas sans leur rappeler Santi. Il était facile de voir en quoi la vie mouvementée de ses frères avait affecté la sienne. Il avait grandi, fils idéal, pour compenser leurs frasques. Ayant vu sa mère dépérir littéralement à la suite de la liaison scandaleuse de Santi et du départ précipité de Fernando pour l'Uruguay, il avait fait son possible pour ne pas la décevoir. Il était très proche de Chiquita... comme tous ses enfants, du reste. Ses enfants étaient tout pour elle, elle ne vivait que par eux et pour eux.

Panchito jouait au polo avec un handicap de neuf, et bien que ce ne soit pas considéré comme un métier sérieux, ses parents l'avaient laissé poursuivre sa carrière en professionnel. Sa mère surtout ne pouvait lui refuser de vivre sa passion jusqu'au bout. Il était évident qu'elle ne voulait pas le voir grandir. Pour tout le monde ou presque, il était maintenant Pancho, mais pour Chiquita, il resterait à jamais Panchito, le « petit Pancho ». C'était son bébé, et elle se cramponnait à son enfance. Aurait-elle desserré son étreinte qu'elle n'y aurait trouvé que du vide. Voilà bien des années que son Panchito avait quitté le nid. Soledad avait raconté à Sofía qu'il entretenait une relation discrète avec la fille d'Encarnación, María (ainsi nommée d'après María Solanas), qui était non seulement mariée, mais mère d'une petite fille dont le père pouvait être pratiquement n'importe quel homme du *pueblo*. « Un gentil garçon comme Pancho n'ira pas au bordel, avait-elle déclaré à sa décharge. Il fait son apprentissage, c'est tout. » En regardant le « jeune Pancho », Sofía se dit que, de ce côté-là, il n'avait sûrement plus grand-chose à apprendre.

Pendant le repas, Sofía et Santi avaient discuté avec retenue. Personne n'aurait soupçonné la tension qui les habitait l'un et l'autre, l'effort que cela exigeait de se comporter comme deux vieux amis, sans plus. Ils riaient alors qu'ils avaient envie de pleurer et parlaient calmement pour s'empêcher de hurler : « Comment te sens-tu ? »

Finalement, Sofía prit congé de ses cousins. Claudia, rigide, attendait devant les portes-fenêtres, pressée de rentrer dans la maison avec son mari. « À demain, Sofía », dit-elle en souriant, mais son regard demeurait distant.

Ce fut à ce moment-là que Santi fourra un bout de papier dans la main de Sofía. Il la contempla, l'air douloureux, avant de l'embrasser sur la joue. Claudia, qui leur tournait le dos, ne s'aperçut de rien. Elle se contentait de rester là, à attendre.

Sofía descendit de la terrasse, serrant le morceau de papier sur sa poitrine. Elle brûlait de lire son message, mais dès qu'elle le vit, jauni et froissé, elle reconnut le billet qu'elle lui avait fait parvenir par Soledad vingt-quatre ans plus tôt. Luttant contre l'émotion, elle le déplia et parcourut les mots familiers. « Retrouve-moi sous l'ombú à minuit. » En proie au sentiment de regret qu'elle connaissait si bien, elle pressa le papier contre elle et se remit en marche. Elle était incapable de s'asseoir pour réfléchir calmement... son agitation était trop grande. Elle continua donc à marcher.

Santi n'avait pas changé. Il avait gardé précieusement son billet ! Pour le lui remettre aussi fiévreusement, en cachette, qu'elle-même le lui avait envoyé lors de cette nuit fatale. Il la désirait. Elle n'avait jamais cessé de le désirer. C'était plus fort qu'elle. Elle savait que c'était mal, mais rien ne pouvait l'arrêter. Son cœur saignait à la pensée de ce qu'aurait pu être leur vie.

Sofía avait l'impression de redevenir une enfant rebelle. Lorsqu'elle brossa et natta ses cheveux devant son ancienne coiffeuse, ce fut comme si elle avait à nouveau dix-huit ans. À des milliers de lieues de distance, projetée dans un univers si différent de celui qu'elle partageait avec son mari et ses filles, elle croyait presque vivre un rêve où il n'y avait pas de place pour eux. En cet instant, elle ne songeait qu'à Santi. Santi qui faisait partie d'elle. Qui était à elle. Voilà vingt-quatre ans qu'elle l'attendait.

Elle s'apprêtait à quitter sa chambre quand on frappa faiblement à la porte. Sofía regarda la pendule. Minuit moins le quart.

« Oui ? » lança-t-elle avec irritation. La porte s'ouvrit lentement. « Papa ! »

Il s'arrêta, hésitant, sur le seuil. Pressée de partir, elle ne l'invita pas à entrer. Elle ne voulait surtout pas arriver en retard au rendez-vous, pas après avoir attendu tout ce temps.

« J'avais juste envie de m'assurer que tu allais bien », dit-il d'un ton bourru. Ses yeux firent le tour de la pièce, comme s'il n'osait pas tout à fait soutenir son regard.

« Ça va très bien, papa, je te remercie.

– Tu sais, ta mère et moi sommes très heureux que tu sois revenue. Ta place est ici », fit-il gauchement.

Il paraissait frêle et perdu, cherchant ses mots, lui qui avait toujours eu réponse à tout.

« Une partie de moi restera à jamais ici », répondit-elle.

Brusquement, elle éprouva une bouffée de tristesse en pensant au fossé qui s'était creusé entre eux. Comme la vie pouvait changer les êtres ! S'approchant de son père, elle le serra dans ses bras. Les mains derrière son cou, elle jeta un coup d'œil à sa montre. Il fut une époque où rien ne l'aurait distraite de sa tendresse.

« Allez, va te coucher maintenant. On aura plein de temps pour parler. La journée a été longue, je suis fatiguée. On bavardera demain. » Gentiment mais fermement, elle le raccompagna dans le couloir.

« *Bueno,* Sofía, je vais te souhaiter une bonne nuit, alors », murmura-t-il, déçu. Il était venu lui faire un aveu, libérer sa conscience d'un fardeau qui lui pesait depuis des années. Tant pis, il le lui dirait une autre fois. Il sortit à contrecœur et, lorsque ses pas traînants se furent éloignés, elle sentit la larme qu'il avait laissée sur sa joue quand il l'avait embrassée.

Cette nuit-là, Sofía n'avait pas besoin d'une lampe de poche ; la lune phosphorescente baignait la prairie d'une lueur argentée. Le paysage qu'elle traversa en courant lui semblait irréel. Elle repensait à la fois où elle avait pris ce même chemin pour se rendre à son ultime rendez-vous avec Santi. Elle avait dû braver alors une obscurité menaçante. Elle entendit des chiens aboyer au loin, les pleurs d'un enfant. Ce fut seulement en distinguant la sombre silhouette de l'ombú sur le velours indigo du ciel qu'elle commença à avoir peur.

En approchant, elle ralentit le pas et scruta les environs, mais Santi n'était nulle part en vue. Elle s'attendait presque à voir la lumière de sa lampe de poche sautiller autour de l'arbre comme la dernière fois. Cet instant-là était resté à jamais gravé dans sa mémoire. Sauf que cette fois-ci il n'avait pas besoin d'une lampe de poche : il faisait suffisamment clair pour qu'elle puisse lire l'heure à sa montre. Elle était en retard. Ne l'avait-il pas attendue ? Le sang de Sofía se glaça dans ses veines. Soudain il se détacha de l'arbre telle une ombre noire, ils se dévisagèrent. Elle s'efforçait de déchiffrer son expression, mais, malgré le clair de lune, son visage demeurait dans la pénombre. Santi, de son côté, devait faire de même. Mais l'instinct prit le dessus, balayant toute pensée rationnelle. Et ils s'empoignèrent en tâtonnant, reniflant, inhalant, pleurant. Leurs gestes parlaient d'eux-mêmes car les mots n'auraient su rendre justice aux années de regrets et de nostalgie. Sofía sentit alors véritablement qu'elle était enfin chez elle.

Elle ignorait combien de temps s'était écoulé quand finalement ils reposèrent sur l'herbe, extatiques et repus, et d'ailleurs ça n'avait aucune importance. Elle n'était consciente que de la main de Santi jouant avec les mèches de cheveux échappées de sa natte. Elle respira son odeur épicée et enfouit son visage dans son cou. Elle sentait son haleine tiède sur son front, son menton rugueux sur sa peau. Une voluptueuse langueur l'envahit. Plus rien ne comptait, rien n'existait en dehors de Santi.

« Raconte-moi, Chofi... que s'est-il passé après que tu es partie ? finit-il par questionner.

— *Dios,* je ne sais pas par où commencer.

— Je me le suis demandé tant de fois, qu'est-ce que j'ai fait ?

— Arrête, Santi, ne te torture pas. J'ai failli devenir folle à force de me poser les mêmes questions, et je ne connais toujours pas les réponses. » Se soulevant sur son coude, elle posa un doigt sur ses lèvres. Il prit sa main et l'embrassa.

« Pourquoi t'ont-ils envoyée là-bas ? Je veux dire, ils auraient pu te mettre en pension, je ne sais pas, moi... mais t'expédier en Suisse ! c'était un peu drastique... et puis, ne pas savoir où te trouver... » Tourmenté, son regard vert scrutait le sien en quête d'une explication. Il paraissait aussi vulnérable qu'un enfant, et Sofía en eut le cœur serré.

« On m'a envoyée en Suisse, Santi, parce que j'attendais ton enfant. » Sa voix se brisa.

Il la contempla d'un air incrédule.

« Tu te souviens quand j'ai été malade ? Ils ont fait venir le Dr Higgins. Maman était folle de rage. Papa, plus compréhensif, mais furieux tout de même. Comme, naturellement, je ne pouvais pas garder cet enfant, il n'y avait qu'une seule solution. Notre histoire était déshonorante, jamais ils ne l'auraient acceptée. Maman, bien sûr, s'inquiétait surtout du discrédit que je pouvais jeter sur la famille ; c'était son principal souci. Je crois qu'à ce moment-là elle a vu le diable en moi. Ça, je ne l'oublierai pas aussi longtemps que je vivrai.

— Attends une minute, Chofi... ne t'emballe pas. Qu'est-ce que tu viens de dire, là ?

— Santi chéri, j'étais enceinte.

— Tu portais mon enfant ? bredouilla-t-il comme s'il n'arrivait pas à digérer la nouvelle.

— Oui. » Elle s'assit, et il la serra dans ses bras.

« Oh, Chofi, pourquoi ne m'as-tu rien dit ?

— Papa et maman m'avaient fait promettre de ne le dire à personne. Ils m'ont expédiée à Genève pour que je me fasse avorter. Ils ne voulaient pas que ça se sache. Je craignais qu'en l'apprenant tu n'exiges de venir avec moi, tu ne revendiques tes droits paternels, tu n'ailles affronter mes parents. Je ne sais pas. J'avais peur. Peur d'aller contre leur volonté. Tu aurais dû les voir, ce fameux soir : tu ne les aurais pas reconnus. J'ai décidé de t'écrire une fois que je serais loin, hors de leur portée. » Sofía n'eut pas le courage de lui avouer qu'elle avait mis son enfant au monde, puis l'avait abandonné. Elle avait trop honte. Comment lui expliquer qu'elle avait regretté son geste dès qu'elle avait repris ses esprits lors de ce morne hiver à Londres ? La croirait-il si elle lui confessait que pas un jour ne se passait sans qu'elle pense à lui, se demande où il était, ce qu'il faisait ? Comment lui dire sans paraître cynique ou désinvolte ? Ce n'était pas l'image que Santi avait gardée d'elle. Elle lui laissa donc croire qu'elle avait avorté et, ravalant sa douleur, continua à taire son lourd secret.

« María, dit-il d'une voix blanche.

— C'était il y a longtemps. » Sofía n'avait pas le cœur de critiquer sa cousine mourante. Il l'attira contre lui, et elle comprit que le fait qu'elle ait porté son enfant les rapprochait irréversiblement. Elle savait que Santi songeait à ce qui aurait pu être. Elle le sentait d'autant mieux que ses regrets faisaient écho aux siens.

« C'est pour ça que tu n'es jamais revenue ? Parce que tu as perdu notre enfant ? souffla-t-il dans ses cheveux.

– Non. Je ne suis pas revenue parce qu'on m'a laissé entendre que tu ne voulais plus de moi, que tu avais rencontré quelqu'un d'autre. Sans toi, je n'avais rien à faire en Argentine. J'en étais arrivée à un point où mon amour-propre m'interdisait de rentrer. J'ai probablement trop atermoyé.

– N'avais-tu donc pas confiance en moi ?

– J'aurais bien voulu, mais au bout d'un moment j'ai perdu l'espoir. Tu étais si loin... je ne savais pas où tu en étais de tes sentiments. Et puis j'ai attendu, j'ai attendu des années !

– Oh, Chofi, tu aurais dû rentrer, si seulement tu étais rentrée, tu aurais bien vu que je dépérissais sans toi. Plus rien n'était comme avant. Je me sentais totalement inutile. J'ignorais où te trouver. J'ignorais où tu étais, sinon je t'aurais écrit.

– Oui, je le sais maintenant. Pas une seconde je n'aurais cru que María aurait pu détruire mes lettres. » Aussitôt, elle regretta d'avoir parlé de sa cousine.

« Oui, et comme je ne les ai pas reçues, je n'ai pas pu t'écrire. María a fini par avouer, mais trop tard. Sur le moment, elle avait cru bien faire. Depuis, elle n'a cessé de se le reprocher, c'est pour ça qu'elle ne t'a plus écrit. Elle n'avait pas le courage de te le dire en face. » Il eut un sourire amer. « Je ne comprends pas qu'on ait capitulé aussi facilement, fit-il en secouant la tête. À la fin, j'ai baissé les bras. Je n'avais pas le choix : c'était ça ou perdre la boule. J'étais sûr que tu avais rencontré un autre homme. Pour quelle raison, sinon, tu serais restée là-bas ? Puis Claudia est arrivée, et il a fallu que je me décide. Ou je continuais à t'attendre ou je faisais ma vie avec elle. J'ai choisi la vie avec elle.

– Et tu es heureux ? demanda Sofía lentement.

– C'est relatif, le bonheur. Je croyais être heureux jusqu'à hier, quand je suis tombé sur toi à l'hôpital.

– Oh, Santi, je suis désolée !

– Je suis heureux maintenant.

– Tu en es sûr ?

– Sûr et certain. » Il prit son visage dans ses mains et l'embrassa sur le front. « Ça me rend malade de penser à ce que tu as enduré toute seule là-bas, en Suisse. Je veux savoir ce qui s'est passé. On a des années à rattraper, tous les deux. Je veux en partager chaque minute avec toi. Pour avoir l'impression de les avoir vécues à tes côtés.

— Je te parlerai de la Suisse, promis, tu sauras tout.

— Tu as besoin de te reposer.

— J'aurais aimé pouvoir passer toute la nuit avec toi.

— Je sais. Mais tu es revenue. J'en ai rêvé, de ton retour, des centaines de fois.

— Et c'est comme ça que tu l'imaginais ?

— Non. Je m'attendais à être furieux. Mais quand je t'ai vue, j'ai eu la sensation qu'on s'était quittés hier. Tu n'as absolument pas changé. » Il l'enveloppa d'un regard si tendre qu'elle sentit ses yeux s'embuer.

« J'aime ce vieil arbre, dit-elle en se détournant pour cacher ses larmes. Il nous a vus grandir, il a été témoin de notre souffrance, de notre amour, de notre plaisir. Personne ne connaît notre histoire aussi bien que ce vieil ombú. »

Avec un profond soupir, Santi la serra contre lui.

« Je ne veux pas que mes enfants viennent ici.

— Je sais, ton fils me l'a dit.

— C'est bête, mais je me suis senti trahi. Je n'avais pas envie que mes enfants vivent dans un monde imaginaire de magie et de vœux, comme ç'a été notre cas. »

Elle l'étreignit à son tour.

« Peut-être, mais pour moi il a été plus que ça. C'était notre lieu secret. Notre petit royaume. Pour moi, l'ombú symbolisera toujours notre enfance dorée. Il est au cœur même de tous mes souvenirs. Tous, jusqu'au dernier. Tiens, tu vois, tu viens de m'en fabriquer encore un. »

Ils rirent, et la tristesse de Santi se dissipa.

« J'ai eu une réaction stupide.

— Non, mais je pense que ça ne leur fera pas de mal, à tes enfants, de venir ici. Tu te rappelles qu'on passait notre vie dans ses branches ?

— Oui, tu étais drôlement agile à l'époque.

— À l'époque ! Je te parie ce que tu veux que je suis capable de l'escalader maintenant. »

Ils l'escaladèrent ensemble. Et, une fois au sommet, ils virent l'aube poindre à l'horizon, ses rayons rouge sang jaillir dans la nuit et la muer en or.

41

Samedi 8 novembre 1997

Réveillée à midi par un chœur de *chingolos*[1], Sofía eut un instant l'impression irréelle que ces dernières vingt-quatre heures n'avaient été qu'un rêve. Les odeurs de la pampa, d'eucalyptus et d'humidité la transportaient en arrière ; désireuse de prolonger le voyage, elle se laissa envahir par les souvenirs. Comme en transe, elle se revit feuilleter les premiers chapitres de sa vie : les pages défilaient si vite qu'elle n'arrivait à fixer son attention sur aucune d'elles en particulier. Elle n'avait pas envie de se lever. Elle avait envie que le passé se fonde dans le présent, que José l'attende aux écuries avec sa jument et un *taco*.

En ouvrant les yeux, la première chose qu'elle vit fut sa valise. Mais elle sentit l'odeur de Santi sur sa peau – sur ses mains, sur ses lèvres – et, se cachant le visage, elle la respira lentement, revivant avec délices chaque seconde de leur nuit de retrouvailles. Elle était revenue, Santi l'aimait toujours. Seulement, María était en train de mourir, et cette pensée la ramena brutalement à la réalité.

Le petit déjeuner avait été servi depuis longtemps, et il ne lui était pas venu à l'esprit que son père aurait pu l'attendre sur la terrasse dans l'espoir qu'elle allait se joindre à lui. Ce fut Soledad qui le lui dit plus tard. Obsédée par Santi, Sofía regretta brièvement de l'avoir manqué, mais bientôt elle n'y pensa plus. En se dirigeant vers la maison de Chiquita, elle croisa Anna qui lisait au soleil, coiffée d'un chapeau à larges bords. Les gens ne changent

1. Passereaux chanteurs américains.

guère leurs habitudes, se dit-elle. Sa mère leva les yeux et sourit. Gauchement, Sofía lui rendit son sourire avec un petit signe de la main. Pas besoin de lui expliquer où elle allait, Anna le savait déjà. Tout naturellement, elle avait retrouvé sa place dans cet univers qui naguère avait été le sien.

Une valse de Strauss l'accueillit aux abords de la maison. La musique était si entraînante qu'elle faillit esquisser quelques pas de danse sous le soleil éclatant. Installée sur la terrasse, une couverture sur les genoux et un petit chapeau à fleurs sur la tête, María avait un peu de couleur aux joues, et son regard rayonnait. En voyant apparaître sa cousine, elle tendit la main vers elle.

« Sofía ! » Elle lui sourit tendrement.

« Tu as l'air d'aller mieux. » Enchantée, Sofía se pencha pour l'embrasser.

« Je me sens mieux. »

En regardant son visage émacié mais radieux, Sofía se convainquit qu'elle allait s'en sortir. Elle ne pouvait se résigner à la disparition d'une aussi belle âme, surtout maintenant qu'elle l'avait retrouvée.

Chiquita se promenait à travers la maison, arrosant les plantes, tandis que les plus jeunes enfants de María jouaient sur les balançoires avec leurs cousins.

« Les autres sont sur le court de tennis ou au bord de la piscine. Tu peux aller les rejoindre, si tu veux.

— Tu n'es pas fatiguée de toute cette agitation autour de toi ? » Sofía ne voulait pas donner l'impression de lui tenir compagnie parce qu'elle s'y sentait obligée.

« Si, un peu. Je n'ai pas envie qu'on se bouscule auprès de moi en attendant que je meure. » Elle rit tristement et baissa ses longs cils.

« Les miracles, ça existe, tu sais. Tu m'as l'air beaucoup plus en forme, hasarda Sofía avec espoir.

— J'aimerais bien qu'un miracle se produise. Ce serait une merveilleuse surprise, soupira María. Mais c'est vrai que je me sens mieux. Quand on est à l'hôpital, c'est presque comme si on était déjà mort.

— Ne parlons plus de ça, María, parlons du bon vieux temps, tu veux ?

— Non, je veux que tu me racontes ce que tu as fabriqué ces vingt-quatre dernières années. Je fermerai les yeux et j'aurai l'impression d'écouter un conte. »

Sofía se rencogna dans le fauteuil et, pendant que sa cousine somnolait, elle lui narra les anecdotes de la vie que normalement elles auraient dû passer ensemble.

Comme d'habitude, le samedi, il y eut le traditionnel *asado*. L'air embaumait les arômes familiers de *lomo* et de *chorizo* tandis que toute la famille se réunissait à l'ombre des grands eucalyptus. Ne pouvant manger avec les autres, María s'était retirée dans la maison en compagnie de son infirmière. Le bruit la fatiguait trop. Sofía avait oublié à quel point leurs *asados* étaient bruyants. Rien n'avait changé, sinon que les visages connus avaient vieilli et qu'il y avait nombre de visages nouveaux. Clara exigea d'être assise à côté de sa tante. La prenant par la main, elle l'entraîna vers les tables qui croulaient sous la nourriture. Là, elle se fit un plaisir de lui expliquer comment elle devait procéder. D'abord, elle choisissait un morceau de viande sur le barbecue – celui qu'elle voulait, précisa Clara, généreuse – puis elle se servait en salade et pommes de terre sur la table. En regardant cette gamine délurée, Sofía pensa avec une profonde nostalgie à ses propres filles. Clara, qui remarqua son expression attendrie, lui adressa un sourire en coin avant de s'éloigner pour remplir son assiette. À cet instant, Santi parut avec Panchito, et tout en discutant avec eux près du barbecue, elle ne fut consciente que de sa présence, de chaque geste, chaque mouvement de son corps. Elle savait à peine ce qu'elle disait, mais ça lui était égal ; les mots n'avaient pas d'importance.

Santi et Sofía pouvaient toujours communiquer à l'insu des autres, par le regard. Le moindre battement de paupière avait une signification qu'ils étaient les seuls à connaître. Si bien que Sofía se retrouvait en situation permanente de déjà-vu. Santi et elle étaient en train de revivre le passé alors que, tout autour d'eux, la vie avait continué son cours. Les odeurs, les paysages étaient les mêmes, et pourtant Santa Catalina avait changé. Cependant, Sofía n'était pas encore prête à l'admettre ; tant qu'elle était près de Santi, les choses semblaient conserver une apparence de normalité.

Clara était fascinée par sa tante. Mais comme tous les enfants, elle ne parlait que d'elle-même. Elle voulait tout lui raconter. Pour mieux l'impressionner, elle alla jusqu'à sauter de sa chaise et marcher sur les mains le long de la table. Sa mère se contenta de rire et lui dit de remettre sa démonstration à plus tard, après le repas, lorsqu'elle aurait moins de chances de voir resurgir inopinément tout ce qu'elle avait englouti. Sofía admira le calme avec lequel elle traitait sa fille. Clara rit et retourna à sa place. Pour aussitôt recommencer à jacasser à une vitesse telle que Sofía arrivait à peine à la suivre.

Tout en prêtant une oreille complaisante à ses bavardages, elle observait les gens et écoutait les conversations autour d'elle. Elle était très consciente de la présence de Claudia, nette et impeccable en chemise et jean bleu glacier. Et elle savait que Claudia l'épiait du coin de l'œil. Deux fois Sofía intercepta son regard, mais Claudia baissa les yeux à la hâte, comme gênée d'avoir été surprise en flagrant délit. La discussion générale tournait principalement autour de María. Chiquita leur dit qu'elle la trouvait beaucoup mieux, qu'il n'y avait rien de tel que la maison pour la ramener à la vie. Son petit visage exprimait l'espoir, mais Sofía lut dans ses yeux qu'elle avait cessé d'espérer. Tout le monde se lança dans les souvenirs. Sofía eut du mal à rester en place et à entendre parler de choses qu'elle ne connaissait pas. Dans les moments de répit que Clara voulait bien lui laisser, elle se joignait aux autres et riait avec eux. Mais leur passé n'était pas le sien, et elle éprouvait la curieuse sensation d'être une étrangère. Le seul avec qui elle ait gardé un véritable lien, c'était Santi. Ses cousins l'avaient bombardée de questions sur sa vie en Angleterre, mais leur réalité était si éloignée de la sienne qu'au bout de quelques phrases ils n'eurent plus rien à se dire. Aussi, lorsque Santi lui proposa d'aller taquiner la balle après le match de polo, elle accepta avec gratitude. Claudia ne put qu'assister, impuissante, à leur échange. Il déclara également qu'il n'irait pas à la messe pour rester avec sa sœur. Mais Sofía savait que c'était un prétexte. Elle vit Chiquita froncer imperceptiblement les sourcils et comprit qu'elle savait aussi, ou du moins qu'elle avait des doutes. Elle n'avait pas oublié le passé comme Rafael, et puis elle connaissait son fils mieux que quiconque dans la famille.

Sans se soucier des regards soupçonneux, Sofía se retira dans sa chambre pour la sieste. Par la fenêtre, elle aperçut les aînés des enfants qui se dirigeaient vers la piscine, vêtus de leurs maillots de bain. Mais elle avait trop chaud et trop sommeil pour se joindre à eux. Soudain elle se sentit vieille. Être adulte à Santa Catalina était totalement nouveau pour elle.

« Santiguito joue bien, tu ne trouves pas ? fit Santi fièrement en regardant son fils s'élancer au galop à travers le terrain.

– On dirait son père, répliqua Sofía.

– Ça nous rappelle le bon vieux temps, hein ?

– Absolument. »

Il s'éloigna, et elle suivit des yeux son dos brun qui se tendait tandis qu'il levait son *taco*. Elle aurait bien voulu enfourcher un poney elle aussi. Mais elle n'était plus une gamine. D'ailleurs, serait-elle encore capable de jouer ?

Sofía alla s'asseoir dans l'herbe avec Chiquita. À sa surprise, Anna vint se joindre à elles. Au début, l'atmosphère fut un peu tendue, mais sitôt que Clara fit son apparition, leur attention fut accaparée par ses simagrées. Toutes les trois rirent en la voyant sautiller comme un petit singe.

« Tu étais exactement pareille, Sofía, dit Chiquita.

– C'est vrai, acquiesça Anna. Il fallait à tout prix que tu te fasses remarquer, je ne savais plus quoi faire de toi.

– J'étais si insupportable que ça ? »

Sa mère hocha la tête d'un air compassé, mais Sofía sentit qu'elle faisait un effort surhumain pour être gentille.

« Tu n'étais pas une enfant facile. »

Sofía avait du mal à parler à Anna. Il y avait tant de sujets qu'elles évitaient d'aborder, alors elles glissaient dessus, tel un couple de patineurs craignant de briser la glace et de sombrer dans les eaux obscures, peuplées de vieux démons. En premier lieu, elle tenait sa mère pour responsable de son exil. Cette vie qui battait son plein autour d'elle, cette vie-là aurait pu être la sienne. Anna l'en avait dépossédée, et ça, elle ne le lui pardonnait pas. Elles causèrent donc poliment, avec l'aide de Chiquita qui s'était posée en arbitre et changeait de sujet chaque fois que la glace menaçait de céder.

« Et tes filles, Sofía, comment sont-elles ? s'enquit sa tante.

– Oh, adorables, bien sûr. Très anglaises. David est un excellent père, mais il leur passe tout. Ses petites princesses ont toujours raison à ses yeux.

– Et aux tiens ? demanda sa mère.

– Ma foi, elles peuvent être aussi infernales que charmantes. » Sofía sourit en revoyant leurs visages. « Honor est turbulente comme moi je l'ai été... elle est même parfaitement intenable, et India aime bien rester à la maison avec les chevaux. Mais, de toute façon, elles sont encore petites.

– Tu sais maintenant ce que j'ai enduré. » Anna sourit à sa fille.

« Eh oui. Il n'y a pas de potion magique avec les enfants, hein ? Ils ont leur propre personnalité qui nous échappe.

– Tout à fait. »

Et toutes deux se rendirent soudain compte qu'elles venaient enfin de se trouver un point commun. Elles étaient mères l'une et l'autre.

« Regarde, regarde, *abuelita*... tu ne regardes pas ! » s'écria Clara avant de se lancer dans un nouveau saut périlleux.

Une fois de plus, leur attention fut déviée, au grand soulagement de Sofía qui n'avait guère envie de parler d'elle, ni de culpabiliser en pensant à David et aux enfants.

Au bout d'un moment, Anna les laissa et Clara, la tête sur la poitrine de sa tante, s'assoupit au soleil. Sofía ramena la conversation sur María ; Chiquita essaya bien de lui poser des questions, mais elle préféra changer de sujet. Elles parlèrent du passé, et elle en fut heureuse car ces souvenirs-là étaient aussi les siens.

La partie terminée, l'infatigable Santi s'approcha d'elles au petit galop.

« Maman, sois un ange, prête-moi Sofía. » Il la regarda et sourit. « Viens, on va te chercher un poney.

– *Bueno,* Santi », répliqua Chiquita en se levant. Elle allait ajouter autre chose, mais à la dernière minute elle changea d'avis et inspira profondément. « Non, rien, marmonna-t-elle en réponse au regard interrogateur de Sofía. Je vais voir María. À tout à l'heure. » Et elle partit à travers les arbres en emmenant Clara, ensommeillée, avec elle.

Santi accompagna Sofía à l'endroit où Javier attendait avec La Pura. Elle se hissa en selle sans effort. Javier lui remit un *taco* et, l'œil pétillant, Santi lança sa monture au galop en poussant la balle devant lui. C'était un bonheur de se retrouver en selle, de sentir le vent dans ses cheveux, de renouer avec la sensation oubliée de survoler le terrain de polo à la poursuite de la balle. Ils riaient comme autrefois en brandissant leurs *tacos* et en s'efforçant de se désarçonner l'un l'autre.

« C'est comme le vélo ! cria Sofía, excitée, découvrant qu'elle n'avait rien perdu de ses réflexes.

– Tu es un peu rouillée, *gorda*, la taquina-t-il en la dépassant en trombe.

– Tu vas voir... *¡viejo!*

– *¡Viejo!* Vieux, moi ? Attends un peu, Chofi ! »

Et il fonça droit sur elle. Elle fit pivoter son poney et galopa en direction de l'ombú. Sachant où elle l'entraînait, Santi se prêta au jeu de bonne grâce. Les champs défilaient à toute allure entre les longues ombres du soir et l'herbe humide de rosée. Telle une pêche géante, le soleil bas baignait le vaste ciel d'une lueur orangée. Santi la rattrapa, et ils chevauchèrent côte à côte, le sourire aux lèvres, trop heureux pour parler.

Finalement, ils ralentirent pour s'arrêter sous le branchage familier. Tremblants d'excitation, les poneys soufflaient bruyamment tandis qu'ils mettaient pied à terre. Les criquets stridulaient dans leur cachette, et Sofía se remplit les oreilles, les yeux de ce paysage unique qu'elle aimait tant.

« Tu te rappelles l'histoire du précieux présent ? fit-elle en s'étirant avec volupté.

– Bien sûr.

– Eh bien, je suis en train de vivre ce présent, ici et maintenant.

– Moi aussi. »

Il l'enlaça par-derrière et, ensemble, ils contemplèrent l'horizon qui changeait lentement de couleur sous leurs yeux.

« Je remarque tout. Les criquets, ce ciel immense, la plaine, les odeurs. Et je me rends compte à quel point ça m'a manqué. »

Il l'embrassa dans le cou, pressa son visage contre le sien.

« Je me souviens, quand je suis rentré d'Amérique, l'Argentine m'a paru différente. Ou plutôt, je la voyais différemment.

– Je comprends maintenant ce que tu as voulu dire.

– Tant mieux, au moins je t'aurai appris quelque chose », plaisanta-t-il.

Ils restèrent silencieux un moment. Sofía se refusait à y penser, mais en son for intérieur elle savait que bientôt il lui faudrait repartir.

Enfin, il la fit pivoter vers lui. Elle plongea ses yeux dans son regard vert où se mêlaient tendresse et mélancolie, et ils donnèrent tous les deux libre cours au flot de leurs émotions. Quand il l'embrassa, elle dut s'adosser à l'arbre car ses jambes ne la portaient plus. Santi sentait la sueur et l'effort ; incapable de retirer ses bottes, il les garda pendant tout le temps qu'ils firent l'amour. Comme des amants adultères, songea-t-elle. Peut-être parce qu'ils avaient davantage à perdre cette fois, leurs étreintes se résumaient à des instants furtifs et volés. L'innocence de la jeunesse avait cédé la place à l'expérience, ce que Sofía trouvait incroyablement excitant... et quelque peu tragique.

« *Dios*, j'irais bien piquer une tête dans la piscine, déclara Santi en reboutonnant son pantalon.

– Voilà une merveilleuse idée. Tu crois qu'il y aura quelqu'un ?

– J'espère que non. »

Il posa la paume de sa main sur sa joue moite et l'embrassa à nouveau.

« J'ai l'impression d'être redevenu complet, Chofi », dit-il en souriant.

Le temps de ramener les poneys et de se faufiler discrètement jusqu'à la piscine, le soleil s'était déjà couché. L'air caramélisé avait capté dans ses particules humides les senteurs d'eucalyptus et de jasmin. À leur soulagement, la piscine était déserte. Pas une ride ne troublait la surface calme de l'eau. Ils se déshabillèrent sans bruit, pris de fou rire lorsqu'il fallut tirer sur les bottes de Santi pour l'en débarrasser. Et, doucement, ils se laissèrent couler au fond pour se rejoindre dans la pénombre opaque.

« Où diras-tu que tu étais ? » demanda Sofía au bout d'un moment. Ni l'un ni l'autre n'avaient la moindre idée de l'heure.

« Maman saura exactement où j'ai été. Je dirai la vérité, mais en omettant les détails illicites, s'esclaffa-t-il.

– Et Claudia, que va-t-elle penser ? » glissa-t-elle malicieusement.

Mais Santi secoua la tête d'un air sombre. « Tu sais, ça me rend malheureux de lui mentir. Elle a toujours été bonne avec moi. »

Sofía regrettait déjà d'avoir prononcé son nom.

« Moi non plus, je n'aime pas mentir à David. N'y pensons plus. Souviens-toi du précieux présent », lança-t-elle d'un ton enjoué. Mais le charme était rompu. Ils nagèrent quelques instants en silence, aux prises avec leur conscience, avant de s'installer sur les dalles pour se sécher.

« R comme remords, hein ? chuchota-t-elle, compatissante.

– Exact. » Passant un bras autour d'elle, il l'attira contre lui. « Mais pas R comme regret.

– Aucun ?

– Aucun. Viens demain de bonne heure, d'accord ?

– Bien sûr, je veux rester le plus possible avec María. Elle a l'air beaucoup mieux qu'à l'hôpital.

– C'est vrai. Seulement...

– Oui ?

– Elle va mourir, Chofi. » Sa voix trembla.

« Les miracles...

– Ça existe, je sais. » Sa voix s'étrangla, et Sofía le serra contre elle tandis qu'il s'effondrait en sanglots. Elle ne connaissait pas les mots pour le consoler. Il n'y avait pas de mots. De toute façon, ceux qu'il voulait entendre, elle ne pouvait les lui dire. Elle pressa donc sa tête contre sa poitrine et le berça pendant qu'il s'abandonnait à sa douleur.

« Laisse-toi aller, Santi, mon cœur, ça ira mieux après. »

Elle pleurait aussi, mais avec une retenue qui lui donnait mal à la gorge. Car si *elle* se laissait aller, elle ne pourrait plus s'arrêter... et qui plus est, ses larmes ne seraient pas pour María seule.

42

Quand Sofía rentra à la maison, il était tard, et ses parents l'attendaient sur la terrasse avec Rafael et Jasmina. Elle expliqua qu'elle avait besoin de prendre un bain et de se changer, et demanda la permission d'appeler chez elle, en Angleterre. Elle n'en avait pas vraiment envie, mais elle savait que David allait s'inquiéter si elle ne donnait pas de ses nouvelles.

« Comment va ta cousine ? questionna-t-il.

– Elle ne s'en sortira pas, répondit Sofía, la gorge serrée. Mais au moins, j'aurai passé quelque temps avec elle.

– Tu sais, chérie, tu peux rester aussi longtemps que tu voudras. Les filles vont bien, tout va bien ici.

– Et les chevaux ?

– Rien à signaler. Sauf que tu leur manques, aux petites.

– Elles me manquent aussi.

– Honor a décroché le premier rôle dans le spectacle de fin d'année. Elle est ravie car la distribution comprend des filles de dix-sept ans, et elle n'en a que quatorze. Si tu l'entendais plastronner !

– Ça, je peux l'imaginer.

– Tiens, elle veut te parler. »

La voix enfantine à l'autre bout du fil l'emplit de nostalgie et de remords.

« Salut, m'man ! J'ai eu le rôle principal dans *Peau d'âne*, s'exclama Honor joyeusement.

– Je sais, papa me l'a dit. Bravo !

– Il faut que j'apprenne mon texte. Il est très long, c'est le plus long de toute la pièce. Mrs Hindlip me fait un costume sur mesure, et je suis des cours de diction pour apprendre à placer ma voix.

– Tu es très occupée, alors ?

— Oh oui ! Je n'ai plus du tout le temps d'étudier.

— Ce n'est pas nouveau, ça, sourit Sofía. Comment va India ?

— Papa préfère qu'elle ne te parle pas au téléphone parce que ça la rend triste, décréta Honor, très "grande sœur".

— Je vois. Tu l'embrasseras bien fort pour moi, d'accord ? Vous me manquez beaucoup, toutes les deux.

— Mais tu reviens bientôt, hein ?

— Très bientôt, mon cœur, répliqua Sofía en essayant de cacher son émotion. Repasse-moi papa, veux-tu ? Un gros baiser à vous deux. »

Honor envoya un baiser sonore dans le récepteur avant de le rendre à son père.

« Comment va India ? s'enquit Sofía anxieusement.

— Bien. Elle s'ennuie de toi, mais ne t'inquiète pas, elle se porte comme un charme. Simplement, il vaut mieux qu'elle n'entende pas ta voix.

— Ah...

— Tu n'as pas l'air d'avoir le moral, chérie. Je regrette de ne pas être là, auprès de toi. »

Son ton compatissant l'agaça. Elle se sentit coupable.

« Bon, il faut que j'y aille. Ça coûte cher, le téléphone. Dis aux filles que je les embrasse tendrement.

— Bien sûr. Et fais attention à toi, chérie. »

Cette conversation lui laissa un goût amer. Elle s'en voulait de sa duplicité, de cette facilité à mentir avec conviction. Elle ne supportait pas de penser à ses enfants ; la vision de leurs petits minois candides rendait sa trahison plus méprisable encore. Et elle en voulait à David de sa gentillesse, de sa compréhension qui la renforçaient dans le sentiment de sa propre bassesse. Cependant, lorsqu'elle parut sur la terrasse quelques minutes plus tard, habillée et prête à se mettre à table, l'Angleterre avait de nouveau reculé à l'arrière-plan, et elle savoura le précieux présent de cette soirée chaude et humide où elle respirait le même air que Santi.

Le dîner fut très agréable. La table était éclairée aux bougies, et par les fenêtres ouvertes du salon on entendait le *Requiem* de Mozart. Sofía était tombée sous le charme de Jasmina, et elles bavardèrent avec animation comme deux vieilles amies.

« On vit tous dans une terrible incertitude, disait Jasmina. Pour les enfants la vie continue. Lundi, ils retournent à l'école ; à mon avis, ils ne savent même pas ce qui se passe. Quant à nous, notre existence est suspendue au moment où María va nous quitter. Mais combien de temps ça va durer ?

– Qu'allez-vous faire ? demanda Sofía. Rentrer à Buenos Aires comme d'habitude ?

– Non, les enfants repartiront avec Juan Pablo, notre chauffeur, demain soir, mais nous, on va rester... et attendre.

– Ça me fait de la peine de me séparer de Clara, je me suis attachée à elle.

– Elle sera très triste de partir, je crois qu'elle s'est entichée de toi. » Jasmina eut un rire mélodieux. « Elle reviendra le week-end prochain. D'ici là, tu en auras peut-être assez de la supporter.

– Ça m'étonnerait. Je la trouve craquante.

– D'après Rafa, elle est exactement comme toi, quand tu avais son âge.

– J'espère qu'elle ne va pas finir comme moi, rit Sofía.

– J'en serais fière, au contraire, affirma Jasmina avec ferveur. Tu sais, María est si heureuse que tu sois revenue ! Tu lui as beaucoup manqué. Elle parlait souvent de toi.

– On a été très proches. Et on le serait restées, si hélas la vie n'en avait pas décidé autrement.

– C'est ce côté inattendu qui en fait tout l'intérêt. Ne pense pas à ce que tu as perdu, Sofía, pense à ce que tu as. »

À cet instant, Soledad fit son entrée avec son dessert préféré, des crêpes à la banane et au *dulce de leche*.

« Pour vous, *señorita* Sofía, annonça-t-elle, radieuse, en les posant sur la table.

– Oh, Soledad, tu es merveilleuse, je ne sais pas comment j'ai pu survivre vingt-quatre ans sans ça !

– À partir de maintenant, vous n'en manquerez plus, *señorita* Sofía.

– Tu comptes rester combien de temps ? demanda Rafael en se servant généreusement.

– Je n'en sais rien.

– Elle vient juste d'arriver, *amor*, ne lui parle pas de son départ ! protesta Jasmina.

– Tu peux rester aussi longtemps que tu voudras, dit Paco. Tu es chez toi, Sofía. Ta place est ici.

– Tout à fait d'accord, papa, je lui ai dit d'amener mari et enfants avec elle.

– Tu sais bien que c'est impossible, Rafa. Que ferait David en Argentine ?

– Là n'est pas la question. Tu ne peux pas disparaître pendant des années, puis revenir et nous laisser à nouveau ! »

Sofía jeta un coup d'œil à sa mère. Au même moment, Anna leva les yeux. Leurs regards se croisèrent. Sofía essaya de deviner ce qu'elle pensait, mais, contrairement à son père, son expression était indéchiffrable.

« Je suis flattée. Sincèrement. » Elle remplit son assiette.

« Agustín nous a quittés pour partir en Amérique... je ne les comprends pas, les jeunes d'aujourd'hui, fit son père en secouant la tête. De mon temps, les familles restaient soudées.

– De ton temps, papa, la situation dans ce pays était telle qu'on n'avait pas d'autre choix que de rester soudés. Car, à tout moment, un proche pouvait se faire embarquer pratiquement sous vos yeux, observa Rafael en pensant à Fernando.

– C'était une époque difficile.

– Je me souviens, quand j'étais enfant, à quel point vous étiez obsédés par nos moindres allées et venues.

– Les enlèvements étaient monnaie courante. On s'inquiétait en permanence, dit Anna. Surtout pour Sofía, qui disparaissait tout le temps avec Santi et María.

– Ça n'a pas changé », glissa Rafael, perfide.

Sofía ne sut pas s'il faisait allusion à maintenant ou à sa disparition vingt-quatre ans plus tôt.

« Je n'ai jamais compris pourquoi tu te tracassais autant, maman, dit-elle. Je pensais simplement que tu étais parano.

– Non, tu pensais que j'étais une rabat-joie. Tu m'as donné du fil à retordre, Sofía, répliqua Anna sans aucune trace d'humour.

– Je suis désolée, maman. » À sa surprise, Sofía s'aperçut qu'elle l'était réellement. Pour la première fois, elle se vit à travers les yeux de sa mère. Elle qui vivait également dans l'angoisse constante pour ses filles eut comme une sorte de déclic et, en regardant sa mère, elle se sentit triste.

Ce soir-là, elle alla se coucher de bonne heure, laissant les autres discuter sur la terrasse à la lueur mouvante des bougies. Leurs voix étouffées se mêlèrent au chœur des criquets qui montait dans le silence de la pampa, tandis qu'elle traversait le patio avec ses cascades de géraniums pour regagner sa chambre. Une fois au lit, elle s'efforça en vain de trouver le sommeil. Santi lui manquait. Elle se demandait combien de temps il leur restait à passer ensemble. Un jour viendrait où elle serait obligée de le quitter à nouveau. Ou bien y avait-il un avenir pour eux deux ? Ne l'avaient-ils pas mérité ? Toutes ces pensées se bousculaient dans sa tête pendant qu'elle essayait de mettre un peu d'ordre dans son esprit.

Finalement, elle repoussa les draps d'un geste dépité. Il fallait qu'elle voie Santi. Pour s'assurer qu'elle n'allait pas le perdre maintenant qu'elle l'avait enfin retrouvé après tant d'années. Sofía enfila son peignoir et se glissa dehors. La lune, brillante, illuminait son chemin. Telle une grenouille, elle sauta d'ombre en ombre ; ses pieds nus étaient trempés de rosée. Elle ignorait où il dormait, ni comment elle allait le réveiller sans réveiller sa femme.

Arrivée devant la maison, Sofía longea le mur, scrutant les fenêtres à la recherche de leur chambre. Contrairement à la sienne, la maison de Chiquita était bâtie de plain-pied, si bien qu'elle n'avait pas besoin de se bagarrer avec des échelles ou des plantes grimpantes. La plupart des fenêtres étaient fermées par des volets : impossible de savoir ce qu'il y avait de l'autre côté. Elle se fraya un passage vers la terrasse et s'arrêta, incertaine, sur les dalles lisses. Elle allait renoncer quand elle aperçut un point incandescent sous la véranda, l'extrémité d'une cigarette.

« Normalement, je ne fume pas, fit une voix à l'autre bout.

– Santi ! Qu'est-ce que tu fais là ? souffla-t-elle, soulagée.

– J'habite ici, et toi, qu'est-ce que tu fais là ?

– J'étais venue te voir, répondit-elle dans un murmure, le rejoignant sur le banc à pas de loup.

– Tu es folle, rit-il. Mais c'est pour ça que je t'aime.

– Je n'arrive pas à dormir.

– Moi non plus.

– Qu'est-ce qu'on va faire ?

– Je ne sais pas. » Il soupira, écrasa sa cigarette et attira Sofía contre lui. Sa barbe naissante lui piqua le visage.

« Je ne supporterais pas que ça s'arrête, maintenant qu'on s'est enfin trouvés.

— Je sais... j'étais en train de penser la même chose. On aurait dû partir ensemble à l'époque, il y a vingt et quelques années.

— Si seulement...

— On n'avait peut-être qu'une chance... et on l'a gâchée.

— Ne dis pas ça, Santi. Les occasions, c'est toi qui les crées !

— Tu exagères de venir comme ça jusqu'ici. » Il rit et lui ébouriffa affectueusement les cheveux. « J'espère qu'il n'y aura pas d'autres insomniaques dans la maison.

— Toi et moi, on a toujours été sur la même longueur d'onde.

— C'est ça, le problème. Et ça ne changera pas, où que l'on soit l'un et l'autre.

— Combien de temps a-t-on devant nous, Santi ? demanda-t-elle avec un calme forcé, ne voulant pas montrer son désespoir.

— Demain soir, Claudia ramène les enfants à Buenos Aires. »

Avait-il mal compris sa question ou délibérément répondu à côté, elle n'aurait su le dire.

« Donc ça nous laisse un peu de temps.

— Ce n'est pas facile pour elle.

— Quoi ?

— Le fait que tu sois revenue tout à coup.

— Elle est au courant pour nous ? s'enquit Sofia avec curiosité.

— Elle sait qu'on a été amants. Je le lui ai dit. Tout le monde savait. Tu penses bien qu'il était difficile de garder secret un scandale pareil. Je ne voulais pas qu'elle soit la seule à ne pas savoir. Et je voulais que tout soit clair. Qu'elle comprenne que ce n'était pas quelque chose de sordide, qu'on s'était réellement aimés. Elle a comblé un vide dans ma vie, Chofi. Elle m'a rendu heureux à une époque où je croyais ne plus jamais rencontrer le bonheur.

— Qu'essaies-tu de me dire au juste ? » fit-elle lentement. Mais elle connaissait déjà la réponse. Il déposa un baiser sur sa tempe, et elle sentit sa poitrine se gonfler tandis qu'il inspirait profondément.

« Je ne sais pas, Chofi. Je n'ai pas envie de la faire souffrir.

— Écoute, n'y pensons plus pour le moment », suggéra-t-elle vaillamment. Ne pas regarder les choses en face leur permettait de garder une lueur d'espoir. « On n'est pas obligés de prendre une décision. Profitons du fait d'être ensemble, avec María.

– *Claro*[1]... on n'est pas obligés de prendre une décision », répéta-t-il.

Elle espérait seulement que l'incertitude le rongeait autant qu'elle la tenaillait, elle.

Lorsqu'elle regagna sa chambre, l'aube avait déjà teinté le ciel d'un camaïeu de roses et de bleus. Naturellement, elle se réveilla tard, mais cette fois-ci elle n'eut aucun mal à se rappeler où elle était. Se glissant dans une courte robe bain de soleil, elle sortit d'un pas décidé sur la terrasse. Il faisait très chaud sous l'implacable soleil argentin. Elle se souvint d'étés passés à « rôtir » au bord de la piscine. C'était cette chaleur qui lui manquait en Angleterre ; elle avait oublié l'azur intense du ciel qui s'étendait à présent au-dessus de sa tête.

Elle trouva ses parents, Rafael et Jasmina, en train de lire à l'ombre de parasols, pendant que les enfants dessinaient, couchés à plat ventre. En voyant cette scène paisible, Sofía éprouva une pointe d'envie. N'était-ce pas là l'existence qu'elle aurait menée si elle était rentrée ? Santi et elle n'auraient-ils pas tout compte fait réussi à fonder un foyer avec le petit Santiguito ? Une sourde douleur lui déchira la poitrine à la pensée de son fils. Il était grand maintenant, un jeune homme de vingt-trois ans. Et même s'il la voyait, il ne la reconnaîtrait pas. Ils seraient deux étrangers l'un pour l'autre. Ravalant un sanglot, elle salua sa famille et s'assit à table. Peu après, Soledad parut avec le thé, le fromage et le *membrillo*. Elle remarqua que le bébé de Jasmina dormait dans ses bras, partiellement couvert d'un joli châle blanc. D'une main, Jasmina tenait son livre, l'autre reposait sur la tête du nourrisson. Si elle avait su dessiner, Sofía l'aurait représentée ainsi, belle et sereine comme une Vierge à l'Enfant.

Bien qu'entourée des siens, Sofía était en pensée avec Santi. Il lui tardait que Claudia retourne à Buenos Aires en les laissant seuls. Personne ne parlait. Chacun semblait perdu dans son petit monde ; il fut un temps où elle aussi en avait fait partie. Elle regarda sa mère qui lisait tranquillement sous son chapeau de

1. Bien sûr.

plage : dans ses souvenirs, Anna avait toujours porté un chapeau de plage, peut-être pas en hiver, mais Sofía ne se rappelait que les étés. Plongé dans le journal du dimanche, une paire de petites lunettes rondes sur le nez, Paco leva les yeux et lui sourit. Son regard pétillait d'affection. Mais malgré tout, Sofía se sentait de trop. Chacun ici avait sa place au soleil. Dans cette ambiance familiale et détendue, les mots n'étaient pas nécessaires. Elle avait connu ce sentiment d'appartenance à la tribu, mais il y avait si longtemps qu'elle ne s'en souvenait plus.

Sofía buvait son thé en silence. Au bout d'un moment, Clara accourut pour lui montrer son dessin. C'était très réussi pour une gamine de son âge, plein de couleurs vives et de visages radieux. Elle avait un bon coup de crayon, sûr et audacieux. Sofía la félicita.

« Mais tu es douée ! » s'exclama-t-elle avec enthousiasme.

Clara rayonnait de fierté.

« Qui t'a appris à dessiner ?

— Personne, j'aime bien ça, c'est tout. Je suis la meilleure de ma classe.

— Décidément, tu sais tout faire ! » Sofía contempla sa frimousse de petit lutin et lui sourit. « Tu vas être peintre quand tu seras grande ?

— Non, répondit-elle, catégorique. Je serai actrice. » Et elle la gratifia d'un sourire éblouissant.

« Je suis sûre que tu feras une très bonne actrice, Clara.

— C'est vrai ? s'écria l'enfant, sautillant d'un pied sur l'autre.

— Quel est ton film préféré ?

— *Mary Poppins.*

— Et qui aimerais-tu être... la petite fille ?

— Non, Mary Poppins. Je connais toutes les chansons. » Et elle se mit à chanter « Un peu de sucre... ».

« Je vois ça, dit Sofía en riant.

— Maman dit que c'est un bon moyen d'apprendre l'anglais.

— Elle a tout à fait raison.

— Je retourne à Buenos Aires ce soir, gémit Clara en esquissant une grimace.

— Mais tu aimes bien l'école, et puis tu reviens ici le week-end prochain, non ?

– Tu seras encore là ?

– Bien sûr que je serai là », acquiesça Sofía pour ne pas la décevoir. Elle ne savait pas quand elle allait repartir. Elle préférait ne pas y penser.

« Tu vas rester ici, hein ? Papa dit que oui. »

Sofía regarda Rafael qui leva les yeux de son journal et sourit d'un air contrit.

« Je ne crois pas que je vais rester. Pas définitivement. Mais toi, tu pourras venir me voir en Angleterre. Ça va te plaire. C'est là qu'il y a les meilleurs théâtres.

– Oh oui, je connais l'Angleterre. Mary Poppins, elle est anglaise.

– Absolument.

– Regarde, voilà le *carro* ! »

Une carriole tirée par deux poneys surgit d'entre les arbres, avec Pablo à la place du cocher. Sofía se souvint de la fois où elle était allée faire un tour avec sa grand-mère. *Abuelita* Solanas disait que l'un de ses plus grands plaisirs était de parcourir la pampa, confortablement assise sur la banquette usée de la carriole, en contemplant le paysage autour d'elle. De sa voix flûtée mais ferme, elle enjoignait José de faire attention chaque fois qu'ils approchaient d'un nid-de-poule ou de s'arrêter à l'occasion, quand elle repérait un oiseau ou un animal qui lui plaisait. Elle avait raconté à Sofía que dans sa jeunesse ils utilisaient la carriole pour se rendre en ville. Sofía avait fait remarquer que ça devait prendre des heures, ce à quoi sa grand-mère avait rétorqué que la vie s'écoulait bien plus lentement dans le temps, « ça ne se bousculait pas comme maintenant, quand on devient vieux avant d'avoir profité de sa jeunesse ». Néanmoins, l'idylle fut de courte durée : Sofía aurait préféré que José accélère l'allure, mais sa grand-mère ne voulait rien entendre : à l'évidence, elle savourait le paysage... et la vue des gauchos qu'ils croisaient, nonchalamment perchés sur leurs montures.

Paco s'avança vers l'attelage, flatta les poneys à la robe luisante et échangea quelques mots avec Pablo. Sofía pensa à José et sentit une fois de plus combien il lui manquait.

« Sofía, tu viens avec moi ? demanda son père.

— Moi aussi, moi aussi ! cria Clara, jetant son carnet à dessin et se précipitant vers la carriole.

— Avec plaisir », répondit Sofía en se joignant à eux.

Pablo descendit, et Paco souleva Clara à bout de bras comme il l'aurait fait avec un petit chien. Elles s'assirent sur la banquette à côté de lui, et il confia les rênes à l'enfant, lui expliquant patiemment comment conduire. Sofía regarda Pablo s'éloigner en direction des arbres. Ils adressèrent un signe à Rafael, Jasmina et Anna qui reposa son livre et leur sourit de sous son chapeau.

« Est-ce qu'ils regardent ? murmura Clara en tournant les poneys, le front plissé par la concentration.

— Ils n'ont d'yeux que pour toi, mon lapin », répliqua Paco.

Exactement le genre de choses qu'il disait autrefois à Sofía.

Ils partirent au trot ; Sofía eut un pincement au cœur en voyant qu'ils se dirigeaient à l'opposé de la maison de Chiquita. Elle brûlait de retrouver Santi et avait un mal fou à se concentrer sur autre chose. Tout comme avec sa grand-mère du temps de son enfance, le plaisir de la promenade eut tôt fait de s'émousser, et elle eut envie de descendre. Son père prêtait une oreille distraite au bavardage ininterrompu de Clara. Finalement, lorsqu'elle se tut pour reprendre son souffle, il en profita pour se tourner vers Sofía.

« Tu aimais bien conduire la carriole, Sofía.

— Je m'en souviens, papa.

— Mais tu étais meilleure au polo.

— Parce que je préférais le polo, rit-elle.

— Tu te rappelles la *Copa Santa Catalina* ? s'enquit-il en souriant.

— Comment pourrais-je l'oublier ? C'est une chance qu'Agustín se soit cassé la figure, sinon tu ne m'aurais jamais laissée jouer.

— Je voulais te laisser jouer depuis le début.

— Ah bon ?

— Mais je savais que ta mère était contre. Elle souffrait de ce que tu sois aussi bien intégrée, et pas elle. » Il chercha le regard de sa fille, et dans ses yeux elle surprit une lueur de regret.

« Elle a choisi de vivre ici, dit Sofía en se détournant.

— Tiens, Clara, les autres enfants sont sur les balançoires, fit Paco, remarquant que la fillette commençait à se lasser du jeu, maintenant qu'elle n'était plus le centre de l'attention. Si tu allais te joindre à eux ?

— Je peux ? »

Il tira sur les rênes ; elle sauta joyeusement à terre et courut retrouver ses cousins.

Sofía sentit qu'il voulait lui parler en privé et attendit, vaguement inquiète. Son père pressa les poneys, et le tintement des harnais combla le silence gêné.

« Ça n'a pas été facile, tu sais, dit-il enfin, les yeux rivés sur la piste devant lui.

— Qu'est-ce qui n'a pas été facile ? »

Il réfléchit un instant, oscillant au rythme de la carriole.

« J'aime ta mère. On a connu des moments difficiles. Après ton départ, elle s'est repliée sur elle-même. Elle paraît froide, je sais. Mais elle est mal dans sa peau. Et tu as contribué à son sentiment d'insécurité.

— Comment ça ? s'étonna Sofía.

— Elle n'a pas réussi à trouver sa place. Toi, si. Tout le monde t'aimait. Et ça lui posait un problème.

— Mais elle m'a aimée, non ? s'entendit-elle demander à sa propre stupéfaction.

— Elle t'aime toujours. Sauf que...

— Quoi ? »

Il hésita. « Je me sens en partie responsable des... rapports orageux entre ta mère et toi. Voilà longtemps que je veux t'en parler.

— Je ne comprends pas. Tu as toujours pris mon parti. Tu as toujours été à mon écoute. Je dirai même que tu m'as trop gâtée.

— Sofía, quand ta mère t'attendait, notre couple a traversé une mauvaise passe. » Il chercha ses mots, et elle crut deviner de quoi il s'agissait. « Il y avait des tensions entre nous. Que je n'arrivais pas à régler. Nous étions malheureux tous les deux.

— Tu l'as trompée », l'interrompit-elle.

Ses épaules s'affaissèrent ; il parut soulagé qu'elle lui ait épargné l'aveu de sa faute.

« Oui », dit-il simplement, et elle sentit que cet épisode pesait lourdement sur sa conscience.

Ça devient une tradition dans la famille, pensa Sofía. Mon Dieu, que suis-je en train de faire ?

« Quand je suis tombé amoureux de ta mère, poursuivit Paco, je n'avais encore jamais rencontré une fille comme elle. Spontanée, insouciante... d'une fraîcheur difficile à décrire. Je l'ai ramenée en Argentine, et là les choses ont changé. Elle est devenue quelqu'un d'autre. J'ai essayé de m'accrocher, mais elle était de plus en plus distante. J'ai donc trouvé ce que j'avais perdu dans les bras d'une autre femme. Et elle ne s'est jamais remise de cette trahison. »

Un silence tendu succéda à ses paroles. Sofía commençait à comprendre pourquoi ses parents avaient réagi si violemment à ses frasques. En la punissant, sa mère punissait son père, son pauvre père trop empêtré dans sa culpabilité pour lui tenir tête.

« Comment peut-on en vouloir à son enfant d'être née dans un moment difficile ? demanda-t-elle. Je n'arrive pas à croire qu'elle m'ait haïe uniquement parce que je lui rappelais ton infidélité.

— Elle ne t'a jamais haïe, Sofía. Jamais. Elle avait du mal à communiquer avec toi. Elle a essayé. Elle était jalouse de toi parce que je t'aimais d'une manière absolue, inconditionnelle, tout comme ton grand-père O'Dwyer. Elle avait l'impression que tu lui avais volé les deux hommes de sa vie.

— Les deux hommes de sa vie, ç'a toujours été Rafa et Agustín. À mon avis, elle n'a rien essayé du tout.

— Elle regrette profondément ce qui s'est passé, Sofía. Je t'assure.

— C'est vrai ?

— Elle avait hâte que tu reviennes.

— Je n'avais pas compris, papa. J'étais gamine quand vous m'avez chassée de la maison. Je me sentais complètement déprimée. Je n'avais pas l'intention de couper les ponts avec vous tous, mais j'ai eu le sentiment que tout le monde était contre moi. Je culpabilisais de m'être mise dans un tel pétrin. De t'avoir déçu. J'ai donc pensé que ça serait moins pénible de ne plus vous revoir.

— Je suis désolé, *hija*[1], on ne peut pas changer le cours de l'histoire, si c'était possible, crois-moi, je donnerais tout pour le

1. Ma fille.

faire. On doit vivre avec ses erreurs, Sofía. J'ai vécu douloureusement avec les miennes.

– Et moi, avec les miennes, dit-elle, le regard perdu au-delà de la plaine humide.

– Veux-tu que je te dépose chez Chiquita ? Comme ça, tu pourras aller voir María. » Et il tourna les poneys en direction de la maison.

Une fois devant chez Chiquita, Sofía regarda son père et surprit la lueur familière dans ses yeux, cette lueur de complicité qu'elle croyait ne plus jamais revoir. Il lui sourit tendrement, et elle s'empressa de ravaler ses larmes. Lorsqu'il lui toucha la main, elle eut l'impression qu'on venait de lui rendre une partie d'elle-même, depuis longtemps perdue. Elle se jeta dans ses bras, et il la serra contre lui comme il le faisait quand elle était enfant.

43

Sofía regarda la carriole tourner et disparaître entre les arbres. Enfant, elle avait cru ses parents unis par un lien indestructible. Et même plus tard, malgré tous les problèmes avec sa mère, jamais elle n'aurait soupçonné qu'il puisse y avoir des difficultés dans leur couple. Du reste, elle avait été trop préoccupée par elle-même pour penser aux autres.

Il faisait très chaud sous le soleil de midi ; elle dut plisser les paupières pour se protéger de son éclat. Elle se sentait moite et collante. C'était très déplaisant, elle aurait bien voulu prendre une douche ou aller nager. Elle se rappelait ces journées de canicule du temps de son enfance qui culminaient en un orage d'une violence inouïe. Les orages dans la pampa étaient terrifiants comme nulle part ailleurs. Petite, Sofía était convaincue que les cieux résonnaient des pas de centaines de monstres gris se livrant une bataille au-dessus de sa tête.

Elle pénétra dans la maison où régnait une paisible fraîcheur. Il lui fallut un moment pour que ses yeux s'habituent à la pénombre. Puis elle entendit un bruit assourdi de voix au fond du couloir. Elle se dirigea vers la chambre de María. L'une des portes sur sa droite était ouverte : elle n'y fit pas attention jusqu'à ce qu'une main ferme l'empoigne et l'attire à l'intérieur. Sofía retint son souffle, mais avant qu'elle n'ait le temps de paniquer, la bouche de Santi écrasa la sienne, la réduisant au silence. Il la traîna à moitié dans la pièce obscure. Elle eut du mal à garder son sérieux, cependant les lèvres chaudes et sensuelles de Santi étouffèrent son rire. Lui aussi était en sueur.

« Tu avais dit que tu viendrais de bonne heure. Où étais-tu ? lui murmura-t-il à l'oreille.

– Je suis allée faire un tour en *carro* avec papa. »

Il l'embrassa dans le cou, et elle rit. « Ça chatouille !

– Je t'ai attendue toute la matinée. Tu sais te faire désirer, toi !

– Santi, ça n'a rien à voir. Papa avait envie d'être avec moi. Et je suis très contente d'y être allée. »

Il la caressa sous sa robe, et elle se trémoussa de plaisir.

« Ça s'est bien passé ? demanda-t-il, le nez dans ses cheveux.

– Je me sens à nouveau proche de lui. Il n'a pas été très démonstratif, tu connais papa, mais on se comprend maintenant comme autrefois. »

Il remonta sa robe jusqu'à sa taille et enfouit son visage dans son cou, pressant son corps brûlant contre le sien.

« J'ai envie de toi, Chofi », chuchota-t-il, la plaquant au mur.

Elle sentit le contact froid du plâtre dans son dos.

« Pas ici, protesta-t-elle faiblement. Pas sous le même toit que María. »

L'idée qu'on puisse les découvrir d'une minute à l'autre rendait les caresses de Santi plus enfiévrées encore. On n'entendait plus dans la petite chambre que sa respiration saccadée et le froufrou de la robe de Sofía. Le désir lui fit perdre toute notion de prudence : en cet instant, elle se moquait du danger, elle se sentait redevenir jeune, pétillante, sûre d'elle... la Sofía d'antan qui ne vivait plus que dans ses souvenirs. Et lorsqu'il lui fit l'amour debout contre le mur, le monde entier cessa d'exister en dehors d'eux deux.

« Je ne peux pas aller voir María comme ça, souffla-t-elle une fois qu'ils se furent séparés.

– Chut ! » Les yeux étrécis, il posa la main sur sa bouche. Quelqu'un arrivait dans le couloir. Sans la quitter des yeux, il l'écrasa contre le mur. Les pas se rapprochaient, légers. Sofía osait à peine respirer. Déjà, elle imaginait la scène : l'air horrifié de Claudia, la déception dans le regard de son père. Elle serait obligée de fuir à nouveau. Son cœur battait à tout rompre. Mais les pas passèrent devant la porte et s'éloignèrent jusqu'à ce que tout redevienne silencieux.

Les jambes flageolantes, elle se laissa aller contre Santi. Il inspira profondément et l'embrassa sur son front moite.

« On a eu de la chance, chuchota-t-il.

– *O Dios,* Santi, que sommes-nous en train de faire ?

– Quelque chose que manifestement nous ne devrions pas faire. Allez, viens, sortons d'ici.

– Mais je voudrais voir María ! Je suis venue exprès pour elle. »

Il secoua la tête avec un petit sourire en coin.

« Eh bien, tu m'as vu, moi. Mon Dieu, tu es dans un état ! ajouta-t-il tendrement. Ce n'est pas le moment de te montrer.

– Mais où veux-tu qu'on aille ? On va forcément tomber sur quelqu'un ! »

Il réfléchit un instant.

« Toi, tu vas foncer dans la salle de bains te refaire une beauté... tu es toute échevelée, je t'adore comme ça, mais María comprendra tout de suite. Je te retrouve dans sa chambre.

– OK.

– Bien, voyons si la voie est libre, dit-il sans bouger.

– Vas-y, toi », gloussa-t-elle.

Lui soulevant le menton, il l'embrassa à nouveau.

« Je n'ai pas envie. Tiens, regarde... » Il plaça la main de Sofía sur son pantalon. « Je serais prêt à remettre ça. »

Elle rit doucement, blottie sur sa poitrine. « Espèce d'ahuri, toi non plus tu ne peux pas sortir comme ça. On est coincés ici ! »

Devant l'absurdité de leur situation, ils furent pris d'une crise de fou rire. Malgré le danger d'être surpris ensemble, avec toutes les conséquences désastreuses qui s'ensuivraient, ils n'avaient rien trouvé de mieux que de pouffer comme deux collégiens. Finalement, Santi s'approcha de la porte et risqua un coup d'œil à l'extérieur.

« Viens », souffla-t-il.

Ils se glissèrent dans le couloir sur la pointe des pieds : l'envie de rire leur était complètement passée. Arrivés à la porte suivante, Sofía se réfugia précipitamment dans la salle de bains, et Santi se dirigea vers la chambre de sa sœur.

S'adossant au chambranle, elle reprit son souffle. Son corps vibrait au souvenir des caresses de Santi. Elle se regarda dans le miroir et comprit ce qu'il avait voulu dire. Les joues rouges et les yeux brillants, elle semblait être l'image même de la volupté. Satisfaite, Sofía se lava le visage et tenta de remettre de l'ordre dans son apparence.

María fut contente de la voir. Son regard noisette s'illumina lorsqu'elle entra dans la chambre, et aussitôt Sofía fut prise de remords à l'idée d'avoir fait l'amour avec Santi, alors que sa cousine était en train de mourir dans la pièce voisine. Cela lui parut immoral. Elle vit presque le père Julio la menacer du doigt de son siège doré dans les cieux. Perché dans une pose alanguie sur le bras d'un fauteuil, Santi n'avait pas l'air de se sentir coupable. Eduardo était assis au pied du lit, Claudia, Dieu merci, n'était pas là. Sofía salua Santi comme si elle ne l'avait pas revu depuis la veille. Quand elle se baissa pour l'embrasser, il lui pressa le bras deux fois : c'était un code secret entre eux. Elle fit de même. Eduardo était très pâle ; il souriait, mais ses yeux trahissaient son désespoir. Le cœur de Sofía se serra. Comment pouvait-elle profiter de Santi au milieu d'un océan de douleur ? María semblait faible, mais heureuse. Ils bavardèrent à bâtons rompus sans faire une seule allusion à sa maladie. Tout le monde avait envie de croire à une rémission ; personne n'avait le courage d'envisager le pire. Ils parlèrent des enfants : María ne voulait pas qu'ils partent, mais c'était mieux pour eux de reprendre une vie normale. Ils allaient rentrer avec Claudia. À la mention de cette dernière, Sofía croisa le regard de Santi et sentit qu'il était tout aussi impatient de se retrouver seul avec elle.

María se fatiguait facilement. Quand elle se mit à cligner des yeux, ils décidèrent de la laisser dormir et d'aller sur la terrasse. Claudia était assise sur le banc, avec sa fille pelotonnée contre elle comme un petit chien en quête d'affection. Sofía esquissa un sourire crispé, s'attendant à un accueil tout aussi glacial. À sa surprise, Claudia leva sur elle un regard angoissé. Se redressant, elle écarta sa fille d'un geste. Les autres étaient en train de se servir à boire, nullement pressés de les rejoindre, si bien que Sofía se sentit obligée de lui parler.

« Alors, vous rentrez à Buenos Aires ce soir ?

– Oui », dit Claudia en baissant ses yeux veloutés.

Il y eut un silence gêné. Hésitant à s'asseoir, Sofía se dandina d'un pied sur l'autre.

« À quelle école vont les enfants ? À San Andrés ? demanda-t-elle pour essayer de meubler la conversation.
— Oui, répondit Claudia, laconique.
— C'est là que je suis allée, moi aussi.
— Je sais, Santi me l'a dit.
— Ah bon.
— Santi et moi sommes très proches, il me dit tout, déclara Claudia, sur la défensive.
— En effet, il m'a raconté que vous lui faites beaucoup de bien. Vous l'avez rendu très heureux, confirma Sofía entre ses dents.
— Lui aussi m'a rendue heureuse... je ne saurais rêver d'un meilleur mari, ni d'un meilleur père pour mes enfants. » Elle dévisagea Sofía sans ciller. « Il veut rester ici pour María. Il est très attaché à elle. Sa disparition va l'affecter énormément, mais la vie finira par reprendre son cours. Vous allez retourner chez vous, j'imagine ?
— Très certainement, acquiesça Sofía à contrecœur.
— Comment vous sentez-vous ici, après toutes ces années d'absence ? s'enquit Claudia avec un petit sourire.
— J'ai l'impression que rien n'a changé. C'est incroyable, la facilité avec laquelle on retrouve ses vieilles habitudes.
— Et avez-vous retrouvé... vos vieilles habitudes ? fit-elle, suave.
— Bien sûr.
— Mais les gens changent. En apparence, vous êtes encore chez vous ici, mais vous devez probablement vous sentir étrangère aussi bien en Angleterre qu'à Santa Catalina.
— Pas du tout. Je ne me sens étrangère nulle part, mentit Sofía.
— Eh bien, vous avez de la chance. Car c'est assez courant. Les nouveaux visages... la nouvelle hiérarchie. Vous ne faites plus vraiment partie de la famille. Santi m'a dit qu'autrefois toutes les conversations tournaient autour de vous. Ce n'est plus du tout le cas aujourd'hui. »

Piquée au vif, Sofía rétorqua avec froideur : « Je ne tiens pas particulièrement à faire parler de moi, Claudia. La raison de mon retour, c'est María. Vous ne pouvez pas comprendre la profondeur du lien qui nous unit. Que ça vous plaise ou non, mes racines sont ici.
— Et moi, je vis ici, Sofía. Santi est mon mari. Un jour ou l'autre, vous finirez bien par rentrer chez vous. Votre place n'est plus en Argentine. »

À cet instant, Santi parut sur la terrasse, suivi de Miguel, Panchito, Eduardo et Chiquita. Il remarqua immédiatement les joues roses de Claudia, et son regard inquiet alla de sa femme à Sofía.

« Tu restes déjeuner, Sofía ? demanda Chiquita. Ou dîner peut-être ?

– Je mange avec mes parents à midi, mais je me joindrai volontiers à vous ce soir. » Et, se tournant vers Claudia, Sofía ajouta : « Je ne crois pas que je vous reverrai. »

Claudia, furieuse, rougit de plus belle face à son sourire complaisant.

« Je vous souhaite un bon retour à Buenos Aires. »

Il devait être cinq heures de l'après-midi lorsque les voitures quittèrent Santa Catalina. Les enfants de Rafael et Jasmina repartaient avec leur chauffeur ; ceux de Santi et Claudia, avec les enfants de María. Quand la poussière fut retombée sur le chemin, scintillant au soleil, Sofía courut, triomphante, vers la maison de Chiquita.

Après le dîner, toute la famille de Santi se réunit sur la terrasse. Assis dans l'obscurité, le cœur lourd, sous les yeux invisibles des habitants de la pampa, ils parlèrent de María. Sofía avait du mal à regarder Eduardo en face. Néanmoins, il y avait un certain réconfort dans le fait d'aborder le sujet ouvertement, tous ensemble. Pour une fois, ils se montraient réalistes. Il lui restait peu de temps à vivre. Miguel avait appelé Fernando qui, pour la première fois depuis son arrestation, avait décidé de rentrer à Santa Catalina pour faire ses adieux à sa sœur. Grâce à elle, il allait vaincre sa peur et se débarrasser peut-être des fantômes qui continuaient à le hanter. Chiquita et Miguel étaient assis, main dans la main. Malgré les mois de préparation, ç'allait être très dur. Ce n'était sans doute qu'une question de jours. Dans ces instants, Sofía se sentait très proche de ses cousins. Ils partageaient tous un passé commun, unis dans un même amour pour María. Et ce lien-là, quoi qu'il puisse arriver par la suite, rien ne pourrait le briser.

Plus tard, quand tout le monde alla se coucher, Santi et Sofía restèrent assis sur le banc comme la nuit précédente. Ils n'avaient pas besoin de parler. La simple présence de l'autre leur était une consolation. Lui prenant la main, il l'attira contre lui. Sofía ne sut combien de temps ils demeurèrent ainsi, sans rien dire, jusqu'à ce qu'elle ressente des courbatures dans ses membres.

« Il faut que je bouge, Santi », fit-elle en s'étirant. Elle se sentait fourbue et elle avait sommeil. « Je ferais mieux d'aller au lit. Je n'ai plus les yeux en face des trous.

– Je veux passer la nuit avec toi, Chofi. Ce soir, j'ai besoin d'être près de toi. »

Elle regarda son visage chiffonné. Malgré sa haute stature, il avait l'air très vulnérable.

« On ne peut pas rester ici, répliqua-t-elle.

– Je sais. Ce serait déplacé. Je viens avec toi.

– Tu en es sûr ?

– Sûr et certain. J'ai besoin de toi, Chofi. Je suis trop malheureux. »

Elle le prit dans ses bras comme un enfant. Il l'étreignit avec force. Il y avait quelque chose de touchant dans la façon dont il se cramponnait à elle. Son cœur se gonfla de tendresse et de compassion.

« On est tous là, impuissants... Je me sens totalement inutile. Et je me dis : si ça arrivait à l'un de mes enfants ? Comment ferais-je pour tenir le coup ? Comment font mes parents ?

– On tient le coup parce qu'on n'a pas le choix. Ça fait mal et ça fera toujours mal, Santi. Mais il faut que tu sois fort. Ces choses-là sont destinées à nous mettre à l'épreuve. Nous ignorons pourquoi elles existent. Dieu veut rappeler María à lui ; soyons reconnaissants qu'il nous l'ait prêtée pendant tout ce temps », dit-elle en ravalant ses larmes. Voilà qu'elle se mettait à parler comme sa mère. Toute rebelle qu'elle fût, elle avait assimilé plus de sa philosophie qu'elle ne l'aurait cru. « Viens, on va se coucher. Tu es plus émotif parce que tu es fatigué. Ça ira mieux demain. »

Main dans la main, ils s'engouffrèrent sous les arbres. Ils auraient dû exulter à l'idée de passer la nuit ensemble, au lieu de quoi ils se sentaient vidés, en proie à un inexplicable sentiment de solitude.

« Je n'ai jamais pensé à la mort, vois-tu. Je n'y ai jamais été confronté. Mais ça me fait peur. On est tous sacrément vulnérables.

— Je sais, acquiesça Sofía d'une voix atone. On s'en ira tous un jour.

— Je regarde mes enfants. Que suis-je censé leur répondre quand ils me demanderont où elle est partie ? Je ne sais plus trop que croire.

— C'est parce que tu es en colère contre Dieu. J'ai passé toute mon enfance à Lui en vouloir simplement parce que ma mère était une bigote, et ça m'agaçait. Mais maintenant, je crois. Il y a certainement un dessein derrière tout cela.

— Il faut que je sois fort pour maman, mais intérieurement je me sens faible et démuni, avoua-t-il d'un air accablé.

— Tu n'es pas obligé d'être fort devant moi, Santi. »

Il lui pressa la main. « Je suis content que tu sois là... tu es venue juste au moment où j'avais le plus besoin de toi. »

Sofía referma la porte et alla vers la fenêtre pour verrouiller les volets et tirer les rideaux.

« Écoute les criquets », dit-elle.

Elle ne pouvait se défaire d'une certaine appréhension. Ils avaient déjà fait l'amour, mais dans l'urgence et non dans l'intimité d'une chambre, en ayant tout le temps devant eux. Santi s'approcha par-derrière et, l'enlaçant par la taille, l'attira contre lui. Doucement, il l'embrassa dans le cou. Les yeux clos, elle se laissa aller en arrière. Il glissa les mains sous son chemisier, et elle sentit ses paumes rugueuses sur son ventre. Il faisait humide, et elle avait la peau moite. Puis il posa les mains sur ses seins, délicatement, les frôlant à peine. Sa barbe naissante lui chatouillait la joue. Sofía pivota sur elle-même, et la bouche de Santi fondit sur la sienne, comme s'il voulait oublier le présent douloureux dans les bras de la femme qu'il aimait.

« Suis-je vieille ? demanda-t-elle, lovée contre lui dans le lit, en le voyant contempler son corps.

— Toi, vieille ? Sûrement pas, répliqua-t-il. Juste un peu plus âgée. »

44

Lundi 10 novembre 1997

En débarquant du ferry qui l'avait transporté à travers les flots boueux d'Uruguay en Argentine, Fernando sentit un filet de sueur lui couler dans le dos. Voilà près de vingt ans qu'il n'avait pas foulé le sol argentin. Vingt ans qu'il avait pris part aux manifestations contre les militaires arrivés au pouvoir le 24 mars 1976. Bien que le coup d'État lui-même ait eu lieu sans effusion de sang, les cinq années qui avaient suivi s'étaient soldées par la disparition de presque dix mille individus – selon les chiffres officiels, mais sans doute trois fois plus –, Fernando avait failli être l'un d'entre eux. En contemplant l'eau brunâtre, il repensa à sa fuite : vaincu, terrorisé, il s'était juré de ne plus jamais remettre les pieds en Argentine. Il avait vu trop de violence pour se risquer de nouveau à frôler la mort d'aussi près. Il avait appris beaucoup de choses sur lui-même. Des choses qui ne lui plaisaient guère.

Sa lâcheté, pour commencer. D'autant plus flagrante face au courage des hommes et des femmes qui n'avaient pas hésité à braver la mort et parfois à sacrifier leur vie au nom de la liberté et de la démocratie. Des hommes et des femmes venus manifester par centaines Plaza de Mayo contre le général Videla et ses sbires. Les héros anonymes, « disparus », arrachés à leur lit en plein milieu de la nuit et dont on n'avait plus entendu parler. Il aurait mieux fait de disparaître avec eux, dans la tombe liquide au fond de l'océan, plutôt que de s'enfuir en Uruguay. Là-bas, il avait acheté une cabane délabrée sur la plage, s'était laissé pousser les cheveux et la barbe, il se lavait à peine sinon quand il se baignait dans la mer. Il avait perdu tout respect de lui-même. Il se détestait tant qu'il se cachait derrière la broussaille de son épaisse chevelure noire telle la Belle au Bois dormant dans sa forêt de ronces. Sauf qu'il n'y avait pas de princesse pour l'éveiller d'un baiser. Il évitait les femmes. Il ne se sentait pas digne d'être aimé.

Pour essayer de continuer la lutte par-delà le fleuve, il avait écrit des articles pour des journaux et magazines uruguayens. Il n'avait pas besoin d'argent ; sa famille veillait à ce qu'il ne manque de rien. Il le distribuait donc aux clochards qui erraient dans les rues poussiéreuses, l'air vague, serrant leur bouteille d'alcool dans un sac de papier brun sur leur poitrine. Mais il ne se sentait pas mieux pour autant. Au fond de lui, il avait l'impression d'être déjà mort.

Une nuit, il émergea d'un de ses cauchemars familiers sur un matelas trempé de sueur : il décida alors que c'en était trop. Il ne pouvait plus supporter cette torture morale. Il se leva, jeta quelques affaires dans son sac à dos, ferma sa porte à clé. Pendant cinq ans, il voyagea à travers toute l'Amérique latine. Il visita la Bolivie, le Mexique, l'Équateur, depuis les lacs chiliens jusqu'aux montagnes du Pérou. Mais partout où il allait, l'ombre de son passé le suivait, fidèle, pas à pas. Sur les hauteurs du Machu Picchu, suspendu entre l'immensité du ciel et les brumes de la terre, il comprit qu'il était vain de continuer à fuir. Il avait atteint le sommet. Et il n'y avait que deux solutions : poursuivre son ascension vers le royaume des dieux ou bien redescendre sur terre et apprendre à vivre avec lui-même. Ce n'était pas un choix facile. Le brouillard tourbillonnait à ses pieds en une danse hypnotique, lui promettant la douceur du silence, le réconfort de l'oubli. Le silence de la mort. L'oubli qui permet de s'oublier soi-même. Il le contempla fixement, vacillant au bord de l'abîme. Mais cela aussi était une forme de fuite. Il n'en sortirait guère plus grandi que lorsqu'il avait déserté l'Argentine. Cette mort-là n'avait rien de glorieux. S'effondrant sur l'herbe, il enfouit son visage dans ses mains. Le plus dur dans la vie, pensait-il, accablé, c'est de vivre. Or il lui restait encore un bon nombre d'années devant lui. Libre à lui de les vivre dans la torpeur, comme un spectre, en attendant la mort, ou alors d'empoigner la vie à bras-le-corps pour essayer d'en tirer le meilleur parti.

En poussant la porte de sa maison, il entendit la sonnerie du téléphone. C'était son père qui cherchait à le joindre depuis plusieurs semaines. María était en train de mourir d'un cancer. Il était temps qu'il rentre chez lui.

À son arrivée à Buenos Aires, Fernando demanda au chauffeur envoyé par ses parents de le conduire jusqu'à la *Casa Rosada*[1], Plaza de Mayo. Il avait envie de revoir l'édifice qui avait hanté ses cauchemars. Le siège du gouvernement, peint en rose avec un mélange de sang, de suif et chaux, était flanqué du *Banco de la Nación,* de la *Catedral metropolitana,* du *Palacio municipal*[2] et du musée du *Cabildo.* La place elle-même, avec ses hauts palmiers, ses massifs de fleurs et son architecture coloniale, formait un bel ensemble, mais pour Fernando elle était devenue un symbole de terreur et de désillusion. À son approche, il sentit la peur lui nouer le ventre. Les poings serrés, il transpirait à grosses gouttes ; sa respiration s'était accélérée. Cependant, une fois sur la place fleurie et ensoleillée, il sentit son angoisse s'évanouir comme par miracle. Les ténèbres s'étaient dissipées. L'Argentine revivait : un parfum de liberté flottait dans l'air, se dégageait de l'allure insouciante des passants. Il admira le nouveau visage de sa ville, un visage prospère, souriant. La peur avait cessé de peser sur ses épaules, elle était tombée d'elle-même, comme un vieux manteau désormais inutile sous un ciel plus clément. « C'est bon, dit Fernando au chauffeur. Ramenez-moi à Santa Catalina. »

L'arrivée de Fernando fut un grand événement pour les siens. Tout comme au moment du retour de Santi des États-Unis, un quart de siècle plus tôt, ils s'étaient réunis sur la terrasse, guettant l'apparition de la voiture. Sauf que cette fois-ci, leur attente était teintée de tristesse car il revenait pour faire ses adieux à sa sœur.

« Il a beaucoup changé, Sofía, fit Chiquita, mélancolique. Tu ne vas pas le reconnaître. »

Sofía lui sourit affectueusement. « Tu crois qu'il va rester maintenant ? » demanda-t-elle, histoire de dire quelque chose. Car au fond elle s'en moquait complètement. Elle jeta un regard en

1. La maison rose (le palais présidentiel).
2. La mairie.

direction de Santi absorbé dans une conversation avec son père et Eduardo. María déclinait à vue d'œil, et Miguel craignait que Fernando n'arrive pas à temps. Personne ne tenait en place. Seuls les chiens étaient couchés à l'ombre, pantelants, sans même assez d'énergie pour remuer la queue.

Lorsque la voiture de Fernando remonta lentement l'allée avec la grave solennité d'un corbillard, l'assistance soupira, de soulagement plus que de joie. Fernando regarda par la vitre, et son cœur se gonfla de tendresse et de nostalgie. Cette maison où il avait grandi, qu'il n'avait pas revue depuis tant d'années, semblait n'avoir absolument pas changé. Il descendit de voiture et se retrouva dans les bras frêles de sa mère. Il embrassa son père, Panchito, ses oncles et tantes qui se récrièrent devant ses cheveux longs et sa barbe noire. Il était devenu méconnaissable. En apercevant Sofía, il ne cacha pas sa stupéfaction. « Je ne pensais pas te revoir un jour », dit-il en dévisageant la femme qui lui rappelait sa détestable cousine. Mais leur enfance était loin, et la vie les avait remodelés l'un et l'autre. « Heureuse de te voir, Fercho. Tu as bien fait de rentrer », répondit-elle gauchement. Elle ne savait que lui dire : Fernando était un étranger pour elle. À la vue de Santi, il fit quelque chose qui les surprit tous les deux. Il se mit à pleurer. En Santi il voyait l'ami qui l'avait accompagné par une froide nuit d'hiver dans son expédition punitive contre Facundo Hernández. Il ne pleurait pas parce que Facundo lui avait sauvé la vie, ni parce qu'ils avaient tous deux sauvé la vie de María, mais parce que dans le regard lumineux de son frère il lut le gâchis causé par la peur, la rancune et la jalousie. Il pleurait parce qu'il était de retour à la maison et qu'il ne repartirait plus. Et, lorsqu'il se retourna, l'ombre n'était plus là.

Chiquita conduisit Fernando dans la maison voir María. Sofía intercepta le regard de Santi, et tous deux surent que ce n'était pas le moment de se joindre à eux : Fernando avait besoin d'être seul avec sa sœur.

« Allons en ville, dit Santi gravement. Maintenant que Fercho est là, personne ne va remarquer notre absence.

– Il a tellement changé. On dirait un autre homme. Un homme que je ne connais pas, soupira-t-elle en le suivant à travers les arbres.

— Je sais. Nous aussi, on trouve qu'il a changé.

— Je devrais éprouver quelque chose à son égard, mais je n'y arrive pas.

— Il a beaucoup souffert, Chofi. Ce n'est plus le Fernando que tu as connu. Tu vas le redécouvrir, tu verras. Tout comme moi, d'ailleurs. »

En voyant sa sœur, Fernando fut frappé par son sourire et son regard pétillant, et atterré par les ravages de la maladie. Ce visage émacié, ces pommettes saillantes évoquaient les terribles photos des prisonniers de camps de concentration de la Seconde Guerre mondiale. Son crâne rasé n'était que trop visible sous la fine couche de peau. Mais sa présence était telle qu'elle irradiait dans toute la pièce et faisait presque oublier son apparence dévastée. Elle lui tendit sa main décharnée, et il tomba à genoux pour la baiser : l'extraordinaire courage de María le renvoyait impitoyablement à sa propre lâcheté.

« Non, mais regarde-moi ça ! » rit-elle. Ses yeux lui souriaient avec tendresse. « Tu as vu de quoi tu as l'air, Fercho ? »

Fernando fut incapable de proférer un son. Ses lèvres frémirent, ses yeux noirs s'emplirent de larmes.

« J'ai cet effet imparable sur tous ceux qui m'approchent. Je les réduis à l'état de loques ! »

Mais elle-même ne put cacher ses larmes qui débordèrent sur ses joues exsangues.

« Espèce d'idiot, va, poursuivit-elle d'une voix tremblante. Nous avoir laissés pendant tout ce temps ! Que fabriquais-tu là-bas, hein ? Alors que nous tous qui t'aimons, nous étions là à t'attendre ! As-tu pensé à nous ? Tu ne vas plus repartir, dis ?

— Je ne repartirai plus, chuchota-t-il, la gorge serrée. Je regrette de n'être pas...

— Chut ! l'interrompit-elle. J'ai une règle maintenant. Pas de remords. Pas de regrets. On ne pleurniche pas, on ne s'arrache pas les cheveux parce qu'on n'a pas fait ceci ou cela. J'y ai déjà eu droit avec Sofía. Encore une idiote, tiens. Vous faites une sacrée paire, tous les deux. Ici, on vit dans le présent et on se réjouit d'être ensemble sans regarder en arrière, sauf pour parler du bon vieux temps. Car on en a vécu, des moments heureux, pas vrai, Fercho ? »

Il hocha la tête en silence.

« Tu te souviens de cette copine à moi dont tu t'étais amouraché ? Une copine de classe, rappelle-toi. Silvia Díaz, elle s'appelait. Tu lui écrivais des lettres d'amour. Je me demande ce qu'elle est devenue.

— Elle ne s'est jamais intéressée à moi, répondit-il, souriant au souvenir de cette époque bénie.

— Oh, mais si ! Seulement elle était timide. Elle lisait et relisait tes lettres pendant les cours. Elle m'en a lu quelques-unes. Elles étaient très romantiques.

— Ça m'étonnerait.

— Je t'assure. Tu as toujours caché ton jeu : on ne pouvait pas deviner ce qui se passait dans ta tête. Mais Sofía et moi, on t'a surpris un jour en train d'embrasser Romina Mendoza dans la piscine.

— Je savais que vous étiez là, dit-il, malicieux.

— Mais tu as fait comme si de rien n'était.

— Évidemment ! J'étais ravi d'avoir un public, s'esclaffa-t-il.

— Voilà qui est mieux. Le rire guérit ; les larmes, ça me rend triste », déclara-t-elle.

Et ils échangèrent un sourire chargé d'une tendre complicité.

45

« Tu te rappelles ?... on venait ici à la messe tous les samedis soir. » La voix de Sofía se réverbéra sur les murs en pierre froids de la *Nuestra Señora de la Asunción.*

« Juste avant d'aller en discothèque, pouffa Santi. Ce n'était pas très catholique.

– Je n'y avais jamais pensé. Pour ne rien te cacher, la messe n'était qu'une corvée de plus.

– Tu passais ton temps à ricaner du début jusqu'à la fin.

– C'était difficile de garder son sérieux avec le père Julio qui zozotait et bégayait.

– Il est mort il y a des années.

– Je ne peux pas dire que je le regrette.

– Tu pourrais faire un effort, dans son église ! rit Santi.

– Tu crois qu'il nous entend ? Je me demande si les gens bégaient au paradis. Tu as déjà croisé un ange bègue, toi ? »

Ils remontèrent la travée centrale. Leurs *alpargatas* foulaient les dalles sans bruit. Contrairement aux églises de la ville, celle-ci était extrêmement dépouillée. L'autel recouvert d'une simple nappe blanche n'avait pour tout ornement qu'un bouquet de fleurs fanées. Une odeur épicée d'encens flottait dans l'air confiné. Le soleil qui filtrait par le vitrail derrière l'autel jetait de longs rais de lumière sur le sol et les murs, mettant en évidence la couche de poussière qui autrement serait passée inaperçue. Des dizaines de cierges éclairaient dans la pénombre les icônes et les statues des saints. Les bancs n'avaient pas changé : toujours aussi austères et inconfortables, pour empêcher qu'on ne s'endorme pendant le sermon.

« Tu te rappelles le mariage de Pilar, la nièce de Soledad ? demanda Sofía avec un sourire.

– Comment pourrais-je l'oublier ? » Santi se frappa le front et rit tout haut.

« Le père Julio l'a confondue avec sa sœur et durant tout le service s'est adressé à Lucia ! »

Ils essayèrent d'étouffer leur fou rire.

« C'est juste à la fin, quand il a béni les jeunes mariés, Roberto et Lucia, que tout le monde s'est rendu compte que ça n'avait rien à voir avec Pilar ! hoqueta-t-elle. La pauvre, elle était effondrée, et nous, on était morts de rire ! »

Arrivés devant l'autel, ils se turent, subjugués par le profond silence. De part et d'autre de l'autel, il y avait deux petites tables avec des cierges de toutes les tailles. Leurs pensées se tournèrent vers María. Santi alluma un cierge.

« Pour ma sœur », dit-il, fermant les yeux en prière.

Émue, Sofía en alluma un elle aussi et demanda mentalement à Dieu d'épargner la vie de sa cousine. La main de Santi se referma sur la sienne. Il la pressa deux fois, et elle lui rendit son geste. Ils restèrent là un moment. Jamais elle n'avait prié avec autant de ferveur. Toutefois, ses supplications n'étaient pas totalement désintéressées : tant que María était en vie, elle avait une excuse pour ne pas retourner en Angleterre.

« Je me demande si Dieu nous en veut de Le solliciter uniquement en cas de détresse, fit Santi à voix basse.

– Il doit avoir l'habitude.

– J'espère que ça marche.

– Moi aussi.

– Je n'y crois pas trop, tu sais. J'aimerais bien, pourtant. Mais je culpabilise de venir ici en dernier ressort. J'ai l'impression que je ne mérite pas d'être exaucé.

– Tu es venu, c'est ça qui compte.

– Peut-être. Je commence à comprendre les gens qui passent leur temps à l'église. Ça leur procure un certain réconfort.

– Et toi, ça te réconforte ?

– En un sens, oui. » Il lui sourit, désabusé. « Tu sais quoi, j'aurais voulu t'épouser dans cette petite église.

– Avec le père Julio en train de bégayer : "A-a-acceptez-v-v-vous de p-p-p-prendre p-p-pour épouse..." »

Il rit de son imitation.

« Aucune importance, même s'il m'avait confondu avec Fercho. »

La prenant dans ses bras, il l'embrassa sur le front. Elle se blottit contre lui, et ils restèrent ainsi, enlacés, sans parler. Une profonde mélancolie s'était emparée de Sofía. Consciente du peu de temps qui leur était imparti, elle s'efforça de savourer chaque instant passé auprès de Santi comme si c'était le dernier.

« As-tu jamais confessé au père Julio que nous étions amants ? demanda-t-il en s'écartant.

– Tu es fou ? Bien sûr que non ! Et toi ?

– Non. Est-ce qu'il t'est seulement arrivé de confesser quelque chose ?

– Pas vraiment, en général j'inventais et j'en rajoutais. Il était si facilement choqué que c'était trop tentant !

– Tu es insupportable, tu sais. » Il lui sourit avec une pointe de tristesse.

« Je croyais bien avoir fait des progrès jusqu'à ce que j'arrive ici. Là, je suis en train de battre tous les records !

– Je devrais me sentir coupable, c'était le cas au début, mais plus maintenant. Je n'ai pas l'impression de commettre une faute. » Il secoua la tête comme pour avouer son impuissance face à ses propres sentiments.

« Ce n'est pas une faute ! affirma-t-elle en lui prenant la main. C'était écrit depuis toujours.

– Je sais. Je me sens coupable de ne pas me sentir coupable. C'est fou ce qu'on oublie vite.

– Claudia ?

– Claudia, les enfants. Quand je suis avec toi, je ne pense plus à eux.

– C'est pareil pour moi. »

Ce n'était pas tout à fait vrai : chaque fois que le visage de David ou de l'une des filles surgissait devant ses yeux, elle faisait son possible pour chasser les images indésirables. Mais David pouvait se montrer très persévérant quand il le voulait.

« Allez, viens. Sortons d'ici avant que le père Juan ne nous attrape. » Et Santi rebroussa chemin vers le portail.

« On ne fait rien de mal. Nous sommes cousins, rappelle-toi.

– Comment l'oublierais-je, Chofi ? À mon avis, Dieu a fait de toi ma cousine pour me punir d'avoir péché dans une vie antérieure.

– Ou alors il a un sens de l'humour très spécial ! »

Une fois dehors, ils durent se protéger les yeux de l'éclat aveuglant du soleil. Sofía fut prise d'un étourdissement, le temps que ses yeux s'habituent à la lumière. La moiteur était étouffante.

« Il y a un sacré orage qui se prépare. Tu le sens, Chofi ?

– Oui. J'adore les orages.

– La première fois qu'on a fait l'amour, c'était pendant un orage.

– Oui, c'est quelque chose que je n'oublierai jamais. »

Ils sortirent sur le parvis. La route n'était qu'une simple piste, comme du temps de leurs grands-parents. Elle faisait le tour de la place bordée de grands arbres. Sofía remarqua qu'on badigeonnait toujours la base des troncs de *cal*[1] blanc pour éloigner les fourmis. Derrière les vitres poussiéreuses, boutiques et petites maisons abritaient du soleil leur intérieur plongé dans la pénombre. Le *boliche*[2] se trouvait toujours au même endroit, à l'angle. C'était là, dans cet estaminet, que les gauchos se réunissaient pour boire du maté et jouer aux cartes. Tous les dimanches matin, Paco venait y lire son journal devant une tasse de café ; Sofía était certaine qu'il n'avait pas renoncé à cette habitude. Comme c'était l'après-midi, tous les magasins étaient fermés pour la sieste : la place était calme et silencieuse sous le soleil brûlant. Ils allaient s'asseoir à l'ombre, sur un banc, quand soudain une voix les interpella d'un banc voisin. Ils reconnurent, consternés, la *vieja bruja*.

« *Buen día, señora* Hoffstetta, dit Santi en inclinant poliment la tête.

– Je ne savais pas que la vieille sorcière était toujours en vie ! fit Sofía entre ses dents, tout en esquissant un sourire.

– Les sorcières ne meurent pas, voyons », répliqua Santi.

1. Chaux (plus précisément « lait de chaux » car c'est le lait de chaux éteinte qui sert de badigeon).

2. Épicerie-buvette.

Le dos voûté, vêtue d'une longue robe noire – elle n'avait pas volé son sobriquet – son visage parcheminé rappelait une vieille noix, ses yeux étaient aussi noirs que ses dents, et elle empestait à un kilomètre à la ronde. Dans ses doigts noueux, elle serrait un sac de papier brun. Ils s'assirent en s'efforçant de l'ignorer, mais, pendant qu'ils parlaient, Sofía sentit son regard dans son dos.

« Elle nous regarde toujours ? demanda-t-elle à Santi.

– Oui. Fais comme si elle n'était pas là.

– Je ne peux pas. J'aimerais bien qu'elle s'en aille.

– Ne t'inquiète pas, elle n'est pas réellement sorcière.

– Détrompe-toi. À côté d'elle, les sorcières des contes de fées ressemblent à Blanche-Neige. »

Ils pouffèrent dans leurs mains.

« Elle doit savoir qu'on parle d'elle.

– Si c'est une sorcière, certainement.

– Viens, on y va. J'ai vraiment du mal à la supporter ! »

Ils se levèrent pour partir.

« Bah ! » glapit la vieille femme.

Ils s'empressèrent de quitter leur banc, mais elle ne désarma pas.

« Bah ! *Mala fortuna*[1]. Vous avez laissé passer votre chance. *Mala fortuna*. Bah ! »

Ils se dévisagèrent, stupéfaits. Santi allait pivoter pour l'apostropher, mais Sofía l'agrippa par le bras et l'entraîna avec elle.

« Deux âmes jumelles, poursuivait la vieille. Je vois dans vos auras. Deux âmes jumelles. Bah !

– *O Dios*, elle me fait peur. Allons-nous-en, vite.

– Comment ose-t-elle nous parler ainsi, cette vieille pie ? s'emporta Santi. Ce sont des gens comme elle qui sèment la zizanie partout où ils passent.

– Une chose est sûre : c'est vraiment une sorcière !

– Eh bien, dans ce cas, qu'elle se tire sur son balai ! »

Et tous deux rirent nerveusement.

Brusquement, alors qu'ils pensaient s'en être débarrassés, elle surgit devant eux, toute tordue, précédée d'une odeur nauséa-

1. Malchance.

bonde, telle une chauve-souris géante et velue. Traînant les pieds, elle s'approcha de Sofía et lui fourra le sac de papier brun dans les mains. Il était mou et humide ; dégoûtée, Sofía eut un mouvement de recul comme si on lui avait confié un paquet de tripes fraîches. Elle croisa le regard de la femme et paniqua, mais la *vieja bruja* hocha la tête d'un air rassurant et referma ses mains autour du sac. Sofía eut un haut-le-corps et fit un pas en arrière. La vieille femme sourit, marmonna son nom – « Sofía Solanas » – et disparut derrière les arbres.

Une fois dans la cabine du pick-up, Sofía claqua la portière et remonta la vitre. Elle tremblait de tous ses membres.

« Qu'est-ce qu'il y a dans ce sac ? » demanda Santi impatiemment. Il commençait à trouver la situation cocasse.

« Je ne vois pas pourquoi tu ricanes, ça n'a rien de drôle. Ouvre-le, toi ! » cria-t-elle en le faisant tomber sur ses genoux.

Lentement, Santi l'ouvrit et risqua un coup d'œil à l'intérieur comme s'il s'attendait à découvrir quelque chose d'incongru. Soudain, il se mit à rire, soulagé.

« Alors, c'est quoi ?

– Tu ne vas pas me croire ! C'est un jeune arbre... un ombú qu'elle t'a donné pour que tu le plantes.

– Un ombú ? Que veux-tu que je fasse d'un ombú ?

– Oui, ça m'étonnerait qu'il pousse en Angleterre. » Il rit à nouveau.

« Elle est bizarre, cette femme. Quel âge a-t-elle ? Je la trouvais déjà bien décatie il y a vingt ans ! s'exclama Sofía avec humeur. Elle devrait pourrir dans sa tombe à l'heure qu'il est.

– Pourquoi t'avoir offert un ombú ? murmura Santi, fronçant les sourcils. Je suis surpris qu'elle sache même qui tu es. »

Il mit le moteur en marche, et Sofía ne cacha pas son soulagement lorsqu'ils quittèrent la petite ville pour rentrer à Santa Catalina.

« Qu'entendait-elle par "deux âmes jumelles" » ? demanda-t-elle au bout d'un moment.

– Aucune idée.

– Elle a pourtant raison, tu sais. C'est ce que nous sommes. Pas besoin d'être clairvoyant pour s'en rendre compte. Cette vieille me terrifie. L'ennui, c'est que les gens la croient, déclara-t-elle, agacée. Soledad la première.

– Et pas toi ? » Les lèvres de Santi frémirent dans un début de sourire.

« Bien sûr que non ! renifla-t-elle.

– Alors pourquoi en parler ? Si tu ne la croyais pas, tu ne prendrais même pas la peine de penser à elle.

– C'est absurde. Je ne la crois pas, elle m'insupporte, et je trouve qu'elle devrait cesser de faire peur aux gens. Je ne crois pas aux sorcières.

– Mais tu crois à la magie de l'ombú.

– Ce n'est pas pareil.

– Si !

– Non. Elle est complètement folle. Bonne à enfermer. L'ombú, c'est différent. La magie de la nature.

– Chofi.

– Oui ? » Elle lui lança un regard excédé et vit s'épanouir un grand sourire sur son visage.

« Est-ce que l'ombú a déjà exaucé un de tes vœux ? s'enquit-il les yeux résolument fixés sur la route comme pour s'empêcher de rire.

– Figure-toi que oui.

– Lequel ?

– J'ai une fois formulé le souhait que tu tombes amoureux de moi, sourit-elle, triomphante.

– À mon avis, l'ombú n'a rien à voir là-dedans.

– Qu'en sais-tu, hein ? Tu ne comprends pas le pouvoir de la nature. »

Tournant la tête, elle surprit son sourire.

« Tu me mènes en bateau ! s'exclama-t-elle. Arrête-toi.

– Quoi ?

– Arrête-toi. Vite. »

Il sortit de la route et se gara sous un bouquet d'arbres au bord d'un champ. Puis il coupa le moteur et pivota vers elle. Ses yeux verts, son sourire malicieux le rendaient irrésistible. Elle sentit son irritation s'évanouir.

« Avoue tout de même qu'elle fait peur.

– Certes. Mais quel mal y a-t-il à dire que nous sommes deux âmes jumelles ? fit-il en l'embrassant dans le cou.

– D'après elle, ça ne marchera pas.

– Comment peut-elle savoir ? Ce n'est qu'une vieille sorcière ! »

Il rit en déboutonnant sa robe. Sitôt que ses lèvres chaudes eurent trouvé les siennes, Sofía oublia les divagations de la vieille femme sur la place. Sa peau avait le goût du sel ; elle respira son odeur, cette odeur unique qu'elle aimait tant. Elle s'assit à califourchon sur ses genoux, retenant son souffle tandis qu'elle cherchait sa place entre le volant et le levier de vitesses. Il remonta sa robe et caressa l'intérieur satiné de ses cuisses. Elles étaient collantes de sueur. Les mains dans son dos, il entreprit de guider ses mouvements. Et, pendant qu'ils faisaient l'amour, à demi dévêtus, elle savoura une fois de plus le plaisir de braver les tabous.

46

De retour à Santa Catalina, ils coururent se jeter dans la piscine. Le soleil de l'après-midi rougeoyait sur l'horizon tel un charbon incandescent dans le ciel limpide. Des nuées de moustiques tournoyaient au-dessus de l'herbe et autour des arbres. Le parfum du chèvrefeuille et des roses d'Antonio leur parvenait jusque dans l'eau. Accoudés au bord, ils parlèrent des changements survenus pendant les années de leur séparation.

« José me manque, dit Sofía, Pablo est gentil, mais j'accrochais mieux avec son père.

– C'était un sacré bonhomme.

– Qui est ce Javier ? Je le trouve très beau.

– C'est le fils d'Antonio et de Soledad. Elle ne te l'a pas dit ? demanda Santi, surpris.

– Le fils de Soledad ? Tu en es sûr ?

– Évidemment. Je n'en reviens pas qu'elle ne t'ait rien dit. Elle pensait peut-être que tu étais au courant.

– C'est affreux ! Je n'ai fait que parler de moi depuis mon arrivée.

– On le considère comme un héros ici.

– Ah bon, et pourquoi ça ? »

Santi lui raconta que voilà quelques années Javier était venu aider son père à soigner les plantes autour de la piscine, pendant que la famille prenait le soleil sur la terrasse au bord de l'eau. Clara et Félix étaient en train de jouer tranquillement dans l'herbe avec leurs petits cousins. Personne ne vit Tomás ramper jusqu'au bassin pour tremper les mains dans l'eau. Par hasard, Javier jeta un coup d'œil dans la piscine et aperçut une petite forme grise et immobile au fond. Sans une seconde d'hésitation, il plongea pour découvrir que l'objet en question était le petit Félix. Il sortit l'enfant hors de l'eau : sans lui, Félix se serait noyé. Pour le remercier d'avoir sauvé son petit-fils, Paco offrit à Javier une selle neuve avec ses initiales gravées sur une plaque d'argent. Depuis, personne n'avait oublié son geste. Paco, notamment, vouait une grande affection au jeune homme.

Sitôt la baignade terminée, Sofía regagna la maison et alla droit dans la cuisine où Soledad s'affairait devant ses fourneaux.

« Soledad, tu ne m'avais pas dit que tu avais un fils ! s'exclama-t-elle chaleureusement pour se faire pardonner son manque d'intérêt. Et un beau garçon, par-dessus le marché !

— Tout le portrait d'Antonio, rit Soledad.

— Oh non, je trouve qu'il te ressemble davantage. Je suis vraiment au-dessous de tout : depuis le temps que je le croise dans le *campo*, je ne lui ai toujours pas parlé.

— Je croyais que vous saviez.

— Maintenant je le sais. Santi m'a raconté comment il a sauvé la vie à Félix. Tu dois être très fière de lui.

— C'est vrai. On est fiers tous les deux. Javier astique sa selle tous les jours. C'est son bien le plus précieux. Le *señor* Paco est un homme très généreux, ajouta-t-elle avec ferveur.

— Peut-être, mais Javier l'avait mérité », dit Sofía.

Elle monta dans sa chambre et se fit couler un bain frais. Tout en se déshabillant, elle pensait à Santi. Que leur réservait l'avenir ? Elle songea à David qui était venu à son secours alors qu'elle était seule et perdue. Il avait été si bon pour elle... À cet instant, Soledad frappa à sa porte, la tirant de ses réflexions. À la surprise de Sofía, son visage rond était pâle et baigné de pleurs. Sofía s'empressa de la faire asseoir sur le lit et s'assit à côté d'elle, un bras autour de ses larges épaules pour la réconforter.

« Que se passe-t-il, Soledad ? »

Un sanglot déchira l'opulente poitrine. Soledad essaya de parler, mais chaque tentative provoquait une nouvelle crise de larmes. Finalement, à force de cajoleries, elle avoua détenir un secret qu'elle avait juré de ne révéler à personne.

« Mais vous êtes ma Sofía, hoqueta-t-elle, je ne peux rien vous cacher. »

Sofía ne tenait pas particulièrement à entendre sa confession.

Les secrets de Soledad, elle en avait recueilli et gardé un nombre incalculable dans le passé ; généralement, ils n'offraient aucun intérêt. Mais pour la rasséréner, elle était prête à l'écouter.

« C'est à propos de Javier, fit Soledad faiblement.

— Il n'est pas malade, au moins ? s'inquiéta Sofía.

— Non, non, ce n'est pas ça, *señorita* Sofía. Antonio et moi, nous l'aimons beaucoup. Nous l'avons vu grandir, devenir un homme. Nous sommes fiers de lui. Vous pouvez être contente.

— Alors pourquoi pleures-tu ? C'est une chance d'avoir un fils comme lui, non ?

— Vous ne comprenez pas, *señorita* Sofía. Le *señor* Paco nous avait dit de n'en parler à personne. Ça fait vingt-trois ans qu'on garde le secret. On espérait que vous reviendriez plus tôt. On se considérait comme ses tuteurs, puisque sa vraie mère, c'est vous.

— Qu'est-ce que tu racontes, Soledad ? demanda Sofía, soudain au bord de la nausée.

— Il ne faut pas m'en vouloir. J'ai fait ce que le *señor* Paco m'avait dit de faire. Il est allé chercher votre bébé en Suisse pour lui donner un bon foyer. Il pensait que vous alliez revenir et que vous regretteriez votre décision. Il n'avait pas envie que son petit-fils soit élevé par des étrangers.

— Javier est mon fils ? » fit Sofía lentement.

Elle se sentait curieusement détachée de son corps, comme si ces mots avaient été prononcés par quelqu'un d'autre.

« Javier est votre fils. »

Une plainte de bête blessée échappa à Soledad. Se levant, Sofía s'approcha de la fenêtre et contempla le crépuscule qui descendait sur la pampa.

« Javier est Santiguito ? » répéta-t-elle sans vouloir y croire.

Elle revit dans la vitre ses petits pieds, ses menottes, son nez minuscule qu'elle n'avait pas suffisamment embrassé. De grosses larmes se mirent à couler sur ses joues. Un goût de sel sur les lèvres, elle regarda son reflet se convulser de douleur jusqu'à ce que sa vision se brouille et qu'elle ne voie plus rien.

« Le *señor* Paco et moi-même – avec Antonio, bien sûr — sommes les seuls à être au courant. Il a préféré ne pas en parler à la *señora* Anna. Mais vous êtes sa mère. C'est votre droit. Si vous décidez de tout dire à Javier, je ne peux pas vous en empêcher. Peut-être qu'il devrait savoir qui sont ses vrais parents. Savoir qu'il est un Solanas. »

47

Sofía se précipita dehors, laissant Soledad sangloter seule dans sa chambre. Elle ignorait ce qu'elle allait lui dire, mais il fallait qu'elle le voie, il fallait qu'elle lui parle. Tout être humain avait le droit de connaître ses origines. Elle s'imaginait déjà le serrant dans ses bras, lui soufflant à l'oreille : « Mon fils, tu es Santiguito, l'enfant que je croyais avoir perdu à jamais. » Les larmes ne coulaient plus ; elle se sentait même étrangement légère. C'en était presque grisant.

En s'approchant des cabanes, elle distingua les reflets rougeoyants d'un feu de camp. Puis elle entendit les accords nasillards d'une guitare, des voix qui chantaient, de plus en plus fort. À sa vive déception, elle découvrit un groupe de gauchos assis autour du feu, buvant et riant dans la lueur mouvante des flammes. Sofía s'arrêta net, puis se réfugia derrière un arbre pour les observer. Ils ne pouvaient pas la voir. Plissant les yeux, elle scruta les visages basanés à la recherche de son fils. Soudain, elle le vit. Assis au milieu du cercle, entre Pablo et un homme qu'elle ne connaissait pas, il chantait à tue-tête avec les autres. De temps à autre, ses dents blanches étincelaient dans un sourire. À cette distance, il était difficile de se rendre compte s'il ressemblait davantage à Santi ou à elle-même, et elle ne lui avait pas prêté suffisamment attention pour se souvenir de ses traits. Dépitée, Sofía tendit le cou pour essayer de l'apercevoir plus clairement.

Une jeune femme mince émergea de l'une des maisons, un plateau sur les bras. Elle rejoignit le groupe, suivie d'un chien efflanqué. Sofía changea de position pour mieux voir, et le chien dut sentir sa présence car il se mit à japper. La queue dressée, il fonça droit sur elle, prêt à attaquer. La femme se retourna et dit quelque chose aux hommes. Deux d'entre eux se relevèrent d'un bond, la main sur leur *facôn*. Sofía, mortifiée, n'eut pas d'autre choix que de sortir de sa cachette. Son apparition jeta un froid parmi les gauchos : ils reposèrent la guitare et cessèrent de chanter. Javier, déjà debout, ôta la main de son couteau et vint vers elle à grandes enjambées.

« Bonsoir, *señora* Sofía. Tout va bien ? Vous désirez quelque chose ? » s'enquit-il poliment, avec un léger froncement de sourcils.

Elle l'avait regardé approcher. Aussi grand et athlétique que son père, il avait aussi un peu la même démarche que Santi, les genoux en dehors, mais vu le temps qu'il passait à cheval, ce n'était pas vraiment étonnant. Et il était brun comme elle. Planté devant Sofía, il attendait qu'elle parle. Elle ouvrit la bouche pour lui annoncer qu'elle était sa mère, mais les mots ne vinrent pas. L'ivresse était retombée. Elle jeta un coup d'œil sur le petit groupe de ses compagnons et comprit qu'il était heureux parmi eux. Heureux dans son ignorance. Sa place était ici. Par une curieuse ironie du sort, il était bien plus chez lui à Santa Catalina qu'elle ne l'était maintenant ou que sa propre mère ne l'avait jamais été. Tristement, elle se dit qu'il serait cruel et égoïste de bouleverser l'univers qu'il considérait comme sien. Et, ravalant ses paroles, elle le gratifia d'un pâle sourire.

« Je venais souvent ici quand j'étais petite et que José était encore en vie, fit-elle pour essayer d'engager la conversation.

— Ma mère m'a dit que vous étiez partie depuis très longtemps, *señora* Sofía.

— Eh oui. Tu n'as pas idée à quel point tout ça m'a manqué.

— C'est vrai qu'il pleut tout le temps en Angleterre ? demanda-t-il en souriant timidement.

— Pas autant que tu le crois. Certains jours, il fait aussi beau qu'ici. »

Elle espérait qu'il n'avait pas remarqué l'intensité avec laquelle elle scrutait ses traits.

« Je n'ai jamais quitté Santa Catalina, dit-il.

— Et tu as bien fait. Continue comme ça. J'ai beaucoup voyagé, tu sais, mais pour moi, le plus bel endroit du monde, c'est ici.

– Alors vous allez rester ? Ma mère aimerait tant que vous restiez !

– Je ne sais pas, Javier, répondit-elle en secouant la tête. Ta mère a le cœur trop tendre !

– Tout à fait, rit-il.

– Mais tu n'en aurais pas voulu d'autre, je parie.

– C'est clair.

– Ç'a été pareil pour moi, quand j'étais enfant. Elle a été ma complice préférée. »

Au bout d'un moment, elle sentit qu'il était impatient de retrouver ses amis. Elle était la fille du patron, ils appartenaient à deux mondes différents. Jamais il ne pourrait lui parler d'égal à égal. Se plier à ses exigences faisait partie de son travail.

Sofía le suivit du regard avant de rebrousser chemin entre les arbres. Pas de doute, il était bien son fils. Malgré l'obscurité, elle était pratiquement sûre qu'il avait les yeux marron. Car s'ils avaient été verts comme ceux de son père, elle s'en serait aperçue plus tôt. Il était beau, mais ne se distinguait en rien des autres gauchos. Il faisait partie intégrante du paysage. Non, ç'aurait été injuste de lui dire la vérité.

Lorsqu'elle revint dans sa chambre, Soledad était toujours assise sur le lit, les épaules voûtées, les mains sur les genoux. Elle avait l'air accablé de quelqu'un à qui l'on venait de retirer sa raison de vivre. Ses yeux bouffis, rougis par les larmes, avaient perdu leur éclat. Sofía ne se sentait guère mieux, mais en voyant Soledad dans cet état, elle sut qu'elle avait pris la bonne décision.

Quand elle apprit que Sofía n'avait rien dit à Javier, le visage de Soledad s'illumina, elle se détendit visiblement et fondit en larmes, mais cette fois c'étaient des larmes de bonheur. Serrant Sofía sur sa poitrine, elle la remercia avec effusion de lui avoir rendu son fils. Pas un jour ne se passait, avoua-t-elle, sans qu'elle se répète que Javier n'était pas à elle, qu'il avait seulement été placé sous sa garde en attendant le retour de sa mère. Mais Sofía lui répondit tristement qu'il était son fils, et peu importait qui l'avait mis au monde.

« Il te ressemble même, soupira-t-elle, blottie contre Soledad qui avait entouré ses épaules d'un bras réconfortant.

– Ça, je ne sais pas, *señorita* Sofía, mais c'est vrai qu'il est beau garçon, acquiesça Soledad en dissimulant un sourire plein de fierté.

– Comment ça s'est passé ? demanda Sofía avec curiosité. Personne ne s'est posé de questions sur cet enfant surgi de nulle part ?

– Ma foi, le *señor* Paco est venu nous voir à la maison. Il nous a dit que nous étions les mieux placés pour nous occuper du bébé parce que vous et moi, on a toujours été proches. Rappelez-vous, quand vous étiez petite... »

Sofía hocha la tête. Elle pensait à Dominique et Antoine, échafaudant leur plan pour envoyer Santiguito en Argentine. Elle ne leur en voulait pas : en fait, ils lui avaient offert le meilleur foyer possible. Le foyer même qu'elle avait perdu. Elle sourit avec amertume.

« Et comment vous a-t-il expliqué la chose ?

– Il a dit que vous reviendriez un jour, mais que pour le moment vous étiez incapable de prendre soin de votre enfant vous-même. Je n'ai pas demandé d'explications, *señorita* Sofía, ça ne me regardait pas. Je l'ai cru sur parole et j'ai fait de mon mieux pour élever Javier comme vous l'auriez souhaité. »

Soledad renifla, et sa voix se mit à trembler.

« Je n'en doute pas, Soledad. Je ne te reproche rien. Je veux juste savoir, c'est tout. »

Sofía la rassura d'une pression de sa main moite. Soledad reprit sa respiration et poursuivit :

« On a donc inventé une histoire à propos d'une nièce d'Antonio qui venait de mourir et qui le chargeait, dans son testament, de veiller sur son enfant. Personne n'a été surpris, ces choses-là, ça arrive tout le temps. Tout le monde se réjouissait pour nous. Depuis vingt ans, on priait pour avoir un enfant. Et Dieu, dans Sa miséricorde, a fini par nous entendre. »

Sa voix s'enroua complètement, une grosse larme tomba sur sa joue ronde.

« Une semaine après, le *señor* Paco a frappé chez nous en pleine nuit avec le petit Javier emmailloté dans ses langes. Mon Dieu, qu'il était beau ! On aurait dit l'enfant Jésus, avec ses grands yeux sombres, comme les vôtres, et sa peau douce. Je l'ai aimé dès le premier regard et j'ai remercié Dieu de ce merveilleux cadeau. C'était un miracle. Un miracle.

– Mon père était le seul à savoir, en dehors de toi et d'Antonio, n'est-ce pas ?

– Oui.

– Et comment il l'a traité ? Est-ce que ç'a été dur pour lui ?

– Je ne sais pas, *señorita* Sofía, il a toujours été extrêmement gentil avec Javier. Le petit le suivait partout comme un chien. Ils étaient très liés. Mais Javier était un gaucho, il se sentait plus à l'aise avec nous que dans la maison du maître. Du coup, en grandissant, il a pris ses distances. Mais votre père a toujours eu un faible pour lui.

– Comment était-il, quand il était enfant ? hasarda Sofía même si cette conversation lui rappelait douloureusement tout ce dont elle avait été privée.

– C'était un gosse effronté. Aussi soupe au lait que vous et aussi doué que le *señor* Santiago. Il était le premier en tout, à cheval comme à l'école.

– Je n'ai jamais été bonne en classe, Soledad, ça ne doit pas venir de moi !

– Mais Javier a sa propre personnalité, *señorita* Sofía, affirma Soledad avec conviction.

– Je sais. Je m'en suis rendu compte. Je m'attendais à ce qu'il me ressemble physiquement, à ce qu'il boite comme Santi. Je m'attendais à quelqu'un de sûr de lui, un Solanas, quoi. Tu vois ce que je veux dire ? Mais il est totalement lui-même. C'est un étranger pour moi, et pourtant je l'ai porté pendant neuf mois. Je l'ai mis au monde, pour ensuite l'abandonner, fit-elle d'une voix étranglée. Mais au moins je ne me tourmenterai plus à me demander ce qu'il est devenu. Je suis heureuse que tu sois sa mère, Soledad, car tu as été la mienne aussi. »

Et elle s'effondra en larmes sur la poitrine de sa vieille complice. Elle pleurait ce qu'elle avait perdu, et ce qu'elle avait retrouvé, sans savoir ce qui lui faisait le plus mal.

Cette nuit-là, elle put à peine fermer l'œil. Dès qu'elle sombrait dans un état de demi-somnolence, des visions surgissaient, à cheval entre le rêve et la réalité. Elle rêva qu'elle était en train de faire l'amour avec Santi qui, sous ses yeux, se transformait soudain en Javier. Réveillée en sursaut, elle alluma la lumière et attendit que les battements affolés de son cœur s'apaisent. Elle se sentait très seule. Si au moins elle avait pu parler de Javier à Santi... mais elle mesurait l'ampleur des dégâts qu'elle ne manquerait pas de causer. Pourquoi Dominique ne lui avait-elle rien dit ? Que serait-il arrivé si elle avait réussi à l'avoir au bout du fil, le jour où leur bonne acariâtre lui avait annoncé qu'ils étaient partis en voyage ? Elle n'avait pas osé leur avouer qu'elle avait changé d'avis, car ils l'avaient mise en garde, et elle ne les avait pas écoutés. Si elle leur avait fait part de ses regrets plus tôt, peut-être lui auraient-ils dit où il était. Peut-être serait-elle revenue vivre en Argentine. Éventuellement même avec Santi, qui sait ? Une chose était certaine : son père avait agi par amour, et elle lui en était reconnaissante. Il avait donné à Santiguito un vrai foyer, une famille aimante. Il croyait qu'elle finirait par rentrer. Maintenant, bien sûr, il était trop tard. Trop tard à tous les points de vue.

48

Mardi 11 novembre 1997

Le lendemain matin, Sofía se rendit sur la tombe de grand-père O'Dwyer. Elle déposa quelques fleurs sur la dalle mouchetée de lichen et de taches de moisissure. La tombe semblait presque à l'abandon. Elle promena ses doigts sur les lettres gravées dans la pierre : décidément, de son passé à Santa Catalina, il ne restait plus que des fantômes. Elle crut entendre la voix de son grand-père monter de la terre : « La vie est une école, disait-il, on n'est pas là pour s'amuser, on est là pour s'instruire. » Pour s'instruire peut-être... mais à quel prix !

Au moment où elle s'apprêtait à partir, sa mère surgit telle une apparition de derrière les arbres, vêtue d'un ample pantalon blanc et d'une chemise blanche empesée qui flottait autour d'elle. Sa chevelure couleur rouille tombait en boucles molles sur ses épaules. Elle avait l'air vieille.

« Ça t'arrive quelquefois de venir parler à grand-père ? » demanda Sofía en anglais lorsqu'elle se fut approchée.

Les mains dans les poches, Anna s'arrêta à l'ombre de l'eucalyptus qui protégeait la tombe des intempéries.

« Plus maintenant. Ça m'arrivait avant. » Elle sourit tristement. « Tu vas me dire, j'imagine, que je devrais m'occuper de sa tombe.

– Pas du tout. Grand-père aimait tout ce qui est naturel.

– Ça va lui faire plaisir, tes fleurs. »

Avec raideur, Anna se baissa pour ramasser le bouquet et le sentir.

« Tu parles, rit Sofía. Il ne les remarquera même pas !

– On ne sait jamais. C'était quelqu'un d'imprévisible, tu sais. »

Anna enfouit le nez dans les fleurs avant de les reposer sur la pierre.

« Mais c'est vrai qu'il n'avait pas une passion particulière pour les fleurs, ajouta-t-elle, revoyant son père en train de les couper à grands coups de sécateur.

– Est-ce qu'il te manque ? hasarda Sofía.

– Oui, bien sûr qu'il me manque. »

Elle soupira et, contemplant sa fille, fit une pause comme si elle cherchait ses mots. Les mains dans les poches, les épaules rentrées, on aurait dit qu'elle avait froid.

« Il y a plein de choses que je regrette, Sofía, fit-elle, hésitante, et entre autres d'avoir quitté ma famille.

– Mais grand-père vivait ici, avec toi.

– Ce n'est pas à ça que je pense, je... » Elle plaça ses mains sur ses hanches et secoua la tête. « Je regrette de m'être enfuie loin d'eux. »

Sofía remarqua que sa mère avait du mal à la regarder en face.

« Tu t'es enfuie ? » répéta-t-elle, interdite. Elle n'avait pas envisagé le mariage de ses parents sous cet angle. « Mais enfin, pourquoi ?

– Parce que je rêvais d'une vie meilleure. Gâtée et égoïste comme je l'étais, je pensais que je méritais mieux. C'est drôle, tu sais, on s'imagine en vieillissant qu'avec le temps on oublie, on souffre moins, mais le temps n'a rien à voir là-dedans. J'en suis exactement au même point qu'il y a trente ans. Seules les apparences changent.

– Et quand as-tu commencé à avoir des regrets ?

– Peu après ta naissance, mes parents ont fait le voyage jusqu'en Argentine pour me voir.

– Oui, tu m'en avais parlé.

– C'est là que je me suis rendu compte que quand on ne vit pas avec les gens, on finit par s'en éloigner. Je m'étais éloignée des miens. Et je crois que mes parents ne s'en sont jamais remis. Plus tard, lorsque je t'ai vue commettre les mêmes erreurs, j'aurais tenté n'importe quoi pour te retenir. Toi aussi tu t'es enfuie loin des tiens – et moi qui pensais que tu tenais de ton père !

– Oh, maman... je n'ai jamais voulu partir aussi longtemps... », protesta Sofía, au bord des larmes.

Comment expliquer à sa mère ce qu'elle avait ressenti ?

« Je sais, ma fille, je sais. C'est ton fichu orgueil... et le mien !

– On est aussi bourriques l'une que l'autre, hein ?

– J'ai regretté de t'avoir traitée aussi durement. Crois-moi.

– Maman, je t'en prie, interrompit Sofía, gênée. On n'est pas au confessionnal, ici.

– Si, si, j'y tiens. Vois-tu, toi et moi on a du mal à se

comprendre. Mais ce n'est pas une raison pour ne pas être amies. Asseyons-nous, tu veux ? »

En prenant place sur l'herbe sèche face à sa mère, Sofía se dit qu'il était tout à fait opportun que grand-père O'Dwyer soit présent à leur entretien.

« Quand j'ai épousé ton père, j'ai cru qu'il serait facile de commencer une nouvelle vie dans un beau pays avec l'homme que j'aimais. Mais je me trompais. Rien n'est jamais aussi simple, et j'ai eu tort sur toute la ligne. Je m'en rends compte maintenant. Avec l'âge, on est censé acquérir une certaine sagesse, la sagesse qui vient avec le recul. Ça, c'est mon père qui me l'a appris. Il avait raison sur bien des points, mais je ne l'ai pas vraiment écouté. Dommage. »

Elle inspira profondément et repoussa les cheveux qui lui tombaient sur les yeux derrière son oreille.

« Je ne te demande pas de comprendre, Sofía, on a déjà du mal à comprendre ses propres sentiments, alors ceux des autres... Mais je me suis toujours sentie de trop ici. Cette vie à cheval, ces tempéraments latins, ce n'était pas pour moi. J'ai trouvé la société d'ici extrêmement rigide, et j'ai eu beau faire, je n'ai jamais réussi à m'adapter. Je ne voulais pas admettre que je m'ennuyais des vertes collines de Glengariff, de ma grincheuse tante Dorothy et de ma douce maman que j'ai... eh bien, abandonnée purement et simplement. »

La voix d'Anna trembla. Son regard était perdu dans le lointain, et Sofía eut l'impression que ce monologue s'adressait aussi bien à elle-même qu'à sa fille.

« J'espère que maman m'a pardonné, là-haut », ajouta Anna en regardant le ciel.

Sofía ouvrait de grands yeux, n'osant pas cligner des paupières, de peur de rompre le charme. Jamais sa mère ne lui avait parlé de la sorte. Peut-être, si elle avait été aussi franche avec elle dès son enfance, seraient-elles devenues réellement amies.

Soudain, Anna se surprit elle-même.

« J'étais jalouse de toi, Sofía », avoua-t-elle.

Émue par son honnêteté, Sofía sentit sa gorge se nouer.

« Jalouse ? souffla-t-elle.

– Pour toi, tout semblait si facile. Je voulais te rogner les ailes pour t'empêcher de voler parce que, moi, j'en étais incapable, dit Anna d'une voix rauque, ravalant ses larmes.

— Mais maman, j'avais tant envie que tu me remarques, c'est pour ça que j'accumulais les bêtises. Et toi, tu n'avais d'yeux que pour mes frères ! »

La dernière phrase de Sofía ressemblait davantage à un cri.

« Je sais. Le contact ne passait pas.

— Je voulais qu'on soit amies toutes les deux. Chaque fois que je regardais María et Chiquita, je rêvais d'avoir la même relation avec toi. Mais on n'a jamais réussi à se rapprocher. Quand je suis partie vivre à Londres, j'ai voulu vous punir. Toi et papa. Je savais que vous seriez malheureux si je ne revenais pas. Je voulais que vous souffriez de mon absence. Que vous vous rendiez compte combien vous m'aimiez. »

Sa voix se brisa sur le mot « aimer ». Elle étouffa un sanglot, mais ne put continuer.

« Viens ici, Sofía. Que je te dise combien je t'aime. Combien je regrette ce qui s'est passé. C'est probablement la seule occasion que j'aurai de me réconcilier avec toi. »

Sofía vint s'asseoir à côté de sa mère qui mit un bras autour de ses épaules et pressa son visage contre le sien. Elle sentit les larmes d'Anna sur sa joue.

« Je t'aime, Sofía. Tu es ma fille. Comment pourrais-je ne pas t'aimer ?

— Moi aussi, je t'aime, maman », renifla-t-elle. Qu'il était bon de pleurer !

« Tu sais que le plus grand de tous les enseignements chrétiens, c'est le pardon. Toi et moi, on doit apprendre à pardonner.

— J'essaierai. Mais toi, il faut aussi que tu pardonnes à papa.

— À Paco ?

— À papa », répéta-t-elle.

Attirant sa fille contre elle, Anna poussa un soupir.

« Tu as raison, Sofía. Je vais essayer de lui pardonner aussi. »

Plus tard dans la journée, Sofía partit faire une promenade à cheval avec Santi et Fernando. Repensant à la confession de sa mère, elle regarda autour d'elle et crut comprendre son sentiment d'isolement. Car désormais elle aussi se sentait de trop à Santa Catalina. Quelle ironie de penser que la jalousie de sa mère à son égard avait été à l'origine de leur mésentente, et que le présent désarroi de Sofía était la cause de leur rapprochement !

Sans mot dire, elle dut écouter Santi donner des ordres à Javier. Pour lui, Javier n'était qu'un serviteur parmi d'autres. Il le traitait poliment mais avec fermeté, comme le reste de la famille. Fernando, lui, était un peu plus brusque, à l'instar de son père, Miguel : c'était dans leur caractère. Comment auraient-ils pu deviner que Javier était la chair de leur chair, qu'un même sang coulait dans leurs veines ? Sofía lui sourit lorsqu'il eut sellé son poney, et le jeune homme lui rendit son sourire. Mais il n'était pas plus chaleureux avec elle qu'avec les autres membres de sa famille... plutôt moins, même, vu qu'il la connaissait à peine. Il n'avait pas remarqué qu'il avait ses cheveux et ses yeux, qu'on retrouvait chez lui le sourire et la façon de marcher de Santi. Nul lien inconscient ne semblait les relier tous les trois. Sofía avait espéré que la voix du sang allait lui souffler la vérité sur ses origines, mais ce n'était qu'un rêve. Javier adulte ressemblait davantage à Antonio et à Soledad. Aurait-il été différent s'il avait grandi auprès d'elle et de Santi ? Elle ne le saurait jamais.

« Alors, qu'as-tu fait de beau aujourd'hui ? » lui demanda María ce soir-là sur la terrasse, après le dîner.

Comme elle avait l'air d'aller mieux, elle avait mangé avec tout le monde sous les étoiles. L'humidité était oppressante. On sentait l'orage couver à l'horizon.

« J'ai été sur la tombe de grand-père O'Dwyer », répondit Sofía.

María lui sourit dans l'obscurité, et elle s'en voulut aussitôt de sa maladresse.

« Comment tu te sens ? s'enquit-elle pour changer de sujet.

– Mieux, tu sais. Pour la première fois, je ne me sens pas malade. Je suis bien. Ça doit être vos cierges, ajouta sa cousine, faisant allusion à leur visite à l'église.

– Je l'espère. On a beaucoup prié », déclara Sofía avec ferveur.

Elles se turent un moment. Sofía était parfaitement consciente que les autres les avaient laissées seules pour qu'elles puissent causer tranquillement.

« Sofía, que comptes-tu faire ? demanda María prudemment.

– Comment ça ? » dit-elle, feignant l'incompréhension.

Mais María voyait aussi clair en elle que Santi.

« Tu sais de quoi je parle. Il faudra bien que tu rentres chez toi un jour. »

Sofía déglutit avec effort.

« Oui, c'est vrai. Mais je préfère ne pas y penser.

— Tu ne peux pas faire autrement. Tu as un mari et deux enfants. Tu les aimes, non ?

— Bien sûr que je les aime. Je les aime énormément. Seulement, ils sont si loin...

— Santi aussi a des enfants et une femme qu'il aime beaucoup.

— Lui et moi, c'est différent, protesta Sofía, sur la défensive.

— Oui, mais il ne peut pas rester avec toi. Ne vois-tu pas ? C'est impossible. »

Sofía savait qu'elle avait raison, mais elle se refusait à regarder la réalité en face. Ils étaient si heureux ensemble, elle ne voulait pas croire que cela puisse finir un jour. María s'empara de sa main et l'étreignit avec force.

« Sofía, poursuivit-elle, tout ça est très joli pour le moment. Vous êtes en train de vivre un rêve. Mais que se passera-t-il une fois que je ne serai plus là ? Santi devra retourner à Buenos Aires, il a une affaire à gérer. La vie reprendra son cours, et toi, que deviens-tu là-dedans ? Qu'avez-vous l'intention de faire ? Vous enfuir ? Abandonner vos familles respectives ?

— Non ! Oui... Je n'en sais rien, bredouilla Sofía, désemparée.

— Sofía, je reconnais que vous étiez faits l'un pour l'autre, mais il est trop tard maintenant. J'adore mon frère ; je donnerais n'importe quoi pour vous savoir heureux tous les deux. Mais vous ne pouvez pas briser la vie de votre entourage. Tu ne pourras plus te regarder dans une glace. Tu ne pourras pas respecter quelqu'un qui a été capable de laisser tomber ses enfants. Est-il possible de bâtir son bonheur sur le malheur des autres ?

— Je l'aime, María. Le reste, je m'en fiche. Je me réveille en pensant à lui et, quand je m'endors, je rêve de lui. Il est l'air que je respire. Je ne peux pas vivre sans lui. J'ai tellement souffert quand je l'ai quitté il y a toutes ces années que je serais incapable de revivre la même chose !

— Fais comme tu le sens, concéda María avec douceur. Simplement, réfléchis à ce que je t'ai dit. »

Sofía la serra dans ses bras. Sa cousine était si frêle qu'elle en paraissait presque immatérielle. Une grande vague de tendresse la submergea. Lorsqu'elle partit, les premières gouttes de pluie tombaient déjà sur la pampa.

49

Mercredi 12 novembre 1997

Le tonnerre rugissait comme un lion enragé arpentant le ciel. Sofía aurait voulu courir se réfugier dans la maison de Santi et se blottir dans ses bras. L'eau coulait à torrents sur la vitre qui tremblait sous les assauts du vent. Immobile dans l'obscurité, elle regardait dehors, mais l'impénétrable rideau de pluie lui masquait la vue. Il faisait encore très chaud. De temps à autre, un éclair aveuglant déchirait le ciel, illuminant sa chambre d'une lueur mouvante et fantomatique. Elle n'avait pas peur, elle avait juste le cœur lourd.

Les paroles de María continuaient à résonner à ses oreilles. N'y avait-il réellement pas d'issue possible ? Le sommeil la fuyait : l'orage qui se déchaînait sur la pampa n'était qu'un écho de son tumulte intérieur. Finalement, elle sortit sous la pluie. Ça ne la gênait pas de se faire mouiller, c'était presque un soulagement après l'étuve de ces derniers jours. Telle une âme en peine, elle fit les cent pas dans le patio, se laissant gagner par la désolation. Elle aimait Santi, mais l'aimait-elle suffisamment pour renoncer à lui ?

Elle consulta sa montre sous la lanterne qui oscillait au-dessus de la porte. Trois heures du matin. Un frisson soudain la parcourut de la tête aux pieds. Prise de panique, elle sentit son sang se glacer dans ses veines. Il était arrivé quelque chose... un malheur, elle en était sûre. Elle se précipita aveuglément vers la maison de Santi, sans savoir ce qu'elle allait faire, une fois là-bas. L'eau du ciel ruisselait sur son visage, sa chemise de nuit trempée collait à son corps. À chaque coup de tonnerre, elle accélérait l'allure, bondissant par-dessus les touffes d'herbe. Arrivée chez son oncle et sa tante, elle cogna à la porte. Et, quand Miguel parut, inquiet, le visage chiffonné de sommeil, elle tomba dans ses bras.

« Il est arrivé quelque chose ! » pantela-t-elle.

Il la considéra, perplexe, mais déjà elle se ruait à l'intérieur. Santi émergea en traînant les pieds ; l'instant d'après, toute la maisonnée était réveillée. Quand Sofía fit irruption dans la chambre de María, ses craintes se trouvèrent confirmées. María était morte.

Les minutes qui suivirent, Sofía les vécut comme dans un brouillard. Miguel et Chiquita se cramponnaient l'un à l'autre, tels deux naufragés. Panchito et Fernando pleuraient, effondrés dans un fauteuil ; agenouillé près du lit, Santi caressait la main de sa sœur. Eduardo, qui n'avait pas quitté son chevet, regardait dehors, prostré. Et Sofía ? Elle savait à peine où elle était. Figée, elle avait l'impression que tout se désintégrait autour d'elle.

Elle jeta un dernier regard sur sa cousine, plus belle encore dans la mort qu'elle ne l'avait été de son vivant. Son visage au teint de porcelaine respirait la sérénité. Son corps immobile, ravagé par la maladie, n'était plus qu'une coquille vide, une demeure temporaire qu'elle venait de quitter. Délivrée de la souffrance, elle résidait maintenant dans une dimension où le mal ne pouvait l'atteindre... mais les autres ? Miguel embrassa sa fille sur le front, puis, avec Chiquita, Fernando et Panchito, il sortit pour laisser Eduardo seul avec sa femme. Santi s'approcha de Sofía et l'entraîna dans le couloir. Longtemps, ils pleurèrent sans bruit dans les bras l'un de l'autre. Finalement, il prit son visage dans ses mains et, d'un geste tendre, essuya ses larmes avec ses pouces.

« Et maintenant ? » chuchota-t-elle, quand elle eut à nouveau la force de parler.

Il secoua la tête et soupira, accablé.

« Je ne sais pas, Chofi. Je n'en sais rien du tout. »

Mais elle savait, elle. María avait raison.

Les événements se précipitaient. L'enterrement, une cérémonie sobre et digne, eut lieu dans l'intimité : Sofía avait peine à croire qu'elle était venue dans cette même église avec Santi voilà tout juste quarante-huit heures. Claudia était revenue avec ses enfants, ainsi que les enfants d'Eduardo et de María. La pluie avait cessé, mais le retour du soleil ne parvint pas à dissiper la tristesse. Assise sur le banc dur et inconfortable avec ses parents, Sofía écouta le père Juan prononcer une oraison qui les émut tous aux larmes. Encore des larmes. Ses parents, nota-t-elle, se tenaient par la main ; à deux ou trois reprises, ils échangèrent un regard chargé de tendresse et de compassion. Peut-être la perte de María les aiderait-elle à se retrouver. Une chape de plomb s'abattit sur l'assistance lorsqu'ils firent leurs adieux à la jeune femme que la mort avait prématurément ravie aux siens. Sofía n'arrivait pas à regarder sa famille sans que son cœur se serre de douleur. Les enfants de María n'avaient même pas pu lui dire au revoir.

María fut inhumée dans le caveau familial, auprès de ses grands-parents et des autres Solanas qui l'avaient précédée. Sofía déposa des fleurs et dit une petite prière pour elle. Autrefois, elle n'aurait pas douté un instant que ce serait aussi sa dernière demeure. Mais il était clair maintenant qu'elle reposerait ailleurs, et que d'autres visages l'accompagneraient dans son ultime voyage.

Claudia la contempla à travers ses larmes, et Sofía devina ce qu'elle pensait. Tout était terminé. Plus rien ne la retenait à Santa Catalina. Son sentiment d'isolement s'en accrut d'autant. Elle alla embrasser Chiquita et la remercier de sa lettre.

« Je suis contente que tu m'aies retrouvée. Je suis contente d'être venue, dit-elle avec sincérité.

– Moi aussi, je suis heureuse que tu sois venue, Sofía. Mais cette lettre, ce n'est pas moi qui l'ai envoyée. Je ne t'ai jamais écrit. »

Si ce n'était pas sa tante, qui était-ce alors ?

Tandis qu'ils regagnaient les voitures, un taxi s'arrêta à leur hauteur et un homme en descendit. Sofía le reconnut sans difficulté. C'était Agustín. Il alla droit vers Chiquita et Miguel et les étreignit tous les deux en murmurant des paroles de condoléances.

« Mais moi, je suis de retour, annonça-t-il vivement à Anna et Paco. J'ai quitté Marianne et les enfants. Je rentre à la maison. »

En voyant Sofía, il la salua poliment, comme une étrangère. Elle mesura alors le gouffre qui s'était creusé entre elle et les siens durant ses longues années d'absence. Non, sa place n'était plus ici.

Arrivée à Santa Catalina, elle téléphona à David.

« Elle est partie, David, dit-elle tristement.

– Je suis désolé, chérie, répondit-il, la voix pleine de compassion.

– Je n'ai plus rien à faire ici. Je rentre à la maison.

– Préviens-moi du jour et de l'heure de ton arrivée. Je viendrai te chercher avec les filles.

– Oh oui, s'il te plaît ! » Elle se rendait compte soudain que sa petite famille lui manquait terriblement.

En proie à une profonde mélancolie, Sofia fit ses valises et se prépara pour le long voyage du retour. Santa Catalina lui semblait maintenant distante, lointaine, comme si tout ici concourait à atténuer la douleur de la séparation. À cinq heures, lorsque les ombres commencèrent à s'allonger, annonçant la fraîcheur du soir, sa voiture vint s'arrêter sous les eucalyptus. Ce fut là qu'elle fit ses adieux à son père.

« Tout a été si rapide ! Quand est-ce qu'on te reverra ? »

Elle sentit, à sa voix bourrue, qu'il était profondément malheureux de la voir partir.

« Je n'en sais rien, papa. Il faut que vous le compreniez, je n'habite plus ici, répliqua-t-elle, luttant contre l'émotion. J'ai un mari et deux enfants qui m'attendent en Angleterre.

– Mais tu n'as dit au revoir à personne !

– Je n'en ai pas la force. Il vaut mieux que je parte discrètement... à supposer que je sois capable de discrétion, plaisanta-t-elle faiblement.

– Ta place est ici, Sofia.

– Une partie de moi restera toujours ici. »

Elle suivit son regard en direction du terrain de polo.

Son père hocha la tête avec un soupir.

« Merci, papa. »

Elle lui toucha la main. Il se tourna vers elle, ne sachant s'il avait bien saisi ce qu'elle entendait par là.

« Tu as offert un foyer à mon fils. C'est drôle, non ? ajouta-t-elle. Santa Catalina est maintenant *sa* maison. »

Les yeux de Paco s'embuèrent, il semblait chercher ses mots.

« Tu as bien fait, tu sais. Mon seul regret, c'est de n'être pas revenue avec lui. Je ne me serais pas alors sentie coupée de tous les gens que j'aime. »

Il l'attira dans ses bras et la serra tellement fort qu'elle comprit qu'il voulait lui cacher ses larmes.

À cet instant, Anna parut sur le pas de la porte. Ces dernières vingt-quatre heures l'avaient durement éprouvée. Il y avait des cernes mauves sous ses yeux, elle semblait fatiguée et vaincue.

« Maman ! s'exclama Sofía, déconcertée, s'arrachant à contrecœur à l'étreinte de son père et s'essuyant les joues d'une main tremblante.

— J'aurais bien aimé que tu restes », dit Anna doucement.

Émergeant de l'ombre, elle lui tendit les deux mains, et Sofía les prit dans les siennes.

« María est auprès de Dieu maintenant.

— Et avec grand-père, ajouta Sofía.

— Tu nous appelleras ? » demanda Anna.

Les deux glaçons bleus qu'étaient ses yeux commençaient à fondre.

« Oui. Je voudrais bien vous présenter mes filles un jour.

— J'en serais ravie. Ta chambre sera toujours là à ta disposition, mais il serait temps d'y faire un peu de ménage, tu ne crois pas ? »

Sofía sourit et hocha la tête. Elle pressentait que sa mère luttait avec elle-même, comme si son émotion avait du mal à franchir la carapace qu'elle s'était forgée au fil des ans. Alors elle fit le premier pas. Elle referma les bras autour de son corps fluet. Anna ne résista pas. Il émanait d'elle une chaleur que Sofía n'avait pas ressentie depuis des années. Elle se souvint des moments trop rares de sa prime enfance lorsque sa mère l'avait tenue dans ses bras, l'avait câlinée. Son parfum n'avait pas changé, et cette odeur familière eut raison du dernier bastion de sa rancœur. Peut-être, comme Anna l'avait suggéré, devraient-elles apprendre à pardonner.

« Je suis contente que tu sois venue », dit sa mère en souriant.

Sofía repensa à la lettre. Si ce n'était pas Chiquita qui l'avait écrite, alors ce ne pouvait être qu'elle. Elle avait donc souhaité le retour de sa fille. Et elle avait signé du nom de sa belle-sœur pour être sûre de ne pas se heurter à un refus.

« La lettre, c'était toi, hein ? fit Sofía dans un grand sourire. Très malin, maman !

– Je peux être maligne, quand je le veux. Attends une minute, ne pars pas. J'ai quelque chose pour toi ! s'écria Anna avec un entrain qui ne lui ressemblait guère. Quelque chose que tu aurais dû avoir depuis longtemps. Attends, je vais le chercher. »

Et elle se retira dans les entrailles obscures de la maison. La soudaine vivacité de sa démarche rappela à Paco l'*Ana Melodía* qu'il avait perdue en cours de route, il ne savait plus très bien à quel moment, et ses lèvres tremblèrent d'espoir à la pensée qu'il allait peut-être la retrouver. Elle revint avec un paquet rouge qu'elle remit à sa fille. Curieuse, Sofía entreprit de déchirer le papier.

« Tu l'ouvriras dans la voiture, décréta Anna, posant la main sur le paquet pour l'empêcher de voir ce qu'il contenait. C'est juste un petit souvenir. »

Sofía cligna des yeux pour chasser ses larmes, mais sa vision se troubla de plus belle.

Paco étreignit sa fille une dernière fois, soulagé qu'il n'y ait plus de secrets entre eux. Sofía l'embrassa, sachant que bien des lunes passeraient avant qu'elle ne le revoie. Elle jeta un regard sur la maison de son enfance : malgré tous les bouleversements survenus dans son existence, Santa Catalina continuerait à vivre dans la mémoire de son cœur, pareille aux vieilles photos sépia d'un temps révolu. Et María serait là aussi, son visage radieux souriant entre les rosiers et les hibiscus.

Sofía grimpa dans la voiture, adressa un dernier signe de la main à ses parents qui, après tant d'années, avaient enfin retrouvé leur enfant prodigue. Les doigts tremblants d'impatience, elle déchira le papier rouge. Qu'avait bien pu lui offrir sa mère ? Lorsqu'elle sortit une ceinture en cuir noir avec une boucle d'argent gravée à ses initiales, la brume qui flottait devant ses yeux se mua en un torrent de larmes.

La voiture remonta l'allée ombragée. Quand la maison eut disparu de sa vue, Sofía dit au chauffeur : « Tournez à gauche, là, au bout, il y a encore un endroit que j'aimerais voir avant de prendre la route. »

Et elle lui indiqua la direction de l'ombú.

50

En cahotant, la voiture arriva au bout de la piste. Sofía pria le chauffeur de patienter et continua le chemin à pied. L'air s'était rafraîchi depuis l'orage, et l'herbe semblait plus verte après la pluie. Elle suivit le sentier familier l'esprit vide, comme si, face au trop-plein d'émotions, son cœur et son cerveau s'étaient mis en veille et refusaient de fonctionner davantage.

Enfin elle atteignit l'arbre, ce témoin privilégié de ses joies et de ses peines. Il se dressait, fier et majestueux, tel un vieil et fidèle ami qui ne jugeait jamais, mais se contentait d'observer avec une tranquille bienveillance. Elle caressa son écorce en repensant avec nostalgie à ses moments de bonheur avec Santi. Au loin, par-delà les champs, les gauchos étaient en train de jouer au polo, torse nu sous le soleil couchant. Javier était avec eux. Même si elle ne pouvait pas le voir, elle savait qu'il était là. Parmi les siens.

Soudain, elle sentit une présence derrière elle et, se retournant, aperçut, abasourdie, le visage défait de Santi. Il avait l'air tout aussi surpris de la trouver là.

« On m'a dit que tu étais partie. Je ne savais pas quoi faire ! »

Il la rejoignit en deux enjambées et la serra dans ses bras.

« Je n'avais pas le courage de te faire mes adieux une fois de plus. C'était au-dessus de mes forces, murmura-t-elle, désemparée.

— Je ne peux pas te laisser repartir, gémit-il. Maintenant que tu m'es enfin revenue.

— C'est impossible, Santi. Si seulement...

— Arrête, fit-il d'une voix étranglée. Si on va par là, on deviendra fous tous les deux. »

Et il enfouit son visage dans les cheveux de Sofía, comme pour se cacher de l'inéluctable.

« Je ne serais pas la femme que tu aimes si j'étais capable d'abandonner mes enfants », soupira-t-elle, songeant à sa conversation avec María et au remords qui la tenaillait encore lorsqu'elle pensait à Javier.

« J'ai juste envie de respirer le même air que toi.

— Mais María avait raison. Nous avons chacun notre vie, une famille que nous aimons. Nous ne pouvons pas détruire tous ces gens.

— Je sais. Mais je continue à chercher une issue de secours.

— Il n'y en a pas. Ma place n'est plus ici.

— Ta place est auprès de moi.

— C'est un beau rêve, Santi, un merveilleux conte de fées. Mais c'est irréalisable. Tu le sais aussi bien que moi. »

Il hocha la tête avec un soupir résigné.

« Alors laisse-moi faire l'inventaire de ton visage pour m'en souvenir jusqu'à mon dernier jour », dit-il gravement, suivant du doigt la courbe de sa joue.

Il embrassa ses yeux, « doux et mordorés comme du velours », puis son front, ses tempes, son nez, lui expliquant au fur et à mesure pourquoi il les aimait. Finalement, il en arriva à sa bouche.

« Jamais je n'oublierai cette sensation-là, Chofi. »

Et il goûta le sel de ses larmes sur ses lèvres.

Ils s'étreignirent convulsivement. En regardant ses yeux vert d'eau, Sofia sut qu'elle demeurerait dans leurs profondeurs, et la nuit, lorsque rêve et réalité ne forment qu'un, elle reviendrait l'aimer à nouveau. Elle l'embrassa une dernière fois ; le goût de ce baiser l'accompagna longtemps après qu'ils se furent quittés. Se retournant, elle vit sa silhouette solitaire assise au pied de leur arbre. Plus tard, il lui suffirait de fermer les paupières pour que cette image de lui, assis seul sous l'ombú, resurgisse dans sa mémoire.

On a dit que l'ombú ne pousserait pas en Angleterre. Mais je l'ai planté quand même dans notre jardin du Gloucestershire, face au soleil couchant. Et il a poussé.

REMERCIEMENTS

Je voudrais exprimer toute ma reconnaissance aux membres de ma « famille » argentine qui m'ont accueillie comme une des leurs. Ils m'ont ouvert la porte de leur maison, m'ont appris à connaître et aimer leur pays. Sans eux, ce livre n'aurait jamais pu être écrit.

Je remercie également mon amie Katie Rock, mon agent Jo Frank et mon éditrice Kirsty Fowkes de leurs précieux conseils et de leur indéfectible soutien.

Ouvrage réalisé par
Nord Compo (Villeneuve d'Ascq)

Achevé d'imprimer par GGP
en Février 2001
pour le compte de France Loisirs
Paris

Dépot légal: Février 2001
no d'éditeur version reliée: 34696
no d'éditeur version broché: 34697

Imprimé en Allemagne